TESS WOODS

EIN HOTEL IN VENEDIG

ROMAN

Aus dem Englischen
von Kristina Lake-Zapp

GOLDMANN

Die Originalausgabe erschien 2024 unter dem Titel
»The Venice Hotel«
bei Michael Joseph
Michael Joseph is part of the Penguin Random House group of companies
whose addresses can be found at global.penguinrandomhouse.com.

FSC
www.fsc.org
MIX
Papier | Fördert
gute Waldnutzung
FSC® C083411

Penguin Random House Verlagsgruppe FSC® N001967

1. Auflage
Deutsche Erstveröffentlichung August 2025

in der Penguin Random House Verlagsgruppe GmbH,
Neumarkter Straße 28, 81673 München
produktsicherheit@penguinrandomhouse.de
(Vorstehende Angaben sind zugleich
Pflichtinformationen nach GPSR.)

Umschlaggestaltung: UNO Werbeagentur, München,
nach einem Entwurf von Nikki Townsend Design
Umschlagmotiv: © Vincent MacNamara /arcangel images
Redaktion: Regina Carstensen
AB • Herstellung: ik
Satz: satz-bau Leingärtner, Nabburg
Druck und Bindung: CPI books GmbH, Leck
Printed in the EU
ISBN: 978-3-442-20692-6

www.goldmann-verlag.de

Für alle Töchter und Mütter,
vor allem meine

Prolog

Sie stand über ihm, als mit einem letzten, flachen Atemzug das Leben aus ihm wich. Sie hat sich nie für eine gewalttätige Person gehalten. Im Gegenteil – sie war stolz auf ihre Sanftmut, die ihr ein Gefühl der Überlegenheit verlieh. Doch mit seinem Tod brach ihr diese moralische Überlegenheit unter den Füßen weg.

Nun ist sie gezwungen zu überdenken, wozu sie fähig ist. Anscheinend schreckt sie selbst vor einem Mord nicht zurück. Diese Erkenntnis ist eine Art Offenbarung, die ihr am zwölften Tag der Weihnacht, dem Epiphaniasfest, zuteilwird. Denn so seltsam ist das Leben.

Würde sie genauso handeln, wenn sie die Zeit zurückdrehen könnte? Die Antwort lautet ja, und zwar ohne jeden Zweifel. Sie würde freudig zusehen, wie sich Venedigs Kanäle rot färben von seinem Blut.

So ist sie nun einmal.

Am ersten Tag der Weihnacht

Loretta

Die Frau geht unter. Sie steht in einem Glastank, der so schmal ist, dass ihre Schultern das Glas beinahe berühren. Ihre Haare und ihr Kleid sind lang, wallend und weiß. Die nackten Füße sind bereits unter Wasser, die Knöchel umspielt vom Saum ihres dünnen Kleids. Loretta hat gehört, dass es sich um Wasser aus dem Kanal handelt, aber das ist vermutlich nur ein Gerücht. Andererseits könnte es genauso gut stimmen, denkt sie, als sie es nun mit eigenen Augen sieht.

Ein kleines Metallschild steht auf den Steinplatten vor dem Tank. Darin eingraviert ist mit einer geschwungenen schwarzen Schrift ein einziges Wort: *affogando*.

»Was bedeutet *affogando*?«, fragt eine amerikanische Teenagerin, die dicht neben Loretta auf den Stufen der Piazza steht, ihre Mutter. Sie spricht das Wort falsch aus.

»Keine Ahnung.« Der Atem der Mutter dampft.

Loretta räuspert sich. »Es bedeutet so viel wie ›im Begriff sein, zu ertrinken‹. Sie sagt uns, dass sie untergeht.«

»Ah.« Die Mutter nickt. »Tun wir das nicht alle?«

Die Teenagerin dreht der Performance-Künstlerin und der Basilica di San Marco den Rücken zu, reckt das Handy in die Luft und schürzt ihre prallen, glänzenden Lippen. Ihre dick nachgestrichelten Augenbrauen wandern in die Höhe. Die Mutter kopiert die Pose. Das schmollende Duo ist umgeben von Grau: den grauen Steinen des Bodens, der Gebäude und Bogengänge, den grauen Wolken über ihnen.

Alberto stößt Loretta in die Rippen. »Sollen wir auch ein Foto machen?«, fragt er auf Italienisch.

»Wieso?«

»Keine Ahnung … vielleicht weil Weihnachten ist. Wieso nicht?« Er lächelt.

Sie ignoriert seine Bitte und deutet mit dem Kinn auf die Künstlerin. »Sieh nur, sie friert. Ihre Hände zittern.«

Es ist einer der kältesten Weihnachtstage seit Beginn der Wetteraufzeichnungen.

»Sie erkennt dich«, sagt Alberto.

Loretta ist daran gewöhnt. Als Cover-Model der *Vogue* und Gast in zu vielen TV-Shows, um sie alle aufzuzählen, wird sie immer erkannt. Doch erkennt die Künstlerin sie, oder *erinnert* sie sich an sie? Das ist es, was sie in Wirklichkeit wissen möchte.

Während sie darüber nachdenkt, gleiten Lorettas Finger über ein kurzes, borstiges Haar an ihrem Hals. Sie flucht innerlich. Obwohl sie heute Morgen ein halbes Dutzend störende Härchen vor dem Vergrößerungsspiegel ihrer Frisierkommode ausgezupft hat, kündigt sich hier bereits ein neues an und ruft ihr vor Augen, dass sie jetzt alt ist. Sie zwickt das Haar zwischen Daumen- und Zeigefingernagel ein und zieht ein paarmal fest daran, aber es bleibt hartnäckig an Ort und Stelle.

Albertos lautes Atmen nervt sie. Sogar hier, auf der überfüllten Piazza, kann sie dem Geräusch seines flachen, keuchenden Atems nicht entkommen. Wie sehr sie sich wünscht, dass er mit den Zigaretten aufhören würde! Sie dreht sich zu ihm um und schaut ihn an. Er ist einen Kopf kleiner als sie und trägt einen schwarzen Hut, der seine immer größer werdende Glatze verbirgt. Die Hände hat er tief in den Taschen seines Wollmantels vergraben. Sein Gesicht wirkt müde, seine Haut ist fleckig und gelblich.

Er begegnet ihrem Blick. *»Andiamo, cara?«* Die Wärme in seinen Augen mindert ihren Groll.

»Gehen wir.« Sie hakt sich bei ihm ein.

Die Künstlerin kann die Augen nicht von Loretta losreißen trotz der Touristenhorde, die sich zwischen ihnen tummelt. Als sie sich zum Gehen wendet, deutet Loretta ein Winken an und lächelt. Sie meint, die Frau würde ihr Lächeln erwidern, aber sie ist sich nicht sicher.

In den Straßen, die zum Hotel Il Cuore führen, wimmelt es nur so von Touristen. In den Souvenirläden bestaunen ganze Herden von Besucherinnen und Besuchern aus aller Welt die bunten Glaskugeln, während draußen gewaltige Menschenmassen trotz der Kälte die Tische vor den Cafés belagern. Die Weihnachtsdekoration in den Gassen bildet ein Dach über den Köpfen von Loretta und Alberto. Die festliche Beleuchtung wird jedes Jahr aufwendiger. Jede Straße ist anders geschmückt.

»Ich frage mich, wann diese Food-Journalistin eintrifft«, sagt Loretta, mehr zu sich selbst als zu Alberto.

»Seltsam, dass sie ausgerechnet am ersten Weihnachtstag aufkreuzt«, erwidert er. »Noch dazu allein.«

»Sie kommt aus beruflichen Gründen. Natürlich ist sie da allein.«

»Das ist nicht gut. Sie sollte über die Feiertage bei ihrer Familie sein.«

»Manche Leute sehen das anders.«

»Es sind nun mal nicht alle so glücklich wie wir.« Alberto tätschelt ihre Hand. »Wir werden dafür sorgen, dass sie sich weniger einsam fühlt.«

»Wieso gehst du davon aus, dass sie einsam ist?«

»Sie reist an Weihnachten allein um die halbe Welt. Selbstverständlich ist sie einsam.«

Loretta widerspricht nicht.

Ein junges Paar, Touristen, schlendert an ihnen vorbei. Auf das Gesicht der Frau tritt ein Ausdruck verblüffter Freude, als sie Blickkontakt mit Loretta aufnimmt. Es kommt nicht oft vor, dass Loretta das Hotel ohne ihre Sonnenbrille verlässt, doch gelegentlich, an Tagen wie heute, sehnt sie sich danach, die Außenwelt nicht durch verdunkelte Gläser zu betrachten.

»O mein Gott, Babe!«, quietscht die junge Frau, nachdem sie ein paar Schritte weitergegangen sind. »Ich schwöre, das war Signora Bianchi!«

Alberto und Loretta tauschen ein Lächeln und setzen ihren Weg fort. Er singt leise »Stille Nacht«, und sie hört ihm zu.

Zurück im Hotel, steht Marina mit rotem Kopf hinter der Rezeption.

Loretta eilt zu ihr. »Kann ich Ihnen behilflich sein?« Sie strahlt die neu eingetroffenen Gäste an, das Ehepaar Dawson aus Amerika.

»Es wäre schön, wenn uns *irgendjemand* helfen würde.« Der Schweiß tropft von Signor Dawsons buschigen weißen Augenbrauen auf sein »I love Venice«-Sweatshirt.

Loretta greift nach der Fernbedienung und stellt die Temperatur im Foyer niedriger. Marina übertreibt es mit dem Heizen.

»Signor Dawson war unzufrieden mit Signor Giuseppes Gesang während der Gondelfahrt.« Marinas Lächeln erreicht nicht ihre Augen.

Es fällt Loretta schwer, ein Schnauben zu unterdrücken.

»Wir haben ein kleines Vermögen für den Sänger bezahlt, und alles, was er meiner Frau beschert hat, waren dröhnende Kopfschmerzen.« Signor Dawsons verschränkte Arme ruhen auf seinem Bauch.

»Eine Minute bitte, Signore. Ich helfe Ihnen gern.« Loretta zieht ihren Mantel aus und sagt leise auf Italienisch zu Marina: »Geh nur. Ich übernehme.«

»Du hast dich doch noch gar nicht oben ausgeruht. Ich komme durchaus zurecht.« Marina zwirbelt eine lange dunkle Locke um ihren Finger, eine Gewohnheit, die sie schon als kleines Mädchen hatte.

»Die Künstlerin in dem Tank ist eingetroffen. Geh hin und sieh sie dir an, bevor sie einfriert. Ich kümmere mich um diesen Idioten.« Sie legt Marina die Hand in den Rücken und gibt ihr einen leichten Schubs.

»Okay, *grazie*, Mamma.« Marina schnappt sich Jacke und Handtasche und eilt beinahe im Laufschritt durch die mit Teppich ausgekleidete Lobby in Richtung der Glastür.

Loretta greift in den Rollkragen ihres Pullovers und tastet nach der Goldkette an ihrem Hals. Daran hängt ein kleines Medaillon mit der Muttergottes, die den kleinen Jesus an ihrer Brust wiegt – ein Geschenk von ihrer *nonna*, ihrer Großmutter. Sie hat es am Morgen ihrer ersten heiligen Kommunion bekommen, als sie neun war.

»Die Heilige Jungfrau hört dir immer zu. Sie wird dich niemals im Stich lassen, wenn du an sie denkst. Hast du mich verstanden, Loretta? Versprich, dass du nicht vergisst, zu beten.« Nonna hatte mit ihren knorrigen Fingern Lorettas Schultern umfasst und so lange gedrückt, bis sie es versprochen hatte.

Aber Nonna sollte sich irren. Die Heilige Jungfrau hat Loretta seit jenem Tag schon mehrfach im Stich gelassen. Trotzdem greift sie aus Gewohnheit nach dem Medaillon und betet stumm. *Ave, o Maria, piena di grazia …*

»Signora Bianchi? Signora Bianchi! Helfen Sie uns nun oder nicht?« Signor Dawsons Gesicht ist nur wenige Zentimeter von ihrem entfernt.

»Selbstverständlich, Signore. Ich habe lediglich überlegt, wie ich das Problem aus der Welt schaffen kann. Sie müssen wissen, dass dies das erste Mal ist, dass sich jemand über Signor Giuseppe beschwert. Er ist einer der angesehensten Sänger in ganz San Marco.«

»Der *beste* Sänger«, lässt sich Alberto hinter ihr vernehmen.

Sie wirft ihm einen strengen Blick zu. »Der Abfalleimer in der Küche muss geleert werden.«

Alberto lacht und verschwindet in der Küche.

Loretta lässt das Medaillon los und wendet sich wieder den Gästen zu. »Ich werde dem Gondelunternehmen Ihre Rückmeldung weiterleiten. Da Sie die Fahrt über unser Hotel gebucht haben, werde ich zudem unverzüglich eine vollständige Kostenrückerstattung veranlassen. Wäre das zu Ihrer Zufriedenheit?«

Signora Dawson, eine kleine, mollige Frau mit kurz geschnittenen weißen Löckchen, die das gleiche »I love Venice«-Sweatshirt trägt wie ihr Ehemann, wirft diesem einen Blick zu und nickt, dann schaut sie wieder zu Boden. Ihr Gesicht ist gerötet. Loretta fällt auf, wie knallblau Signora Dawsons Lidschatten ist und wie dick sie ihn aufgetragen hat.

»Ja, ja, das ist in Ordnung«, erwidert Signor Dawson. »Und richten Sie dem Gondelunternehmen bitte aus, dass ich unter der Dusche besser singe als *der beste Sänger in ganz San Marco*.«

Loretta bezweifelt, dass dies der Wahrheit entspricht, dennoch nickt sie. Nachdem das ältere Paar die Lobby verlassen hat, fährt sie den Computer hoch, um sich den Buchungsvorgang anzusehen.

»*Che succede*, Mamma?« Rocco kommt lächelnd aus der Küche. Rocco lächelt immer. Das ist eines der Dinge, die sie an ihrem Sohn am meisten liebt.

»Ich schreibe gerade einen Betrag über hundertsiebzig Euro gut, das ist los. Giuseppes Gesang war offenbar nicht gut genug für unseren Gast.«

»Du meinst den Amerikaner?«

»Wen sonst?« Sie ruft die Kontodaten der Dawsons auf.

»Heute Morgen beim Frühstück hat er sich darüber beschwert, dass seine Frau Kopfschmerzen bekommt, weil die Wände im Speiseraum zu rosa sind.«

»Davon habe ich gehört.« Loretta verdreht die Augen. »Anscheinend bereitet alles in San Marco der Frau Kopfschmerzen. Würdest du den beiden eine kleine Käseplatte aufs Zimmer bringen? Sag ihnen, sie geht aufs Haus, ein Weihnachtsgeschenk. Vielleicht werden die Beschwerden dann weniger.«

»Klar, mach ich, und ich werde darauf achten, dass ich in ihrer Nähe auf keinen Fall summe, nicht dass er noch eine Rückerstattung für seinen gesamten Aufenthalt verlangt.«

»Ja, sei vorsichtig.« Sie lacht, sieht ihm nach, wie er in der Küche verschwindet und sie kurz darauf mit der Käseplatte in der Hand wieder verlässt. Während er die Stufen hinauf zu den Gästezimmern nimmt, schreibt sie das Geld widerwillig dem Konto der Dawsons gut und antwortet auf zwei E-Mail-Anfragen. Alberto kommt aus der Küche und stellt sich hinter sie. Sein Atem geht lauter und schneller als normal, was sie augenblicklich nervt.

»Du solltest dich mal hören«, sagt sie, die Augen auf den Monitor geheftet. »Rauch ruhig weiter, es tut dir ja offensichtlich gut.«

»Es geht mir nicht gut.«

»Das war auch sarkastisch gemeint.«

»Loretta«, keucht er mit erstickter Stimme.

Sie dreht sich zu ihm und sieht, wie er sich auf die Rezeption stützt. Sein Gesicht glänzt vor Schweiß. »Was ist? Stimmt etwas nicht?«

Alberto schnappt kopfschüttelnd nach Luft.

Sie fasst ihn am Arm. »Sag mir, was los ist!«

Seine Knie geben nach, er sackt in sich zusammen und landet auf dem Fußboden.

»Alberto!«, ruft sie. »Alberto!« Sie lässt sich auf die Knie fallen und dreht ihn auf den Rücken. Er regt sich nicht, seine Augen sind geschlossen. Das laute Atmen ist plötzlich verstummt.

Atmet er überhaupt noch? Sie kann es nicht sagen. »Rocco! Hilfe!«

Sie tastet nach seinem Puls. Hat er noch Puls? Auch das kann sie nicht sagen.

»Rocco!«, ruft sie erneut.

Rocco kommt die Treppe heruntergerannt. »Papà!«

»Ruf den Rettungsdienst!«, weist sie ihn an. »Schnell!«

Rocco stürzt zum Telefon, wählt den Notruf und nennt der Koordinatorin in der Zentrale eilig die Details.

Ist er tot? Santa Maria, ist er tot?

»Ist er tot?« Ihre Stimme klingt schrill.

»Ich weiß es nicht, Mamma. Ich weiß es nicht!«

Sie blickt über die Schulter zum Eingang, inständig hoffend, dass Marina zurückkommt.

Eine zunehmende Anzahl von Hotelgästen versammelt sich in der Lobby.

Alberto regt sich noch immer nicht.

»Haben Sie einen Notarzt gerufen?«, fragt jemand.

»Kann jemand Erste Hilfe?«, will ein anderer wissen.

»Reanimation!«, schreit Loretta. »Wer weiß, wie man ihn wiederbelebt?«

Die Gäste schütteln die Köpfe und murmeln Entschuldigungen.

»Ich werde ihn wiederbeleben«, sagt sie zu Rocco.

»Weißt du, wie das geht?«

»Nein.«

Sie kippt Albertos Kopf zurück, öffnet seinen Mund und senkt ihre Lippen auf seine. Er schmeckt nach kaltem Rauch. So fest sie kann, bläst sie einen abgehackten Atemstoß in seinen Mund, dann einen weiteren. Wie oft soll sie das wiederholen? Sie versucht es noch dreimal.

»Drück auf sein Herz«, weist sie Rocco an.

Rocco eilt an Albertos andere Seite und drückt mit zitternden Händen in die Mitte von Albertos Brust. »Ich weiß nicht, was ich machen soll!« Hinter seinen Brillengläsern sind Tränen zu sehen.

»Mach weiter. Noch ein paarmal.« Sie holt tief Luft und beugt sich erneut über Albertos Lippen.

Gemeinsam versuchen sie, ihn wiederzubeleben, aber Alberto bleibt totenstill.

Langsam geht Loretta die Luft aus, ihr wird schwindelig. *Hör nicht auf*, ermahnt sie sich, als ihre Erschöpfung zunimmt. *Hör nicht auf.*

»Ich bin Arzt.« Ein Hotelgast, der heute Morgen eingetroffen ist, ein junger Australier, Signor Taylor, ragt über ihr auf. »Was ist geschehen?«

»Ich weiß es nicht. Ich weiß es nicht! Er hat gesagt, es geht ihm nicht gut, dann ist er zusammengebrochen.« Sie rutscht zur Seite und krabbelt auf Rocco zu.

Signor Taylor geht neben Alberto auf die Knie und hält das Ohr dicht an seinen Mund. »Sie haben die Rettung gerufen?«, fragt er Loretta.

»Ja.«

»Hat er etwas zu sich genommen, worauf er allergisch sein könnte? Alkohol oder Medikamente?« Er hebt Albertos Arm an und fühlt seinen Puls.

Der Signore stellt seine Fragen schnell, also antwortet sie

schnell. »Er hat keine Allergien, nein. Beim Mittagessen hat er ein Glas Rotwein getrunken. Keine Medikamente, er nimmt nie Medikamente.«

»Hatte er in der Vergangenheit einen Schlaganfall oder Herzstillstand?«, erkundigt er sich.

»Nein.«

»Irgendwelche anderen Erkrankungen?«

»Nein.« Sie schluckt. »Er raucht.«

»Das dachte ich mir.« Signor Taylor hebt eines von Albertos Augenlidern an und leuchtet ihm mit einer Taschenlampe ins Auge, dann folgt das nächste. Albertos Pupillen sind erweitert. »Ich übernehme die Herz-Lungen-Reanimation, bis die Rettung eintrifft.«

»Sie sind Arzt, sagten Sie?« Sie muss es noch einmal hören.

»Neurochirurg.«

Grazie a Dio.

Der Dottore gibt Alberto zwei kräftige Atemzüge. Sie sieht, wie sich die Brust ihres Mannes hebt und senkt. Dann drückt der Australier fest und mit unerschütterlicher Sicherheit auf Albertos Herz, viel öfter als Rocco, bevor er ihm zwei weitere Male in den Mund bläst und die Kompressionen anschließend wiederholt. Er handelt ruhig und besonnen. Dieser wundervolle Mann mit dem Gesicht eines Engels weiß genau, was er tut.

Rocco schlingt die Arme um Loretta, und sie bleiben zusammengekauert am Boden hocken, während Signor Taylor erneut laut bis dreißig zählt und bei jeder Zahl fest auf Albertos Brust drückt.

Loretta starrt einen Fleck auf dem Teppich neben Albertos Kopf an.

Dio, ich flehe dich an, meinen Alberto zu retten. Bitte lass mich wieder sein Lachen hören. Lass mich ihn wieder singen hören. Ich verspreche, dass ich ein guter Mensch sein werde, wenn du ihn verschonst. Albertos lächelndes Gesicht an ihrem Hochzeitstag kommt ihr in den Sinn, wie stolz er war, neben ihr vor dem Altar zu stehen.

Sie betet, bis das Paisley-Muster des Teppichs zu verschwimmen beginnt. Blinzelnd blickt sie auf und betrachtet die tuschelnde Menge. Kurz begegnen ihre Augen denen von Signora Taylor, der jungen Frau des Arztes, die ganz in der Nähe steht. Ihre Figur, *Gesù Cristo*. Was für ein seltsames Paar die beiden abgeben! Der Ehemann sieht mit seinen fein gemeißelten Zügen aus wie ein Laufstegmodel. Selbst in dieser verzweifelten Situation entgeht Loretta nicht, wie stechend blau seine Augen sind.

»Ich glaube, er atmet.« Der Arzt hält sein Ohr erneut dicht vor Albertos Mund. »Ja. Er atmet tatsächlich.«

»Wird er wieder?« Rocco berührt Albertos Schulter.

»Das weiß ich nicht. Wie heißt er?«

»Alberto«, antwortet Rocco.

Der Arzt fasst Alberto bei den Schultern und schüttelt ihn grob. »Alberto! Können Sie mich hören? Alberto! Wachen Sie auf!«

Albertos Kopf baumelt hin und her.

»Er kommt einfach nicht zu sich«, wispert Loretta ihrem Sohn zu, als der Dottore ihn ein weiteres Mal schüttelt.

Plötzlich ist Albertos Keuchen wieder da. Loretta war noch nie so froh, es zu hören.

Die nächsten Minuten vergehen so schnell, dass sie verschwimmen. Die Notfallsanitäter treffen ein und drängen sich an den Schaulustigen vorbei. Sie sprechen Englisch mit dem Arzt, der sich den Schweiß von der Stirn wischt. Mit seiner Größe, den breiten Schultern und der tiefen Stimme nimmt er den ganzen Raum ein.

»Sie haben ihm das Leben gerettet, Dottore. Bravo.« Die Sanitäterin, eine zierliche Brünette, klimpert mit den Lidern.

Die übrigen Sanitäter prüfen Albertos Blutdruck und Sauerstoffwerte. Dann schütteln auch sie ihn. »Alberto, wachen Sie auf!«

Er stöhnt, doch seine Augen bleiben geschlossen, während er unregelmäßig, rasselnd atmet.

»Signora, wir bringen ihn ins Krankenhaus. Im Boot ist nur Platz für den Patienten«, sagt einer der Sanitäter.

»Ich gehe zu Fuß«, entscheidet sie.

Rocco steht auf, dann hilft er Loretta hoch. Sie umarmen sich fest. Er zittert noch immer, genau wie sie.

Nachdem sie sich voneinander gelöst haben, dreht Loretta sich um, aber der Arzt ist nirgendwo zu sehen.

Eine Bahre wird hereingebracht und Alberto darauf gehievt, danach bringt man ihn zur Rückseite des Hotels, die auf einen Kanal hinausgeht. Dort wartet das Rettungsboot. Während die Sanitäter die Bahre hinausrollen, hält Loretta Albertos schlaffe Hand. Weiß er, was vor sich geht? Leidet er?

Sie lässt seine Hand erst los, als sie loslassen muss.

Sobald Alberto weg ist, kommen einige der Gäste auf sie zu und murmeln tröstende Worte. Rocco schiebt sie durch die Menge und schirmt sie mit seinem Körper ab.

Erst als sie die Schaulustigen hinter sich gelassen haben, sieht Loretta die Nonne, die ganz allein vor dem großen Weihnachtsbaum in der Mitte der Lobby steht. Die Nonne trägt einen hellbraunen Habit und einen schwarzen Schleier, unter dem dicht am Ohr eine mit Grau durchzogene blonde Strähne hervorschaut. Sie sieht Loretta direkt an, den Kopf schräg gelegt, ein schüchternes, beinahe fragendes Lächeln auf den Lippen.

Für einen Moment befürchtet Loretta, dass heute nicht nur Albertos Herz stehen bleibt. Sie schlägt die Hand auf ihre hämmernde Brust und geht mit wackeligen Schritten auf die Nonne zu, bis kaum noch Abstand zwischen ihnen ist. Sie muss sich zwingen, nicht die Hand auszustrecken und das Gesicht der anderen Frau zu berühren, so gern würde sie sich vergewissern, dass sie keine Erscheinung ist. »Flavia?« Lorettas Stimme klingt heiser. »Bist das wirklich du?«

»Ich habe meinen Geburtsnamen schon seit Jahrzehnten nicht mehr gehört.« Flavias Lächeln wird breiter. »Hallo, Loretta. Wie geht es dir?«

Loretta fehlen die Worte. Alles um sie herum verblasst. Sie sieht nichts anderes mehr als Flavia.

»Es tut mir leid, ich habe mir keinen guten Zeitpunkt für meine Ankunft ausgesucht.« Flavia ringt die Hände. »War das dein Mann? Ich hoffe, es geht ihm bald wieder gut.«

»Was machst du hier?«

Flavia lacht leise auf. Es ist sechsunddreißig Jahre her, seit Loretta dieses Lachen zum letzten Mal gehört hat, aber es hat noch immer die gleiche Wirkung auf sie. »Liegt das nicht auf der Hand? Ich bin deinetwegen hier.«

Loretta kann nicht aufhören, sie anzustarren, ist verzaubert von Flavias haselnussbraunen Augen, ihren vollen Lippen. Ihre Schönheit hat mit zunehmendem Alter nicht nachgelassen.

Rocco tritt zu ihnen. *»Buon Natale, suora.«* Er nickt Flavia respektvoll zu, dann wendet er sich an Loretta. »Mamma, soll ich dir etwas fürs Krankenhaus holen?«

Die Anwesenheit ihres Sohnes ruft Loretta in Erinnerung, wo sie ist, wessen *Ehefrau* sie ist. Sie ertappt sich dabei, dass sie in Verzückung gerät, als würde Albertos Leben nicht am seidenen Faden hängen. Wer weiß schon, ob er noch atmet?

»Bitte bring mir meine Handtasche«, sagt sie zu Rocco. »Mein Handy brauche ich auch. Und pack meine Brille ein.«

Als Rocco mit schnellen Schritten davoneilt, hebt sie das Kinn und sieht Flavia direkt in die Augen. »Wenn du meinetwegen hier bist, kommst du zu spät. Sechsunddreißig Jahre zu spät.« Sie entfernt sich von der Nonne.

»Loretta!«, ruft Flavia.

Loretta bleibt stehen, aber sie dreht sich nicht um.

»Ich bin in San Zaccaria untergebracht, im dortigen Pfarrhaus.« Flavias Stimme schallt durch die Lobby.

Ohne sich umzusehen, hält Loretta auf die Glastüren des Hotels zu. Draußen, in der eisigen Luft von Venedig, steckt sie ihre Hand in den Pulloverkragen und tastet Trost suchend nach dem Medaillon. Es stimmt, dass sich Loretta viele Male von der Heiligen Jungfrau im Stich gelassen gefühlt hat, aber sie glaubt fest daran, dass dies heute nicht der Fall sein wird. Die Madonna hat sich ihr bereits gezeigt, denn sie hat ihr den Arzt mit dem Engelsgesicht geschickt, damit er Albertos Leben rettet.

Die Finger fest um das Medaillon geschlossen, betet Loretta zur Heiligen Jungfrau, bittet sie, dafür zu sorgen, dass Alberto sich gut erholt.

Mit schnellen Schritten geht sie zum Krankenhaus. Erst als ihre Zähne zu klappern beginnen, wird ihr bewusst, dass sie das Hotel ohne Mantel verlassen hat. Sie hat noch nicht einmal darauf gewartet, dass Rocco ihr die Handtasche bringt. Trotzdem geht sie weiter, weg von der Frau, die sie verlassen hat, hin zu dem Mann, der das hoffentlich nicht tun wird.

Sophie

Sophie fragt sich, ob die Frau, die sie zum Hotel bringen soll, für eine neue Staffel von *Das große Rennen* trainiert. Sie ist so weit vor ihr, dass Sophie sie fast in der Menge verliert. »Entschuldigen Sie … Verzeihung«, murmelt sie alle paar Sekunden einer immer größer werdenden Anzahl von verärgerten Fremden zu, die sie in dem verzweifelten Versuch, sich nicht abhängen zu lassen, zur Seite stößt.

Ihr Tourguide, eine Stabheuschrecke in weißer Lederhose und High Heels, die sich ihr am Flughafen Marco Polo nicht wirklich vorgestellt hat, bleibt gnädigerweise am Fuß einer Treppe stehen, um etwas in ihr Handy zu tippen. Sophie fängt an zu laufen und schließt zu ihr auf. Es ist die fünfte Treppe, die sie hinaufgestiegen ist, seit sie von Bord des Vaporettos gegangen ist. In ihren Fantasien über die wunderschönen Kanäle von Venedig kam nicht vor, dass man ebendiese Kanäle auf Fußgängerbrücken mit unzähligen Stufen überqueren muss. Ihr ist heiß, obwohl es eiskalt ist, und eines der Gummirädchen an ihrem nagelneuen Koffer wackelt bereits.

Ebenfalls nagelneu sind die knallpinken Stiefeletten, die sie im vergangenen Monat auf Instagram angeklickt hat und die anschließend Tag für Tag bis zu achtmal in ihrem Feed auftauchten, bis sie irgendwann einknickte und sie kaufte. Jetzt scheuern sie an ihren Fersen, mit Sicherheit wird sie Blasen bekommen. In der Tierwelt bezeichnet man so etwas als »aggressive Mimikry«: Der Räuber lockt das Opfer an, damit er es töten kann. Raubtier/Stiefeletten – ein und dasselbe.

In den vergangenen fünf Minuten ist sie bereits an einem halben Dutzend Boutiquen vorbeigekommen, in deren Schaufenstern jede Menge traumhaft schöne Stiefel stehen. Wahrscheinlich kosten sie nur halb so viel wie die Folterwerkzeuge, die sie trägt. Wer kauft sich auch Lederschuhe, *bevor* er nach Italien reist?

»Folgen Sie mir, bitte.« Die Stabheuschrecke sieht Sophie nicht an, bevor sie zu einem neuerlichen Geschwindigkeitsrekord ansetzt. Sophie, die den schweren, schlingernden Rollkoffer hinter sich herzerrt, könnte genauso gut dem Road Runner nachjagen. »Da wären wir, Signora.« Ihr Tourguide bleibt abrupt stehen und wedelt mit einem Zettel unter Sophies Nase herum. »Das ist das Hotel Il Cuore. Wenn Sie hier unterschreiben würden, *prego*.«

Sophie unterschreibt den gelben Zettel. »Vielen Dank, ich schätze …« Aber die Frau stürmt bereits davon, zurück zum Canal Grande.

»Meep! Meep!«, sagt Sophie leise. Sie sollte dankbar sein, dass das *Foodie*-Magazin überhaupt jemanden organisiert hat, der sie vom Flughafen zum Hotel begleitet, zumal sie unzählige Male rechts und links abgebogen sind, um in diese schmale Straße – eher eine Gasse – zu gelangen.

Sie nimmt sich eine Sekunde, um die Fassade des in der ganzen Welt bekannten Traditionshotels zu bewundern – ein dreigeschossiges, leuchtend blaues Gebäude, das wie ein Juwel zwischen den roten und cremefarbenen Häusern der Umgebung erstrahlt –, dann schleppt sie ihr Gepäck die sechs Stufen zum Eingang hinauf. Beschämt denkt sie daran, wie verlegen sie am Flughafen in

Melbourne war, als man bei der Gepäckabfertigung einen riesigen Aufkleber mit der Aufschrift »HEAVY« auf ihren Koffer pappte. Während sie sich jetzt beinahe die Schulter ausrenkt, um ihn auf die oberste Stufe zu wuchten, verflucht sie insgeheim die Sophie von gestern, die fast ihre gesamte Kleidung für diesen Zwei-Wochen-Trip hineingestopft hat, nur um für »sämtliche Gelegenheiten« gerüstet zu sein.

Schwitzend stemmt sie sich gegen die Glastür, durch die man in die Lobby gelangt. Das Il Cuore ist genau so, wie es im Internet beschrieben wird: ein wenig beengt, altmodisch, charmant, mit einem plüschigen gemusterten Teppich, dicken weißen Säulen, an denen künstliche Pflanzen emporranken, aufwendigen Kronleuchtern mit Deckenrosetten, einer Rezeption aus dunklem Mahagoni und einem riesigen Weihnachtsbaum in der Mitte der Lobby.

»*Buongiorno*, Signora. Frohe Weihnachten! Checken Sie ein?« Ein Angestellter kommt vom gegenüberliegenden Ende der Lobby auf Sophie zu.

Oh, hallo! Wen haben wir denn da? Groß. Häkchen. Dunkle Haare, dunkler Teint. Häkchen. Gut aussehend. HÄKCHEN.

Sie strahlt ihn an, als wäre sie kein keuchendes, verschwitztes Wrack. »Hi! Ja, ich bin gerade angekommen. Mein Name ist Sophie Black. Die Reservierung könnte auch auf Foodie Mag oder Foodie Enterprises laufen, vielleicht aber tatsächlich schlicht auf Sophie Black. Ja, das wird es sein. Nur damit keine Verwirrung entsteht. Ha!« *Hör auf zu reden.*

»Ah, Sie sind die Food-Journalistin! Gestatten Sie mir, Ihren Koffer zu nehmen, bitte. *Prego, prego.* Kommen Sie, folgen Sie mir. Ich bin Rocco Bianchi, der Sohn von Loretta Bianchi!« Er geht ihr voran zur Rezeption, die mit einer üppigen Lichtergirlande verziert ist. »Marina. Marina! Die Signora aus Australien ist eingetroffen. Marina! Wo bist du denn? Warten Sie bitte hier, Signora Black. Nehmen Sie doch Platz!« Er deutet auf die Samtbrokatcouch neben der Rezeption. »Einen Moment, bitte.« Eilig verschwindet er hinter einer Schwingtür.

Bewegen sich eigentlich alle Venezianer im Laufschritt fort? Macht man das hier so?

Sophies Handy vibriert in der Handtasche. Sie zieht es hervor und wirft einen Blick aufs Display. Eine Textnachricht von Bec.

Bist du schon da?

Wie gefällt dir bella Venezia?

Watest du in Gummistiefeln durchs Wasser?

Bin gerade erst angekommen!

Von Hochwasser keine Spur, aber die Temperatur ist eisiger als Nicole Kidman.

Gehe gleich zur Piazza San Marco und sehe mich mal in aller Ruhe um.

Wie läuft denn dein Weihnachten so?

Postapokalyptisch. Alle liegen im Fresskoma.

Gib mir morgen Bescheid, wie's dir so geht.

Kann es kaum erwarten, zu hören, was du über Signora Bianchi berichtest!

Habe gerade ihren Sohn kennengelernt.

Nicht schlecht!

Oh, das ist toll, aber kann der Mann kochen?

Rocco kehrt mit einer Frau zurück, bei der es sich mit ziemlicher Sicherheit um seine Zwillingsschwester handelt. Beide sind hochgewachsen und schmal, beide haben große braune Augen, hohe Wangenknochen und unbändige schwarze Locken – seine kurz, ihre etwas über schulterlang. Beide tragen eine Brille, Rocco eine kleine, runde mit Metalldraht im John-Lennon-Stil, Marina eine große mit rotem Plastikgestell. Beide sehen nahezu einschüchternd gut aus.

Rocco deutet mit einer schwungvollen Geste auf Marina. »Da ist sie: meine Schwester!« Als würde er Sophie einem hochrangigen Mitglied der englischen Königsfamilie vorstellen. *Du lieber Himmel!*

»Frohe Weihnachten, Signora. Hat Rocco Ihnen die Situation erklärt?« Marina nimmt hinter dem Empfang Platz. Sie ist eine deutlich weniger überdrehte Version ihres Bruders.

Bevor Sophie etwas erwidern kann, wirft Rocco dazwischen: »Nur eine *klitzekleine* Unannehmlichkeit, Signora.« Mit Daumen und Zeigefinger deutet er ihr an, wie klein die Unannehmlichkeit ist. »Unser Papà hatte heute eine *klitzekleine* Herzattacke.«

Was zur Hölle …? »Eine Herzattacke? O mein Gott! Geht es ihm gut?«

»Ja, *grazie a Dio* wurde er gerettet und befindet sich nun im Krankenhaus«, teilt Rocco ihr mit. »Es ist alles in Ordnung.«

»Es ist *nicht* alles in Ordnung.« Marina wirft ihm einen tadelnden Blick zu. »Unser Vater ist heute beinahe gestorben. *Fürs Erste* ist er stabil, aber er liegt auf der Intensivstation, und die Ärzte sagen, er muss operiert werden. Wir wissen nicht, was die nächsten Tage, geschweige denn die nächsten Wochen oder Monate bringen werden. Unsere Mutter ist verständlicherweise bei ihm im Krankenhaus. Es kann sein, dass sie für längere Zeit nicht arbeiten kann. Es tut mir leid, Signora, aber wir müssen unsere Zusage zurücknehmen.«

Die Luft weicht aus Sophies Lunge. »Verstehe.«

»Aber Papà wird bald nach Hause kommen, und dann läuft alles wieder in gewohnten Bahnen …«, beschwichtigt Rocco.

»Für eine lange Zeit wird *nichts* wieder in gewohnten Bahnen laufen«, fällt Marina ihm ins Wort. »Das Timing könnte nicht schlechter sein, das ist mir bewusst, aber unter diesen Umständen können wir keine Food-Journalistin in der Küche gebrauchen …«

Das darf doch nicht wahr sein.

Rocco starrt mit zusammengebissenen Zähnen zu Boden.

Marina seufzt. »Ich muss mich entschuldigen, Signora.«

Sophie reißt sich zusammen. »Machen Sie sich bitte keine Gedanken, das ist kein Problem.«

»Vielen Dank für Ihr Verständnis. Darf ich Ihnen bei der Organisation des Rückflugs nach Australien behilflich sein?«

Nicht so schnell, junge Frau, gib mir eine Minute. »Nein, nein, Sie haben schon genug um die Ohren. Ich kümmere mich morgen früh darum und werde so schnell wie möglich verschwinden, das verspreche ich.«

»Sie müssen sehr müde sein nach dem langen Flug.« Marina lächelt. Anscheinend ist ihr Sophie nicht länger ein Dorn im

Auge, jetzt, da sie zugestimmt hat, wieder abzureisen. »Erlauben Sie uns, Ihnen ein Stück Früchtekuchen und eine Tasse Tee zu bringen. Rocco zeigt Ihnen gleich Ihr Zimmer. Ich bitte Sie nochmals um Entschuldigung, Signora Black.« Marina reicht ihr eine Schlüsselkarte.

Rocco führt Sophie durch die Lobby und besteht darauf, ihr Gepäck zu tragen. Sophie humpelt hinter ihm her. Sobald sie allein ist, wird sie die Stiefeletten in den Müll werfen – oder auch nicht, sie sehen so toll aus.

Kaum sind sie aus Marinas Hörweite verschwunden, beugt sich Rocco zu Sophie. »Ignorieren Sie, was meine Schwester gesagt hat. Reisen Sie nicht ab. Marina denkt, sie kann unsere Mamma überreden, nicht zu arbeiten, aber damit wird sie niemals Erfolg haben! Bleiben Sie und warten Sie, bis unsere Mutter wieder da ist. Sie hat sich so auf die Arbeit mit Ihnen gefreut.«

»Sind Sie sicher? Es macht nichts, wenn ich sie nicht gleich kennenlerne, wir hatten vereinbart, dass ich zwei Wochen bleibe, aber irgendwann in dieser Zeit müsste ich …«

»Ein paar Minuten, bevor Sie eingetroffen sind, habe ich mit unserer Mutter telefoniert. Sie hat versucht, mich zu überreden, sie im Krankenhaus zu vertreten, damit sie heute Abend in der Küche und im Restaurant sein kann. Papà treibt sie offenbar in den Wahnsinn.« Rocco lacht leise auf. »Es wird nicht lange dauern, bis sie wieder am Herd steht, das verspreche ich Ihnen.«

»Eine Operation am Herzen ist keine Kleinigkeit. Möglicherweise unterschätzen Sie die Lage.«

»Ich kenne meine Eltern. Papà wird das Krankenhaus so schnell wie möglich verlassen wollen, und Mamma wird an nichts anderes denken als an das Restaurant. Unsere Wohnung befindet sich hier im Hotel, deshalb könnten wir abwechselnd nach ihm sehen. Bitte reisen Sie nicht ab, Signora. Bleiben Sie.«

Er lächelt sie an, und sie beschließt augenblicklich zu bleiben, selbst wenn Signora Bianchi ihre Arbeit nicht rechtzeitig wieder aufnimmt. Wer könnte einem so charmanten Italiener schon etwas abschlagen?

»Vielleicht sollten wir abwarten, wie sich die Dinge bei Ihren Eltern entwickeln, allerdings müsste ich meine Chefin um ihr Einverständnis bitten.«

»Ausgezeichnet! Tun Sie das! Reisen Sie nicht ab, und wenn Mamma zurückkehrt, wird sie Ihnen die besten venezianischen Rezepte für Ihr Magazin vorstellen. Mamma ist eine wunderbare Köchin. Sie ist überhaupt der wunderbarste Mensch der Welt. Sie werden schon sehen!«

»Ich kann es kaum erwarten, Signora Bianchi kennenzulernen.« Sophies Gedanken schweifen blitzschnell zu ihrer eigenen Mutter. Penelope hat heute schon viermal angerufen, aber Sophie hat den Anrufbeantworter drangehen lassen. Ihr ist bewusst, dass sie sie zurückrufen sollte. Wenn man an Weihnachten die Anrufe der eigenen Mutter nicht erwidert, wann dann?

Sie bleiben vor dem Aufzug stehen. Aufzüge wie diesen, mit einem schmiedeeisernen Gitter vor der Tür, kennt sie bislang nur aus alten Filmen. Rocco lässt sie eintreten, dann folgt er ihr mit ihrem Gepäck und schließt Gitter und Tür per Hand.

»Ihr Zimmer befindet sich im ersten Stock. Wir haben Ihnen unser schönstes gegeben.« Wieder lächelt er sie an, und ihr Herz schlägt einen kleinen Purzelbaum. »Ein weiterer Grund, warum Sie bleiben müssen, ist die Venice-Rising-Ausstellung, die heute begonnen hat«, fährt er fort. »Zwölf Tage lang sind hier Kunstwerke aus aller Welt zu finden, bis Epiphanias, dem Dreikönigsfest. Die Ausstellung ist sehr wichtig für den Klimaschutz.« Er schwingt die Arme beim Sprechen hin und her, als würde er Akkordeon spielen.

»Tatsächlich? Das werde ich gleich mal nachlesen.«

Sie stehen so dicht zusammen, dass sie den Kaffee in seinem Atem riechen kann. Der Aufzug rattert und wackelt und braucht sehr viel länger, als es zu Fuß dauern würde. Sie mustert Roccos Gesicht, so wie sie die Gesichter der Stewards mustert, wenn die Maschine, in der sie sitzt, durch Turbulenzen fliegt. Er wirkt völlig unbeeindruckt. Als der Aufzug endlich mit einem lauten Geräusch zum Stehen kommt, hat sie den Eindruck, auf der Spitze des Empire State Buildings angelangt zu sein.

»Prego.« Er bedeutet ihr, ihm voran die Kabine zu verlassen und den Flur zu betreten, der auf beiden Seiten mit pastellrosa Türen versehen ist. Am anderen Ende des mit Teppich ausgelegten Flurs, dem Aufzug gegenüber, befindet sich ein vergoldeter Rahmen mit einem großen Porträt des Papstes.

»Der Papst!«, ruft sie und deutet aufgeregt auf das Gemälde, genau wie sie es tut, wenn sie aus dem Auto Kühe sieht.

»Ja. *Il Papa.* Mögen Sie ihn?«

»Ähm, ich bin nicht sonderlich religiös.«

»Ich auch nicht. Aber meine Mamma« – er stößt einen leisen Pfiff aus – »ist ausgesprochen gläubig.«

Gut zu wissen. Keine Jesus-Witze.

Er schließt die letzte Tür auf der rechten Seite des Flurs auf und hält sie für sie auf. »Das ist Ihr Zimmer. Willkommen, Signora.«

»Sophie.«

»Okay. Ich hoffe, Sie genießen Ihren Aufenthalt bei uns, Sophie.«

Sie betrachtet die vertikal gestreifte rosa-weiße Tapete, die bestickte Leinentagesdecke auf dem Messingbett, den gemütlichen Sessel in einer der Ecken sowie die weiße Kommode, auf der eine Vase mit frischen zartrosa Rosen steht. Das Zimmer entspricht genau ihren Kindheitsträumen. Wäre da nicht der brennende Schmerz an ihren Fersen, wäre sie vor Freude in die Luft gesprungen.

Rocco geht zum Fenster und stößt die roten Fensterläden auf.

Die zarten Vorhänge bauschen sich in der kühlen Brise. »Es ist frisch, aber kommen Sie doch bitte für eine Sekunde her, Sophie. Kommen Sie und hören Sie!«

Von unten schallen die klangvollen Stimmen der Gondolieri zu ihnen herauf. Sie durchquert das Zimmer, beugt sich aus dem Fenster und blickt hinunter auf den schmalen Kanal. Zwei Gondeln gleiten nacheinander vorbei. Die Gondolieri ziehen die Köpfe ein, wenn sie unter der Fußgängerbrücke hindurchfahren. Ein kleines Mädchen, das mit seinen Eltern in der Gondel sitzt, entdeckt Sophie und Rocco und winkt. Sophie winkt zurück, Rocco wirft dem Kind einen Luftkuss zu. Die Kleine schlägt kichernd die Hand vor den Mund, dann verschwindet die Gondel um die Ecke.

Die Kirchenglocken fangen an zu läuten, volltönend und melodisch.

»Die Glocken von dem Turm auf der Piazza San Marco«, erklärt er. »Nur jetzt, zwischen Weihnachten und Epiphanias, läuten sie zu jeder vollen Stunde. Sonst lediglich zweimal am Tag.«

»Was für ein wundervoller Klang!«, ruft Sophie begeistert.

Das Glockengeläut scheint direkt von nebenan zu kommen, dabei ist die Piazza San Marco ein ganzes Stück vom Hotel entfernt.

Als das Läuten endet, schließt Rocco die Fensterläden. »In zwei Minuten bin ich wieder da und bringe Ihnen eine kleine Leckerei«, verspricht er. »Wenn es an der Tür klopft, wissen Sie, dass ich es bin, Rocco.« Er rückt seine Brille zurecht.

Sophie betrachtet diesen netten, sexy Mann mit den schwarzen, in alle Richtungen abstehenden Locken, der ihre Taschen getragen und sie in dieses kleine Stück Himmel geführt hat. Gleich wird er sie mit Essen und Trinken verwöhnen – es fehlt nicht viel, und sie wird sich in ihn verlieben.

Er hat das Zimmer kaum verlassen, als ihr Handy vibriert und einen eingehenden Anruf ankündigt. Als sie sieht, dass es Penelope ist, lässt sie es klingeln. Die Reise nach Venedig hat sie davor bewahrt, das Weihnachtsfest in dem deprimierenden Reihenhaus ihrer Mutter zu verbringen und gekauften Plumpudding zu essen, aber irgendwann wird sie mit ihr sprechen müssen.

Es klopft. Sie öffnet. Rocco steht vor der Tür, in den Händen ein Silbertablett mit einer geblümten Porzellanteekanne, dazu passender Tasse und einem Teller, auf dem zwei dicke Stücke eines üppigen Früchtekuchens liegen.

»Mammas ganz besonderer Marantega-Kuchen«, verkündet er stolz, während er eintritt und das Tablett vorsichtig auf die Kommode stellt. »Mamma backt an den zwölf Weihnachtstagen jeden Tag einen frischen Marantega, einen ›Hexenkuchen‹ – eine typische venezianische Süßspeise. Heute genießen wir den ersten. Ich hoffe, er schmeckt Ihnen, Sophie.«

Sie bricht ein großes Stück mit den Fingern ab. Der Kuchen zergeht auf ihrer Zunge, die Aromen von Fenchel, Aprikose und Rosinen wetteifern miteinander. »Hmm. Köstlich.«

»Gut, nicht wahr? *Buon appetito.*« Er wirft einen Blick auf die Uhr. »Wir sehen uns um achtzehn Uhr im Restaurant zum Abendessen, ja?«

»Werden Sie ohne Signora Bianchi klarkommen?«

»Ach, irgendwie wird es schon gehen.« Er unterstreicht seine Worte mit Gesten, als würde er mit den Händen sprechen. »Unser Papà fehlt natürlich ebenfalls in der Küche, aber unsere Cousine Chiara und unser Cousin Salvatore sind aus Padua gekommen, um uns zu helfen. Sie arbeiten hier, doch über Weihnachten haben sie eigentlich Urlaub.« Er lacht. »Wie dem auch sei – so schlimm wird es nicht werden. Mamma hat heute Morgen alles vorbereitet, bevor der arme Papà …« Er verstummt und seufzt. »Morgen wird es natürlich schwieriger werden … Die Touristen kommen nur her, um Mamma zu sehen und ihre Kochkünste zu genießen.

Ich hoffe, sie sind nicht allzu enttäuscht, wenn Signora Bianchi nicht da ist und ihr *cretino* von Sohn den Kochlöffel schwingt.«

»Ich würde mich freuen, Sie zu unterstützen«, bietet Sophie an. »Ich kenne mich aus in der Küche.«

»Das ist sehr freundlich von Ihnen, aber Sie sind hier, um einen Artikel über Mamma zu schreiben, nicht, um in der Küche zu arbeiten.« Er schaut erneut auf seine Armbanduhr. »Sie ruhen sich jetzt erst einmal aus. Trinken Sie Ihren Tee, bevor er kalt wird, und essen Sie den Kuchen. Bis um sechs im Restaurant. Ich werde den besten Tisch für Sie reservieren.«

Nachdem er das Zimmer verlassen hat, öffnet sie erneut die Läden und setzt sich ans Fenster, die Hände um die wärmende Tasse mit dem dampfenden Tee gelegt.

Allein mit ihren Gedanken, wird sie augenblicklich von Traurigkeit überwältigt. Seit Sophie im letzten Monat die Wahrheit über ihre Mutter erfahren hat, kommen ihr immer wieder Penelopes Worte in den Sinn und hören nicht auf, sie zu quälen.

»Es war kein Herzinfarkt. Ich war es.«

Penelope war betrunken, als sie dies bei einem ihrer immer donnerstags stattfindenden Mutter-Tochter-Abendessen gestand. So betrunken, dass Sophie sich nicht sicher ist, ob ihre Mutter sich noch an das erinnert, was sie gesagt hat, während sie verkochte Unterschale vom Rind mit flüssigem Kartoffelbrei servierte. Penelope war früher eine gute Köchin, doch diese Zeiten sind lange vorbei.

Am nächsten Nachmittag hatte Penelope angerufen, als wäre nichts passiert, als hätte sie mit ihrer Offenbarung nicht Sophies gesamte Welt in Stücke gesprengt.

Kopfschüttelnd denkt Sophie daran zurück, wie Penelope ihr nur einen Tag später berichtete, sie habe ein neues Thermomix-Rezept ausprobiert: »Der schneidet sogar die Zwiebeln für mich klein, Liebling. Du solltest dir wirklich auch einen besorgen!«

Hör auf, über den Thermomix zu reden, du kaltblütige Mörderin!, hätte Sophie am liebsten ins Telefon geschrien.

Der Gesang der Gondolieri erfüllt die Luft. Sophie nippt an ihrem Tee. Sie wird Penelope nicht ewig aus dem Weg gehen können, aber jetzt ist sie erst einmal hier, in dieser schönen Stadt, weit weg von ihrer Mutter.

Sie isst den Kuchen auf, dann packt sie ihren Koffer aus. Als die Glocken fünfmal schlagen, schlüpft sie in weniger schmerzhafte Schuhe, bindet ihre Haare zum Pferdeschwanz, steckt die Schlüsselkarte ein und verlässt das Zimmer.

Im Flur steht sie erneut dem etwas unheimlichen, riesigen Porträt von Papst Franziskus gegenüber. Er sieht aus, als würde er etwas verbergen.

Unten in der Lobby sind die Ziehharmonikatüren zum Restaurant weit geöffnet. Sobald man hindurchschreitet, fühlt man sich wie in einem Zauberwald. Die hohe Glasdecke vermittelt einem das Gefühl, sich im Freien zu befinden, strategisch platzierte Gasheizungen sorgen für eine angenehme Wärme. Mehr als ein Dutzend Tontöpfe, die Sophie bis zu den Hüften reichen, sind bepflanzt mit knapp zwei Meter hohen Baumfarnen, durchzogen von Lichterketten mit unzähligen kleinen Lämpchen. Die Farne sind zwischen ungefähr zwanzig quadratischen Tischen verstreut, auf denen rosa-weiß karierte Tischdecken liegen. Auf jedem steht eine Vase mit leuchtend bunten Rosen. Es ist kein Wunder, dass dieser verwunschene Ort so berühmt ist.

Sophie verharrt einen Moment, um all die Schönheit auf sich wirken zu lassen, dann atmet sie tief durch und stößt die Schwingtür mit der Aufschrift *Nur für Personal* auf.

Die Atmosphäre in der großen, komplett weißen Küche ist chaotisch. Rocco und Marina sowie ein Mann und eine Frau, die ebenfalls groß und schlank sind und mit ihren lockigen Haaren auffallend gut aussehen – vermutlich der Cousin und die Cousine, von denen Rocco gesprochen hat –, reden wild durcheinander, während der Inhalt einer Reihe gigantischer Edelstahltöpfe auf dem Herd vor sich hin blubbert. Die wuchtige Kücheninsel mit der Arbeitsplatte aus Marmor in der Mitte des Raumes ist übersät mit einem Durcheinander aus Kochgeschirr, Trockentüchern, Gemüse auf Schneidbrettern und Dutzenden handflächengroßer Ravioli auf Backpapier.

Niemand nimmt von Sophie Notiz.

»Hi!«, ruft sie.

Alle plappern mit erhobenen Stimmen auf Italienisch weiter, alle machen ausladende Gesten.

»Hi!«, sagt sie noch einmal, lauter diesmal. Abrupt wird es still, und die vier drehen sich um und starren sie an.

»Signora, hallo.« Marina legt die Stirn in Falten. »Kann ich Ihnen helfen?«

»Ich bin hier, weil ich Ihnen die gleiche Frage stellen möchte.« Sophie lächelt. »Wie kann ich helfen?«

»Sophie.« Rocco breitet willkommen heißend die Arme aus und macht ein paar Schritte auf sie zu. Sein schwarzes Hemd hat unter den Achseln große Schweißflecke. »Das ist zu freundlich von Ihnen, aber ich habe Sie doch gebeten, sich um uns keine Gedanken zu machen.«

»Und ich habe beschlossen, diese Bitte zu ignorieren. Sie haben einen absolut schrecklichen Tag hinter sich. Ich habe mich ausruhen und eine köstliche Teepause genießen können – vielen Dank übrigens. Ich fühle mich wie neugeboren! Wenn alle einverstanden sind, können wir uns übrigens gern duzen. Ich bin Sophie.« Sie entdeckt eine Schürze an einem Haken neben der Tür. »Also …« Sie legt sich die Schürze um und bindet sie in der Taille zusammen. »Was soll ich als Erstes erledigen?«

Elena

Mamma umklammert Elenas Hand, als würde Elena verschwinden, wenn sie sie loslässt. Zusammen mit einer Nachbarin sitzen sie auf der abgenutzten braunen Couch in Mammas und Papàs Wohnung.

Mamma starrt Elena an. Bei den seltenen Gelegenheiten, bei denen sie videogechattet hatten, hatte Elena die Beleuchtung manipuliert, um vor Mamma zu verbergen, wie schlimm es geworden ist. Sie hatte auch versucht, sich so weit wie möglich hinter ihrem Ehemann zu verstecken. Es war immer Christian gewesen, der das Telefon in der Hand hielt. Als sie vor drei Stunden vor ihrer Tür aufgetaucht sind, hat Mamma sie zum ersten Mal seit fünf Jahren wirklich zu Gesicht bekommen.

»Du hast dich verändert.« Mamma schnappte nach Luft.

Elena erwiderte nichts. Stattdessen warf sie sich in Mammas offene Arme, und seitdem lassen sie einander nicht mehr los.

Die Wohnung quillt über von Verwandten und Freunden, die Christian zum ersten Mal begegnen und gleichzeitig sehen, was aus Elena geworden ist. Sie weicht ihren Blicken aus und schaut sich stattdessen im Raum um. Es hat sich nicht viel verändert. Der alte Fernseher steht immer noch auf einer verschossenen Holztruhe, die spärlich mit grünem Lametta geschmückt ist. Die Spitzenvorhänge aus Polyester sind gelber, als sie sie in Erinnerung hat.

Sie bedecken das einzige kleine Fenster im Zimmer. Es geht auf die schmale Gasse hinaus. Daneben hängt Mammas Ziertellersammlung an der Wand. Elena liebt alles an dieser winzigen, vollgestopften Wohnung. Es war ihr gar nicht bewusst, wie sehr sie sie vermisst hat.

Nach einer 32-stündigen Reise sind sie heute am späten Vormittag in Venedig angekommen. Nachdem sie im Il Cuore eingecheckt hatten, wollte Elena unbedingt sofort hierherkommen, um Mamma zu sehen, doch Christian musste sich erst ausruhen. Nur wenige Stunden vor dem Abflug in Sydney hatte er seine Abschlussprüfung absolviert und war für vier Stunden tief und fest eingeschlafen, sobald sein Kopf das Kissen berührt hatte. Elena lag die ganze Zeit aufgeregt neben ihm und wartete darauf, dass er endlich aufwachte. Am Ende weckten ihn Signora Bianchis Hilferufe aus der Lobby. Binnen Minuten war er angezogen und auf dem Weg die Treppe hinunter.

Elena verstand noch nicht einmal, worum es eigentlich ging, während Christian bereits auf die versammelte Menge zurannte, die Leute mit den Ellbogen aus dem Weg stieß, die Ärmel hochkrempelte und mit der Wiederbelebung des alten Hotelbesitzers begann.

Elena kennt ihren Ehemann seit sechs Jahren, doch heute hat sie ihn zum ersten Mal in Aktion erlebt. Christian blieb bei Signor Bianchi, bis die Rettungssanitäter alles unter Kontrolle hatten, dann stahl er sich davon und schob Elena eilig aus dem Hotel, noch bevor ihm jemand danken konnte. Keiner von ihnen hat hier bei Mamma etwas von dem Vorfall erwähnt.

Elenas Cousine Marta, in einem unmöglich tief ausgeschnittenen Oberteil, streckt Christian ihre Brüste so weit entgegen, dass Elena nicht überrascht wäre, wenn sie sich die Wirbelsäule brechen würde. Christian hatte schon immer eine ganz besondere

Wirkung auf andere Menschen. Jetzt ist er ins Gespräch vertieft mit Padre Alessandro, der extra wegen Papàs Beerdigung die lange Strecke vom Vatikan nach Hause zurückgelegt hat. Alessandro ist noch so, wie er war, bevor Elena nach Sydney ging, ungefähr zur selben Zeit wie er nach Rom. Er sieht nach wie vor unfassbar gut aus, und man würde ihn mit seinen blonden, welligen Haaren, die ihm über die blaugrauen Augen fallen, eher für ein skandinavisches Model halten als für einen katholischen Priester aus Italien.

Alessandro wirft ihr verstohlene Blicke zu, während Christian mit ihm redet. Alle werfen ihr verstohlene Blicke zu. Sie kann es kaum ertragen, doch wie sollte sie es ihnen verdenken? Sie würde ebenfalls starren.

Elena lässt den Trubel über sich ergehen und konzentriert sich auf den Weihnachtsbaum. Er ist spärlich dekoriert, reicht ihr kaum bis zur Hüfte und steht unbeachtet wie ein schüchterner Gast in der hintersten Ecke des Zimmers. Darum herum stapeln sich farbenfroh eingepackte Geschenke.

Sie erinnert sich an einen Weihnachtstag, als sie ein Kind und ihr Bruder Paolo noch am Leben und ihr Zuhause noch ein Ort voller Freude und Gelächter war. Papà hatte eine Obstkiste aus seinem kleinen Obst- und Gemüseladen zu einem Gokart umgebaut. Sie hatte mit im Wind wehenden Haaren zwischen Paolos Beinen gesessen und vor Freude und Angst gekreischt, während Papà sie das steile Gefälle zur Piazza hinunterschob.

Eine dicke Staubschicht bedeckt die Bodendielen rund um den Weihnachtsbaum. Natürlich hatte Mamma während der vergangenen Monate keine Zeit zum Putzen, musste sie sich doch ganz allein um Papà kümmern. Elenas Kehle wird eng. Sie drückt Mammas Hand.

Es gibt so viel zu sagen, aber Papà ist erst seit vier Tagen tot, und Elena findet einfach noch keine Worte. Ihre Trauer ist wie eine offene Wunde, fast so, als hätte sie ihre Haut abgestoßen, sodass nun das rohe Fleisch darunter zum Vorschein kommt.

Die Gespräche gehen weiter, auch ohne sie. Die weibliche Verwandtschaft pendelt geschäftig zwischen Küche und Wohnzimmer hin und her, organisiert wie eine Ameisenarmee, belädt Kühlschrank und Tisch mit Speisen für die morgige Bestattung, stellt Geschirr und Besteck bereit. Elena hat angeboten zu helfen, aber ihre Tanten wollen nichts davon hören. »Setz dich zu Anna-Maria«, sagen sie. »Sie war ganz allein.«

Es ist klar, was ihre Worte bedeuten: *Dein Vater ist gestorben, und du bist nicht nach Hause gekommen.*

Elena braucht ihre Tanten nicht, um sich schuldig zu fühlen. Sie könnte sich ohnehin nicht schlechter fühlen.

In ihrem Kopf läuft eine endlose Playlist aus Schuld, Reue, Schuld, Reue. Mamma hatte sie im vergangenen Monat angerufen und ihr die Nachricht überbracht, dass die Behandlung von Papà nicht zum gewünschten Ergebnis führte – der Krebs hatte gestreut. »Sie geben ihm noch einen Monat, vielleicht zwei. Der Krebs ist jetzt überall, in seiner Lunge, der Leber, der Wirbelsäule. Es fällt mir schwer, mich um ihn zu kümmern. Es ist so anstrengend, Elena. Ich muss ihm allein auf die Toilette und wieder herunterhelfen, ihn duschen und anziehen.« Mammas Stimme brach.

»Was ist mit deinen Schwestern?«, fragte Elena. »Können sie nicht helfen?«

»Das tun sie doch. Sie unterstützen mich, wann immer sie können, aber sie haben ihre eigenen Familien. Ich brauche jemanden, der die ganze Zeit über hier ist.« Mamma zögerte. Dann: »Komm nach Hause, Elena. Wir brauchen dich.«

Aber Elena kam nicht nach Hause.

Sie schließt für einen kurzen Moment die Augen und holt tief Luft.

Eine Berührung an der Schulter lässt sie zusammenzucken.

»Alles okay, Babe?« Christian steht neben ihr.

»Ja. Ich bin nur müde.«

Er streicht ihr übers Haar. »Sag mir, wenn du aufbrechen möchtest.«

»Noch einen Moment.« Sie will der Menge entfliehen, sich im Hotel verkriechen, aber sie ist noch nicht bereit, Mamma loszulassen, die in den fünf Jahren seit Elenas Hochzeit in Sydney um Jahrzehnte gealtert ist.

Ihr einst dunkelbraunes Haar ist jetzt größtenteils grau, sie hat abgenommen, ihr Gesicht hat tiefe Falten, und sie sieht sehr viel älter aus als zweiundfünfzig. Die schwarze Trauerkleidung, die sie trägt, lässt sie noch älter erscheinen. Ein schlichtes Wollkleid hängt an ihr herab, zwei Nummern zu groß. Sie muss es sich von einer ihrer Schwestern geborgt haben.

»Müssen wir morgen wirklich Schwarz tragen, Zia?«, ruft Elenas Cousine Portia Mamma quer durchs Zimmer zu.

»Warum fragst du sie, wenn ich dir die Antwort bereits gegeben habe?«, ruft Zia Romina zurück.

»Schwarz ist so morbid«, beschwert sich Portia. »Es sollte ein Fest sein.«

»Ein Fest?«, fragt Zia Romina. »Was genau feiern wir denn? Es ist ein Begräbnis, kein Karneval!«

»Wir feiern das Leben von Zio!« Portia passt sich der Lautstärke ihrer Mutter an.

Zia Romina wedelt mit dem Arm durch die Luft. »Was für ein Leben? Der arme Mann ist mit neunundfünfzig tot, Gott hab ihn selig!« Sie bekreuzigt sich.

»In England tragen bei Begräbnissen mittlerweile alle leuchtend bunte Farben«, beharrt Portia.

»Wenn du England so toll findest, dann geh und leb dort!«

Zia Romina schreit jetzt förmlich. »Mal sehen, wie es dir gefällt, wenn du selbst kochen und putzen musst!«

Christian fängt Elenas Blick auf, und sie tauschen ein kurzes Lächeln. Er spricht kein Italienisch, aber das ist auch nicht nötig. Die Stimmung ist deutlich zu spüren.

Zum Glück belässt Portia es dabei, und Elena nimmt ihre eingehende Inspektion der Wohnzimmermöbel wieder auf. Abschalten ist das Einzige, was jetzt noch hilft. Wenn sie daran denkt, dass Papà tot und ihr Leben ein einziges Chaos ist, wird sie zusammenbrechen. Und das darf sie nicht. Heute braucht Mamma sie, also holt Elena ein weiteres Mal tief Luft und lächelt.

Zia Sonia, eine weitere Schwester von Mamma, nähert sich der Couch mit einem Silbertablett. Sie beugt sich vor, um Mamma ein Stück von ihrer speziellen *Torta dea marantega* anzubieten. Für ihre Tante ist es Tradition, jedes Jahr an Weihnachten einen Marantega-Kuchen zu backen, der so groß ist, dass er für die ganze Familie reicht. Verblüfft stellt Elena fest, wie sehr sich ihr Leben verändert hat, seit sie aus Venedig fortgegangen ist, während hier offenbar alles beim Alten bleibt.

Mamma lässt Elenas Hand los und nimmt sich ein Stück. Elena spürt, dass alle Augen im Raum auf sie gerichtet sind, als Zia Sonia ihr das Tablett entgegenstreckt. Sie schüttelt den Kopf. Nein.

Mamma legt die Hand an Elenas Wange. »Wie ist das passiert?«, wispert sie.

»Die Dinge sind außer Kontrolle geraten«, antwortet Elena aufrichtig. »Ich werde so nicht bleiben, das verspreche ich.«

Sie schaut zu Christian auf, der jetzt ihre Cousins und Cousinen mit der wahren Geschichte unterhält, dass sie um ein Haar ihren Flug verpasst hätten, weil dem Uber, in dem sie saßen, das Benzin ausgegangen ist.

Ich werde so nicht bleiben, verspricht Elena sich selbst.

Gayle

Es war ein Tag voller Höhen und Tiefen. Zunächst hatten sie auf die Insel Murano übergesetzt, zu den Glasbläsern. Das war vielleicht etwas! Der Mann, dessen Vorführung sie sich anschauten, brauchte nur ein paar Minuten, um ein Glaspferd zu blasen. Das er Gayle schenkte. Der Raum war voller Zuschauer. *Pickepackevoll!* Und er wählte sie aus!

»Ich wette meinen letzten Dollar darauf, dass er das wegen deines ›I love Venice‹-Sweatshirts getan hat!«, rief Mike auf der stürmischen Vaporetto-Fahrt zurück nach San Marco. »Hab ich's nicht gesagt? Den Einheimischen gefällt es, wenn wir so etwas tragen.«

»Und du hattest wie immer recht, Schatz.«

Auf die freudige Überraschung mit dem Glaspferd folgte das Drama mit der Gondelfahrt.

»Es lag gar nicht so sehr daran, dass der Gondoliere nicht singen konnte«, beschwerte sich Mike anschließend bei ihr, »eher daran, dass ich mich so darauf gefreut hatte, mit ihm *zusammen* zu singen.«

Mike sagte, er habe sich eine Auswahl von Sinatra- oder Elvis-Hits vorgestellt, die er und dieser Giuseppe im Duett hätten singen können, zur Freude der Leute, die sich über die Balkonbrüstungen lehnten, um zu lauschen, während die Gondel vorbeifuhr. Gayle hätte das Ganze aufnehmen und in den Blog stellen können.

Doch natürlich konnte Mike nicht mitsingen, wenn sämtliche Lieder auf Italienisch waren.

»Ich nehme an, die Italiener machen das absichtlich«, schäumte er, »damit sie die ganze Aufmerksamkeit für sich beanspruchen können.«

Zum Glück hatte Signora Bianchi darauf bestanden, ihnen die Kosten für die Gondelfahrt zu erstatten. Sie hatte sie sogar damit überrascht, dass sie ihren liebenswerten Sohn Rocco mit einer wirklich großzügigen Käseplatte zu ihnen geschickt hatte. Wie Mike zu sagen pflegte: »Es lohnt sich, sich zu beschweren.«

Wenn sie diesen Käse doch bloß hätten genießen können! Stattdessen war die Hölle losgebrochen, als Signora Bianchi unten anfing zu schreien, als stünde das Hotel in Flammen. Natürlich waren sie Rocco nach unten gefolgt, als dieser losrannte, um nachzusehen, worum es bei dem Aufruhr ging. Andere Gäste schlossen sich ihnen an, was beinahe zu einer Massenpanik geführt hätte. Gayle hielt sich am Geländer fest, während sich andere Gäste auf der Treppe an ihr vorbeischoben. Sie lief, so schnell sie konnte, um mit Mike mitzuhalten, der flinker und fitter war als sie. Als sie in der Lobby ankamen, war sie völlig außer Atem.

Signor Bianchi lag bewusstlos am Boden, seine völlig aufgelöste Frau kauerte neben ihm. Signora Bianchi sah sie direkt an, als sie in die Menge fragte, ob sich irgendwer mit Erster Hilfe auskannte, und Gayle schüttelte schuldbewusst den Kopf. Alles, was sie tun konnte, war, zuzusehen und sich zu fragen, ob der bedauernswerte alte Kerl tatsächlich ausgerechnet am ersten Weihnachtstag das Zeitliche gesegnet hatte.

Signor Bianchi in einem solchen Zustand zu sehen, ließ Gayle instinktiv die Hand nach Mike ausstrecken – sie musste sich vergewissern, dass ihr eigener Ehemann unversehrt und lebendig war.

Wäre da nicht dieser wundervolle junge australische Arzt gewesen, der genau im richtigen Augenblick erschien, weiß der Himmel, was aus Signor Bianchi geworden wäre. Der ausgesprochen gut aussehende Doktor hatte dem alten Herrn vor ihren Augen das Leben gerettet. Sie und Mike schlossen sich den anderen Gästen an und spendeten dem hervorragenden Arzt einen herzlichen und wohlverdienten Applaus.

Als sie in ihr Zimmer zurückkehrten, war der Käse hart und warm, weil er neben der Heizung gestanden hatte, was Mike erneut in schlechte Stimmung versetzte.

Und dann, genau wie Mike es in weiser Voraussicht prophezeit hatte, war Signora Bianchi nicht rechtzeitig zum Abendessen zurück gewesen. Stattdessen wurden sie von einem der jüngeren Familienmitglieder bedient, unterstützt von einer neuen australischen Kellnerin namens Sophie. Das Personal war hilfsbereit und freundlich, vor allem Sophie. Man hätte nicht vermutet, dass sie neu war, doch sie erzählte Gayle, sie wäre erst vor ein paar Stunden aus Melbourne eingetroffen. Die Australier hatten dem Il Cuore tatsächlich den Tag gerettet!

Sophie war so charmant und souverän, dass man hätte meinen können, sie würde schon seit Jahren im Hotel arbeiten. Sie war ein sehr hübsches junges Ding mit blonden Locken, die sie zu einem hohen Pferdeschwanz gebunden hatte, großen grünen Augen und leuchtend rot geschminkten Lippen. Auch ihr Kleid war hübsch – im Fünfzigerjahre-Stil mit fliederfarbenem Blümchenmuster und einem breiten schwarzen Gürtel. Dazu trug sie eine enge Perlenhalskette und flache schwarze Mary Janes. Sie verströmte einen Hauch altes Hollywood.

Doch so liebenswert Sophie auch war – sie waren wegen Signora Bianchi hergekommen, sie war der einzige Grund, warum sie beschlossen hatten, im Il Cuore zu buchen. Trotz der Bemühungen von Sophie und den jüngeren Bianchis, den Betrieb aufrechtzuerhalten, war Signora Bianchis Abwesenheit deutlich zu spüren.

Gayle und Mike waren gestern in Venedig eingetroffen, und als sie am Abend im Il Cuore gespeist hatten, war Signora Bianchi an ihrem Tisch stehen geblieben und hatte einige Minuten mit Gayle geplaudert, hatte sogar für ein Foto mit ihr posiert. Als Gayle die Aufnahme später betrachtete, wünschte sie sich, sie hätte vor dem Abendessen etwas anderes angezogen als ihren Trainingsanzug und sich für einen stützenden BH entschieden. Sie sah und fühlte jeden Tag der fünfundsiebzig Jahre, die sie alt war. Signora Bianchi dagegen, nur neun Jahre jünger als sie, sah in Wirklichkeit noch besser aus als auf dem gemeinsamen Foto. Groß, gertenschlank und feingliedrig – all das, wovon Gayle nur träumte. Signora Bianchis olivfarbene Haut strahlte vor Gesundheit, was vermutlich an dem wundervollen Essen lag, das sie kochte (und vielleicht auch an den Genen). Gayle war so fasziniert von der berühmten Köchin, dass sie Mühe hatte, ihre köstliche Mahlzeit, bestehend aus geschmorten Rindermedaillons und gebratenem Wurzelgemüse, zu sich zu nehmen. Ihr Magen war voller Schmetterlinge.

Heute Abend jedoch, ohne Signora Bianchi, die zwischen den Tischen umhereilte und mit jedem ein nettes Wort wechselte, war die Stimmung im Restaurant gedämpft. Sie hatten sich bei Rocco nach Signor Bianchi erkundigt, und sosehr es sie freute, zu erfahren, dass er stabil war, gingen sie anschließend doch ein wenig enttäuscht nach oben. Es war ganz sicher nicht das besondere Weihnachtsessen, zubereitet von Signora Bianchi, gewesen, von dem sie zu Hause geträumt hatten.

Jetzt sitzen sie in ihrem Hotelzimmer an dem kleinen Tisch neben dem Bett, die Stühle eng zusammengestellt, das iPad vor sich, und warten auf den Videochat mit ihren Kindern zu Hause in Little Rock. Justin, ihr ältester Sohn, soll den Anruf machen.

»Mittlerweile ist er über fünfzig und weiß immer noch nicht, was Pünktlichkeit bedeutet.« Mike wirft einen Blick auf die Uhr. »Herrgott noch mal, es ist schon drei Minuten nach. Ich könnte ihn anrufen und mich nach dem Grund für die Verspätung erkundigen.«

»Gib ihm noch eine Minute, Schatz.« Die Worte sind kaum über ihre Lippen gekommen, als Justins Name auf dem Bildschirm aufblinkt.

»Zum Antworten über die Oberfläche wischen«, sagt Mike und streicht mit dem Finger über das iPad.

Gayle geht das Herz auf, als die lächelnden Gesichter ihrer Kinder, Enkel und Urenkel erscheinen, die aus drei verschiedenen Häusern streamen.

»Mom!«

»Hey, Pop!«

»Frohe Weihnachten, Nanna und Gramps!«

»Sag Hallo zu Big Nanna, Amber!«

»Sieh mal, Joshy, da ist Gramps!«

»Frohe Weihnachten, wir vermissen euch!«

Gayle ist überwältigt, von allen auf einmal begrüßt zu werden, und weiß nicht, mit wem sie zuerst sprechen soll, daher winkt sie und schickt Luftküsschen in Richtung Bildschirm. Es ist das erste Mal, dass sie einen Gruppen-Videocall ausprobieren, und Gayle könnte Justin küssen für seine Idee, sie auf diese Weise zusammenzubringen. Sie kann kaum glauben, dass er es geschafft hat und sie hier in Italien ist und in die Gesichter ihrer Lieben in den USA blickt.

»Na, sieh mal einer an«, sagt Mike lachend. »Ist die Technik nicht eine fantastische Sache?«

Das Lächeln ihrer Kinder und Enkel verwandelt sich in Stirnrunzeln.

»Wir können dich nicht hören, Pop!«, sagt Susan, ihre älteste Tochter. Sie sitzt neben Hank, ihrem Mann, Gayles Urenkelin Elsie auf dem Schoß. Gayles Enkelinnen und ihre Ehemänner drängen sich hinter ihnen. Die ganze Familie trägt Weihnachtspullover, sogar Baby Elsie. Es ist einfach zu süß.

»Wie meinst du das, du kannst mich nicht hören?«, fragt Mike mit zunehmender Lautstärke. Dann, noch lauter: »Und jetzt?«

Gayle zuckt zusammen, doch die anderen schütteln die Köpfe.

»Du hast auf lautlos gestellt, Pop«, sagt Elizabeth, ihre andere Tochter. Ihr Mann Derrick sitzt neben ihr, die drei Söhne mit ihren Frauen sind ebenfalls da.

»Kannst du mich jetzt verstehen?«, brüllt Mike.

Elizabeths zweijähriger Enkel, Hudson, streckt die Hand aus, berührt den Bildschirm und deutet auf Gayle. »Big Nanna!«

Gayle berührt ebenfalls den Bildschirm.

Justins Sohn Corey sagt: »Stell die Stummschaltung aus, Pop.«

Mike wendet sich an Gayle. »Was meint er damit?«

»Tipp auf das Mikrofon«, sagt Justin.

»Welches Mikrofon?«

»Tipp zuerst auf den Bildschirm, Pop. Dann solltest du ein Mikrofon-Symbol sehen.«

»Ah, da ist es ja.« Mike tippt auf das Mikrofon. »Könnt ihr mich jetzt hören?«, bellt er.

Die Kinder lachen und applaudieren.

»Wie zum Teufel geht es euch beiden? Wir vermissen euch jetzt schon.« Justin streicht sich über den Kopf, auf dem keine Haare mehr wachsen. »Erzählt uns von Venedig.«

Mike stürzt sich direkt in die Geschichte über die Fahnen schwenkenden Demonstranten in den kleinen Booten, die gestern versuchten, ihr Kreuzfahrtschiff vom Anlegen abzuhalten. »Da sind wir, eure Mom und ich, endlich in Venedig und aufgeregt wie sonst was, und dann werden wir von einer Bande wütender italienischer Ganoven *attackiert*! Ich musste eure Mom in die Kabine zurückziehen, in Sicherheit bringen, für den Fall, dass sie eine Granate an Deck werfen oder Gott weiß was tun!«

Um die Wahrheit zu sagen, handelte es sich keineswegs um eine Bande, nur um drei junge Männer und eine Frau in einem winzigen Boot, die eine Fahne schwenkten und alles andere als bedrohlich wirkten. Als das riesige Kreuzfahrtschiff anlegte, waren sie hoffnungslos unterlegen und hatten keine andere Wahl, als den Weg frei zu machen. Gayle lächelt, während Mike seine aufgebauschte Version der Geschichte weiter ausführt.

»Es war fast unmöglich, an Land zu gehen«, beschwert er sich. »Ihr hättet mal hören müssen, wie sie uns ausgebuht haben. Am liebsten hätte ich sie verklagt!«

Bei den »Buhrufen« handelte es sich um einen Protestruf auf Italienisch, doch das kleine Boot war so weit weg, dass der Wind die Stimmen der Demonstrierenden davontrug.

Die Kinder haben diese Episode natürlich in Mikes Blog von gestern Abend gelesen, doch sie hören aufmerksam zu und machen genau die richtigen Geräusche. Gayle liebt sie dafür.

»Warum haben sie euch ausgebuht, Gramps?«, fragt Elizabeths Sohn Elijah. Das Schlangentattoo in seinem Nacken ragt aus dem Kragen. Gayle gibt sich alle Mühe, sich daran zu gewöhnen.

Mike zuckt mit den Achseln. »Keine Ahnung. Wir haben nichts falsch gemacht! Diese Europäer machen sich ja ständig wegen irgendeiner Belanglosigkeit ins Hemd.«

Elijah zieht eine gepiercte Augenbraue in die Höhe. »Gramps, das ist jetzt aber ein bisschen rassis...«

»Warum packen wir nicht wie geplant die Geschenke aus?«, unterbricht Gayle ihn hastig. »Seid ihr bereit?«

Sofort entsteht Chaos, als die Geschenke, die Gayle vor ihrer

Abreise liebevoll verpackt hat, in den verschiedenen Häusern verteilt werden. Es freut sie so sehr, ihnen beim Auspacken zuzuschauen, ihre Gesichter zu sehen, wenn sie ihre Päckchen öffnen. Bei manchen, wie bei den neuen Sitzbezügen für Coreys SUV, handelt es sich um abgesprochene Wünsche, andere sind Überraschungen – zum Beispiel die Keramiklockenwickler für Justins Tochter Jemima.

»Nanna! Genau die habe ich mir gewünscht!«, jubelt Jemima. »Woher wusstest du das?«

»Ich habe mich bei deiner Mom erkundigt.« Gayle strahlt ihre Schwiegertochter Nicky an.

»Ich habe dich lieb, Nanna. Vielen Dank!« Jemima haucht einen Luftkuss in Richtung Bildschirm.

»Vergiss nicht, dich auch bei Gramps zu bedanken«, sagt Gayle liebevoll. »Er ist derjenige, der uns all das ermöglicht.«

»Vielen Dank, Pop!«, »Danke, Gramps!«, tönt es prompt.

»Für den Dawson-Klan ist mir nichts zu viel«, sagt Mike stolz.

»Wie wäre es mit einem Gebet?«, schlägt Hank vor, und alle senken den Kopf. »Herr Jesus, unser Heiland und Retter …«

Gayles Arme schmerzen, so sehr sehnt sie sich danach, sie alle zu umarmen. Dies ist das erste Weihnachtsfest, das sie nicht im Kreis ihrer Familie in Arkansas verbringt.

»Wie ist Signora Bianchi denn so, Mom?«, erkundigt sich Susan nach dem Gebet.

Bevor sie eine Antwort geben kann, erzählt Mike ihnen von dem Drama wegen Signor Bianchis Herzstillstand. »Das war's dann mit dem eigentlichen Grund für unsere Venedig-Reise. Die Signora werden wir so bald wohl nicht wieder zu Gesicht bekommen.«

»Ich habe sie trotzdem kennengelernt«, sagt Gayle. »Gleich am ersten Abend. Sie war einfach hinreißend. Oh, und erst einmal das Restaurant, ein richtiger kleiner Wald – nun, so stelle ich mir den Garten Eden vor!«

Gayle liebt es, sich nachmittags *Kochen mit Gina* im Fernsehen anzuschauen. Signora Bianchi ist Stammgast in der Sendung, wann immer Gina aus ihrer Heimatstadt Bologna nach Venedig reist. Gayle ist äußerst angetan von Signora Bianchi, noch sehr viel mehr als von Gina, deshalb war sie mehr als dankbar, als Mike sie mit dem Urlaub in San Marco überraschte – noch dazu mit Aufenthalt in Signora Bianchis Hotel! Die große Italienreise war so geplant, dass sie Weihnachten dort verbringen würden. Mike wusste, dass Gayle traurig wäre, wenn Noah nicht an ihrem Weihnachtstisch saß, also hatte er die Idee mit Venedig, Gott segne ihn.

Jetzt jedoch stellt sie fest, dass die Reise nichts ändert – nach Italien zu fliehen, lindert ihren Kummer nicht. Der erste Weihnachtstag ist fast vorbei, und sie glaubt nicht, dass ihr Herz in Little Rock mehr schmerzen würde als hier, in Venedig. Es tut so weh, dass sie meint, es würde entzweibrechen. Außerdem hat sie furchtbare Kopfschmerzen. Allerdings hat sie neuerdings immer Kopfschmerzen.

Sie möchte sich nicht beschweren, denn Mike hat sich so große Mühe gegeben, ihr eine Freude zu machen, daher lächelt sie und winkt und wirft ihren Kindern, Enkeln und der Urenkelin am Ende des Videocalls erneut Luftküsschen zu.

Sobald der Bildschirm wieder schwarz ist, macht Mike sich auf die Suche nach dem iPad-Ladegerät. Gayle will gerade aufstehen, als ihr Handy pingt. Eine Textnachricht von Elizabeth ist eingegangen.

Wie geht es dir wirklich, Mom? Alles okay da drüben?

Es geht mir gut, Süße. Ich vermisse euch, das ist alles.

Ich vermisse Noah, Mom. Ohne ihn ist es nicht dasselbe.

»Wem schreibst du?«, fragt Mike.

»Bloß Lizzie.«

Ich weiß, Süße.

Ich vermisse ihn so sehr, dass ich einfach nur sterben könnte.

»Mit Lizzie? Was will sie denn noch? Ihr habt doch gerade eben miteinander gesprochen!«

»Nichts Wichtiges, Schatz.«

Loretta

Alberto stöhnt. Seine Augenlider flattern. Loretta springt vom Stuhl auf und eilt an seine Seite.

Er sieht sie unter schweren Augenlidern an und lächelt schwach. »Loretta.« Seine Stimme ist heiser. *»Ho sete.«* Ich habe Durst.

Die Krankenschwester, eine Frau namens Oriana mit langen, zu einem Pferdeschwanz zurückgebundenen wasserstoffblonden Haaren, die so jung aussieht, als würde sie noch zur Schule gehen, steht bereits an der anderen Bettseite und schenkt Alberto ein Glas Wasser ein. »Fühlen Sie sich wohl, Signore?«

»Wofür ist das?« Er zupft gereizt an seiner Nasenbrille.

»Sauerstoff. Bitte nicht anfassen«, antwortet die Schwester, während sie seine Temperatur misst. »Geht es Ihnen gut?«

»Nein.«

»Was stimmt denn nicht?«, will sie wissen. Ihr kindliches Gesicht ist voller Sorge.

»Ich möchte nach Hause.« Er richtet seine Worte an Loretta.

»Kann ich irgendetwas tun, damit Sie sich wohler fühlen?« Oriana legt die Hand auf seine Schulter.

Er hustet. »Ja, lassen Sie mich nach Hause gehen.«

»Das kann ich nicht, Signore. Ich piepse Dottore Falcone an und gebe ihm Bescheid, dass Sie wach sind.«

Alberto wedelt mit den Armen. »Ich habe bereits dem anderen

Arzt mitgeteilt, dass ich mich nicht operieren lassen werde.« Er wendet sich an Loretta. »Sag du es ihnen, *cara.* Sag ihnen, dass mir nichts fehlt. Ich bin ohnmächtig geworden, das ist alles.«

»Dir fehlt nichts?« Loretta schüttelt den Kopf. »Du bist heute fast gestorben! Dein Herz ist stehen geblieben!«

Die Vorhänge werden zurückgezogen, und der Kardiologe, der vor ein paar Minuten die Schicht übernommen hat, Luca Falcone, tritt ein. Luca ist der Sohn von Pia, einer von Lorettas ältesten Freundinnen. Sie kennt ihn seit seiner Geburt.

»*Buonasera,* Zio, Zia.« Er lächelt und überfliegt das Clipboard am Fußende des Betts. »Zio, meine Kollegen haben mir erzählt, dass du es ablehnst, dir einen Herzdefibrillator einsetzen zu lassen. Macht es dir etwas aus, mir zu erklären, warum?«

»Es ist unnatürlich, eine Maschine im Herzen zu haben. Außerdem geht es mir wieder gut. Sieh mich an – es ist mir nie besser gegangen. Ich kann sogar singen, hör nur!« Er stimmt in voller Lautstärke den Refrain von »O sole mio« an.

»Scht.« Loretta gibt ihm einen Klaps auf den Arm. »Du bist auf der Intensivstation, *cretino.*«

»Nur weil du singen kannst, ist es nicht ausgeschlossen, dass du einen weiteren Herzstillstand erleidest«, sagt Luca.

»Ich möchte nicht so enden wie Alfonzo Buccaletti«, entgegnet Alberto. »Er ist nach Mailand gefahren, um sich von dem am meisten gelobten Herzspezialisten in ganz Italien operieren zu lassen, und was ist passiert? *Bumm,* tot! Nein, danke – für mich kein *Bumm,* tot.«

Luca zieht einen Plastikstuhl heran und setzt sich neben Loretta. Der Stuhl ist zu klein für seinen hochgewachsenen, athletischen Körper, Luca ist weit über eins achtzig groß. Er war schon immer ein hübscher Junge, und auch jetzt, im mittleren Alter, ist er ausgesprochen attraktiv. In seinen dunklen Haaren, die zu einem

Man Bun gebunden sind, zeigt sich das erste Grau, genau wie in seinem ordentlich getrimmten Bart.

»Das mit Signor Buccaletti habe ich gehört«, räumt Luca ein, »aber du bist nicht in derselben Situation wie er. Er war ein sehr kranker Mann und die Operation extrem risikobehaftet – deshalb musste er ja nach Mailand fahren. Bei dir handelt es sich um eine simple OP, die ich schon Hunderte Male durchgeführt habe. Zudem muss ich eines sagen: Dafür, dass du ein so starker Raucher bist, sind deine Arterien in erstaunlich gutem Zustand. Der einzige Grund für deinen Herzstillstand ist der, dass dein Herz unregelmäßig schlägt, und zwar zu schnell. Wenn wir den Defibrillator einsetzen, ist das Problem gelöst. Du kannst damit hundert werden – vorausgesetzt, du hörst auf zu rauchen.«

Alberto wedelt wegwerfend mit der Hand. »Mein Herzschlag war einmal zu schnell, na und? Das kommt schon nicht wieder vor.«

»Da irrst du dich«, hält Luca dagegen. »Es ist sehr wahrscheinlich, dass es wieder passiert, und beim nächsten Mal hast du vielleicht nicht so viel Glück.«

»Hör auf Luca«, sagt Loretta. »Du musst dich operieren lassen, Alberto.«

Alberto reckt das Kinn vor. »Nein.«

Sie muss sich zusammennehmen, um ihm nicht erneut auf den Arm zu schlagen.

Luca dreht sich zu ihr. »Hast du versucht, ihn zu überzeugen, Zia?«

»Das habe ich.« Sie sieht Alberto mit verengten Augen an. »Auch Rocco und Marina waren hier, du hast sie knapp verpasst. Die beiden haben es ebenfalls versucht. Keiner von uns kann diesen Sturkopf zur Vernunft bringen.«

Luca steht auf. »Denk bitte darüber nach, Zio. Ich komme gleich noch mal vorbei, um nach dir zu sehen.«

Als Luca weg ist, befasst sich Oriana mit Albertos Patientenakte. Loretta öffnet den Mund, um ein ernstes Wort mit Alberto zu reden, aber er nimmt ihre Hand und umschließt sie fest.

»Ich habe Angst, Loretta«, flüstert er.

Ihr Zorn über seine Sturheit verpufft. Er sieht so schmal aus. »Wovor hast du Angst?«

»Davor, dass ich während der Operation sterbe, wie Alfonzo.«

»Du hast doch gehört, was Luca gesagt hat: Bei dir ist es etwas völlig anderes.«

»Trotzdem.«

»Ich habe mehr Angst, dass ich dich verliere, wenn du dich der Operation nicht unterziehst.«

»Du wirst mich nicht verlieren«, versichert er ihr. »Willst du, dass ich noch einmal singe, damit du hörst, wie kräftig ich schon wieder bin?«

»Bitte nicht!«

Er lacht, dann stößt er einen langen Seufzer aus und schließt die Augen. Die geschlossen bleiben.

Kurz darauf atmet er tief und gleichmäßig, und sie ist allein mit ihren Gedanken. Beschämenderweise schweifen ebendiese Gedanken von Alberto zu Flavia. Seitdem sie aus heiterem Himmel in der Lobby aufgetaucht ist, ist Loretta wie besessen von ihr.

Es ist nicht so, dass sie Alberto nicht liebt, er ist nur keine Konkurrenz, wenn es um ihre Liebe zu der Nonne geht.

Elena

»Erinnerst du dich an dieses alte amerikanische Hinterwäldlerpaar, das wir beim Einchecken gesehen haben? Ich bin ihnen im Flur begegnet, und der Alte winkt und ruft: ›*Hola*, Doktor!‹« Christian betritt lachend das Zimmer. »*Hola!* Also habe ich zurückgewinkt und ›*Ni hao*, Sir‹, erwidert. Er hat's nicht kapiert. Und erst mal diese ›I love Venice‹-Pullis, die die beiden tragen!«

Elena schnaubt. »Ich habe sie gaffen sehen, während du den Mann vom Hotel wiederbelebt hast.«

Auch sie hatte am Nachmittag genauso hilflos und nutzlos wie die anderen Gäste dagestanden und zugeschaut, wie Christian Signor Bianchi ins Leben zurückholte. Doch anders als bei den anderen ging es bei ihr nicht um eine morbide Faszination, sondern um aufrichtige Zuneigung. Sie liebt die Bianchis, kennt sie schon fast ihr ganzes Leben lang. Ihr Bruder Paolo hat als Junge jahrelang Fußball mit Rocco gespielt. Die Bianchis sind für Elena fast so etwas wie eine zweite Familie gewesen. Das letzte Mal hat sie sie vor zwölf Jahren auf Paolos Beerdigung gesehen. Damals war sie sechzehn.

Christian hat das Hotel Il Cuore ausgesucht. Sie wäre lieber irgendwo näher an Mammas Wohnung im jüdischen Viertel von Venedig abgestiegen, doch wie die meisten Ausländer, die die Stadt nicht kennen, war Christian voll und ganz auf San Marco fixiert. Das wie ein Farnenwald gestaltete Restaurant im Il Cuore mit der Glaskuppel hatte es ihm angetan – und natürlich die berühmte Signora Bianchi.

Sie hat ihm nicht gesagt, dass die Bianchis alte Bekannte sind; sie verlässt sich darauf, dass sie sie nicht wiedererkennen.

Christian geht in Richtung Bett, wo sie sitzt, und reicht ihr eine weiße Stoffserviette, in die etwas eingeschlagen ist. »Marina hat gesagt, dass sie Kuchen für die Gäste ins Restaurant stellen. Ich bin runtergegangen und habe dir etwas geholt.«

Sie öffnet die Serviette und spürt, wie sich ihr der Magen umdreht. »Oh, ein *cannolo*.«

»Mit Schokocreme. Du hast mir doch erzählt, dass du die früher am liebsten gegessen hast.«

Sie nickt. Das ist richtig. Wenn sie den *cannolo* isst, wird sie eine Menge Kalorien zu sich nehmen. Sie will ihn trotzdem. Oh, wie gern sie ihn essen möchte! Aber das wird nicht ohne Konsequenzen bleiben. Sie wird dafür büßen müssen, tagelang. Ist es das wert? In ihrem Mund sammelt sich Speichel.

»Nun iss schon, Ellie.« Christians Ton ist sanft. »Nur diesen einen, Babe.«

Er hat nicht mitbekommen, dass sie sich Marantega-Kuchen in den Mund gestopft hat, hinter der verschlossenen Badezimmertür in der Wohnung ihrer Mutter, sonst hätte er nicht »Nur diesen einen« gesagt.

Sie kaut auf ihrer Lippe. »Ich sollte darauf achten, was ich esse.«

»Es war ein harter Tag. Du hast es dir verdient.«

Er hat recht, es *war* ein harter Tag. Sie gibt nach und nimmt einen großen Bissen. Krümel fallen auf ihre Brust. »Hmm, lecker. Danke.«

Die Schokocreme ist köstlich. Sobald sie das letzte Stück *cannolo* geschluckt hat, bereut sie es. Nein, das war es nicht wert.

Christian geht ins Bad. »Lass uns vor dem Schlafengehen noch einen Spaziergang machen, Babe!«, ruft er zu ihr herüber. »Die Installationen für die Klimakunstausstellung, von der ich dir erzählt habe, wurden heute aufgebaut. Einige sollen nach Einbruch der Dunkelheit leuchten. Das klingt echt cool.«

»Ich bin total erschöpft, Christian. Ich möchte nicht mehr rausgehen.«

Normalerweise ist Elena der Klimawandel ein wichtiges Anliegen. Sie war sogar so leidenschaftlich daran interessiert, dass sie an der Uni Umweltrecht als Hauptfach gewählt hatte, doch im Augenblick könnte die ganze Welt in einem einzigen gigantischen Feuerball explodieren – es wäre ihr egal. Ihr Papà ist tot, und sie hat es nicht rechtzeitig zu ihm nach Hause geschafft. Sie hat darauf gewartet, dass Christian seine Abschlussprüfung beendet, damit sie gemeinsam nach Venedig kommen konnten. Und deswegen macht sie ihm Vorwürfe.

Sie hört ihn im Badezimmer gurgeln und ausspucken, dann ruft er: »Aber es ist Weihnachten, Ellie. Lass uns etwas Schönes unternehmen. Der ganze Tag war so verdammt deprimierend. Komm, zieh deinen Mantel an. Es wird dich aufmuntern.«

Sie weiß, dass sie dies für ihn tun sollte, dass sie diesen dämlichen Spaziergang mit ihm machen, sich die dämlichen Kunstinstallationen ansehen sollte. Es würde ihn glücklich machen, und er war so nett zu ihrer Familie.

Doch mit dem Tod ihres geliebten Papàs hatte sich ein Schalter in ihr umgelegt. Während sie für Venedig packte, während des gesamten Fluges, als sie den Fuß auf heimatlichen Boden setzte, während sie vernahm, wie Padre Alessandro den Messeablauf besprach, war ihr Zorn auf Christian immer größer geworden.

Deshalb hört sie sich in einem ihr völlig unbekannten Ton

sagen: »Nein, ich möchte nicht spazieren gehen. Mein Vater ist *tot.* Wenn du dir Kunst anschauen möchtest, dann bitte allein.«

Christian kommt mit einem Handtuch aus dem Badezimmer. In seinen Mundwinkeln ist Zahnpasta. Er wischt sich mit dem Handtuch über die Lippen und setzt sich zu ihr aufs Bett, streicht ihr eine Locke aus der Stirn. »Hol erst mal tief Luft.«

»Entschuldige«, flüstert sie. »Ich bin im Augenblick nicht ich selbst.«

»Alles wird gut, Babe«, sagt er leise.

»Ich weiß.« Sie seufzt. »Ich weiß.«

Gayle

Gayle und Mike sitzen Seite an Seite auf dem großen Messingbett, gemütlich unter die bestickte Steppdecke gekuschelt. Mike ist mit dem Weihnachtsbeitrag für seinen Blog beschäftigt. Er schildert ausführlich die Sache mit dem Glaspferd in Murano, den schrecklichen Gesang während der Gondelfahrt und dass sie deshalb eine Käseplatte aufs Haus bekommen haben. Die konnten sie allerdings nicht genießen, weil Signor Bianchi unmittelbar danach eine Herzattacke erlitt. Dann beschwert er sich, dass das anschließende Abendessen eher enttäuschend war, weil Signora Bianchi nicht wie geplant daran teilnehmen konnte – alles, was er den Kindern schon während des Videocalls erzählt hat. Gayle liest den Blog Korrektur, lacht an den richtigen Stellen anerkennend, und Mike tippt auf den Button, um ihn zu posten.

Nachdem das erledigt ist, macht er jedem von ihnen eine Tasse heiße Schokolade aus der Minibar.

»Du verwöhnst mich, Schatz.« Sie tätschelt seinen Arm. »Danke.«

Er steigt zurück ins Bett, schaltet den Fernseher ein, und sie sehen sich eine alte Folge von *Antiques Roadshow* an.

Nach ungefähr der Hälfte der Sendung hören sie einen Schrei und sehen einander mit weit aufgerissenen Augen an.

»Was war das?«, flüstert Gayle.

»Pst.« Mike legt einen Finger auf die Lippen.

»Klingt, als wäre der Schrei aus dem Hotel gekommen.«

»Pssst … Ich versuche, etwas zu hören.«

Sie klammert sich an seinen Arm. »Ich glaube, das war eine Frau. Vielleicht hat sie Schmerzen oder ist in Gefahr. Sollen wir etwas unternehmen?«

»Was denn?«

»Rausgehen und nach dem Rechten sehen.«

»Wir sind im Schlafanzug, Schatz. So können wir nicht rausgehen.«

Ein weiterer Schrei, noch verzweifelter als der Erste.

Diesmal springt Gayle aus dem Bett. »Bitte, Mike, das klingt schlimm!«

»Okay, okay, reg dich nicht auf.« Er schlägt die Decke zurück. »Du bleibst hier. Ich kümmere mich darum.« Er öffnet die Tür ein winziges Stück und steckt die Nase durch den Spalt, dann schließt er sie eilig wieder. »Nichts. Da draußen ist nichts.«

»Bist du dir sicher?«

»Ja. Muss von anderswoher gekommen sein.«

Sie ringt die Hände und schweigt einige Sekunden lang, doch dann folgt der nächste Schrei. »Schatz, die Schreie sind viel zu nahe, als dass sie anderswoher kommen könnten. Ich bin mir ziemlich sicher, dass im Hotel eine Frau schreit.«

»Nun, wir können kaum an die Türen von Fremden hämmern, oder? Das wäre unhöflich, schließlich ist es schon nach neun.« Er prüft, ob ihre Tür abgeschlossen ist. »Geh wieder ins Bett.«

»Ich kann nicht, ich bin zu nervös.« Gayle geht mit großen Schritten im Zimmer auf und ab.

»Niemand wird dir etwas tun, solange ich da bin. Mach dir keine Sorgen.«

»Um *mich* mache ich mir auch keine Sorgen.«

Sie warten ab, Mike gegen die Tür gelehnt, Gayle im Zimmer auf und ab schreitend.

»Scheint aufgehört zu haben«, stellt er nach einer Weile fest. »Vielleicht war es ja auch gar kein Schrei, vielleicht hat eine Ratte gequiekt. In Venedig gibt es jede Menge Ungeziefer, das Wasser spült sie an. Das ist eine Tatsache.«

Sie antwortet nicht.

»Komm, lass uns wieder ins Bett gehen.« Mike streckt ihr die Hand entgegen.

Gayle nimmt sie und kehrt ins Bett zurück.

Mike legt sich neben sie und bläst über die heiße Schokolade, die jetzt fast kalt ist. Sie bläst auf ihre. Er stellt den Fernseher lauter, und sie schauen weiter, ohne ein Wort zu wechseln.

Einmal ist sie überzeugt, einen weiteren Schrei zu hören. Sie zuckt zusammen, aber als sie Mike bittet, aufzustehen und erneut nachzusehen, versichert er ihr, dass es nur die Ratten sind, und stellt den Fernseher noch lauter. Danach hört sie nichts mehr.

Als die Sendung vorbei ist, schnarcht Mike, den Kopf auf der Brust, vor sich hin. Sie weckt ihn sanft und hilft ihm, die Kissen zu richten. Sekunden später ist er tief und fest eingeschlafen.

Gayle bleibt neben ihm sitzen. Sie weiß, was sie gehört hat, und sie weiß, dass es keine Ratte war. Die Schuldgefühle halten sie wach. Wäre sie ein tapferer Mensch, hätte sie sich für die Frau eingesetzt, die ganz offensichtlich in Gefahr schwebte. Wäre sie ein tapferer Mensch, hätte sie sich für Noah eingesetzt.

Sie hat den ganzen Abend über an Noah gedacht, und nach dem Videocall mit ihren anderen Kindern vermisst sie ihn noch mehr. Wie hat Noah das Weihnachtsfest verbracht? Hat er sie heute vermisst? Hat er heute überhaupt an sie gedacht? Ist er glücklich? Nein, wie sollte er auch? Wie kann man glücklich sein, wenn man von seiner Familie entfremdet ist?

Seit er gegangen ist, hat sie nur flüchtige Momente des Glücks erlebt. Als man ihr das Glaspferd geschenkt hat, zum Beispiel – das war schön, aber sie könnte sich deswegen nicht als *glücklich* bezeichnen. Glück ist etwas, was schlechten Müttern verwehrt bleibt, und zwar zu Recht.

Sie wirft einen Blick auf Mike, der nicht im Mindesten von Schuldgefühlen gequält wird. Mike, der so überzeugt von sich selbst ist. Sie wünscht sich, sie wäre genauso.

Mittlerweile sind sie seit über fünfundfünfzig Jahren verheiratet, fünfundfünfzig treue, fruchtbare Jahre. Und in jedem dieser Jahre haben sie den Bund der Ehe, geschlossen vor dem Herrn, in Ehren gehalten, er als ihr Haupt, sie als seine Gehilfin. Gayle hat immer gewusst, wo ihr Platz ist, hat gewusst, was die Bibel von ihr verlangt: *Ihr Frauen, ordnet euch euren Männern unter* – und genau das hat sie getan, liebevoll und bereitwillig.

Und dann hat Noah, das jüngste ihrer vier Kinder und für immer ihr Kleiner, obwohl er mittlerweile ein Mann mittleren Alters ist, ihnen den Rücken gekehrt. Er ist gegangen, und sie haben nie wieder etwas von ihm gehört. Gayle fühlt sich wie der Schäfer in dem Gleichnis vom verlorenen Schaf – sie macht sich am meisten Sorgen um Noah, er ist das Schaf, das sie unbedingt nach Hause holen möchte. Doch dazu muss sie sich Mike widersetzen. In ihrem Glauben jedoch ist der Wille des Ehemanns gleichzusetzen mit dem Willen des Herrn. Der Ehemann hat immer recht und sollte niemals infrage gestellt werden.

In letzter Zeit kam Gayle der nagende Gedanke, dass Mike sich möglicherweise doch irrt, dass seine Entscheidungen hinterfragt werden *sollten*. Je mehr sie sich jedoch bemüht, diesen hässlichen Gedanken beiseitezuschieben, desto größer, aufdringlicher wird er – wie ein Krebsgeschwür in ihrem Kopf.

Heute zum Beispiel hat Mike dem Gondoliere ihrer Meinung

nach Unrecht getan: Er hatte in der Tat eine wunderschöne Stimme. Auch mit der quiekenden Ratte lag er definitiv falsch. Wenn er sich in diesen Dingen irrt, irrt er sich dann auch bei Noah?

Sie bittet den Herrn um eine Antwort und nimmt zu diesem Zweck die abgegriffene ledergebundene Bibel zur Hand, die sie stets in Reichweite aufbewahrt. Sie schlägt sie am Anfang des Lukas-Evangeliums auf und vertieft sich in die Weihnachtsgeschichte, zu Ehren des Geburtstags des Erlösers. Das Wort Gottes gibt ihr tatsächlich die Antwort, die sie sucht, und sie lässt die Bibel mit neuer Entschlossenheit sinken. Maria stand ihrem Sohn vom Augenblick der unbefleckten Empfängnis bis zum Ende zur Seite. Gayle wird sich ein Beispiel an Maria nehmen und die Kraft finden, dasselbe für ihren eigenen Sohn zu tun. Morgen wird sie sich Mike widersetzen. Morgen wird sie die Mutter sein, die Noah verdient. Morgen wird Gayle tapfer sein.

Sich gegen ihren Mann zu stellen, macht ihr so viel Angst, dass sie sich aus dem Bett stiehlt und auf Zehenspitzen ins Bad schleicht, wo sie sich über die Toilette beugt und die heiße Schokolade erbricht, gefolgt von der teuren Pasta mit Meeresfrüchten aus dem Restaurant. Was für eine Verschwendung, denkt sie. Nicht nur, dass Signora Bianchi nicht da war, um ihnen das Menü zu servieren, nun hat Gayle es auch noch im wahrsten Sinne des Wortes ins Klo befördert.

Sie spült sich den Mund aus, wechselt die Inkontinenzeinlage und die durchnässte Unterwäsche und kriecht zurück ins Bett.

»Alles okay, Schatz?« Mike dreht sich zu ihr um.

»Ich musste nur schnell zur Toilette.«

»Gott segne dich«, murmelt er und schläft bereits wieder ein.

Mit zitternder Hand wischt sie sich über den Mund. »Gott segne dich.«

Sophie

Sophie hört keinen einzigen Schrei aus dem Zimmer ein Stück den Flur hinauf. Ihre geräuschunterdrückenden Earbuds halten, was sie versprechen. Alles, was zu ihr durchdringt, sind die wohlklingenden Stimmen von Oprah Winfrey und Nigella Lawson in der Weihnachtsausgabe von Oprahs »Be You«-Podcast. Sie hat den Podcast nicht abonniert – Oprah ist ihr ein bisschen zu sehr over the top –, aber sie möchte auf dem Laufenden bleiben und wissen, was bei Starköchen gerade so angesagt ist.

Nigella erzählt Oprah, sie habe ihr Gewicht dadurch reduziert, dass sie »etwas wählerischer« geworden sei, allerdings habe sie ihre Kurven immer gemocht, ganz gleich bei welcher Kleidergröße. Sophie verdreht die Augen. Sie denkt daran, dass jede Folge von Nigellas Fernsehshow mit spätabendlichen Snacks direkt aus dem Kühlschrank endet. Jeder weiß, dass man nicht schlank wird, wenn man um Mitternacht den Kühlschrank nach Mousse au Chocolat durchforstet.

Als Oprah ein Loblied auf all die tollen fetten Frauen anstimmt, drückt Sophie auf Stopp. Sie lässt die Earbuds in den Ohren, schließt die Augen und genießt die Stille.

Sie hat es geschafft, der Weihnachtstag ist fast vorbei. Der lange Flug und die neue Umgebung waren ein Segen. Nächstes Jahr sollte sie etwas Ähnliches planen. Aber zum Glück dauert es jetzt erst mal ganze zwölf Monate, bis sie sich wieder mit Weihnachten und den Schrecken, die dieses Fest mit sich bringt, befassen muss. Wichtig ist, dass sie einen weiteren Weihnachtstag überlebt hat. Überleben ist das, was Sophie am besten kann.

Wie aufs Stichwort vibriert ihr Handy. Eine E-Mail von ihrer Mutter.

Sophie!
Liebling, ich habe den ganzen Tag versucht, dich zu erreichen. Es ist doch hoffentlich alles in Ordnung? Hast du in Venedig Handyempfang?
Übrigens: Frohe Weihnachten! Möge der Friede des Herrn mit dir sein, Schätzchen.
Ich habe dir ein kleines Geschenk geschickt, ich hoffe, du kannst etwas damit anfangen!
Ruf mich an, sobald du die Gelegenheit dazu hast. Ich versuche es morgen früh noch einmal.
Liebe Grüße
Mum

Sie öffnet den Anhang. Ihre Mutter hat ihr ein Jahresabo für eine Diät-App geschenkt.

Sie tippt eine Antwort, liest noch einmal drüber, dann löscht sie sie wieder. Stattdessen kopiert sie den Link und schickt ihn David.

Sophie kommuniziert nur alle paar Monate mit ihrem Bruder, per Textnachricht, und hauptsächlich tauschen sie Memes aus. Persönlich sieht sie ihn noch seltener, obwohl er und seine Frau Courtney nur eine Stunde mit dem Auto entfernt wohnen.

Doch heute ist Weihnachten, ein guter Tag, um ihm eine Textnachricht zu schicken.

Frohe Weihnachten usw.

Anbei mein Geschenk von unserer herzallerliebsten Mutter …

Dir ebenfalls frohe Weihnachten

Ha! Courtney hat ein Moskitonetz von Oxfam bekommen.

Sophie schnaubt.

Arme Court! Das ist ja noch schlimmer als mein Geschenk!

Was hat sie dir geschenkt?

Ein Ticket für Bublé in der Rod Laver Arena im Februar.

Mum hat das andere Ticket.

Mein Weihnachtsgeschenk ist es, ihr Fahrer zu sein. Du kannst mich auch David Uber nennen.

D'Uber ist kürzer.

Ich ziehe meinen Rapper-Namen Lil Dube vor.

Mein Gott, ich liebe dich, du Spaßvogel, denkt Sophie. *Bis später*, ist das, was sie schreibt.

Noch immer lächelnd, öffnet sie das Dokument, an dem sie seit heute Abend arbeitet: ihren Beitrag über das Il Cuore. Noch hat sie nicht mehr als die Überschrift: DAS IL CUORE. EIN PARADIES FÜR DEN GAUMEN AM CANAL GRANDE, außerdem jede Menge Fotos vom Restaurant und der Küche, die sie vorhin gemacht hat.

Sie klickt eine Aufnahme von Rocco an, auf der er bis über beide Ohren grinst. In der Hand hält er einen Stapel leere Gläser, die er in die Küche bringt. Sie zoomt ihn heran, näher und näher. Und je größer die Aufnahme wird, desto heißer wird dieser italienische Mann.

Am zweiten Tag der Weihnacht

Loretta

Lorettas Bein wird taub. Sie rutscht auf dem harten Plastikstuhl hin und her, um das Kribbeln und die Nadelstiche loszuwerden. Es ist eine der längsten Nächte ihres Lebens, auf der Intensivstation mit Oriana, der Schwester, die ebenfalls nicht von Albertos Seite gewichen ist, und Luca, der regelmäßig nach ihm sieht.

Luca kommt um kurz vor sechs zu ihnen und lehnt sich gegen das Fußende von Albertos Bett. »Ich gehe jetzt nach Hause, um ein bisschen zu schlafen. Keine Sorge, meine Kollegen werden gut auf ihn aufpassen.«

»Danke, Luca. Gott hat am Tag deiner Geburt auf uns herabgelächelt. Mein Alberto ist bei dir in sicheren Händen.«

»Wenn er meine Hände denn mal in seine Nähe lassen würde.« Luca wirft Alberto einen Seitenblick zu, der im Schlaf schwer atmet. »Ich hoffe, er ändert seine Meinung und stimmt der Operation zu. Wenn nicht, mache ich mir ehrlich Sorgen um ihn.«

»Oh, er wird zustimmen, überlass das mal mir.«

»Ich wusste nicht, dass Zio so stur sein kann.«

»Er hat Angst.«

»Mehr Angst vor der Operation als vorm Sterben?«

»Was soll ich dazu sagen?« Sie zuckt mit den Achseln. »Der Mann ist ein Dummkopf.«

Luca lacht leise. »Du siehst müde aus, Zia. Du solltest ebenfalls nach Hause gehen. Du brauchst Schlaf.«

»Schlaf? Ha! Ich muss arbeiten. Ich rufe Marina an, sie soll mich ablösen, dann kann ich mich in die Küche stellen und kochen.«

»Das kann doch nicht dein Ernst sein! Du willst heute *arbeiten*?«

»Selbstverständlich! Ich habe Gäste aus der ganzen Welt, die in meinem Restaurant speisen möchten. Manche erzählen mir, sie hätten jahrelang gespart, um nach Venedig zu reisen und im Il Cuore zu dinieren. Ich habe schon genug Gewissensbisse, weil ich gestern Abend nicht da war.« Sie blickt Luca prüfend an. »Du sagst, Alberto ist stabil. Dann ist es also sicher, ihn in Marinas Obhut zu lassen?«

»Ja, er ist stabil, *für den Moment*. Aber er hatte einen Ruhepuls von hundertfünfundsiebzig, als er gestern eingeliefert wurde. Ich kann nicht garantieren, dass er nicht erneut raufgeht. Und was ist mit dir? Entschuldige, dass ich das so rundheraus erwähne, aber du bist sechsundsechzig Jahre alt. Du hast eine fortgeschrittene Arthritis, und es ist noch nicht lange her, dass du mit gefährlich hohem Blutdruck hier aufgekreuzt bist. Das habe ich nicht vergessen. Vielleicht ist das, was gestern passiert ist, ein Zeichen dafür, es langsamer angehen zu lassen.«

»Es langsamer angehen zu lassen?« Loretta schnaubt. »Kann es sein, dass du mich mit jemandem verwechselst, lieber Luca?«

Er hockt sich vor sie und nimmt ihre Hände in seine. »Zia, du weißt, wie sehr ich dich liebe und respektiere. Aber heute zu arbeiten, ist Wahnsinn. Bitte geh nach Hause und ruh dich aus, dann komm wieder her und überzeug deinen sturen Ehemann, dass er sich von mir das Leben retten lässt.«

»Mach dir meinetwegen keine Sorgen. *Ciao*, Luca, *ciao ciao*.« Sie wedelt mit der Hand, um ihm zu bedeuten, dass er das Zimmer verlassen kann.

Als er weg ist, zieht sie den Stuhl näher an Albertos Bettseite. Sein Bett ist von den anderen Intensivbetten durch einen dünnen blauen Vorhang getrennt, durch den das Weinen eines Kindes und der Schwall von Fragen dringt, den die panische Mutter einer Krankenschwester stellt. Angesichts der unablässig piepsenden Monitore, der klingelnden Telefone, der Pager und Sirenen der Rettungsboote ist es ein Wunder, dass Alberto wieder eingeschlafen ist.

Loretta nimmt seine Hand und streichelt seine knotigen Finger. So gut wie jede Stelle an Albertos Händen ist verformt, geschwollen und rot, genau wie an ihren. Sie pflegt zumindest ihre Fingernägel, doch Albertos sind gelb und brüchig.

Vielleicht hat Luca recht, vielleicht ist es an der Zeit, dass Alberto einen Gang runterschaltet. Alberto arbeitet genauso hart wie sie. Sein Tag beginnt vor Sonnenaufgang, wenn er mit Rocco den Markt aufsucht, anschließend geht er ihr den ganzen Tag lang zur Hand, nimmt den Fisch aus und säubert ihn, schneidet das Fleisch, spült das Geschirr, deckt die Tische und räumt sie ab, sorgt für die Blumen, kümmert sich um die Gäste, serviert und hilft bei der Wäsche – im Grunde genommen macht er alles außer kochen. Er ist zehn Jahre älter als sie, und er beschwert sich nie. Jetzt hat sich sein Körper für ihn beschwert.

Alberto öffnet die Augen und stöhnt. »Loretta? Du bist immer noch hier?«

»Ja.«

»Ich habe geträumt, du wärst fort.«

»Ich bin hier.«

Er drückt ihre Hand. »Gut. Ich hatte Sorge, du wärst ins Restaurant gegangen.«

»Ich gehe nirgendwohin.«

Er seufzt. »Ich will nach Hause.«

»Ich weiß. Luca war gerade hier. Er besteht darauf, dass du dich operieren lässt.«

»Was weiß Luca schon? Er ist doch kaum aus den Windeln raus.«

»Er ist ein vierzig Jahre alter Mann. Einer der berühmtesten Chirurgen Italiens. Also, was redest du?«

»Sprich leise, wir sind in einem Krankenhaus«, flüstert er theatralisch. »Selbst nachdem ich einen Herzstillstand hatte, schimpfst du mich noch.«

»Ich würde dich nicht schimpfen, hättest du auch nur einen einzigen Funken gesunden Menschenverstand.«

Er lächelt müde. »Gib mir einen Kuss, Loretta.«

»Bei dem Atem? Träum weiter.«

»Erzähl mir, was Luca sonst noch gesagt hat.«

»Er hat gesagt, dass du das Rauchen aufgeben musst.«

Er lacht spöttisch auf.

»Ich sollte versuchen, ihn mit Marina zu verkuppeln«, sagt sie.

»Du tust so, als wäre dir dieser Gedanke gerade erst gekommen, dabei hast du genau das doch schon hundertmal versucht – vergeblich.« Er gähnt.

Sie ignoriert die Stichelei. »Die beiden passen zusammen.«

Luca ist nicht nur intelligent und sieht gut aus, er ist auch gutmütig, und es schadet nicht, dass er aus einer wohlhabenden Familie stammt. Aus einer angesehenen venezianischen Familie. Außerdem geht er in die Kirche. Was könnte Marina mehr verlangen?

»Er muss gestern einsam gewesen sein – seine Töchter waren am ersten Weihnachtstag bei ihrer Mutter.« Sie kräuselt die Lippen wie immer, wenn sie von Lucas Ex-Frau Corrine spricht, einer französischen Krankenschwester, die ihn mit einem Mann betrogen hat, der doppelt so alt war wie sie. Ein Bitcoin-Tycoon, den sie online kennengelernt hatte. Die Mädchen waren damals noch im Kleinkindalter. Loretta hat den Franzosen nie getraut. »Ich werde Luca ins Restaurant einladen. Je öfter er vorbeikommt, desto größer ist die Chance, dass Marina begreift, was ihr entgeht ...« Sie verstummt, als sie sieht, dass Albertos Augen wieder geschlossen sind.

Sogar im Schlaf sieht er besorgt aus, was sie im Herzen schmerzt.

Sie schließt ebenfalls die Augen. Sofort kommen die Ereignisse von gestern zurück. Sie denkt daran, wie Alberto sie nur wenige Minuten vor seinem Herzstillstand auf der Piazza um ein gemeinsames Foto gebeten und sie abgelehnt hat. Die Vorstellung, dass dies womöglich die letzte Gelegenheit dafür gewesen sein könnte, macht ihr Angst. Warum hat sie nicht einfach gelächelt und ein Selfie gemacht?

Beim nächsten Mal, wenn er sie darum bittet, wird sie Ja sagen. Hat sie ihn eigentlich jemals um ein Foto von ihnen beiden gebeten? Sie kann sich nicht daran erinnern.

»Ich liebe dich, Alberto, wirklich«, wispert sie.

Sie nimmt sich fest vor, ein Foto von ihm zu machen, sobald er wieder zu Hause ist und es ihm gut geht. Für die Nachwelt.

Oriana verlässt ihren Posten in der Ecke des Zimmers und tritt an Albertos Bett, um seinen Tropf zu überprüfen. Er regt sich, doch er öffnet nicht die Augen.

»Es wird ein Zimmer für ihn auf der Station vorbereitet«, flüstert Oriana. »In etwa einer Stunde sollte es fertig sein. Wenn Sie ihm etwas von zu Hause holen möchten, wäre jetzt ein passender Moment dafür.«

»Ja, gut. Ich gehe gleich los und packe ihm seine Zahnbürste und Mundwasser ein, eher mir als ihm zuliebe.« Lorettas Kreuz knackt, als sie aufsteht. »Sagen Sie ihm, wo ich bin, falls er in der Zwischenzeit aufwacht?«

»Das mache ich.«

»Haben Sie meine Telefonnummer, für den Fall, dass etwas passiert?«

»Ja, ja, gehen Sie nur, Signora. Ich kümmere mich um ihn, das verspreche ich.«

Loretta küsst Alberto auf die Stirn. »Ich bin bald wieder da.«

Er schläft weiter.

Der große Weihnachtsbaum am Eingang des Krankenhauses macht sie unerklärlicherweise traurig. Vor den Türen schlägt ihr die kalte Luft vom Kanal ins Gesicht. Sie wickelt ihren Schal enger und zieht den Reißverschluss der Jacke hoch, die Marina ihr gestern Abend vorbeigebracht hat. Sie ist nicht oft so früh unterwegs, daher wirft sie einen Blick auf das dunkelblaue Wasser. Wellen plätschern sanft im Licht des Mondes, der immer noch scheint, obwohl schon die Sonne aufgeht.

Die Straßen von San Marco sind verlassen. In Venedig steht man spät auf und geht früh zu Bett, vor allem im Winter, und Loretta liebt es, in der Stadt unterwegs zu sein, bevor die Touristen die Straßen belagern. Sie läuft schnell, die Hände in die Taschen ihrer Jeans gesteckt. Der Schal ist warm von ihrem Atem, als sie die Stufen zum Hoteleingang erreicht.

Sie geht nicht hinein. Stattdessen eilt sie weiter durch enge, verwinkelte Gassen und über leere Plätze zur Kirche San Zaccaria. Das riesige Holzportal ist zu, doch Loretta weiß, dass es nicht abgeschlossen ist. San Zaccaria schließt nie. Ohne zu überlegen, schiebt sie die Tür auf.

In der leeren Kirche ist es eiskalt, obwohl die Heizstrahler orange leuchten. Loretta bekreuzigt sich mit Weihwasser. Anschließend steckt sie fünf Euro in eine verrostete Büchse, zündet eine dünne weiße Kerze für Alberto an und steckt sie in die oberste Reihe des dafür vorgesehenen Metallständers. Am Ende des Tages wird der Ständer voll sein mit den hoffnungsvollen Gebetskerzen anderer, doch im Augenblick ist ihre Kerze mit dem flackernden goldenen Schein die einzige.

Loretta geht durch den Mittelgang und betritt eine der Holzbänke weiter vorn in der Kirche. Die Knie auf die gepolsterte Kniebank gestützt, faltet sie die Hände zum Gebet. Sie blickt starr geradeaus, über den Altar hinweg auf das große Gemälde der Madonna, die, in prächtige Gewänder gehüllt, auf einem Thron sitzt, das nackte Jesuskind in den Armen. Voller Inbrunst flüstert Loretta: *»Ave, o Maria, piena di grazia …«*

Ihr Herz setzt einen Schlag aus, als sich mit einem leisen Quietschen die Tür der Sakristei öffnet. Sie konzentriert sich weiter auf das Gemälde der Heiligen Jungfrau. Schritte nähern sich. Aus dem Augenwinkel sieht sie die Nonne an sich vorbeigehen. Die Nonne betritt die Bank hinter Loretta und setzt sich so dicht zu ihr, dass Loretta sie atmen hören kann.

»Du bist gekommen«, stellt Flavia leise fest.

Loretta verschränkt die Finger fester. »Frag mich nicht, warum ich hier bin, ich kann es dir nicht sagen.«

»Weil du mich genauso sehr wiedersehen willst wie ich dich.« In Flavias Stimme schwingt ein römischer Akzent mit.

»Warum jetzt?« Loretta gibt sich alle Mühe, ruhig zu klingen, während der Schmerz in ihr an die Oberfläche drängt. »Warum bist du zurückgekommen nach all den Jahren?«

»Ein junger Priester aus Venedig, mit dem ich im Vatikan zusammenarbeite, ist nach Hause gefahren, um heute eine Trauermesse zu lesen. Mir hat die Vorstellung gefallen, eine Reisebegleitung zu haben.«

»Und du hast sechsunddreißig Jahre lang niemanden gefunden, der mit dir in den Zug steigt?«

»Du hast deine scharfe Zunge nicht verloren.« Flavia lacht

leise. Bei dem Geräusch zieht sich Lorettas Herz schmerzhaft zusammen.

Sie schaut weiter starr geradeaus in den vorderen Bereich der Kirche. Flavias süßes blumiges Parfüm erfüllt die Luft. Es erscheint ihr besonders sündig, dass eine Nonne so gut duften kann. Loretta atmet Flavia ein, prägt sich den Duft ein, damit sie das nächste Mal, wenn sie in Mailand ist, in eine der großen Parfümerien gehen und an jedem Duft schnuppern kann, bis sie es gefunden hat.

»Bist du mit Padre Alessandro hergereist?«, fragt Loretta, sobald sie ihre Stimme wiederfindet.

»Ja. Du kennst ihn?«

»Jeder kennt ihn. Es kommt nicht oft vor, dass ein Priester aus Venedig in den Vatikan berufen wird.« Loretta hält inne, dann fährt sie fort: »Oder eine Nonne. Gratuliere.«

»Danke, *cara*.«

Die Leichtigkeit, mit der Flavia diese liebevolle Bezeichnung über die Lippen geht, lässt Loretta schwindlig werden. »Wer wird überhaupt bestattet?«, fragt sie, um das Gespräch auf sicheres Terrain zu führen.

»Kennst du Signor Zanetti?«

»Anna-Marias Ehemann?«

»Ich kenne die Familie nicht. Alessandro sagte, er habe Virgilio geheißen.«

Loretta stößt einen erstickten Schrei aus. »Das ist er! Ich wusste nicht, dass er tot ist. Möge Gott seiner Seele gnädig sein.«

»Amen.«

Loretta verstummt. *Armer Virgilio. Arme Anna-Maria.* Sie fragt sich, ob die Tochter der beiden zur Beerdigung zurückgekehrt ist. Vor Jahren hat sie mitbekommen, dass die junge Elena ihre Eltern allein gelassen hat und nach Australien gezogen ist.

Nach ein, zwei Minuten hüstelt Flavia. »Du bist berühmt geworden.«

»Das war keine Absicht.«

»Ich habe mich so gefreut, dich im Fernsehen zu sehen – ich kann dir gar nicht sagen, wie sehr. Ich liebe es, dass du immer noch schwarze Rollkragenpullover und Jeans trägst. Ich kenne keine andere Frau, die sich mit über sechzig noch so kleiden kann wie mit zwanzig und dabei so gut aussieht. Du bist eine Ikone.«

Loretta schnaubt.

»Ich sammle alles über dich und schaue es mir immer wieder an«, fährt Flavia fort. »Es tröstet mich – es ist, als wärst du bei mir.«

»Hm. Ich habe seit Jahrzehnten nichts von dir zu Gesicht bekommen, was mich hätte trösten können. Absolut gar nichts.«

»Ich weiß. Ich habe dich nie vergessen, auch nicht, als du noch nicht im Fernsehen warst. Ich habe dich vermisst – jeden einzelnen Tag, jede einzelne Woche, jeden einzelnen Monat, jedes einzelne Jahr.«

»Das ist eine seltsame Aussage, wenn man selbst diejenige ist, die sich aus dem Staub gemacht hat«, erinnert Loretta sie.

Flavia seufzt. »Könntest du dich wohl bitte umdrehen, damit ich zumindest dein Gesicht sehen kann?«

Langsam richtet Loretta sich auf und dreht sich um, um Flavia Castellani anzublicken, die selbst mit fünfundsechzig, die Haare unter dem Nonnenschleier, noch immer die schönste Frau ist, die sie je gesehen hat.

Flavia lächelt mit geschlossenen Lippen. Lorettas Herz hämmert.

»Hi«, sagt Flavia.

»Hi.«

»Du bist genauso umwerfend wie immer, Loretta. Sogar noch umwerfender – wenn das überhaupt möglich ist.«

»Das stimmt nicht.« Loretta senkt den Blick.

»Wie geht es deinem Mann? Ich hoffe, er erholt sich.«

»Das tut er.« Sie knibbelt an einem abstehenden Holzsplitter an der Kirchenbank.

»Bist du glücklich?«

Loretta holt tief Luft. »Wir sind jetzt mehr als die Hälfte meines Lebens zusammen. Er ist unseren Kindern ein guter Vater, und er ist mir ein guter Partner, auch mit dem Hotel. Außerdem liebt er mich, also …« Sie lässt das Ende des Satzes verklingen.

»Ich war überrascht zu erfahren, dass du verheiratet bist und Kinder hast. Das hatte ich nicht erwartet.«

»*Du* warst überrascht? Von *mir*? *Du* hast mich völlig überrumpelt! Ich habe dir zehn Jahre meines Lebens geschenkt. Zehn Jahre, Flavia, und du hast mich im Stich gelassen! Was hast du erwartet?« Loretta beißt sich auf die Unterlippe. »Meine Eltern wollten unbedingt, dass ich heirate. Ich war dreißig, als du mich mir nichts, dir nichts verlassen hast. Ich habe ihnen gesagt, ich würde jeden heiraten, den sie für mich finden.« Sie blickt Flavia in die Augen. »Sie haben Alberto gefunden.«

»Du wirst niemals nachempfinden können, wie leid es mir tut, dass ich dich so sehr verletzt habe. Aber ich musste gehen.«

»Wir beide wussten, was wir zu tun hatten.« Loretta schnieft. »Ich muss jetzt zurück ins Krankenhaus. Alberto wird sich wundern, wo ich bleibe.«

»Dann begleite ich dich dorthin. Es wird gerade erst hell, ich leiste dir Gesellschaft.« Ihr Blick ist eindringlich.

Loretta schaut zur Seite. »Das ist keine gute Idee.«

Flavia berührt ihren Arm, was einen Stromschlag durch Lorettas Körper jagt, der ihr bis in die Fingerspitzen geht. »*Ciao*, Flavia.« Sie schiebt sich aus der Kirchenbank. »Bitte sag Padre Alessandro, er möge der Witwe, Anna-Maria, mein Beileid ausrichten. Ich habe sie in letzter Zeit nicht oft gesehen. Und komm gut zurück nach Rom.«

»Du sagst Lebewohl, bevor wir einander richtig begrüßt haben? Wieso?« Flavias Stimme klingt heiser.

»Weil wir vor langer Zeit unsere Wahl getroffen haben und damit leben müssen.« Und bevor Flavia sie aufhalten kann, eilt Loretta aus der kalten Kirche hinaus in den noch kälteren Wind.

So schnell sie kann, entfernt sie sich von San Zaccaria und tadelt sich selbst für ihre Dummheit. Was hatte sie erwartet? Was hätte der Besuch der Kirche bringen sollen? *Idiota.*

Keuchend und mit galoppierendem Herzen nähert sie sich dem Hotel. Sie will nicht, dass ihre Kinder sie so sehen, deshalb geht sie in Richtung Piazza San Marco.

Die Künstlerin steht bereits im Tank, im selben weißen Kleid wie gestern. Zwei Männer mit einer langen Leiter entfernen sich von ihr. Die Künstlerin heißt Magdalena Jansen. Sie ist eine große Nummer in Sachen Performance-Kunst, wenn nicht gar die größte weltweit. Doch noch ist niemand da, um sie zu betrachten, außer Loretta.

Magdalena erblickt sie. Es ist ihr an den Augen abzulesen, dass sie Loretta sofort erkennt. Sie hält eine Handfläche ans Glas und begrüßt Loretta mit einem Nicken. Loretta geht mit langsamen Schritten auf sie zu. Sie hebt eine zittrige Hand, um die Handfläche gegen Magdalenas zu drücken. Zwischen ihnen ist nur das kalte Glas. Ihre Hände sind beinahe gleich groß, beide spreizen ihre langen Finger. Als Magdalena ihren Blick festhält, kommen Loretta die Tränen, die sie bis jetzt zurückgehalten hat. Magdalena schaut nicht weg.

Weitere Sekunden vergehen, dann nimmt Loretta die Hand vom Glas. »Danke«, formt sie mit den Lippen.

Das Wasser steht höher im Tank als gestern. Jetzt reicht es Magdalena bis zu den Knien und durchnässt mehr als nur den Saum ihres Kleids. Es ist erst Tag zwei der zwölftägigen Ausstellung.

Loretta wendet sich von Magdalena ab und geht mit gesenktem Kopf zum Hotel, um die Sachen für ihren kranken Ehemann zu holen und ins Krankenhaus zu bringen. Flavia ist hier, ihre geliebte Flavia, quälend nah. Doch Lorettas Zukunft mit Alberto, dem loyalen, liebevollen Alberto, könnte genauso gut in Stein gemeißelt sein wie die Treppen von Venedig, die dort sein werden bis zu dem Tag, an dem sie im Meer versinken und den Weg ins Nirgendwo ebnen.

Affogando.

Sophie

Sophie erwacht mit einem Lächeln bei dem Gedanken an den vor ihr liegenden Tag in der Küche. Gestern Abend waren die Bianchi-Geschwister, ihre Cousine und der Cousin so dankbar für ihre Hilfe, dass es ihr leichtfiel, sie zu überreden, sie heute wieder mithelfen zu lassen. Das Beste aber ist, dass Rocco ihr fest zugesichert hat, sie dürfe sie diesmal auch beim Kochen unterstützen.

Doch mit ihrem unheimlichen Talent, schöne Momente zu ruinieren, schlägt ihre Mutter zu, nur wenige Sekunden, nachdem Sophies Wecker geklingelt hat.

Hallo, Liebling, ich bin's noch mal!

Hast du meine E-Mail bekommen? Ich wollte dir nur viel Glück für deinen ersten Tag mit Signora Bianchi wünschen.

Triff eine gute Entscheidung bei all dem verlockenden italienischen Essen!

Am liebsten hätte sie geantwortet:

Ich soll eine gute Entscheidung treffen? Was für eine gute Entscheidung hast du denn je getroffen, Penelope?

Fick dich.

Was sie tatsächlich antwortet, ist:

Danke, Mum. Tut mir leid, dass ich nichts von mir habe hören lassen, es gibt hier verdammt viel zu tun.

Wir reden, wenn ich wieder zu Hause bin.

Als Nächstes liest sie die australischen Nachrichten auf Twitter. Die Aufnahmen von den Feuersbrünsten in den östlichen Staaten sind dystopisch. Die Regierung lacht über die Behauptungen, die Katastrophe könne in irgendeinem Zusammenhang mit dem Klimawandel stehen.

Das erinnert sie an die Klima-Kunstausstellung, von der Rocco gesprochen hat, deshalb ruft sie »Venice Rising« auf und klickt einen aktuellen Artikel an.

In Venedig, Italien, findet ab dem 25. Dezember 2019 eine internationale Kunstausstellung statt, um auf den steigenden Wasserstand in der Lagune aufmerksam zu machen. Kuratorin Franca Menori sagt über die Eröffnungsveranstaltung: »Unser Ziel ist es, die Welt endlich auf die Tragödie unserer untergehenden Stadt hinzuweisen.«

Venedig hat gerade die schlimmsten Überschwemmungen seit fünfzig Jahren erlebt. Das Wasser stieg fast zwei

Meter höher als normal und verursachte Schäden in Millionenhöhe an der Basilica di San Marco und anderen historischen Gebäuden. Hunderte lokale Unternehmen waren gezwungen zu schließen.

Der Bürgermeister von Venedig, Luigi Brugnaro, erklärte: »Venedig ist am Ende. Wir brauchen Klimaschutzmaßnahmen, und zwar sofort!«

Der Präsident von Venetien, Luca Zaia, schloss sich dieser Ansicht an und bezeichnete die Überschwemmungen als »apokalyptische Katastrophe«.

Wenn der Wasserspiegel weiterhin mit der gleichen Geschwindigkeit steigt, wird prognostiziert, dass Venedig binnen fünfzig Jahren unbewohnbar und bereits 2100 vollständig unter Wasser sein wird.

Ein Plan von San Marco zum Ausdrucken, auf dem die Orte der Kunstinstallationen verzeichnet sind, kann hier heruntergeladen werden.

Schon in fünfzig Jahren unbewohnbar! Kann das wahr sein? Sophie googelt: Es ist wahr. Wie kommen die Einwohner Venedigs damit klar, ohne komplett auszuflippen? Und wird eine Kunstausstellung daran tatsächlich etwas ändern?

Sie folgt dem Link zu dem Stadtplan, auf dem zu sehen ist, wo sich die Kunstwerke befinden, und macht einen Screenshot.

Australien verbrennt also, während Venedig im Wasser versinkt.

Ihr Magen knurrt, was ihre Gedanken auf dringlichere Angelegenheiten lenkt als die Zukunft des Planeten – Frühstück, zum Beispiel. Sie kriecht unter der fluffigen Daunendecke hervor, steigt aus dem Bett und öffnet die Läden. Licht fällt ins Zimmer. Die Luft ist eisig, als sie sich aus dem Fenster lehnt. Noch hängt Nebel über dem Wasser des Kanals, nur ein einzelnes, am Steg vertäutes

Ruderboot schaukelt im Wind. Gondeln oder Touristen sind keine zu sehen. Das Gebäude aus cremefarbenem Stein gegenüber ist so nah, dass sie meint, es berühren zu können, wenn sie sich vorbeugt und die Hand ausstreckt. Gestern ist ihr gar nicht aufgefallen, wie schmal dieser Kanal ist. Wie um alles auf der Welt gelingt es den Gondolieri, mit ihren Gondeln so enge Kurven zu nehmen?

Sie holt ihre Kamera und macht ein paar Fotos von der nebeligen Wasseroberfläche, dann ruft sie Bec an. Sie ist nervös. Nach sieben Jahren gemeinsamer Arbeit kennt sie ihre Chefin gut genug, um zu wissen, dass Bec gar nicht glücklich über Signora Bianchis Abwesenheit sein wird. Als Bec nicht drangeht, stößt sie erleichtert die Faust in die Luft. So kann sie ihr stattdessen eine Textnachricht schicken. Nachdem das erledigt ist, macht sie sich für den Tag fertig und verlässt ihr hübsches rosa Zimmer.

Die *Triff-eine-gute-Entscheidung*-Textnachricht ihrer Mutter kommt ihr in den Sinn. Aufgebracht stapft sie die Stufen der mit Teppich ausgelegten Treppe hinunter. Ganz gleich, wie weit weg Sophie von zu Hause ist – Penelope findet irgendwie immer einen Weg, sie dazu zu bringen, dass sie sich schlecht fühlt.

In der Hotellobby angelangt, bleibt sie stehen und holt tief Luft. Heute wird sie in dem berühmten Restaurant des Hotels Il Cuore arbeiten, zusammen mit einem heißen Italiener. Wenn das nicht ein wahr gewordener Traum ist, was dann? Sie ist fest entschlossen, sich dies nicht von ihrer Mutter ruinieren zu lassen.

Marina und Rocco haben sie gebeten, gegen neun in die Küche zu kommen, also geht sie zunächst ins Restaurant, das ihr wieder einmal den Atem raubt mit seinem überwältigenden Pflanzendekor. Ein rustikaler Holztisch, der die gesamte Länge einer der rosa gestrichenen Wände einnimmt, ächzt unter der Last von frischem Obst, hart gekochten Eiern, Pancetta – dem köstlich gewürzten, herrlich salzigen und meist luftgetrockneten Bauchspeck vom Schwein, den man so nur in Italien bekommt –, ganzen Brotlaiben, grünen Oliven, Kirschtomaten, einer Käseplatte und mindestens drei Sorten Kuchen und anderem Feingebäck, dazu gibt es Krüge voll Saft und Kaffee.

»Gott, wie sehr ich meinen Job liebe«, murmelt Sophie, während sie schnurstracks auf den Kaffee zuhält.

Das kleine Restaurant ist voller Paare und Familien. Das Frühstück ist nicht öffentlich, diese Leute sind allesamt Hotelgäste. Sie ist die Einzige, die allein frühstückt.

Sie zieht einen Stuhl unter einem von zwei freien Tischen hervor. Das ältere amerikanische Paar am Nebentisch steht auf. Bevor die beiden gehen, schnallen sie ihre Gürteltaschen um. Sie tragen dieselben aufeinander abgestimmten Sweatshirts wie gestern Abend, als sie ihnen das Essen serviert hat.

Der Mann, ein Doppelgänger von Santa Claus mit seinem dicken Bauch und dem buschigen weißen Bart, trägt an diesem bewölkten Wintertag ein leuchtend grünes Sonnenvisier mit einem Spruch, der die Stimmung von »Make America Great Again« heraufbeschwört. Die Frau hat eine kurze weiße Dauerwelle und ein rundes, gütiges Gesicht mit rosigen Wangen. Ihr blauer Lidschatten ist noch aus den Achtzigern.

Mrs Claus schenkt Sophie ein freundliches Lächeln, an ihren Zähnen sind grellrosa Lippenstiftflecke. »Ich wünsche Ihnen einen schönen Tag, meine Liebe«, sagt sie mit breitem Südstaatenakzent. »Gott segne Sie.«

Kaum hat das Paar das Restaurant verlassen, eilt Marina herbei und räumt den Tisch ab.

»Hi, Marina«, begrüßt Sophie die Tochter der Bianchis. »Wie geht es deinem Dad? Gibt es schon etwas Neues?«

Marina wirft ihr einen zerstreuten Blick zu. »Entschuldigung, ja?«

»Ähm, ich habe mich nur erkundigt, wie es deinem Vater geht.«

»Ganz gut, *grazie a Dio.*« Die Teller klappern, als Marina sie mit schnellen Bewegungen aufeinanderstapelt.

Sophie stellt ihre Kaffeetasse ab. »Ist alles okay? Soll ich dir jetzt schon helfen, nicht erst um neun?«

»Wie bitte? O nein, nein danke, Sophie. Alles in Ordnung.« Dass längst nicht alles in Ordnung ist, erkennt man unschwer an der fieberhaften Art und Weise, mit der Marina das Geschirr zusammenstellt. »Bist du dir sicher, dass du den Tag mit uns in der Küche verbringen möchtest?«, fragt sie. »Wir schaffen das schon, kein Problem. Du solltest dir die Stadt anschauen, solange es nicht regnet.«

Noch während Marina spricht, kommt Rocco aus der Küche und steckt sein eng anliegendes Hemd in seine noch enger geschnittene Hose. Als er Sophies Blick auffängt, tritt ein strahlendes Lächeln auf sein Gesicht. Er schiebt die Brille den Nasenrücken hoch und winkt.

»Es gibt keinen Ort, an dem ich lieber wäre als bei euch in der Küche«, entgegnet Sophie, an Marina gerichtet.

»Das ist sehr lieb von dir, danke.« Marinas Ton wird sanfter. »Aber iss erst mal etwas.«

Salvatore kommt heraus und ruft Rocco in die Küche zurück.

Sophie steht auf und nimmt sich Eier und Brot. Sobald sie wieder an ihrem Platz sitzt, pingt ihr Handy. Eine Nachricht von Bec ist eingegangen.

Wie bitte?? Signora Bianchis Ehemann hatte eine Herzattacke?

Warum hast du mir das nicht gestern gesagt?

Und warum kommst du nicht zurück?

WTF IST DA DRÜBEN LOS?

He, jetzt flipp doch nicht gleich aus, alles ist gut.

Frühstücke gerade, so lecker!

Ich helfe hier für eine Weile aus.

Die Brände bei euch – OMG! Wahnsinn!

Pass auf dich auf.

Lenk nicht ab!

Rufe dich an.

Eine Sekunde später klingelt Sophies Telefon.

»Jetzt will ich eine Erklärung!«, ruft Bec.

»Sie sind unterbesetzt, deshalb habe ich angeboten, ihnen zu helfen, das ist alles.« Bevor Bec etwas erwidern kann, fährt Sophie fort: »Ich dachte, wenn Signora Bianchi während meines Aufenthalts hier eine Zeit lang nicht im Restaurant sein sollte, schreibe ich den Beitrag eben aus einer anderen Perspektive und berichte darüber, wie es ist, sich kopfüber in den Betrieb eines gut besuchten venezianischen Restaurants zu stürzen. Was hältst du davon?« Sie beißt sich auf die Lippe.

Bec atmet hörbar aus. »Ich habe dich dorthin geschickt, damit du über Signora Bianchi schreibst, nicht damit du die Sklavenarbeit für diese Leute erledigst. Werden sie dich dafür angemessen entlohnen? Lass dich bloß nicht ausnutzen!«

»Sie haben mich nicht gebeten, für sie zu arbeiten, ich habe meine Hilfe freiwillig angeboten. Dafür müssen sie mich nicht entlohnen – du bezahlst mich doch. Vorausgesetzt, es ist okay, wenn ich bleibe?«

Rocco kommt erneut aus der Küche, diesmal mit einer großen Kanne frisch gebrühten Kaffees, die er aufs Büfett stellt. Wie vorhin winkt er ihr lächelnd, mit einer Begeisterung, als hätte er sie gerade erst gesehen und nicht schon vor drei Minuten. Sie könnte diesen Mann mit Haut und Haaren verschlingen.

»Sophie, du hast noch nie in einer hektischen Küche *gearbeitet*, du hast immer nur darüber *geschrieben*«, ruft Bec ihr in Erinnerung. »Du hast keine Ahnung, wie anstrengend das ist! Komm einfach nach Hause, Herrgott noch mal, es ist Weihnachten!«

»Weihnachten war gestern. Ich möchte das machen, also sag bitte Ja. Ich glaube wirklich, dass das ein großartiger Artikel wird. Wenn du mich nicht lässt, nehme ich meinen Jahresurlaub und bleibe trotzdem hier.«

Es entsteht eine lange Pause, dann: »Hm. Du bist unmöglich. Na gut, dann bleib.«

Ja! »Danke, du bist die Beste! Du wirst es nicht bereuen.«

»Hm, warten wir mal ab.«

Nachdem sie das Telefonat beendet hat, stapelt Sophie ihr benutztes Geschirr und räumt auf dem Weg in die Küche noch einen weiteren Tisch ab. In der Küche wird sie von Rocco, Chiara und Salvatore begrüßt, als wäre sie eine lang verschollene Verwandte, die nach siebzehn Jahren Gefangenschaft in einem Kellerverlies freigelassen wurde.

»So, wo soll ich anfangen?« Sophie reibt ihre Hände.

»Wie sauber kannst du schreiben?« Marina zieht ein Stück weiße Kreide aus ihrer Schürzentasche. »Wir haben alle eine schreckliche Handschrift, aber irgendwer muss das Tagesmenü auf die Tafel übertragen. Für gewöhnlich übernimmt das Papà.«

»Kein Problem. Mit meiner Handschrift könnte ich nebenbei als Kalligrafin arbeiten!«

»Du rettest uns jetzt schon den Tag!« Rocco strahlt sie an.

Marina führt sie in ein kleines Büro hinter der Rezeption, wo sie eine schwarze Tafel auf den Schreibtisch legt. Sie reicht Sophie ein Blatt Papier, auf dem in krakeliger Schrift steht:

Signora Bianchi è via oggi, menù di Rocco Bianchi.

Nachdem sie beruflich viel in Italien unterwegs war, kann Sophie ein bisschen Italienisch lesen. Auf dem Zettel steht: Signora Bianchi ist heute nicht da, das Menü kocht Rocco Bianchi.

Darunter sind die Speisen aufgeführt.

Primo: Zuppa di fagioli – Vorspeise: Bohnensuppe

Secondo: Parmigiana di melanzane – Hauptgericht: Auberginengratin

Dolce: Tiramisu – Nachspeise: Tiramisu

Als Wein wird ein Prosecco di Villa Fresca empfohlen.

Sophie kennt praktisch sämtliche italienischen Gerichte, die es gibt, und auf dieser Menükarte findet man keine einzige der traditionellen Speisen, für die Signora Bianchi berühmt ist.

Als hätte sie ihre Gedanken gelesen, sagt Marina: »Heute kochen wir das, was wir in der Speisekammer vorrätig haben. Wir hatten keine Zeit, auf den Markt zu gehen, deshalb können wir weder Fisch noch Fleisch anbieten. Zum Glück hatten wir wenigstens Bohnen und Auberginen da, um die Suppe und die Parmigiana zuzubereiten. Hoffentlich bekommen wir keine negativen Kritiken!«

»Das klingt alles köstlich«, versichert Sophie ihr.

Sophie hat früh gelernt, dass die besten italienischen Restaurants auf die Einheimischen ausgerichtet und die Speisekarten daher nie auf Englisch verfasst sind. Je kleiner die Karte, desto besser das Essen.

Signora Bianchi hat die eingeschränkte Speisenauswahl auf die Spitze getrieben: Das Restaurant bietet nur eine einzige Vorspeise, ein Hauptgericht und ein Dessert zu einem festen Preis an, der je nach den Kosten der Zutaten täglich variiert. Zu der Mahlzeit wird ein darauf abgestimmter italienischer Wein serviert. Das Il Cuore nimmt keine Reservierungen entgegen und ist zwischen achtzehn und zwanzig Uhr geöffnet, nach dem Prinzip »Wer zuerst kommt, mahlt zuerst«.

Marina entschuldigt sich, und Sophie macht sich daran, das Menü zu schreiben. Es tut gut, gebraucht zu werden. Es ist ein prickelndes Gefühl, ebendie Tafel zu beschriften, die sie auf unzähligen Instagram-Fotos gesehen hat. Würde Sophies Mutter es für eine *gute Entscheidung* halten, dass sie in dem Hotel bleibt, anstatt nach Hause zurückzukehren? Sie ist sich sicher, dass die Antwort »Nein« lauten würde. Doch Penelope Black ist eine Süchtige, die Leben ruiniert hat. Sie hat kein Recht, von »guter Entscheidung« zu sprechen.

Elena

Nach einer weiteren unruhigen Nacht wacht Elena um Viertel vor neun auf. So leise sie kann, steigt sie aus dem Bett, dann verbringt sie eine gute halbe Stunde damit, Gesicht und Hals zu schminken, wobei sie eine ganze Sammlung von Concealern, Foundation und Puder benutzt.

Anschließend kleidet sie sich von Kopf bis Fuß in Schwarz: Blazer, Bluse, Bleistiftrock, blickdichte Strumpfhose und Stiefel. Ihr kurz geschnittenes, glattes dunkles Haar ist dünn und schlaff, und das trotz föhnen und Haarspray. Sie betrachtet ihr Spiegelbild und denkt, sie könnte sich genauso gut um eine Nebenrolle bei der *Addams Family* bewerben.

Sie befestigt gerade ihre Ohrringe, als Christian ins Bad kommt. Ihre Blicke begegnen sich im Spiegel. Er sieht sie mit seinen tiefblauen Augen an, die sie einst so unwiderstehlich fand.

»Ellie.« Christian stellt sich hinter sie und legt seinen Kopf auf ihren. »Großer Tag heute, Babe. Alles okay?«

Sie nickt, obwohl sie weiß, dass gar nichts okay ist. Was ist schon okay, wenn man seinen Vater beerdigen muss?

Hand in Hand gehen sie die Treppe hinunter zum Frühstück.

Rocco steht an dem langen Büfett und trägt das Essen ab. Als er Christian bemerkt, verzieht er die Lippen zu einem gewaltigen Lächeln und stellt die Gebäckschalen eilig auf den Tisch zurück.

»*Ah*, Dottore, *buongiorno! Buongiorno,* Signora.« Sein Lächeln verblasst ein wenig, als er Elena betrachtet und seine Aufmerksamkeit rasch wieder auf Christian richtet.

Sie ist daran gewöhnt. Es ist der Grund, warum sie es hasst, in der Öffentlichkeit zu essen, ja, *sie hasst es*. Wird Rocco verstohlen beobachten, was sie zu sich nimmt? Das machen die Leute immer.

»Wie geht es Ihrem Vater?«, erkundigt sich Christian.

»Er erholt sich im Krankenhaus, *grazie a Dio*. Gestern Abend hat er gescherzt und gelacht, als wäre alles in bester Ordnung. Als Mamma jedoch zur Toilette gegangen ist, Dottore, musste ich ihm versprechen, dass ich mich um sie kümmere, sollte ihm etwas zustoßen. Er tut nur so tapfer, damit niemand merkt, wie viel Angst er in Wirklichkeit hat.« Roccos Hände wirbeln durch die Luft, während er spricht – Gesten, die Elena ans Herz gehen. Sie hat es vermisst, unter Italienern zu sein.

Roccos Gesicht hat mittlerweile ein paar Fältchen, doch ansonsten sieht er noch genauso aus wie damals, als er zusammen mit Paolo Fußball in der norditalienischen Juniorenliga gespielt hat. Er hat noch immer dieselben widerspenstigen Locken und das breite, warmherzige Lächeln, ist immer noch schlaksig und genauso leutselig wie eh und je.

Er spricht unglaublich schnell in perfektem Englisch, wenn auch mit ausgeprägtem Akzent. »Vielleicht möchten Sie heute Abend lieber anderswo speisen?« Er lacht. »Ich kann für nichts garantieren. Ich werde mein Bestes geben, aber garantieren kann ich wie gesagt für nichts! Haha! Kommen Sie, setzen Sie sich, setzen Sie sich, *prego*. Frühstücken Sie in Ruhe. Greifen Sie zu, lassen Sie es sich schmecken. Ich habe den Pancetta und das Brot schon abgeräumt, aber ich hole schnell etwas aus der Küche. Essen und trinken Sie, so viel Sie möchten, für den Rest Ihres Aufenthalts bei uns geht alles aufs Haus.«

»Nein, Rocco, Kumpel, das ist nicht nötig …«, lehnt Christian ab.

Rocco hebt abwehrend die Hände. »Dottore, bitte. Papà lebt nur Ihretwegen noch! Selbstverständlich nehmen wir kein Geld von Ihnen an.«

Rocco lässt sie im Restaurant allein. Elena sieht Christian beim Essen zu und behält dabei die Uhr im Blick.

Marina kommt geschäftig herein und wirft ihnen ein flüchtiges Lächeln zu. Marina war auf der höheren Schule so glamourös mit ihren perfekten Gesichtszügen, den langen tiefschwarzen Locken, dem Körper eines Supermodels und einer Garderobe, für die man einen Mord begehen würde. Sie trug immer High Heels, sogar auf den schlammigsten Fußballplätzen. Die vorpubertäre Elena hatte gewaltigen Respekt vor ihr.

Jetzt sieht Marina müde und traurig aus. Sie hat jede Spur vom Glanz ihrer Jugend verloren. Vielleicht liegt es an der Sorge um ihren kranken Vater, aber sie sah auch schon müde und traurig aus, als Christian und sie eincheckten, und das war vor Signor Bianchis Herzstillstand. Vielleicht ist sie inzwischen einfach so. Wie dem auch sei – sie ist noch immer atemberaubend schön. Die Art und Weise, wie die Bianchi-Frauen auftreten, hat etwas Königliches an sich. Elena kann den Blick nicht von ihr wenden.

Marina und Rocco müssen jetzt fünfunddreißig sein, genauso alt, wie Paolo jetzt wäre. Ihr Herz schmerzt.

Christian wischt sich den Mund mit einer Leinenserviette ab. »Bist du sicher, dass du nichts essen möchtest, Babe?«

»Nein danke, ich möchte nichts.«

Dieses Spiel spielen sie ständig, er und sie, als wäre dies eine gängige Frage zwischen zwei Eheleuten.

Wieder oben, sieht sie ihm zu, wie er seinen schwarzen Armani-Anzug anzieht. Sein prüfender Blick in den Spiegel dauert höchstens drei Sekunden. Christian braucht keinen Spiegel, der ihm sagt, dass er gut aussieht.

»Lass uns gehen, Babe.« Er streckt die Hand nach ihr aus. »Ich helfe dir.«

Der Weg nach San Zaccaria ist nicht lang, aber ihre Beine sind so schwer, dass sie das Gefühl hat, durch nassen Beton zu waten. Die Gassen sind voller Urlauber, die Stimmung ist nachweihnachtlich beschwingt. Der Kokon aus Trauer, der Elena beim Gehen umgibt, ist wie ein Kraftfeld, das die Freude, die in den Straßen herrscht, daran hindert, zu ihr durchzudringen. Wie können die anderen sich unterstehen, so glücklich zu sein? Wissen sie nicht, dass der freundlichste, liebenswerteste Mann der Welt tot ist? Sie hasst jeden einzelnen Menschen, der an diesem grauenhaften Tag ahnungslos glücklich seinem Leben nachgeht. Es macht sie auf eine irrationale Weise wütend, an Leuten vorbeizukommen, die neben den Brunnen posieren, bunte Leckereien aus Marzipan kaufen und venezianische Masken anprobieren. Sie muss sich bremsen, ein Paar mit einem Kinderwagen zu beschimpfen, das ihr den Weg versperrt.

Wie versprochen hilft Christian ihr. Er hält sie fest an der Hand, führt sie um das Paar herum und durch die Straßen, steuert sie gekonnt durch die festliche Menge, als hätte er sein ganzes Leben hier verbracht.

Als sie an der Kirche eintreffen, ist Mamma bereits dort und wartet mit einigen Familienmitgliedern, die schon früher gekommen sind, und Padre Alessandro in seinem speziellen violetten Trauergewand. Es ist das erste Mal, dass Elena ihn in der Kleidung eines katholischen Priesters sieht. Er kommt ihr vor wie ein Cosplayer.

Mamma trägt einen schwarzen Schleier, der ihr Haar bedeckt und sie noch mehr wie eine Witwe aussehen lässt als gestern. Ihr schwarzer Wollmantel verschluckt sie, die Stiefeletten stehen von ihren knochigen Knöcheln ab. Mamma war immer zierlich, aber der Kummer hat an ihr genagt: Sie ist jetzt winzig. Ihre blassen Wangen sind eingefallen, ihre schönen braunen Augen ausdruckslos. Sie ist von Menschen umringt, doch auf Elena hat sie nie einsamer gewirkt.

Als Mamma Elena sieht, eilt sie auf sie zu, und sie klammern sich aneinander, bis Alessandro sie in einen kleinen Raum an der Seite der Kirche führt, wo Papàs geschlossener Sarg wartet.

Alessandro bedeutet Christian, sich mit ihm zurückzuziehen. »Wir geben euch ein bisschen Privatsphäre, damit ihr euch verabschieden könnt«, sagt er leise.

Aber Elena kann sich nicht verabschieden. Sie kann gar nichts sagen. Die Leere in ihr lässt keine Worte zu. Also reibt sie stattdessen Mammas Rücken und starrt vor sich hin, während Mamma Papà weinend letzte Zärtlichkeiten zuflüstert und sich über den glänzenden Holzsarg legt.

»Jetzt habe ich niemanden mehr«, schluchzt sie.

»Du hast mich, Mamma«, sagt Elena mit brechendem Herzen. »Du hast doch noch mich.«

Alessandro steckt den Kopf herein. »Wir sind so weit.«

Die Bestatter schleichen vorsichtig um Mamma herum, als wäre sie Sprengstoff, der jeden Moment explodieren könnte. Sie reichen Mamma und Elena jeweils eine Packung Taschentücher, eine lächerlich unzureichende Menge, um die Tränen über die Liebe ihres Lebens zu trocknen. Elena hat ohnehin jede Menge Taschentücher in ihrer Handtasche.

Christian geht zwischen ihr und Mamma. Er reicht Elena die Hand, damit sie sich daran festhalten kann, während sie Papàs Sarg den Mittelgang hinunter folgen. Elena kann nicht aufhören, sich Papà darin vorzustellen. Sind seine Augen vertrocknet?

Sind seine Augenlider eingefallen? Sind seine Lippen und Fingernägel blau?

Der Chor singt laut, sehr laut. Sie würde sich gern die Ohren zuhalten. Sie meidet den Blickkontakt mit allen, die zu ihr hinsehen, als sie die Kirche betritt. Christian führt sie nach vorn, zu einer großen Porträtaufnahme von Papà mit zurückgegeltem Haar, das Gesicht sauber rasiert, so gut aussehend in Anzug und Krawatte. Auf dem Foto lächelt er breit, und sie erinnert sich, warum.

Es wurde am Tag ihrer Uni-Abschlussfeier aufgenommen. Er und Mamma hatten gespart und geknausert, um dafür nach Sydney reisen zu können. Beinahe kann sie Papàs starke Arme spüren, die sie umschließen, kann den Stolz in seiner Stimme hören, als er nach der Zeremonie einigen Fremden verkündete: »Das ist meine Tochter. Bachelor of Laws, *mit Auszeichnung*. Ein sehr kluges Mädchen.«

Sie nimmt neben Mamma in der Kirchenbank Platz und sieht, dass deren Knöchel weiß hervortreten, so fest umschließen ihre Finger die Glasperlen des Rosenkranzes. Ihr Daumen zuckt ununterbrochen über den Zeigefinger. Der einzige Schmuck, den Mamma trägt, ihr Ehering, steckt lose an ihrem Ringfinger. Elena legt ihre Hand auf Mammas, aber das Zucken hört nicht auf.

Die Messe beginnt, und Alessandros Gebete fluten über sie hinweg. Christian tritt ans Rednerpult für die zweite Lesung aus dem Johannesevangelium. Er spricht fehlerfrei und mit einer Tiefe und Ernsthaftigkeit, wie sie für einen trauernden Schwiegersohn angemessen ist.

Anschließend übernimmt wieder Alessandro, der mehrere Gebete spricht. Elena wiederholt pflichtbewusst die Worte, die sich ihr schon in der Kindheit eingeprägt haben. Ihre Zähne klappern vor Kälte, Trauer oder beidem. Der Chor singt ein schwermütiges

Kirchenlied nach dem anderen. Die Trauergemeinde singt und kniet und steht und sitzt. Elena kommt es so vor, als würde die Messe niemals enden. Die Zeit steht still in dieser eiskalten Kirche an diesem eiskalten Tag.

Jedes Mal, wenn der junge Ministrant die Glocke läutet, zuckt Elena zusammen, als würde der Feueralarm losgehen. Die Luft ist schwer von dem Geruch nach Weihrauch, was ihr Übelkeit verursacht.

»Herr, erhöre unser Gebet«, murmelt sie, während sich ihre Cousinen und Cousins, alle in biederer schwarzer Kleidung, am Altar aufstellen, um nacheinander ein Gebet zu sprechen. Anschließend kehren sie feierlich zu ihren Plätzen zurück, wischen sich die Augen und schenken Elena und Mamma im Vorbeigehen ein trauriges Lächeln. Sie spürt eine Welle der Liebe zu ihnen allen: Stella, Pietro, Tomaso, Lara, Giacomo, Marta und Portia. Sie standen einander so nah, als sie aufwuchsen, und wurden zu Fremden, nachdem sie fortgegangen war.

Dann ist es Zeit für Alessandro, die Totenrede zu halten. Mit bebender Stimme richtet er das Wort an die versammelte Gemeinde: »Virgilio Zanetti war wie ein Vater für mich.«

Alessandros Worte hallen in ihrem Kopf wider, als würde er auf einem Berggipfel stehen und zu ihr, die tief unten im Tal steht, herabrufen. Sobald die Totenrede vorbei ist, kann sie sich nicht mehr daran erinnern.

Sie stellt sich hinter Mamma an und lässt sich eine Oblate auf die Zunge legen, die an ihrem Gaumen kleben bleibt, anschließend trinkt sie Rotwein aus demselben Hostienkelch wie die anderen. Der Wein brennt in ihrer Kehle.

Nachdem sie die heilige Kommunion empfangen hat, kniet sie nieder, doch ihr fällt kein Gebet ein. Also starrt sie nur Papàs einsamen Sarg und sein wunderschönes lächelndes Gesicht dahinter an und wiederholt stumm immer wieder dieselben drei Worte: *Mi dispiace, Papà*. Es tut mir leid.

Endlich ist die Messe vorbei.

Bis zum Friedhof ist es nur ein kurzer Fußweg. Christian schlingt fest die Arme um sie und flüstert ihr tröstende Worte ins Ohr. Es geht ein kalter Wind. Sie fürchtet, dass ihre Beine nachgeben, als ihr geliebter Papà knapp zwei Meter tief in der Erde versenkt wird, aber Christian hält sie aufrecht.

Alessandro, die Bibel in einer Hand, die Schaufel in der anderen, streut die erste Ladung Erde auf den Sarg, dabei betet er voller Inbrunst: »O Gott, durch dessen Gnade die verstorbenen Gläubigen Ruhe finden, segne dieses Grab und sende deinen heiligen Engel, um darüber zu wachen. Während wir hier den Leichnam unseres Bruders Virgilio begraben, erlöse seine Seele von jeglicher Sünde, damit er sich in dir und deinen Heiligen auf ewiglich freuen kann. Darum bitten wir dich durch Christus, unseren Herrn.«

Während die anderen gemeinsam »Amen« sagen, stößt Mamma einen Klagelaut aus, der die Luft und Elenas Herz zerreißt. Elena streckt die Hand nach Mamma aus und zieht sie eng an sich, während Familie und Freunde beginnen, Erde und Rosmarinzweige auf Papas Sarg zu streuen.

Christian und Alessandro leiten die Trauernden zurück zum Canal Grande. Sie folgt Arm in Arm mit Mamma. Schweigend geben sie einander Halt, während sie sich immer weiter von Papà entfernen und ihn am selben Ort zurücklassen wie seinen Sohn. Der Verwesung anheimgegeben.

Sobald die Prozession den Friedhof verlässt, fällt die Niedergeschlagenheit von den Menschen um Elena herum ab. Ihre Cousinen und Cousins plaudern freundschaftlich miteinander. Die jüngere Generation spielt Fangen, ihre Mütter schimpfen lautstark mit den Kleinen, wenn sie in ihren guten Lederschuhen durch die Pfützen springen. Das Schlimmste ist überstanden. Für die anderen. Für sie und Mamma ist es erst der Anfang. Der Anfang eines Lebens, in dem sie lernen müssen, mit der Leere zu leben.

Ein paar Schritte vor ihnen zeigt Alessandro Christian die Wahrzeichen der Stadt. Ihr Ehemann ist abgelenkt – die perfekte Gelegenheit für Elena, Mamma alles zu erzählen.

Ihr Herz rast. »Mamma, ich muss dir etwas sagen.«

Mamma dreht sich zu ihr und sieht sie mit glänzenden Augen an. »Was denn, *tesoro*?« Ihre Stimme bebt. Sie wirkt so zerbrechlich, dass Elena fürchtet, der kleinste Windstoß könnte sie umwehen.

Elena bringt es nicht über sich, es noch schlimmer für sie zu machen. Deshalb sagt sie nur: »Es tut mir leid, dass ich nicht gekommen bin, als du mich darum gebeten hast.«

Mamma reibt Elenas behandschuhte Hand zwischen ihren eigenen Händen. »Jetzt bist du ja hier. Das ist alles, was zählt.«

Sie wird Mamma morgen die Wahrheit sagen müssen, darf keine Zeit verschwenden. Doch vielleicht gibt es keine weitere Gelegenheit, mit ihr allein zu sein. Sie wird ihr einen Brief schreiben. Ja, das wird sie machen.

Die Familie drängt sich auf dem Vaporetto zusammen, das sie nach San Marcuola zurückbringen wird. Als das Boot den Anleger verlässt, fängt Zio Matteo, Papàs jüngerer Bruder, der neben Mamma sitzt und den Arm um ihre Schultern gelegt hat, an zu singen, »Grande sei Tu – Groß bist du«. Am Ende der ersten Strophe fällt die ganze Familie mit ein. Ihre Stimmen schwellen an zum Refrain, und die Melodie umfängt Elena wie eine Umarmung. Umgeben von diesen Menschen, die sie ihr ganzes Leben lang gekannt und geliebt hat, hier auf den heimischen Gewässern, wünscht sie sich, sie hätte Venedig niemals den Rücken gekehrt.

Die Gruppe steigt in San Marcuola aus, durchquert zusammen das jüdische Viertel und steigt die vier Treppen des baufälligen Wohnblocks zu der Wohnung hinauf, in der Elena ihre Kindheit verbracht hat.

Zio Bruno wartet an der Tür und nimmt allen die Mäntel ab. Seine Frau, Zia Sonia, steht bereits am Herd und macht das Essen warm, umgeben von Elenas Cousinen, die nicht recht wissen, was sie tun sollen.

Christian begibt sich in die Mitte des winzigen, überfüllten Wohnzimmers und klatscht in die Hände. »Zeit für einen Limoncello!«, ruft er mit dem schiefen Grinsen, das sein Markenzeichen ist.

Sein Vorschlag erntet Applaus, augenblicklich hebt sich die Stimmung.

Elena zieht sich in dieselbe Sofaecke zurück, wo sie gestern schon gesessen hat, und macht sich so klein wie möglich. Ihre gesamte Verwandtschaft quetscht sich in diesem Raum zusammen, doch niemand versucht, mit ihr ins Gespräch zu kommen. Sie fragt sich, ob sie sie aus Respekt vor ihrer Trauer in Ruhe lassen, wegen ihrer langen Abwesenheit, oder ob es ihr Umfang ist, der sie abschreckt. Aus welchem Grund auch immer, sie ist dankbar dafür.

Mamma ist mit ihren Schwestern und Schwägerinnen in der Küche, und Christian ist wieder einmal von einer Menge umringt, die ihn gern besser kennenlernen möchte. Er ist der perfekte Gastgeber und gibt jedem das Gefühl, willkommen und wichtig zu sein. »Pietro, Elena hat mir erzählt, dass du Medizin in Bologna studierst. Dann möchtest du also Arzt werden? Lass mich dir einen Rat geben, Kumpel: Steig aus, solange du noch kannst!« Er lacht. »Portia, glaub ja nicht, dass ich diese Wohnung heute verlasse, bevor du für uns gesungen hast. Du bist die einzige Opernsängerin, die ich kenne.«

Als er Elena allein auf der Couch sitzen sieht, geht er zu ihr und setzt sich neben sie, während er Zio Matteo zuruft: »Erzähl mal, Matteo, wie war Virgilio als Jugendlicher? War er genauso ein Querulant wie seine Tochter?« Er grinst und drückt Elena an sich.

»Wartet, ich helfe euch.« Er springt auf, als die Tanten die Tabletts mit Tramezzini heraustragen.

»Bleib sitzen, bleib sitzen«, sagt Zia Lina, aber er besteht darauf.

Er ist der einzige Mann im Raum, der einen Finger krumm macht, und die Frauen schwärmen.

»Was für ein wundervoller Mann! So bescheiden und freundlich und noch dazu ein *Chirurg*! Du musst begeistert sein«, sagt Zia Sonia in Elenas Hörweite zu Mamma.

»Und so gut aussehend«, fügt Zia Romina hinzu. Ihre Augen schweifen über Elenas Körper auf und ab, auf und ab.

Später, als Christian bis über beide Ellbogen im Spülwasser steckt und Elenas Cousinen Marta und Lara mit seinem Charme verzaubert, füllt Mamma einen Teller randvoll mit Essen und stellt ihn auf Elenas Schoß. *»Mangia.«* Iss. Sie nickt in Richtung Teller.

Elena ist am Verhungern, aber sie spürt, dass alle im Raum sie anstarren. Mit gesenktem Blick dreht sie an ihrem Ohrring. »Ich esse später im Hotel, Mamma. Hier beobachten mich alle.«

Mamma legt die Finger unter Elenas Kinn und hebt ihr Gesicht an, damit sie einander in die Augen blicken können. Unter Mammas Augen liegen dunkle Ränder, aber sie sind nicht mehr so glasig wie zuvor. »*Mangia*, Elena«, sagt sie mit fester Stimme.

Es ist das erste Mal seit Elenas Ankunft gestern, dass in Mamma trotz ihrer Trauer ein Funke der Frau aufflammt, die sie ist. Ohne zu widersprechen, führt Elena die Gabel zum Mund. Das Hähnchenschnitzel zergeht in ihrem Mund. Gierig verschlingt sie den Rest, wobei sie darauf achtet, jeglichen Blickkontakt mit den anderen zu vermeiden, bis der Teller leer ist.

»*Brava*«, sagt Mamma und tätschelt ihr Knie, nachdem sie sich die letzte *fritole* in den Mund gesteckt hat.

Christian kommt aus der Küche; die Vorderseite seines Hemdes ist nass von der Spüle. Er stützt einen Ellbogen auf den Kaminsims und unterhält sich mit Alessandro. Sie lachen zusammen, als wären sie seit Ewigkeiten befreundet.

Christian winkt Elena grinsend zu sich. »Endlich erfahre ich die Wahrheit über dich, Babe.«

»Ich erzähle ihm gerade die Geschichte, wie du mitten in der Nacht an meine Tür gehämmert hast.« Alessandro lacht. »Wie du versucht hast, mir einzureden, Gott hätte zu dir gesprochen und dir gesagt, er würde nicht wollen, dass ich mein Leben in seinen Dienst stelle. Angeblich hatte er dir aufgetragen, mir klarzumachen, dass ich nicht für den Priesterberuf vorgesehen war.«

Elena lächelt bei der Erinnerung. »Ich hatte zwei Jahre zuvor meinen Bruder verloren. Ich war noch nicht bereit, auch dich zu verlieren.«

»Ich musste Priester werden. Es war die einzige Möglichkeit, dir zu entkommen.« Alessandro streicht sich die Haare aus den Augen. *»Alessandro, hilf mir bei den Hausaufgaben. Alessandro, ich brauche Geld.«* Er ahmt ihre Stimme nach.

»Ha!« Christian schnaubt.

»Im Ernst«, Alessandro lächelt sie an, »du hättest dir nicht so viele Sorgen machen müssen. Du könntest mich gar nicht verlieren. Niemals.«

Für einen Moment fühlt sich Elena in ihre Kindheit zurückversetzt, als Alessandro und Paolo sie abwechselnd auf ihren Fahrradlenkern sitzen ließen, während sie durch die Gassen rasten, alle drei völlig unbekümmert.

Christians Stimme holt sie in die Gegenwart zurück. »Sieht so aus, als wollten einige deiner Verwandten aufbrechen, Ellie.«

Nachdem sich der Großteil der Trauergäste verabschiedet hat, drängt Christian die Frauen sanft aus der Küche und besteht darauf, dass sie sich ausruhen, während er, fast im Alleingang, das Aufräumen übernimmt. Elena sieht, dass er sein Bestes gibt, um ihr das zu sein, was sie braucht, und wünscht sich inständig, sie würde ihn nicht hassen.

Gayle

Gayle und Mike warten nun schon seit fast zehn Minuten darauf, in dem Restaurant in Dorsoduro einen Platz zu bekommen, und Mikes Seufzer werden immer dramatischer. Ein Paar tritt nach ihnen ein, gefolgt von einem Schwall kalter Nachtluft, und strebt, ohne zu zögern, auf einen freien Tisch zu. Gayle und Mike sehen einander mit offenem Mund an.

»Hast du das gesehen?«, zischt Mike. »Wir waren zuerst hier!«

»Es gibt noch vier freie Tische, Schatz. Vielleicht sollten wir uns einfach an einen davon setzen? Vielleicht muss man in diesem Lokal nicht warten, bis man einen Platz zugewiesen bekommt.«

Die beiden jungen Frauen und die beiden jungen Männer, die sich die Hacken ablaufen, um die Tische zu bedienen, haben bislang nicht einen Blick in ihre Richtung geworfen.

»Aber im Internet steht, dass man in europäischen Restaurants platziert wird«, beharrt Mike.

Gayle ist nicht überzeugt, dass er recht hat. Das waren schon die zweiten, die einfach so hineinspaziert sind und sich hingesetzt haben. Aber wegen etwas so Belanglosem wird sie ihrem Mann nicht widersprechen, das spart sie sich für wichtigere Dinge auf, also drückt sie lediglich ihre windzerzauste Dauerwelle zurecht und sagt nichts.

»Was, wenn wir uns hinsetzen, und der Tisch ist reserviert? Das wäre eine ausgesprochen peinliche Situation«, gibt Mike zu bedenken, als einige Minuten später ein weiteres Paar an ihnen vorbeigeht, während sie immer noch an der Tür stehen.

Gayle wünscht sich, sie wären im Hotel geblieben und hätten im Il Cuore zu Abend gegessen, wie sie es geplant hatten, aber das war gestern gewesen, bevor der arme alte Signor Bianchi nach seiner Herzattacke ins Krankenhaus eingeliefert wurde. Es ist keinesfalls billig, im Il Cuore zu speisen, und da sie wussten, dass heute Abend wieder Rocco und die jungen Bianchis kochen würden, haben sie beschlossen, San Marco zu verlassen und einen gemütlichen zehnminütigen Spaziergang zu diesem Restaurant an einem kleinen Kanal in Dorsoduro, einem angrenzenden Stadtviertel, zu machen, das laut Mike gute Bewertungen auf Tripadvisor hat. Außerdem ist es um einiges budgetfreundlicher, und jetzt, da sie hier stehen und ignoriert werden, versteht sie auch, warum.

Endlich kommt ein junger Kellner, ohne zu lächeln, auf sie zu und spricht sie noch dazu auf Italienisch an! Schockierend.

Mike hebt die Hände. »Hoppla, hoppla, mein Junge, ich muss Sie bremsen – meine Frau Gayle und ich kommen aus Little Rock in Arkansas. Das ist in den Vereinigten Staaten von Amerika«, erklärt er stolz. »In Little Rock sprechen die Leute kein Italienisch, nur Englisch. Obwohl, nein, das ist nicht richtig. Vor ein paar Jahren hat eine italienische Familie in der Anderson Road gewohnt, oder … Nein, ich glaube, das waren Kolumbianer.«

Der junge Mann, tatsächlich eher noch ein Junge, deutet auf die leeren Tische. »Nehmen Sie irgendwo Platz«, sagt er kurz angebunden auf Englisch, dann wendet er ihnen den Rücken zu.

Mike furcht die Stirn. »Wie unhöflich! Sollen wir in ein anderes Restaurant gehen, wo wir anständig bedient werden?«

Gayles Kreuz schmerzt, sie sehnt sich danach, sich endlich

hinzusetzen. »Das Essen sieht gut aus, Schatz«, sagt sie daher. »Außerdem ist es preiswert.«

Grummelnd schnallt Mike seine Bauchtasche ab. »Na gut. Aber ich überlege, ob ich eine schlechte Bewertung abgeben soll.«

»Wie wäre es, wenn wir erst mal abwarten, wie es uns schmeckt?«, schlägt Gayle vor.

Tatsächlich schmeckt es köstlich. Mikes Chili-Miesmuscheln schwimmen in einem reichhaltigen Tomatensud, und auch die leichte, cremige Knoblauchsoße für Gayles Jumbogarnelen ist ausgezeichnet. Zwischen ihnen stehen eine Schüssel voll knuspriger goldener Bratkartoffeln mit Zitrone und ein kleiner Teller dampfende Broccolini mit gesalzener Butter. Natürlich sind die Gerichte nicht so gut wie die von Signora Bianchi, aber trotzdem lecker. Leider ist Gayle zu nervös, um das Essen zu genießen, daher schiebt sie ihren Teller über den Tisch zu Mike.

In einem kleinen Schreckensmoment verfärbt sich sein Gesicht leuchtend rot, und er fängt an zu würgen, doch er hustet das störende Stück Garnelenschale gerade noch rechtzeitig in seine Serviette, und nach ein paar Schlucken Wasser geht es ihm wieder gut.

Er ruft einen Kellner zu sich, um sich zu beschweren, dass ihn die gedämpfte Beleuchtung beinahe das Leben gekostet hätte, aber leider reagiert der Kellner nicht sonderlich mitfühlend und bietet ihm auch keine Erstattung an.

Nachdem ein anderer, ebenso gestresster Kellner die Teller abgeräumt hat und Gayle sich sicher ist, dass Mike über das Ich-wäre-beinahe-erstickt-Fiasko hinweg ist, knüllt sie ihre Papierserviette zu einem festen Ball zusammen und setzt sich aufrecht hin. »Schatz«, sagt sie, »Venedig ist eine wunderschöne Stadt, und ich bin dir so dankbar, dass du mich hergebracht hast, aber der einzige Ort, an dem ich nächstes Jahr Weihnachten verbringen möchte, ist zu Hause bei unserer Familie. Bei unserer *ganzen* Familie.«

In den vergangenen Jahren hatten sich alle Kinder, Enkelkinder und sogar einige von den Nachbarn am Nachmittag des ersten Weihnachtstages bei ihnen zu Hause versammelt, und jeder hatte einen Teller mitgebracht, um etwas von dem gebackenen Honigschinken abzubekommen, den sie immer vorbereitet. Wie jedes Jahr scherzten sie darüber, dass Justin wie stets zu spät auftauchen würde – was er auch tatsächlich tat. Es war Tradition, dass Susan einen üppigen Früchtekuchen backte, und Elizabeth, die süße Lizzie, ließ Gayle anschließend nie allein aufräumen und trommelte stattdessen die Enkelinnen und Enkel zusammen, damit sie ihr halfen. Nach dem Nachtisch setzte sich Noah ans Klavier, und die Familie versammelte sich um ihn und sang Weihnachtslieder, während alle den alkoholfreien »Glühwein« tranken, den Justin mit Granatapfelsaft, Brombeeren und Gewürzen zubereitete.

Das sind die Tage, die Gayle am meisten ans Herz gehen. An diesen Tagen denkt sie, dass Mike und sie es dem Herrn recht gemacht haben. Sie haben ihm zu Ehren diese vier wundervollen Kinder auf die Welt gebracht, und Gott hat sie mit einer Fülle von Enkeln und mittlerweile auch einer Urenkelin belohnt.

Deshalb hat es sie auch so tief getroffen, dass Noah nach Kalifornien gegangen ist. Ihre anderen Kinder wohnen alle nur eine kurze Autofahrt entfernt, und sie kann mit ihnen zusammen sein, wann immer sie möchte. Ob sie Justin im Büro auf einen schnellen Kaffee besucht, dienstags mit Susan und Baby Elsie im Kinderwagen einen Spaziergang rund um den See macht oder den wöchentlichen Lebensmitteleinkauf Wagen an Wagen mit Lizzie erledigt und anschließend mit ihr ein Club Sandwich bei Mae's Diner isst – Gayles Kinder sind immer da.

Nur Noah ist gegangen und nicht mehr nach Hause gekommen. Er hat nicht angerufen, nicht geschrieben. Er ist wirklich gegangen.

»Schatz«, fährt sie jetzt fort, »ich möchte mit dir über Noah reden.« Ihre Kehle wird eng.

Mike schnaubt hörbar durch die Nase. »Da gibt es nichts zu reden.«

Als sie den Mund öffnet, um zu widersprechen, dringt ein Schluchzer über ihre Lippen.

»Aber, aber …« Mikes Ton wird sofort sanfter. Er legt seine Hand auf ihre. Er konnte sie noch nie weinen sehen, ohne sich Sorgen zu machen. »Jetzt sei doch nicht traurig, das wird schon wieder. Noah wird zur Besinnung kommen. Das tun Kinder doch immer.«

»Noah ist kein Kind mehr. Er geht auf die fünfzig zu, und er wird *nicht* zur Besinnung kommen. Ich vermisse ihn so sehr.« Sie putzt sich mit der Serviette die Nase und schaut sich verstohlen um, möchte nicht, dass jemand sie in der Öffentlichkeit weinen sieht.

»Ich weiß, dass du ihn vermisst. Das tue ich ebenfalls. Aber in der Bibel steht klar und deutlich, dass er sündigt.«

»Vor dem Herrn sind wir alle Sünder.«

Mike lacht auf. »Nun, es gibt Sünden und *Sünden*.«

»Er ist unser Sohn. Wir dürfen ihm nicht den Rücken kehren.«

»Wir haben ihm nicht den Rücken gekehrt«, entgegnet er. »*Er* hat sich von uns abgewendet.«

Sie hält seinen Blick fest. »Du weißt genau, dass er wegen deiner Reaktion auf seine Hochzeitsbekanntmachung gegangen ist.«

»Ich habe nur gesagt, was richtig ist. Wir haben versprochen, Gott zu ehren. Gottes Wort muss stets an erster Stelle stehen.«

Der Konflikt zwischen ihrer Rolle als gute Mutter, wie es ihr Glaube von ihr verlangt, und ihrer Rolle als ergebene Ehefrau, wie es ihr Glaube ebenfalls von ihr verlangt, bereitet Gayle Kopfschmerzen. Ihre Hände zittern, als sie das vorträgt, was sie sich zurechtgelegt und den ganzen Tag lang immer wieder vorgesagt hat. »Ich habe viel deswegen gebetet. Und ich bin die Bibelstelle wieder und wieder durchgegangen. Seit Noah weg ist, habe ich die Evangelien dreimal von vorne bis hinten gelesen. Und, Schatz, nirgendwo, wirklich *nirgendwo*, finde ich eine Stelle, wo Jesus sagt, dass es sich um eine Sünde handelt.«

Er sieht sie mit gerunzelter Stirn an. »Aber in der Bibel steht …«

»Jesus selbst sagt in der Bibel nichts *darüber*. Und wer ist unser Herr und Erlöser? Nicht Paulus, nicht Timotheus, und sogar Pastor Bob hat einmal gepredigt, man solle Levitikus mit Vorsicht genießen, erinnerst du dich?«

Nach einer Minute sagt Mike: »Du bringst mich ganz durcheinander mit deinem Bibelgerede. Wie wäre es, wenn wir Pastor Bob aufsuchen, sobald wir wieder zu Hause sind, und ihn fragen, wie er dazu steht? Er hatte schon immer den besten Rat für uns, wenn wir nicht weiterwussten.«

Pastor Bob geht auf die neunzig zu und lebt in einer Pflegeeinrichtung für Senioren. Mike ist ihm über die Jahre treu verbunden geblieben, während Gayle nicht vergessen hat, dass der »beste Rat« des Pastors, der mittlerweile Jahrzehnte zurückliegt, ein entscheidender Grund dafür ist, dass sie in diesem Schlamassel mit Noah stecken. »Schatz, wir brauchen nicht Pastor Bob, damit wir Richtig und Falsch unterscheiden können.« Sie tupft sich die Augen. »Kommt es dir nicht falsch vor, dass wir all unseren Kindern ein frohes Weihnachtsfest gewünscht haben, nur einem nicht? Und ist es nicht falsch, dass wir nicht wissen, wo sich unser eigener Sohn aufhält? Womöglich liegt er im Krankenhaus, oder es ist ihm noch Schlimmeres zugestoßen …«

Mike schüttelt den Kopf. »Wir essen hier schön zu Abend, Schatz, warum ruinierst du das, indem du über Krankenhäuser und Sünden sprichst? Für mich ist das ganz einfach: Die Ehe ist die Verbindung, in der man Gott durch Fortpflanzung ehrt. Und Noah ehrt Gott mit seiner Ehe ganz bestimmt nicht.«

»Du musst nicht mit ihm übereinstimmen, du musst ihn nur akzeptieren.«

»Er verlangt zu viel von uns.«

»Er ist unser *Kind*, Mike. Wenn es um unsere Kinder geht, sollte es kein Limit geben.«

Er gibt einen tiefen Seufzer von sich und verdreht die Augen. »Was willst du von mir? Los, spuck's aus. Was willst du wirklich von mir?«

Gayle spürt, wie ihr Selbstvertrauen schwindet, aber sie bleibt standhaft. »Ich möchte, dass du ihn anrufst und dich entschuldigst. Sag ihm, dass es dir leidtut, wie du reagiert hast.«

Seine Nasenflügel beben. »Moment. Ich werde mich erst bei dem Jungen entschuldigen, wenn die Hölle zufriert.«

Gayle schluckt ihre Nervosität hinunter und unternimmt einen weiteren Vorstoß. »Schatz, ich habe dich nie darum gebeten, etwas zu tun, was du nicht möchtest. Seit fünfundfünfzig Jahren respektiere ich deine Autorität, und ich tue es gern.« Ihre Stimme zittert. Sie zwirbelt die Serviette um ihren Finger. »Aber hier geht es um unseren *Sohn*. Ich werde kein weiteres Weihnachtsfest ohne meinen Jungen verbringen. Wir müssen einlenken und Noah so annehmen, wie er ist. Das hätten wir schon vor langer Zeit tun sollen.«

»Verstehst du denn nicht? Das ist doch genau das, was die erreichen wollen! Die Sünder wollen, dass die gottesfürchtigen Menschen nachgeben, damit sie weiterhin Böses tun können!«

»Noah ist kein Sünder. Er tut nichts Böses, das weißt du. Rufen wir ihn an und bitten ihn, dass er nach Hause kommt.«

»Ihn bitten? Ich werde ihn ganz sicher um nichts bitten.«

»Na gut, dann bitte ihn nicht, sondern frag ihn, ob er kommt.«

Mike schweigt, eine ganze Zeit lang. Streicht sich über den

Bart. Endlich schüttelt er den Kopf. »Ich möchte dich glücklich machen, Schatz. Wirklich. Ich hasse es, dich so aufgewühlt zu sehen. Aber das kann ich einfach nicht. Ich kann nicht gegen meine Prinzipien verstoßen.«

Gayles Schultern sacken herab. Ihre Hoffnung, dass Vater und Sohn wieder zueinanderfinden, ist zerplatzt wie ein Luftballon. Doch schon vor dem Gespräch mit Mike hatte sie entschieden, dass sie nicht nachgeben wird. Sie wird Noah nicht aufgeben. Wenn Mike sich nicht mit ihm versöhnen will, wird sie es tun. Könnte sie doch nur die Tür zu Noah einen kleinen Spalt öffnen! Bestimmt würde Mike irgendwann hindurchschreiten, und die Familie wäre wieder vereint. »Bist du denn einverstanden, wenn ich ihn anrufe?«, fragt sie daher.

Mike starrt auf seine Hände und saugt die Unterlippe ein, sodass es aussieht, als würde er seinen Bart verspeisen. »Ich mache dir einen Vorschlag: Wir genießen zuerst in Frieden den Rest unserer Italienreise, und zwar ohne dass wir uns den Kopf über Noah und seine Probleme zerbrechen. Sobald wir wieder zu Hause in Little Rock sind, kannst du mit ihm telefonieren, einverstanden?«

»Wie wäre es, wenn ich ihn heute Abend von unserem Zimmer aus anrufe, um den Schmerz in meinem Herzen zu lindern, damit ich Italien endlich richtig genießen kann?« Sie greift über den Tisch und legt ihre Hand auf seine bartstoppelige Wange. »Bitte, Schatz, es würde mir so viel bedeuten, einfach nur seine Stimme zu hören und zu wissen, dass alles okay ist.«

»Was, wenn er will, dass du mit Chris sprichst? Was machst du dann?«

»Dann werde ich Chris sagen, wie leid mir all das tut, was passiert ist, und ihn bitten, mir zu vergeben.«

Mike richtet den Zeigefinger auf sie, das Gesicht noch geröteter als sonst. »Du wirst dich nicht bei dem Mann entschuldigen, der unseren Sohn schwul gemacht hat! Du bringst ja völlig durcheinander, wer sich bei wem entschuldigen sollte!«

Sie ist zu weit gegangen. *Dumm, dumm, dumm.* Eilig tritt sie den Rückzug an. »Schon gut, schon gut, ich entschuldige mich nicht bei Chris, aber bitte, Schatz, bitte lass mich Noah anrufen.«

»Entschuldigen Sie, Signore, möchten Sie und die Signora ein Dessert bestellen?« Eine junge Kellnerin in einem schwarzen Minikleid stützt die Hand auf den Tisch.

»Nein, vielen Dank, meine Liebe«, antwortet Gayle, bevor Mike beim Anblick des Gebäcks in der Vitrine in Versuchung gerät. »Wir müssen zurück in unser Hotel. Ich muss noch einen wichtigen Anruf tätigen.«

»Okay«, lenkt Mike ein, sobald die Kellnerin weg ist. »Du kannst ihn anrufen, aber ich möchte nichts damit zu tun haben. Das ist ganz allein deine Sache, hast du mich verstanden?«

Sie springt von ihrem Stuhl auf und schlingt die Arme um seinen Hals. »Ich bin so froh, dass ich dich habe. Danke, danke!«

Überwältigt von Dankbarkeit und neuer Hoffnung auf eine Versöhnung mit Noah, tritt sie den Rückweg nach San Marco an. Die schmalen Gassen sind mit bunten Lichterketten, Glocken und Engeln geschmückt, und jede Gasse, in die sie einbiegen, ist schöner als die andere. Sogar die Straßenbeleuchtung ist einzigartig – die Laternen erinnern allesamt an Kunstwerke.

Das ist das erste Mal, dass sie so spät noch unterwegs sind, und Gayle ist überrascht, wie ruhig es in Venedig um neun Uhr abends ist, vor allem wenn man weiß, wie rege es auf den überfüllten Plätzen tagsüber zugeht. Die Geschäfte sind alle geschlossen, die Cafés ebenfalls. In den Wohnungen darüber brennen die Lichter, doch die Fensterläden sind zu. Sie liebt Venedig, wenn es so ist wie jetzt, wenn Mikes und ihre Schritte das einzige Geräusch auf dem Kopfsteinpflaster sind.

Doch als sich die Gasse auf eine weitere Piazza öffnet, sieht sie, dass sie ganz und gar nicht allein sind. Am gegenüberliegenden Ende des Platzes hat sich eine Menschenmenge versammelt und betrachtet blinkende Bilder, projiziert auf die große Backsteinwand einer Kirche. Die Bilder werden immer mehr. Es sind allesamt Fotos von Autos, alle möglichen Pkws sind auf der Kirchenwand zu sehen, Hunderte, Tausende davon.

Seite an Seite stehen sie da, sie und Mike, zusammen mit der schweigenden Menge, und betrachten fasziniert, wie die Wagen immer mehr Platz einnehmen, bis die gesamte Kirchenwand bedeckt ist. Jetzt ist zu erkennen, dass die Autos den Umriss eines Schiffs annehmen. Jede Sekunde kommen Dutzende weitere Pkws hinzu. Als das Schiff fertig ist, verschwindet es. An seiner Stelle erscheinen riesige Wörter in grellweißem Licht: *UNA GRANDE NAVE = UN MILIONE DI MACCHINE: NO GRANDI NAVI!* Einige Sekunden später ist die Kirchenwand in Dunkelheit gehüllt, dann erscheinen die Fahrzeuge von Neuem, erst zehn, dann hundert und so weiter.

Das Blinken verursacht Gayle Kopfschmerzen, deshalb wendet sie den Blick ab. Ein Teil der Menge zerstreut sich, während andere bleiben, um sich das Ganze abermals anzusehen.

Neben ihnen unterhalten sich zwei junge Frauen auf Italienisch. Mike tritt zu ihnen. »Guten Abend, wissen Sie, was es damit auf sich hat?«

Eine der Frauen antwortet hilfsbereit auf Englisch: »Es ist Teil der Venice-Rising-Ausstellung.«

»Steckt eine Bedeutung dahinter?« Mike deutet auf die Autos auf der Kirchenwand.

»Es zeigt, dass ein großes Kreuzfahrtschiff, das im Kanal vor Anker geht, die Umwelt genauso verschmutzt wie eine Million Autos«, erklärt die andere Frau. »›Keine großen Schiffe mehr!‹, lautet die Botschaft.«

»Verstehe, danke.« Mike führt Gayle weg.

Ihre Ankunft mit dem riesigen Kreuzfahrtschiff diese Woche war so aufregend, denkt Gayle. Ihr Herz machte einen Satz, als sie auf dem Oberdeck stand und die Ränder der Stadt in Sicht kamen, als das Grün entlang der Kanalufer den alten, dicht gedrängten Steingebäuden wich und Mike auf den hohen Glockenturm in der Ferne deutete. Als sie sich San Marco näherten, wurden die Vaporetti und Schnellboote um sie herum immer mehr, und die weiße Kuppel der prächtigen Kathedrale auf der anderen Seite erschien am Ufer. Je mehr sich das Kreuzfahrtschiff dem Hafen näherte, desto lebendiger wurde die Stadt. Weihnachtsdekorationen hingen an den Straßenlaternen, Marktstände säumten die Promenade, und *überall* waren Menschen. Was für eine festliche Stimmung! Ihre Laune hob sich, als das tiefe Horn des Schiffes ihre Ankunft verkündete.

Zu jener Zeit hatte sie der kleinen Gruppe Fahnen schwenkender Demonstranten in dem Schnellboot, die versuchten, das Kreuzfahrtschiff am Anlegen zu hindern, keine große Aufmerksamkeit geschenkt. Jetzt dagegen weiß sie, dass es sich nicht nur um ein aufmüpfiges Grüppchen verärgerter Jugendlicher handelt, wie sie zunächst vermutet hatte. Das Thema ist groß genug, um Protestkunst hervorzubringen, die große Massen anzieht.

Sie spricht erst, als sie außer Hörweite der Frauen sind. »Es ist unseretwegen. Die Venice-Rising-Ausstellung ist ein Protest gegen Menschen wie uns.« Die Schamesröte kriecht ihren Nacken hinauf und steigt ihr in die Wangen.

»Woher sollten wir von dieser Umweltsache wissen? Niemand hat uns etwas gesagt. Es ist nicht unsere Schuld.« Auch Mikes Gesicht ist gerötet.

Sie drückt seine Hand. »Vielleicht geht es bei der Ausstellung genau darum. Jetzt wissen wir es.«

»Eine Lichtshow in einer Seitengasse wird überhaupt nichts bringen«, spottet er. »Es sollte im Internet stehen.«

»Vielleicht tut es das ja.«

»Nun ja, ich habe nie etwas darüber gelesen, und ich bin ständig im Internet unterwegs. Außerdem dachte ich, fliegen wäre umweltschädlicher, als mit dem Schiff unterwegs zu sein. Ist das nicht der Grund, warum die Fluggesellschaften uns dazu zwingen, einen CO_2-Ausgleich zu bezahlen? Kann mir mal jemand erklären, wie man reisen soll, ohne die Umwelt zu verschmutzen?«

Weil ihr keine Antwort einfällt, legen sie die restliche Strecke zum Hotel schweigend zurück.

Sobald sie wieder im Zimmer sind, erinnert sie Mike daran, dass er ihr versprochen hat, sie mit Noah telefonieren zu lassen.

»Solange du dich für nichts entschuldigst«, beharrt er. »Und hol mich auf keinen Fall ans Telefon. Ich will erst wieder mit dem Jungen sprechen, wenn er bereit ist, Buße zu tun.«

»Ja sicher. Ganz bestimmt.« Sie nickt und zieht ihr Handy aus der Handtasche. »Ich sage nur Hallo, das ist alles. Wo habe ich denn bloß seine Nummer? Ach, hier.«

»Stell ihn auf Lautsprecher.« Mike setzt sich auf den Stuhl in der Ecke und schnürt seine Sneakers auf.

Sie runzelt die Stirn. »Du hast doch gesagt, du willst nicht mit ihm reden.«

»Das heißt ja nicht, dass ich nicht hören will, was er zu sagen hat.«

Gehorsam stellt Gayle auf Lautsprecher, dann tippt sie auf Wählen und hält den Atem an. Eine automatische Stimme verkündet, dass die Nummer nicht existiert.

Noah ist wirklich gegangen.

Elena

Sie haben Mammas Wohnung verlassen und sind ins Il Cuore zurückgekehrt. Die Lobby ist leer, das Licht gedimmt, als sie das Hotel betreten, wodurch die Lichterketten an dem großen Weihnachtsbaum noch heller funkeln. Papà wird nie wieder einen Weihnachtsbaum sehen. Das Restaurant ist geschlossen, doch Elena hört Gelächter aus der Küche. Das Geräusch versetzt ihrem verwundeten Herzen einen Stich.

Christian ist an alte Aufzüge wie diesen nicht gewöhnt und weigert sich, ihn zu benutzen. Jede Stufe die mit Teppich ausgekleidete Treppe hinauf in den ersten Stock erscheint Elena wie ein Berg, den es zu erklimmen gilt. Sie hält sich an dem hölzernen Geländer fest. Es ist erst halb zehn, aber es kommt ihr vor, als wäre es schon lange nach Mitternacht.

Im Zimmer angelangt, öffnet sie den Reißverschluss ihrer hohen Stiefel. Ihre Zehen kreischen vor Schmerz. Langsam schält sie sich aus ihrer Kleidung. Es ist eine Erleichterung, die Strumpfhose abzustreifen, die sich den ganzen Tag lang rau und kratzig an ihren Beinen angefühlt hat. So sanft sie kann, entfernt sie das Make-up und enthüllt ihr ungeschminktes Selbst. In den Spiegel schaut sie nicht.

Als sie, nur im Höschen, aus dem Bad tritt, spürt sie Christians Augen auf sich. Die Haare auf ihren Unterarmen stellen sich auf.

Sie nimmt ein frisches Nachthemd aus dem offenen Koffer und wendet sich ab.

Er räuspert sich. »Möchtest du einen Kaffee, Babe? Ich weiß, es ist spät, aber ich mache mir trotzdem einen.« Er geht zu der kleinen Nespresso-Maschine neben der Minibar.

»Danke, das wäre schön.«

»Ich dachte, ich gehe noch ein bisschen raus, frische Luft schnappen. Ich möchte die Kunstinstallationen aufsuchen, die nachts erleuchtet sind. Deine Cousins sagen, nach zehn ist es am besten, dann ist weniger los. Du musst nicht mitkommen, wenn du nicht möchtest.«

»Ich denke, ich bleibe hier, vorausgesetzt, es macht dir wirklich nichts aus. Ich bin so müde.«

»Das ist absolut okay für mich, Babe, ehrlich.«

»Danke noch einmal für heute«, sagt sie. »Du warst fantastisch.«

»Du musst mir nicht danken. Ich bin immer für dich da, das weißt du.« Die Kaffeemaschine erwacht zum Leben. Er stellt zwei kleine Tassen parat. »Nur eine Sache, Babe.« Er hält den Blick auf den Kaffee gerichtet, der aus dem Ausguss läuft. »Ich wünschte, ich müsste nichts sagen, erst recht nicht heute, aber wie wär's, wenn wir morgen besser aufpassen, was wir in den Mund stecken, hm? Du hast bei deiner Mutter einen riesigen Berg Essen verschlungen.«

Sie sieht ihn an und fragt sich, wie es sich anfühlen würde, die Hände um seine Kehle zu legen. Das Leben aus seinen Augen weichen zu sehen.

»Ich weiß«, erwidert sie leise. »Ich hasse mich dafür.«

»Sei nicht zu hart zu dir selbst. Ich meine, unter den gegebenen Umständen war das verständlich. Ich verstehe es. Aber ich weiß, wie sehr du dir wünschst, etwas zu verändern. Morgen machen wir einen Neuanfang, okay?«

Sie schluckt die Galle, die in ihrer Kehle aufsteigt. »Ja.«

Er bringt ihr lächelnd den Kaffee. »Du schaffst das, Babe.«

Zwölf Tage. Ihr bleiben noch zwölf Tage in Venedig, um sich aus dieser Ehe zu befreien.

Sie wird dafür sorgen, dass es ihr gelingt, und zwar hier, ganz gleich, wie.

Denn wenn sie mit ihm nach Australien zurückkehrt, wird sie ihn zweifellos umbringen.

Sophie

Der letzte Restaurantgast ist vor über einer Stunde gegangen, und die Küche ist so sauber, dass sie glänzt. Sophie wirft ihre fleckige Schürze in den Weidenkorb für die Schmutzwäsche, der in der Ecke der großen Speisekammer steht.

Rocco drückt den Deckel auf einen Plastikbehälter, der randvoll ist mit übrig gebliebener Bohnensuppe, und beschriftet ihn mit einem schwarzen wasserfesten Stift, bevor er ihn auf die Behälter mit dem restlichen Auberginengratin stellt.

»Was machst du mit den Resten?«, fragt sie ihn.

»Wir frieren sie ein und bringen sie am Sonntag in die Kirche. Die Nonnen verteilen sie an bedürftige Familien. Jede Woche bringen wir ungefähr fünfundzwanzig, dreißig Behälter dorthin.« Er zieht eine Schulter in die Höhe. »Es ist nicht viel, aber besser als nichts.«

»Es ist sehr viel besser als nichts. Ich habe gesehen, wie gedankenlos andere Restaurants Lebensmittel verschwenden, deshalb finde ich eure Idee fantastisch!« Sie sieht zu, wie er in die Knie geht, um die Behälter in den Gefrierschrank zu stellen, und findet, dass er gerade noch ein bisschen heißer geworden ist.

Er knallt die Gefrierschranktür zu und richtet sich auf, dann greift er in die Tasche seiner schmal geschnittenen Hose und zieht ein Bündel Scheine heraus. »Nimm das, Sophie. Es ist nicht genug für deine Hilfe heute, aber es ist wenigstens etwas.«

Sie lacht und winkt ab. »Ich will euer Geld nicht! Steck das weg!«

»Okay, aber dann warte eine Sekunde.« Er geht ins Restaurant hinüber, kommt mit dem Trinkgeldbecher zurück und rutscht auf die Bank ihr gegenüber. »Du hast über zwölf Stunden gearbeitet. Das steht dir zu.«

»Nein, das Trinkgeld ist für uns alle.«

»Heute nicht. Heute gehört es dir. Das sage nicht nur ich, auch die anderen bestehen darauf. Abgesehen davon, dass du uns beim Kochen, Servieren und Aufräumen unterstützt hast, hast du auch noch übersetzt – was hätten wir ohne dich heute Abend mit den schottischen Gästen gemacht? Ich habe kein einziges Wort verstanden, so schnell hat der Mann gesprochen! *Och aye, och aye* – was hat der eigentlich gesagt? *Mammamia!*« Er wirbelt mit den Armen.

»Ich hatte mal in Glasgow zu tun.« Sie lacht. »Der Tag heute hat mir richtig viel Spaß gemacht. Irgendwie habe ich das Gefühl, ich sollte euch dafür bezahlen, dass ihr mir das ermöglicht habt.«

Obwohl sie vom Morgen bis zum letzten gespülten Teller am Abend unter Druck gestanden und kaum eine Minute Zeit zum Ausruhen hatte, hat sie die Arbeit in der Küche der Bianchis in vollen Zügen genossen. Außer mit dem liebenswerten schottischen Paar konnte sie heute Abend auch mit anderen Touristen und mehreren Einheimischen plaudern, was ihr ebenfalls große Freude bereitet hat. Es hat nicht eine einzige Beschwerde wegen Signora Bianchis Abwesenheit gegeben.

Wozu sicherlich beitrug, dass das Essen überwältigend war. Sophie hat Rocco in der Küche beobachtet und war fasziniert von der Geschicklichkeit, mit der er Dutzende Auberginen in hauchdünne Scheiben schnitt, die er anschließend in einem schier unglaublichen Tempo salzte. Sobald er damit fertig war, verlieh er der Bohnensuppe die perfekte Würze und gab, sozusagen als Geniestreich, einen Spritzer Sojasoße in den Topf – etwas, womit sie in der italienischen Küche nicht gerechnet hätte. Was sie für eine eher langweilige Vorspeise gehalten hatte, entpuppte sich als wahre Köstlichkeit.

»Ist das ein Rezept von deiner Mutter?«, erkundigte sie sich, als er ihr einen Löffel voll Parmigianasud reichte, der vor Basilikum und Oregano nur so strotzte.

»Nein, das ist etwas, was ich gerade schnell zusammengerührt habe. Mamma würde mich umbringen, wenn sie wüsste, dass ich getrocknete Kräuter benutze. Aber sie ist nicht hier, also schummele ich ein bisschen.« Er grinste.

Als Rocco von Signora Bianchi kurz vor dem Mittagessen erfuhr, dass sein Vater endlich einer Herz-OP zugestimmt hatte, die in zwei Tagen stattfinden sollte, war er so aus dem Häuschen, dass er (auf urkomische Weise unmelodisch) zur Musik aus dem Radio mitsang – englische Lieder, die Sophie kannte, und italienische, die sie nicht kannte.

»Ich bin der einzige venezianische Mann in der Geschichte, der nicht singen kann«, verkündete er stolz, während er zu einem Taylor-Swift-Song durch die Küche tanzte. »Wenn er gewollt hätte, hätte Papà ein professioneller Sänger werden können, und Mamma und Marina haben Stimmen wie Engel. Sie alle würden am liebsten sterben vor Scham, wenn sie mich singen hören.«

»Das verstehe ich. Hör bitte auf, ich bekomme schon Ohrenbluten«, sagte Marina im Vorbeigehen.

Während sie arbeiteten, unterhielt Rocco Sophie mit Geschichten über ehemalige Hotelgäste und Missgeschicke im Restaurant. Einmal hatte ein Politiker eine Geliebte zum Dinner ausgeführt und war ausgerechnet seiner Frau begegnet, die – in der Annahme, er wäre nicht in der Stadt – den Abend mit ihrem Lover verbrachte.

In einer anderen Geschichte hatte Signor Bianchi nicht aufgepasst, Vanillecreme mit Mayonnaise verwechselt und das gesamte Gebäck damit gefüllt. Offenbar war er nur knapp dem Tod durch das Nudelholz entgangen, als Signora Bianchi den Fehler bemerkte. Das Beste aber war, dass Rocco nicht darauf drängte, etwas über ihr Privatleben oder ihre Vergangenheit zu erfahren und ihr keinerlei persönliche Fragen stellte.

Sein Cousin Salvatore hatte ebenfalls den ganzen Tag im Il Cuore verbracht. Er war ein süßer, lässiger Typ, wenn auch etwas schüchtern. Er hatte nicht viel gesagt, obwohl er genauso fließend Englisch sprach wie die anderen.

Rocco hatte Salvatore gnadenlos damit aufgezogen, dass neuerdings ein Mädchen, das er noch nicht kannte, auf seinem Instagram-Feed aufgetaucht war, und Salvatore hatte die Neckerei mit einem Lächeln hingenommen.

Marina war den Großteil des Tages für sich geblieben und hatte sich hinter die Rezeption zurückgezogen, wo sie telefonierte und am Computer arbeitete, wobei sie ausgesprochen wichtig und geschäftig wirkte. Sie war so introvertiert wie Rocco extrovertiert war.

Salvatores Schwester Chiara, genauso umwerfend schön wie Marina, war unablässig zwischen Küche und Rezeption hin- und hergependelt, aber sie wirkte entspannter als Marina. Was keine große Überraschung war: Ein Fallschirmspringer, dessen Schirm sich nicht öffnen ließ und der ungebremst auf den Boden zuraste, hätte vermutlich entspannter gewirkt als Marina, so ruckartig und kantig waren ihre Bewegungen. Sie hatte kaum ein Lächeln zustande gebracht, obwohl Sophie sich fast ein Bein ausriss, ihr eines zu entlocken.

Sie hatte sogar die großen Kanonen aufgefahren und Anekdoten über Starköche erzählt, zum Beispiel wie Jamie Olivers Frau

Jools ihn bei der Arbeit besucht und Jamie sie in seine Arme gezogen und herumgewirbelt hatte, als hätte er sie seit Monaten nicht mehr gesehen, worüber alle in Verzückung geraten waren. Oder über Yotam Ottolenghi, der sie nach einem Tag in der Küche zu sich nach Hause eingeladen hatte, um ihr die köstlichsten Lammfrikadellen in frischem Pitabrot zu kredenzen, die sie je gegessen hatte. Zusammen mit ein paar Freunden, die spontan vorbeigekommen waren, hatten sie am Pool auf Outdoor-Ottomanen gesessen und es sich schmecken lassen.

Marina hatte sich nicht im Mindesten dafür interessiert.

Sophie hatte Bec am Nachmittag eine Textnachricht geschickt und sich darüber ausgelassen.

Becs Antwort kam prompt.

Warum willst du, dass sie dich mag?

Wen interessiert's?

Es ist wichtig, dass mich ALLE mögen.

Du weißt, dass das meine toxische Eigenheit ist.

Ich dachte, deine toxische Eigenheit wäre es, rechtzeitig aufzuwachen und trotzdem so lange im Bett zu bleiben, dass du zu spät kommst.

Dann habe ich zwei toxische Eigenheiten.

Wer bist du: die Toxika-Polizei?

Wieso bittest du eigentlich ständig um Rat, wenn du ihn eh nicht befolgst?

Halt die Klappe.

Sophie hat noch dreizehn Tage in diesem Hotel vor sich, und sie wird diese zugeknöpfte Italienerin knacken, und wenn es das Letzte ist, was sie tut.

Jetzt, am Abend, ist Marina zu ihren Eltern ins Krankenhaus gegangen, und Rocco hat vor, ihr später zu folgen. Er schaltet das Licht aus, dann verlassen Sophie und er die Küche. Sie sehnt sich danach, ins Bett zu gehen.

Rocco lässt die Ziehharmonikatüren zum Restaurant offen und die Lichterketten in den Farnen brennen. »Manchmal kommen nachts Gäste runter, um den übrig gebliebenen Kuchen und das Gebäck zu essen, das wir auf den Büfetttisch stellen«, erklärt er.

Sophie hält es für sehr wahrscheinlich, dass sie zu diesen Gästen zählen wird.

»Ich wünsche dir eine gute Nacht, Sophie, und noch mal: Danke. Du bist ein Engel – ein wunderschöner, sehr kluger australischer Engel.« Sie bleiben in der Lobby stehen, und er nimmt ihre Hand und haucht einen zarten Kuss darauf, während er sie schüchtern über den Rand seiner Brille hinweg anlächelt. Sophie spürt, wie sie innerlich dahinschmilzt.

Anschließend gehen sie in entgegengesetzte Richtungen, er zum Ausgang, sie zu der Treppe, die zu den Räumen für die Gäste hinaufführt.

Kaum ist sie in ihrem Zimmer, greift sie auch schon in den Ärmel ihres Kleids, öffnet den BH und stößt einen Seufzer der Erleichterung aus. Zwei Minuten später liegt sie in ihrem *101-Dalmatiner*-Schlafanzug auf dem Bett und zählt den Inhalt des Trinkgeldbechers. Zu ihrer Überraschung kommt sie auf über zweihundert Euro. So viel zu Becs Unterstellung, die jungen Bianchis würden sie nur ausnutzen.

Anstatt an ihrem Beitrag zu arbeiten, was sie eigentlich tun sollte, durchstöbert sie die Vintage-Kleider, die sie auf ihrer Pinterest-Pinnwand »Krempel, den ich nicht brauche, aber unbedingt haben will« gespeichert hat.

Ein paar Minuten später hört sie ein leises Klopfen an ihrer Zimmertür.

»Moment!« Sie zieht sich einen Bademantel über und öffnet. Ein grinsender Rocco steht vor der Tür, ein Silbertablett mit einer Kanne Tee und zwei Mürbeteig-Pasticcini mit Blaubeeren und Zitrone vom Frühstücksbüfett in den Händen.

»Du bist nicht vertraglich dazu verpflichtet, mir jeden Abend Leckereien zu bringen.« Sie lacht.

»Ich will dir nur für deine Hilfe danken.« Er strahlt sie an.

»Das ist so lieb von dir. Ich habe die Törtchen schon den ganzen Tag lang beäugt. Komm rein.« Sie nimmt einen Stapel Kleidung vom Sessel und bedeutet ihm, sich zu setzen.

»Nein, nein, ich bleibe nicht. Ich wollte dir nur den Tee bringen.« Er streckt ihr das Tablett entgegen.

Sie nimmt es ihm ab und stellt es auf den Tisch, dann kehrt sie zurück zur offenen Zimmertür, wo er immer noch steht. »Ich dachte, du wärst im Krankenhaus.«

»Ich bin vor dem Eingang mit Mamma und Marina zusammengestoßen. Papà schläft, deshalb ist Mamma nach Hause gekommen, um die Nacht in ihrem eigenen Bett zu verbringen. Gestern hat sie auf einem Stuhl geschlafen.«

»Die Arme, sie muss völlig erschöpft sein.«

»Das ist sie.« Rocco nickt.

Leicht verlegen bleiben sie in der offenen Tür stehen, schweigend, bis Sophie auf das Gemälde mit dem Papst deutet und fragt: »Hattest du je den Eindruck, dass dich diese Augen verfolgen?«

Er dreht sich zu dem Bild um. »Ständig. Sei vorsichtig, Sophie, nicht dass du dich in Gegenwart des Papstes schlecht benimmst!« Er fängt ihren Blick auf, und sie spürt, dass sie errötet.

Was ist das nur mit diesem Mann? Sie beobachtet ihn schon den ganzen Tag lang, und sie hat gesehen, wie liebenswürdig und freundlich er zu allen ist, die ihm begegnen. Dabei ist er nicht langweilig wie so viele andere Männer, die sie kennengelernt hat. Die waren zwar nett, aber gleichzeitig so spannend wie ein Backstein. Er dagegen ist witzig und geheimnisvoll und auf seine ganz eigene Weise höllisch sexy mit den langen Beinen, den widerspenstigen Haaren und den stets lächelnden großen honigfarbenen Augen hinter den Brillengläsern. Sogar der Geruch seines Aftershaves macht sie an.

Während ihrer Gespräche heute kam mehr und mehr heraus, dass er Single ist, also muss es einen Haken geben. Es gibt *immer* einen Haken. *Welche Leichen verbirgst du in deinem Keller, Rocco?*

»Ich sollte mal nachschauen, ob Mamma etwas braucht«, sagt er.

Sie sieht ihm nach, als er geht, und betrachtet zum wohl zehnten Mal am heutigen Tag seinen wohlgeformten Hintern in der engen schwarzen Hose. Ganz gleich, was es mit Rocco auf sich hat, er ist definitiv heiß.

Das Mürbeteiggebäck ist mehr als deliziös, der Tee perfekt, weshalb sie sich augenblicklich noch mehr in ihn verliebt – ein Mann, der perfekt Tee kochen kann!

Nachdem sie alles aufgegessen und die Kanne geleert hat, schlüpft sie in ihre UGG-Boots und geht mitsamt dem Tablett hinunter in die Küche, um das benutzte Geschirr zu spülen und wegzuräumen. Als alles in den richtigen Schränken verstaut ist, stellt sie mit einem zufriedenen Lächeln fest, wie zu Hause sie sich schon in dieser Küche fühlt.

Sie will gerade die Treppe hinaufsteigen, um in ihr Zimmer zurückzukehren, als ihr ein Mann entgegenkommt. Er sieht *umwerfend* aus. Genauso umwerfend wie Chris Hemsworth – groß, gut gebaut mit leicht gewellten dunklen Haaren, die ihm bis auf die Schultern fallen und nach denen Sophie instinktiv die Hand ausstrecken möchte. Er lächelt, als sich ihre Blicke begegnen.

»*Hiya!* Wie geht's?« Sie erwidert sein Lächeln und wünscht sich, sie würde etwas Glamouröseres tragen als ihren ausgebeulten Schlafanzug.

»Oh, hey, noch jemand aus Australien!« Er bleibt stehen. Seine Augen sind tiefblau, seine Kieferpartie scharf gemeißelt.

»Ich bin auf dem Weg nach draußen zu dieser Venice-Rising-Ausstellung«, sagt er. »Hast du sie dir schon angesehen?«

»Noch nicht, nein. Ich will aber auch noch hingehen.«

»Ich möchte mir die Installationen anschauen, die nachts beleuchtet sind.«

»Viel Spaß, und gib mir morgen Bescheid, wie sie dir gefallen haben. Ich arbeite im Restaurant.«

»Klar, mache ich. Ich bin übrigens Christian«, stellt er sich ihr vor. »Und du?«

»Sophie.«

Er hält ihren Blick etwas zu lange fest.

Lange genug, um etwas an ihm wahrzunehmen, was ihr den Magen zusammenschnürt. Nichts Gutes also. Aus Gründen, die sie nicht erklären kann, kommt ihr das umwerfende Lächeln plötzlich nicht mehr ganz so unschuldig vor, die so intensiv blauen Augen eher durchdringend als freundlich. Ihr eigenes Lächeln verschwindet. Zwei Worte schießen ihr durch den Kopf, hart, ungnädig. *Aggressive Mimikry.* Sein Äußeres dient diesem Typen dazu, seine Beute anzulocken, da ist sie sich zu hundert Prozent sicher.

»Ich gehe jetzt ins Bett. Dir noch einen schönen Abend«, sagt sie rasch, joggt die Stufen hinauf und widersteht dem Drang, einen Blick über die Schulter zu werfen, obwohl sie schwören könnte, dass er ihr nachsieht.

»Dir auch«, ruft er.

Sie antwortet nicht.

Gerade als sie im ersten Stock ankommt, öffnen sich mit einem leisen Pingen die Aufzugtüren. Sophie zuckt zusammen und hält die Luft an. Fast erwartet sie, dass er aussteigt und ihr zu ihrem Zimmer folgt.

Sie atmet auf, als sie einen älteren Mann mit einem freundlichen Lächeln aus der Kabine treten sieht – klein, rundlich und wie sie im Pyjama.

»*Buonasera,* Signora!« Er wirft schwungvoll die Arme in die Luft.

Wüsste sie es nicht besser, würde sie schwören, es wäre Signor Bianchi. Er schaut genauso aus wie auf den Fotos, die sie von ihm gesehen hat, wie ein älterer George Costanza.

»*Buonasera*«, erwidert sie und geht eilig ans Ende des Flurs zu ihrem Zimmer.

Sie öffnet die Tür mit ihrer Schlüsselkarte, tritt ein und schließt hinter sich ab, wobei sie sich zweimal vergewissert, dass die Tür wirklich zu ist. Der Mann auf der Treppe hat ihr einen unangenehmen Schauer über den Rücken gejagt. Noch nie zuvor hat sie eine so tiefe Abneigung einer fremden Person gegenüber empfunden, und sie hofft nur, dass er mit seiner aggressiven Mimikry kein anderes Opfer erfolgreich anlockt.

Aber Männer wie er bekommen für gewöhnlich immer, was sie wollen. Wo ist das Opfer dieses Mannes? Es muss eins geben, da ist sie sich absolut sicher.

Loretta

Als sie auf der Intensivstation festsaß, hat Loretta sich vorgestellt, wie sie sich in den weißen Ledersessel fallen lässt und tief durchatmet, sobald sie wieder in ihrem geräumigen Apartment ist. Ihre Wohnung ist schon immer ihr Zufluchtsort gewesen, ihr Refugium. Den Großteil der Möbel, weitergegeben von Generation zu Generation, hat Alberto vor Jahren weiß gestrichen, was den Räumen eine gewisse Ruhe verleiht. Das Restaurant mit seinen riesigen Farnen sieht aus wie ein Indoor-Wald, genau wie ihre privaten Räumlichkeiten. Loretta hat ihr Leben lang Pflanzen gesammelt. Aberdutzende sind in der Wohnung verteilt, stehen in jeder Ecke und Nische in einer ganzen Kollektion von großen und kleinen Marmor-, Terrakotta- und farbenfrohen Mosaiktöpfen. Von Grün umgeben zu sein, war für sie von jeher eine Wohltat.

Loretta ist im Il Cuore zur Welt gekommen, und so Gott will, wird sie hier auch sterben. Nicht in ihren kühnsten Träumen kann sie sich vorstellen, irgendwo anders zu wohnen als in diesem Apartment, das sie so sehr liebt. Doch im Augenblick empfindet sie es nicht als angenehm, zu Hause zu sein. Sie sitzt auf der Couch, während Marina schreiend im Wohnzimmer auf und ab geht.

»Kannst du bitte herkommen und mir helfen, unsere verrückte

Mutter zur Vernunft zu bringen?«, brüllt sie Rocco an, der in der Küche ist und sich ein Glas Wasser einschenkt. »Wo warst du überhaupt? Auf einmal warst du verschwunden, von einer Minute auf die andere.«

Rocco lehnt sich gegen den Türrahmen und trinkt einen großen Schluck, bevor er erwidert: »Entspann dich. Ich habe Sophie etwas Gebäck gebracht. Sie hat den ganzen Tag gearbeitet, ohne Pause, ohne Bezahlung, und sie hatte kaum Zeit, etwas zu essen. Willst du etwa, dass unser Gast verhungert?«

Marina zieht eine Augenbraue in die Höhe. »Okay, na schön, füttere deine neue Freundin mit Leckereien, aber bitte sag Mamma, dass sie komplett den Verstand verloren hat, wenn sie meint, dass wir sie in der nächsten Zeit in die Küche lassen.«

»Lassen?«, ruft Loretta. »Wie meinst du das – *lassen*? Ich bestimme selbst, was ich tue und was nicht. *Ragazza stupida* – törichtes Mädchen. Du redest von *meiner* Küche und von *meinem* Hotel, und ich werde mir von dir nichts vorschreiben lassen, bis ich zu meinen Eltern ins Paradies komme!«

»So wie du dich benimmst, wird das schneller der Fall sein, als du denkst!« Marina wirft die Hände in die Luft. »Sieh doch nur, unter wie großem Stress du stehst. Bitte, bitte, sei doch vernünftig. Es wird Zeit, dass ihr euch zur Ruhe setzt, du und Papà.«

»Das Einzige, was mir Stress verursacht, ist, dass du mit mir streitest, nach all dem, was ich in den vergangenen zwei Tagen mit deinem Vater durchgemacht habe. Im Restaurant habe ich wenigstens meinen Frieden.«

Marina dreht sich zu Rocco um. »Tu etwas!«, schreit sie.

Rocco stößt sich vom Türrahmen ab, stellt sein Glas auf den Tisch und hockt sich vor Loretta. Er nimmt ihre Hand in seine und sieht sie ernst an. »Mammina, bitte. Wir machen uns Sorgen. Was, wenn am Ende du diejenige bist, die wegen all dem Stress einen Herzinfarkt erleidet? Was sollen wir ohne dich machen?« Seine Stimme klingt sanft. »Luca hat heute Marina angerufen und ihr mitgeteilt, dass er sich um dich genauso sorgt wie um Papà. Wir haben alles besprochen – du musst noch nicht wieder arbeiten. Ich kann morgens auf den Markt gehen und das Kochen übernehmen. Sophie ist während der nächsten zwei Wochen hier und unterstützt uns. Salvatore sagt, er kann so lange bleiben, wie wir ihn brauchen. Warum ruhst du dich nicht aus, bis du dich von dem Schock gestern erholt hast?«

Loretta will davon nichts wissen. »Ich muss mich nicht erholen. Jeden Tag stürmen die Gäste unser kleines Restaurant, weil sie von Signora Bianchi bekocht werden möchten, nicht von Rocco. Oder habt ihr da etwas anderes gehört? Nein? Dann gib mir bitte die Fernbedienung, ich möchte mir *Commissario Montalbano* anschauen. Es wäre schön, wenn ihr mich jetzt in Ruhe lasst. Ich habe wirklich genug von euch beiden.«

Rocco zuckt gleichmütig mit den Achseln und reicht Loretta die Fernbedienung.

Marina wirft ihm einen vernichtenden Blick zu. »Das war's? Mehr hast du nicht dazu zu sagen? Ehrlich, in Mammas Händen bist du wie eine Seifenblase, die beim geringsten Widerstand platzt. Anscheinend bin ich die Einzige, die ihr die Stirn bietet!«

»Genau das habe ich gerade getan, ich habe ihr die Stirn geboten, aber sie will nicht hören«, protestiert Rocco.

Loretta schließt die Augen. »Bitte, Marina, Rocco, es reicht«, flüstert sie. »Schluss jetzt.«

»Bene!«, blafft Marina. »Mach, was du willst. Aber beschwer dich nicht bei mir, wenn du vor lauter Erschöpfung in der Küche zusammenbrichst.«

Loretta antwortet nicht. Stattdessen zieht sie die Nadeln aus dem straffen Knoten, zu dem sie die Haare geschlungen hat. Sie drücken sich unangenehm in ihre Kopfhaut, und sie ist froh, als ihre langen, vollen Wellen lose über ihre Schultern fallen.

Sekunden später wird ein Schlüssel in das Schloss zu ihrem Apartment geschoben, und Alberto tritt ein, in Pantoffeln und seiner Jacke über der blau karierten Pyjamahose. Er grinst von einem Ohr zum anderen, als hätte er im Lotto gewonnen.

»*Buonasera, famiglia mia!*«, verkündet er auf der Schwelle und reckt die Arme in die Luft, als hätte er soeben ein Tor für Inter Mailand geschossen.

Loretta bleibt der Mund offen stehen. Rocco und Marina stürmen zur Tür und bombardieren Alberto mit Fragen. Er ignoriert sie und geht schnurstracks zur Couch, um sich neben Loretta fallen zu lassen.

»Ich hatte genug vom Krankenhaus«, teilt er ihnen mit. »Das Essen ist fürchterlich.«

»Aber Papà, deine Operation! Sie ist schon in zwei Tagen, du musst zurück!« Marinas Stimme klingt schrill.

Alberto wedelt mit dem Zeigefinger. »Keine OP. Mit mir ist alles in Ordnung, ich muss nur mal wieder richtig schlafen, und zwar in meinem eigenen Bett.«

Lorettas Schläfen pochen. »Was zur Hölle ist los mit dir?«, schreit sie und schlägt ihm fest auf den Arm. »Ich habe den ganzen Vormittag auf dich eingeredet, um dich zu überzeugen, dass du diesen Eingriff dringend brauchst. Was ist passiert? Wieso hast du deine Meinung geändert?«

»Ich habe meine Meinung nicht geändert«, entgegnet er grinsend. »Ich habe bloß klein beigegeben, damit du aufhörst, mich zu drangsalieren.« Er greift über den Tisch nach seinen Zigaretten und dem Feuerzeug, was Loretta verhindert.

»Du bist ein noch größerer Idiot, als ich dachte«, brüllt sie ihm ins Gesicht. »Steh auf! Ich bringe dich auf der Stelle zurück!«

Lachend streift Alberto die Pantoffeln ab und legt die Füße auf den Couchtisch. »Entspann dich, Loretta. Alles ist in Ordnung, mach dir keine Sorgen. Hör auf, so finster dreinzublicken, du bist hübscher, wenn du lächelst.«

»Papà!«, schaltet sich Marina ein, aber Rocco unterbricht sie.

»Lass ihn. Papà soll sich ausruhen, er hat viel durchgemacht.« Rocco zwinkert Loretta zu und bedeutet ihr, sich zu beruhigen.

Er hat recht. Es bringt nichts, jetzt mit Alberto zu streiten. Wenn Alberto den Entschluss gefasst hat, das Krankenhaus auf eigene Faust zu verlassen und den ganzen Weg nach Hause in Schlafanzug und Pantoffeln zurückzulegen, noch dazu bei dieser Eiseskälte, wird er jetzt wohl kaum dorthin zurückkehren.

Morgen früh, wenn er ausgeschlafen ist, wird sie ihn zur Vernunft bringen. Sie zwingt sich, ruhig zu atmen.

»Ach, übrigens, ich bin dieser Food-Journalistin im Flur begegnet«, berichtet Alberto. »Sie hat sich mir nicht vorgestellt, aber ich habe gesehen, wie sie Zimmer Nummer vier betreten hat, da wusste ich, dass sie es ist.« Er tätschelt Lorettas Bein. »Du hättest sie mal sehen sollen. *Uff!* Die schaufelt das Essen eher in sich rein, als dass sie darüber schreibt, das kann ich dir sagen. Sie passt ja kaum durch die Zimmertür!« Er kichert.

»Papà!«, rufen Marina und Rocco unisono.

Loretta schiebt seine Hand weg. *»Cretino.«*

Er nimmt die Beleidigung mit einem Lächeln hin.

»Ich habe keine Ahnung, was wir heute ohne Sophie gemacht hätten.« Roccos Gesicht brennt. Jetzt wirkt er nicht mehr gleichmütig. »Anstatt sie zu verspotten, sollten wir ihr die Füße küssen für das, was sie für unsere Familie getan hat. Ausgerechnet du musst reden, Papà – du bist doch selbst nicht gerade ein Schmetterling.«

Loretta betrachtet Rocco genauer. Schon lange hat er nicht mehr eine solche Leidenschaft an den Tag gelegt. Hat er sich von dieser Australierin verzaubern lassen? Das Funkeln in seinen Augen lässt sich nicht übersehen. Nun, das ist eine Überraschung. Seit Gabrielle hat er keine Frau mehr angesehen.

Und warum setzt sich diese Sophie, eine Fremde, von morgens bis abends freiwillig für Menschen ein, die sie gerade erst kennengelernt hat? Möglicherweise aus reiner Herzensgüte, doch es könnte auch sein, dass sie sich einen Tag lang in die Küche gestellt hat, um in Roccos Nähe zu sein.

Loretta kann nur hoffen, dass es sich – vorausgesetzt, es passiert überhaupt etwas – um einen kurze, süße Urlaubsaffäre handelt, denn alles andere wäre zu kompliziert. Und das Letzte, was Rocco braucht, ist etwas Kompliziertes, nach allem, was er durchgemacht hat.

Ihr fällt etwas ein, was sie Rocco erzählen wollte und bei dem ganzen Drama vergessen hat. »*A proposito*, Rocco – weißt du eigentlich, dass dein alter Freund Alessandro di Rita in der Stadt ist?«

»Ja, ich habe Gerüchte darüber gehört.«

Loretta bemerkt ein Zögern in seiner Stimme.

Roccos Augen flitzen zu Marina, die wie erstarrt dasteht. Was wissen ihre Kinder über den Priester, was sie nicht weiß? War er in irgendeinen Skandal verwickelt? Bitte nicht, nicht Alessandro. Seiner armen Mutter würde das Herz brechen.

Als hätte sie Roccos und Marinas Reaktion nicht bemerkt, fährt sie fort: »So ein frommer Mann, seine Eltern müssen sehr stolz auf ihn sein.«

Ihre Kinder tauschen einen bedeutungsvollen Blick aus. Irgendetwas liegt hier definitiv im Argen.

»Geh doch mal nach San Zaccaria und erweise ihm deine

Ehrerbietung. Ich nehme an, er ist in der Pfarrei untergebracht«, sagt Loretta zu Rocco.

Er nickt. »Das werde ich.«

»Und bitte um einen Segen, wenn du schon da bist«, fügt sie hinzu. »Padre Alessandro wird vom Heiligen Vater geliebt. Ein Segen von ihm ist fast genauso gut wie ein Segen vom Papst persönlich.«

»*Sì*, Mamma.« Rocco setzt sich in Bewegung. »Ich gehe jetzt in mein Zimmer. *Buonanotte.*«

Auch Marina verlässt das Wohnzimmer.

Als sie beide ihre Zimmertüren hinter sich geschlossen haben, erhebt sich Loretta mit einem tiefen Seufzer. »Komm, Alberto. Lass uns ins Bett gehen.«

»Ich habe vor der Tür gestanden und das Geschrei gehört, bevor ich eingetreten bin«, sagt er. »Es überrascht mich, dass uns die Hotelgäste nicht die Polizei auf den Hals geschickt haben. Marina hat recht: Vielleicht war mein kleiner Schwächeanfall ein Zeichen dafür, dass wir beide ein wenig kürzertreten sollten.«

»Ein kleiner Schwächeanfall? Vielleicht ist es an der Zeit, dass *du* kürzertrittst, aber mit mir ist alles in Ordnung, im Gegensatz zu dir.«

Loretta braucht die Arbeit wie die Luft zum Atmen. Wenn sie den Kindern noch länger die Leitung der Küche überlässt, werden diese schnell merken, wie gut sie auch ohne sie zurechtkommen. Rocco ist ein exzellenter Koch; er ist mehr als in der Lage, das Restaurant zu übernehmen. Bald wird ihnen bewusst werden, dass sie sie nicht mehr brauchen, und was wird dann aus ihr? Wenn sie nicht länger Signora Bianchi vom Restaurant Il Cuore ist, wer ist sie dann? Sie hat ja nicht einmal Enkel, mit denen sie sich beschäftigen könnte!

Seufzend geht sie ins Schlafzimmer und zieht ihr Nachthemd

an. Anschließend nimmt sie ihr Handy aus der Handtasche, um es über Nacht aufzuladen. Sie erstarrt, als sie sieht, dass eine Textnachricht von einer unbekannten Nummer auf dem Display aufblinkt.

Komm zu mir zurück.

Gayle

Während Mike im Bett liegt und mit seinem Blog beschäftigt ist, öffnet Gayle ihre Bibel, doch es ist ihr unmöglich, sich zu konzentrieren. Noah hat seine Nummer geändert, ohne ihr etwas davon zu sagen. Sie hat es verdient, das weiß sie, aber deshalb schmerzt es sie nicht weniger, jetzt davon zu erfahren.

Im Hotel ist es still, seit das Geschrei aus der Wohnung der Bianchis, die direkt an ihr Zimmer angrenzt, verstummt ist. Wie Mike richtig sagte, war es ziemlich frustrierend, nicht verstehen zu können, worüber die Bianchi-Frauen stritten.

Für Gayle ist ein Familienkrach um einiges weniger besorgniserregend als die angsterfüllten Schreie von gestern Nacht. Es war nicht richtig, diese Schreie zu ignorieren, und das macht ihr zu schaffen. Ihre Augen huschen über die Worte der alten, ledergebundenen Heiligen Schrift, doch sie sieht nichts. Hätte sie die Worte auf der offenen Seite vor ihr wahrgenommen, hätte sie Folgendes gelesen: *Tu deinen Mund auf für die Stummen und für die Sache aller, die verlassen sind.* Sprüche, 31:8.

Als Mike fertig ist mit seinem Blog, liest sie für ihn Korrektur und lächelt an den schönen Stellen.

Die Mosaike in der Basilika in Torcello sind wirklich etwas ganz Besonderes! Kunstvolle Bilder aus winzigen Kacheln, die sich von den Wänden bis zum Deckengewölbe erstrecken. Und die Decken sind nicht gerade niedrig.

Eins sage ich euch, Leute: Diese Italiener sind total besessen von der Jungfrau Maria. Die heilige Maria hier, die heilige Maria da. Stellt euch vor – im Souvenirladen werden sogar Schlafanzüge mit der Jungfrau angeboten! Überflüssig zu erwähnen, dass wir keinen blasphemischen Humbug gekauft haben, aber wir haben ein paar sehr schöne »I love Torcello«-Untersetzer gefunden (noch dazu zu einem echten Schnäppchenpreis), an denen wir einfach nicht vorbeigehen konnten.

An den eher unschönen Stellen runzelt sie die Stirn.

Man sollte meinen, die Augen der italienischen Bedienungen wären aufgemalt: Dreizehn Minuten und siebenundvierzig Sekunden haben sie uns heute Abend am Restauranteingang stehen lassen! Wenn sich ein Lokal in Arkansas so etwas leisten würde, könnte es binnen einer Woche dichtmachen. Leider ist es in Europa gang und gäbe, die Kundschaft so zu behandeln. Ich würde sogar sagen, es wird erwartet. Meines Erachtens besteht ein gewisses Maß an Rassismus gegenüber Amerikanern, und das ist die Wahrheit.

Die Venice-Rising-Protestkunst, die sie heute Abend auf der Kirchenwand gesehen haben, wird mit keinem Wort erwähnt.

Sobald der Blog gepostet ist, beschwert sich Mike: »Ich weiß, dass ich üppig zu Abend gegessen habe, aber ich bin schon wieder hungrig. Hier gibt es nichts zu essen außer den trockenen Keksen aus der Minibar.«

Gayle schließt die Bibel. »Erinnerst du dich, dass der junge Rocco uns beim Einchecken gesagt hat, wir dürften uns von dem Gebäck nehmen, das sie ins Restaurant stellen, sobald der Abendbetrieb vorüber ist?«

»Und ob ich mich daran erinnere!« Seine Stimme wird sofort munterer. »Ein schönes Stück Kuchen wäre jetzt genau das Richtige.«

»Ich gehe schnell runter und sehe mal nach, was da ist.« Sie steht bereits auf und schaut sich nach ihrem Bademantel um. »Ich bringe dir was Leckeres mit.«

»Vielleicht gibt es noch etwas von diesem Mandelkuchen.«

»Sicher, Schatz.« Sie ist froh über den Vorwand, das Zimmer zu verlassen; ihre Scham erstickt sie dort drinnen.

Draußen im Flur fällt Gayles Blick auf eine andere Zimmertür, die mit einer Bibel einen Spalt breit offen gehalten wird. Es ärgert Gayle, dass jemand das Wort des Herrn als Türstopper verwendet.

Die Ziehharmonikatüren zwischen Foyer und Restaurant sind nicht verschlossen, in den Baumfarnen funkeln Tausende kleine Lichter. Sie entdeckt ein Tablett mit Kuchen und Mürbegebäck auf dem großen Büfetttisch an der Wand, doch dann bleibt sie wie angewurzelt stehen, als sie eine plötzliche Bewegung unter dem Tisch bemerkt. Sie bückt sich, um nachzusehen, was sich dort unten befindet, und schnappt nach Luft.

Einen Korb mit Gebäck auf dem Schoß, sitzt eine junge Frau zusammengekauert auf dem Fußboden, dünn wie ein Skelett, barfuß und in einem hauchdünnen Nachthemd. Gayle hat sie schon einmal gesehen: Sie ist die Ehefrau des wundervollen australischen Arztes, der Signor Bianchi gestern das Leben gerettet hat. Sie nimmt an, dass sie im selben Alter ist wie Ava, ihre älteste Enkelin. Ava ist dreißig. Wie Ava trägt die Frau das kastanienbraune Haar kurz, zu einem Pixie Cut geschnitten, doch da hört die Ähnlichkeit auch schon auf. Der Kopf der jungen Frau ist viel zu groß für ihren zarten Körper, der aussieht, als würde er schon bei einer schlichten Umarmung zerbrechen. Ihre Arme und Beine sind dünn wie Streichhölzer.

Als sie Gayle erblickt, zuckt sie erschrocken zusammen. Ihre Wangen sind prall gefüllt. Sie kaut und schluckt eilig, ihr Blick ist zutiefst beschämt. Das arme kleine Ding, denkt Gayle, bestimmt hat es eine Essstörung, wenn es sich hier klammheimlich vollstopft.

Sie bückt sich, um sich bei der jungen Frau zu entschuldigen, dass sie sie erschreckt hat, doch bevor sie etwas sagen kann, entdeckt sie die Flecken. Oh, was für Flecken! Zu viele, um sie zu zählen. Beide Augen der Frau haben Veilchen, auf ihren Wangen sind Prellungen, an ihrem Hals rote Male, außerdem bemerkt Gayle Kratzer und Hämatome rund um ihre Schlüsselbeine. Die Schienbeine sind blauschwarz. Und das ist nur das, was ihre Kleidung freigibt. Was verbirgt sich sonst noch unter diesem Nachthemd?

Die Frau verharrt schweigend, wie erstarrt, den Blick auf Gayle geheftet. Die Angst in ihrem Gesicht treibt Gayle Tränen in die Augen.

»Hallo, meine Liebe, alles ist gut, haben Sie keine Angst«, sagt Gayle sanft. Darauf bedacht, auf Abstand zu bleiben, setzt sie sich ein kleines Stück entfernt auf den kalten Fußboden und landet mit einem dumpfen Plumps auf ihrer Kehrseite. Sie hat keine Ahnung, was sie sagen soll, was sie tun soll. Sie weiß nur, dass sie das arme Mädchen hier nicht allein lassen kann. Eine Weile sitzen sie schweigend da und sehen sich an.

Schließlich fängt die junge Frau an zu sprechen: »Christian, mein Ehemann, ist streng mit dem, was ich esse. Er ist für eine Weile weggegangen, deshalb …« Sie lässt den Satz in der Luft verklingen. Ihre Stimme klingt blechern, schwach, ihr Akzent lässt sich nur schwer einordnen. Mit ihren dunklen Augen und den dunklen Haaren sieht sie aus wie eine Italienerin, aber sie klingt nicht so.

»Sie Arme. Dann waren Sie es, die ich gestern Nacht schreien gehört habe?«

Die Frau nickt.

Gayle schluckt, weil eine neuerliche Woge der Schuld über sie hinwegschwappt.

Die Frau betrachtet das Gebäck, das sie mit den Fäusten zerdrückt hat. Der Fußboden ist voller Krümel. Sie versucht, sie mit den Fingern von den Steinplatten zu picken – vergeblich. »Ich habe eine Sauerei veranstaltet.«

»Machen Sie sich deswegen keine Gedanken. Die Leute vom Hotel sind sehr nett.«

Gayle zählt nicht zu den Menschen, die ihre Nase überall reinstecken. Ihr ganzes Leben lang hat sie lieber vor ihrer eigenen Tür gekehrt und es sich zur Aufgabe gemacht, sich gut um ihre Familie zu kümmern. Sie hält sich an die Heilige Schrift, hält sich an das, was Gott ihr in dem heiligen Spruch 21,23 rät: *Wer Mund und Zunge bewahrt, der bewahrt sein Leben vor Not.* Gayle hält sich gern aus den Problemen anderer heraus.

Doch diesmal sollte sie Mund und Zunge nicht bewahren. Der Herr bittet die christliche Gemeinde auch darum, barmherzige Samariter zu sein, und diese geschlagene junge Frau, die zusammengekauert auf dem Boden hockt, schwebt in keiner geringeren Gefahr als der halb tote Mann, der vor über zweitausend Jahren in Jericho am Straßenrand zurückgelassen wurde. Gayle wird nicht noch einmal an ihr vorbeigehen.

»Ich bin Gayle«, sagt sie. »Gayle Dawson. Mein Ehemann Mike und ich machen hier Urlaub. Wie heißen Sie, meine Liebe?«

»Elena.«

»Das ist ein schöner Name. Elena, sagen Sie mir, was ich tun kann, um Ihnen zu helfen. Möchten Sie, dass ich ihn bei der Polizei anzeige?«

Elena schüttelt eilig den Kopf. »Nein! Um Gottes willen, nein. Er wird mich umbringen, wenn er herausfindet, dass ich irgendwem davon erzählt habe.«

Was, im Namen des Herrn, hast du bei diesem Monster verloren? Warum hast du deinen Mann nicht verlassen?

Erst als Elena antwortet, wird Gayle bewusst, dass sie ihre Gedanken offenbar laut ausgesprochen hat.

»Er war nicht immer so. Er war liebenswert. Das kann er immer noch sein.« Elena seufzt. »Er ist ein mächtiger Mann, sehr gut vernetzt. Einmal zeigte er mir eine Liste mit den Adressen sämtlicher Frauenhäuser in Australien, doch er wollte mich nur verhöhnen. Ohne Geld und Freunde habe ich keine Chance, ihn zu verlassen, selbst wenn ich es wollte. Ich habe nicht einmal Zugang zu meinem Pass.« Ihre Hände gleiten zu den roten Malen an ihrem Hals.

»Was kann ich tun, um Ihnen zu helfen?«, fragt Gayle erneut. »Ich habe Geld.«

Elena atmet ein und wieder aus, abgehackte, nervöse Atemzüge. Sie schweigt lange, blickt auf ihre Hände und knibbelt an ihren Fingernägeln, dann sagt sie endlich: »Sie könnten tatsächlich etwas für mich tun. Aber es ist eine große Bitte.«

»Raus mit der Sprache.« Gayle nickt ihr aufmunternd zu.

»Ich habe vor, meiner Mutter einen Brief zu übermitteln. Sie wohnt hier in Venedig, und ich brauche ihre Hilfe, um fliehen zu können. Allerdings habe ich Angst, dass ich keine Gelegenheit bekomme, den Brief in ihrer Wohnung zu hinterlegen, an einer Stelle, wo sie ihn findet, ohne dass Christian etwas davon bemerkt. Er beobachtet mich ständig. Könnten Sie ihr den Brief geben? Sie wohnt im jüdischen Viertel in Cannaregio. Es ist ziemlich weit weg, etwa eine halbe Stunde mit dem Vaporetto.«

Gayles Puls beschleunigt sich. Das hat sie nicht erwartet. Was wird Mike dazu sagen? »Ja, natürlich. Ich werde morgen mit meinem Mann hinfahren. Was kann ich sonst noch für Sie tun?«

»Der Brief ist alles, danke. Ich schiebe ihn morgen früh unter Ihrer Tür hindurch. Wie ist Ihre Zimmernummer?«

»Drei.«

»Danke. Ich bin Ihnen sehr dankbar.«

»Bitte danken Sie mir nicht, Liebes. Ich gebe Ihnen meine Telefonnummer, nur für den Fall, dass …«

»Ich habe kein Handy.« Elena krabbelt unter dem Tisch hervor. »Ich muss zurück in mein Zimmer. Wenn Christian wiederkommt und mich hier findet, kriege ich Schwierigkeiten.«

»Wo ist er?«

»Er schaut sich die Kunstinstallationen an.«

Der Mann schlägt seine Frau grün und blau, und anschließend spaziert er durch die Stadt, um Kunst zu bewundern?

Gayle steht ebenfalls auf und stützt sich dabei am Tisch ab.

Elena lächelt sie zaghaft an. »Vielen, vielen Dank, dass Sie mir helfen.«

»Das ist das Mindeste, was ich tun kann. Gott segne Sie, meine Liebe. Alles wird gut, machen Sie sich keine Sorgen.«

Elena geht ein paar Schritte auf die Ziehharmonikatüren zu, dann bleibt sie stehen. »Ich war mal jemand. Vor fünf Jahren war ich eine beeindruckende Frau.«

»Das sind Sie immer noch, Elena.«

Die junge Frau lässt den Kopf hängen und geht.

Gayle betritt die Küche, die an das Restaurant angrenzt. Dort sucht sie so lange, bis sie in einem Schrank Besen und Kehrblech findet, um so gut es geht die Krümel vom Fußboden zu fegen.

Ihr Körper fühlt sich alt und schwer an, als sie sich die Treppe zu ihrem Zimmer hinaufschleppt. In ihrem Kopf sind lauter Bilder von Elena, von ihren knochigen Händen, ihren großen, hervortretenden Augen, die so einsam und traurig wirken, und nicht zuletzt – gütiger Gott! – von den Würgemalen an ihrem Hals.

Erst als sie ins Zimmer zurückkehrt und in Mikes erwartungsvolles Gesicht blickt, wird ihr bewusst, dass sie vergessen hat, ihm etwas von dem Kuchen im Restaurant mitzubringen.

»Tut mir leid, Schatz, ich habe geredet und darüber den Kuchen vergessen.«

»Ich habe mich schon gefragt, warum du so lange brauchst. Mit wem hast du denn geredet?«

»Das ist eine lange Geschichte. Ich erzähle dir alles morgen früh. Aber jetzt gehe ich erst noch einmal runter und hole dir deinen Kuchen.«

»Ich gehe«, widerspricht er. »Du bleibst hier. Du siehst müde aus.«

Mike verlässt das Zimmer, und sie kriecht unter die Bettdecke und spricht ein eindringliches, stummes Gebet für die junge Frau, deren Leben in Gefahr ist wegen eines Mannes, der den Namen des Herrn trägt.

Am dritten Tag der Weihnacht

Loretta

Loretta lehnt den Kopf gegen das Schlafzimmerfenster, während sie mit kleinen Schlucken den Kaffee trinkt, den Rocco ihr gekocht hat. Es ist noch dunkel draußen, das Licht von den Straßenlaternen reflektiert in den flachen Pfützen entlang des Weges. Immer wieder hat es in der Nacht geregnet, und das leise Trommeln der Tropfen an den Wänden war ihr während der sich träge dahinschleppenden Stunden, die sie schlaflos im Bett verbracht hat, ein Trost. Das Straßenbild unter ihr mit der Konditorei von Dom und Eva und den vielen Kuchen im Schaufenster, dem blassroten Wohnblock mit Ginos Café, Yolandas Friseursalon und Minhs Souvenirladen im Erdgeschoss, die Rollläden um diese Uhrzeit noch heruntergelassen, kommt ihr plötzlich nicht mehr vertraut vor. Der Anblick ist irgendwie anders, die Farben sind intensiver, die Kontraste schärfer. Flavia ist in Venedig, und nichts ist mehr so wie immer.

Alberto hantiert munter im Badezimmer. Er hat tief und fest geschlafen, während sie kein Auge zugetan hat. Sie hatte viel zu viel Angst, sein Herz würde aufhören zu schlagen und sie neben seinem kalten, starren Leichnam aufwachen. Jedes Mal, wenn er aufhörte zu schnarchen, ist sie hochgeschreckt, um sich zu vergewissern, dass er noch atmet. Wäre er doch bloß im Krankenhaus geblieben, denn genau da gehört er hin! Jetzt ist er putzmunter, singt beim Rasieren mit einem Selbstbewusstsein vor sich hin, als wäre er Pavarotti, was in ihr einen noch größeren Groll auslöst als je zuvor. Sie kann an nichts anderes denken, als hinunter auf die verregnete Straße zu gehen und Flavia aufzusuchen.

Sie sagt sich, dass sie aufhören muss, sich so zu quälen. Stattdessen sollte sie lieber an etwas denken, wofür sie dankbar sein kann. Also dankt sie der Heiligen Jungfrau, dass die Pfützen heute Morgen nicht so tief sind, dass man Schuhüberzieher braucht, wenn man das Haus verlässt. Dank der weisen Voraussicht ihrer Vorfahren, die das Il Cuore ein ganzes Stück höher über dem Boden erbauten als üblich, hat das Hotel keine Überflutungen zu befürchten, doch jedes Mal, wenn es in der Stadt zu Hochwasser kommt, werden die Hotelgäste noch ein bisschen anspruchsvoller und nervöser. Wird ihr Job ein bisschen schwieriger. Also ist sie dankbar, dass es diesmal nur leicht geregnet hat, was sie vor allem vor den amerikanischen Gästen rettet, dem unausstehlichen alten Mann und seiner unbeholfenen Ehefrau, die ihr mit Sicherheit den Tag mit ihren Beschwerden verdorben hätten. Sofort fühlt sich Loretta schuldig, weil sie so schlecht von den Dawsons denkt. Alle Gäste, die das Il Cuore am Laufen halten, verdienen ihre Dankbarkeit.

Das erinnert sie an noch etwas, wofür sie dankbar sein sollte: die Bonität ihres kleinen Hotels. Vor zehn Jahren, als Airbnb immer beliebter wurde, ging die Zahl der Gäste, die in den Hotels abstiegen, Monat für Monat zurück. Die Konkurrenz durch Airbnb war, als wäre das Il Cuore eine Kinderlimonade, die gegen einen Konzernriesen wie Coca-Cola kämpfte. Dazu kamen die hohen Preise der venezianischen Gastrobetriebe und die wachsende Zahl von Tagestouristen, die nur für einen kurzen Abstecher nach Venedig reisten, was es den Besitzern von Boutiquehotels wie ihrem nahezu unmöglich machte, zu überleben.

In einem verzweifelten Versuch, sich über Wasser zu halten, verkauften sie das oberste Stockwerk an ausländische Investoren, die die Zimmer an Langzeitmieter überließen, aber es dauerte nicht lange, bis der Großteil des Verkaufserlöses aufgebraucht war. Als die Zukunft des Hotels auf der Kippe stand, geschah ein Wunder. Rocco, der in Mailand lebte, tauchte unerwartet auf. Ja, seine Rückkehr war von fürchterlichen Umständen überschattet, nichtsdestotrotz kam sie einem Wunder gleich. Eben weil er als gebrochener Mann heimkehrte, hatte er eine klare Vorstellung über die Zukunft des Il Cuore im Kopf. Seine Vision war ein leuchtend blau gestrichenes Hotel, ein strahlendes Juwel, das den Kanälen Venedigs zur Ehre gereichte, und ein Restaurant, einem Wald nachempfunden, in dem Loretta der Star war.

Rocco überzeugte Alberto und sie, jeden Cent, den sie noch hatten, in den Bau eines Restaurants mit einer Glaskuppel und Bäumen darin zu investieren, sodass man meinte, in einem riesigen Gewächshaus zu sitzen. Um Roccos Vision zu verwirklichen, kauften sie das oberste Geschoss zurück. Ja, es war ihr Sohn gewesen, der Loretta ermutigt hatte, ihre italienische Küche mit der Welt zu teilen.

Es war ein riskantes Unterfangen. Sollte sich das Konzept als Fehlschlag entpuppen, würden sie alles verlieren. Doch das Restaurant wurde beinahe über Nacht zum Erfolg, weil es genau zu dem Zeitpunkt eröffnete, als Millionen von Facebook-Nutzern weltweit kollektiv beschlossen, es wäre eine großartige Idee, Freunden und Familie zu zeigen, was sie zu Abend aßen, und anfingen, in ihren Posts Restaurants zu markieren. Rocco war so clever, Lorettas Äußeres und ihre wundervollen, authentisch venezianischen Gerichte zusammenzuspannen, und so sprach sich in Windeseile herum, dass in Venedig ein leuchtend blaues Hotel mit einem Indoor-Waldrestaurant eröffnet hatte, das von einer Sophia-Loren-Doppelgängerin geführt wurde – Signora Bianchi. Prominente Fernsehköche kamen, um mit Loretta zu drehen, Food-Magazine klopften bei ihnen an, und das Il Cuore machte sich zunehmend einen Namen.

Später erschienen immer mehr Instagram-Influencerinnen und -Influencer zu ihnen und hoben das Restaurant auf ein ganz neues Berühmtheitslevel. Bis heute reisten Touristinnen und Touristen aus der ganzen Welt an, und die Fotos, die sie vom Restaurant und dem Essen – und natürlich von ihr – posteten, hielten das Il Cuore am Laufen.

Loretta macht die Aufmerksamkeit nichts aus, solange sie dem Wohl ihrer Familie dient. Signora Bianchi ist eine Rolle, die sie mittlerweile perfekt beherrscht. Sie ist zur Königin des Small Talks geworden, die jedem Gast das Gefühl vermittelt, etwas Besonderes zu sein. Hat ganz bestimmte Posen für Fotos, bei denen sie sich nur den Anflug eines Lächelns gestattet, um verführerisch zu wirken, ohne gleichzeitig auszusehen, als hätte sie in eine Zitrone gebissen. Sie weiß, dass sie ihr Kinn gerade und das Gesicht um dreißig Grad nach links drehen muss, um so jugendlich wie möglich zu erscheinen. Charisma zu zeigen, ist für sie zur Selbstverständlichkeit geworden. Und weil sie die Menschen auf der ganzen Welt mit ihrem Wissen über die venezianische Küche verzaubert hat, geht es ihrer Familie gut in einer Stadt, in der viele Einheimische ums Überleben kämpfen. Das ist etwas, wofür sie wirklich dankbar ist.

Ihr Handy auf dem Nachttisch vibriert. Das Geräusch lässt sie zusammenfahren. Heißer Kaffee schwappt aus der Tasse auf ihren Handrücken. *»Merda!«*

»*Cos'è*, Mamma?«, ruft Rocco aus dem Flur.

»Nichts, mach dir keine Sorgen.« Sie stellt die Tasse ab und greift nach einem Papiertuch, das sie fest auf die gerötete Hautstelle drückt.

Rocco betritt das Schlafzimmer. »Was ist passiert?«

»Ich habe Kaffee verschüttet, das ist alles.«

»Zeig mal.«

Zögernd streckt sie ihm die Hand entgegen. »Siehst du? Daran werde ich nicht sterben.«

»Halte die Stelle unter kaltes Wasser. Das Taschentuch bringt doch nichts.« Er wirft einen Blick aus dem Fenster. »Ich hoffe, Sophie hat sich warm genug angezogen für das Rialto-Viertel. Dort ist es immer so windig.«

Marina kommt herein, die Hände hinter dem Kopf verschränkt, die langen Locken zu einem losen Knoten geschlungen. »Vielleicht kann sie sich beim Kuscheln mit dir aufwärmen.«

Rocco wirft ihr einen Blick zu.

»Wir haben uns eine Gebärmutter geteilt, mein Freund.« Marina grinst. »Ich kenne dich.«

Er lacht kurz auf. »Sie war so nett zu uns. Es ist nicht meine Schuld, wenn ich bemerke, dass sie noch dazu sehr hübsch ist.«

»Sei vorsichtig, okay?« Marina zieht eine Augenbraue in die Höhe.

»Deine Schwester hat recht.« Loretta wendet sich vom Fenster ab. »Wir können kein Drama mit dieser Food-Journalistin gebrauchen, Rocco.«

»Entspann dich, Mamma. Es wird kein Drama geben.« Er lächelt.

»Ich bin mir da nicht so sicher«, sagt Marina. »Ich weiß, was für ein weiches Herz du hast.«

»Wenn jemand auf sein Herz aufpassen muss, dann ganz bestimmt nicht ich.« Roccos Lächeln verschwindet, als er Marinas Blick begegnet.

Loretta sieht Marina an. »Was meint er damit?« Soweit sie weiß, ist Marina überzeugter Single. Was weiß Rocco, was sie nicht weiß?

»Nichts, Mamma, ignorier ihn einfach.« Marina knufft Rocco in den Rücken. »Geh, damit du nicht zu spät zu deiner australischen Freundin kommst. Und nimm einen Schal mit … und einen Extraschirm, falls sie keinen hat.«

»Warte, Rocco, ich gehe mit!«, ruft Alberto, der in einer Jacke in der Schlafzimmertür erscheint.

»Der einzige Ort, an den du gehst, ist das Krankenhaus!«, schreit Loretta ihn an.

Alberto stimmt Shirley Basseys »Never, Never, Never« an und wackelt hüftschwingend auf sie zu. Rocco ist der Einzige, der ihn mit einem Lachen belohnt.

Alle drei haben versucht, Alberto zur Vernunft zu bringen – ohne Erfolg. Seine Sturheit kennt keine Grenzen. Solange Loretta ihn nicht mit Gewalt ins Krankenhaus schleppt, wird er nicht dorthin zurückkehren.

Sie deutet mit dem Finger auf ihn. »Du kannst den Mantel genauso gut ausziehen, denn zum Markt kommst du heute nur über meine Leiche. Wenn du zu dumm bist, zu kapieren, dass du im Krankenhaus sein solltest, dann bist du ganz gewiss auch zu dumm, den Einkauf für mein Restaurant zu erledigen. Rocco wird allein gehen. Und wenn du denkst, dass ich dich heute auch nur einen Fuß in die Küche setzen lasse, dann bist du sogar noch begriffsstutziger, als ich dachte.«

Alberto dreht sich schnaubend zu Rocco um. »Lass uns von hier verschwinden.«

Rocco schüttelt den Kopf. »Tut mir leid, Papà, es gefällt mir, wenn mein Kopf auf meinem Hals sitzt, deshalb tue ich, was Mamma will.«

»Was soll ich denn den ganzen Tag über anfangen, mutterseelenallein?«, jammert Alberto.

»Du kannst hier oben sitzen und darüber nachdenken, wie dumm du bist«, erwidert Loretta.

»Dann leiste wenigstens du mir Gesellschaft«, lässt er nicht locker. »Lass die Kinder arbeiten.«

»Wenn du meine Gesellschaft wünschst, kehr zurück ins

Krankenhaus. Ich werde den ganzen Tag an deinem Bett sitzen. Ansonsten will ich dein Gesicht nicht sehen.«

Alberto zieht trotzig den Reißverschluss seiner Jacke zu. »Du kannst mich hier nicht einsperren wie einen Gefangenen.«

Sie tritt hastig zwischen ihn und die Tür. »Du gehst *nicht* auf den Markt.«

»Aus dem Weg, Loretta. Ich will zu Eduardo, um mich bei ihm über den Diktator zu beklagen, den ich geheiratet habe.«

Eduardos Café ist nur eine Gasse entfernt, und es ist das kleinere von zwei Übeln. Sie gibt den Weg frei. »Mach langsam und iss nichts, was schlecht für dein Herz ist. Und wag es ja nicht zu rauchen, Alberto Alfredo Bianchi! Hast du mich verstanden?«, ruft sie ihm nach, als er sich anschickt, die Wohnung zu verlassen.

Er betritt den Flur, wedelt wegwerfend mit der Hand und betritt den Aufzug. Die Türen schließen sich hinter ihm.

»Ich gehe jetzt nach unten, Mamma«, sagt Marina.

»Ich bin gleich bei dir.«

»Fühlst du dich wirklich gut genug, um zu arbeiten? Ich kann das Frühstück vorbereiten. Warum kommst du nicht später runter, wenn Rocco vom Markt zurück ist?«

Loretta wirft die Arme in die Luft. »Kind, der Tag hat noch nicht einmal begonnen, und du nervst mich jetzt schon! Das ist bereits das dritte Mal, seit ich aufgestanden bin, dass du mich fragst, ob es mir gut geht. Muss ich dich etwa daran erinnern, dass dein Vater einen Herzstillstand hatte, nicht ich?«

»Was ist so schlimm daran, dass ich mich erkundige, ob es dir gut geht?«

»Würde es mir nicht gut gehen, wärst du die Erste, die davon erfährt. Und jetzt lass mich bitte in Ruhe.«

»Schon gut, schon gut. Du kannst nicht erwarten, dass ich mir keine Gedanken mache.«

»Wenn du dir genauso viele Gedanken um die Suche deines zukünftigen Ehemanns machen würdest, würdest du mir vielleicht nicht ganz so auf den Geist gehen.« Loretta nimmt die Wohnungsschlüssel von dem Haken neben der Tür und steckt sie in ihre Jeanstasche. »Warum rufst du nicht Luca Falcone an und lädst ihn ein, uns beim Mittagessen Gesellschaft zu leisten? Er ist so ein guter Mann, ein ausgezeichneter Chirurg. Das könnte eine echte Gelegenheit für dich sein.«

Marina verdreht die Augen. »Hör endlich auf mit Luca Falcone! Wie viele tausend Male müssen wir dieses Gespräch denn noch führen?«

»Aber er besitzt diese große Dachterrassenwohnung in Martellago …«

»Mamma! Ich bitte dich, hör auf damit!«

»Bene!« Lorettas Stimme hallt durch das Apartment. »Lass deine Eierstöcke ruhig verkümmern und absterben, bevor du mir auch nur ein einziges Enkelkind schenken kannst. Du und dein Bruder, ihr seid der Fluch meines Lebens, keiner von euch hat irgendeine Perspektive.«

Marina blinzelt, ihr Gesicht färbt sich rosa. Sofort bereut Loretta ihre Worte, aber bevor sie sich entschuldigen kann, drängt sich Marina an ihr vorbei und stürmt zur Tür hinaus.

Rocco kommt aus seinem Zimmer, mit so viel Aftershave, dass man ihn wahrscheinlich noch in Athen riechen kann. Er hat sich ein Pflegeprodukt in die Haare geschmiert und trägt seinen besten Mantel.

»Sei nachsichtig mit Marina«, sagt er sanft. »Lass sie in Ruhe. Sie braucht keine Kupplerin.«

Loretta verengt die Augen. »*Wieso nicht?* Mit wem ist sie denn zusammen? Wen verheimlicht ihr mir?«

»Niemanden.« Er lacht, aber seine Wange zuckt – ein deutliches

Zeichen dafür, dass er lügt. »*Ciao*, Mamma.« Auf dem Weg nach draußen drückt er ihr einen Kuss auf die Wange.

Loretta schließt die Apartmenttür hinter ihm und geht zurück in ihr Schlafzimmer. Dort setzt sie sich mit hängenden Schultern aufs Bett. Sie ist bereits erschöpft von den heutigen Zusammenstößen mit ihrer Familie, dabei hat sie noch nicht einmal das Frühstück serviert.

Für die Öffentlichkeit sind die Bianchis der Inbegriff einer glücklichen, eng verwobenen *famiglia*: Alle vier leben und arbeiten harmonisch zusammen. Die Außenwelt sieht nichts als ihre lächelnden Gesichter, ihren herzlichen Umgang miteinander. In Wirklichkeit jedoch tut Loretta in letzter Zeit nichts anderes mehr, als sich mit ihrer Familie zu streiten. Die drei zermürben sie, und je mehr Zeit verstreicht, desto dringlicher sehnt sie sich danach, in Ruhe gelassen zu werden.

Erst jetzt, da sie allesamt die Wohnung verlassen haben, wagt sie es, die Nachricht auf ihrem Handy zu lesen, die zuvor eingegangen ist. Eine weitere Nachricht von *ihr*.

Ich warte auf dich.

Es geht nicht, Flavia. Das können wir nicht tun.

Oh, wie gern sie zu ihr gehen würde! Ein paar Sekunden verstreichen. Ihre Finger umklammern das Handy, bevor sie einen weiteren Text abschickt.

Wie hast du meine Nummer herausgefunden?

Das war nicht schwer. Komm zu mir.

Alles, was ich will, ist dich berühren – nur ein einziges Mal.

Gestehe mir das zu, und dann lasse ich dich in Ruhe, das verspreche ich.

Nur ein einziges Mal, Loretta.

Gesù Cristo. Sie tastet nach dem Medaillon der Madonna unter ihrem Pyjamaoberteil. *Diese Frau bedeutet mein Ende.*

Sie denkt an die Zeit zurück, in der sie eine junge Frau war, unsterblich verliebt. In den zehn Jahren, während Flavia und sie zusammen waren, wusste nicht eine einzige Person über sie Bescheid. Wären sie zwei unverheiratete venezianische Männer gewesen, die jeden freien Moment miteinander verbrachten und sogar zusammen in den Urlaub fuhren, hätte die ganze Stadt über sie geredet. Doch sie kamen damit durch, denn sie lebten in dem patriarchalischen Italien der Siebzigerjahre, als man Frauen noch keine eigenen sexuellen Wünsche zutraute und sie für ihre Ehemänner nichts anderes als Gebärerinnen darstellten. Die Vorstellung, dass zwei Frauen ein Liebespaar sein könnten, war so unvorstellbar, dass Lorettas und Flavias Beziehung nie hinterfragt wurde.

Lorettas Eltern drängten sie, zum Jugendtanz zu gehen, um potenzielle Bewerber kennenzulernen. Sie luden Familien mit Söhnen zum Abendessen ins Hotel ein, doch sie verliebte sich in das Mädchen mit den langen blonden Haaren und den kurvigen Hüften aus dem Kirchenchor, das ein Stück die Straße hinauf wohnte. Loretta träumte nicht wie die anderen Mädchen von John Travolta oder Massimo Troisi. Nur Flavia mit ihren vollen

Lippen und den haselnussbraunen, mandelförmigen Augen ging Loretta nicht mehr aus dem Kopf.

Sie war sich sicher, dass es nicht nur Schwärmerei war, als Flavia anfing, sich mit Aldo Gaetano aus San Polo zu treffen, und sie meinte, vor Eifersucht sterben zu müssen. Sie hasste Aldo. Den süßen, liebenswerten Aldo, der ein guter Ehemann für Flavia gewesen wäre. Loretta wünschte sich, er wäre tot.

»Meine Eltern drängen mich, Aldo zu heiraten«, berichtete Flavia eines Tages auf dem Heimweg vom Chor. »Sie machen sich Sorgen, dass er mich fallen lässt, wenn ich zu lange zögere, seinen Antrag anzunehmen, und dann will mich vielleicht kein anderer mehr heiraten.«

»Liebst du Aldo denn?« Lorettas Herz schmerzte, als sie seinen Namen laut aussprach.

Flavia zögerte. »Nein. Er bringt mich nicht zum Lachen.«

»Ich bringe dich zum Lachen.« Lorettas Worte waren kaum mehr als ein Wispern. Eine Aufforderung: *Bitte liebe mich.*

Flavia hob die Hand und strich zärtlich mit dem Daumen über Lorettas Wange.

Sie kamen an Flavias Haustür an.

»Du bringst mich zum Lachen, aber wie du siehst, ist genau das das Problem. Das ist der Grund, warum ich meinen Eltern nicht das geben kann, was sie sich wünschen.«

Sie drehte Loretta den Rücken zu und sperrte auf, dann trat sie ein, ließ die Tür offen und verschwand im Haus. Loretta blieb draußen stehen. Sie wusste, dass das, was sie als Nächstes tat, alles verändern würde. Anstatt nach Hause zu gehen, folgte sie Flavia hinein.

Während der kommenden zehn Jahre schenkte Loretta ihr Leben Flavia. Sie lebten nicht zusammen, natürlich nicht, denn sie akzeptierten von Anfang an, dass ihre Liebe ein Geheimnis bleiben musste. Manchmal hatte Loretta Angst, dass sie erwischt und Schande über ihre Familien bringen würden, oder dass ihre Eltern sie irgendwann zwingen würden, sich Ehemänner zu suchen. Am meisten aber fürchtete sie, dass sie Gott enttäuschte, weil sie eine Frau liebte. Es lastete stets ein Schatten der Schuld auf ihr, ständig.

Einmal gestand sie Flavia, wie sehr sie sich um ihrer beider Seelenheil sorgte. »Wir werden in die Hölle kommen, nicht wahr? Und wir werden nie der Heiligen Jungfrau im Himmel begegnen, weil wir sie anwidern.«

»Jetzt hör mir mal zu.« Flavia nahm Lorettas Gesicht in ihre Hände. »Ich bin bereit, in ewiger Verdammnis zu leben, wenn ich dafür das hier habe.« Sie küsste Loretta auf den geschlossenen Mund. »Und das.« Ihre Zunge schob sich zwischen Lorettas Lippen. »Und das.« Sie knöpfte Lorettas Jeans auf und schob die Hand in ihr Höschen. Loretta schnappte nach Luft. »Ich würde meine Seele für dich geben«, flüsterte sie.

Nach Verkündigungen wie diesen war es der größte Schock in Lorettas Leben, als Flavia ihr unter Tränen berichtete, dass sie einem Kloster beitreten würde, nachdem sie von Gott dazu berufen wurde.

»Wieso hat er dich dazu berufen?«, schluchzte Loretta. »Und wann?«

»Schon bevor wir uns kannten. Ich habe dir das nie gesagt, weil ich nicht wollte, dass es sich real anfühlt. Ich habe immer wieder versucht, seine Rufe zu ignorieren, habe jahrelang so getan, als könnte ich ihn nicht hören. Doch jetzt, da die Stimme des Herrn in meinem Herzen so laut wird, höre ich nichts anderes mehr.«

»Dein Herz hört nicht einmal mich?«

»Nicht einmal dich, meine Geliebte, nicht einmal dich.«

Flavia ging in ein Kloster in der Toskana, um mit dem Noviziat zu beginnen. Sie nannte sich fortan »Schwester Teresa« und verschwand aus Lorettas Leben.

Jahre später, als Flavias Eltern nacheinander verstarben und sie sich für kurze Zeit in Venedig aufhielt, war Loretta bereits eine verheiratete Mutter, und sie fand Ausreden, um nicht zu den Beerdigungen gehen zu müssen. Ihr Ehegelübde war ihr zu wichtig, als dass sie sich dem Risiko aussetzen wollte, Flavia wiederzusehen.

Über die Jahre gab sie ihr Bestes, um Alberto und ihren Kindern ein gutes Leben zu ermöglichen, dankbar zu sein für die Familie, mit der sie gesegnet war. Doch jetzt war Flavia zurück, und alles kam wieder hoch.

Sie markiert Flavias Nachricht als gelesen und schüttet den restlichen Kaffee in die Spüle, anschließend zieht sie sich an und macht sich für den Tag zurecht. Als sie fertig ist, schlüpft sie in ihre Sneakers und tritt hinaus in den Flur.

Sie muss ihre ganze Selbstbeherrschung aufbringen, um nicht aus dem Hotel zu spazieren und den Weg nach San Zaccaria einzuschlagen, zu der Frau, die sie liebt und die sie gebeten hat zu kommen.

Sophie

Sophie steht neben dem Weihnachtsbaum in der leeren Lobby und wartet auf Rocco. Sie streicht über ihre knallrosa Handtasche und tastet nach dem Schirm. Rocco hat sie gewarnt, dass der Markt nicht viel Schutz vor schlechtem Wetter bietet.

Marina schwebt die Treppe herunter, anmutig wie ein Schwan. Selbst mit zurückgesteckten Haaren, ohne Make-up und in der schlichten Il-Cuore-Uniform, bestehend aus schwarzer Bluse und Hose, sieht sie umwerfend aus. Sophie dagegen hat eine ganze Stunde damit verbracht, sich die Haare zu locken, Make-up aufzulegen, die Fingernägel zu lackieren und ihr Kleid zu bügeln. Am liebsten würde sie Marina die Augen mit einer Gabel ausstechen wegen ihrer überwältigenden Schönheit.

Als Marina sie erblickt, hebt sie die Mundwinkel zu einem Lächeln, das definitiv gezwungen aussieht.

»Guten Morgen, Marina«, begrüßt Sophie sie fröhlich, als wäre Marina ihre beste Freundin, keine Eiskönigin, die ihr Angst macht.

»Guten Morgen, Sophie. Rocco kommt sofort. Ich hoffe, dir gefällt das Rialto.« Damit verschwindet sie so geschäftig in der Küche, als würde die Zukunft des Planeten davon abhängen.

Zumindest muss Sophie keinen Small Talk mit ihr machen. Marina hat sie vor sich selbst gerettet. Sie hätte sofort damit begonnen, Roccos Schwester eine umständliche, völlig belanglose Geschichte zu erzählen, wie sie es immer tut, wenn sie eingeschüchtert ist.

Eine Minute später rattert und klappert der Aufzug. Die Türen öffnen sich, und Rocco tritt heraus. Er sieht so italienisch aus in seinem schwarzen Wollmantel, der schmal geschnittenen schwarzen Hose und den Anzugschuhen. Um den Hals trägt er einen cremefarbenen Strickschal, auf dem Kopf einen schwarzen Fedora-Hut – und das nur, um Lebensmittel einzukaufen, was unschwer an dem Handwagen, den er hinter sich herzieht, zu erkennen ist. Der Durchschnittsaustralier würde es niemals wagen, diesen Look zu tragen. Einem Fashion Victim wie Sophie bedeutet Roccos unerschrockener Sinn für Stil *alles*. Sie gibt sich große Mühe, jeden Tag so gut wie möglich auszusehen, überlegt sich genau, was sie anzieht, welche Accessoires sie trägt, schaut sich Make-up-Tutorials an und nimmt sich jede Menge Zeit, um die Anweisungen zu befolgen und ihren Lidstrich perfekt hinzubekommen. Dass Rocco genauso großen Wert auf Mode legt wie sie, macht sie überglücklich.

»*Buongiorno*, Sophie!« Er knickt den Ellbogen ab und reicht ihr den Arm – eine Aufforderung, sich bei ihm unterzuhaken.

Nun, das ist etwas Neues. Sophie hat sich noch nie bei einem Mann untergehakt, doch genau das tut sie jetzt und lässt sich von Rocco hinaus auf die kalte, kopfsteingepflasterte Straße führen. Sie ist ein bisschen enttäuscht, weil niemand da ist, der mitbekommt, auf welch glamouröse Art und Weise sie das Hotel verlassen (Handwagen hin oder her). Sie sehen so aufgedonnert aus, dass sie ein Spalier von Paparazzi verdient hätten.

Doch San Marco ist so gut wie ausgestorben im Vergleich zu ihrer Ankunft vor zwei Tagen. In den schmalen Gassen ist kein einziger Tourist unterwegs. Die Stühle in den Cafés sind hochgestellt, die Holzfensterläden der vom Salz fleckigen roten und cremeweißen Wohnhäuser, die sich aus dem Wasser erheben, geschlossen. Tauben stolzieren über die Wege und planschen in den Pfützen. Sie hätte nie gedacht, dass Venedig so still und friedlich sein könnte.

Langsam wird es hell in der Stadt. Sie biegen um Ecken, steigen Treppen hinauf und wieder hinunter, überqueren Brücken, und das schneller, als ihr lieb ist. Es ist das erste Mal seit ihrer hektischen Ankunft, dass Sophie das Hotel verlässt, und sie wünscht sich, sie könnte sich Zeit nehmen, die Auslagen in den noch geschlossenen Touristengeschäften betrachten oder stehen bleiben und Fotos von den engen Kanälen unter dem dunklen Wolkenhimmel machen, von den sanften Wellen, die plätschernd gegen die vertäuten Hafenschlepper schlagen. Doch das hier ist kein gemütlicher Spaziergang für Rocco; er muss einen Zeitplan befolgen, deshalb sagt sie nichts und geht, so schnell sie kann, um mit seinen langen Schritten mitzuhalten. Wenigstens regnet es nicht.

Er erzählt ihr von den jüngsten Auseinandersetzungen in der Familie und dass sein Vater sich selbst aus dem Krankenhaus entlassen hat. Dann war es also tatsächlich Signor Bianchi, den sie gestern Abend aus dem Aufzug hat kommen sehen. Sie ist gleichermaßen aufgeregt und nervös zu erfahren, dass Signora Bianchi heute in der Küche sein wird und kocht. Bec wird begeistert sein.

Der Gedanke an Signor Bianchi im Flur erinnert sie an ihre Begegnung mit Christian. Sie überlegt, ob sie Rocco von ihm erzählen soll, aber was soll sie sagen? *Ich bin gestern am späten Abend einem Gast von euch begegnet und fand ihn absolut abstoßend.* Sie hält den Mund.

Sie erreichen den Canal Grande und überqueren die Rialtobrücke, prachtvoll nicht zuletzt wegen ihrer Größe und der gotischen weißen Bögen hoch über dem Wasser. Auf der anderen Seite lassen sie die Stille von San Marco hinter sich und betreten eine ganz neue Welt. Dutzende von Marktständen säumen die Straße. Die Standbesitzerinnen und -besitzer, dick eingemummelt in Mäntel und Wollmützen, rufen einander etwas zu, lachen und scherzen. Kunden schlendern von Stand zu Stand und begutachten die angebotenen Produkte, viele von ihnen haben ähnliche Wagen für ihre Einkäufe bei sich wie Rocco. Es ist noch zu früh für die Touristen, erklärt Rocco; hier kaufen die Einheimischen für ihre Familien und die gastronomischen Betriebe ein.

Eine alte, gebeugte Frau an einem der Obststände begutachtet sorgfältig einen grünen Apfel. Sie ist voller Falten und von Kopf bis Fuß in Schwarz gekleidet, unter dem Schal, den sie um den Kopf geschlungen hat, lugen drahtige graue Haare hervor. Sophie hält die Kamera hoch und fragt sie, ob sie ein Foto von ihr machen darf, und die Frau lächelt erfreut und strahlt dabei über das ganze Gesicht.

Rocco wirft über Sophies Schulter hinweg einen Blick aufs Display. »Du hast die Atmosphäre im Rialto-Viertel in weniger als einer Minute eingefangen«, stellt er anerkennend fest. *»Brava!«*

Sein Lob lässt sie erröten.

Als Erstes bleibt Rocco vor einem Fischstand stehen. Ein kleiner alter Mann mit einer Plastikschürze kommt auf ihn zu und umarmt ihn. Sie unterhalten sich rasend schnell auf Italienisch, während Sophie ein kleines Stück hinter ihnen wartet. Der Geruch nach Fisch ist überwältigend, doch die Meeresfrüchte in den mit Eis gefüllten Wannen sehen frisch und köstlich aus. Ein, zwei Minuten später füllt der Mann mehrere Plastiktüten mit Sardinen und wickelt sie in dicke Schichten Frischpackpapier.

Rocco greift Sophies Arm und zieht sie näher zu sich heran,

um sie auf Italienisch vorzustellen. Anschließend wendet er sich ihr zu und sagt auf Englisch: »Sophie, das ist Pasquale, ein enger Freund der Familie. Seit meiner Kindheit verkauft er die besten Meeresfrüchte in ganz Venedig. Die Sardinen haben seine Söhne vor weniger als zwei Stunden aus der Adria gefischt.«

Pasquale schenkt ihr ein warmes, zahnlückiges Lächeln.

Als es ans Bezahlen geht, kommt es zu einem lautstarkem Wortwechsel und wilden Gesten zwischen Pasquale und Rocco, bis Pasquale endlich resignierend die Hände hebt. Rocco greift in seine Tasche und zieht ein Bündel Bargeld heraus.

»Er versucht, mich auszurauben«, jammert Rocco lachend, als er dem alten Mann das Geld reicht. »Es ist jeden Morgen das Gleiche.«

»Ha! Ich würde gern ein Foto von euch beiden neben dem Fischstand machen, ist das in Ordnung?«

»Selbstverständlich.«

Die Männer, die noch Sekunden zuvor den Dritten Weltkrieg heraufbeschwören wollten, posieren jetzt fröhlich Arm in Arm vor Pasquales Fischstand.

Genauso geht es auch an den anderen Ständen weiter: eine herzliche Begrüßung (alle kennen Rocco beim Namen), gefolgt von der Begutachtung der Produkte, ganz gleich, ob es sich um Gemüse in Holzsteigen oder Kräuter und Gewürze in Flechtkörben handelt, und dem obligatorischen leidenschaftlichen Feilschen. Beendet wird das Ganze mit fröhlichen »*Buon Natale!*«-Rufen.

Sophie versucht, so viel wie möglich davon mit der Kamera einzufangen, außerdem macht sie sich Notizen im Handy, die ihrem Gedächtnis später auf die Sprünge helfen sollen. Schon jetzt weiß sie, dass sie dem Rialto und seinen Menschen nicht gerecht werden kann. Auf den Fotos lässt sich einfach nicht erkennen, wie saftig die Kirschtomaten sind, die sie probiert, wie sehr Filomena, die *cannoli* verkauft, vor Lebendigkeit sprüht, oder wie köstlich das frisch gebackene Brot duftet. Worte genügen nicht, um das ausgeprägte Gemeinschaftsgefühl auf dem Markt, die gutmütigen Scherze und die echte Kameradschaft zwischen Verkäufern und der Kundschaft angemessen zu beschreiben. Die Gastfreundschaft und Herzlichkeit der Venezianer sind herzerwärmend.

Schon eine knappe halbe Stunde später treten sie den Rückweg zum Hotel an. Inzwischen regnet es. Als sie diesmal die Rialtobrücke überqueren, sind die Geschäfte geöffnet, Touristen in grellgelben Regenponchos füllen die Gassen, Menschen stehen an den hohen Tischen unter den Markisen der Cafés und trinken ihren Morgenkaffee.

Zurück im Il Cuore, hält Rocco ihr die Tür auf, bevor er den Handwagen hereinhebt. »Komm, Sophie, wir zeigen Mamma, was wir gekauft haben. Aber mach dich darauf gefasst, dass sie nörgeln wird. Sie kritisiert meine Einkäufe jeden Tag, ganz gleich, wie gut und frisch die Waren sind. Bist du bereit?«

»Bereit.« Ihr Herz fängt an zu rasen, als sie Rocco in die Küche folgt.

Signora Bianchi erwartet sie schon. Als Sophie sie erblickt, bleibt sie wie angewurzelt stehen. Die Frau ist ein Hingucker, groß und schlank, mit honigbraunen Augen, genau wie Roccos und Marinas, und einer olivfarbenen Haut, die aussieht, als gehörte sie einer Frau, die halb so alt ist wie sie. Sie trägt nicht die Spur von Make-up. Ihre grauen Haare sind zu einem im Nacken sitzenden Knoten geschlungen, und statt der Hoteluniform ist sie mit einer gerade geschnittenen blauen Jeans und einem langärmeligen schwarzen Rollkragenpullover bekleidet. Darüber hat sie eine schlichte weiße Schürze gebunden – der ikonische Look, für den sie berühmt ist. Loretta Bianchi ist zweifellos die schönste

Frau, die Sophie je in natura gesehen hat. Als sie von der riesigen Marmorinsel in der Mitte der Küche auf Sophie zugeht, die noch immer in der Tür steht, sieht es aus, als würde sie schweben. Signora Bianchi strahlt eine nahezu ätherische Anmut und Eleganz aus.

»Mamma, das ist Sophie Black, die wundervolle Food-Journalistin aus Australien. Sophie, das ist meine Mutter, Signora Loretta Bianchi, die beste Köchin der Welt!«, verkündet Rocco lautstark.

»*Benvenuta*, Sophie.« Signora Bianchi umfasst Sophies Hände mit ihren, die sich warm und schwielig anfühlen. »Es ist mir eine Ehre, Sie in meiner Küche begrüßen zu dürfen.« Ihr Akzent ist etwas ausgeprägter als der von ihren Kindern, aber ihr Englisch ist perfekt. Sie hat eine tiefe, rauchige Stimme, die Sophie an eine ältere Florence Pugh erinnert; sie passt zu ihr.

»Vielen Dank, dass ich Zeit bei Ihnen verbringen darf, Signora Bianchi.«

»Bitte nennen Sie mich Loretta. *Signora* ist viel zu förmlich für gute Freundinnen – und die werden wir sicherlich werden!«

Gute Freundinnen. Sophie ist hin und weg. »Danke. Ich hoffe, es geht Ihnen gut nach dem Schock mit dem Herzstillstand Ihres Mannes?«

»Es geht mir ausgezeichnet, weil Sie hier bei uns sind, was mich sehr glücklich macht.« Loretta wendet ihre Aufmerksamkeit Rocco zu. »Und jetzt lass mal sehen, was du mir heute mitgebracht hast.«

»Sardinen, so frisch, dass man meinen könnte, sie würden noch im Wasser schwimmen.«

Loretta verdreht die Augen. »Sardinen? Schon wieder? Hast du vergessen, dass noch andere Tiere im Meer leben?«

»Warte, bis du sie siehst.« Rocco reicht ihr ein geöffnetes Päckchen.

Loretta schnuppert flüchtig an den Sardinen. »Was noch?«

»Erbsen!«, antwortet er fröhlich, unbeeindruckt von dem tadelnden Blick, den sie ihm zuwirft. »Damit du Sophie zeigen kannst, wie du dein berühmtes Risi e bisi zubereitest.«

Loretta schnalzt mit der Zunge. »Ich sage Ihnen, Sophie: Es ist ein Wunder, dass es unser Restaurant noch gibt bei den langweiligen Zutaten, die mein Sohn mir bringt.«

Rocco grinst. »Ich hab es dir gesagt: Sie nörgelt jeden Tag, aber wenn die Gäste das Essen loben, vergisst sie, mir für meine hervorragende Auswahl zu danken. Sieh! Sieh nur, wie sie lächelt. Sie weiß, dass es stimmt, was ich sage.«

»Ich lächele, weil ich an die glückliche Zeit in meinem Leben gedacht habe, bevor du auf die Welt gekommen bist.« Loretta lacht.

Rocco drückt seiner Mutter einen dicken Kuss auf die Wange, die ihn mit einem Trockentuch davonscheucht.

Sophie kann sich nicht daran erinnern, wann sie das letzte Mal so unbeschwert mit ihrer eigenen Mutter herumgealbert hat.

»Zuerst nehmen wir den Fisch aus und säubern ihn«, sagt Loretta, an Sophie gewandt. »Der Geruch ist ziemlich unangenehm. Lassen Sie sich beim Frühstück Zeit, am besten kommen Sie erst zurück, wenn wir damit fertig sind.«

»Wenn ich darf, würde ich gern helfen.«

Loretta sieht sie stirnrunzelnd an. »Sie wollen die Sardinen ausnehmen?«

»Ja, bitte. Wenn Sie dabei nach einer bestimmten Methode vorgehen, würde ich diese sehr gern lernen.«

Rocco legt den Arm um Sophies Schultern. »Was habe ich dir gesagt, Mamma? Sophie ist nicht wie die anderen Medienleute – sie ist etwas Besonderes.« Er schenkt ihr ein Lächeln, das ihren Magen Purzelbäume schlagen lässt.

Loretta zuckt mit den Achseln. »Wenn Sie darauf bestehen, werde ich Ihre Hilfe nicht ausschlagen.«

In diesem Augenblick trifft Salvatore ein, umarmt Rocco und begrüßt Sophie wie eine alte Freundin. Dann eilt er zu Loretta und umarmt sie fest. »Zia!«

Sie wechseln einige schnelle Worte auf Italienisch. Loretta berührt liebevoll Salvatores Gesicht. In dieser Familie gibt es so viel Wärme, so viel Liebe. Es ist eine wunderschöne und gleichzeitig herzzerreißende Erfahrung für Sophie, dies aus einer solchen Nähe mitzuerleben.

»Jetzt nehmt ihr euch erst einmal etwas zu essen«, sagt Loretta. »Beeilt euch, wir öffnen das Restaurant in zehn Minuten für die Frühstücksgäste.« Sie wendet sich an Sophie. »Sophie, hängen Sie Ihren Mantel an den Haken an der Tür.«

Rocco hilft Sophie aus ihrem roten Trenchcoat und hängt ihn für sie auf. Seine Augen bleiben für einen Moment an ihrem langärmeligen Kleid hängen, dunkelblau mit weißen Punkten, und ein Lächeln tritt auf seine Lippen. Es ist ihr Lieblingskleid, am Oberkörper eng anliegend, mit einem schwingenden Rock bis kurz unter die Knie. Es freut sie, dass es eine solche Wirkung auf ihn hat.

»Rocco, nimm den Staubsauger mit und saug rasch unter dem Büfetttisch«, reißt Loretta ihren Sohn aus der Betrachtung von Sophies Kleid. »Darunter ist eine Riesensauerei – offenbar hat gestern jemand eine Fressorgie veranstaltet, nachdem die Reinigungskräfte fort waren.«

»Das waren garantiert die neuen Amerikaner.« Rocco nimmt einen kleinen Staubsauger aus einem der Schränke.

»Sophie«, fügt Loretta hinzu, »bitte bedienen Sie sich. Nur keine falsche Bescheidenheit!«

Sophie deutet lachend auf ihren Körper. »Sieht so ein Mensch aus, der beim Essen Bescheidenheit an den Tag legt?«

»Sie sind perfekt«, stellt Loretta lächelnd fest.

»Du hast recht, Mamma. Das ist sie.« Rocco sieht Sophie direkt an, als er das sagt, und Sophie meint, vor Lust und Freude explodieren zu müssen.

Elena

Elena steht unter dem heißen Strahl. Das brühend heiße Wasser verbrennt die Wunden auf ihrer Haut, die noch immer nicht verheilt sind. Es ist ein angenehmer Schmerz, eine heilende Wärme, die ihr hilft, das Trauma dessen abzuspülen, was er ihr vorgestern, am ersten Weihnachtstag, angetan hat, am Abend vor Papàs Beerdigung. Als es Zeit war, ins Bett zu gehen, fiel Christian ein, dass sie sich in einem vermeintlich inakzeptablen Ton geweigert hatte, sich mit ihm die Kunstinstallationen anzusehen. Darüber hatte er sich so sehr geärgert, dass er *für klare Verhältnisse* sorgen musste.

Das Wasser strömt auf sie herab, während sie nachdenkt.

Heute ist der Anfang. Der Anfang ihrer Flucht. Sie ist achtundzwanzig Jahre alt, fast neunundzwanzig, und sie drückt die Reset-Taste. Ihre Dreißiger werden keine Wiederholung des Horrors ihrer Zwanziger sein. Manche Details ihres Fluchtplans hat sie klar vor Augen, andere weniger. Doch ob sie nun bis ins Letzte vorbereitet ist oder nicht – sie wird es versuchen.

Sie betrachtet ihre Handgelenke, die roten Abdrücke von seinen Fingern, die aussehen wie Kreise. Wenn diese Abdrücke verblasst sind, wird sie nie wieder durch ihn Schmerzen erleiden. Sie wird nie mehr hungrig sein oder spüren, wie sich ihr Herz zusammenkrampft, wenn er den Schlüssel im Schloss dreht oder wenn das Lächeln von seinen Lippen verschwindet und sein Gesichtsausdruck ernst wird.

Im Kopf entwirft sie den Brief an Mamma. Anschließend tritt sie aus der Dusche, lässt das Wasser laufen und wickelt sich in ein Handtuch ein. Notizblock und Kugelschreiber aus dem Hotel in den Händen, setzt sie sich auf die Toilette.

Bitte, lieber Gott, mach, dass er weiterschläft, während ich das hier tue.

Mit zitternder Hand schreibt sie, so schnell sie kann.

Geliebte Mamma,

ich habe diese Frau zu dir geschickt. Ihr Name ist Gayle Dawson. Du kannst ihr vertrauen.

Es tut mir so leid, dass ich dich noch mehr belaste, wo du doch schon so viel durchmachst, aber ich stecke in Schwierigkeiten, Mamma. In großen Schwierigkeiten. Meine Ehe ist nicht so, wie sie nach außen hin erscheint. Christian ist kein guter Mann. Er tut mir weh, und er lässt mich verhungern. Ich muss ihm entkommen, solange ich hier bin, und du musst mit mir fliehen, sonst wird er dir etwas antun.

Ich weiß, dass das ein Schock ist, aber wir dürfen keine Zeit verschwenden. Bitte geh zur Bank und heb so viel Bargeld ab, wie es dir möglich ist. Wenn sie dir all dein Geld in bar auszahlen, nimm es. Kauf ein neues Handy und bezahle es in bar. Pack deine Dokumente und deinen Pass ein. Wenn du das getan hast, bleib zu Hause und warte auf mich.

Sobald sich eine Gelegenheit ergibt, bin ich noch vor dem Ende unserer Reise bei dir, und wir gehen zusammen fort. Ich weiß nicht, an welchem Tag ich zu dir kommen werde oder wohin wir gehen werden. Wir müssen weit weg, damit er uns nicht finden kann. Bitte pack keinen Koffer – wir müssen mit leichtem Gepäck reisen.

Es tut mir leid, aber du musst wissen, Mamma, dass wir für lange Zeit nicht nach Venedig zurückkehren werden.

Deinen Schwestern gegenüber dürfen wir kein Wort darüber verlieren – wir dürfen nicht riskieren, dass Christian davon erfährt. Wenn du mich mit ihm zusammen siehst, reagiere so, als wäre alles wie immer, sonst wird er misstrauisch.

Es tut mir so leid, Mamma. Ich werde dir alles erklären, sobald wir allein sein.

In Liebe

E

PS: Ich wollte für Papà da sein. Christian hat mich erst gehen lassen, als er mich begleiten konnte. Ich werde mir nie verzeihen, dass ich nicht gekommen bin, als du mich darum gebeten hast.

Ohne ihre Worte noch einmal zu lesen, reißt sie das Blatt vom Notizblock, faltet es zusammen und versteckt es ganz unten in ihrer Make-up-Tasche.

Dann schreibt sie eine weitere Nachricht, diesmal auf Englisch.

Liebe Gayle,

der Name meiner Mutter ist Anna-Maria Zanetti, ihre Adresse lautet Calle Ghetto Vecchio 10 257. Nehmen Sie den Wasserbus Nr. 1 oder 2 von San Marco bis zur Haltestelle San Marcuola. Die Wohnung meiner Mutter befindet sich einen kurzen Fußmarsch entfernt im jüdischen Viertel und liegt im vierten Stock, Apartment 404.

Könnten Sie bitte bei ihr bleiben, während sie den Brief liest? Ich möchte nicht, dass sie währenddessen allein ist, sie weiß nichts von meiner Situation.

Danke, Gayle, ich stehe tief in Ihrer Schuld.

Elena

PS: Ich bin anlässlich der Beerdigung meines Vaters in Venedig, die gestern stattgefunden hat. An dem Tag, an dem Christian mich daran gehindert hat, nach Hause zu meinem sterbenden Vater zurückzukehren, habe ich beschlossen davonzulaufen.

Elena versteckt die Nachricht bei dem anderen Brief. Als sie von der Toilette aufsteht, erblickt sie Christian in der offenen Tür.

Entsetzt schnappt sie nach Luft. »Herrje! Hast du mich erschreckt!«

Er zieht die Augenbrauen zusammen. »Warum ist die Dusche noch an?«

»Oh, ist sie das?« Sie heuchelt Überraschung. »Ich habe an Papà gedacht und gar nicht gemerkt, dass ich das Wasser nicht abgestellt habe.«

Er geht an ihr vorbei und dreht den Hahn ab, ohne die Augen von ihr zu wenden. »Warum zitterst du?«

»Ich friere.« Sie schaudert, um ihren Worten Nachdruck zu verleihen.

Er schweigt für einen Moment, dann macht er einen Schritt auf sie zu und zieht sie an sich. »Komm her.« Er streicht mit den Händen über ihren Rücken. Auf und ab. Auf und ab. »Besser?«

Sie nickt. Ihr Herz pocht.

Er küsst sie auf den Scheitel. »Babe, ich will selbst schnell unter die Dusche springen, bevor wir nach unten gehen.«

»Dann ziehe ich mich an.«

Die Briefe in ihrer Make-up-Tasche sind eine tickende Zeitbombe. Sie verlässt das Bad, kann kaum atmen, während sie im Zimmer auf und ab geht wie ein Tier im Käfig.

Christian kommt in Boxershorts aus dem Bad, frisch geduscht, nach Aftershave duftend, die Haare mit Stylingcreme in Form gebracht. Er lächelt, was bedeutet, dass er die Briefe nicht gefunden hat.

Minuten später gehen sie Hand in Hand die Treppe hinunter.

»Du denkst dran, dass du heute nicht zu viel isst, Babe?«, erinnert er sie, als sie die Lobby in Richtung der offenen Ziehharmonikatüren zum Restaurant durchqueren.

»Ja.« Ihr Magen knurrt, als ihnen der Duft von Pancetta entgegenweht.

Christian steuert auf einen freien Tisch zu und zieht einen Stuhl für sie hervor. »Ich hole dir ein Glas Wasser.«

Er schenkt sich Kaffee ein und bringt die Getränke an den Tisch, dann macht er sich auf den Weg zum Büfett. Sie beobachtet, wie er seinen Teller mit all den Köstlichkeiten belädt, die sie so gern essen würde.

Den vollen Teller in der Hand, kehrt er an den Tisch zurück und köpft mit der Löffelkante ein Ei. Während er isst, liest er die Nachrichten auf seinem Handy.

Elena muss Gayle die Briefe zukommen lassen, bevor er fertig ist, doch sie muss den richtigen Moment abpassen. Mit kleinen Schlucken trinkt sie das Wasser. Die Minuten verstreichen. Ihre Hände fangen an zu zittern, deshalb versteckt sie sie unter dem Tisch.

Gayle erscheint im Restaurant, in Begleitung von Mike, ihrem Ehemann. Sie tragen aufeinander abgestimmte gelbe Trainingsanzüge, die so grell sind, dass man sie bestimmt noch vom Mond aus sehen kann. Mike schiebt Gayle zu einem Tisch, wo sie Elena von ihrem Platz aus ins Gesicht blicken kann.

Christian hat halb aufgegessen.

Elena steht auf und schiebt ihren Stuhl zurück. »Ich muss zur Toilette. Könnte ich bitte die Schlüsselkarte haben?«

Er sieht nicht einmal auf. »Fünf Minuten. Ich bin fast fertig.«

»Ich muss aber jetzt.« Sie muss die Dringlichkeit in ihrer Stimme nicht vortäuschen.

»Dort drüben ist eine Toilette.« Er deutet mit dem Kinn in die entsprechende Richtung. »Nimm die.«

»Ich möchte keine öffentliche Toilette benutzen.« Sie verzieht angewidert das Gesicht. »Es ist dringend, Christian. Mir ist übel.«

»Das kommt daher, dass du gestern zu viel gegessen hast«, belehrt er sie mit gesenkter Stimme. »Ich hab es dir gesagt, nicht wahr?«

»Du hast recht, es tut mir leid. Darf ich jetzt bitte die Schlüsselkarte haben?«

Er greift in seine Hosentasche. »Ich brauche nicht mehr lange.«

Als Elena am Tisch der Dawsons vorbeieilt, hört sie Mike sagen: »Verflixt, Schatz, ich habe vergessen, meine Morgentablette zu nehmen. Ich bin gleich wieder da.«

»Ich komme schnell mit, Schatz«, erwidert Gayle, viel zu laut für ein normales Gespräch.

Was zur Hölle tun sie da? Warum folgen sie ihr? Das war nicht Teil ihres Plans.

Zwei Stufen auf einmal nehmend, stürmt sie die Treppe hinauf. Die beiden sind hinter ihr. Im ersten Stock holt Mike sie ein, während Gayle noch keuchend nach oben steigt.

»Ist alles in Ordnung mit Ihnen? Hat er Sie wieder verletzt?« Mike atmet schwer. Sein rosa Gesicht glänzt. Schweißtropfen laufen in seinen Bart.

»Was machen Sie da?«, zischt Elena. »Er darf uns nicht beim Reden erwischen!«

Gayle hat es bis zum oberen Treppenabsatz geschafft und tritt nun auf sie zu. Ihr Gesicht ist ebenfalls gerötet. »Geht es Ihnen so weit gut, meine Liebe?«

Elena nickt. »Ich habe doch gesagt, dass ich Ihnen den Brief unter der Tür hindurchschiebe. Jetzt kann ich ihn Ihnen auch gleich geben, aber wir müssen uns beeilen.« Sie rennt durch den Flur zu ihrem Zimmer, die Dawsons im Schlepptau. Elenas Hände zittern so sehr, dass es ihr nicht gelingt, die Tür zu öffnen.

Mike nimmt ihr die Schlüsselkarte ab und hält sie vor den Scanner, dann drückt er die Tür auf. »Bitte sehr.«

»Warten Sie.« Elena hastet ins Bad und zieht die Briefe aus der Make-up-Tasche.

Mike streckt die Hand danach aus, aber sie reicht sie Gayle.

»Können wir sonst noch etwas für Sie tun, meine Liebe?«, fragt Gayle, noch außer Atem.

Elenas Augen zucken unruhig durch den Flur. »Nein. Gehen Sie, bitte. Gehen Sie!«

Sie schlägt ihnen die Tür vor der Nase zu und hastet ins Bad. Dort lässt sie sich auf die Toilette fallen und lehnt sich gegen den Spülkasten, die Augen geschlossen.

Gayle hat die Nachricht für Mamma. Jetzt gibt es kein Zurück mehr.

Sekunden später hört sie, wie Christian hereinkommt.

Sie verlässt das Badezimmer und reibt sich den Magen. »Tut mir leid, dass ich so überstürzt davongeeilt bin – ich habe es gerade noch rechtzeitig bis zur Toilette geschafft, bevor ich mich übergeben musste.«

Er sitzt auf dem Bett und starrt sie durchdringend an. Sie kennt diesen Blick. Ihr wird eiskalt.

»Was hatten diese fetten Amerikaner vor unserer Tür zu suchen?«

»Wer?«, fragt sie unschuldig.

»Die Amerikaner, das alte Paar von der anderen Seite des Flurs. Die beiden standen vor unserer Tür. Was hatten sie dort zu suchen?« Er blinzelt nicht.

Faunculo! Leck mich! Sie bringt ein Lachen zustande. Es klingt schrill. »Woher soll ich das wissen?« Kann er die Unsicherheit in ihrer Stimme hören?

Ohne den Blick von ihr zu wenden, fährt er fort: »Er ist erschrocken, als er mich gesehen hat, der alte Knacker. Ist förmlich zusammengezuckt, als hätte ich ihn bei einer Missetat erwischt. Seine Frau stand da wie vom Blitz getroffen, während er eine Art Entschuldigung vor sich hin brabbelte. Angeblich hat er seine Zimmernummer vergessen.«

»Das ist seltsam.«

»In der Tat. Das ist sogar *sehr* seltsam.« Er atmet tief durch. »Da läuft aber nichts mit ihm, oder, Ellie?«

»Wie bitte? Das kannst du doch nicht ernst meinen.«

»Nun, du stürmst mitten beim Frühstück davon, und er verlässt das Restaurant ebenfalls *rein zufällig* – da ist doch etwas faul.«

»Machst du Witze?« Sie täuscht ein weiteres Lachen vor. »Wie alt ist er? Hundert? Er hat beim Frühstück ein Sonnenvisier getragen. Ein Sonnenvisier! Mitten im Winter. Drinnen. Kein Wunder, wenn er seine Zimmernummer vergisst.«

Christians Gesichtszüge entspannen sich. »Keine Ahnung. Ich hatte so ein blödes Gefühl.«

Vor lauter Aufregung wird ihr schwindelig. »Mir dreht sich alles. Ich muss mich hinlegen.«

Sie lässt sich aufs Bett fallen und holt mehrmals tief Luft.

»Ich frage mich, ob du dir einen Infekt eingefangen hast.« Er legt ihr den Handrücken auf die Stirn. »Kein Fieber.«

Das Schwierigste, was sie je lernen musste, war, nicht zurückzuzucken, wenn er sie berührt, aber sie hat es geschafft.

»Möchtest du immer noch rausgehen?« Sein Ton ist jetzt sanft. »Wir können im Hotel bleiben, bis du dich besser fühlst.«

»Das geht schon.«

Die Tatsache, dass er diese Reise zum Sightseeing nutzt, obwohl sie hergekommen sind, um Papà zu beerdigen, macht sie rasend vor Wut. Doch es war die einzige Möglichkeit, ihn dazu zu bringen, nach dem Begräbnis noch länger in Venedig zu bleiben. Der Rest der Reise ist für ihn eine Touristentour, die Besuche bei Mamma hat er auf die Abende beschränkt.

Er wirft einen Blick auf die Uhr. »Die Führung im Dogenpalast beginnt in einer Stunde. Wir können sie notfalls canceln.«

»Bis dahin geht es mir bestimmt wieder gut, ehrlich.«

»Okay. Wie wär's, wenn du dich solange ausruhst?« Er wirft einen Blick aus dem Fenster. »Es regnet gerade nicht. Ich habe Lust auf einen Kaffee in diesem netten Café ein Stück die Straße hinauf.« Er greift nach seinem Mantel.

Sobald er das Zimmer verlassen hat, springt Elena vom Bett. Durchs Fenster beobachtet sie, wie er mit federnden Schritten durch die schmale Gasse eilt. Kaum ist er aus ihrem Blickfeld verschwunden, fliegt sie die Stufen zur Rezeption hinunter.

»Darf ich bitte Ihr Telefon benutzen?«, fragt sie die Rezeptionistin, die Marina so ähnlich sieht, dass sie ihre Schwester sein könnte.

»Selbstverständlich, Signora.« Die lächelnde Rezeptionistin, die laut Namensschild »Chiara« heißt, stellt ihr das Telefon auf den Empfangstisch.

Elena wählt Mammas Festnetznummer. Es klingelt und klingelt. Sie legt auf und probiert es auf dem Handy, obwohl sie weiß, dass Mamma ihr Mobiltelefon so gut wie nie benutzt. Eine Computerstimme teilt ihr mit, dass der gewünschte Gesprächspartner vorübergehend nicht erreichbar ist.

Sie bedankt sich bei Chiara und betritt eilig das Restaurant.

Gayle und Mike sind nicht dort. Ob sie sich bereits auf den Weg zu Mammas Apartment gemacht haben? Wenn Mamma nicht ans Telefon geht, wird sie dann überhaupt zu Hause sein, wenn die beiden bei ihr auftauchen?

Am Büfetttisch begegnet sie Marina, die eine Platte mit Melonenscheiben in der Hand hält. »Hallo, Signora. Haben Sie etwas vergessen?«

Es ist ein seltsames Gefühl, dass Marina sie so förmlich auf Englisch anspricht, als wären sie Fremde. Elena verspürt den plötzlichen Drang, Marina mitzuteilen, wer sie ist. »Ich habe vorhin nicht gefrühstückt, deshalb bin ich noch einmal zurückgekommen.«

»Mir ist aufgefallen, dass Sie noch nichts gegessen haben. Möchten Sie vielleicht hier Platz nehmen?« Sie deutet auf einen freien Tisch, der bereits abgeräumt und frisch hergerichtet ist.

»Ich muss mich nicht setzen, danke. Ich bin gleich wieder weg.«

»Kein Problem. Bedienen Sie sich, Signora. Es freut mich, dass Sie heute Morgen etwas zu sich nehmen.«

Elena greift nach einem großen Stück Brot und belegt es eilig mit Schinken und Käse. Fast ohne zu kauen, verschlingt sie einen Bissen nach dem anderen. Die dicken Brocken scheuern an den Wänden ihrer Speiseröhre. Als Nächstes fällt sie über ein Plunderteilchen her. Ihr Hunger ist größer als das Schamgefühl, weil sie sich in der Öffentlichkeit so gehen lässt. Wer weiß, wann sie das nächste Mal die Möglichkeit hat, eine richtige Mahlzeit zu sich zu nehmen. Auf das Teilchen folgt ein Stück Melone.

»Sie essen endlich etwas. *Brava!*« Signora Bianchi kommt aus der Küche und streicht ihr über den Arm.

Die sanfte Berührung lässt Elena um ein Haar in Tränen ausbrechen. Sie möchte sich nach dem bedauernswerten Signor Bianchi erkundigen, doch stattdessen schluckt sie die Melone hinunter und eilt aus dem Restaurant.

Zurück in ihrem Zimmer, setzt sie sich ans Fenster und behält die Straße im Blick. Sie wünscht sich, sie hätte diese Gelegenheit zur Flucht nutzen können, aber sie braucht einen größeren Vorsprung, wenn sie ihm entkommen möchte, und sie ist nicht bereit, ihre einzige Chance zu verspielen. Eine Weile überlegt sie, wie sie sich einer der von ihm geplanten Sightseeing-Touren entziehen kann, um ein paar Stunden für sich und ihre Fluchtpläne zu haben, aber das ist riskant. Sie ist nach wie vor unentschlossen, ob sie das Ganze durchziehen soll oder nicht. Vor lauter Aufregung knabbert sie an ihren Fingernägeln, während sie sich ausmalt, was alles schiefgehen könnte.

Gayle

Gayle und Mike drängen sich unter einem faltbaren Regenschirm zusammen, während sie auf das Vaporetto warten, das sie nach Cannaregio bringen soll. Die Luft ist knackig kalt, ihre Sneakers und die Beine ihrer Trainingshosen sind klatschnass von dem strömenden Regen, der genau in dem Moment eingesetzt hat, als sie das Hotel verlassen haben. Trotz des Wetters ist Gayle in Hochform. Sie hilft einer jungen Frau, ihre Freiheit wiederzuerlangen, und diese Vorstellung begeistert sie. Sie kommt sich vor, als wäre sie in einem Film, würde Seite an Seite mit ihrem Geliebten im Regen stehen, im Begriff, ein Boot zu besteigen, um einer Unbekannten in einem fremden Land einen geheimen Brief zu überbringen. Noch dazu in einem einstigen Ghetto! Sie schaudert vor Aufregung.

Gestern Abend war sie zu aufgewühlt von ihrer Begegnung mit Elena, um Mike davon zu erzählen, aber heute Morgen, gleich nachdem er die Augen aufgeschlagen hatte, hat sie ihm alles haarklein berichtet. Hätte sie Elenas Geschichte für sich behalten, hätte sie Mike belügen müssen, um der Mutter der jungen Frau den Brief bringen zu können. Gayle lügt nie, es sei denn, es ist nötig, um zu verhindern, dass sie jemanden verletzt – zum Beispiel, wenn sie einer Freundin vorflunkert, der neue Haarschnitt würde ihr stehen. Sie hofft, dass der Herr ihr diese kleinen Schwindeleien am Tag des Jüngsten Gerichts nachsieht. Sie hofft auch, dass sie nicht ins Fegefeuer (oder Schlimmeres) muss, weil sie Mike versichert hat, er habe eine tolle Gesangstimme. Richtige Lügen sind etwas anderes, richtige Lügen sind Sünde. So steht es unmissverständlich in der Bibel. Und den eigenen Ehemann anzulügen – nun, das ist noch mal eine Schippe extra, zumal in Paulus' erstem Brief an die Korinther geschrieben steht, dass »Christus das Haupt eines jeden Mannes« ist, »der Mann aber ist das Haupt der Frau«.

So wie Mikes Schirm sie jetzt vor dem Regen beschützt, beschützt er sie als ihr Ehemann vor den Stürmen des Lebens. Susan und Elizabeth haben wundervolle gottesfürchtige Ehemänner gefunden, die sie beschützen, genau wie Mike es zuvor als ihr Vater getan hat, und Justin schützt nun seine eigene Familie. Ihre Schläfen beginnen zu pochen, wenn sie an Noah denkt. Wer ist bei ihm und Chris das Haupt? Wessen Schirm schützt wen?

Sie verbannt diese Gedanken aus ihrem Kopf. Heute geht es um Elena. Über Noah und wie sie wieder mit ihm in Kontakt treten kann, wird sie sich später den Kopf zerbrechen, sobald sie ihre Mission für Elena abgeschlossen hat.

Auch wenn sie in diesem Moment an Mikes Seite vor den Stürmen des Lebens geschützt ist, könnte sein Regenschirm einen besseren Schutz bieten. Sie wird von Sekunde zu Sekunde nasser.

Zum Glück legt endlich das Vaporetto an, und sie gehen an Bord. Mike hat ihre Tickets und eine Karte auf sein Handy geladen, damit sie wissen, wohin sie müssen, wenn sie die Haltestelle erreicht haben. Er ist so gut darin, sich um alles zu kümmern.

Auf dem Boot recherchiert er über das jüdische Viertel, das einst ein Ghetto war. Gayle denkt an Elenas bedauernswerte Mutter, die in dieser Gegend lebt, jetzt noch dazu ohne Ehemann. Sie streckt die Hand nach Mikes Arm aus, dankbar für seine beruhigende Anwesenheit.

Er rutscht näher und erzählt ihr von den Toren am Eingang des Ghettos, die damals dazu dienten, die Juden Nacht für Nacht im Viertel einzusperren.

»Hier heißt es, dass nicht mehr viele Juden dort leben«, teilt er ihr mit. »Zu teuer.«

»Es ist zu teuer, in einem ehemaligen Ghetto zu leben?«

»So wie es aussieht, ja. Es gibt dort einige hoch bewertete Restaurants, ein Elendsviertel ist das heute wohl nicht mehr. Sollen wir anschließend zum Mittagessen dortbleiben? Auf den Fotos sind jede Menge Souvenirläden zu sehen, und ich weiß doch, wie sehr du es liebst, Mitbringsel zu kaufen. Oh, sieh mal, hier steht, dass in diesem Viertel Shakespeares Drama *Der Kaufmann von Venedig* spielt.« Seine Augen leuchten, und sie kann sehen, dass er genauso aufgeregt über dieses spontane Abenteuer ist wie sie.

Nach einer Weile steckt er sein Handy wieder ein und singt den Refrain von Elvis Presleys »In the Ghetto«, so laut, dass mehrere Leute sich umdrehen und ihn anstarren, was Mike dazu ermutigt, noch ein bisschen lauter zu singen. Gayle applaudiert anerkennend, nachdem er geendet hat. Von den anderen Fahrgästen ist kein einziger so höflich, mit einzufallen.

Als sie an der Haltestelle San Marcuola anlegen, hat es aufgehört zu regnen. Sie gehen von Bord und trinken einen Schluck aus ihren mitgebrachten Wasserflaschen, dann machen sie sich auf den Weg zu Anna-Maria Zanettis Wohnung. Das jüdische Viertel ist weniger überlaufen als San Marco, dennoch ist einiges los. Die mit Geschäften und Cafés gesäumten Gassen sind voller Menschen in Regenjacken und Plastikponchos. Mike folgt der Karte auf seinem Handy, und sie verlaufen sich nur einmal, und das auch nur ganz kurz.

Anna-Marias Wohnhaus liegt in einer schmalen Gasse. Hier sind fast alle Gebäude sechs oder sieben Stockwerke hoch, höher als die Häuser in San Marco. Die Gebäude sehen tatsächlich so aus, als gehörten sie zu einem wenig privilegierten Stadtteil: Von den Holztüren blättert die Farbe ab, die Fensterläden hängen schief in den Angeln. In San Marco schmücken farbenfrohe Topfpflanzen die Balkone, hier sind Wäscheleinen zwischen die Häuser gespannt.

Es gibt keine Klingel an der Eingangstür zu Anna-Marias Wohnhaus, aber die große Holztür steht offen, also treten sie ein und bleiben in einem leeren Treppenhaus mit feuchtem Betonboden stehen. Gayle rümpft die Nase über den Geruch.

»Kein Aufzug«, stellt Mike fest.

»Das kann nicht sein. Elenas Mutter wohnt im vierten Stock.« Gayle blickt sich suchend um, aber Mike hat recht.

Mutlos fasst sie die Treppe ins Auge. Die Stufen sind steil.

»Möchtest du lieber unten warten, Schatz?«, bietet Mike ihr an. »Ich kann den Brief für dich nach oben bringen.«

Sie überlegt, ob sie sein Angebot annehmen soll, aber sie hat Elena versprochen, ihn ihrer Mutter persönlich zu übergeben. Schon nach der ersten Treppe muss sie stehen bleiben, um einen Schluck Wasser zu trinken, nach der zweiten ebenfalls und auch nach der dritten. Als sie endlich vor Anna-Marias Tür stehen, schnaufen sie beide kräftig, und Gayle fragt sich, ob ihr Gesicht genauso rot und verschwitzt ist wie Mikes.

Mike klopft an die schlichte braune Holztür. Gayles Herz hämmert, sowohl von der körperlichen Anstrengung als auch wegen dem, was sie gleich tun wird. Das Leben dieser armen Frau wird nicht mehr dasselbe sein, sobald sie den Brief gelesen hat.

Mike klopft erneut, diesmal lauter. So laut, dass Gayle zusammenzuckt. Die Tür öffnet sich mit einem Knarzen, und eine zierliche Frau steht vor ihnen, von Kopf bis Fuß in Schwarz gekleidet, einschließlich Kopftuch und Strümpfe. Gayle ist entsetzt, wie jung Anna-Maria ist, schrecklich jung für eine Witwe. Ihre Abenteuerlust verlässt sie schlagartig, als sie die Trauer sieht, die Anna-Maria ins Gesicht geschrieben steht, die Tränensäcke unter ihren Augen.

Mike streckt die Hand aus. »Hallo, ich bin Mike Dawson«, sagt er auf Englisch. »Das ist meine Frau Gayle. Unser herzliches Beileid.«

Anna-Maria ignoriert seine ausgestreckte Hand und verschränkt die Arme vor der Brust.

»Wir beten für die Seele Ihres Mannes, meine Liebe«, fügt Gayle hinzu.

»Ihre Tochter Elena hat uns gebeten, Ihnen einen Brief zu überbringen«, fährt Mike fort.

Anna-Maria mustert ihn mit zusammengekniffenen Augen, doch sie erwidert nichts.

Gayle zieht den Brief aus ihrer Handtasche, aber Anna-Maria nimmt ihn nicht. »Er ist von Elena«, erklärt Gayle und nickt ihr ermutigend zu.

»Cosa non va con Elena?«, fragt Anna-Maria mit scharfer Stimme.

»Entschuldigen Sie, Ma'am, wir verstehen kein Italienisch.« Mike schüttelt bedauernd den Kopf.

Als Anna-Maria weiterspricht, ruft er laut: *»No Italiano!«*, als wäre die Frau taub. »Elena. Schickt. Uns. Zu. Ihnen.«

Gayle streckt ihr erneut den Brief entgegen. »Nehmen Sie ihn, meine Liebe. Er ist für Sie.«

Anna-Maria schaut von Gayle zu Mike und wieder zu Gayle, dann nimmt sie den Brief zögernd entgegen. Die zwei sehen zu, wie sie auf der Schwelle steht und ihn liest.

Gayles Brust schnürt sich zusammen.

Das Gesicht von Elenas Mutter verzieht sich, und gerade als

Gayle die Arme öffnet und die arme Seele tröstend an sich ziehen möchte, tut Anna-Maria etwas Unerwartetes. Sie schreit sie an und fuchtelt mit den Armen. Die einzigen Worte, die Gayle aufgrund der Sprachbarriere verstehen kann, sind: *»Criminali! Banditi!«*

»Wir sind keine Kriminellen«, versichert Gayle. »Elena schickt uns.«

Anna-Marias Geschrei wird noch lauter. Für eine so zierliche Frau hat sie eine erstaunlich kräftige Stimme.

Die Tür von einer der Nachbarwohnungen geht auf, und ein älterer Mann in einem Flanellpyjama tritt heraus. Er spricht mit Anna-Maria, und sie deutet auf sie und hält den Brief in die Höhe.

Wieder schnappt Gayle ein paar Worte auf: »Elena … *banca … criminali!*«

»Nein, Sie missverstehen das«, wendet sich Mike an den Mann. »Wir wollen Elena helfen.«

Mike hat recht, der Mann versteht nicht. Er verschwindet in seiner Wohnung, dann kommt er zurück, einen Besen in den Händen. Damit bewaffnet, stürzt er sich auf sie, und ihnen bleibt nichts anderes übrig, als die Treppen hinunterzugaloppieren, wobei sie sich an dem Stahlgeländer festklammern, um nicht von einer der Stufen zu rutschen und hinzufallen. Der Mann jagt sie vor sich her aus dem Gebäude.

»Vaffanculo!«, knurrt er und schlägt ihnen die große Eingangstür vor der Nase zu.

Gayle und Mike starren sich mit offenen Mündern an und schnappen nach Luft. So schnell ist Gayle in den vergangenen vierzig Jahren nicht mehr gelaufen.

»Alles okay, Schatz?«, fragt Mike keuchend. »Er hat dich nicht mit dem Besen erwischt, oder?«

»Nein.« Sie holt ein paarmal tief Luft – und muss prompt husten. »Hast du etwas abbekommen?«

»Nein, ich war zu schnell für ihn.« Er stemmt die Hände in die Hüften und sieht schnaufend zu ihr auf. Sein Gesicht ist noch mehr gerötet als sonst.

Trotz der ernsten Situation – oder vielleicht gerade deswegen – fängt Gayle an zu lachen. Und als sie einmal damit angefangen hat, kann sie nicht mehr aufhören.

Sophie

Während des Frühstücks macht sich Sophie strategisch in der Küche nützlich, um zu vermeiden, dass sie im Restaurant Christian begegnet. Hoffentlich checkt er heute aus. Erst nachdem Rocco verkündet hat, dass sämtliche Frühstücksgäste gegangen sind, verlässt sie ihr Refugium, um beim Abräumen der Tische zu helfen.

Anschließend geht es ans Ausnehmen der Sardinen. Für einen Fisch braucht sie so lange wie die anderen für fünf, aber sie ahmt sorgfältig Lorettas schnelle, präzise Bewegungen nach. Sobald die Sardinen vorbereitet sind, sieht sie zu, wie Loretta einige davon auf den Holzkohlegrill legt. Anschließend hilft sie dabei, die Erbsen für Lorettas Risi e bisi zu schälen.

Loretta hat die riesige weiße Küche voll und ganz unter Kontrolle; sie geht methodisch und sorgfältig vor, und die anderen folgen ihrem Beispiel. Sie erteilt Rocco und Salvatore kurze, knappe Anweisungen, aber das scheint ihre übliche Art und Weise zu sein, mit den beiden zu kommunizieren. Umgeben von Dampf oder Rauch, bleibt sie ständig in Bewegung, ohne dass sie in Schweiß ausbricht.

Während der Arbeit stellt Loretta Sophie mit der Geschicktheit einer erfahrenen Polizeiermittlerin Fragen. »Sind Sie verheiratet, Sophie?«

»Nein, ich bin Single.«

»Aber es gibt in Melbourne doch sicher einen netten Mann, der Ihr Herz gewinnen konnte?«

»Nein, im Augenblick gibt es da niemanden.«

»Waren Sie schon einmal verheiratet?«

Sophie wirft einen flüchtigen Blick in Roccos Richtung. Er rührt einen Gastrotopf mit Reis um, das Gesicht von ihr abgewandt, doch an der Art und Weise, wie er den Kopf hält, lässt sich unschwer erkennen, dass er zuhört.

»Nein, nie«, antwortet sie. »Deshalb bin ich ja so glücklich!«

Loretta lacht nicht. »Was ist mit einem festen Freund?«

»Von meinem letzten festen Freund habe ich mich vor einem Jahr getrennt. So habe ich mehr Platz im Schrank für meine Impulskäufe!« Sie kichert.

»Hm.« Loretta legt die Stirn in Falten. »Dann haben Sie also mit Ihrem Freund zusammengelebt?«

Verdammt. Rocco hat Sophie gewarnt: Loretta ist eine strenggläubige Katholikin. »Ja, das habe ich.«

»Warum haben Sie diesen Mann bei sich wohnen lassen, bevor er Sie zur Frau genommen hat?«

Die Worte fühlen sich an wie eine Ohrfeige.

»Mamma!«, schreit Rocco. »Sophie, ich entschuldige mich für meine Mutter.«

Sophie hebt das Kinn. »Ich bin tatsächlich sehr erleichtert, dass ich ihn nicht geheiratet habe. Ich war nicht glücklich mit ihm.«

»Ah.« Loretta nickt. »Dann ist es vielleicht besser so.«

Sophie ist stolz auf sich. Sie hat Loretta die Stirn geboten und sie dazu gebracht, einen Rückzieher zu machen.

Eins zu null für Australien.

»Wie alt sind Sie, Sophie?«, erkundigt sich Loretta nur Sekunden später.

»Ich bin gerade dreißig geworden.«

»Okay, *bene*. Dann bleiben Ihnen noch ein, zwei Jahre. Lassen Sie sich nicht zu lange Zeit, einen guten Ehemann zu finden, sonst sind Sie nachher zu alt, um Kinder zu bekommen.«

Italien gleicht aus.

»Warum setzt du Sophie unter Druck, Kinder auf die Welt zu bringen, wenn du behauptest, du wärst das letzte Mal glücklich gewesen, bevor du welche hattest?«, will Rocco wissen.

»Sei still, mit dir spricht niemand!« Loretta wendet den Blick nicht von dem Knoblauch, den sie schält. »Sophie, leben Sie wieder bei Ihren Eltern, seit dieser Mann Sie verlassen hat?«

»Ähm, *ich* habe *ihn* gebeten zu gehen, und nein, ich wohne noch immer in meinem kleinen Apartment in der Innenstadt. Die Wohnung meiner Mutter ist eine gute halbe Stunde entfernt.«

»Und Ihr Vater? Lebt er nicht mit Ihrer Mutter zusammen?«

Sophie schluckt. »Mein Dad … er … er ist … gestorben.«

Loretta lässt das Messer sinken. »Mein Beileid, Sophie. Möge Gott seiner Seele gnädig sein.«

»Danke«, erwidert Sophie bedrückt.

»Ist er schon länger tot?«

»Seit zwanzig Jahren.«

»Krebs?«

»Nein, es kam … unerwartet. Es tut mir leid, Loretta, ich spreche nicht gern darüber.«

Salvatore, der an der Spüle steht und die laute Geschirrbrause bedient, stellt das Wasser ab und blickt auf. *»Chi è morto?«*

»Auf Englisch!«, blafft Loretta.

»Sophies Vater ist gestorben«, teilt Rocco ihm mit.

»Möge Gott seiner Seele gnädig sein«, sagt Salvatore ernst, genau wie zuvor Loretta.

»Du hast keine Zeit zum Plaudern!«, schnauzt Loretta ihn an. »Sieh nur, wie langsam du bist. Bald kommen die Gäste zum

Abendessen, und das Geschirr vom Frühstück ist immer noch schmutzig.«

»Entspann dich, Zia.« Salvatore lacht und stellt das Wasser wieder an.

Loretta greift nach ihrem Messer. »Haben Sie Geschwister, Sophie?«

Diese Frau lässt einfach nicht locker.

Sophie holt Luft. »Einen Bruder, David. Er ist ein Jahr jünger als ich.« Im Grunde kann sie genauso gut die Antwort auf die Frage vorwegnehmen, die als nächste kommen wird, deshalb fügt sie hinzu: »Er ist mit einer Frau namens Courtney verheiratet – eine absolut liebenswerte Person. Die beiden haben keine Kinder. Sie wohnen in einer Stadt namens Geelong, etwa eine Stunde von Melbourne entfernt. Sie müssten ihr Haus sehen, Loretta, es ist riesig! So groß, dass man sich mühelos darin verlaufen könnte.« In ihrem Bestreben, das Gespräch von ihrer Familie wegzulenken, ergeht sich Sophie in einer so detaillierten Schilderung des protzigen Mittelstandsfertighauses ihres Bruders, dass ein Architekt, der sich entsprechende Notizen machte, es mühelos nachbauen könnte. Wenn sie nur lange genug redet, wird Loretta sich womöglich so sehr langweilen, dass sie mit ihrer aufdringlichen Fragerei aufhört.

»Steht Ihnen Ihre Familie nahe?« Lorettas Augen bohren sich in ihre. Sie ist nicht im Mindesten abgelenkt von Sophies Geschwafel.

Sophie seufzt. »Nein, nicht sonderlich.«

»Das ist sehr traurig. Ich werde zum heiligen Josef beten, damit er Ihre Familie segnet.«

Und warum ausgerechnet zum heiligen Josef?

»Sind Sie deshalb an Weihnachten allein nach Venedig gekommen?«, will Loretta wissen. »Weil Sie kein gutes Verhältnis zu Ihrer Familie haben?«

»Nein, das Timing hat sich einfach so ergeben.« Jetzt brennt Sophie wirklich darauf, das Thema zu wechseln. Der Duft der Fische auf dem Holzkohlegriff füllt die Luft. »Die Sardinen riechen köstlich, Loretta. Servieren Sie sie nachher kalt?«

»Nein, selbstverständlich servieren wir die Sardinen heiß«, erwidert Loretta.

»Warum werden sie dann jetzt schon gegrillt?«

»Die sind für uns. Wir essen mittags das, was wir am Abend servieren. Auf diese Weise kann ich probieren und herausfinden, ob ich noch etwas ändern oder verfeinern muss.«

Es ist fast Mittag. Sophies Magen knurrt, als hätte er vergessen, dass er bereits mit einer ganzen Wochenportion von dem fantastischen Frühstücksbüfett gefüllt wurde.

»Sie bleiben bis zum zehnten Januar, nicht wahr?«, fragt Loretta.

»Das ist korrekt.«

»Dann werden Sie hier sein, wenn *La Regata delle Befane* stattfindet, eine Regatta der ältesten Rudervereinigung Venedigs, bei der die Teilnehmer als ›gute Hexen‹, *befane*, verkleidet sind. So feiern wir in Venedig Epiphanias, die Erscheinung des Herrn. Rocco und Salvatore nehmen an dem Gondelwettrennen teil.« Loretta lächelt stolz. »Und Sie, Sophie, werden das Fest mit uns feiern.«

»Liebend gern, vielen Dank.«

Rocco und Salvatore wechseln einen Blick, den Sophie nicht deuten kann.

»Und zuvor, in der ersten Nacht im neuen Jahr«, fährt Loretta fort, »feiern wir das heilige Fest der Mutter unseres Herrn in einer Kirche unweit von hier, San Zaccaria. Der Priester, der die Messe zelebriert, ist ein Freund der Familie, der aus dem Vatikan zurückgekehrt ist. Ein sehr heiliger Mann. Sie werden uns zu dieser Messe begleiten.«

Sophie erstarrt. »Danke, aber bei der Messe muss ich passen. Das Gondelwettrennen klingt allerdings großartig.«

Das Lächeln auf Lorettas Gesicht verschwindet. »Wie meinen Sie das, Sie *passen*? Wollen Sie nicht die Messe für die Mutter unseres Herrn besuchen?«

»*Per l'amor del cielo*, Mamma!« Rocco wirft die Hände in die Luft. »Lass sie in Ruhe! Bitte verzeih meiner Mutter, Sophie. Es tut mir sehr leid.«

»Du hältst den Mund und rührst den Reis um«, ruft Loretta ihrem Sohn über die Schulter zu, dann wendet sie sich wieder an Sophie. »Sophie, warum hassen Sie Jesus?«

»Wie bitte? Ich hasse Jesus nicht!«

»*Bene.* Dann werden Sie diese heilige Messe am Neujahrstag mit uns besuchen, damit die Heilige Jungfrau auf Sie aufpasst und dafür sorgt, dass Ihnen ein ganzes Jahr lang kein Leid widerfährt.«

»Ein ganzes Jahr ohne Leid?«, wiederholt Sophie ungläubig. »Das ist beeindruckend für einen einzigen Kirchenbesuch.«

Rocco und Salvatore belohnen sie mit einem Lachen, aber Loretta wirft ihr einen strengen Blick zu.

O nein!

»Ja, sie bietet Ihnen ein ganzes Jahr lang Schutz. Ziehen Sie sich warm an, und nehmen Sie unbedingt Handschuhe mit.« Loretta wirft ihr einen Blick zu, der sagt: *Leg dich nicht mit mir an, junge Dame!*, dann zieht sie ein weiteres Messer aus dem großen Messerblock und fängt an, Karotten mit einer Geschwindigkeit und Präzision zu stifteln, wie Sophie es noch nie gesehen hat.

Sofort hört sie auf, das *pane di casa* aufzuschneiden, womit Loretta sie im Anschluss an das Erbsenschälen betraut hat, und holt ihre Kamera, um die Magie des Karottenstiftelns auf Video zu bannen. Sie darf sich nicht von dem eigentlichen Grund für ihren Aufenthalt im Il Cuore ablenken lassen – nämlich genau diese Momente festzuhalten.

Als Loretta in der Speisekammer verschwindet, tritt Rocco zu ihr. »Selbstverständlich musst du nicht mit zur Messe kommen.«

»Es macht mir nichts aus, wirklich nicht.«

Seit sie vor über zehn Jahren von zu Hause ausgezogen ist, hat Sophie keinen Fuß mehr in eine Kirche gesetzt. Doch wie schlimm kann es sein, wenn die Messe auf Italienisch abgehalten wird? Sie könnte einfach abschalten, und niemand würde es bemerken. Es ist wichtig, dass sie sich mit Loretta gut stellt. Außerdem hat Loretta erwähnt, dass die ganze Familie diese Messe besucht, also wird Rocco ebenfalls dort sein, was es um einiges angenehmer macht.

»Das Mittagessen ist fertig!«, verkündet Loretta, die soeben in die Küche zurückkehrt. »Salvatore, gib Chiara und Marina Bescheid. Rocco, geh nach oben und hol Papà.« Sie platziert einen Stapel Teller auf ihrem Unterarm, und Sophie folgt ihr nach nebenan ins Restaurant, einen Stapel Gläser in einer Hand, eine Karaffe mit eisgekühltem Wasser in der anderen.

Sie hilft Loretta, die Speisen herauszutragen. Sie sind gerade fertig, als Rocco mit Alberto erscheint, den er um mehr als einen Kopf überragt.

»Ah, Signorina, *ciao, ciao*!«, dröhnt Albertos Stimme durchs Restaurant. Mit offenen Armen eilt er auf Sophie zu. Er zieht sie in eine Umarmung und drückt ihr zwei kräftige Schmatzer auf die Wangen. Seine Bartstoppeln sind kratzig. Anschließend hält er sie auf Armeslänge von sich und mustert sie. »Sie sind eine sehr schöne Frau.«

Sophie liebt ihn sofort.

»Fett, ja, aber sehr schön!«, stellt er munter fest.

Sie liebt ihn sofort weniger.

Rocco überschüttet Alberto mit einem Schwall italienischer Worte. Sophie nimmt an, dass er seinem Vater nicht unbedingt zu seinem Benehmen gratuliert. Auch seine in rasender Geschwindigkeit gestikulierenden Hände sprechen Bände.

Alberto zuckt mit den Achseln, doch er wirkt nach Roccos Tirade nicht im Mindesten zerknirscht.

Sobald er aufgehört hat, seinen Papà anzuschreien, zieht Rocco einen Stuhl für Sophie unter dem Tisch hervor und setzt sich neben sie.

Sophie hat Dutzende Sardinen ausgenommen, zehn Laibe Brot geschnitten und kiloweise Erbsen geschält. Es fühlt sich gut an, sich auszuruhen.

»Ich weiß nicht, wer von beiden mir peinlicher ist – mein Papà oder meine Mamma. Es tut mir schrecklich leid.« Rocco spricht mit so leiser Stimme, dass nur sie ihn hören kann.

»Alles okay, mach dir keine Gedanken«, versichert sie ihm.

»Hast du nach diesem Vormittag mit Mamma nicht das Gefühl, du hättest im Boxring gestanden? Ich hätte dich warnen müssen – ich weiß doch, wie sie ist.«

»Es ist wirklich alles okay. Sie ist eine unglaublich gute Köchin. Ich habe Ehrfurcht vor ihr.«

»Du bist ebenfalls ein Naturtalent in der Küche«, sagt er. »Hast du mal überlegt, Köchin zu werden?«

»Wie lieb von dir, dass du das sagst, aber nein, ich habe kein besonderes Talent.«

»Da irrst du dich.« Er lächelt sie an.

Sie beugt den Kopf ein kleines Stück zu ihm. »Welche Geschichte steckt dahinter, Signor Bianchi? Warum bist du so nett zu mir? Du bist einfach zu gut, um wahr zu sein!«

»Ich würde gern deine Geschichte kennen, Sophie Black.« Er hält ihrem Blick stand. »Ich will genau die Teile erfahren, die du

Mamma verheimlicht hast. Und ich möchte den Mann aus Melbourne verprügeln, der dich nicht glücklich gemacht hat.«

»Verprügeln?« Sie lacht. »Sind wir jetzt wieder bei den Höhlenmenschen? Außerdem hast du mir meine Frage nicht beantwortet. Wie lautet deine Geschichte?«

»Ich fürchte, dass du mich nicht mehr so sexy anlächeln wirst, wenn du meine Geschichte erfährst.« Die Art und Weise, wie er sie über den oberen Rand seiner Brille hinweg beäugt, ruft eine köstliche Sehnsucht in ihr hervor.

»Jetzt hast du mich neugierig gemacht«, sagt sie leise.

»*Mangia,* Sophie, *mangia!*«, setzt Loretta ihrem Gespräch ein Ende, doch das Knistern zwischen ihnen kann ihre Aufforderung nicht beenden.

Chiara und Salvatore setzen sich zu ihnen an den Tisch. »*Dov'è* Marina?«, erkundigt sich Salvatore.

Loretta schlägt ihm auf die Hand. »Auf Englisch!«

»Marina ist vor etwa einer halben Stunde nach oben gekommen, um ihren Mantel zu holen«, antwortet Alberto. »Sie will Besorgungen machen.«

Rocco runzelt die Stirn. »Was für Besorgungen?«

Alberto zuckt mit den Achseln.

Loretta schenkt sich ein Glas Wasser ein. Überrascht stellt Sophie fest, dass beim Mittagessen kein Wein getrunken wird. Sind die Italiener nicht dafür bekannt, dass sie schon tagsüber Alkohol trinken?

Loretta wendet sich ihr zu. »Erzählen Sie uns von den Leuten, mit denen Sie arbeiten. Gibt es einen Mann in der Redaktion, der einen guten Ehemann abgeben könnte?«

»Gott steh dir bei, Sophie.« Rocco lacht. »Zweite Runde!«

Und tatsächlich: Loretta nimmt die Befragung wieder auf. Sophie kann kaum würdigen, wie perfekt gewürzt und gegrillt der

Fisch ist, wie frisch und knusprig das Brot, da Loretta sie mit Fragen bombardiert, die auf sie einprasseln wie Tennisbälle aus einer Ballmaschine. Wegducken geht nicht.

Zum Glück schickt Loretta Alberto eine Viertelstunde später mit unmissverständlichen Worten nach oben, wo er sich ausruhen soll, und kehrt in die Küche zurück.

Sophie erhebt sich ebenfalls, aber Chiara greift nach ihrer Hand und hält sie fest. »Zia steht immer vor uns auf. Bleib noch ein bisschen und erhol dich von ihren Fragen.«

»Zia hat ihr schon den ganzen Morgen über Fragen gestellt«, berichtet Salvatore.

»Selbstverständlich hat sie das.« Marina erscheint ebenfalls im Restaurant. »Sei bitte nicht zu höflich, meiner Mutter Einhalt zu gebieten, Sophie. Sie kennt keine Grenzen.«

Marina nimmt Lorettas Platz am Tisch ein. Sie wirkt nervös, als sie Roccos Frage, wo sie denn gewesen sei, mit einem Achselzucken abtut.

»Sei vorsichtig, Marina«, sagt er leise.

Marina rutscht auf ihrem Stuhl hin und her. »Es ist nicht so, wie du denkst. Ich habe mir die Performance-Künstlerin auf der Piazza angesehen.«

Rocco schnaubt. »Du bist bei diesem Wetter rausgegangen, um dir die Frau in dem Tank anzuschauen? Seit wann interessierst du dich für Kunst?«

»Seit unsere Stadt im Meer zu versinken droht.«

Sie starren einander an, als würden sie einen Wettbewerb austragen, wer länger aushält, ohne zu blinzeln.

»Entspann dich, okay?«, sagt Marina nach einer Weile.

»Ich kann mich aber nicht entspannen, nicht mal zu einem Prozent«, hält Rocco dagegen. »Und zu null Prozent, wenn es um euch beide geht.«

Um euch beide? Sophie würde liebend gern mehr erfahren, aber mehr wird leider nicht gesagt.

Rocco drückt zwei Sardinen mit der Gabel auf eine dicke Scheibe Brot, die er Marina reicht. »*Mangia.*« Er lächelt, und sofort ist die Anspannung zwischen ihnen wie auf magische Weise verpufft.

Sophie schmerzt die Nähe in dieser Familie, die Leichtigkeit, mit der man sich streitet und wieder versöhnt, die Anteilnahme, die man dem Leben der anderen Familienmitglieder entgegenbringt.

Chiara reißt sie aus ihren neidvollen Gedanken, indem sie sie einlädt, sie in Padua zu besuchen, wo sie mit ihrem Ehemann und zwei kleinen Kindern im Haus ihrer Eltern lebt, zusammen mit Salvatore und einem jüngeren Bruder, der noch zur Schule geht.

»Es ist wundervoll, dass ihr alle bei deinen Eltern wohnt«, sagt Sophie.

»Niemand wohnt freiwillig bei seinen Eltern«, stellt Rocco klar. »Eine eigene Wohnung ist einfach zu teuer.«

»Wenigstens bist *du* in Venedig.« Chiara deutet auf Rocco.

»Warum lebt ihr nicht hier?«, will Sophie wissen.

»Wir haben hier gewohnt, als ich noch ein Kind war«, antwortet Chiara. »Jetzt können wir uns das, wie die meisten Venezianer, nicht mehr leisten.«

»Wir müssen sogar eine Gebühr bezahlen, damit wir hier arbeiten dürfen.« Salvatore reißt sich ein Stück Brot ab. »Und zu den Stoßzeiten sind die Zugfahrten doppelt so teuer. Anstatt uns Venezianer dazu zu ermutigen, in unsere Stadt zu kommen und zu arbeiten, bestraft man uns.«

Es ist das erste Mal, dass Salvatore nicht unbekümmert wirkt, wenn sie mit ihm spricht.

»Ist es schwer, einen Job in Padua zu finden? Fährst du deshalb zum Arbeiten nach Venedig?«, erkundigt sie sich.

»Nein, in Padua gibt es genug Arbeit – wir kommen her, um für unsere Familie tätig zu sein.«

»Venedig ist unsere Heimat«, fügt Chiara hinzu. »Wenn wir aufhören, hier zu arbeiten, haben wir all unsere Verbindungen zu unserer Heimatstadt verloren.« Sie wirft einen Blick auf ihre Uhr. »Und jetzt ist es Zeit für uns, unsere Heimat zu verlassen.«

Sie räumen gemeinsam ab, dann brechen Salvatore und Chiara auf. Marinas Schicht an der Rezeption beginnt, und Rocco und Sophie kehren in die Küche zurück. Die nächsten anderthalb Stunden helfen sie Loretta beim Kuchenbacken für das morgige Frühstück, außerdem bereiten sie die Mousse für das Dessert am Abend zu. Jeden Tag Kuchen zum Frühstück ist etwas, womit Sophie hervorragend leben kann.

Um kurz nach zwei erscheint Alberto in der Küche. »*Loretta, andiamo a riposare.*«

Loretta wirft einen Blick auf die Uhr an der Wand. »Sophie, ich gehe jetzt nach oben und lege mich ein bisschen hin.« Sie wischt sich die Hände an der Schürze ab, dann öffnet sie die Schleife und hängt sie an den Haken an der Tür.

Kaum sind Loretta und Alberto fort, legt Rocco Sophie die Hand in den Rücken. Die unerwartete Berührung jagt ihr ein Kribbeln das Rückgrat hinauf bis zwischen die Schulterblätter. Es ist lange her, dass sie eine solche körperliche Anziehung verspürt hat. Sie hatte vergessen, wie aufregend das ist.

»Darf ich dir einen Kaffee bringen?«, fragt er.

»O ja, bitte. Legst du dich jetzt ebenfalls hin und ruhst dich aus?«

»Nein. Ich gehe jetzt ins Fitnessstudio und hebe schwere Männergewichte. Das sieht man doch, oder etwa nicht?« Er stößt seinen dünnen Arm in die Luft und spannt seinen nicht existenten Bizeps an.

Sie lacht.

»Und du?«, fragt er. »Was hast du vor?«

»Nun, ich werde rausgehen und ein wenig die Stadt erkunden, sobald ich eine kurze Siesta gehalten habe. Deine Mutter lässt uns ganz schön hart schuften!«

»Das tut sie. Es ist gut, wenn du dir eine Pause gönnst. Wenn du möchtest, führe ich dich morgen ein wenig durch Venedig.«

»Das wäre wunderbar.«

»Sehr gut, dann haben wir ein Date.« Seine Worte klingen selbstbewusst, aber die nervöse Art, wie er seine Brille zurechtrückt, sagt etwas anderes.

Ein Date! Sie muss sich große Mühe geben, keinen Freudentanz aufzuführen.

»Soll ich bei dir anklopfen, wenn es Zeit ist, ins Restaurant zurückzukehren? Wir könnten zusammen runtergehen«, schlägt er vor.

»Das wäre wundervoll.«

»Okay, wenn du gegen fünf ein Klopfen hörst, weißt du, dass ich es bin.«

Ihr Herz macht einen Satz. »Ja, dann weiß ich, dass du es bist.«

Loretta

Nachdem Alberto ein Nickerchen gemacht und Loretta schlaflos neben ihm gelegen hat, steht er auf, geht zum Fenster und verkündet, der Regen habe aufgehört, sie könnten ihren Nachmittagsspaziergang antreten. Sie denkt nicht, dass Alberto so kurz nach seinem Herzstillstand schon wieder spazieren gehen sollte, aber er besteht darauf hinauszugehen, ganz gleich, ob mit ihr oder ohne sie, also begleitet sie ihn, damit sie zumindest ein Auge auf ihn haben kann. Arm in Arm verlassen sie das Hotel und schlagen ein langsameres Tempo an als üblich.

Sogar draußen an der frischen Luft sind die Zigaretten in Albertos Atem deutlich zu riechen.

Gestern Abend hat Loretta seine Zigarettenschachteln zusammen mit sämtlichen Feuerzeugen und Aschenbechern entsorgt, aber anscheinend hat er eine Möglichkeit gefunden, trotzdem zu rauchen. Sie nimmt an, dass Eduardo sein Lieferant ist, dieser Taugenichts aus dem Café um die Ecke, dem Alberto heute Morgen einen Besuch abgestattet hat.

»Bist du müde?«, fragt sie, während sie durch die Gassen schlendern und sich ihren Weg durch die Schwärme von Touristen bahnen. Immer wieder winken sie grüßend den Ladenbesitzern zu, die sie kennen.

Der Duft von backendem Teig aus einer Pizzeria direkt am

Ufer eines der Kanäle lässt Loretta das Wasser im Mund zusammenlaufen. »Wir können hier eine Pause einlegen, wenn du dich ausruhen möchtest«, schlägt sie vor, als sie drinnen einige freie Tische entdeckt.

Aber Alberto behauptet, es gehe ihm gut und er wolle weiterspazieren.

Sie flanieren zur Piazza San Marco, vorbei an den Touristen, die vor dem Dogenpalast Schlange stehen, und weiteren Touristen, die vor der Seufzerbrücke posieren. Der kühle Wind weht Loretta die Haare in die Augen, und sie bedauert, keinen Schal um den Kopf geschlungen zu haben. Sie fühlt sich erschöpft, und sie ist dankbar, dass die Vorbereitungen für das Abendessen heute nicht allzu aufwendig sind. Sie müssen lediglich den Salat anmachen und den Fisch grillen. Hat Rocco das Menü bewusst so gewählt, damit sie es heute leichter hat, oder traut sie ihrem Sohn zu viel Rücksichtnahme zu?

Außerdem macht die zusätzliche Unterstützung durch Sophie einen enormen Unterschied. Der Herr hat dieses Mädchen geschickt: schnell, geschickt, mit einer raschen Auffassungsgabe, kompetent – lauter Eigenschaften, die Loretta schätzt.

Sophie ist ein liebenswerter Mensch, heiter und schlagfertig. Sie ist keine, die schnell klein beigibt, und das gefällt Loretta. Mit ihrer Pfirsichhaut, den langen blonden Wellen und den hellgrünen Augen ist sie zudem ausgesprochen hübsch. Sie kleidet sich auch sehr hübsch – ihr marineblaues Tupfenkleid, der knallrote Lippenstift mit dem dazu passenden Nagellack und die Perlenohrringe erinnern an ein Modemagazin aus den Fünfzigerjahren und sind ganz anders als die langweilige Massenmode, die die meisten Frauen heutzutage tragen.

Doch Sophie hat Geheimnisse, große Geheimnisse, so viel steht fest. Loretta hat es daran gemerkt, wie die Augen der jungen Food-

Journalistin durch die Küche zuckten, als sie sich nach ihrem Leben erkundigte. Rocco ist ein sensibler Mensch, er ist labil und verletzlich. Loretta macht sich Sorgen um ihn. So liebenswert und hilfsbereit Sophie auch sein mag – Loretta wünscht sich, sie würde in den nächsten Flieger zurück nach Melbourne steigen. Ihr Sohn wird Schwierigkeiten mit diesem Mädchen bekommen, das spürt sie in den Knochen.

Als hätte er ihre Gedanken gelesen, sagt Alberto: »Ich mag Sophie.«

»Dein Sohn ebenfalls.«

»Es ist wohl eher andersherum. Hast du gesehen, wie sie in seiner Gegenwart errötet? Unser Junge ist ein guter Fang.«

Sofort muss Loretta an Gabriella denken, Roccos Ex-Frau, die Alberto sicherlich ausgelacht hätte wegen seiner Behauptung, Rocco wäre ein guter Fang.

»Sie mögen einander. Die Anziehung beruht auf Gegenseitigkeit.«

»Nein, sie ist nicht sein Typ. Zu fett.«

Loretta verdreht die Augen. »Er ist verzaubert von ihr, ich kenne meinen Sohn. Mal sehen, ob sich etwas zwischen den beiden entwickelt, bevor sie abreist.«

»Misch dich nicht ein, Loretta, ich kenne dich!«

»Rocco ist ein erwachsener Mann. Warum sollte ich mich einmischen?«

Alberto schnaubt, doch er erwidert nichts.

Sie bleiben vor dem Hotel Danieli stehen, wo eine große Skulptur auf den Steinen errichtet wurde. Sie besteht komplett aus bemaltem Aluminium. Die Details sind minutiös, eine echte Leistung, wenn man bedenkt, wie groß sie ist, beinahe halb so breit wie das Hotel selbst. Auf dem Bauch liegende Aluminiumgestalten mit schmerzverzerrten Gesichtern stapeln sich aufeinander wie die Sardinen in dem Frischpackpapier heute Morgen auf dem Markt: Gondolieri mit breitkrempigen Hüten und gestreiften Pullovern, Kellner in weißen Fräcken, Künstlerinnen und Künstler mit Pinseln und venezianischen Masken in den Händen, Köchinnen und Köche mit Schöpfkellen. Eine Horde von Aluminiumtouristen trampelt über die Körper der arbeitenden venezianischen Bevölkerung, die Lippen zu einem übertriebenen Grinsen verzogen, die Handykameras in die Höhe gereckt. Vor der Skulptur steht eine Touristenführerin, ebenfalls aus Aluminium, die eine kleine gelbe Fahne schwenkt und so die Massen auffordert, ihr zu folgen. Die Aluminiumschuhe der Touristen hinterlassen Dellen in den Körpern und Gesichtern der unter ihnen liegenden Venezianerinnen und Venezianer.

Albertos Arm sackt herab und damit auch der von Loretta. Schweigend bleiben sie stehen und betrachten die Skulptur, während die echten Touristen um sie herum Selfies davor machen.

»Lass uns nach Hause gehen«, sagt sie. »Ich möchte nicht, dass du dich überanstrengst.«

»Einverstanden.« Alberto zieht eine Zigarette aus seiner Jackentasche und zündet sie an.

Sie wirft ihm einen ungläubigen Blick zu, doch er hält die Hand hoch. »Halt mir bloß keinen Vortrag. Warum soll ich leben, wenn ich nicht die einfachsten Freuden genießen kann?«

Loretta hat es satt, mit ihm zu streiten, deshalb kehren sie schweigend nach Hause zurück. Als sie bei Magdalena im Tank vorbeikommen, stellt sie fest, dass ihr das Wasser bereits bis zu den Oberschenkeln reicht. Jeden Tag wird die Menge der Schaulustigen, die sich vor der Performance-Künstlerin versammeln und sie mit morbider Faszination anstarren, größer.

Worin besteht der Sinn von Magdalenas Selbstgeißelung? Sie wird ohnehin nichts bewirken. Seit Jahren schreien die Menschen von Venedig ins Leere. Die Welt ist eine Sklavin fossiler Brennstoffe, und daran wird sich nichts ändern. Die Kreuzfahrtschiffe kommen nach wie vor jeden Tag und lassen Tausende Liter Abwasser in die Kanäle ab, scheißen im buchstäblichen Sinne auf Venedig. Loretta erinnert sich noch an die blauen Kanäle ihrer Jugend, wenn es nichts Außergewöhnliches war, Schwäne durchs Wasser gleiten zu sehen. Sogar Delfine gab es hier. Heutzutage überlebt nichts in dem giftigen Wasser. Das Hochwasser, ein Phänomen, das während ihrer Kindheit und Jugend einmal alle paar Jahre auftrat, kam in diesem Jahr schon sechsmal seit Anfang November.

Sie kehrt Magdalena den Rücken, die zitternd in dem schmutzigen Wasser steht, das ihr schmutziges Kleid umspült. Keine dieser heuchlerischen Ausstellungen, keines dieser Feel-bad-Kunstwerke wird etwas an der Tatsache ändern, dass der Welt der Untergang von Venedig egal ist. Niemand interessiert sich dafür.

Der ekelhafte Geruch von Albertos Zigarette hängt zwischen ihnen in der Luft. Sie denkt an Flavia, die in San Zaccaria auf sie wartet.

Auch ich gehe unter, zusammen mit dieser dem Untergang geweihten Stadt.

Elena

Es ist halb sechs am Abend, die Sonne ist hinter den grauen Wolken verschwunden, die kalte Luft dringt bis in Elenas Knochen. Sie zieht ihre Strickjacke enger um sich und wünscht sich inständig, die roten Stäbe an dem Outdoor-Heizstrahler wären effektiver. Am liebsten wäre sie auf einen Stuhl gestiegen, um ihr Gesicht zu wärmen.

»Du frierst, Babe«, stellt Christian fest. »Lass uns reingehen.«

»Nein, nein, es ist alles in Ordnung. Mir geht es gut.«

»Ellie, deine Zähne klappern.« Er lacht.

»Ich sitze gern am Wasser.«

Die meisten Tische auf dem Balkon der Bar sind leer. Abgesehen von zwei alten Männern, die rauchen und Backgammon spielen, trotzen nur sie beide der Kälte am Ufer des Kanals.

Sie wirft einen Blick auf die Gäste in der Bar. Drinnen könnten sie an jedem Ort der Welt sein, hier draußen nur in Venedig.

Sie schließt die Hände um ihre Tasse mit dampfendem Tee und richtet ihre Aufmerksamkeit wieder auf die Gondeln, die sich in dem engen Kanal stauen, und auf die Gondolieri, die sich ducken, sobald sie unter einer der Brücken hindurchgleiten müssen.

»Gleich gibt es einen Zusammenstoß.« Christian nimmt einen Schluck von seinem Whisky. »Warum sind bloß alle so versessen auf eine Gondelfahrt? Was für ein Klischee!«

Die Augen auf den Kanal geheftet, erwidert sie: »Venedig sieht man sich am besten vom Wasser aus an.«

Die Gondolieri singen gemeinsam »That's Amore«, eins von Papàs Lieblingsliedern. Der Tee wärmt ihre schmerzende Brust. Es war ein qualvoller Tag, an dem sie ohne Mamma eine Touristin in ihrer eigenen Stadt spielen musste. Während einer geführten Tour durch den Dogenpalast und die Gallerie dell'Accademia, während sie auf den Uhrenturm stiegen und Selfies von der Rialtobrücke machten, konnte sie an nichts anderes denken als an Mamma und ob Gayle ihr wohl den Brief gebracht hat. Hatte sie Mammas Leben auf den Kopf gestellt, während sie mit Christian vor dem Caffè Florian saß und das kleine Orchester ihnen ein Ständchen brachte?

Auf einer Brücke ein paar Meter entfernt lehnt eine Frau mit langen schwarzen Haaren und einem rosa Chiffon-Abendkleid am Geländer, einen weißen Sonnenschirm in der Hand. Ein Mann macht Fotos von ihr mit einer Stativkamera, ein zweiter steht an der Seite und hält ihren Mantel. Das Model posiert so natürlich, verströmt ein solches Selbstbewusstsein, scheinbar ohne den kalten Wind zu bemerken, dass die Leute stehen bleiben und gaffen. Die Frau drückt den Rücken durch und wirft die Haare über die Schultern, dann streckt sie ihre Hüfte heraus und blickt direkt in die Linse der Kamera. Sie schwelgt in ihrer eigenen Schönheit, Elena dagegen kann es sich nicht vorstellen, sich jemals so gut zu fühlen.

Jemand tippt ihr auf die Schulter. Sie zuckt zusammen.

»*Buonasera.*« Padre Alessandro steht lächelnd vor ihr.

Christian springt von seinem Stuhl auf und streckt die Hand aus, von einem Ohr bis zum anderen grinsend. »Alessandro! Wie schön, Sie zu sehen, Kumpel. Leisten Sie uns doch auf einen Drink Gesellschaft!«

»Ja, gern, warum nicht?«, sagt Alessandro. »Ich bin auf dem Weg zu meinen Eltern zum Abendessen, aber die Zeit für einen kleinen Drink nehme ich mir natürlich.«

Christian zieht einen Flechtstuhl vom Nachbartisch heran, und Alessandro nimmt zwischen ihnen Platz, mit Blick auf den Kanal. Er schaudert, dann wendet er sich an Elena. »Es ist kalt. Wäre es drinnen nicht angenehmer?«

»Sie lässt sich nichts sagen«, antwortet Christian für sie. »Ich kann das venezianische Mädchen nicht vom Wasser fernhalten. Was möchten Sie trinken, Kumpel?«

Alessandro bittet um ein Bier, und Christian steht auf und verschwindet in Richtung Bar.

»Geh rein, bevor du erfrierst«, sagt Alessandro auf Italienisch zu ihr, sobald Christian außer Hörweite ist. »Du zitterst.«

»Ich mag es hier draußen«, beharrt sie. »Danke für alles. Papàs Beerdigung war wunderschön.«

Alessandro zieht den Reißverschluss seiner anthrazitfarbenen Pufferjacke bis ganz nach oben und reibt die Handflächen gegen die Kälte aneinander. »Ich habe deinen Papà geliebt, das weißt du. Es war mir eine Ehre, sein Leben zu würdigen.«

Sie drängt die Tränen zurück, die ihr in die Augen treten.

Er deutet mit dem Kinn auf ihre Tasse. »Tee? In einer Bar?«

»Ich habe seit Jahren keinen Alkohol mehr getrunken.«

»Warum nicht?«

»Dafür gibt es keinen bestimmten Grund.«

Alessandro sieht sie lange an, bevor er weiterspricht. »Du hast dich verändert. Du hattest zu allem eine Meinung, warst immer so laut und quirlig, der Mittelpunkt jeder Party. Wir haben es nie geschafft, dir den Mund zu verbieten. Jetzt bist du schüchtern wie eine Maus, verkriechst dich die ganze Zeit über in der Ecke. Was ist los?«

Sie leckt sich die trockenen Lippen. »Ich bin in Trauer. Das ist kaum der richtige Zeitpunkt dafür, im Mittelpunkt zu stehen, geschweige denn Party zu machen.«

»Nein, dahinter steckt mehr. Was ist passiert, Elena? Du kannst mit mir reden.«

Sie traut sich nicht zu sprechen. Es ist ein ganzes Jahrzehnt her, seit sie das letzte Mal Zeit mit Alessandro verbracht hat, doch als Heranwachsende waren Paolo und er unzertrennlich gewesen. Sie hatte sie immer begleitet, wenn sie in den engen Gassen von Cannaregio mit Murmeln spielten oder auf dem Fußballplatz in der Nähe Tore schießen übten, genau wie sie bei all ihren Streichen und Missetaten als Teenager und junge Männer dabei gewesen war. Nur wenige Monate nach Paolos Tod fing Alessandro an zu überlegen, ob er Priester werden solle. Zwei Jahre später machte er ernst und ging nach Rom. Sie hat sich oft gefragt, ob zwischen Paolo und seiner Entscheidung, sein Leben der Kirche zu weihen, ein Zusammenhang bestand.

In Australien hat sie keinen einzigen Freund, keine einzige Freundin mehr, der auffallen würde, dass sie nicht mehr sie selbst ist.

»Du bist so dünn.« Alessandros besorgter Blick bringt sie beinahe dazu, sich ihm zu öffnen.

In dem Moment kehrt Christian zu ihnen zurück, Alessandros Bier in der Hand.

»Es geht mir gut.« Sie zwingt sich zu einem Lächeln. »Mach dir keine Sorgen um mich.«

Alessandro legt seine Hand auf ihre. »Ich bin hier, falls du mich brauchst. Vergiss das nicht.«

Rasch zieht sie ihre Hand weg. Priester hin oder her, wenn Christian sieht, dass sie Händchen halten, kann es schnell richtig hässlich werden.

Christian stellt Alessandros Bier auf den Tisch und lehnt strikt ab, als der ihm das Geld dafür geben möchte.

Ohne sich zu beteiligen, lässt Elena das Gespräch der beiden Männer über sich ergehen. Es dreht sich um den Wechsel eines Premier-League-Spielers zu Inter Mailand, der den Verein Millionen gekostet hat. Das Model in dem rosa Kleid zieht den Fellmantel an, den der Assistent ihr reicht, und die kleine Gruppe überquert die Fußgängerbrücke und verschwindet auf der anderen Seite des Kanals aus Elenas Blickfeld.

Ihre Augen bleiben an der Reihe von Terrakotta-Pflanzkästen am Balkon der Bar hängen. Die roten und weißen Stiefmütterchen bilden einen starken Kontrast zu dem dunklen Wasser des Kanals hinter ihnen. Die im Wind tanzenden Blütenblätter üben eine hypnotisierende Wirkung auf sie aus. Sie trinkt ihren Tee, lauscht auf die tiefen Stimmen der vorbeigleitenden Gondolieri und genießt die Atmosphäre – stellvertretend für Papà.

Als Alessandro sagt, er müsse jetzt gehen, wird sie in die Realität zurückgeholt.

»Wir sollten ebenfalls aufbrechen, Babe. Im Hotel wird bald das Abendessen serviert.« Christian steht auf.

Alessandro klopft Christian auf den Rücken und gibt ihr einen Kuss auf die Wange. »Du bist nicht allein«, flüstert er ihr ins Ohr. »Ich bin für dich da.«

Sie sieht ihm nach, wie er davoneilt. Die Hände tief in den Jackentaschen versenkt, bahnt er sich einen Weg durch die Touristenmassen, und sie muss all ihre Kraft zusammennehmen, um ihm nicht nachzulaufen und ihm ihre Geheimnisse zu erzählen.

»Hier.« Christian zieht seinen Trenchcoat aus, der warm von seinem Körper ist, und hängt ihn ihr über die Schultern. Er reicht ihr bis zu den Knöcheln und lässt sie winzig erscheinen. »Bringen wir dich nach Hause.«

Er nimmt ihre Hand und führt sie an den überfüllten Läden und Cafés, die den Kanal säumen, vorbei durch die Straßen, die zurück zum Hotel führen. In ihrem Zimmer ist es angenehm warm.

»Babe, ich bin total fertig, und dir ging es heute Morgen nicht gut, du musst todmüde sein.« Christian geht aufs Bett zu. »Lass uns den Besuch bei deiner Mutter heute Abend streichen.«

»Was? Nein!« Sie legt seinen Mantel ab und folgt ihm. »Wir müssen zu ihr, Christian, deshalb sind wir doch hier.«

»Wir sind zur Beerdigung deines Vaters gekommen und damit du mir anschließend Venedig zeigen kannst. Wir sind ganz bestimmt nicht hierhergereist, um in der Wohnung deiner Mutter zu sitzen. Wir besuchen sie morgen.« Er küsst sie auf den Scheitel.

Seine Entscheidung ist endgültig, es nützt nichts, ihm zu widersprechen. »Gib mir bitte dein Handy«, sagt sie mit zusammengebissenen Zähnen. »Sie wird sich Sorgen machen, wenn wir nicht bei ihr auftauchen.«

»Ich rufe sie an.« Er hält sich bereits das Handy ans Ohr. »Anna-Maria! *Come stai?*« Er lächelt sein strahlendstes Lächeln, als könnte sie ihn sehen. »Ellie hat sich den Magen verdorben … Ja, es geht ihr nicht gut … Wir kommen morgen, okay? … Sie schläft … Also dann, bis morgen … *Ciao!*« Er legt auf. »Damit sind wir raus aus der Nummer.« Er zwinkert ihr zu.

Am liebsten würde sie ihm die Augen auskratzen.

»Komm schon, Ellie, sieh mich nicht so an. Du bist genauso fertig wie ich, gib's zu. Lass uns etwas essen und anschließend für heute Schluss machen. Wir brauchen beide ein wenig Ruhe.« Er hält ihr die Tür auf. Gemeinsam gehen sie die Treppe hinunter.

Rocco begrüßt sie am Eingang zum Restaurant. Es ist gut besucht, aber Elena entdeckt beinahe sofort den Tisch, an dem die Dawsons sitzen. Die zwei sind kaum zu übersehen mit ihren weißen Haaren und den grellen Jacken. Sie könnten sie nicht offensichtlicher anstarren. Von Diskretion scheinen sie noch nie etwas gehört zu haben. Während Christian mit Rocco plaudert, wirft sie Gayle einen fragenden Blick zu. Gayle schüttelt mit einem bedauernden Gesichtsausdruck den Kopf. Mike dreht den Daumen nach unten.

Was zum Teufel hat das zu bedeuten? Was ist schiefgelaufen?

Was hat sie sich auch dabei gedacht, irgendwelche unglückseligen Fremden mit einer so wichtigen Aufgabe zu betrauen? Sie hätte Mamma den Brief persönlich geben sollen. Wie dumm sie war, die Dinge derart zu verkomplizieren!

Christian legt einen Arm um ihre Taille und bezieht sie in das Gespräch mit Rocco ein.

»Wie schade, dass Sie nicht zu Abend speisen möchten, Signora. Darf ich Ihnen etwas anderes bringen? Vielleicht einen frischen Saft gegen Ihre Übelkeit?«, fragt Rocco. »Was möchten Sie? Wir haben alles: Apfel, Orange, Ananas …«

»Gar nichts, vielen Dank.« Ihr Blick ist noch immer auf die Dawsons gerichtet.

Rocco führt sie zu einem Ecktisch. Jetzt sind Gayle und Mike hinter einem Farn versteckt. Christian streckt den Arm über den Tisch und greift nach ihrer Hand. »Du bist heute Abend die schönste Frau im ganzen Restaurant, Ellie.« Er lächelt sie an, und sie erwidert sein Lächeln. Ihr Herz rast, wenn auch nicht aus Liebe.

Gayle

Da Elena von einem der Topffarne verdeckt ist, beobachtet Gayle stattdessen Christian. Er lächelt Elena an, als wären sie ein junges Paar im Liebesurlaub in Venedig, dann wirft er den Kopf zurück und lacht über etwas. Wie kann Elena sich bloß mit diesem Mann unterhalten? Wie schafft sie es, seinen Anblick zu ertragen?

Gayle wendet ihre Aufmerksamkeit wieder Mike zu, dankbar, mit einem ehrenwerten Mann verheiratet zu sein, der nicht mal im Traum die Hand gegen sie erheben würde. Sie lehnt sich über den Tisch und wischt ihm mit ihrer Serviette einen Tropfen Sauce ab, der sich in seinem Bart verfangen hat.

Glücklicherweise ist Signora Bianchi heute Abend wieder im Restaurant, und die Mahlzeit, die sie gekocht hat, war ein unglaublicher Genuss. Sie war so freundlich, bei ihnen stehen zu bleiben und sich nach ihrem Tag zu erkundigen, auch wenn sie nicht so strahlend gelächelt und geplaudert hat wie am Tag ihrer Ankunft und schon nach einer knappen Minute zum nächsten Tisch gegangen ist.

»Das ist sicher der Herzattacke ihres Mannes geschuldet«, sagt Mike.

Gayle fragt sich, ob mehr dahintersteckt. Vielleicht hat das Geschrei, das sie gestern Abend aus der Wohnung der Bianchis gehört haben, etwas mit Signora Bianchis Niedergeschlagenheit zu tun. Nichtsdestotrotz ist Gayle froh, dass sie wieder da ist und sie ihr wunderbares Essen genießen können.

Sophie, die liebenswerte junge Kellnerin aus Australien, kommt aus der Küche und fängt Gayles Blick auf. Gayle winkt ihr zu, und sie winkt zurück, ihr rundes Gesicht verzieht sich zu einem Lächeln. Heute trägt sie ein anderes Kleid, wieder im Fünfzigerjahrestil, und sie sieht bildhübsch darin aus. Sophie nähert sich ihrem Tisch, doch dann erstarrt sie, ihr Gesicht spiegelt blankes Entsetzen.

Gayle dreht eilig den Kopf und folgt ihrem Blick. Und sieht Christian Taylor, der Sophie mit einem breiten Grinsen mustert. Was geht hier vor? Hat Christian ihr ebenfalls etwas angetan? Sie wendet sich wieder der jungen Kellnerin zu, aber Sophie ist bereits verschwunden, die Tür zu Küche schwingt hinter ihr zu.

»Schatz, irgendetwas geht zwischen Elenas Ehemann und Sophie, der Kellnerin, vor sich«, sagt Gayle zu Mike und schildert ihm, was sie gerade gesehen hat.

Er wirft Christian einen Blick über die Schulter zu. »Bist du dir sicher, dass du dir das nicht nur einbildest?«

»Absolut sicher. Du hättest ihr Gesicht sehen sollen, als sie ihn entdeckt hat. Sie sah aus, als wäre sie dem Leibhaftigen persönlich begegnet.«

Mike öffnet den Mund und schiebt eine halbe Sardine hinein. »Jetzt lad dir bloß nicht die Probleme von weiteren Menschen auf«, sagt er mit vollem Mund. »Wir haben Elena den Großteil unseres Tages geopfert, und wofür? Meine Oberschenkel brennen immer noch von diesen Treppen. Ich finde, wir sollten es dabei belassen.« Er legt den Kopf schief, um einen besseren Blick auf die Küche zu haben. »Ich frage mich, wann sie endlich die Zitronenmousse bringen. Ich habe noch nie Zitronenmousse gegessen, wusste nicht mal, dass es so etwas gibt. Warte nur, bis die Kids das heute Abend in meinem Blog lesen. Suze und Lizzie werden garantiert das Internet nach entsprechenden Rezepten durchforsten.«

Gayle spürt, wie sich schon wieder rasende Kopfschmerzen anbahnen. Die Zweifel, sich von Mike führen zu lassen, ohne seine Entscheidungen zu hinterfragen, nagen an ihrem Herzen.

Sei glücklich, dass du hier in diesem hübschen Restaurant sein und dieses leckere Menü zu dir nehmen darfst. Verüble ihm nicht, dass er sich nicht um das Leben von Fremden kümmert. Es ist doch nur wichtig, dass er sich um dich kümmert.

Mike rülpst. »Oh, entschuldige. Dafür mache ich die Sauce verantwortlich – zu reichhaltig, würde ich sagen. Du hast ja noch gar nicht deinen Fisch aufgesessen! Soll ich dir dabei helfen?«

»Bedien dich, Schatz.« Sie schiebt ihm ihren Teller hin und kann beinahe fühlen, wie sich das nagende Geschwür in ihrer Ehe breitmacht.

Am vierten Tag der Weihnacht

Loretta

»Mammina, du siehst blass aus. Warte, ich nehme dir das ab …« Marina greift nach den Tischdecken in Lorettas Armen.

Loretta scheucht sie davon. »Ich schwöre bei allen Heiligen, Marina, wenn du mich nicht endlich in Ruhe lässt, werfe ich mich vor einen Zug!« Sie steckt die Wäsche in die große Gastronomiewaschmaschine in der Restaurantküche.

Marina stößt einen leisen Fluch aus und zieht sich ins Büro zurück.

Durch die offene Küchentür sieht Loretta, wie Alberto ächzend die Tafel für die Speisekarte hochhebt und auf den Schreibtisch legt. Das Tagesmenü darauf zu schreiben, ist einer der Jobs, die er heute für sie erledigen darf, bevor sie ihn wieder nach oben verbannt.

Ihr Ehemann, der stets stark genug war, das Hotel Il Cuore zu stemmen, robust und unverwüstlich, wirkt gebrechlich, als er sich nun über die Tafel beugt, ein langes Stück Kreide in der Hand. Ihr stockt das Herz.

Marina nimmt auf dem Stuhl neben ihm Platz, den Rücken Loretta zugewandt. »Kann ich etwas mit dir besprechen, Papà?«, fragt sie ihn.

Loretta verrenkt sich beinahe den Hals, um zu verstehen, was sie sagen.

»Selbstverständlich, *vita mia.* Du kannst über alles mit mir reden«, antwortet Alberto.

»Das Hotel hat einen exzellenten Ruf, das Geschäft läuft. Wir können es uns leisten, gute Köche einzustellen, die Mammas Rezepte kochen. Findest du nicht, dass ihr euch aus dem Restaurantbetrieb zurückziehen solltet? Denk an dein Herz und dass es Ruhe braucht, Papà.«

Alberto legt die Kreide zur Seite und reibt sich die Augen. »Es ist nicht nur mein Herz, das Ruhe braucht. Meine Knochen sind alt, Marina. Ich bin müde und habe überall Schmerzen. In vier Jahren werde ich achtzig. Glaubst du wirklich, es macht mir Spaß, mir Tag für Tag noch vor Anbruch der Morgendämmerung den Wecker zu stellen und bei Regen und Graupel den Kanal zu überqueren, um mit Gaunern zu feilschen? Meine Tage damit zu verbringen, mich von deiner Mutter in der Küche anschnauzen zu lassen, weil ich ja doch nur alles falsch mache? Allerdings weißt du genauso gut wie ich, dass das Restaurant das Blut in den Adern deiner Mutter ist. Du versuchst, die falsche Person davon zu überzeugen, in den Ruhestand zu gehen. Ich wäre froh, nie wieder arbeiten zu müssen, vorausgesetzt, ich hätte Loretta an meiner Seite, die Zeit mit mir verbringt. Aber sie ist zehn Jahre jünger als ich. Wenn ich mich jetzt zurückziehe, wird sie mich allein verrotten lassen, während sie Tag für Tag weiterschuftet.«

»Denn besteh doch darauf, dass sie sich ebenfalls zur Ruhe setzt.«

»Ich soll auf etwas bestehen? Ich bestehe auf gar nichts.« Sein Ton wird härter. »Denkst du wirklich, sie weiß nicht, dass ich genug habe? Denkst du, ich hätte es ihr in den letzten fünf Jahren nicht jeden Tag zu verstehen gegeben? Was ich sage, ist deiner Mutter völlig egal. Das war immer so, und das wird sich auch nicht ändern.«

Er nimmt die Tafel vom Schreibtisch und trägt sie mit hängendem Kopf und herabgesackten Schultern hinaus vors Hotel. Die Kreidereste hinterlassen weiße Flecken auf seiner schwarzen Hose.

Loretta beobachtet, wie er die Tafel auf den dafür vorgesehenen Absatz stellt. Sofort bleiben mehrere Passanten stehen, um das Menü des Tages zu lesen. Alberto geht wieder hinein und weiter in Richtung Aufzug, sein Gesicht spiegelt Hoffnungslosigkeit. Marina streitet nicht mit ihm, widerspricht ihm nicht, versucht nicht einmal, ihn davon zu überzeugen, dass er sich geirrt hat, dass Loretta seine Bedürfnisse über ihre eigenen stellt. Selbstverständlich widerspricht Marina ihm nicht, sie sieht selbst, dass er recht hat.

Andererseits sind Marina und Rocco damit aufgewachsen, dass Alberto Loretta vergöttert, was für jeden offensichtlich ist. Wann immer er sich selbst als »Signora Bianchis Ehemann« vorstellt, scheint er ein Stück zu wachsen.

Loretta muss dringend raus, ein wenig frische Luft schnappen, bevor sie hier drinnen an ihren Schuldgefühlen erstickt. Eilig begibt sie sich zur Garderobe und nimmt Mantel, Schal und ihre Sonnenbrille.

In der Lobby ist Marina in ein Gespräch mit Chiara und Salvatore vertieft, die gerade eben eingetroffen sind. Loretta schreitet an ihnen vorbei.

»Mamma! Wo willst du hin? In zwanzig Minuten beginnt das Frühstück«, ruft Marina ihr nach.

»Raus«, antwortet sie, ohne sich umzudrehen. »Du bist doch diejenige, die möchte, dass ich mich ausruhe, also machst du das Frühstück.«

Draußen ignoriert sie die Stimme, die ihr sagt, dass sie zu Flavia gehen soll. Bislang hat sie ihr keine weiteren Textnachrichten geschickt. Loretta dachte, sie würde erleichtert sein, stattdessen fühlt sie sich tieftraurig. Verlassen.

Sie schlägt nicht den Weg nach San Zaccaria ein, sondern geht so schnell, wie es die Arthritis in ihren Knien erlaubt, zur Piazza San Marco, wo sie hinter der Menge stehen bleibt, die die bibbernde Magdalena anstarrt. Das Wasser reicht ihr mittlerweile bis zur Hüfte.

Magdalena starrt ihrerseits die Menge an. Ihr Blick bleibt an Loretta hängen, die sie trotz des Schals, den sie um den Kopf geschlungen hat, und der Sonnenbrille erkennt. Es ist über zwanzig Jahre her, seit Loretta und Magdalena sich das letzte Mal an diesem Ort getroffen haben, doch jede Sekunde der Begegnung damals hat sich für immer in Lorettas Gedächtnis eingebrannt, und es ist offensichtlich, dass es bei Magdalena genauso ist.

Loretta betrachtet sie einige Minuten lang, bevor ihre innere Strömung sie von der Piazza wegzieht, nicht zu Flavia, sondern nach Hause. Der Sog nach Hause ist stets am stärksten, ganz gleich, was ihr Herz sagt.

Marina steht inmitten einer Dampfwolke am Herd und hebt Eier aus einem Topf mit kochendem Wasser. Loretta nimmt ihr den Schaumlöffel aus der Hand und holt weiter Eier aus dem Topf.

Marina legt den Kopf schräg. »Ich mache mir solche Sorgen um dich, Mamma. Du bist nicht du selbst.«

Loretta blickt ihre einfühlsame Tochter an und bedauert, sie zuvor so angeblafft zu haben. »Es geht mir gut, *cara mia*. Hier, bring die Eier für mich raus.«

Bevor sie selbst das Restaurant betritt, wirft Loretta einen prüfenden Blick in den Spiegel im Büro, steckt einzelne verirrte Haare zurück und schaltet in den lächelnden Signora-Bianchi-Modus.

Die Frühstückszeit verstreicht wie jeden Tag, aber nichts lindert ihren Schmerz wegen Flavia, ihre Schuldgefühle und die Sorgen um Alberto sowie den immer stärker werdenden Gedanken, dass sie von Minute zu Minute weiter untergeht.

Gayle

Gayle ist dankbar für den klaren Himmel, als sie und Mike den Zug nach Verona besteigen und die steilen Stufen zur oberen Ebene hinaufklettern.

»›Zu pfadlosen Fluten, unbekannten Küsten‹«, zitiert Mike Shakespeare, welcher der Grund für diesen spontanen Abstecher ist. »Ich wünschte, ich wäre aufs College gegangen und hätte Shakespeare studiert.«

»Es ist zu schade, dass du es nicht getan hast, Schatz«, pflichtet Gayle ihm bei. Mike ruft ständig irgendwelche interessanten Fakten im Internet auf. Mit seinem Wissen hätte er einen brillanten Collegeprofessor abgegeben. »Du hast dein Studium geopfert, um in der Reifenfabrik zu arbeiten und für deine Familie zu sorgen«, erinnert sie ihn. »Und dafür sind wir dir alle unendlich dankbar.«

»Nicht *alle*«, widerspricht er.

Sie wechselt eilig das Thema. »Warum machst du nicht ein Foto von der Landschaft? Hast du dein Handy zur Hand?«

Die Aussicht aus dem Waggon auf die vorbeiziehenden Felder des ländlichen Italiens ist fantastisch: im Sonnenschein schimmerndes Smaragdgrün, so weit das Auge reicht. Gayle lehnt sich gegen das Fenster, und genau wie gestern hat sie das Gefühl, in einem Film oder wenigstens in einem Country-Video mitzuwirken.

Inspiriert von ihrer frühmorgendlichen Tour durch den Dogenpalast – laut dem Guide Schauplatz von *Othello* –, hat Mike in Erfahrung gebracht, wo sich im dreizehnten Jahrhundert das Zuhause von Julia aus *Romeo und Julia* befand, und vorgeschlagen, einen spontanen Abstecher dorthin zu machen.

»*Der Kaufmann von Venedig*, *Othello*, *Romeo und Julia* – diese Italienreise ist unsere Shakespeare-Odyssee, Schatz.« Er hält die Handykamera ans Fenster.

Sie liebt es, wenn Mike Ausdrücke wie »Shakespeare-Odyssee« verwendet. Zu wissen, dass er so viel klüger ist als sie, ist einer der Gründe, warum es Gayle schwerfällt, seine Ansichten infrage zu stellen.

In Verona angekommen, folgen sie der Karte auf Mikes Telefon in die Altstadt. Bis zu Julias cremefarbenem Haus, das auch nach all den Jahrhunderten noch steht, sind es zu Fuß etwa zehn Minuten. Sie betrachten den gemauerten Balkon, auf dem Julia angeblich gestanden hat. Es lässt sich nicht leugnen, wie malerisch er ist mit seinen in Stein gemeißelten Bögen, den kleeblattähnlichen Fenstern und den mit Efeu berankten Wänden.

»Stell dir Julia dort oben auf dem Balkon vor, Schatz. Sie blickt über den Garten, ohne zu wissen, dass Romeo hier unten ist und sich hinter diesem großen alten Busch versteckt. ›O wär‹ ich der Handschuh doch auf dieser Hand und küsste diese Wange!‹, wispert Romeo«, liest Mike Gayle von einer Website vor, die er auf dem Handy aufgerufen hat. »Julia, die nicht weiß, dass Romeo da ist, ruft: ›O Romeo! warum denn, Romeo?‹«

Gayle bekommt am ganzen Körper eine Gänsehaut, als Mike ihr auch den Rest der Szene vorträgt.

Anschließend spazieren sie durchs Stadtzentrum, das längst nicht so von Touristen überlaufen ist wie San Marco, aber genauso schön. Sie kaufen »I love Verona«-Kissen für nur drei Euro das Stück bei einem Straßenhändler. Zu Mittag genießen sie ein wundervolles Drei-Gänge-Menü in einem Restaurant, das gute Online-Kritiken hat, doch mit Signora Bianchis Kochkünsten kann es nicht mithalten. Mike teilt dem Kellner mit, dass auf ihren Gläsern schmutzige Fingerabdrücke sind, und der Koch schenkt ihnen einen frischen Mozzarella (die Kugel ist riesig!) – als Wiedergutmachung.

Vom vielen Laufen schmerzt Gayles Hüfte, deshalb bleiben sie während der Rückfahrt nach San Marco auf der unteren Zugebene sitzen.

Nach außen hin war es ein perfekter Tag, und genau den Eindruck wird Mike auch heute Abend in seinem Blog vermitteln. Ein weiteres köstliches Frühstück im Hotel, die Führung durch den Dogenpalast, der Ausflug in die bezaubernde Stadt Verona. Trotz allem hat Gayle die ganze Zeit über eine Last auf der Brust und eine Schwere in den Gliedern verspürt. Auch ihre Kopfschmerzen wollen nicht weggehen, ganz gleich, wie viele Schmerztabletten sie nimmt. Sie reibt sich die Schläfen.

»Was ist los, Schatz?«, fragt Mike. »Machen dir wieder die Kopfschmerzen zu schaffen?«

Sie nickt.

»Dabei waren wir heute gar nicht in den grellrosa Wänden des Hotels.« Er seufzt.

Gayle hat seit sechs Monaten Kopfschmerzen. Es hat nichts mit rosa Wänden zu tun, sondern damit, dass Gott sie bestraft. Die Schmerzen haben an dem Tag begonnen, an dem Noah ihr Haus verlassen hat, und sie weiß nicht, ob sie jemals weggehen werden. Solange sie die Dinge mit ihrem Sohn nicht wieder ins Lot gebracht hat, werden sie bleiben, davon ist Gayle überzeugt.

Um sich abzulenken, zieht sie ihr Handy aus der Tasche und scrollt durch Facebook. Aber sogar das erinnert sie an Noah, denn er hat sie blockiert. In diesem Augenblick kommt ihr ein Gedanke, der so brillant ist, dass sie am liebsten gejauchzt hätte.

Mit rasendem Herzen und zitternden Händen ruft Gayle Noahs Freunde auf, einen nach dem anderen. Noah mag sie blockiert haben, aber seine Freunde nicht. Nach einer ausgedehnten Recherche, bei der sie jede Menge Profilfotos angeklickt hat, ist sie sich sicher, sechs seiner alten Schulfreunde gefunden zu haben. Sie schickt ihnen allen dieselbe Nachricht, fragt sie, ob sie noch mit Noah in Kontakt stehen, und bittet sie, ihr bei der Suche nach ihm zu helfen.

Mike erzählt sie nichts davon.

Loretta

Gegen drei Uhr am Nachmittag machen Salvatore und Chiara Feierabend. Rocco und Sophie gehen nach oben, um sich für eine Sightseeingtour durch die Stadt frisch zu machen, Marina hat ihre Schicht an der Rezeption angetreten, und Alberto, der mit ihnen zu Mittag gegessen hat, ist wieder in der Wohnung und hat sich hingelegt. Loretta wird sich bald zu ihm gesellen, aber noch nicht gleich.

Zuerst geht sie durch die Küche und vergewissert sich, dass alles für den Abend vorbereitet ist. Das Risotto steht auf dem Herd.

Sie lächelt, als sie daran denkt, wie eifrig sich Sophie heute Morgen Notizen gemacht hat. Loretta hat ihr erklärt, dass das Wort *tastasal* in der Bezeichnung »Risotto con tastasal« wörtlich übersetzt »das Salz schmecken« bedeutet.

»Mein Vater hat früher Salami hergestellt«, hat sie Sophie erzählt. »Er hat sie hier, in dieser Küche, getrocknet, die Würste hingen von den Balken herab. Um herauszufinden, ob das Salz in der Salami richtig bemessen war, gab meine Mutter ein kleines Stück in das Risotto. Und so hat das Gericht den Namen Risotto con tastasal erhalten.«

Der Duft der Wacholderbeeren im Risotto bringt mit aller Wucht die Erinnerung an Lorettas Mutter zurück. Mamma hätte sich gefreut, dass Sophie ihrer Art zu kochen mit einer solchen Begeisterung begegnet. Schon etwas so Einfaches wie das Hinzufügen einiger weniger Tropfen Wasser, um das Tomatenmark vor dem Umrühren zu verflüssigen, hat Sophie in entzücktes Staunen versetzt. Mamma hatte eine Schwäche für Menschen, die gutes Essen lieben und es nicht wie einen Feind behandeln, wie so viele es tun. Sophies Begeisterung für kulinarische Genüsse reicht tief, und Loretta liebt sie dafür.

Als Loretta ihr am Vormittag einen Löffel Mascarpone mit Kaffeelikör und Puderzucker zum Probieren gegeben hat, bevor sie das Gebäck damit füllte, seufzte Sophie vor Genuss auf.

»Mmm! Mein Gott, für dieses Dessert würde ich mit Vergnügen sterben«, rief sie und leckte sich die Lippen.

Abwesend rührt Loretta das Risotto mit dem Holzlöffel um, der in dem großen Topf steckt.

Sosehr Sophies Charme sie auch gefangen nimmt – es beunruhigt wie, wie vernarrt Rocco in sie ist.

Auch Padre Alessandro macht ihr Sorgen. Er ist heute Morgen vorbeigekommen, angeblich um nach Alberto zu sehen, von dessen Gesundheitszustand er erfahren hat. Die ganze Zeit jedoch, während er mit Loretta zusammenstand, schaute er sich nervös um, suchend, als hätte er etwas verloren. Sie hat ihn für morgen zusammen mit seinen Eltern zum Frühstück eingeladen. Er musste einen langen Moment darüber nachdenken, bevor er zögernd nickte, was ihr ebenfalls seltsam erschien. Normalerweise werden Einladungen zum Essen im Il Cuore mit unverhohlener Begeisterung angenommen.

Anschließend sprach Alessandro ein, zwei Minuten mit gedämpfter Stimme mit Rocco, bevor er sich verabschiedete und das Hotel verließ. Als sie sich bei ihrem Sohn erkundigte, worüber sie geredet hatten, wich er ihrer Frage aus. Irgendetwas stimmt nicht mit dem Padre. Wenn er morgen früh zum Frühstück erscheint, wird sie herausfinden, was.

Auch die spindeldürre junge Frau, Signora Taylor, will ihr nicht aus dem Kopf gehen. Als sie heute Morgen zum Frühstück herunterkam, standen ihre Ellbogen so spitz und knöchrig hervor, dass Loretta fürchtete, sie würden die Haut an ihren skelettartigen Armen durchbohren. Gestern hat Signora Taylor nichts gegessen, als sie mit ihrem Ehemann beim Frühstück saß, doch anschließend, nur wenige Minuten, nachdem die zwei das Restaurant verlassen hatten, ist sie zurückgekommen, allein, und hat sich am Büfett vollgestopft, hat so schnell so viel in sich hineingeschlungen, dass Loretta den Blick abwenden musste. Heute Morgen hat sie wieder nur ein Glas Wasser zu sich genommen und drei Stück Wassermelone, während ihr Ehemann sich kräftig bediente. Warum isst sie in seiner Gegenwart nicht?

Loretta weiß, dass es unangemessen ist, sich in das Privatleben ihrer Gäste einzumischen, aber wäre diese junge Frau ihre Tochter, würde sie sich wünschen, dass jemand eingreift. Aus diesem Grund hat sie heute Morgen mit der Gabel ein gekochtes Ei auf einer Scheibe Brot zerdrückt, etwas Pancetta und mehrere Käsewürfel auf einem kleinen Extrateller angerichtet und zu dem Tisch des jungen Paares gebracht.

»Signora, bitte essen Sie etwas. Ich darf nicht zulassen, dass ein Gast mein Restaurant hungrig verlässt.«

»Ach, Sie sind einfach wunderbar!« Der Dottore klatschte in die Hände. »Komm schon, Ellie, das kannst du Signora Bianchi nicht antun. Du musst etwas essen, Babe.« Sein Ton klang munter, aber das Lächeln, das er seiner Frau schenkte, erinnerte eher an ein Zähnefletschen.

Signora Taylor starrte ihn an, die Augen angstgeweitet, und

Loretta wusste sofort und ohne jeden Zweifel, dass hier etwas Böses ablief. Vielleicht ist der fantastische Arzt mit dem Engelsgesicht, der Alberto das Leben gerettet hat, gar nicht so fantastisch, wie es auf den ersten Blick scheint.

Als sie sich von dem Tisch der beiden entfernte, drängte eine Erinnerung an die Oberfläche, doch sie bekam sie nicht richtig zu fassen. Signora Taylor kam ihr bekannt vor – sie kennt sie von irgendwoher. Doch woher?

Loretta legt den Deckel auf den Risottotopf und wischt mit einem Tuch über die bereits blitzsaubere Marmorarbeitsplatte. Auch die nervtötenden Amerikaner, das Ehepaar Dawson, das jeden Tag geschmacklose, aufeinander abgestimmte Trainingsanzüge trägt, gehen ihr nicht mehr aus dem Kopf. Heute Morgen hat der Ehemann Loretta beiseitegenommen und sich erkundigt, ob es möglich wäre, die rosa Wände mit Bettlaken abzuhängen, weil die Farbe seiner Frau Kopfschmerzen bereite.

»Signore, die Wände des Restaurants sind vier Meter achtzig hoch. Wie groß sind Ihre Bettlaken in Amerika?« Sie musste sich bremsen, ihn zu fragen, ob ihm mal der Gedanke gekommen ist, dass seine Frau Kopfschmerzen hat, weil er, wann immer er den Mund aufmacht, in einer Lautstärke spricht, als würde er mit jemandem aus Positano kommunizieren. Stattdessen hat sie gesagt: »Signore, würde es dem Kopf der Signora helfen, wenn das Frühstück für den Rest Ihres Aufenthalts aufs Haus ginge? Vielleicht kann sie es dann genießen, umgeben von« – Loretta machte eine ausladende Armbewegung – *»den Wänden.«*

Er zuckte mit den Achseln und kratzte sich seufzend den Bart, als müsste er tatsächlich überlegen, ob er ihr Angebot annehmen sollte, obwohl seine Augen so groß und rund wurden wie die Teller beim Abendessen. Nach längerem theatralischem Nachdenken stimmte er schließlich zu, ein kostenloses Frühstück wäre tatsächlich eine Option – was keine große Überraschung war.

Alberto wird gar nicht erfreut sein, wenn er erfährt, dass sie dadurch jeden Tag vierzig Euro an Einnahmen verlieren.

Loretta wischt über die Spüle und die Kühlschranktür, sieht nach dem Gebäck und rührt das Risotto ein letztes Mal um, bevor sie ihre Schürze abnimmt und an den Haken an der Tür hängt. Anschließend schaut sie sich kritisch in ihrer großen, picobello sauberen Küche um und vergewissert sich, dass alles so ist, wie es sein sollte.

Wie können Luca, Marina und sogar Alberto wollen, dass sie sich zur Ruhe setzt? Dieser Raum in seiner strahlend weißen Pracht ist ihr Heiligtum, ihre Lebensader. Hätte sie nicht ihre Küche, wo sie ihre Gedanken sortieren kann, würde sie mit Sicherheit verrückt werden.

Auf dem Weg nach oben kommt sie an Marina vorbei, die am Schreibtisch im Büro sitzt. Irgendetwas stimmt nicht mit ihrer Tochter, aber Loretta kann nicht sagen, was. Wie sehr würde sie sich wünschen, Marina hätte einen Partner, mit dem sie ihre Probleme teilen könnte.

Als sie die Wohnung betritt, hört sie Alberto schnarchen. Wenn sich Loretta eines für Marina wünscht, dann, dass sie nicht so endet wie sie. Sie hofft, dass ihre Tochter leidenschaftliche Liebe findet, Liebe, die das Herz schneller schlagen lässt – Liebe, wie jeder sie verdient.

Wie ich sie verdiene.

Der Gedanke lässt sie nicht los.

Wie ich sie verdiene.

Wie ich sie verdiene.

Eilig, damit sie keine Zeit hat, es sich anders zu überlegen, zieht sie ihr Handy hervor und verschickt eine Textnachricht.

Möchte dich sehen.

Wann können wir uns treffen?

Geschafft. Sie hat es getan. Sie hat sich von der Strömung in ihrem Innern ins stürmische Meer hinausziehen lassen, und das ist genauso aufregend wie erschreckend.

Sie legt sich neben Alberto ins Bett und zieht die Kette unter ihrem Rollkragen hervor. Ihre Finger umschließen das Medaillon mit der Madonna.

Was habe ich getan?

Sophie

Rocco beugt sich über die Rezeption und plaudert mit Marina im Büro, als Sophie die Treppe hinuntergeht.

Als sie sich nähert, dreht er sich um und teilt ihr mit weit ausgebreiteten Armen mit, wie hübsch sie aussieht. Dabei hat sie lediglich einen Mantel angezogen und sich einen Schal umgebunden. Sie liebt es, dass er so leicht zu begeistern ist.

»Marina!«, ruft er. »Ich werde mit unserem wunderschönen Gast eine kleine Tour durch die Stadt machen. Kaum zu glauben, dass Sophie seit ihrer Ankunft keine einzige der Sehenswürdigkeiten besucht hat.«

»Wann hätte die arme Sophie auch Zeit dafür finden sollen? Seit sie einen Fuß ins Hotel gesetzt hat, haben wir sie schuften lassen wie eine Sklavin. Es tut mir so leid, Sophie.« Marina kommt aus dem Büro und schenkt Sophie ein von Herzen kommendes Lächeln. Sofort verzeiht Sophie ihr ihre hochmütige Art. *Wir sind jetzt Freundinnen!*

»Das muss dir nicht leidtun.« Sophie strahlt sie an. »Ich habe jede Minute geliebt, die ich mit euch verbringen durfte.«

Marina erwidert nichts. Sie starrt auf den Computer. Vielleicht ist es doch etwas verfrüht, von *Freundinnen* zu sprechen.

»He, Marina.« Rocco klopft auf die Rezeption. »Er war heute da.«

Das Blut weicht aus Marinas Gesicht. »Wann?«

»Vorhin. Wo warst du?«

Marinas Augen schießen zwischen Sophie und Rocco hin und her. »Nirgendwo. Was wollte er?«

»Er war deinetwegen hier. Hat sich nach dir erkundigt. Wollte wissen, wie es dir geht, ob du glücklich bist«, antwortet Rocco.

»Und? Was hast du gesagt?« Marina sieht aus, als wollte sie über die Rezeption greifen und die Worte aus ihm herausschütteln.

Worum immer es geht, es ist definitiv sehr pikant. Sophie wird vor Neugier platzen, wenn ihr nicht gleich einer von beiden die Situation bis ins kleinste schlüpfrige Detail erklärt. Wer ist dieser mysteriöse Mann, von dem die Zwillinge sprechen?

»Ich habe ihm gesagt, dass es dir gut geht«, antwortet Rocco. »Er war nur kurz da. Angeblich wollte er sich nach Papàs Gesundheitszustand erkundigen. Er hat ihn gesegnet.«

Er hat ihn gesegnet? Was zur Hölle hat das zu bedeuten?

»Und warum behauptest du dann, er wäre meinetwegen gekommen? Ganz offensichtlich ging es ihm um Papà.« Marinas Stimme zittert.

Rocco lacht bellend auf, dann wendet er sich Sophie zu. *»Andiamo.«*

Nein! Sie will nirgendwohin gehen. Sie möchte so lange hierbleiben, bis sie herausgefunden hat, worüber die beiden sprechen. Aber Rocco reicht ihr den Arm und führt sie zum Hoteleingang, ohne dass sie irgendetwas in Erfahrung bringen konnte.

Kurz bevor sie das Il Cuore verlassen, dreht er sich noch einmal zu Marina um. »Mamma hat ihn übrigens morgen zum Frühstück eingeladen, zusammen mit seinen Eltern!«, ruft er über die Schulter, was Sophie nur noch neugieriger macht.

Sie brennt darauf, ihn zum Plaudern zu bringen, gleichzeitig will sie, dass er sie für unaufdringlich hält, was um einiges attraktiver wirkt, als ihm zu zeigen, wie aufdringlich sie tatsächlich werden kann, wenn sie neugierig ist. Also beschließt sie, so zu tun, als hätte das seltsame, mit Anspielungen gespickte Gespräch zwischen den Geschwistern nicht stattgefunden.

Draußen ist es eiskalt, aber die Sonne scheint, und der Himmel ist strahlend blau. Venedig präsentiert sich ihnen in vollem Glanz.

Jetzt schlendern sie, lassen sich Zeit, was ihr sehr viel besser gefällt als das morgendliche Gehetze zum Markt. Während sie am Arm dieses umwerfenden Italieners durch die Gassen der Altstadt bummelt, um einen ganzen Nachmittag lang die Sehenswürdigkeiten der Stadt zu erkunden, fühlt sie sich wie die glücklichste Frau auf der Welt.

»Wohin gehen wir, Signor Bianchi?«, erkundigt sie sich.

»Wo kann man eine Sightseeingtour mit jemandem, der schreibt, besser beginnen als in einem Buchladen? Allerdings handelt es nicht keineswegs um einen Buchladen, wie man ihn überall auf der Welt findet. Warte es ab. Es ist ein ziemlich langer Weg dorthin, wir haben jede Menge Zeit zum Reden.«

»Klingt perfekt.«

»Anschließend zeige ich dir einige meiner Lieblingsorte – Roccos Venedig!«

»Wie aufregend!«

»Für mich ist es ebenfalls aufregend. Das hier ist wie ein kleiner Urlaub für mich.«

»Ein Urlaub?« Sie lacht. »Das klingt für mich ein bisschen traurig. Machst du denn gar keinen richtigen Urlaub?«

»Selten. Wohin sollte ich auch reisen?«

»Du könntest mich in Melbourne besuchen.« Sie hält den Blick nach vorn gerichtet.

»Du möchtest, dass ich nach Melbourne fliege und dich besuche? Im Ernst?«

»Ich würde mich sehr darüber freuen.«

»Na, wenn das so ist – wie könnte ich da Nein sagen? Ich werde dich besuchen, Sophie, denn ich werde dich vermissen, wenn du abreist.«

Sie bleibt stehen und sieht ihn an. Er hält ihren Blick fest, dann streicht er mit dem Daumen über ihren Handrücken. Ihre Haut kribbelt unter seiner Berührung.

Sie gehen weiter, bis er nach einer Weile stehen bleibt. »Da sind wir. Das ist die Libreria Acqua Alta.«

»O mein Gott!« So etwas hat sie noch nie gesehen. *Überall* sind Bücher – in Körben, in den vom Boden bis zur Decke reichenden Regalen an den Wänden, hoch aufgestapelt auf Tischen, und – was am verblüffendsten ist – in echten Gondeln! Der Laden ist voll, es geht völlig chaotisch zu, Katzen streunen zwischen den Kundinnen und Kunden hindurch und machen es sich auf den Büchern bequem. Im hinteren Teil, der die ledergebundenen Bücher beherbergt, befinden sich einige Stufen. Von dort aus hat man freien Blick auf einen kleinen Kanal.

»Schau dich in Ruhe um.« Rocco schlendert in eine Ecke.

Ein kalter Wind weht durch den Laden. Sophie knöpft ihren Mantel zu und betrachtet die Bücher. Die Titel sind alle auf Italienisch. Sie sucht nach der Kochbuchabteilung, entdeckt ein gebundenes Exemplar mit Rezepten von Antonio Carluccio und kauft es.

Kaum haben sie den Laden verlassen, bereut sie ihre Entscheidung, denn das Buch ist schwer. Als sie Rocco dies mitteilt, besteht er darauf, es ihr abzunehmen.

»Lust auf ein Eis?«, fragt er.

»O ja, bitte.«

»Großartig! Komm, ich stelle dir Nunzio vor. Er ist ein alter Freund der Familie. Wenn du sein Eis gekostet hast, willst du bis an dein Lebensende nur noch bei ihm bestellen.«

Der alte Nunzio humpelt hinter der Eistheke hervor, um Rocco zu umarmen. Er reicht ihnen kleine Holzlöffel, von denen sie probieren können. Es ist ein wahres Dilemma, sich zwischen den verschiedenen Sorten zu entscheiden, die in großen Edelstahlwannen gleich in mehreren Reihen zur Auswahl stehen. Nach einer Ewigkeit ordert Sophie Mango, doch sofort wünscht sie sich, sie hätte stattdessen Zitrone genommen. Nunzio weigert sich, Geld von ihnen anzunehmen.

In einem kleinen öffentlichen Park am Ende einer schmalen Gasse entdeckt Rocco eine freie Bank für sie. Sie wäre nie auf die Idee gekommen, dass es hier eine Grünanlage gibt. Das Mangoeis stellt alles, was sie bislang kannte, in den Schatten, und sie bereut ihre Wahl nicht länger – bis Rocco ihr sein Hörnchen entgegenstreckt und ihr Baci anbietet.

In Melbourne würde Sophie niemals auf die Idee kommen, sich bei höchstens zehn Grad Celsius draußen hinzusetzen und ein Eis zu essen, doch hier, dick eingepackt in Mantel und Schal, erscheint ihr das völlig normal. Sie leckt sich die Lippen, um auch noch den letzten Geschmack nach Mango auszukosten.

Anschließend führt Rocco sie zu einem winzigen Lädchen zwischen einem Kosmetiksalon und einer Poststelle, in dem Schmuck aus Murano-Glas verkauft wird. Die Ladenbesitzerin, eine Frau mit einer glamourösen Hochsteckfrisur und mehr Juwelen, als man sie im Londoner Tower findet, begrüßt sie herzlich. Sie steht hinter einer hüfthohen Vitrine, wo Glasperlenketten, Ohrringe, Broschen, Ringe und Armbänder in allen Farben im fluoreszierenden Schein der Strahler funkeln.

»Sophie, das ist meine Freundin Allegra«, stellt Rocco vor. »Allegra ist mit Marina und mir zur Schule gegangen. Sie entwirft den schönsten Schmuck in ganz San Marco.«

Sophie wird von einer bunten Perlenkette angezogen, aber

Allegra besteht darauf, dass sie eine probiert, die ausschließlich aus dunkelblauem Glas gefertigt ist. »Die bringt deine schönen grünen Augen noch mehr zur Geltung«, sagt sie und legt sie Sophie um den Hals.

»Was meinst du?«, fragt Sophie Rocco.

Er schiebt seine Brille den Nasenrücken hoch und sieht sie so lange an, dass sie knallrot wird. Als er antwortet, klingt seine Stimme heiser. »Perfekt! Ich denke, du bist perfekt«, fügt er leiser hinzu.

Herr im Himmel!

Die Kette kostet mehr als das, was sie an einem ganzen Tag verdient, aber Rocco hat sie »perfekt« genannt, also kauft sie sie natürlich.

Arm in Arm spazieren sie durch die engen Gassen der Altstadt, bis sie zum Turm eines versteckten Palazzo gelangen.

»Diesen Ort kennen nicht viele Touristen«, teilt er ihr mit.

»Wie sollten sie auch? Die Gassen sind wie ein Labyrinth! Genauso schwierig dürfte es sein, die Eisdiele, das Schmuckgeschäft und den Buchladen zu finden. Alles, was du mir gezeigt hast, ist gut versteckt.«

»Wie gesagt: Das hier ist *mein* Venedig.« Er deutet auf den Palazzo. »Siehst du, dass die Treppe geformt ist wie eine Schnecke? Sie wird Scala Contarini del Bovolo genannt – Schneckenhaus.«

Er hat recht: Die Wendeltreppe in dem Treppenhaus an der Seite des Turms erinnert tatsächlich an ein Schneckenhaus.

»Sollen wir hinaufsteigen?«, fragt er. »Die Aussicht von dort oben ist unglaublich.«

»Versuchen wir's. Ich kann dir aber nicht garantieren, dass ich es bis nach oben schaffe.«

Rocco schlägt vor, dass sie vorangeht, damit sie das Tempo bestimmen kann. Immer wieder bleiben sie stehen und genießen den zunehmend großartiger werdenden Ausblick auf die Stadt. Als sie oben ankommen, schießt Sophie Fotos von dem Kaleidoskop aus Kanälen, den roten und cremeweißen Gebäuden sowie den Kirchturmspitzen von San Marco.

Rocco bittet sie um ihr Handy. Als sie es ihm reicht, legt er den Arm um sie, zieht sie an sich und macht Selfies von ihnen beiden, die Köpfe eng zusammengesteckt.

»Damit du mich nicht vergisst, wenn du nach Australien zurückkehrst«, sagt er.

»Ich werde dich auf keinen Fall vergessen.«

Er wirft ihr einen dieser Blicke zu, die sie verrückt machen vor Verlangen.

Als sie wieder auf festem Boden stehen, blickt sie an dem Turm hinauf. Man könnte meinen, er würde bis in den Himmel reichen. Sie wäre niemals hinaufgestiegen, hätte er sie nicht dazu ermutigt. Sie nimmt sich fest vor, dass sie im Winter draußen Eis essen und neue Dinge außerhalb ihrer Komfortzone ausprobieren wird, sobald sie wieder zu Hause ist.

Als Nächstes spazieren sie zur Piazza San Marco, und Sophie sieht zum ersten Mal die majestätische Basilika. Trotz des Gerüsts, das das Gebäude wegen der Reparaturarbeiten nach der Überschwemmung im vergangenen Monat umgibt, ist sie von der schieren Größe und gotischen Schönheit überwältigt.

Auf dem Platz selbst herrscht reges Treiben. Eine kleine Gruppe von Männern in Smokings spielt klassische Musik für die Abendgäste, die auf wetterfesten Stühlen vor dem berühmten Caffè Florian sitzen. Andere Touristen stöbern in den Geschäften zwischen den Restaurants entlang der Piazza. In der Mitte des Platzes sind Stände aufgebaut, an denen alles verkauft wird, was irgendwie mit Venedig zu tun hat – von Regenschirmen über T-Shirts bis hin zu Teddybären. Taubenschwärme hüpfen zwischen der Menschenmenge hindurch und suchen unerschrocken auf den Steinplatten nach einem kleinen Imbiss.

Sophie zieht ihre Wasserflasche aus der Handtasche, doch Rocco hält sie davon ab, einen Schluck daraus zu nehmen.

»Es verstößt gegen das Gesetz, auf der Piazza zu trinken, es sei denn, man sitzt in einem Restaurant. Die Polizei wird dich mit einer Geldstrafe belegen.« Er deutet auf zwei uniformierte Polizisten in der Nähe. »Sie lassen hier nicht einmal ein Baby aus der Flasche trinken.«

Sie merkt, dass es ihm ernst ist, also unterdrückt sie ihr Lachen und steckt die Flasche zurück in die Tasche.

»Komm, ich möchte dir etwas zeigen.« Er führt sie ein kleines Stück näher an den Uhrenturm heran. »Sieh nur, was passiert, wenn es fünf ist.« Eine kleine Menschenmenge hat sich am Fuß des Uhrenturms versammelt und schaut sich das imposante Ziffernblatt aus Lapislazuli an. Eine Minute später, um Punkt siebzehn Uhr, läuten die Glocken, geschlagen von zwei Bronzefiguren aus dem Morgenland.

»Das geschieht zu jeder vollen Stunde, aber nur an zwei Tagen im Jahr«, erklärt Rocco. »An Christi Himmelfahrt und am sechsten Januar gleiten um zwölf Uhr mittags die Statuen der Heiligen Drei Könige, angeführt von einem Engel, um die Muttergottes mit ihrem Kind.«

Aber auch ohne die Heiligen Drei Könige ist es zauberhaft. Alles an Venedig ist zauberhaft.

Sie legen eine kurze Strecke entlang der Lagune zurück, wo reihenweise leere Gondeln im Wasser schaukeln. Die Gondolieri in ihren gestreiften Pullovern versammeln sich in kleinen Gruppen auf den Holzdecks, lachen und rauchen. Mittlerweile steht die Sonne tief am Himmel, knapp oberhalb der weißen Kuppel der Kathedrale auf der anderen Seite des Wassers. Sophie holt ihre

Kamera hervor, um die Rot- und Orangetöne einzufangen, die in den Wolken leuchten.

»Komm und sieh dir diese Skulptur für die Venice-Rising-Ausstellung an«, fordert Rocco sie auf.

Sie nähern sich einem riesigen Metallkunstwerk, das zeigt, wie die Bürgerinnen und Bürger Venedigs von Touristen zertrampelt werden. Die Skulptur bringt Sophie fast zum Weinen. Rocco betrachtet die dargestellte Szene ausdruckslos. Er hat das Lächeln verloren, das den ganzen Nachmittag über auf seinem Gesicht lag.

»Ist das so? Ist das wirklich so für euch?«, fragt sie.

Er nickt.

»Ich dachte, die Touristen wären es, die Venedig über Wasser halten.«

Er gibt ein leises Lachen von sich, doch es klingt nicht fröhlich. »Über Wasser halten? Nein. Drei Viertel der Touristen besuchen ausschließlich San Marco, und das auch nur für ein paar Stunden. Sie lassen uns noch schneller untergehen.«

»Dann zählst du zu den Menschen, auf denen man herumtrampelt, und ich zu denen, die trampeln. Das ist grauenhaft!«

»Nein. Du bist nicht wie diese Leute, du bist besser.«

»Nicht wirklich.« Sie schämt sich für ihre Unwissenheit, die Stadt betreffend. Sie weiß nichts über den Untergang von Venedig, nur dass der Wasserpegel steigt, wodurch die Stadt gefährdet ist.

»Lass uns zurückgehen«, schlägt er vor. »Mamma wartet bestimmt schon auf uns.«

»Danke, dass du dir Zeit genommen hast, mich herumzuführen, obwohl du so viel zu tun hast.«

»Für dich bin ich nie zu beschäftigt.«

Er hat ein so natürliches, freundliches Lächeln. Jetzt steht er so dicht bei ihr, dass er sich nur ein klein wenig vorbeugen müsste, um ihre Lippen zu berühren. Aber das tut er nicht, und der Augenblick verstreicht.

Sie überqueren abermals die Piazza, diesmal in die andere Richtung. Gegenüber der Basilika hat sich eine große Menschenmenge versammelt. Als sie dort ankommen, sieht Sophie, was die Leute betrachten. In einem Tank voller schlammigem Wasser befindet sich eine Frau mit einem weißen Kleid und weißen Haaren, die ihr bis zur Hüfte reichen.

Die Touristen starren die Performance-Künstlerin mit morbider Faszination an. Die meisten halten ihre Handys hoch, um Fotos zu machen.

»Wie lange steht sie da?«, fragt Sophie.

»Sieben Stunden, jeden Tag. Sie geben ihr Wasser zu trinken, aber das ist alles. Ich hoffe, sie leidet nicht vergeblich.«

»Sicher nicht. Sieh dir nur die Menschenmenge an!«

»Aufmerksamkeit allein hilft uns nicht weiter. Es müssen Maßnahmen ergriffen werden.« Er wendet sich von der Künstlerin ab. »Weißt du, anfangs war ich ganz begeistert von Venice Rising, doch mittlerweile bin ich nur noch deprimiert. Das Problem ist zu groß, als dass eine einzelne Frau in einem Tank es lösen könnte.« Er seufzt. »Lass uns gehen.«

Das kleine Orchester unter der Markise des Caffè Florian spielt weiter, die wehmütigen Klänge der Geigen folgen ihnen durch die Gassen bis zum Hotel. Inzwischen ist es so dämmrig, dass die an den Hauswänden angebrachten Straßenlaternen angehen. Ihre Körper werfen lange Schatten auf das Kopfsteinpflaster.

Auf dem Rückweg schweigt Rocco – und sie ebenfalls.

Elena

Auf dem Wasser ist es abends eiskalt. Sogar mit den wärmenden Kleiderschichten, die Elena trägt, und Christians Arm um ihre Taille, dringt ihr die Kälte bis in die Knochen, als das Vaporetto in San Marco ablegt und San Marcuola ansteuert, wo Mamma auf sie wartet.

Christian spricht angeregt über die Performance-Künstlerin, die sie zuvor in einem Wassertank haben stehen sehen. Er zeigt ihr den Twitter-Feed auf seinem Handy. »Diese Ausstellung geht viral. Sieh nur, *affogando* ist voll im Trend.«

Verwirrt wirft sie einen Blick aufs Display. Offenbar hat er verdrängt, dass ihre Weigerung, sich diese Ausstellung nach Papàs Beerdigung mit ihm anzusehen, dazu führte, dass sie um ihr Leben betteln musste.

Sie tut so, als würde sie ihm zuhören, während er ihr mehr über Venice Rising erzählt, und plant in Gedanken ihre Flucht. Sie muss eine Möglichkeit finden, ihm zu entkommen, auch ohne dass Mamma den Brief gelesen hat, was es schwieriger, aber nicht unmöglich macht. Hoffentlich steht Gott ihr bei, und Mamma ist zu Hause, wenn sie zu Hause sein soll.

Es muss ihr gelingen, Christian allein zu einer Stadterkundung zu schicken, damit sie mit dem Vaporetto zu Mammas Wohnung fahren kann. Zusammen werden sie zum Bahnhof eilen und in den nächstbesten Zug raus aus Venedig springen. Sie werden sich eine vorübergehende Bleibe suchen, sich die Haare färben und ein neues Leben beginnen. An das, was nach der Flucht kommt, kann sie jetzt nicht denken. Es ist zu viel, zu beängstigend. *Ein Schritt nach dem anderen.*

In Italien wird es schwieriger für ihn sein, sie zu finden. Hier hat er kein Netzwerk wie in Sydney, keinen Vater, der Multimillionär ist – Direktor eines Bergbauunternehmens –, keine Kontakte. Doch auch wenn es Christian nicht so schnell gelingen dürfte, sie in Italien aufzuspüren, ist es doch nicht unmöglich. Er wird ausrasten vor Zorn, wird sie nicht kampflos aufgeben. Er kann es sich locker leisten, Privatermittler zu engagieren. Ihr Herzschlag beschleunigt sich.

»Sieh dir das an, Ellie. Das ist eine weitere Installation, von der ich dir erzählt habe – die mit dem Jesus. Die katholische Kirche dreht durch deswegen. Schau dir die Retweets an. Ich sage dir: Das Ding wird durch die Decke gehen!«

»Hm, klingt ganz danach.«

Sie muss dafür sorgen, dass sie keine Spur hinterlassen, wenn sie verschwinden. Sie darf sich keine Fehler erlauben. Mamma und sie müssen mehrere Monate lang komplett von der Bildfläche verschwinden, mindestens. So lange, bis er sämtliche Möglichkeiten ausgeschöpft hat und wieder nach Australien fliegt, bis er es aufgibt, sie finden zu wollen. Irgendwann wird er nach Sydney zurückkehren müssen, schon aus beruflichen Gründen. Sie vertraut darauf, dass er Italien verlässt, bevor Mamma und ihr das Geld ausgeht.

Sollte er nicht aufgeben, sollte er beschließen, in Italien zu bleiben, wird er sie irgendwann finden, so viel steht fest.

Ein Schauder läuft ihr das Rückgrat hinab. Sie blickt über das schwarze Wasser, aber sie sieht nichts.

Wie ist es dazu gekommen? Wie konnte das hier ihr Leben werden? Das Leben von Elena Zanetti, die klug genug war, ein renommiertes Stipendium der Universität von Bologna für ein Austauschstudium an der Universität von Sydney zu gewinnen. Die die Unabhängigkeit und den Verstand besaß, mit achtzehn allein ans andere Ende der Welt zu ziehen und ihr Jurastudium in einer Fremdsprache mit Auszeichnung abzuschließen. Sie wollte unbedingt an ihrem freien Leben in Australien festhalten, weit weg von ihren trauernden Eltern in Venedig, also nahm sie nach Ablauf ihres Studentenvisums dankbar den Heiratsantrag des attraktiven Arztes an, mit dem sie seit weniger als einem Jahr zusammen war.

Es war so einfach gewesen, sich in Christian zu verlieben. Heiß, beliebt, ambitioniert – er bot das Gesamtpaket, auch ohne seinen protzigen Reichtum. Er war vernarrt in sie, vernarrt in ihren italienischen Akzent und ihre olivfarbene Haut. Sie liebte es, von jemandem wie ihm geliebt zu werden.

Nur sechs Wochen nach der Hochzeit, während der Vorbereitung auf das Juraexamen, stellte sie fest, dass sie schwanger war.

Christian war außer sich vor Freude. Sie wollte sterben.

Sie litt so sehr unter der morgendlichen Übelkeit, dass sie kaum das Bett verlassen, geschweige denn lernen konnte. In diesem Zustand würde sie das Examen auf keinen Fall bestehen. Ihr blieb keine andere Wahl, als auf die Prüfungen im kommenden Jahr zu warten.

Im frühen Stadium ihrer Schwangerschaft konnte sie nur Frittiertes zu sich nehmen, von allem anderen wurde ihr übel. Und während sie keinen Schluck Wasser runterbrachte, ohne zu würgen, konnte sie literweise Cola light in sich hineinschütten. Es war nicht gerade eine optimale Ernährung, aber sie tat, was sie tun musste, um irgendwie durchzukommen.

Die Wochen verstrichen, und sie wurde immer ungehaltener über die Situation, in der sie sich befand.

»Hattest du einen angenehmen Tag?«, erkundigte sich Christian nach einer seiner spätabendlichen Visiten im Klinikum und küsste sie auf die Wange.

»Den besten Tag überhaupt«, blaffte Elena.

»Warum bist du denn so schnippisch?« Er warf sich gähnend neben sie auf die Ledercouch in ihrem Apartment mit Ausblick auf den Hafen, das sich für sie noch immer nicht wie ein Zuhause anfühlte. »Was ist passiert?«

»Nichts. Es passiert ja nie etwas! Ich liege Tag für Tag hier und fühle mich elend, oder ich kauere über der Kloschüssel und kotze, weil ich dein Kind in mir trage. So sieht mein Leben jetzt aus.«

Er zog eine Augenbraue in die Höhe. »Mein Kind? *Unser* Kind, Ellie.«

»Ich wollte das nicht.« Sie deutete auf ihren noch flachen Bauch. »Ich bin doch erst dreiundzwanzig! Glaubst du wirklich, ich habe so viel gelernt, um so zu enden?«

»Hey, beruhige dich, Babe«, sagte er sanft. »Ich weiß, das war so nicht geplant, aber es wird schon werden. Es ist okay.«

»Es ist nicht okay, nichts ist okay. Ich drehe hier noch durch!« Elena war überrascht, wie schrill ihre Stimme klang. »Meine Freundinnen haben mich vergessen. Sie machen jetzt Karriere, und was mache ich? Gar nichts! Ich habe keinen Job, keine Familie. Du bist nie zu Hause. Und wenn du zu Hause bist, vergräbst du dich in deinen Büchern. Ich komme mir vor wie eine Witwe. Niemand ruft mich an, niemand besucht mich. Ich verrotte! Das verdammte Baby hat mein Leben ruiniert!«

Christian warf ihr einen Blick zu, und für einen kurzen Moment verspürte sie einen unerwarteten Anflug von Angst, er könnte sie schlagen. Doch dann zog er sie näher zu sich und küsste sie auf den Scheitel.

»Es tut mir leid, dass es für dich so schlecht läuft, Ellie«, murmelte er. »Bald wird es besser. Nicht mehr lange, und die Übelkeit ist vorbei, dann fühlst du dich sicher nicht mehr ganz so elend. Ich wünschte, ich könnte mehr bei dir sein. Diese Facharztausbildung bringt mich um, aber sie wird sich lohnen, Babe. Wenn ich den Abschluss erst einmal in der Tasche habe, werde ich dir und unserer Familie das beste Leben bieten, das verspreche ich.« Er strich ihr über die ungewaschenen Haare.

Elena redete sich ein, dass sie sich den gefährlichen Ausdruck in seinen Augen nur eingebildet hatte.

Sie war in der sechzehnten Woche, als sie zum ersten Mal spürte, wie das Baby sich bewegte, ein feines Kitzeln wie von Schmetterlingen, so zart, dass ihr die Tränen in die Augen traten. In diesem Moment verspürte sie eine überwältigende Liebe zu ihrem Kind. »Hallo, Kleines«, flüsterte sie. »Es tut mir leid, dass ich so traurig war. Ich werde mir Mühe geben, mich zu bessern.«

Zwei Tage später erlitt sie eine Fehlgeburt.

»Hast du das mit Absicht gemacht?«, fragte Christian sie auf dem Rückweg vom Krankenhaus in einem Ton, den sie noch nie bei ihm gehört hatte. Die Haare auf ihren Armen stellten sich auf, als er weitersprach: »Du wolltest das Baby nicht, das hast du klar und deutlich formuliert. Hast du das mit Absicht gemacht?« Er presste die Lippen zu einer dünnen Linie zusammen.

»Wie bitte?«, fragte sie fassungslos.

Er antwortete nicht. Starrte während der Autofahrt schweigend nach vorn. Sie traute sich nicht, etwas zu sagen.

Sie schwiegen immer noch, als der Lift die acht Stockwerke zu ihrer Wohnung hinauffuhr. Sobald sie drinnen waren, zog sie ihr Handy aus der Handtasche, um Mamma anzurufen. Sie musste sich bei jemandem ausweinen, der sie trösten würde wegen dem, was sie gerade eben durchgemacht hatte, der ihr nicht vorwarf, sie habe das Ganze inszeniert.

Christian schlug ihr das Handy aus der Hand. Sie schrie auf.

»Ich frage dich noch einmal …« Seine Stimme war nicht lauter als ein Wispern. »Hast du das mit Absicht gemacht?«

Sie starrte ihn an, als würde sie ihn zum ersten Mal sehen. Wer war dieser Mensch? »Was tust du da?«, rief sie, hob das Handy auf und zeigte ihm das gesprungene Display. »Sieh nur! Was zur Hölle stimmt nicht mit dir?«

Er holte aus und schlug ihr mit der Faust ins Gesicht, mit einer solchen Wucht, dass sie auf dem Hartholzboden landete. Anschließend ging er neben ihr in die Hocke, fasste ihr in die Haare und riss ihren Kopf nach hinten.

Er brachte die Lippen dicht an ihr Ohr und sagte langsam und ruhig: »Du bist ein ekelhaftes Schwein. Du hast nichts anderes getan, als dir wochenlang frittierte Scheiße in die Fresse zu stopfen. Du hättest mein Baby genauso gut mit Raketentreibstoff füttern können bei der Menge an Cola, die du jeden Tag in dich reingeschüttet hast. Du hast mein Kind umgebracht, indem du deinen Körper zugemüllt hast, du dämliche Schlampe. Und jetzt schuldest du mir verdammt noch mal ein neues.« Er rammte ihr das Knie in den Bauch. Sie übergab sich.

Er ließ sie so auf dem Boden liegen, in ihrem eigenen Erbrochenen, und machte einen Spaziergang. Elena war wie benebelt. Sie litt unter den Folgen der Fehlgeburt, hatte Schmerzen wegen der Schläge, war verwirrt, verängstigt und viel zu geschockt, um jemanden anzurufen – ihre Eltern, seine Eltern, die Polizei. Die Scham darüber, dass ihr Ehemann sie schlug, dass er sie nur wenige Stunden nach einer Ausschabung geschlagen hatte, ließ sie dort verharren, auf dem Boden, die angezogenen Knie mit den Armen umschlungen.

Als nun die Lichter auf dem Platz vor der Kirche San Marcuola in Sicht kommen, verurteilt sie sich dafür, dass sie ihn nicht auf der Stelle verlassen hat. Sie hätte gehen und den ersten Flug nach Venedig nehmen können. Warum ist sie nicht nach Hause zurückgekehrt, nachdem er sie das erste Mal geschlagen hat?

Ungefähr eine Stunde später war er wieder da, das Gesicht verzogen vor Reue. »Ellie, ich weiß nicht, wie das passieren konnte. Ich war außer mir, konnte nicht klar denken. Ich kann nicht fassen, dass ich dir wehgetan habe. Herrgott! Ich werde dir nie wieder wehtun, solange ich lebe, das verspreche ich.«

In den darauffolgenden Wochen war er so zärtlich, so fürsorglich und wieder ganz der liebenswerte Mann, den sie kannte, dass sie ihm ohne allzu große Mühe vergeben konnte.

Sechs Monate später schlug er sie erneut, diesmal, weil ihm der Ton nicht gefiel, den sie ihm gegenüber angeschlagen hatte. Wieder sagte sie niemandem etwas. Wieder verließ sie ihn nicht. Zu dem Zeitpunkt wusste sie bereits, dass sie mit ihrer Ehe den größten Fehler ihres Lebens begangen hatte. Dies war der Beginn ihrer lähmenden Selbstzweifel. Man hatte ihr stets gesagt, wie klug sie war, aber wie klug war sie wirklich? Sie musste sich doch nur ansehen, wen sie geheiratet hatte!

Als er weinte und sich entschuldigte und all seine Versprechungen wiederholte, entschied sie sich dafür, ihm zu glauben, damit sie sich nicht der Wahrheit stellen musste, dass sie eine Idiotin war, reingefallen auf ein Monster.

Auch den nächsten Prüfungstermin für das Juraexamen konnte sie nicht wahrnehmen. Zu dem Zeitpunkt waren sie bereits aus der Innenstadt weggezogen, in die Nähe von Christians neuer Stelle in einem Krankenhaus am Stadtrand. Ohne ihn durfte sie nicht das Haus verlassen. Er nahm ihr das Handy ab und zwang sie dazu, ihr Konto zu kündigen.

Elena hatte noch keinen einzigen Tag als Juristin gearbeitet. Seit dem Tag ihrer Hochzeit mit Christian hatte sie ohnehin keinen einzigen Tag gearbeitet. Ihre Freundinnen hatten sie längst aufgegeben. Sie war ganz allein.

Das Verwirrendste ist, denkt sie jetzt, dass sie sich immer noch nicht erklären kann, wie das Ganze derart aus dem Ruder laufen konnte. Ihr ist bewusst, dass nicht alles auf einmal passierte – es war ein schleichender Prozess, bei dem ihr Schritt für Schritt das Leben geraubt wurde. Irgendwo auf der Strecke hatte sie sich verloren, und sie glaubte ihm, wenn er ihr einredete, sie wäre wertlos, dumm und könnte ohne ihn nicht überleben.

Ihr Job, erinnerte Christian sie, wäre es, schwanger zu werden. Aber sie wurde nicht schwanger. Er beschuldigte sie, heimlich die Pille zu nehmen, aber das stimmte nicht.

Er drohte ihr, sie umzubringen, sollte sie es wagen, ihn zu verlassen. »Denk nicht mal dran, abzuhauen«, warnte er sie. »Glaub mir, ich werde dich finden. Und wenn du zu Mummy und Daddy nach Venedig zurückkehrst, bringe ich sie ebenfalls um.«

Sie glaubte ihm, versuchte nie zu fliehen. Kein einziges Mal. Selbst dann nicht, als er damit begann, ihre Nahrungsaufnahme zu kontrollieren in der Absicht, ihre Gebärmutter »zu entgiften«, und sie an Gewicht verlor.

Zwischen den Horrorepisoden, die im Laufe der Jahre mit zunehmender Regelmäßigkeit auftraten, kam immer wieder Christians liebevolles, charmantes Ich zum Vorschein. Anfangs erfolgten die Gewaltausbrüche ein paarmal im Jahr, dann ein paarmal im Monat, dann noch häufiger.

Je länger sie nicht schwanger wurde, desto mehr fixierte er sich darauf, ihren Körper über das Essen zu kontrollieren. Es war, als könnte er wirklich nicht sehen, dass sie weniger und weniger wurde.

Als Papà an Krebs erkrankte und es mit der Zeit schlimmer wurde, weinte sie und flehte ihn an, sie zu ihren Eltern fliegen zu lassen, aber Christian wollte ihr partout nicht erlauben, allein nach Venedig zu reisen. Er bestand darauf, dass sie so lange wartete, bis er seine Prüfungen zum Facharzt absolviert hatte. Mit der Flutwelle des Bedauerns kam blendende Wut. Erst der Tod ihres geliebten Vaters lichtete den Nebel.

»Hier, Babe.« Christian streckt die Hand aus, als das Vaporetto anlegt und die Passagiere in San Marcuola von Bord gehen. »Sei vorsichtig, der Boden ist nass«, sagt er, stets der Gentleman, stets auf ihr Wohl bedacht.

Sophie

Nach einem weiteren geschäftigen Abendessen im Restaurant kehrt Sophie in ihr Zimmer zurück, wirft sich aufs Bett und arbeitet an dem Artikel für das *Foodie*-Magazin. Die größte Herausforderung ist es, zu entscheiden, was sie auslassen soll. Sie wünscht sich, sie könnte jeden einzelnen Moment für die Leserinnen und Leser festhalten.

Als sie genug für heute geschrieben hat, schließt sie ihren Laptop und schickt Bec die Selfies, die Rocco heute Nachmittag gemacht hat.

Er IST süß.

Zusammen seht ihr hinreißend aus!

Hör zu: Du darfst diesen süßen Typen vögeln, solange du keine »Gefühle« entwickelst.

Ich hoffe sehr, ihn zu vögeln!

Bislang allerdings gab es nur jede Menge Komplimente und vielsagenden Augenkontakt, sonst nichts.

Warum ergreifst DU dann nicht die Initiative?

Hallo?

Wir kennen uns doch gar nicht!

Eher würde ich sterben. Was, wenn er mich zurückweist?

Er hatte Millionen von Gelegenheiten, den ersten Schritt zu machen – nada.

Und er ist definitiv nicht schwul?

Ich muss sagen, dass das Hemd sehr eng und glänzend ist.

Habe heute versehentlich seinen Ständer gestreift.

Also nicht schwul.

Außerdem: Igitt!

Sophie grinst, als sie an die Röte denkt, die in Roccos Wangen schoss, als ihre Hand versehentlich seinen Schritt streifte, während er sie für das Selfie an sich drückte. Er fühlt sich ganz klar zu ihr hingezogen. Und sie hat ihm so deutlich wie möglich zu verstehen gegeben, dass diese Anziehung auf Gegenseitigkeit beruht.

Was genau hält ihn davon ab, einen Schritt weiter zu gehen?

Elena

Als Mamma die Tür öffnet, steht es ihr ins Gesicht geschrieben, dass sie den Brief gelesen hat. Sie weiß Bescheid.

Mamma umarmt zuerst Christian und küsst ihn auf beide Wangen. Als sie Elena in die Arme zieht, drückt sie sie so fest an sich, dass ihre Rippen schmerzen. Es ist Elena fast unmöglich, nicht zu weinen.

»Es tut mir leid, dass ich so unhöflich zu deinen Freunden war«, wispert Mamma ihr hastig ins Ohr, bevor sie die beiden hineinführt.

Was ist zwischen Mamma, Gayle und Mike passiert? Es nicht zu wissen, bringt Elena fast um.

Mamma holt ein Tablett mit Mandelkeksen, die von der Beerdigung übrig sind. Sie zittert. Elena kann sich nicht vorstellen, wie viele Fragen ihr im Augenblick durch den Kopf gehen müssen.

Christian springt auf und nimmt ihr das Tablett ab. »Anna-Maria, du verwöhnst uns! Was für köstliche Leckereien!«

Mamma schenkt Elena einen schwarzen Tee ein. Sie hat nie einen Teekessel besessen, bis Elena ihr einmal am Telefon sagte, sie würde gern Tee trinken. Als sie das nächste Mal zu Hause anrief, erzählte Mamma ihr, dass sie einen Kessel gekauft habe, damit Elena Tee trinken könne, wenn sie mal wieder nach Venedig käme. Doch sie ist nicht nach Venedig gekommen, erst jetzt. Mamma hat den Kessel behalten und über fünf Jahre auf die Rückkehr ihrer Tochter gewartet. Hat er Mamma jedes Mal traurig gemacht, wenn sie ihn in der Küche betrachtete?

Elena weiß nicht, wie sie ihre Schuldgefühle jemals überwinden soll. Sie wünscht sich, Christian würde ins Badezimmer gehen, damit sie Mamma wenigstens sagen kann, wie leid es ihr tut, aber er steht nicht von der Couch auf.

Es fällt Elena schwer, Small Talk zu machen. Vor lauter Angst bringt sie kaum ein Wort über die Lippen. Zum Glück ist Christian ein Naturtalent, wenn es darum geht, ein Gespräch in Gang zu halten. Während sie in kleinen Schlucken ihren Tee trinkt, füllt Christians Stimme den Raum. Er schneidet alle möglichen Themen an, vom steigenden Wasserpegel und der neuen Kunstausstellung über die italienische Flüchtlingskrise bis hin zu der geplanten Restaurierung der Basilica di San Marco und der Korruptionsbereitschaft der italienischen Regierung. In regelmäßigen Abständen erkundigt er sich nach Mammas Meinung, und Mamma kämpft darum, sich ihm mit ihrem gebrochenen Englisch verständlich zu machen. Elena übersetzt ein wenig für sie, und Christian hört respektvoll und geduldig zu.

Elena sieht die Verwirrung auf Mammas Gesicht. *Dieser Mann, Elena? Bist du dir sicher? Aber er ist doch so liebenswert!*

Während die beiden reden, blickt Elena sich in der Wohnung um und versucht, sich alles einzuprägen. Sie weiß, dass sie es nicht mehr oft sehen wird, und dann vielleicht nie wieder. Die abgenutzten braunen Sofas stammen noch aus ihrer Kindheit. Damals kuschelte sich die Familie abends unter dicke Decken und schaute sich im Fernsehen Talentshows oder Komödien an. Sie waren keine wohlhabende Familie, aber eine glückliche. Dann bekam Paolo Krebs, in dem Sommer vor seinem zweiten Jahr an der Uni, und alles veränderte sich.

Auf dem Kaminsims steht ein Foto von ihm, aufgenommen am Tag seiner ersten heiligen Kommunion. Er trägt einen weißen Anzug, hat die hellbraunen, mit Gel geglätteten Locken zu einem Seitenscheitel frisiert und lächelt sein breites, vorwitziges Lächeln. Seine Augen blitzen vor Schalk. Selbst jetzt noch, all die Jahre später, fällt es Elena schwer, zu atmen, wenn sie sein Gesicht sieht. Wäre er noch am Leben, wäre sie niemals vor ihrer Trauer nach Australien geflüchtet, wäre niemals in dem Pub gewesen, wo sie Christian kennengelernt hat.

Auf dem Kaminsims stehen noch andere Familienfotos, sogar die Hochzeitsbilder ihrer Urgroßeltern. Ihre Vorfahren schauen so jung und ernst aus! Ihr eigenes Hochzeitsfoto in einem Messingrahmen, aufgenommen im Botanischen Garten von Sydney, lässt ihr das Blut in den Adern gefrieren. Die arme Mamma muss so gelitten haben, weil sie diesen Tag nicht mit ihrer Familie und den Freunden zu Hause teilen konnte. Sie und Papà waren bei der Hochzeit wie Fische auf dem Trockenen gewesen.

Elena hat nicht genügend Finger, an denen sie all die Grausamkeiten abzählen kann, die sie ihrer Mutter angetan hat. Und jetzt wird sie sie diesem Zuhause entreißen, sie zwingen, all das aufzugeben, damit sie sicher sind vor dem Mann, der in diesem Augenblick hinter Mamma steht und ihr die Schultern massiert. Er hat bemerkt, wie angespannt sie aussieht, und er weiß genau, womit er Abhilfe schaffen kann – mit seinen magischen Christian-Taylor-Händen.

Mamma schaut sie direkt an, während Christian ihre Schultern knetet.

Elena versucht, Mamma mit den Augen zu vermitteln, was sie auf dem Herzen hat.

Es tut mir so schrecklich leid, dass ich unserem Leben das angetan habe.

Gayle

Gayle nimmt das Handy vom Ladegerät auf der Kommode und loggt sich in ihren Facebook-Account ein. Vier von Noahs Freunden haben ihre Nachricht bereits gelesen, aber keiner hat geantwortet. Es ist hoffnungslos.

Sie steckt die Kopfhörer ein und schaut sich eine alte Folge ihrer Lieblingsshow an: *Mein perfektes Hochzeitskleid*. All die aufgeregten hübschen Bräute bringen sie immer zum Lächeln, ganz gleich, wie strapaziert ihre Nerven sind.

Die Sendung ist ungefähr zur Hälfte vorbei, als eine Nachricht von einer unbekannten Nummer auf dem Display erscheint. Gayle bleibt das Herz stehen.

Jackson Parker sagt, dass du nach mir suchst. Hier bin ich.

Ich vermisse dich auch, Mom.

Gayle drückt das Telefon an ihre Brust.

Darf ich dich anrufen?

Klar.

Sie weiß, dass sie Mike wecken sollte. Sie weiß, dass er ihr Telefonat mit Noah über Lautsprecher mithören möchte. Stattdessen steht sie auf, stößt sich den großen Zeh an einem Stuhlbein und gibt einen leisen Schrei von sich. Mike rührt sich nicht. Er schläft den Schlaf der Gerechten.

Ohne das Licht anzumachen, hüllt sie sich in den flauschigen Bademantel des Il Cuore und schlüpft in ihre Wollpantoffeln. Anschließend verlässt sie das Zimmer und zieht leise die Tür hinter sich zu.

Im Flur lehnt sie sich gegen die Wand und weicht dem Blick des Papstes aus, der auf sie herabblickt, während sie Noah anruft.

»Mom.«

»Boa«, sagt sie unter Tränen. »Boa« ist der Name, den ihre Tochter Susan ihm gegeben hat, als er gerade auf die Welt gekommen war.

Er lacht leise, und ihre Finger umschließen das Handy noch fester.

»Es tut mir so leid, mein Liebling«, schluchzt sie. »Das alles tut mir so leid.«

»Tut gut, das zu hören.«

Sie fragt ihn, wo er wohnt – in Montecito. Wo er arbeitet – bei einem Hollywood-Animationsstudio. Und dann erkundigt sie sich mit trockener Kehle nach Chris.

»Es geht ihm großartig. Er ist gut zu mir, Mom. Er macht mich glücklich.«

Sie nickt unter Tränen.

»Ist Pop da?«, fragt er.

»Er schläft, mein Liebling.«

»Weiß er, dass du versucht hast, mich zu erreichen?«

»Irgendwie schon.«

»Hm. Wirst du ihm erzählen, dass wir telefoniert haben?«

»Vielleicht. Er braucht etwas Zeit, dein Pop. Es ist schwer für ihn.«

Noah schnaubt. »Es sollte nicht schwer sein. Es hätte *niemals* schwer sein sollen.«

»Ich weiß, mein Liebling.« Sie wischt sich die Augen. »Kommst du bald nach Hause? Ich vermisse dich so sehr, und deine Schwestern und Justin ebenfalls. Lizzie hat mir an Weihnachten gesagt, wie sehr du ihr fehlst. Ohne dich ist es nicht das Gleiche, Noah. Ich komme mir vor, als würde ich mit einer Lunge atmen.«

»Ich vermisse euch auch alle.« Er seufzt. »Allerdings werde ich erst nach Hause kommen, wenn Pop sich entschuldigt. Bis dahin will ich ihn nicht sehen.«

Ihr Kopf schmerzt. »Was ist mit dem Rest der Familie? Was ist mit mir? *Ich* möchte dich sehen.«

Noah lässt sich Zeit, bevor er antwortet. »Ich bin nicht nur auf ihn wütend, Mom.«

Ihr Magen schnürt sich zusammen.

»Ich muss auflegen, Mom. Ich bin bei der Arbeit. Du hast jetzt meine Nummer, und du kannst sie gern den anderen geben. Wenn mein Ehemann aufrichtig von der Familie willkommen geheißen wird, und zwar von *allen*, dann ruf mich bitte an, okay? Ich komme nicht nach Hause, solange ich Chris vor Pop verstecken muss.« Er zögert. Als er weiterspricht, wird seine Stimme brüchig. »Du hättest verhindern müssen, dass er mich zwingt, dieses Loch zu graben. Du hättest mich verteidigen müssen. Ich war nur ein Kind. Ich hatte es nicht verdient, wie ihr mich behandelt habt. Ihr alle. Ich verdiene etwas Besseres.«

Die Leitung ist tot, noch bevor sie sagen kann: »Du hast recht.«

Sie denkt an den Tag zurück, an dem sich alles veränderte, den

Tag, an dem sie die Bettwäsche im Zimmer der Jungs wechselte und sich etwas in Noahs Bettbezug bewegte. Er war damals sechzehn. Justin war zweiundzwanzig und im College.

Als sie den Bezug abzog, fiel eine Zeitschrift heraus und landete direkt vor ihren Füßen. Die Zeitschrift war voll mit Fotos von Männern in den unchristlichsten Situationen, die sie sich vorstellen konnte. Sie wusste nicht, wie sie damit umgehen sollte, also wendete sie sich an Mike.

Natürlich wurde Mike wütend. Noah, so verängstigt, wie sie ihn noch nie erlebt hatte, gestand, dass er die Zeitschrift gekauft hatte, weil ihn der zutrittsbeschränkte Bereich im Zeitungsladen in Versuchung geführt hatte. Er sei neugierig gewesen, behauptete er.

Gayle hatte Noah, dem frechsten, eigensinnigsten ihrer Kinder, öfter Hausarrest aufgebrummt, als sie zählen konnte, aber diesmal, sagte Mike, wäre es etwas anderes. Diesmal hatte Noah nicht einfach nur Blödsinn gemacht, wie Jungs in seinem Alter es nun mal gern taten, sondern eine Sünde auf einem ganz neuen Niveau begangen – und das musste ihm so schnell wie möglich ausgetrieben werden.

Trotz all der Schwierigkeiten, in die Noah sich immer wieder brachte, war Mike ganz vernarrt in den Jungen, und Noah liebte seinen Dad abgöttisch. Es war das erste Mal, dass sich die Dinge zwischen ihnen nicht wieder einrenkten.

Warum war ein sechzehnjähriger Junge nicht neugierig auf nackte Frauen, warum sah er sich nackte Männer in Zeitschriften an?, fragten sie sich. Sie fanden keine Antwort, die sie nicht beunruhigte, also wandten sie sich an den, der immer half: Gott.

Gott persönlich konnte ihnen keine direkten Handlungsanweisungen erteilen, also war es das Naheliegendste, ihren Gemeindepastor um Rat zu bitten. Pastor Bob sagte ihnen, Noah brauche eine Auszeit, um über seine Sünden nachzudenken und seinen Geist wieder dem Herrn zuzuwenden.

Mike schickte Noah den Sommer über in ein christliches Militärlager. Mikes Freund Ron Wilson hatte einen Sohn, der vor Jahren mit dem Gesetz in Konflikt geraten war. Er hatte ihn in das Camp geschickt, und sechs Wochen später war Jeremy als bekehrter junger Mann zurückgekehrt. Mittlerweile war er glücklich verheiratet, hatte zwei Kinder und seine eigene Buchhaltungsfirma.

Noah wollte nicht in dieses Militärlager, sträubte sich vehement dagegen. Doch sie blieben hart. Nach drei Wochen wurde Noah mit Schimpf und Schande nach Hause geschickt, weil man ihn ertappt hatte, wie er einen der Jungs küsste.

Mike und Gayle wandten sich erneut an Pastor Bob, der meinte, Noah müsse Buße tun. Der Pastor behauptete, der Herr habe zu ihm gesprochen und gesagt, zur Strafe müsse Noah ein Loch auf dem Grundstück der Dawsons graben. Diese Zeit solle er nutzen, um Herz und Geist von den sündigen Ideen zu reinigen, die er aus dieser gottlosen Zeitschrift bezogen hatte.

Mike zwang Noah, sich den Wecker zu stellen und jeden Morgen in den Garten zu gehen, um vor der Schule dieses Loch zu graben, und wenn er von dort zurückkam, musste er weitergraben, jeden Nachmittag, bis es Zeit zum Abendessen war. Niemand im Haus durfte mit Noah reden, während er das Loch grub, und er durfte sich nicht darüber beschweren.

Jeden Tag nahm Noah Mikes große Schaufel mit in den Garten und grub einen ganzen Monat lang. An manchen Tagen prasselte beim Graben der Regen auf ihn herab, und manchmal hörte Gayle ihn abends unter der Dusche weinen. Seine Hände waren voller Blasen und Schürfwunden.

Jeden Abend, wenn Noah ins Haus kam, fragte Mike ihn, ob er

da draußen viel gebetet habe, und jeden Abend sagte Noah: »Ja, Sir, das habe ich.«

Pastor Bob suchte Bibelstellen für Noah heraus, die ihm zeigen sollten, dass er fehlgeleitet war, und jeden Abend zwang Mike ihn dazu, diese Stellen zu lesen und den lieben Gott um Vergebung zu bitten.

Am Monatsende hätte ein Kombi in das Loch gepasst. Dann sagte Pastor Bob, es wäre an der Zeit, dass Noah das Loch wiederauffüllte. Wenn es voll wäre, behauptete er, würde Satan von Noah weichen und nie wiederkehren.

Es bestand kein Zweifel: Noah *war* verändert, nachdem er das Loch gegraben hatte. Er brachte sich nie wieder in irgendwelche Schwierigkeiten. Mike stellte fest, dass der Pastor recht hatte: Das Loch zu graben, war genau das, was ihr Junge gebraucht hatte, um zu Gott zurückzufinden.

Gayles einst so ungestümer Sohn, der stets darauf aus gewesen war, irgendeinen Unsinn anzustellen, hatte sich von Grund auf gebessert. Er wurde das frommste ihrer Kinder. Früher hatte Mike ihn dazu drängen müssen, das Wort Gottes zu lesen, jetzt sperrte sich Noah in seinem Zimmer ein und studierte stundenlang die Bibel.

Noah schloss das College ab und nahm eine Stelle als Animation Artist bei einem lokalen Werbeunternehmen an. Er war so ein gut aussehender, talentierter junger Mann, und es mangelte nicht an jungen Damen, die jeden Sonntag nach der Kirche zu ihm kamen und mit ihm redeten. Gayles andere Kinder waren zu jener Zeit schon allesamt in festen Händen, nur Noah hatte noch kein einziges der hübschen Mädchen, die ihm schöne Augen machten, um ein Date gebeten. Also hatten Mike und sein Freund Bud Forsyth die Sache in die Hand genommen und ein gemeinsames Abendessen für Noah und Buds Tochter Kelsey arrangiert.

Noah ging ohne Diskussion zu dem Treffen mit Kelsey. Bevor er das Loch gegraben hatte, konnte Gayle ihn nicht einmal dazu bewegen, ein Hemd zu tragen, das sie für ihn ausgesucht hatte, ohne deswegen Widerworte zu kassieren, und jetzt ließ er sich von seinem Pop ein Mädchen aussuchen. Sie hätte wissen müssen, dass mit ihrem Sohn etwas nicht stimmte, dass man ihm die Seele geraubt hatte, aber sie schämte sich, zuzugeben, dass sie den neuen, ruhigen Noah lieber mochte als den, der immer Ärger machte, also schwieg sie.

Kelsey war ein süßes kleines Ding, und sie und Noah kamen sich näher. Schließlich heirateten sie. Gayle betete und betete dafür, dass sie mit Kindern gesegnet würden, aber das geschah nicht. Wenigstens hatte Noah einen guten Job und ein hübsches Zuhause und eine Frau, die ihn liebte, deshalb war sie auch ohne Enkelkinder dankbar dafür, wie sich sein Leben entwickelt hatte.

Und dann kam Noah eines Tages aus heiterem Himmel ohne Kelsey zu Besuch. Er habe sie verlassen, sagte er. Er liebe sie nicht. Damals waren Kelsey und er schon über zwanzig Jahre verheiratet gewesen.

»Du hast vor Gott geschworen, dass du den Rest deines Lebens mit Kelsey verbringen wirst!«, brüllte Mike ihn an. »Du gehst jetzt nach Hause und entschuldigst dich bei deiner bedauernswerten Frau.«

»Ich kann nicht länger eine Lüge leben«, entgegnete Noah.

Mike und Gayle waren am Boden zerstört, weil sie ihre reizende Schwiegertochter verloren, doch sie konnten Noah nicht zwingen, mit Kelsey verheiratet zu bleiben. Das Seltsamste war, dass Noah so glücklich war wie nie zuvor, als seine Ehe geschieden wurde.

»Die Wege des Herrn sind unergründlich«, sagte Mike. »Vielleicht ist er als Einzelgänger geboren.«

Gayle war nicht überzeugt, dass Noah glücklich darüber war,

allein zu sein. Sie hatte das Gefühl, dass da noch mehr kommen würde, und sie sollte recht behalten. Ein Jahr später war es so weit. Noah erschien erneut bei seinen Eltern und bat sie, sich zu setzen. Mit bedächtiger Stimme teilte er ihnen mit, dass er sich in einen Mann namens Chris verliebt habe und dass er ihn heiraten werde.

»Was zur Hölle ist los mit dir?«, schrie Mike aufgebracht. »Du hattest eine wunderschöne Frau und ein wunderschönes Zuhause, und jetzt wirfst du all das weg, um *so* zu werden?«

Noah holte tief Luft. »Ich bin nicht irgendwie *geworden*. Ich war schon immer so. Das bin ich.«

»Du bist krank! *Krank* bist du!«, donnerte Mike.

»Hör auf, Mike, bitte!« Gayle wollte nicht, dass er seinem Sohn etwas an den Kopf warf, was er hinterher bereute.

Aber Mike fuhr fort, als hätte sie nichts gesagt: »Du weißt, was in der Bibel steht, du weißt, dass du ein Sodomiter bist! Und jetzt willst du auch noch *heiraten*? Die Ehe ist die Verbindung zwischen Mann und Frau. Der Herr erlaubt keine Ehe zwischen Männern! Und ich werde sie ganz sicher auch nicht erlauben!« Die Ader auf seiner Stirn pulsierte.

Eine ganze Weile sagte Noah kein Wort.

Gayle hielt den Atem an.

Endlich räusperte er sich. »Du musst mir nichts erlauben. Es steht dir nicht zu, zu entscheiden, wen ich liebe.« Damit drehte er sich um und ging zur Haustür hinaus.

Sie hätte ihm folgen sollen, hätte etwas sagen sollen, irgendetwas, aber sie war zu feige, sich gegen Mike zu stellen.

Noah sprach einen ganzen Monat lang nicht mit ihnen, dann schickte er ihr eine Nachricht, in der er ihr mitteilte, dass er Chris geheiratet hatte und nach Kalifornien gezogen war.

Sie rief ihn sofort an, aber er ging nicht dran, also schickte sie ihm stattdessen eine Textnachricht.

Ich liebe dich, Noah, und dein Pop liebt dich ebenfalls.

Das Ganze war ein Schock für ihn. Er hat es nicht so gemeint.

Er wird sich schon wieder beruhigen, er braucht bloß Zeit.

Noah antwortete nicht. Das war im Juni.

Er reagierte nicht mehr auf ihre Nachrichten, auf keine einzige, und ihre Sprachnachrichten blieben ebenfalls unbeantwortet. Nach einer Weile gab sie auf. Dann verschwand er auch aus den sozialen Medien.

Und all das ging zurück auf die Zeitschrift, die sie vor so vielen Jahren in seinem Bettbezug gefunden hatte. Sie hätten ihn den Menschen sein lassen sollen, der er immer schon gewesen war. Ein Loch zu graben, hatte ihn nicht geheilt, es hatte ihn gebrochen.

Noah hat recht, sie hätte ihn verteidigen müssen. Sie hat ihrem Sohn unrecht getan. Noah war perfekt so, wie er war, doch sie musste ihn erst verlieren, um das zu begreifen. Und jetzt befürchtet sie, dass es zu spät ist, ihn jemals zurückzugewinnen.

»Schatz?« Mikes Stimme ist rau vom Schlafen. Im Pyjama steht er in der offenen Tür und reibt sich die Augen. »Was tust du da draußen? Es hat mich beunruhigt, als ich aufgewacht bin und dich nicht finden konnte.«

Sie ist zu aufgewühlt, um ihm zu erzählen, was passiert ist. Sie gibt nicht nur sich die Schuld dafür, dass sie Noah verloren hat, sondern auch Mike. Ihm macht sie große Vorwürfe.

»Ich habe dein Schnarchen nicht länger ausgehalten«, hört sie sich sagen. »Deshalb habe ich das Zimmer verlassen, um ein bisschen Ruhe und Frieden zu finden.«

Mike sieht aus, als hätte sie ihm eine Ohrfeige verpasst. »Du hättest doch etwas sagen können.« Sein Adamsapfel hüpft auf und ab. »Ich werde im Internet nachlesen, was ich dagegen tun kann. Im Internet stehen immer gute Tipps.«

Sie nickt. »Tut mir leid. Ich bin bloß so müde, das ist alles.«

Er streckt die Hand nach ihr aus. »Komm ins Bett.«

Während sie schlaflos in der Dunkelheit liegt, wird ihr eines klar: Das Krebsgeschwür in ihrer Ehe ist nicht die Tatsache, dass sie an Mikes Entscheidungen zweifelt, denn daran gibt es nichts zu zweifeln. Sie *weiß*, dass sie recht hat. Sie *weiß*, dass *er* unrecht hat.

Und eine Ehefrau, die meint, sie wüsste es besser als ihr Ehemann, ist so ziemlich das Schlimmste, was in einer gottgefälligen Ehe passieren kann.

Am fünften Tag der Weihnacht

Sophie

Auf dem Rückweg vom Markt zum Il Cuore überqueren Sophie und Rocco die Rialtobrücke. Es ist ein wolkenverhangener Morgen, und der Canal Grande liegt friedlich im Dämmerlicht. Die Straßenlaternen sind noch an, ihr gelbes Licht spiegelt sich schimmernd in der Wasseroberfläche.

»Können wir kurz stehen bleiben? Ich möchte ein Foto vom Kanal machen. Er sieht atemberaubend aus in diesem Licht.« Sophie lehnt sich gegen die Brüstung. »Ich liebe es, wie die Wellen gegen die Gebäude schlagen. So etwas sieht man sonst nirgendwo auf der Welt.«

»Das ist der Zauber von Venedig«, sagt Rocco. »Das Gleichgewicht zwischen Wasser und Stein.«

»Das gefällt mir. Darf ich dich in meinem Artikel zitieren?«

Er lacht. »Okay, aber schreib, dass Wasser und Stein der Zauber *und* das Verhängnis von Venedig sind. Die großen Schiffe, die durch den Kanal fahren, werfen zu hohe Wellen. Jeden Tag schwemmt das Wasser mehr Lehm weg. Die Gebäude erodieren. Nicht mehr lange, und sie werden einstürzen.«

Sophie schüttelt den Kopf. »Ich verstehe nicht, warum man den Schiffen immer noch gestattet, den Kanal zu befahren.«

»Komm, ich zeige dir etwas, aber dafür müssen wir ein kleines Stück umkehren.«

Sie machen kehrt und gehen wieder in Richtung Markt. Rocco zieht den Handwagen mit Lebensmitteln hinter sich her. Auf der anderen Seite des Kanals geht er in die Hocke und reibt mit den Fingern über den Boden. »Siehst du das hier?« Er blickt zu ihr hoch. »Das ist Beton. Wenn die alten Steine erodieren, werden sie nicht durch neue Steine ersetzt. Stattdessen lässt die Regierung die Löcher mit Beton füllen.« Er steht auf und tritt mit der Schuhspitze gegen den Beton. »Auf diese Weise werden Jahrhunderte der Schönheit Stück für Stück zerstört.«

Die umliegenden Steine sind betonverschmiert. Sophie holt ihre Kamera hervor und macht Fotos.

Er lacht schnaubend. »*Das* fotografierst du? Glaubst du, deine Leserinnen und Leser wollen Fotos von Beton sehen?«

»Nein, aber ich. Das ist wichtig.«

Er führt sie auf Umwegen zum Hotel zurück und bleibt an mehreren Stellen stehen, um ihr weitere Zeichen der Zerstörung zu demonstrieren. »Siehst du diese Stufe? Als ich ein Kind war, wohnte mein Freund Armando in diesem Gebäude, und wir mussten fünf Stufen bis zur Eingangstür hinaufsteigen. Jetzt sind die anderen Stufen unter Wasser, nur diese eine ist geblieben … Die Engelsstatue dort drüben, das waren mal zwei Engel. Der eine blickt nach unten, während der andere zu ihm aufschaut. Er befindet sich mittlerweile unter Wasser. Ein untergegangener Engel.«

Sie kommen am Hotel an, und Loretta hält Rocco eine Standpauke, weil er ihr die Lebensmittel so spät bringt.

»Ich habe Sophie die kaputten Steine auf dem Boden gezeigt. Ich will, dass sie sieht, was mit Venedig passiert.«

»Steine? Deshalb lässt du meinen Fisch in der Hitze vergammeln? Um dir Steine anzusehen? *Dio aiutami* – Gott steh mir bei.« Loretta gibt ihm einen Klaps auf den Hinterkopf. »Die einzigen Steine, die mir Sorgen bereiten, sind die in deinem Kopf.«

Rocco breitet die Arme aus. »Welche Hitze, Mamma? Meine Zehen sind erfroren, dabei trage ich Wollsocken! Bei diesem Wetter könnte ich den Fisch drei Tage draußen lagern, und er wäre immer noch frisch.«

»Geh und bring die Lebensmittel in den Kühlschrank, dann schneide die Orangen. Auf den Boden starren kannst du, wenn du Zeit dafür hast.« Loretta reicht Sophie einen Korb mit Gebäck und mäßigt ihren Ton. Freundlich fragt sie: »Könnten Sie mir bitte im Restaurant helfen, Sophie? Auf meinen Sohn kann ich mich nicht verlassen.«

Am liebsten hätte Sophie gesagt: »Nein, lieber nicht, Loretta. Ich finde es toll, mich in der Küche zu verstecken.« Allerdings kann sie das Restaurant nicht für immer meiden, nur weil sie einem Gast aus dem Weg gehen möchte, in dessen Gegenwart sie sich unwohl fühlt. Also nimmt sie Loretta den Korb ab und folgt ihr, wobei sie instinktiv die Luft anhält. Das Restaurant ist bis auf den letzten Platz mit Frühstücksgästen gefüllt. Eilig scannt sie die Tische. Kein Christian. Sie atmet aus.

Loretta erteilt ihr Anweisungen, und sofort eilt Sophie zwischen Restaurant und Küche hin und her, räumt Tische ab, füllt die Kaffeekanne und die Saftkrüge nach, bringt frisches Obst. Den Gästen schenkt sie kaum Aufmerksamkeit – mit einer Ausnahme.

Der Priester! Jesses, *der Priester*!

Loretta ruft Sophie zu sich und stellt sie Padre Alessandro und seinen Eltern vor, Signor und Signora di Rita. Loretta überschlägt sich beinahe, als sie Sophie zweimal binnen einer Minute erzählt, dass der heilige Alessandro den ganzen Weg vom Vatikan zurückgelegt hat, um seiner Heimatstadt Venedig einen Besuch abzustatten. Der heilige Alessandro, denkt Sophie, kommt ihr so gar nicht vor wie ein Priester. Gäbe es einen Antipriester, würde er es sein.

Die einzigen Priester, denen sie als Heranwachsende begegnete, waren vor sich hin brabbelnde Greise. Dieser Kerl dagegen – heilige Muttergottes! Seine Augen sind von einem so blassen Blau, dass sie grau erscheinen, und wenn er lächelt, scheinen sie sagen zu wollen, dass es nichts gibt, was sie noch nicht gesehen haben. Er trägt ein enges schwarzes Nadelstreifenhemd und eine schmal geschnittene Jeans. Die Jeans ist rot. Eine rote Skinny-Jeans. *An einem Priester.* Seine blonden, welligen Haare sind genauso sexy wie sein Dreitagebart. Er ist groß und breitschultrig, die Hemdsärmel schmiegen sich eng an seine muskulösen Arme. Tausendprozentig verbirgt sich ein Sixpack unter dem Stoff. Alessandro zählt genau zu der Sorte Priester, für die sie sich sonntagsmorgens in die Frühmesse schleppen würde.

»Willkommen in Venedig, Sophie.« Er schenkt ihr ein schiefes Grinsen.

Ihre Zunge liegt wie Blei in ihrem Mund. »Danke, ebenfalls«, murmelt sie und wünscht sich, der Erdboden würde sich auftun und sie verschlucken, bevor sie eine weitere idiotische Bemerkung wie diese von sich geben kann.

Erst als sie sich eine Minute später vom Tisch entfernt, nachdem sie sich so gründlich blamiert hat, fällt ihr das seltsame Gespräch gestern zwischen Rocco und Marina wieder ein – über einen geheimnisvollen Mann, der mit seinen Eltern zum Frühstück kommen würde –, und alles fügt sich zusammen.

Oh. Oh! *Ein katholischer Priester, Marina. Ich hätte nicht gedacht, dass du so durchtrieben sein kannst!*

Innerlich schmunzelnd wegen der Schlüpfrigkeit des Ganzen,

stößt sie am Eingang zum Restaurant mit jemandem zusammen. »Es tut mir leid!« Sie macht einen Schritt zurück.

»Hey, keine Sorge.« Christian lächelt. »Nett, dich wiederzusehen.«

Ihr Gesicht fühlt sich plötzlich taub an. Sie zwingt sich zu einem Lächeln. »Hi.«

Sophies Blick fällt auf seine Begleiterin, deren Hand er hält. Die Frau gehört dringend wegen Unterernährung ins Krankenhaus. Sie trägt einen grauen Pulli, der an ihr so groß ist, dass sie zweimal hineinpassen würde.

Aggressive Mimikry. Diese Frau ist seine Beute. Sophie kennt sich mit vielen Dingen nicht aus, doch hiermit schon. Sie schluckt. Ihre Kehle ist so eng, dass es schmerzt. »Sucht ihr … sucht ihr nach einem freien Tisch?«

»In der Tat.« Christian schenkt ihr ein weiteres entwaffnendes Lächeln.

Sophie weiß nicht, ob es möglich ist, jemanden zu hassen, den man nicht kennt, aber sie hasst diesen Mann tatsächlich, und zwar von ganzem Herzen.

Sie führt die beiden zu einem frei gewordenen Tisch. Die Frau fängt ihren Blick auf, dann setzt sie sich. Sie braucht Hilfe. Das muss man ihr nicht extra sagen, Sophie versteht es auch so. Mit einem unguten Gefühl im Magen lässt sie die beiden allein und verschwindet in der Küche.

Kurz darauf kommt Marina herein. Sophie interessiert sich nicht länger für ihre verbotene kleine Romanze mit dem heißen Priester, und auch Roccos Verzweiflung über seine sinkende Stadt ist vergessen.

Alles, woran sie denken kann, ist die Frau im Restaurant mit den eingefallenen Wangen und den dünnen braunen Haaren, die kürzer geschnitten sind als bei einem Schuljungen. Sie muss mehr über die Situation in Erfahrung bringen, in der sich diese Frau befindet, denn sie wird alles in ihrer Macht Stehende tun, um ihr zu helfen.

Sophie weiß, wann es um Leben und Tod geht.

Loretta

Es ist unmöglich für Loretta, sich auf das Restaurant zu konzentrieren. Das Handy in ihrer Jeanstasche fühlt sich an wie eine Granate. Sie wartet die ganze Zeit über darauf, dass es vibriert. Flavia hat immer noch nicht auf die Nachricht reagiert, die Loretta ihr gestern Nachmittag geschickt hat. Warum braucht sie so lange, um zu antworten? Hat sie Venedig verlassen? Oder schlimmer noch: Ist sie nach wie vor hier und hat ihre Meinung geändert?

Das Warten und die Schlaflosigkeit haben Loretta kribbelig gemacht. Sie hofft, dass die Gäste nichts bemerken. Es ist ein Segen, dass sie heute noch nicht Alberto gegenübertreten musste; er hat tief und fest geschlafen, als sie nach unten gegangen ist. Sie darf jetzt nicht an ihn denken.

Nur einmal, lautet ihr heutiges Mantra, als sie nach dem Medaillon mit der Muttergottes unter ihrem Rollkragenpullover tastet. *Lass sie mich nur noch ein einziges Mal berühren, und dann bitte ich dich nie wieder um etwas.* Sie hat Alberto sechsunddreißig Jahre ihres Lebens geschenkt. Bestimmt kann Gott ihr verzeihen, dass sie diesen einen Moment nur sich selbst widmen möchte.

Als ihr Handy tatsächlich vibriert, lässt sie beinahe die Kaffeekanne fallen, die sie in der Hand hält. Eilig stellt sie sie auf den Tisch und eilt im Laufschritt zur Restauranttoilette, wo sie das Handy hervorzieht. Beinahe wäre sie mit Marina zusammengeprallt, die vor dem großen Ganzkörperspiegel steht und sich betrachtet.

»Wo warst du?«, schnauzt Loretta und schiebt das Telefon zurück in die Hosentasche. »Das Frühstück ist bald vorüber.«

Marina ignoriert sie, dreht sich von einer Seite zur anderen und mustert stirnrunzelnd ihr Spiegelbild.

»Heute kann ich mich weder auf dich noch auf deinen Bruder verlassen«, lamentiert Loretta. »Erst drängst du mich dazu, kürzerzutreten, und dann bleibt alles an mir hängen.« Sie betrachtet Marina mit schmal gezogenen Augen. »Hast du Make-up aufgelegt? Seit wann trägst du bei der Arbeit Make-up?«

Ohne den Blick vom Spiegel zu wenden, steckt Marina ihre Bluse so fest in die Hose, dass sie über der Brust spannt. »Dieses Oberteil ist vollkommen formlos. Es ist so *hässlich*. Warum tragen wir eine hässliche Uniform?«

»Vergiss die alberne Bluse und hilf mir endlich«, blafft Loretta. »Das Restaurant ist voll!«

»Entspann dich. Ich komme ja schon.« Endlich reißt Marina sich vom Spiegel los und öffnet die Toilettentür.

In diesem Moment eilt Rocco vorbei. »Die di Ritas sind hier«, sagt er zu Marina und sieht dabei wenig erfreut aus, was Loretta wundert, denn Alessandro ist einer seiner ältesten Freunde. »Signora di Rita fragt nach dir, Mamma.«

»Schon wieder? Ich war doch erst vor ein paar Minuten bei ihr.« Seufzend folgt Loretta Marina hinaus ins Restaurant. Sobald sie einen freien Moment findet, muss sie unbedingt einen Blick auf ihr Handy werfen.

Die blonden Köpfe von Alessandro und seiner Mutter sind Leuchtfeuer am besten Tisch im ganzen Restaurant. Sie geht zu ihnen. Clara und ihr Ehemann Pedro äußern sich begeistert über das Essen. Loretta hat die di Ritas immer schon gemocht. Sie sind herzliche, liebenswürdige Menschen. Es ist kein Wunder, dass sie einen Sohn hervorgebracht haben, der so heilig ist, dass man ihn nach Rom berufen hat. Obwohl ihr Alessandro heute Morgen immer noch seltsam erscheint: Er rutscht auf dem Stuhl hin und her und starrt an Loretta vorbei auf Gott weiß was. Clara erzählt ihr von einer Spendenaktion für die Kirche, und Loretta bietet an, einen Korb mit selbst gebackenem Mürbeteiggebäck zu spenden. Sie bleibt noch einige Minuten am Tisch der di Ritas stehen und plaudert mit ihnen über das Wetter (kalt), Weihnachten (wie schön, dass Alessandro nach Hause gekommen ist) und ihre Versicherungsgesellschaft (die Gott sei Dank gut läuft). Dabei fragt sie sich die ganze Zeit, ob die Nachricht auf ihrem Handy wohl von Flavia ist und was drinsteht.

Schließlich entschuldigt sie sich. Sie ist zu angespannt, um noch länger soziale Kontakte zu pflegen. Auf dem Weg zurück zur Toilette bemerkt sie, dass die Platte mit kaltem Fleisch fast leer ist, und so gern sie auch einen Blick auf die eingegangene Nachricht werfen möchte, weiß sie doch, dass sie dies unmöglich ignorieren kann. Also bleibt sie stehen, um die Platte zu nehmen und zum Auffüllen in die Küche zu bringen.

»Wieder einmal eine fantastische Auswahl.«

Die Stimme gehört dem australischen Arzt, Signor Taylor, der in diesem Augenblick neben sie tritt.

»*Prego*, Signore. Ich hoffe, Sie genießen Ihr Frühstück.«

»Aber gewiss doch.« Er greift nach einem Gebäckstück. »Ich esse sozusagen für meine Frau mit. Sie hat nicht viel Appetit. Ich habe keine Ahnung, wie sie all diesen Köstlichkeiten widerstehen kann.«

Loretta denkt an Signora Taylor, sieht lebhaft vor sich, wie sie sich während seiner Abwesenheit vollgestopft hat.

Er tritt einen Schritt näher an sie heran. »Ich weiß, dass Ellie mitunter ein wenig reserviert wirkt. Sie ist extrem schüchtern, das ist alles. Es gefällt ihr hier sehr gut – nur damit Sie keinen falschen Eindruck bekommen.«

Loretta registriert, dass Signora Taylor vor einem Glas Wasser sitzt und ausschaut wie das personifizierte Elend. Das ist keine Schüchternheit, dahinter steckt etwas Ernsteres. »Bitte lassen Sie mich wissen, ob es etwas gibt, womit ich Ihrer Frau den Aufenthalt bei uns angenehmer machen kann, Signore.«

»Sie sind die Beste, Signora Bianchi.« Er zwinkert ihr zu. Loretta spürt, wie sich ihre Rückenmuskeln anspannen. »Wie geht es Ihrem Ehemann?«, erkundigt er sich, fast so, als wollte er sie daran erinnern, was für ein Held er ist.

Bevor sie ihm antworten kann, tritt Alessandro zu ihnen und begrüßt ihn. »Christian! *Buongiorno*, mein Freund.«

»Padre!« Christian grinst.

Loretta legt die Stirn in Falten. »Du kennst meinen Gast?«, fragt sie Alessandro.

»Selbstverständlich kenne ich Christian.« Alessandro lächelt. »Ich bin doch wegen der Beerdigung nach Venedig gekommen.«

Sie schüttelt den Kopf und sagt auf Italienisch zu Alessandro: »Ich verstehe nicht. Worin besteht der Zusammenhang zwischen einer Beerdigung und diesem Mann?«

»Zia, hast du vergessen, dass Signor Zanetti Elenas Vater ist?« Alessandro deutet auf Signora Taylor.

Loretta stockt der Atem. Ihr Kopf wirbelt erneut zu der jungen Frau herum.

»*Das* ist Elena Zanetti?« Ihre Stimme klingt schrill.

»Sie kennen meine Frau?«, fragt Christian.

»Und ob ich sie kenne!« Loretta legt die Hand aufs Herz. Heilige Maria, was ist nur aus der süßen kleinen Elena geworden? Das letzte Mal, als Loretta sie gesehen hat, war sie noch ein Teenager.

Niemals hätte sie in dieser traurigen, skelettartigen Frau das temperamentvolle Mädchen erkannt, das sie damals war.

Sie geht zu Elenas Platz und öffnet die Arme. »Elena, *cara! È bello vederti!*«

Elena zuckt zurück und erwidert in nahezu akzentfreiem Englisch: »Entschuldigung, kennen wir uns?«

»Selbstverständlich kenne ich dich!«, ruft Loretta auf Englisch. »Erinnerst du dich denn nicht an uns? Rocco hat mit Paolo Fußball gespielt. Gott hab ihn selig.« Sie bekreuzigt sich.

»Es tut mir leid, Signora Bianchi, aber ich … ich erinnere mich nicht.« Es ist offensichtlich, dass sie lügt.

Elena schaut an ihr vorbei, und Loretta dreht sich um und stellt fest, dass Christian hinter ihr steht. Er durchbohrt seine Frau mit finsteren, laserartigen Blicken.

»Du kennst diese Leute? Warum hast du mir das nicht gesagt, Ellie?« Seine Stimme hat sich verändert. Sie ist leise und ruhig. Die Art, wie er das Wort »Ellie« ausspricht, lässt Loretta zusammenzucken.

»Ich schwöre, dass ich mich nicht an sie erinnere.« Elenas Stimme zittert. Ihre Augen flitzen von Loretta zu ihrem Ehemann. Sie ringt die knochigen Hände. Das arme Mädchen hat furchtbare Angst vor diesem Mann. Was um alles in der Welt tut er ihr an?

Loretta denkt an Anna-Maria, Elenas Mutter, die erst ihren Sohn und jetzt, mit Anfang fünfzig, auch ihren Ehemann verloren hat. Es ist offensichtlich, dass ihre Tochter in ernsten Schwierigkeiten steckt. Wie kann so viel Leid eine einzige Familie treffen?

»Bitte entschuldigen Sie uns, Signora Bianchi.« Christians Stimme bleibt ruhig, aber sein Kiefer ist verkrampft. »Ich würde gern unter vier Augen mit meiner Frau sprechen.«

»Selbstverständlich.« Loretta sieht Elena entschuldigend an und verlässt das Restaurant, um erneut die Toilette aufzusuchen.

Dort angekommen holt sie tief Luft, schließt sich in eine der Kabinen ein und wirft einen Blick aufs Display.

Die Nachricht ist von Flavia.

> Geliebte, ich warte in der Kirche auf dich.
> Beeil dich.

Elena

Christians Gesicht ist dunkelrot, die Adern an seinen Schläfen treten hervor. Wortlos zerrt er Elena die Treppe hinauf. Ihre Finger werden blau, so fest umschließt er ihre Hand. Sie verliert beinahe den Boden unter den Füßen, als er sie ins Zimmer stößt.

»Was zur Hölle hat das zu bedeuten?«, zischt er, sobald sich die Tür hinter ihnen geschlossen hat. »Warum hast du mir nicht gesagt, dass du die Bianchis kennst?« Sein Gesicht ist nur Zentimeter von ihrem entfernt. Sein Atem riecht nach Eiern.

»Ich schwöre, dass ich sie nicht kenne. Ich kenne sie nicht.« Sie verspürt den verzweifelten Drang, ihre Blase zu entleeren.

»Hör auf, mich anzulügen!« Seine Halsmuskeln spannen sich an.

Elena weiß, dass ihr nur Sekunden bleiben, um sich herauszureden, den Kopf aus der Schlinge zu ziehen. »Ich lüge nicht, das schwöre ich. Bitte, Christian, du musst mir glauben! Ich war noch ein Kind, als Paolo Fußball gespielt hat.« Ihre Worte überschlagen sich. »Wie soll ich mich nach zwanzig Jahren an die Familie eines seiner Mannschaftskameraden erinnern? Ich wusste nicht, dass sie es sind, ganz bestimmt nicht.« Sie macht einen Schritt nach hinten, weg von ihm. »Da ist noch etwas, was du wissen solltest.«

»*Was?* Was hast du mir sonst noch verschwiegen?« Er verengt die Augen zu schmalen Schlitzen.

»Diese Übelkeit, die ich hatte … sie ist wieder da. Heute ist mir richtig schlecht. Ich frage mich, ob ich …« Sie spricht die Worte nicht aus. Stattdessen legt sie die Hand auf ihren Unterleib.

Jetzt werden seine Augen groß. »Ellie, o mein Gott! Du glaubst, du bist schwanger?«

»Vielleicht.« Sie nickt. Ihr Herz galoppiert.

»Das ist wundervoll.« Er schlägt die Hand gegen die Stirn. »Nach all der Zeit!« Ein breites Lächeln tritt auf sein Gesicht. »Lass uns einen Test besorgen.«

Sie schüttelt hektisch den Kopf. »Ich war heute Morgen schon zweimal auf der Toilette. Das Ergebnis könnte ungenau sein. Wir sollten lieber bis morgen warten.«

Morgen wird sie auch nicht schwanger sein, aber sie wird dafür sorgen, dass sie bis dahin fort ist.

»Ein Baby! Ich kann es nicht glauben.« Er legt die Hand auf ihre. »Ich wusste, dass es irgendwann klappt, ich *wusste* es. Und diesmal habe ich ein richtig gutes Gefühl, Ellie.«

Es ist ihr ein Rätsel, wie ein Mann, der intelligent genug ist, um komplizierte Gehirnoperationen durchzuführen, auch nur eine Sekunde in Erwägung ziehen kann, dass sie tatsächlich schwanger ist. Um ein Kind zu empfangen, ist sie viel zu unterernährt, und nicht nur das: Selbst wenn sie schwanger wäre, könnte ein Fötus unmöglich die vielen Tritte in den Unterleib überleben, die er ihr noch vor wenigen Tagen zugefügt hat. Und doch steht er hier und sieht sie mit einem breiten, dümmlichen Grinsen im Gesicht an. Das Ausmaß seiner Wahnvorstellungen ist atemberaubend.

Als er ein paar Minuten später ins Bad und unter die Dusche geht, sackt sie erleichtert aufs Bett, bereit, einen heftigen Anfall von Morgenübelkeit vorzutäuschen. Sie wird behaupten, es ginge ihr zu schlecht, um das Hotel zu verlassen. Christian wird auf keinen Fall Lust haben, den ganzen Tag über im Zimmer eingesperrt zu sein. Sie wird ihn ermutigen, ohne sie auf Sightseeingtour zu gehen, am liebsten weit weg, gern in Padua. Während er unterwegs ist, wird sie die Flucht ergreifen. Mamma wird sie mitnehmen, selbst wenn diese noch nicht dazu bereit sein sollte.

Heute ist der Tag, an dem Elena ihm entrinnen wird.

Gayle

»Können wir gleich los, Schatz?«, fragt Mike, als sie nach dem Frühstück in ihr Zimmer zurückkehren.

Gayle hatte sich auf den heute anstehenden Ausflug zu der kleinen Insel Burano gefreut, darauf, an den hübschen farbigen Häusern entlangzuschlendern und den Frauen beim Spitzenklöppeln zuzusehen. Doch nachdem sie Elena heute Morgen unten im Restaurant gesehen hat, wie sie zusammengekauert dastand, während Christian drohend über ihr aufragte und sie mit Gott weiß was für Fragen bombardierte, weiß Gayle, dass sie mehr tun muss, um der jungen Frau zu helfen. Sie muss irgendwie zu Elenas Mutter durchdringen.

Sie ist bereit, noch einmal das heruntergekommene Gebäude mit Anna-Marias Wohnung, den endlosen Treppen und dem aggressiven, Besen schwingenden Nachbarn aufzusuchen, wenn sie Elena damit bei ihrer Flucht unterstützen kann. Es war nicht leicht, Mike zu einer Rückkehr ins jüdische Viertel zu überreden, aber Gayle hat hier in Venedig ihre Stimme gefunden, und sie benutzt sie, obwohl sie innerlich jedes Mal zittert, wenn sie Druck auf ihn ausübt.

Diesmal hat die Fahrt nach Cannaregio nichts Abenteuerliches an sich. An der Vaporetto-Haltestelle schlägt ihnen ein eisiger Wind entgegen, und als sie sich auf das überfüllte Boot drängen, gibt es keine Sitzplätze mehr. Mike muss Gayle zweimal festhalten, damit sie nicht hinfällt, als sie von aussteigenden Fahrgästen angerempelt wird. Zwei Stopps vor San Marcuola können sie sich endlich setzen.

Zu Gayles Überraschung öffnet Anna-Maria sofort, als Mike an ihre Tür klopft, und begrüßt sie beide mit einer festen Umarmung.

»*Mi dispiace*«, sagt sie wieder und wieder. »Es tut mir leid, so leid.« Ihr Gesicht ist verzerrt vor Sorge.

»Mike Dawson«, stößt Mike keuchend hervor. »Das ist Gayle, meine Frau.«

Anna-Maria drückt Gayles Hände. Gayle ist überrascht, wie viel Kraft in ihrem Griff steckt.

»Elena will fliehen.« Mike spricht so laut, als würde er mit seinem tauben Freund in Little Rock reden. »Sie holt Sie ab.«

Anna-Maria nickt. »Ich bereit, ja. *Vieni dentro, vieni.*« Sie bedeutet den beiden einzutreten.

Zögernd folgen sie ihr in die Wohnung. Das kleine Wohnzimmer ist vollgestellt mit Möbeln, allesamt alt, abgenutzt und nicht zusammenpassend. An manchen Stellen löst sich die Tapete mit dem creme-goldenen Paisleymuster von den Wänden.

»Bitte, willkommen.« Anna-Maria zeigt auf das durchgesessene Sofa.

Mike nimmt sein Sonnenvisier ab. Mike vergisst nie seine Manieren, ganz gleich, in welcher Situation. Das ist eine seiner liebenswertesten Eigenschaften.

Anna-Maria zeigt ihnen eine kleine weiße Schachtel auf dem Couchtisch. Darin liegt ein neues Smartphone. »Giacomo, er hat es für mich gekauft.«

»Giacomo?«, fragt Mike.

»*Sì*, ja. Giacomo, mein Freund.« Sie deutet in Richtung des

Apartments gegenüber, das dem Nachbarn mit dem Besen gehört. »Sie Elena sagen, ich habe Geld.« Sie klopft auf einen unverschlossenen Umschlag, der ebenfalls auf dem Tisch liegt, und zieht ein Bündel Scheine heraus, um ihre Worte zu verdeutlichen. Gayle fallen beinahe die Augen aus dem Kopf. Es handelt sich um Zweihundert-Euroscheine. In dem Umschlag müssen mindestens fünfzig davon sein. Dem Aussehen der Wohnung nach zu urteilen, handelt es sich hier nicht um eine reiche Familie. Anscheinend stecken Anna-Marias gesamte Ersparnisse in diesem Umschlag. Es ist alles so furchtbar traurig.

Mike wendet sich Gayle zu und murmelt: »Wir hätten nicht noch einmal herkommen müssen. Offenbar hat sie alles unter Kontrolle.«

Gayle spürt seine Enttäuschung: Mike sieht sich gern als Helfer.

Anna-Maria streckt ihnen die Handfläche entgegen, um sie vom Gehen abzuhalten. »*Aspettate.* Warten Sie, bitte.« Sie verlässt das Wohnzimmer.

Gayle betrachtet die Fotos auf dem Kaminsims. Anscheinend hat Elena einen Bruder. Sie fragt sich, wo er ist und ob er weiß, was seiner Mutter und seiner Schwester widerfährt, anschließend spricht sie ein stummes Gebet für Elenas so freundlich aussehenden toten Vater.

Anna-Maria kehrt mit einer zerbeulten blauen Keksdose zurück. »Bitte, für Sie.« Sie reicht Gayle die Dose.

Mikes Augen werden groß. »Mach sie auf, Schatz.«

Gayle nimmt den Deckel ab. Darunter kommt Gebäck, gefüllt mit Marmelade, zum Vorschein, mindestens ein Dutzend köstlich aussehende Teilchen. Sie wirft Anna-Maria einen fragenden Blick zu. »Für uns?«

»Ja.« Anna-Maria lächelt schüchtern. »Um zu danken.«

Elena hat so viel von Anna-Maria: die großen braunen Augen, die dunklen Haare, die olivfarbene Haut.

»Das ist sehr freundlich von Ihnen. Ich werde gleich mal eins probieren.« Mike greift über Gayles Schoß hinweg in die Dose und nimmt sich ein Gebäckstück. »Hmm, köstlich«, nuschelt er. Krümel fallen auf seine Hosenbeine.

Anna-Maria nimmt in dem Sessel ihnen gegenüber Platz. »Sie geben eins Elena? Elena nicht essen.« Sie beißt sich auf die Lippe.

Gayles Herz zieht sich zusammen. Wie um alles in der Welt soll sie Elena das Gebäck zustecken? Aber sie weiß, was eine Mutter hören möchte. »Selbstverständlich. Ich werde ein paar Teilchen für Elena aufheben.«

»Sie und Elena, Freunde«, sagt Anna-Maria.

»Ja«, bestätigt Gayle und nickt. Elena mag Mike und sie nicht für Freunde halten, aber für Gayle ist sie eine Freundin.

»Christian nicht gut.« In Anna-Marias Augen treten Tränen.

»Ich weiß.« Gayle nickt erneut und spürt, wie die Angst um Elena von ihr Besitz ergreift. Sie fröstelt.

Mike schiebt sich den letzten Bissen in den Mund und leckt seine Finger ab. Es gibt nichts mehr zu sagen, also stehen sie auf und wenden sich zum Gehen. Anna-Maria umarmt sie erneut und dankt ihnen überschwänglich.

»Ich habe ein schlechtes Gefühl, was Elenas Flucht betrifft«, sagt Gayle, als das Vaporetto ablegt und Cannaregio hinter ihnen zurückbleibt. Sie schaudert, aber nicht wegen des kalten Winds, der ihre Kleidung peitscht. »Hoffentlich ist sie bald in Sicherheit, und Anna-Maria ebenfalls.«

»Mach dir keine Sorgen, Schatz. Anna-Maria hat die Situation im Griff. Unterschätze nicht, wie weit Eltern für ihr Kind gehen.«

Sie starrt ihn mit offenem Mund an. Er hebt abwehrend die Hand. »Ich weiß, was du sagen willst, deshalb musst du es erst gar nicht aussprechen. Ganz so einfach ist es aber nicht.«

Er hat sie gebeten, es nicht auszusprechen, also sagt sie nichts, aber sie denkt es. Wie weit würden sie für *ihr* Kind gehen? Anscheinend nicht weit genug.

Auf der Rückfahrt nach San Marco spülen alle Sehenswürdigkeiten von Venedig ungesehen über sie hinweg. Anna-Maria riskiert alles für ihre Tochter, und was hat Gayle für Noah getan? Das muss sie in Ordnung bringen. Gott wird ihr niemals verzeihen, wenn sie es nicht tut. Sie schaut zu Mike hinüber, der die Bootsfahrt mit dem Handy filmt.

Es ist zu spät, sich wieder in die Frau zu verwandeln, die sie vor der Reise nach Venedig war. Die neue Gayle wird endlich die Mutter sein, die Noah verdient, selbst wenn es ihre Ehe für immer verändert. Ihre Handflächen fühlen sich schwitzig an. Wenn ihre Rolle als gute Mutter sie doch nur nicht zu einer schwierigen Ehefrau machen würde!

Loretta

Loretta eilt durch die Straßen, in die entgegengesetzte Richtung der Piazza San Marco, wo Magdalena in ihrem Wassertank steht. Sie kann der Künstlerin heute nicht gegenübertreten.

Sie hat behauptet, sie würde sich mit einer ausländischen Journalistin zu einem Interview treffen, damit sie nicht zum Mittagessen mit der Familie bleiben muss. Es kommen regelmäßig Anfragen von der Presse, und niemand hob auch nur eine Augenbraue, nicht einmal Alberto, der das Apartment verlassen und sich zu ihnen gesellt hatte. Sie konnte ihn kaum ansehen, zu groß war ihre Furcht, sie könnte ihre Meinung ändern.

Zehn Minuten nachdem sie das Il Cuore verlassen hat, steht sie am Fuß der Stufen, die zum Portal von San Zaccaria führen. Die Türen stehen offen. Sie beobachtet die Menschen, die in die Kirche hinein- und wieder herausströmen, doch sie bleibt draußen, da ihr plötzlich das ungeheure Ausmaß dessen, was sie vorhat, bewusst wird.

Loretta zieht die Handschuhe aus, haucht ihren warmen Atem in die hohlen Hände und steigt zögernd die Treppe hinauf.

Die Kirche ist voller Touristen. Manche knien in den Bänken, ins Gebet versunken, andere zünden Kerzen an, wieder andere machen Fotos vom Altar und den Fresken, trotz der nicht zu übersehenden Verbotsschilder.

Sie entdeckt Flavia neben der Kanzel, im Licht der Sonnenstrahlen, die durch die Buntglasfenster über ihr fallen. Auch wenn ihre Haare und der Körper unter dem Habit und dem Schleier verborgen sind, strahlt sie Schönheit aus. Loretta kann den Blick nicht abwenden von dem herzförmigen Gesicht, dem hinreißenden Lächeln, den großen Augen. Flavia ist ins Gespräch mit einer älteren Frau vertieft. Loretta erkennt Signora Offreddo, die Gattin ihres in den Ruhestand gegangenen Zahnarztes.

Loretta zündet eine Kerze an. *»Nel nome del Padre e del Figlio e dello Spirito Santo«*, wispert sie und bekreuzigt sich, doch dann stellt sie fest, dass sie jetzt nicht in der Lage ist, zu beten. Wie soll sie mit Gott sprechen, wenn sie in Sünde gekommen ist?

Nachdem sich Signora Offreddo verabschiedet hat, fängt Flavia Lorettas Blick auf, was ihr Herz in himmlische Sphären schickt. Flavia deutet auf die Sakristei, geht Loretta voran hinein und lässt die Tür hinter sich einen Spalt offen. Loretta wartet etwa eine Minute, vergewissert sich, dass niemand sie beobachtet, dann folgt sie der Nonne unauffällig.

»Schließ die Tür.« Flavias Stimme klingt gedämpft.

Loretta tut, worum sie gebeten wird. Erst als die Tür zu ist, nimmt sie die Sonnenbrille und den Schal ab, den sie um ihren Kopf geschlungen hat, und legt beides auf einen freien Stuhl an der Wand. *»Il padre?«*, flüstert sie.

»Er ist beschäftigt.« Flavia macht einen Schritt auf sie zu und streckt ihr die Hände entgegen. »Hier sind wir sicher. Komm.«

Loretta bleibt genau da, wo sie ist. Ihr Herz hämmert.

»Komm, Loretta.«

Loretta macht ein paar Schritte nach vorn und legt ihre Hände in Flavias. Sie sind weich und warm, und obwohl Flavia so tut, als hätte sie alles unter Kontrolle, zittern ihre Hände, und ihr Atem geht stoßweise.

»*Cara mia.*« Flavia legt die Finger unter Lorettas Kinn und hebt es sanft an, sodass sie einander in die Augen blicken.

Damals sind sie ihr zum Verhängnis geworden, diese haselnussbraunen Augen.

»Hast du mich vermisst?«, wispert Flavia.

»Ist es wirklich nötig, diese Frage zu stellen?« Die Tränen strömen über Lorettas Wangen, unkontrolliert, ungewollt.

Flavia wischt sie mit dem Daumen ab. »Sind das Tränen der Freude oder des Schmerzes?«

»Keine Ahnung. Beides.«

Flavia streicht mit dem Finger über die Blase an Lorettas Handgelenk, wo sie sich gestern mit Kaffee verbrannt hat. »Hast du dich verletzt?«

»Nicht der Rede wert.«

Flavia hebt Lorettas Hand an ihren Mund und küsst die Brandblase. Das Gefühl von Flavias Lippen auf ihrer Haut lässt Loretta erbeben. Sie berührt den Schleier, der Flavias Haare bedeckt und schwer über ihre Schultern fällt. Flavias brauner Habit ist lang und weit, vor ihrer Brust hängt an einer dicken Silberkette ein klobiges Kruzifix.

»Es ist seltsam, dich in dieser Kleidung zu sehen«, sagt Loretta.

»Sie ist jetzt schon so lange Teil von mir, dass es mir schwerfällt, mich an eine Zeit zu erinnern, in der ich mich nicht hinter der Ordenstracht versteckt habe.«

»Ich erinnere mich daran«, flüstert Loretta. Sie schiebt die Finger unter den Schleier und drückt ihn sanft nach hinten, aus Flavias Gesicht. Er fällt zu Boden. Darunter kommen Flavias wellige Haare zum Vorschein, grau, mit blonden Strähnen darin.

Flavia sieht Loretta in die Augen. »Darf ich dich küssen? *Per favore?*« Ein Lächeln umspielt ihre Lippen, und die Jahre schmelzen dahin.

»Ja. Tausendmal, wenn du möchtest.«

In der Sekunde, in der sich ihre Münder begegnen, erwacht Lorettas Körper zum ersten Mal seit Jahrzehnten zum Leben. Etwas in ihrem Innern löst sich, als sie Flavias Zunge mit ihrer eigenen umspielt. Ursprüngliche, unverfälschte Begierde. Sie stößt Flavia gegen die Wand der Sakristei, ihre Körper prallen gegeneinander. Loretta schiebt das Knie zwischen Flavias Beine und lässt sich tiefer und tiefer in den Abgrund der Sünde fallen.

Nichts anderes zählt für Loretta, gar nichts, außer diesem Moment, hier und jetzt.

Gayle

Zurück in San Marco, suchen Gayle und Mike mithilfe des Handy-Stadtplans eine Pizzeria mit einem speziellen Mittagsangebot auf: Das Essen für die zweite Person gibt's gratis dazu.

Die Pizzeria liegt an einer Piazza mit einer großen, alten weißen Kirche und einem riesigen Holzportal. Gayle hat noch keine italienische Kirche besucht, und die Basilica di San Marco ist nach dem Hochwasser im November noch immer geschlossen.

»Sollen wir vor dem Mittagessen einen Blick in die Kirche da drüben werfen, Schatz?«, fragt sie Mike.

Er schaut sehnsüchtig zu der Pizzeria hinüber, auf die riesigen Stücke Pizza Salami in der Auslage. »Ja sicher.«

Sie betreten die Kirche. Gayle bleibt stehen und schaut sich staunend um. Jede Wand ist üppig verziert, genau wie die Decke. Sie weiß gar nicht, was sie zuerst betrachten soll – die Heiligenstatuen, die Fresken, die Buntglasfenster, die riesigen Marmorsäulen.

»Ihr sollt euch … weder ein Gottesbild noch ein Steinmal aufstellen und in eurem Land keine Steine mit Bildwerken aufrichten, um euch vor ihnen niederzuwerfen.« Mike zitiert atemlos die Bibel und deutet auf eine Christusstatue.

»Da hast du recht, Schatz.«

Gayle gibt ihm gegenüber nicht zu, dass sie versteht, warum die Katholiken Kunst in ihren Kirchen so sehr lieben. Es ist unmöglich, die Gegenwart Gottes nicht zu spüren, wenn man das gepeinigte Antlitz des gekreuzigten Jesus vor sich sieht.

Zusammen drehen sie eine Runde durch die Kirche, wobei sie den Stationen von Jesu Kreuzweg folgen, dessen Qualen bis ins grausigste Detail dargestellt sind.

Ein Priester im langen Gewand mischt sich unter die Besucherinnen und Besucher und bleibt dann und wann stehen, um jemanden zu begrüßen. Er ist ein auffallend gut aussehender junger Mann, groß, mit breiten Schultern, blond – wie ein Filmstar. Gayle errötet, als er ihren Blick auffängt und sie anlächelt.

»Heißblütige junge Männer zum Zölibat zu zwingen, ist wider die Natur«, murmelt Mike, der den Priester ebenfalls beäugt. »Ich wette meinen letzten Dollar darauf, dass der Priester heimlich eine Frau hat. Es ist einfach nicht richtig, dass dumme katholische Regeln sein Liebesleben bestimmen.«

Mikes Worte erinnern Gayle an das, was Noah gesagt hat, als er sein Elternhaus verließ und nie mehr zurückkehrte.

Es steht dir nicht zu, zu entscheiden, wen ich liebe.

Morgen wird sie mit Mike reden. Sich erneut gegen ihn und seinen Beschluss stellen. Morgen, nicht heute.

»Ich frage mich, wohin es hier geht«, sagt Mike, als sie zu einer Tür an der Seite des Altars kommen. Er dreht den Knauf.

»Ich weiß nicht, ob wir da reingehen dürfen, Schatz.«

»Wenn dort keine Besucher erwünscht wären, hätte man sicher abgesperrt«, entgegnet Mike und schiebt die Tür auf, die leise knarzt. »Allmächtiger!«, ruft er, als die Tür ganz offen ist.

Es dauert ein paar Sekunden, bis Gayle die Szene einordnen kann, die sich vor ihr entfaltet.

Der Raum ist klein, die Wände sind mit religiöser Kunst bedeckt. Allerdings ist es nicht die Kunst, die Gayles Aufmerksamkeit weckt. Es sind zwei Frauen, die in verstohlener, inniger Umarmung an einer der Wände lehnen.

Bei ihrem Eintreten fahren die Frauen auseinander. Ihr erschrockener Ausdruck spiegelt Gayles und Mikes Schockiertheit wider. Eine von ihnen trägt einen Habit, auf dem Boden, zu ihren Füßen, liegt der dazugehörige Schleier. Die andere Frau, deren Gesicht gerötet ist und die sich eilig mit dem Handrücken über die Lippen wischt, ist niemand anders als Signora Bianchi.

»Was zur Hölle …?« Mike reißt die Augen auf und starrt die beiden mit offenem Mund an.

Signora Bianchi macht ein paar eilige Schritte auf ihn zu, in ihren Augen ist Panik zu erkennen. »Bitte«, flüstert sie, »bitte.« Sie faltet flehentlich die Hände wie zum Gebet. Die Farbe ist komplett aus ihrem Gesicht gewichen. Sie sieht aus, als würde sie jeden Augenblick in Ohnmacht fallen.

Mike holt tief Luft, aber Gayle fasst ihn am Arm und drückt leicht zu. »Es tut uns schrecklich leid«, sagt sie zu den Frauen. »Wir wollten gerade gehen. Wir haben die Kirche und all die großartigen Malereien bewundert. Es gibt in Italien so wunderschöne Kunst, was beinahe beschämend ist für uns Amerikaner. Unsere Kirchen sind ziemlich schlicht, nicht wahr, Mike? Bei uns gibt es nicht so prächtige Mosaike und Statuen und was weiß ich noch alles.« Gayle spürt, wie ihr der Schweiß auf die Stirn tritt. »Jetzt sind wir auf dem Weg zu dieser Pizzeria auf der anderen Seite des Platzes, wo man das zweite Mittagessen umsonst bekommt. Es tut mir so leid, dass wir versehentlich die falsche Tür geöffnet haben.« Sie zupft an Mikes Ärmel und zieht ihn mit sich, zurück in die Kirche.

Die beiden Frauen bleiben wie erstarrt stehen und sehen ihnen nach.

Schweigend führt Gayle Mike aus der Kirche, so schnell ihre Beine sie tragen.

Sobald sie draußen sind, dreht Mike sich zu ihr, aber er sagt kein Wort. Es ist das erste Mal in all den Jahren, die sie einander nun kennen, dass sie ihn sprachlos erlebt. Als er endlich etwas sagt, wünscht sie sich, er hätte die Sprache nicht wiedergefunden.

»Wir müssen es Signor Bianchi mitteilen«, erklärt er. »Er muss davon wissen.«

Elena

Elena dreht ihren Hals hin und her und versucht, die Verspannungen zu lösen – vergeblich. Ihre Muskeln sind steinhart. Christian hat sie den ganzen Tag lang nicht aus den Augen gelassen. Morgenübelkeit vorzutäuschen und ihn zu ermutigen, einen Tagesausflug nach Padua zu machen, ging spektakulär nach hinten los, denn er hat sie gezwungen, ihn zu begleiten.

Weil er sich so lange verzweifelt gewünscht hat, sie würde endlich wieder schwanger werden, hat sie darauf vertraut, dass er sie in Watte packen und darauf bestehen würde, dass sie sich ausruht, um keine Fehlgeburt zu riskieren. Doch da hat sie sich getäuscht.

»Du kannst nicht einfach nur rumliegen und nichts tun, Babe. Steh auf, das wird das Beste für dich sein.« Sie wusste, dass er keine Widerworte dulden würde.

Sie könnte sich ohrfeigen für ihre Dummheit. Warum hat sie behauptet, sie wäre schwanger? Jetzt wird er darauf bestehen, dass sie am nächsten Morgen einen Test macht.

Als ihr Zug auf dem Rückweg von Padua am Bahnhof Santa Lucia einfährt, verkündet Christian, dass sie Mamma heute Abend nicht besuchen werden. »Ich habe dir noch gar nicht die Exponate von Venice Rising gezeigt. Du musst die sehen, die abends erleuchtet sind. Zu deiner Mutter kannst du auch morgen – es wird ihr nichts ausmachen.«

Elena sieht ihn entgeistert an. »Wir können sie nicht schon wieder versetzen, Christian. Selbstverständlich wird es ihr etwas ausmachen, wenn wir nicht kommen.«

»Keine Panik, das wird sie schon verkraften.«

»Ihre Wohnung ist doch nur ein paar Minuten von hier entfernt. Können wir nicht vorbeigehen, nur für ein Weilchen? Wir müssen ja nicht lange bleiben. Bitte!«

»Morgen, Babe. Und jetzt komm.« Er küsst sie auf den Scheitel, steht auf und streckt ihr die Hand entgegen, als der Zug mit kreischenden Bremsen hält.

Statt zu Mamma zu gehen, schlendern sie zur Uferpromenade, wo sie an Bord des nächsten Vaporettos nach San Marco gehen.

Auf dem Boot erzählt er ihr von der Kunstausstellung, und sie starrt nickend auf die vorbeiziehenden Gebäude, gegen die die schwarzen Wellen plätschern. Sie gräbt die Fingernägel tief in die Handflächen, kanalisiert ihren Schmerz als weißes Licht und stellt sich vor, wie es auf sie herabströmt, sie umfließt. Dies zu tun, hält sie vom Weinen ab. Christians Stimme verwischt zu einem fernen Nebel. Ihre Atmung wird langsamer, ihre Fäuste lösen sich.

Auf der Fahrt nach San Marco passiert das Vaporetto die berühmte Skulptur der aus dem Kanal ragenden Hände. Sie sind während ihres Aufenthalts schon mehrmals daran vorbeigekommen, doch erst jetzt nimmt sie sie wirklich wahr. Das Wasser klatscht gegen die riesigen weißen Unterarme. Die gespreizten steinernen Finger reichen bis über den ersten Stock der rosa Fassade des Hotels Ca' Sagredo hinaus.

Sie lebte schon in Sydney, als die Skulptur errichtet wurde. Elena weiß noch genau, mit welcher Aufregung, welcher Begeisterung sie die italienischen Nachrichten auf ihrem Handy verfolgt hatte. Sie hatte sich angesehen, wie die Hände per Schiff nach

Venedig gebracht wurden, die riesigen Maschinen, den gewaltigen Aufwand, der damit verbunden war. Die Hände waren das erste Protestkunstwerk für den Klimaschutz, aufgestellt, als Elena noch dachte, für die Verlangsamung der globalen Erwärmung zu kämpfen, wäre ihr größtes Lebensziel. Aufgestellt zu einer Zeit, als sie tatsächlich noch Ziele hatte.

Die Hände erinnern Elena daran, dass nicht nur sie diejenige ist, die untergeht. Sie möchte sich von dieser Erkenntnis mitreißen lassen, wünscht sich, dass der fragile Zustand der Welt das Adrenalin wieder mit derselben Dringlichkeit durch ihren Körper pumpt wie einst. Sie möchte wieder Verantwortung übernehmen, sich wieder kümmern. Elena will nicht länger diese große Leere in sich spüren, die von ihr Besitz ergriffen hat.

Sie folgt Christian vom Vaporetto auf die erleuchtete Uferpromenade von San Marco. Er führt sie durch die Gassen zum Campo San Moisè, wo er auf ein metallisch blaues Hologramm deutet, das sich strahlend hell vom schwarzen Nachthimmel abhebt. Eine große Menschenmenge hat sich um die Kunstinstallation auf der Piazza versammelt.

»Und? Wie findest du's? Ziemlich cool, wenn du mich fragst. Das ist das Kunstwerk, das die Kirche verbieten lassen will.«

Das Hologramm von Jesus im blauen Gewand schwebt hoch über der Erde. Er hat die Arme ausgebreitet, sodass die Stigmata an seinen Händen und Füßen zu sehen sind. Anstelle von Blut strömt Wasser heraus. Unter Jesus erwacht eine erstaunlich detailgetreue Hologrammversion von Venedig zum Leben. Die ganze Stadt ist unter Wasser. Das Geräusch eines Wasserfalls dringt aus Lautsprechern rund um die Piazza, eine tiefe Männerstimme schallt durch die Stille und wiederholt immer wieder dieselben Worte.

»Was sagt er?«, fragt Christian laut, um die dröhnenden Lautsprecher zu übertönen.

Elena stellt sich auf die Zehenspitzen und bringt ihren Mund dicht an sein Ohr. »Das ist mein Sohn, der euch verlassen hat.«

»Hoppla!« Christian lacht. »Das erklärt, warum die Katholiken derart die Fassung verlieren.«

Elena kann den Blick nicht von dem Hologramm wenden. Die Stadt, in der sie geboren und aufgewachsen ist, versinkt. Ein Kunstwerk wie dieses sollte sie zum Weinen bringen, aber sie ist nicht länger die ambitionierte Jurastudentin, die jeden, der die globale Erwärmung infrage stellt, in Grund und Boden diskutiert. Im Augenblick ist sie nicht mal mehr eine besorgte Venezianerin. Sie ist nur eine Frau, deren leerer Magen sich vor Angst verknotet, weil sie das Monster, das sie geheiratet hat, irgendwie davon abbringen muss, sie morgen früh zu einem Schwangerschaftstest zu zwingen.

Sie will nicht länger gezwungen sein, allein an sich zu denken, und sei es auch nur, um zu überleben. Sie muss einen Weg finden, wieder sie selbst zu werden und sich um diese Welt zu kümmern.

Sophie

»Hattest du einen angenehmen Nachmittag?«, erkundigt sich Rocco bei Sophie, nachdem die Abendgäste das Restaurant verlassen haben und sie endlich eine Minute Zeit zum Reden finden.

Sophie nickt. »Hatte ich. Ich bin der Venice-Rising-Route rund um San Marco gefolgt.«

Die Installationen haben Sophie geholfen, nicht unablässig an Christian und seine verängstigte Begleiterin zu denken, die sie heute Morgen beim Frühstück beobachtet hat. Sie muss eine Möglichkeit finden, mit der Frau in Verbindung zu treten und ihr irgendwie zu helfen.

Rocco reißt sie aus ihren Gedanken. »Gestern dachte ich, ich will nichts mehr von diesen Kunstwerken sehen, aber heute habe ich meine Meinung geändert. Ich fürchte, ich werde es bereuen, wenn ich mir die Ausstellung entgehen lasse.« Er breitet eine frische Decke über einen der Tische.

»Hast du Lust, mich zu begleiten und dir die anzuschauen, die abends beleuchtet sind?«

Er schiebt die Brille den Nasenrücken hinauf und wirft ihr ein herzerwärmendes Lächeln zu. »Okay, *andiamo*!«

Marina kommt aus der Küche. »*Andiamo* wohin, Rocco? Bis auf die kleinen Weinstuben, die Bacari, ist doch alles geschlossen.« Sie wirft ihm einen bedeutungsschweren Blick zu.

»Entspann dich, Marina.« Rocco lacht. »Wir wollen uns nur die Ausstellung ansehen.«

»Komm doch mit uns«, bietet Sophie an, obwohl sie insgeheim hofft, dass Marina ablehnt.

Was sie auch tut. Sie möchte Schluss für heute machen, sagt sie, während sie Sophie und Rocco aus dem Restaurant scheucht. »Raus mit euch, amüsiert euch.«

Sophie und Rocco fahren mit dem klapprigen Aufzug hinauf. Fernsehlärm dringt aus dem Apartment der Bianchis, als Rocco die Tür aufsperrt.

Auch Loretta hat sich heute Abend früh zurückgezogen. Sie sei sehr müde, hat sie behauptet. Sophie ist aufgefallen, wie blass und still sie in der Küche war. Sie hofft, dass Loretta nicht krank wird. Ganz anders Alberto: Er hat sich am Abend zu ihnen gesellt und aus voller Kehle gesungen, als hätte er nicht erst vor wenigen Tagen einen Herzstillstand erlitten.

In ihrem Zimmer zieht Sophie ihren Lippenstift nach, sprüht Deo unter die Arme und Parfüm zwischen die Brüste (das soll Glück bringen), anschließend schlüpft sie in ihren warmen, leuchtend blauen Mantel und setzt eine weiße Mütze mit einem flauschigen Bommel auf. Rocco wartet draußen im Flur auf sie. Arm in Arm schlendern sie unter dem allgegenwärtigen Blick des Papstes zum Aufzug.

Die Abendluft ist kalt und klar. Sie bummeln durch die stillen, festlich beleuchteten Gassen, vorbei an den geschlossenen Geschäften und Cafés. Die erste Kunstinstallation, die Sophie sich ansehen möchte, befindet sich ganz in der Nähe. Rocco kennt den Weg.

Als sie um eine Häuserecke biegen, sagt er: »Ah, sieh mal! Unsere Gäste, Signor Taylor, der Arzt aus Australien, mit seiner Frau.«

Sophies Rücken versteift sich, als das Paar, beide im Trenchcoat, näher kommt. Christian lächelt Sophie an und begrüßt Rocco mit einem High Five. Während die Männer Höflichkeiten austauschen, sucht Sophie den Blick der Frau, deren zarter Körper unter dem Mantel begraben ist. Die Frau, Elena, wenn Sophie sich richtig erinnert, schaut zur Seite.

Sophie lässt sie dennoch nicht aus den Augen. Elenas Make-up ist makellos. Mit ihrem dunklen Pixie Cut, den riesigen braunen Augen und den hohen Wangenknochen erinnert sie Sophie an die junge Audrey Hepburn. Der grün-schwarz karierte Mantel ist definitiv von Burberry. So viel Schönheit und Schrecken in einem.

Während er mit Rocco scherzt, zieht Christian die Frau an sich. Elena zuckt unter seiner Berührung zusammen, was Sophie bestätigt, dass sie sich heute Morgen nichts eingebildet hat. Schweigend stehen sie da, Sophie und die Frau, und warten, bis Rocco und Christian sich kurz darauf verabschiedet haben.

»Schön, dich wiedergesehen zu haben.« Christian schenkt Sophie ein weiteres breites Lächeln.

Sie zwingt sich, sein Lächeln zu erwidern.

»Was für ein netter Mann«, sagt Rocco, sobald das Paar außer Hörweite ist. Er sieht den beiden nach, die den Rückweg zum Hotel einschlagen, dann streckt er Sophie den Arm entgegen und setzt sich ebenfalls in Bewegung. »Noch dazu ist er ausgesprochen klug, ein Neurochirurg. Er hat Papà am ersten Weihnachtstag das Leben gerettet.«

Erst jetzt erfährt sie die Details von Albertos Herzstillstand und seiner Wiederbelebung. Es gefällt ihr gar nicht, dass Christian der Held der Geschichte ist. Ganz und gar nicht.

»Seine Frau dagegen … die ist seltsam«, fügt Rocco hinzu.

»Warum?«

»Elena ist Venezianerin. Wir kannten sie mal sehr gut, aber das ist viele Jahre her. Anfangs haben wir sie gar nicht wiedererkannt, so sehr hat sie sich verändert, seit sie Venedig verlassen hat. Sie kennt uns – trotzdem tut sie so, als wären wir Fremde für sie. Das ist doch seltsam, findest du nicht?«

»Doch.« Sophie nickt. »Ich denke, da ist eine üble Sache im Gange, Rocco.«

»Vielleicht ist sie krank«, überlegt er. »Sie ist wirklich sehr dünn.«

»Das meine ich nicht. Ich habe kein gutes Gefühl, ihren Ehemann betreffend.«

Rocco sieht sie mit zusammengezogenen Augenbrauen an. »Der Dottore? Wieso?«

»Wie gesagt: Es ist nur ein Gefühl.«

Er nickt, aber er erwidert nichts. Stattdessen deutet er nach vorn. »Da ist es.«

Das riesige Hologramm auf der Piazza ist schon aus über hundert Metern Entfernung zu sehen. Sophie lässt das Gespräch für den Moment auf sich beruhen und betrachtet zusammen mit Rocco und Dutzenden anderen Menschen die dreidimensionale Projektion.

Rocco bringt seinen Mund dicht an Sophies Ohr, um die Aufnahme zu übersetzen, die aus den Lautsprechern schallt. Sein warmer Atem schickt ein Kribbeln über ihren Nacken.

Sie treten dichter an den leuchtenden Messias heran.

»Hoffentlich bekommt Mamma das nicht zu Gesicht«, sagt Rocco.

»Meinst du, sie fühlt sich dadurch verletzt?«

»Mehr noch«, erwidert Rocco. »Es würde ihr das Herz brechen.«

»Weil sie so religiös ist?«

»Weil sie Venezianerin ist.«

»Ah.« Sophie nickt. »Meine Mum wäre empört.«

»Ist deine Mutter sehr gläubig?«

»Erst seit mein Dad gestorben ist. Davor haben wir nur an Weihnachten die Messe besucht. Man könnte uns eher als Kulturkatholiken bezeichnen.«

»Ha! *Kulturkatholiken*, das gefällt mir. Nach dem Tod deines Vaters hat sich deine Mutter verändert?«

»Ja, sie zwang uns, mit zur Messe zu gehen. Zitierte ständig die Bibel und redete uns ein, wir müssten für unsere Sünden Abbitte leisten. Das ist bis heute so.«

Er legt den Kopf schräg und sieht sie durchdringend an. »Du hast Probleme mit deiner Mutter, nicht wahr?«

Sophie holt tief Luft. »Ja, da gibt es so einige Streitpunkte.«

»Möchtest du darüber reden?«

Sie blickt in sein schönes, freundliches Gesicht. »Nein.«

Das Wasser strömt unablässig aus den Stigmata an den Händen und Füßen des Hologramm-Jesu. Die Stimme aus den Lautsprechern ruft den Venezianern zu, dass sie dem Untergang entgegenblicken, auf sich allein gestellt sind, von allen verlassen, selbst von ihrem Gott. Dass keine Arche gebaut wird, um sie zu retten.

Gott hat auch ihre Familie untergehen lassen.

Während sie den vor dem dunklen Abendhimmel schwebenden Jesus betrachtet, kommen ihr Erinnerungen an ihren Vater in den Sinn.

Martin Black war unglaublich lustig, konnte hervorragend Leute nachahmen und andere mit seinen Anekdoten unterhalten. Er war liebevoll, warmherzig und großzügig, und er überschüttete Klein-Sophie und Klein-David nicht nur mit Zuneigung, sondern auch mit Geschenken und Leckereien. Ständig nahm er sie auf seinen Schoß und schlang fest die Arme um sie.

Martin besaß außerdem musikalisches Talent. Wenn er Klavier spielte und sang, fielen alle mit ein, sogar ihre Mutter. Sie erinnert sich an die langen Autofahrten in den Urlaub, wenn sie gemeinsam sangen.

Martin war ein wundervoller Mensch.

Mit Ausnahmen.

Wenn er Penelope zusammenschlug, was im Laufe der Jahre immer häufiger vorkam, war er nicht ganz so wundervoll. Er war auch nicht wundervoll, als er versuchte, seine gesamte Familie auszulöschen, und das gleich zweimal.

Beim ersten Mal saßen sie im Auto, unterwegs zu einer Party. Wahrscheinlich hatte jemand Geburtstag, ja, sie waren auf dem Weg zu Davids und Sophies Großmutter. Schon den ganzen Morgen über hatte es Spannungen zwischen Martin und Penelope gegeben. Sophie war damals neun, und sie hatte längst aufgegeben, verstehen zu wollen, worum es bei den Auseinandersetzungen ging. Penelope trug die falsche Kleidung, benutzte den falschen Ton, brauchte zu lange, um ihre Haare zu machen, hatte ein Hemd nicht gut genug gebügelt oder lachte über etwas im Fernsehen, was Martin nicht lustig fand. Heute war einer dieser Vormittage. David und Sophie taten das, was sie stets taten, wenn sie wussten, dass Ärger im Anmarsch war: Sie verhielten sich ruhig und gingen Martin aus dem Weg.

Die Fahrt begann halbwegs friedlich, obwohl klar war, dass sie diesmal nicht singen würden. David und Sophie waren zu wachsam, um auf dem Rücksitz miteinander zu reden.

»Es wird niemals besser werden«, erklärte Martin plötzlich. »Du wirst dich nie ändern, und du wirst mich niemals glücklich machen. Es gibt keinen Grund, noch länger mit diesem Leben fortzufahren.«

Penelope starrte aus dem Fenster.

»Hast du mich verstanden?« Martin drehte ihr das Gesicht zu. »Ich sagte, es gibt keinen Grund, noch länger mit diesem Leben fortzufahren.«

»Ich habe dich verstanden«, blaffte Penelope. »Gut. Dann können wir uns ja scheiden lassen.«

»Das meinte ich nicht.« Seine Stimme klang ruhig.

Er blickte seine Kinder im Rückspiegel an. »Sophie, David, tot seid ihr besser dran als mit einer Mutter, die euren Vater nicht respektiert.«

Sophies Magen schnürte sich zusammen.

Martin drückte das Gaspedal durch. Der Wagen beschleunigte.

»Daddy, was machst du?«, schrie Sophie über den Lärm des aufheulenden Motors hinweg.

Das Auto wurde schneller und schneller. Martin wechselte mehrfach die Spur auf dem Freeway. »Es ist vorbei!«, brüllte er. »Aus und vorbei! Ich werde uns von dieser elenden Existenz erlösen!«

»Nein, Daddy!«, rief Sophie.

»Daddy, ich hab Angst!«, jammerte David.

Penelope wandte sich Martin zu. Seine Hände, die das Lenkrad umkrampften, zitterten. »Liebling, mein Liebling!« Ihre Stimme klang flehentlich. »Verzeih mir. Ich liebe dich! Ich liebe dich von ganzem Herzen. Ich liebe dich!«

Ihr Wagen raste an den anderen Autos vorbei. Sophie reckte den Hals, um aufs Tachometer zu blicken. Zweihundert Stundenkilometer. Martin fuhr wie ein Wahnsinniger, switchte zwischen den Spuren hin und her. Sophie machte sich in die Hose. David übergab sich auf die Rückenlehne des Fahrersitzes.

»Liebling, wir fangen noch einmal von vorn an. Ich verspreche dir, es wird besser. Ich liebe dich.« Penelopes Stimme wurde immer schriller. »Ich werde alles tun, was du sagst. Alles, was du möchtest. Ich werde dir nie wieder mit Missachtung begegnen. Bitte, Liebling, ich liebe dich!«

Plötzlich zog der Wagen rüber auf den Standstreifen. Martin

trat auf die Bremse. Mit quietschenden Reifen kamen sie zum Stehen. Penelope, David und Sophie wurden nach vorn geschleudert und schrien entsetzt auf. Martin ließ den Kopf aufs Lenkrad sinken und schluchzte wie ein Kleinkind. Penelope wiegte ihn in ihren Armen.

»Ich liebe dich«, versicherten sie einander wieder und wieder.

Nach einer gefühlten Ewigkeit drehte sich Penelope zu Sophie und David um, als wäre ihr eben erst wieder eingefallen, dass sie auf dem Rücksitz saßen. »Alles in Ordnung, ihr zwei?«

Sie nickten stumm.

»Oh, David, du hast dich übergeben«, stellte sie seufzend fest.

»Ich … Mir war übel«, stammelte David.

»Schon gut«, sagte Martin sanft. »Wir fahren nach Hause, dann kannst du dich umziehen.«

»Ich muss mich auch umziehen«, sagte Sophie und wartete ängstlich auf die Reaktion ihrer Eltern. »Ich habe mich nass gemacht.«

Penelope schüttelte den Kopf. »Daddy war außer sich, aber er hätte uns niemals etwas angetan, nicht wahr, Liebling?«

»Selbstverständlich nicht!« In Martins Stimme schwang Empörung mit. »Dass ihr Kinder aber auch ständig überreagieren müsst …«

Die Kinder entschuldigten sich.

Martin brachte sie nach Hause. Er fuhr langsamer als sonst, um ihnen zu zeigen, was für ein vorsichtiger Fahrer er war. Er und Penelope hielten während der gesamten Fahrt Händchen und tauschten Nettigkeiten aus.

Während David und Sophie sich umzogen, säuberte Martin den Innenraum des Wagens, und Penelope rief ihre Mutter an, um ihr mitzuteilen, dass sie eine Panne hatten und zu spät zur Feier kommen würden. Sophie fragte, ob sie duschen dürfe, aber Penelope sagte, dazu wäre nicht genügend Zeit. Sie roch noch immer nach Urin, und David roch noch immer nach Erbrochenem.

Sie fuhren zu der Party, sie spielten mit ihren Cousinen und Cousins. Alles war wieder normal. Eine Zeit lang.

Ein knappes Jahr später, Sophie war zehn Jahre alt, versuchte Martin erneut, sie umzubringen.

Diesmal mit Vorsatz. Zuerst hatte Martin ihr Zuhause mit abschließbaren Jalousien ausstatten lassen, dann ließ er sämtliche Türen mit Schließriegeln versehen.

Eines Abends, nachdem das Geschirr vom Abendessen gespült, abgetrocknet und in die Schränke geräumt war, zogen sich David und Sophie in ihre Kinderzimmer zurück. Martin setzte in der Küche einen Topf mit kochendem Öl in Brand, dann ging er ins Wohnzimmer hinüber und steckte sich eine Zigarette an.

David bemerkte den Rauch als Erster. Zu dem Zeitpunkt stand bereits die ganze Küche in Flammen. Wie erstarrt standen die beiden Kinder da und starrten auf das Feuer, fassungslos.

»Weg da!«, schrie Penelope, die aus dem Badezimmer kam, wo sie sich eine Zeit lang eingeschlossen hatte. »Schnell, lauft!«

Sie rannten zur Haustür. Abgeschlossen. Sie rannten zur Hintertür. Abgeschlossen. Die Schlüssel waren verschwunden. Voller Panik stürmten sie zu den Fenstern, liefen von Zimmer zu Zimmer, doch sie mussten feststellen, dass die Jalousien ebenfalls abgeschlossen waren. Auch dazu fehlten die Schlüssel.

»Wo ist Dad?« Sophie fing an zu würgen.

»Bedeckt den Mund! Runter mit euch!«, rief Penelope und schrie Martins Namen.

Die Kinder krochen hinter Penelope her ins Wohnzimmer, wo Martin in der hintersten Ecke saß und in aller Ruhe eine Zigarette rauchte.

Das Feuer breitete sich hinter ihnen im Esszimmer aus. Der Rauch war so dicht, dass Sophie kaum etwas erkennen konnte.

»Rette uns!« Penelope umklammerte Martins Beine. »Rette uns! Ich flehe dich an.« Sie hustete und keuchte. »Bitte, ich liebe dich!«

»Bitte, Daddy!« Sophie weinte.

David brach mit dem Gesicht nach unten auf dem Fußboden zusammen.

»David stirbt!«, schrie Penelope. »Ich verspreche dir, dass ich mich ändere. Ich tue alles, was du willst.«

Martin drückte seine Zigarette im Aschenbecher aus und warf einen Schlüsselring auf den Teppich neben Penelopes Füße. Penelope schnappte sich die Schlüssel und rannte zur Haustür. Sie konnte gar nicht mehr aufhören zu husten, genau wie Sophie. David war inzwischen bewusstlos.

Penelope probierte mehrere Schlüssel aus, bis sie endlich die richtigen gefunden hatte. Sie stieß die Tür auf. »Hilf mir!«, schrie sie Sophie an.

Sie schleiften David über den Fußboden. Er war unglaublich schwer. Sophies Arme und Beine fühlten sich an, als wären sie aus Gelee, ihr Kopf drehte sich. Es kostete sie ungeheure Kraft, die Augen offen zu halten, die brannten vom beißenden Rauch. Das Feuer war jetzt nur noch ein paar Meter entfernt, die Hitze versengte ihr Gesicht.

In der Ferne heulten Sirenen. Sie schafften es, David in den Vorgarten zu zerren.

Die Nachbarn, die sich auf dem Gehweg versammelt hatten, rannten zu ihnen. »Wir dachten, ihr wärt tot. Das halbe Dach ist weg!«

David kam wieder zu Bewusstsein und hustete schwarzen Auswurf auf den Boden.

Ein Feuerwehrwagen kam die Straße hinaufgerast und hielt vor dem Haus an. Mehrere Feuerwehrmänner sprangen heraus. Zwei von ihnen rannten über die Einfahrt, zwei weitere holten Schläuche aus dem Wagen. »Ist noch jemand im Haus?«, rief einer von ihnen.

»Nein«, sagte Penelope.

Sophie sah sie verblüfft an. »Daddy ist da drinnen, Mummy«, widersprach sie. »Mein Daddy ist da drinnen!«, schrie sie den beiden Männern zu, die ins Haus stürmten.

Kurz darauf waren sie wieder draußen. Martin hing zwischen ihnen, die Arme über die Schultern der Feuerwehrleute gelegt. Sein Kopf rollte hin und her, seine Beine waren schlaff und schleiften über den Boden. Er musste wiederbelebt werden.

Das Haus war zerstört, aber die Familie hatte überlebt.

Martin und Penelope versöhnten sich. Nach dem Feuer waren sie glücklich wie nie zuvor. Es war, als hätte es zwischen ihnen endlich klick gemacht. Die Streitereien hörten auf. Die Familie zog in ein neues Haus, und Martin und Penelope nahmen das Geld von der Versicherung, um es mit schönen neuen Dingen zu füllen.

Auf den Tag genau drei Monate nach dem Feuer brachte Penelope ihn um.

»Sophie? Sophie?« Ein besorgter Ausdruck tritt auf Roccos Gesicht. »Du bist ja ganz weit weg. Woran hast du gerade gedacht?«

Erschrocken stellt sie fest, dass das Hologramm verschwunden ist. Die Menge zerstreut sich bereits. »Ich habe an meinen Dad gedacht«, antwortet sie.

»Wie war dein Vater denn so?«, will Rocco wissen.

»Dad?« Sophie seufzt. »Dad war wundervoll.«

Am sechsten Tag der Weihnacht

Gayle

Signora Bianchi hat sie gesehen. Sie reckt das Kinn vor, zupft an den Seiten ihrer weißen Schürze und tritt an den Tisch, wo Gayle und Mike beim Frühstück sitzen.

Gestern Abend hat Mike sich geweigert, im Il Cuore zu Abend zu essen. »Ich werde dieser ehebrecherischen Lesbe keinen einzigen Dollar mehr in den Rachen werfen. Wir werden nicht im Hotel essen. Tut mir leid, Schatz, aber diese Art von Sünde kann ich nicht tolerieren.«

Für das Frühstück im Il Cuore müssen sie allerdings nichts bezahlen, da es im Übernachtungspreis inbegriffen ist. Und so macht Mike trotz seiner vollmundigen Verkündungen eine Ausnahme, und genau deshalb sitzen sie nun hier.

Signora Bianchi bleibt an ihrem Tisch stehen, eine Kaffeekanne in der Hand. Gayles Herz schlägt so schnell, als wäre sie gerade eben sämtliche Treppen zu Anna-Marias Wohnung im vierten Stock hinaufgerannt.

»*Buongiorno*, Signore, *buongiorno*, Signora.« Signora Bianchis Kiefer ist angespannt, selbst als sie lächelt. »Darf ich Ihnen Kaffee nachschenken?«

Mike blickt mit geröteten Wangen auf seinen Teller. »Das ist nicht nötig, vielen Dank.«

Gayle lächelt Signora Bianchi an. »Ich nehme liebend gern

noch eine Tasse von Ihrem köstlichen Kaffee, danke. Das ist sehr freundlich von Ihnen.«

Mike sieht Gayle mit gefurchten Brauen an. Sie weiß, dass sie ihn verärgert hat.

Signora Bianchi räuspert sich. »Ich möchte mich für das, was Sie gestern in der Kirche gesehen haben, entschuldigen.«

Mike nestelt an seiner Serviette. »Nun, es war nicht gerade das, was wir erwar…«

»Außerdem möchte ich mich für Ihre Diskretion bedanken«, fällt sie Mike ins Wort. »Ich bin mir sicher, Sie verstehen, welcher Schaden meiner Familie und unserem Unternehmen entstünde, sollte das, was Sie gesehen haben, bekannt werden.«

Gayle nickt verständnisvoll, doch Mike wirft Signora Bianchi einen ungehaltenen Blick zu.

»Ihr Ehemann tut mir leid.« Er kratzt seinen Bart. »Ich denke, er sollte die Wahrheit erfahren, aber Gayle hat mich gestern überzeugt, dass momentan nicht der richtige Zeitpunkt dafür ist. So kurz nach seiner Herzattacke … Das ist der einzige Grund, warum ich mich nicht an ihn gewendet habe.«

Gayle hatte sich alle Mühe geben müssen, Mike davon abzuhalten, Signor Bianchi von der Untreue seiner Frau in Kenntnis zu setzen.

»Aber Schatz«, hielt er dagegen. »Da hängt sie sich diesen riesigen alten Schinken vom Papst in den Flur, dabei begeht sie Sünde, mit einer *Nonne*, in einer *Kirche*. Scheinheiliger geht es nicht. Damit sollte sie nicht durchkommen – es ist einfach nicht richtig! Irgendwer muss den armen Kerl doch wissen lassen, wie übel ihm mitgespielt wird.«

Signora Bianchi senkt den Blick. »Ich bin Ihnen beiden sehr dankbar für Ihre Freundlichkeit.« Sie zögert, als würde sie überlegen, was sie als Nächstes sagen soll, doch sie schweigt. Stattdessen schenkt sie Gayle ein herzzerreißend trauriges Lächeln und entfernt sich von ihrem Tisch. Sofort wird sie von zwei Frauen einen Tisch weiter aufgehalten, die sie um ein Selfie bitten. Gayle sieht zu, wie Signora Bianchi mit den beiden posiert und lacht.

Jetzt betritt Signor Bianchi das Restaurant und schlängelt sich zwischen den Tischen hindurch, wobei er lautstark und munter mit verschiedenen Gästen plaudert. *»Ciao a tutti! Ciao a tutti!«*, ruft er. Als er bei seiner Frau vorbeikommt, stellt er sich auf die Zehenspitzen, um ihr einen dicken Kuss auf die Wange zu geben. Signora Bianchi scheucht ihn lachend davon, sehr zum Vergnügen der Frühstücksgäste.

Mike starrt sie finster an und beißt in ein Gebäckstück. In seinem Bart bleiben Krümel hängen. »Ich finde immer noch, dass er die Wahrheit erfahren sollte«, nuschelt er.

Das sollte er tatsächlich, stimmt sie ihm im Stillen zu, *aber nicht von uns.*

Als Mike aufsteht, um seinen Teller ein zweites Mal am Büfett zu füllen, pingt Gayles Telefon, um eine eingehende Nachricht von Lizzie anzuzeigen.

Hey, Mom, stell dir mal vor: Noah hat mich kontaktiert!

Er sagt, er wartet immer noch darauf, dass Pop sich entschuldigt.

Ich möchte, dass wir wieder eine Familie sind. Bitte rede mit Pop. Xx

Mike kehrt zurück, den Teller randvoll mit Essen. »Was wir gestern gesehen haben, dreht mir immer noch den Magen um. Wir müssen inständig beten, dass unser Junge zur Vernunft kommt.«

Er nimmt die Erdbeeren von seinem Teller und legt sie wortlos auf Gayles. Er weiß, wie sehr sie Erdbeeren liebt.

Gayle hat sich noch nie so zerrissen gefühlt. Wie soll sie die Dinge jemals wieder in Ordnung bringen?

Elena

Elena steht am Fenster und betrachtet die Straße unter ihr. Als sie das Zimmer kurzfristig buchten, waren die mit dem Blick auf den Kanal bereits besetzt. Was Christian ärgerte. Elena dagegen liebt den Blick auf Straße, liebt es, Venedig in Bewegung zu sehen.

Eine alte Frau auf der anderen Straßenseite stellt einen kleinen Metalltisch und zwei Klappstühle vor ihr Café. Die Frau kennt Elena nicht, aber sie kennt das Café, das es schon gab, als sie ein Kind war. Es ist eine Leistung für jedes Unternehmen, hier über zwei Jahrzehnte hinweg zu überleben. Im Fenster des Cafés baumelt ein einsamer roter Lamettastrang. Die großen Brüste der Frau hängen über die gestreifte Schürze, die sie um die Taille gebunden hat, ihre geschwollenen Füße quellen über den Rand ihrer Slippers. Sie sieht jetzt schon müde aus, dabei ist es erst acht Uhr morgens.

Elena kann die Erschöpfung der alten Frau nachempfinden. Sie hat die ganze Nacht über wach gelegen und überlegt, ob sie in den frühen Morgenstunden fliehen soll, doch die Boote und Züge fahren nachts nicht, sodass sie nicht weit kommen würde. Sie hat nur eine einzige Chance zu fliehen, und die darf sie nicht vermasseln.

»Lass uns den Schwangerschaftstest besorgen.« Christian tritt aus dem Bad, die Haare zurückgestrichen, nach Rasierwasser duftend. Er klatscht in die Hände. »Zack, zack, dann schaffen wir es noch rechtzeitig zum Frühstück.«

Elena wendet sich vom Fenster ab. »Vielleicht sollten wir lieber warten, bis wir wieder zu Hause sind.«

Er legt den Kopf schrägt und blickt sie mit schmalen Augen an. »Warum?«

»Es ist nur so – keine Ahnung … Papàs Beerdigung, jetzt bin ich vielleicht schwanger, das ist ziemlich viel auf einmal. Ich muss das erst mal verkraften«, antwortet sie mit piepsiger Stimme. »Können wir mit dem Test nicht noch ein klein wenig warten?«

»Tut mir leid, Babe, ich kann nicht warten. Ich muss es wissen. Geh'n wir.«

Sie hat mit dieser Antwort gerechnet.

Vor Jahren, als es gerade erst bergab ging und sie noch Zugang zum Internet hatte, hat sie nach Möglichkeiten gegoogelt, ein positives Ergebnis bei einem Schwangerschaftstest vorzutäuschen – und sie ist fündig geworden. Sie hat die Informationen im Gedächtnis abgespeichert, um sie abrufen zu können, sollten sie ihr irgendwann einmal nützlich sein. Jetzt ist die Zeit dafür gekommen. Wenn sie ihm einen positiven Test zeigen kann, wird er nicht riskieren, das Baby zu verlieren, indem er sie verletzt, und sie wäre bis zu ihrer Flucht in Sicherheit.

»Christian, ich möchte jetzt nicht rausgehen. Meine Übelkeit ist schlimm wie nie. Kann ich nicht hier auf dich warten?«

Er hebt eine Augenbraue und verzieht die Mundwinkel zu einem Lächeln. »Die Übelkeit ist ein gutes Zeichen. Ich glaube wirklich, dass du es geschafft hast, Babe.« Er klopft auf seine Jackentasche, um sich zu vergewissern, dass er sein Portemonnaie eingesteckt hat. »Ich bin sofort zurück.« Er küsst sie auf den Scheitel, dann verlässt er das Zimmer.

Sie bleibt am Fenster stehen, bis sie sicher sein kann, dass er fort ist. Anschließend hastet sie zur Minibar, nimmt eine Dose Cola heraus und versteckt sie im Badezimmerschrank. Danach läuft sie aus dem Zimmer und rennt durch den Flur, wo sie prompt mit der blonden Kellnerin aus dem Restaurant zusammenstößt. Sie kommt aus Australien, genau wie Christian. Die Wucht des Aufpralls lässt Elena zurücktaumeln. Die Frau fasst ihren Arm, damit sie nicht hinfällt.

»Es tut mir so leid! Bist du okay?«

»Entschuldigung, ich hab dich nicht gesehen.« Elena schaut an der Australierin vorbei den Gang entlang. »Ich muss mit Signora Bianchi reden, mit irgendwem aus der Familie.«

»Sie sind alle unten im Restaurant.« Die Frau lässt ihren Arm los. »Brauchst du Hilfe? Verletzt er dich?«

Elena sieht sie ungläubig an. »Was meinst du?«

»Ich habe gesehen, dass dein Ehemann das Hotel verlassen hat. Deshalb bin ich hier: Ich will dir meine Unterstützung anbieten.«

»Wer bist du?«

»Ich heiße Sophie, und ich sehe, dass du in Gefahr bist. Lass mich dir helfen.«

Blitzschnell trifft Elena die Entscheidung, ihr zu vertrauen. »Komm rein.« Sie zieht Sophie ins Zimmer und stellt sich ans Fenster, um ein Auge auf die Straße zu haben. »Christian wird jeden Moment zurück sein.« Elena spricht schnell. »Meine Mutter lebt in Venedig, und ich muss zusammen mit ihr fliehen, bevor wir nach Australien zurückfliegen. Wir sind noch eine gute Woche hier. Ich muss ihn ablenken, damit ich Gelegenheit habe, zu entkommen. Er lässt mich nie länger als ein paar Minuten allein.«

»Mist. Willst du dich in meinem Zimmer verstecken?«

»Nein. Wenn er mich nicht findet, wird er hier jede Tür eintreten.« Elena hat angefangen zu zittern, und jetzt kann sie nicht mehr damit aufhören. »Ist er aber beschäftigt, und sei es nur für etwa eine Stunde, kann ich vielleicht weglaufen. Deshalb wollte ich die Bianchis um Hilfe bitten.«

»Ich rede mit ihnen. Wir werden uns etwas einfallen lassen. Ihr seid bis zum siebten Januar hier, oder?«

»Ja.« *Woher weiß diese Frau das alles?*

»Okay. Wo ist er jetzt?«

»Auf dem Weg in die Apotheke. Ich hab behauptet, ich wäre schwanger, aber das stimmt nicht.«

Sophies Augen weiten sich. »*Wie bitte?* Warum?«

»Ich weiß, ich weiß. Das war ein Fehler. Er kauft gerade einen Test.«

»Was passiert, wenn er herausfindet, dass du nicht schwanger bist?«

»Ich fake ein positives Ergebnis. Mit Cola.« Elena wendet den Blick nicht von der Straße ab.

»Mit *Coca-Cola*?«

»Ja, der Test funktioniert nicht nur mit Urin, sondern auch mit Cola. Angeblich eine idiotensichere Sache. Zumindest hoffe ich das.«

»Herrgott.« Sophie beißt sich auf die Unterlippe.

Elenas Herz rast so schnell, dass sie meint, in Ohnmacht zu fallen. Sie bläst in ihre Hände und atmet tief ein und aus. »Ich muss mich hinsetzen. Könntest du die Straße im Blick behalten?«

»Ja.« Sophie tritt ans Fenster. »Das hätte ich jetzt fast vergessen: Hier, ich habe dir etwas mitgebracht.« Sie zieht ein Sandwich, eingepackt in Frischhaltefolie, aus ihrer Schürzentasche. »Iss das, bevor er zurückkommt. Es ist mit Salami und Käse belegt.«

»Ich bin zu nervös, um zu essen. Hast du ein Handy bei dir? Ich muss meine Mutter anrufen.«

»Klar.«

Elena nimmt das Handy, das Sophie ihr reicht, und tippt Mammas Nummer ein, während sie inständig betet, dass Mamma drangeht. Sie geht dran. Als Elena Mammas Stimme hört, bricht sie in Tränen aus. Mamma sagt ihr, dass sie das Geld und ein Smartphone besorgt hat – sie ist bereit.

»Es tut mir leid, Mamma. Es tut mir leid, dass ich dir alles nehme, was du liebst.«

»*Vita mia*, das Einzige, das mir etwas bedeutet, bist du.«

»Er kommt«, wispert Sophie mit weit aufgerissenen Augen.

Elena beendet eilig das Gespräch und gibt Sophie das Handy wieder.

»Ich bleibe in der Nähe. Schrei, wenn du in Gefahr bist.« An der Tür zieht Sophie Elena in eine schnelle Umarmung. »Mein Gott, du Arme, du zitterst ja wie Espenlaub. Wir lassen uns etwas einfallen, versprochen.«

Keine Minute später kommt Christian herein. Er hält eine Papiertüte in die Höhe. »Bereit zum Pipi machen?«, fragt er grinsend.

Elena schließt die Badezimmertür hinter sich und setzt sich mit heruntergelassener Hose auf die Toilette, nur für den Fall, dass er hereinkommt. Sie nimmt die Dose aus dem Versteck. Das Zischen der entweichenden Kohlensäure beim Öffnen erscheint ihr unfassbar laut.

Merda. Warum hab ich die Dose nicht aufgemacht, während er weg war?

Sie erstarrt, rechnet damit, dass er jeden Moment hereinstürmt und sie mit der Dose in den Händen ertappt. Die Tür bleibt jedoch geschlossen. Sie taucht das Teststäbchen in die Cola, anschließend versteckt sie die Dose wieder.

Dann wartet sie.

Nach ein paar Sekunden ruft er: »Wie läuft es da drinnen? Bist du fertig?«

»Noch nicht.« Ihre Ohren dröhnen.

»Was dauert denn so lange?«

»Ich bin so nervös, es will nichts kommen.«

»Verdammt noch mal, Ellie, jetzt mach schon.«

»Ich versuche es ja!«

Sie blickt auf das Stäbchen. Für einen kurzen Moment bleibt ihr Herz stehen. Der Test ist positiv.

Sofort fließen die Tränen mit einer Wucht, die sie schockiert. Sie zieht ihre Hose hoch, verlässt das Bad und streckt ihm den Test entgegen.

Ihm klappt die Kinnlade runter. »Wir kriegen ein Baby!«

Er zieht sie in die Arme, und sie wirbeln lachend und weinend durchs Zimmer. Vor Erleichterung wird ihr schwindlig.

Als sie ein paar Minuten später zum Frühstück hinuntergehen, stehen Rocco und Sophie im Flur.

»Hey, Rocco!« Christian grinst Rocco an. »Du bist der Erste, der davon erfährt, Kumpel. Ellie ist schwanger!«

Rocco gibt ihm einen High Five. »*Congratulazioni!* Das sind ja wundervolle Neuigkeiten.«

Sophie fängt Elenas Blick auf und lächelt. Elena hat keine Ahnung, woher Sophie wusste, was sie weiß, aber diese Fremde könnte der Mensch sein, der ihr das Leben rettet.

Sophie

Die ganze Familie ist in der Küche und hört Sophie zu. Elena und Christian sitzen mit den letzten Frühstücksgästen im Restaurant.

»Wir müssen ihn irgendwie beschäftigen, um ihr Zeit zur Flucht zu verschaffen«, beendet sie ihren Bericht.

»Wir werden die Polizei rufen«, beschließt Loretta. »Die wird ihn verhaften.«

»Verhaften? Wofür?«, hält Sophie dagegen. »Ohne Beweise können die Polizisten nichts tun. Elena muss fliehen. Das ist die einzige Möglichkeit.«

Loretta kaut an einem Nagel. »Das ist zu gefährlich.«

»Es ist gefährlicher, wenn sie bleibt.« Sophie wendet sich an Rocco. »Was können wir tun, um ihn abzulenken?«

»Keine Ahnung«, erwidert er.

»Wie wäre es, wenn wir ihn zu der Protestveranstaltung einladen?«, schlägt Salvatore vor.

»Was für eine Protestveranstaltung?«, will Marina wissen.

Rocco trommelt mit den Fingern auf die Arbeitsfläche, dann schüttelt er kaum merklich den Kopf.

»Was für eine Protestveranstaltung, Rocco?«, wiederholt Sophie.

Rocco seufzt. »Du weißt von den Feierlichkeiten an Epiphanias? Der *Regata delle Befane,* wenn wir uns ein Gondelwettrudern zur Rialtobrücke liefern?«

Sophie nickt.

»In diesem Jahr planen alle Teilnehmenden eine Protestveranstaltung. Wir werden den Kanal mit unseren Gondeln dichtmachen, um die Kreuzfahrtschiffe von der Einfahrt abzuhalten …«

In der Küche bricht die Hölle los, alle rufen wild gestikulierend durcheinander.

»Davon habt ihr mir gar nichts erzählt!«, schimpft Loretta.

»Es sollte ja auch niemand davon wissen.« Rocco wirft Salvatore einen strafenden Blick zu.

»Sorry«, entschuldigt sich Salvatore, doch es klingt nicht so, als würde es ihm leidtun. »Wenn wir Christian bei der Regatta in unser Team holen, kann sie ihm entkommen.«

Alberto, der auf einem Stuhl an der Anrichte sitzt und sich mit Frühstücksgebäck vollstopft, sagt etwas auf Italienisch.

»Sprich Englisch«, unterbricht ihn Loretta.

»Das ist zu lange«, nuschelt er.

»Wir haben am Samstag ein Treffen, bei dem wir die Veranstaltung planen – das dauert bestimmt ein, zwei Stunden«, wirft Salvatore ein. »Wenn er uns begleitet, kann sie einen Tag früher weg.«

»Das ist immer noch zu lange.«

»Papà hat recht – bis Samstag sind es noch fünf Tage«, pflichtet Marina Alberto bei.

»Sie hat bestimmt Jahre überlebt, da wird sie auch noch fünf weitere Tage überstehen«, sagt Sophie. »Im Augenblick ist er überglücklich, was hoffentlich bedeutet, dass sie für eine Weile in Sicherheit ist. Ihn zu dem Treffen am Samstag einzuladen, ist eine gute Idee.«

»Nein«, entgegnet Loretta. »Wir müssen jetzt etwas tun, um sie zu retten. Heute noch.«

»Und was?«, fragt Sophie.

Loretta zuckt seufzend mit den Achseln.

Sophie wendet sich wieder Rocco zu. »Vertrau mir. Lad ihn zu dem Protest ein und nimm ihn mit zu dem Treffen. Bitte.«

»Warum sollte er mitkommen wollen?«, gibt Rocco zu bedenken. »Er ist kein Venezianer. Das ergibt keinen Sinn. Er wird Nein sagen.«

Loretta fügt etwas hinzu, Marina ebenfalls, aber Sophie hört ihnen nicht zu. Sie konzentriert sich voll und ganz auf Rocco. »Ich weiß, wie Männer seines Schlags ticken. Er wird sich geschmeichelt fühlen, wichtig, wenn du ihn fragst. Er wird nicht Nein sagen. Bitte, Rocco, ich weiß, dass ich mich in dieser Hinsicht nicht täusche. Er sitzt gleich da drüben«, sie deutet in Richtung Restaurant. »Geh hin und frag ihn.«

Rocco wirft einen irritierten Blick in die Runde, sieht seine Familie prüfend an, dann nickt er Sophie zu und geht durch die Tür, die ins Restaurant führt.

»*Santa Maria*, das ist ein großer Fehler«, sagt Loretta, als Sophie ihm folgt.

Rocco tritt an den Tisch, an dem Christian und Elena sitzen, beugt sich vor und flüstert Christian etwas ins Ohr, dann führt er ihn in Richtung Lobby. Christians Anblick, der angesagte Bartschatten, die trendigen Designerklamotten, sein großspuriges, selbstzufriedenes Auftreten, lassen Sophie innerlich vor Wut kochen.

Sobald die Männer außer Sichtweite sind, eilt sie zu Elena, ein professionelles Lächeln im Gesicht für den Fall, dass Christian zurückkommt und sie miteinander reden sieht. »Nächste Woche findet während der großen Regatta am Dreikönigsfest eine Protestveranstaltung statt. Die Demonstrierenden haben vor, den Kanal mit Gondeln zu versperren. Rocco lädt Christian ein, dabei mitzumachen. Er fragt ihn gerade, ob er ihn zu der Besprechung am Samstag, einen Tag zuvor, begleiten möchte. Während er dort ist, kannst du fliehen.«

Elena schlägt die Hände zusammen. »Das ist perfekt. Ich danke dir so sehr.«

»Brauchst du irgendetwas?«

»Nein, ich glaube nicht.«

»Ich bin so froh, dass der Trick mit dem Schwangerschaftstest funktioniert hat.« Sophie lächelt Elena an.

»Mein Gott, ich auch.«

Sophie drückt Elenas knochige Schulter und wendet sich zum Gehen, bevor Christian zurückkehrt.

Alle sehen sie erwartungsvoll an, als sie die Küche betritt.

»Elena hält die Aktion für einen perfekten Plan«, teilt sie ihnen mit und verkneift sich, ein »Hab ich's euch nicht gesagt?« hinzuzufügen.

Marina und Loretta reagieren mit scharfen Blicken, die fast ein wenig Furcht einflößend sind. Aber Sophie weiß, dass sie das Richtige für Elena getan hat, und das ist alles, was zählt.

Gayle

»Schatz, weißt du, wo mein Sonnenvisier ist?«, fragt Mike.

»Hast du in deinem Rucksack nachgesehen?«

»Yup. Da ist es nicht.«

Plötzlich erinnert sich Gayle. »Du hast es gestern in Anna-Marias Wohnung abgesetzt. Vielleicht hast du es dort liegen lassen.«

Mike hat das Sonnenvisier als Dankeschön für seine Teilnahme an einem Wohltätigkeitslauf bekommen, bei dem Geld für versehrte Veteranen gesammelt wurde. Er trägt es stets voller Stolz. Die aufgedruckten Worte: *Sie haben für uns gekämpft – wir laufen für sie*, zeigen deutlich Mikes Patriotismus.

»Mir hat das Sonnenvisier so gut gefallen.« Er lässt sich aufs Bett sacken.

Gayle hofft, dass er nicht vorschlägt, deshalb nach Cannaregio zurückzukehren. Wie soll sie Anna-Maria Elenas seltsames Benehmen heute Morgen erklären?

Mike scheint ihre Gedanken zu lesen. »Denkst du, Elena hat die Dinge mit ihrem Mann geklärt?«

»Vielleicht. Für den Augenblick.«

Heute Morgen beim Frühstück hat Elena vollkommen unbeschwert mit ihrem Mann gelacht und geplaudert – sie haben sogar Händchen gehalten wie ein frisch verliebtes Paar.

Signora Bianchi stellte einen Teller mit Essen vor Elena, und Gayle sah zu, wie sie ihn munter leerte. Es war offensichtlich, dass Elena absichtlich den Augenkontakt mit Gayle mied, genau genommen würdigte sie Gayle und Mike keines Blickes. Gayle hatte keine Möglichkeit, ihr mitzuteilen, dass sie erneut bei ihrer Mutter gewesen waren.

»Komm, Schatz«, sagt Mike. »Lass uns rausgehen, damit du nicht ständig an dieses Mädchen denken musst.«

Sie packen Wasserflaschen und Regenponchos in ihre Rucksäcke.

»Hast du deine Kopfschmerztabletten dabei?«, fragt er.

Gayle nickt.

Ihr Kopf hämmert. Sie ist froh, dass sie heute einen ruhigen Tag in Hotelnähe verbringen werden. Auf Boots- und Zugfahrten hat sie keine Lust.

Draußen schlendern sie durch einen Teil von San Marco, den sie bislang nicht besichtigt haben. Er sieht genauso aus wie der Rest der Stadt: enge Gassen, gesäumt mit Cafés und Geschäften, in denen Masken, Glas und Kleidung verkauft werden.

Vor einem Laden, der sich auf Brieföffner spezialisiert hat, bleiben sie stehen. Mike ist überglücklich. Er hat zu Hause eine Sammlung mit Brieföffnern, die er bei ihren Reisen zusammengetragen hat und die er voller Stolz in einer Vitrine im Wohnzimmer präsentiert. Seit sie in Venedig angekommen sind, hält er Ausschau nach einem neuen Stück für seine Kollektion.

Mike deutet auf einen Brieföffner im Schaufenster, der ihm gefällt. Der Ladenbesitzer, ein kleiner Mann mit weißem Schnurrbart, kommt heraus und nennt ihnen den Preis. Gayle schnappt nach Luft.

»Das ist ziemlich teuer, Schatz«, flüstert sie Mike zu.

»So viel kostet mundgeblasenes Murano-Glas nun mal, Signora«, sagt der Mann mit breitem Akzent. »Es ist ein guter Preis.«

Sie ist verlegen, weil er ihre Worte gehört hat.

»Wir haben kürzlich sechs Glasanhänger für die Hälfte erworben«, wendet Mike ein.

»Dann tut es mir leid, Ihnen sagen zu müssen, dass Sie Replikate erworben haben, Signore. Alles, was Sie in meinem Laden finden, wurde von italienischen Kunsthandwerkern aus echtem Murano-Glas gefertigt. Die Anhänger, die Sie gekauft haben, kommen aus China.«

»Aber wir haben sie hier in Venedig erstanden«, beharrt Mike.

»Ja.« Der Ladenbesitzer seufzt schwer. »Wie sollen wir mit den Preisen für Nachbildungen mithalten können? Venedig geht unter und wir Venezianer ebenfalls.« Er erzählt ihnen die Geschichte von einem Freund, der Masken herstellte und froh war, wenn er zwei davon am Tag verkaufte. »Die Touristen erkennen nicht den Unterschied zwischen einer manuell gefertigten Maske, bemalt in stundenlanger Handarbeit, und einer Maske aus der Massenproduktion, die nach wenigen Minuten vom Band läuft«, sagt er. »Der Freund musste seinen Laden schließen, weil er die Miete nicht länger aufbringen konnte.«

Gayles Wangen röten sich vor Scham. Erst gestern hat Mike acht Masken für vier Euro für seine Canastarunde gekauft, die jeden Dienstag zusammenkommt.

Mike beäugt sehnsüchtig den Brieföffner. »Dann können Sie mir keinen Nachlass geben?«, vergewissert er sich.

»Nein, Signore. Ich betreibe ein ehrliches Geschäft, und das ist ein ehrlicher Preis, das versichere ich Ihnen.«

»Was soll ich tun?«, wendet sich Mike an Gayle.

Der Brieföffner hat einen Griff aus roten und orangefarbenen Kugeln mit Goldätzung. Gayle teilt Mikes Leidenschaft für Brieföffner nicht, aber ihr ist bewusst, dass dieser hier außergewöhnlich schön ist. »Ich denke, du solltest ihn nehmen.«

Als sie den Laden verlassen, ist Mike einen ganzen Kopf größer, so sehr freut er sich über das neue Stück. Gayle geht das Herz auf, als sie sieht, wie glücklich er ist.

Als Nächstes steuern sie einen Coffeeshop an. »Haben Sie schon gehört?«, fragt die Barista. »Sie haben das Wasser des Canal Grande eingefärbt.«

»Wer?«, fragt Mike.

»Die Demonstranten«, antwortet die junge Frau mit funkelnden Augen. »Es ist der Wahnsinn!«

Sobald sie ihren Kaffee zum Mitnehmen in den Händen halten, spazieren sie zum Kanal, wo sie sich mit den anderen Touristen auf der Rialtobrücke drängen. Unter ihnen ist das Wasser des Canal Grande blutrot, so weit das Auge reicht.

Ein großer Mann neben Gayle rammt ihr seitlich den Ellbogen in die Brust, eine Frau quetscht sich so dicht hinter sie, dass die Brüstung in Gayles Bauch drückt. Flüchtig kommt ihr der grauenvolle Gedanke, dass die Brücke unter dem Gewicht all der Menschen zusammenbricht und sie alle in den Kanal stürzen. Sie flüstert Mike ihre Befürchtung ins Ohr, doch er lacht nur.

»Diese Brücke gibt es schon seit ewigen Zeiten, Schatz. Sie hat Kriege überstanden, da wird sie uns auch noch aushalten. Mach dir keine Sorgen.« Er tätschelt ihre Hand.

Sie fühlt sich etwas beruhigt, doch es ist nach wie vor schrecklich, so eingepfercht zu sein. Es fällt ihr schwer, tief Luft zu holen.

Laut der Leute um sie herum, die sich großteils auf Englisch unterhalten, soll das gefärbte Wasser den Tod Venedigs symbolisieren. Eine Gruppe, die sich »Viva Venezia« nennt, hat angeblich die Verantwortung dafür übernommen. Offenbar hat sie ihren Protest zeitgleich mit der Ausstellung Venice Rising geplant, um maximale Aufmerksamkeit zu erzielen. Der Anblick des trüben roten Wassers erinnert Gayle an den Fressrausch eines Hais.

»Wird diese Aktion der Umwelt nicht noch mehr Schaden zufügen?«, sagt Mike zu ihr.

Ein Mann mit einer Strickmütze neben ihnen antwortet. »Machen Sie sich keine Gedanken wegen der roten Lebensmittelfarbe, Signore. Die ist bis morgen früh verschwunden. Nicht verschwunden sind dagegen das Öl, der Treibstoff und die Exkremente von den Schiffen.«

»Ich habe nicht mit Ihnen gesprochen.« Mikes Gesicht läuft rot an.

»Verzeihen Sie mir, dass ich versucht habe, Sie zu belehren.« Der Mann lacht bitter.

Mehr und mehr Menschen drängen auf die Brücke. Gayle wird immer fester gegen die Brüstung gepresst. »Schatz, es geht mir nicht gut. Können wir gehen?«, bittet sie Mike.

»Komm«, sagt er, hört auf zu filmen und steckt sein Handy ein. »Die Leute hier sind sowieso unhöflich. Sie geben den Touristen nicht gerade das Gefühl, willkommen zu sein, obwohl wir das ganze Geld in die Stadt bringen«, sagt er laut in die Richtung des Mannes mit der Strickmütze, der nur den Kopf schüttelt und etwas auf Italienisch murmelt.

Es ist nicht leicht, gegen den Strom aus Fußgängerinnen und Fußgängern anzuschwimmen, aber Mike ist gut darin, sich durchzurempeln. Selbst wenn er sich dafür einige entrüstete Rufe und unschöne Gesten einhandelt, ist Gayle dankbar für seine Vehemenz.

Erst nachdem sie die Brücke endlich verlassen haben, kann sie wieder richtig durchatmen.

Nach einem kurzen Spaziergang kommt das Hotel in Sicht. Die vertraute Lobby ist ein willkommener Anblick. Die liebenswürdige Marina steht an der Rezeption und begrüßt sie, und sie zeigt sich sehr mitfühlend, als Mike sich über den unhöflichen Mann auf der Brücke beschwert.

»Wenn sie wüsste, was ihre Mutter vorhatte«, flüstert er theatralisch, als sie zur Treppe gehen.

Erschrocken wirft Gayle einen Blick über die Schulter, um herauszufinden, ob Marina sie gehört hat, doch das ist anscheinend nicht der Fall.

Zurück in ihrem Zimmer, setzt sich Mike auf die Bettkante und zieht Sneakers und Wollsocken aus, während Gayle ihm eine heiße Schokolade zubereitet und sich zurechtlegt, was sie ihm sagen will.

»Schatz.« Sie reicht ihm die Tasse. Ihre Stimme zittert genau wie ihre Hände. »Ich muss dir etwas sagen.«

»Lass mich raten: Du bist schwanger.« Er zwinkert, und sie lacht etwas zu laut. »Was gibt's denn, Schatz?« Er schnippt die Fussel, die zwischen seinen Zehen kleben, auf den Teppich, dann nimmt er einen großen Schluck heiße Schokolade.

»Ich habe mit Noah gesprochen.«

Die Tasse verharrt in der Luft. »Du hast mit ihm geredet? Was hat er gesagt?«

»Nun ja.« Sie setzt sich neben ihn aufs Bett und verschränkt die Hände im Schoß. »Er würde sich wirklich gern mit uns allen versöhnen und uns wiedersehen.«

»Siehst du? Ich habe dir gesagt, dass er zur Besinnung kommen wird. Ich wusste, dass du dir umsonst Sorgen machst. Wann wird er uns besuchen? Ich möchte ihm den neuen Hänger zeigen.«

»Wir haben noch nichts ausgemacht.«

»Er ist der Einzige, der den Hänger noch nicht gesehen hat.«

»Ich weiß.«

»Warte, bis ich ihm sage, was ich dafür bezahlt habe. Ich bin mir sicher, er wird beeindruckt sein. Noah konnte sich immer schon für Schnäppchen begeistern.«

Sie atmet tief durch. »Vergiss den Hänger für einen Moment.

Noah möchte zwar wieder Kontakt mit uns aufnehmen, aber er ist weiterhin sehr aufgebracht.«

»*Er* ist aufgebracht? Was ist mit uns? Sieh dir doch an, was der Junge uns angetan hat! Wie viele Tränen hast du seinetwegen vergossen? *Aufgebracht* … Ich werde ihm zeigen, wer hier aufgebracht ist! Ich …«

»Mike, bitte!« Ihre Stimme bricht. »Lass mich ausreden.«

Er gibt einen grunzenden Laut von sich. »Nur zu.«

»Er verlangt eine Entschuldigung.«

»Von wem?«

»Von uns. Von dir.«

»Ha! Der träumt wohl!«

Gayle zwingt sich, nicht in Tränen auszubrechen. »Wir haben ihn zutiefst verletzt mit dem, was wir gesagt haben.« Sie hofft, dass *wir* weniger vorwurfsvoll klingt als *du*. »Wir haben seine Ehe nicht befürwortet, und …«

»Das ist doch keine richtige Ehe«, höhnt Mike.

Sie schluckt. »Vor dem Gesetz ist es eine legale Verbindung.«

»Nur weil unser Land von diesen linken Faschisten übernommen wird …«

»Würdest du mich *bitte* ausreden lassen?«, blafft sie.

Mike fällt die Kinnlade herunter.

»Es tut mir leid, Schatz.« So hatte dieses Gespräch nicht verlaufen sollen. Sie greift nach seiner Hand. »Entschuldige bitte.«

Er nickt. »Ich weiß, dass du höchst emotional reagierst, wenn es um den Jungen geht, aber wir dürfen uns von ihm nicht schikanieren lassen.«

»Er schikaniert uns nicht. Er zeigt uns nur, wie verletzt er ist. Bitte, Schatz, können wir uns nicht einfach entschuldigen? Dann wird bestimmt alles besser.«

»Nichts wird besser werden, denn er ist nach wie vor mit einem Mann verheiratet.«

»Aber dann ist er wieder in unserem Leben! Du hast immer gesagt, du würdest alles für uns tun.«

»Und das habe ich auch.«

»Das weiß ich doch, das weiß ich. Und jetzt bitte ich dich, dies auch für mich zu tun.«

Er schüttelt den Kopf. »Ich werde seinen Forderungen nicht nachgeben. Er ist jederzeit in unserem Haus willkommen, das weiß er. Ich werde mich allerdings nicht zwingen lassen, mich für meine Überzeugungen zu entschuldigen.«

Sie beißt sich so fest auf die Innenseite ihrer Wange, dass sie Blut schmeckt.

»Reden wir nicht länger über Noah, das zieht uns doch nur runter.« Mike stößt sich vom Bett ab. »Mit der Zeit wird er erkennen, dass er unrecht hatte, und zurückgekrochen kommen. Merk dir meine Worte, denn das ist genau das, was passieren wird. Wie wär's mit ein paar von diesen Zitronen-Butterkeksen, die wir vom Frühstücksbüfett mitgenommen haben? Die schmecken bestimmt ausgezeichnet zu der heißen Schokolade.«

Gayle sitzt schweigend da, während Mike nach den Keksen sucht.

Du bist schwach und erbärmlich und eine schreckliche Mutter. Du hast es verdient, dass Noah nie mehr mit dir spricht.

Loretta

Der Schmerz in Lorettas Fingern ist fast mehr, als sie ertragen kann. Sie verteilt Creme auf ihren geschwollenen, unförmigen Gelenken. Alberto kauft diese Lavendelcreme für sie auf dem Markt von Rialto. Loretta ist überzeugt davon, dass sie rein gar nichts bewirkt, aber der Tiegel steht auf ihrem Nachttisch, also benutzt sie die Creme.

Alberto sieht ihr von seiner Bettseite aus zu. Sie haben sich zu einem Nachmittagsschläfchen zurückgezogen. »Ezio macht sehr guten Teig. Rocco soll dir etwas mitbringen, wenn du das nächste Mal Pizza machen möchtest. Diese ganze Kneterei ist zu viel für dich.«

»Schluss damit, Alberto, ich möchte nichts von Ezio und seinem Teig hören. Wenn du noch einmal sagst, wie gut Ezios Teig ist, dann springe ich vom Balkon, das schwöre ich bei der Muttergottes.«

Sie weiß, dass er recht hat. Ezio Tricholli ist in ganz Venedig für seine ausgezeichneten Pizzaböden bekannt, die über Nacht vorgebacken und jeden Morgen auf dem Markt verkauft werden. Wegen ihrer Arthrose hat Loretta in den letzten beiden Jahren immer seltener Pizza im Restaurant angeboten, doch heute Morgen wollte sie Sophie zeigen, wie sie sie macht, damit sie den Leserinnen und Lesern ihres Magazins davon berichten kann. Jetzt bezahlt sie den Preis dafür. Sie nimmt eine Schmerztablette, dann noch eine.

Der Schmerz ist schlimmer als sonst. Bestraft Gott sie für das, was sie gestern getan hat? *Du sollst nicht ehebrechen.* Sie hat den Schmerz verdient und noch mehr. Trotzdem kann sie es nicht bereuen. Diese gestohlenen Momente mit Flavia werden ihr für immer bleiben. Hätten diese neugierigen alten Amerikaner doch bloß nicht alles ruiniert!

Loretta war überzeugt, dass Signor Dawson Alberto alles erzählen oder sich – Gott bewahre! – in den sozialen Medien darüber auslassen würde. Doch inzwischen sind mehr als vierundzwanzig Stunden vergangen, und bislang hat er geschwiegen.

»Es könnte doch einer der Jungs die Kneterei für dich übernehmen«, reißt Alberto sie aus ihren Gedanken. »Deine Hände sind so rot.«

Alberto hat recht. Rocco und Salvatore sind voll und ganz dazu in der Lage. Teigkneten ist nicht unbedingt hohe Kunst.

»Die Leute mögen meinen Teig.«

»Warum bist du nur so stur?«, beschwert er sich.

Lorettas Großmutter hat ihr beigebracht, wie man Teig knetet. In einer ihrer frühesten Kindheitserinnerungen steht sie auf einem Hocker in der Küche neben Nonna, die Hände tief in der warmen Mischung aus Mehl, Hefe, Öl und Salzwasser vergraben.

»Ich habe mein ganzes Leben lang Teig gemacht«, erwidert sie. »Noch bin ich nicht bereit, damit aufzuhören.«

Alberto antwortet nicht. Er hat die Augen geschlossen und atmet tief und gleichmäßig. »*Männer!* Wo sind ihre Gedanken, sobald sie sich hingelegt haben? Denken sie überhaupt?«

Sie schraubt den Deckel auf den Tiegel und betrachtet prüfend ihre Hände, die hässlich und beansprucht aussehen. Diese Hände haben jahrzehntelang Essen zubereitet, sie haben zwei Babys gepflegt und geliebt. Diese Hände haben auch auf andere Weise geliebt, sie haben gestreichelt und verführt. Es waren einst schöne Hände, mit glatter Haut und langen, schlanken Fingern. Jetzt lässt sich ihr Ehering nicht mehr über die entzündeten Knöchel schieben, deshalb trägt sie ihn stattdessen an einer Kette, zusammen mit dem Medaillon der Madonna und dem Rubinring aus einer längst vergangenen Zeit. Der Rubin ist die bleibende Erinnerung an das Leben, das sie einst mit Flavia geführt hat, an die Liebe, die sie einst aufrecht hielt.

Sie liest noch einmal die Nachricht auf ihrem Handy – heute wohl schon zum hundertsten Mal, und jedes Mal wird sie aufgeregter.

Ich werde morgen das Pfarrhaus verlassen.

Ich habe behauptet, ich könnte bei einer Cousine übernachten, aber ich nehme mir ein Zimmer im Hotel Mondo.

Komm! Wir haben noch drei Tage, bevor ich in den Vatikan zurückkehre.

Sobald Flavia fort ist, wird Loretta wieder die pflichtbewusste Ehefrau, Mutter und Hotelbesitzerin sein, auf die alle zählen. Davor jedoch wird sie sich für einige kostbare Tage die Liebe gönnen, von der sie seit Jahrzehnten träumt.

So lautlos wie möglich verlässt sie das Schlafzimmer und geht ins Wohnzimmer, wo die große Schrankwand steht. Das antike Möbelstück, von Alberto komplett restauriert, gehörte ihren Urgroßeltern. Ganz hinten in der zweiten Schublade findet sie, was sie sucht: ein altes, leinengebundenes Album. Mit dem Album auf dem Schoß setzt sie sich aufs Sofa und betrachtet lange jede einzelne Seite. Die Schwarz-Weiß-Fotografien sind verblasst, doch die Erinnerungen sind noch da. Die Zeit hat sie nicht trüben können. Ihre Finger schweben über den einzelnen Aufnahmen, dann streichen sie vorsichtig darüber.

Wie anders hätte ihr Leben ausgesehen, wäre Flavia nicht gegangen … Sie wäre niemals Mutter geworden, niemals Signora Bianchi. Sie kann sich diese Dinge nicht wegwünschen. Und obwohl er sie schon in den Wahnsinn treibt, wenn er nur atmet, liebt sie ihren Ehemann. Auch ihn könnte sie niemals aus ihrem Leben wegwünschen.

»Was machst du da?« Albertos Stimme lässt sie zusammenzucken.

»Ich dachte, du würdest schlafen«, sagt sie.

Er tritt näher und wirft einen Blick auf das aufgeschlagene Album. Flavia ist auf einem der Fotos zu sehen, in einer taillierten Paisley-Bluse und mit ausgestellter Jeans. Die welligen Haare reichen ihr bis zur Taille. Sie lacht über etwas, was auf der Aufnahme nicht zu sehen ist.

»Ach, Loretta.« Seine Stimme klingt weich. »Warum sitzt du hier und weinst, anstatt dich auszuruhen?«

Sie wischt sich die Tränen ab. »Ich weiß es nicht.«

Er nimmt ihr sanft das Album aus den Händen. Sie leistet keinen Widerstand. Wortlos legt er es zurück in die Schublade. »Wollen wir zu unserem Spaziergang aufbrechen? Ich habe genug geschlafen.« Er streckt ihr die Hand entgegen.

Sie nickt und lässt sich von ihm vom Sofa ziehen. »Bleib da«, sagt er. »Ich hole deine Sachen.«

Kurz darauf kehrt er mit ihrem Mantel und Handschuhen ins Wohnzimmer zurück. Er geht zu ihr, nimmt ihre Hände in seine, hebt sie an die Lippen und drückt warme Küsse auf ihre schmerzenden Finger.

Sie zieht die Handschuhe an, wohl wissend, dass sie ihn nicht verdient hat. »Lass uns nach der untergehenden Frau sehen«, sagt sie.

Zusammen schlendern sie zur Piazza. Alberto summt beim Gehen.

»Lohnt es sich überhaupt, heute mit dir darüber zu streiten, ob du noch einmal ins Krankenhaus gehst, um dich dieser Operation zu unterziehen, die du benötigst?«, fragt Loretta.

»Schau mich doch an: Sieht so ein Mann aus, den man am Herzen operieren muss?« Er lässt ihre Hand los, joggt ein paar Schritte vor ihr her, dann springt er zur Seite und schlägt die Fersen zusammen. Der Sprung ist alles andere als anmutig, und er kommt ziemlich unbeholfen auf, doch die Tatsache, dass ihm dies in seinem Alter überhaupt gelingt, beeindruckt sie.

»Idiota.« Zum ersten Mal an diesem Tag muss sie lachen.

Mit gesenktem Kopf geht sie neben ihm her zur Piazza San Marco, meidet den Augenkontakt mit den Laden- und Cafébesitzerinnen und -besitzern, die sie kennt, und ignoriert die Touristen, die die Gassen füllen. Die einzige Person, für die sie sich interessiert, ist die Frau in dem Wassertank. Magdalena gibt ihr das Gefühl, verstanden zu werden, fast so, als könnte sie in ihre Seele blicken.

Die Menge um die Performance-Künstlerin ist heute riesig, doch als Loretta neben der Säule auf den Stufen zur Piazza stehen bleibt, entdeckt Magdalena sie beinahe sofort und hält ihre Hand an das Glas. Das Wasser reicht ihr bis zur Brust, das einst weiße Kleid ist jetzt schmutzig grau. Loretta hebt für einige Sekunden die Hand. Das ist ihre Sprache geworden.

Alberto schnaubt amüsiert und greift nach einer Zigarette.

Die Leute rund um Magdalena geraten in Aufruhr. Die Piazza bebt. Überall sind Kamerateams, die Leute drängeln, um näher heranzukommen.

»Entschuldigung, wissen Sie, was da drüben los ist?«, fragt Loretta eine Frau, die auf der Stufe über ihr steht.

»George und Amal Clooney sind da«, antwortet diese. »Sehen Sie die beiden? Da drüben, links?« Sie deutet in die entsprechende Richtung, dann wendet sie sich wieder Loretta zu. Ihre Augen weiten sich. »Moment … Sind Sie Signora Bianchi? *O mein Gott!*«

»Nein, aber ich werde oft mit ihr verwechselt.« Loretta ist nicht in der Stimmung für Selfies.

Die Frau dreht sich um und starrt weiter die Filmstars an.

Loretta blickt zu den beiden hinüber. Sie stehen ganz in der Nähe des Tanks, mit dem Rücken zu Magdalena, ein Meer von Mikrofonen vor den Gesichtern. George sieht älter aus als auf der Leinwand und ist kleiner als erwartet. Amal ist umwerfend schön. Lässig gekleidet in Jeans und Pullover, strahlt das Paar selbst auf diese Entfernung Starpower aus.

Loretta denkt an die Euphorie bei Georges und Amals Hochzeit in Venedig zurück. Jetzt liegt ein ähnliches Knistern in der Luft. Alberto stellt sich auf die Zehenspitzen, um besser sehen zu können. Auch Loretta sollte begeistert sein – Hollywood ist gekommen, um auf Venedigs Misere aufmerksam zu machen.

Es gelingt ihr jedoch nicht, sich zu freuen, denn in Magdalenas Augen liegt ein gequälter Blick. Obwohl das Chaos um sie herum genau das ist, was sie erreichen wollte, fordert das stundenlange Stehen im schmutzigen kalten Wasser seinen Tribut. Und sie hat ihre Performance erst zur Hälfte hinter sich. *Affogando.*

Loretta möchte ihr helfen. Aber was kann sie tun? Nichts. Also unterstützt sie Magdalena auf die einzig mögliche Weise und hebt erneut die Hand. Magdalena drückt ihre Finger gegen das Glas, und die beiden Frauen, getrennt und doch vereint, tun so, als würden sie einander berühren. Ihre Verbindung überwindet die Menschenmenge und die Distanz zwischen ihnen und versetzt Loretta zurück in die Zeit vor zwanzig Jahren, als sie Magdalena zum ersten Mal auf diesem Platz sah.

Die damals schon weltberühmte Magdalena Jansen hatte ihr Zuhause in Amsterdam verlassen und war in die norditalienische Stadt Budrio gezogen. Im selben Jahr eröffnete sie eine neue Ausstellung in San Marco. Wegen ihres Themas – die Beichte – rief die Nähe der Ausstellung zur Basilika zahlreiche Kontroversen hervor.

Magdalena hatte eine Art Beichtstuhl in einem kleinen Zelt mitten auf der Piazza errichtet. Das Zelt war leer, abgesehen von zwei weiß getünchten Holzstühlen, die einander gegenüberstanden. Magdalena saß auf einem Stuhl, während die Besucher der Ausstellung dazu eingeladen waren, das Zelt nacheinander zu betreten und auf dem zweiten Stuhl Platz zu nehmen. Der Titel der Ausstellung lautete *Die Geheimnishüterin*, das Konzept sah vor, dass Magdalena jeder Person die Beichte abnahm, ohne eine Buße zu verhängen, wie katholische Geistliche es taten. Die Idee dahinter war, dass jede Art von Beichte an sich bereits genügte. Magdalena saß schweigend auf ihrem Stuhl, mit dem Versprechen, die sündigen Geheimnisse eines jeden zu bewahren, der die fünfundzwanzig Euro Eintritt bezahlte, um fünf Minuten allein mit ihr zu verbringen.

Loretta war natürlich außer sich gewesen wegen der Blasphemie des Ganzen. Gleichzeitig war sie jedoch auch fasziniert. An einem warmen Juninachmittag, als die Kinder in der Schule waren – noch bevor das Hotel ein Restaurant bekam, als sie noch mehr Freizeit hatte –, ging sie zur Piazza und stellte sich für fast eine Stunde an, bis sie an der Reihe war zu beichten.

Sie betrat das Zelt und dachte, wenn sie der Künstlerin anvertraute, dass sie Flavia immer noch liebte, obwohl sie zu diesem Zeitpunkt bereits seit fünfzehn Jahre mit Alberto verheiratet war, wenn sie sich diese Last von der Seele reden könnte, würden ihre Schuldgefühle vielleicht ein wenig nachlassen und sie sich endlich wohlfühlen in dem Leben, für das sie sich entschieden hatte.

Die Zeltklappen schlossen sich hinter Loretta, und sie war mit Magdalena allein. Im Zelt war es warm, zu warm. Ein Standventilator in einer der Ecken verwirbelte die heiße Luft. Magdalena bedeutete Loretta, Platz zu nehmen. Loretta setzte sich und spürte, wie sie rot wurde. Sie warf Magdalena einen fragenden Blick zu. »Soll ich anfangen?«, fragte sie auf Italienisch.

Die Performance-Künstlerin lächelte mit geschlossenen Lippen und legte den Kopf schräg. Ihre Augen waren dunkelbraun, ihre Haut blass. Ihr taillenlanges Haar musste weiß gefärbt sein, denn sie war viel zu jung, um schon natürlich weiße Haare zu haben – vermutlich noch keine fünfundzwanzig. Magdalena war groß und sehr schlank, ihre Haltung königlich: die Beine an den Knöcheln überkreuzt, die Hände im Schoß verschränkt. Sie trug ein fließendes weißes Kleid, das bis zum Boden reichte, ihr Markenzeichen. Keinen Schmuck. Weder Fingernägel noch Zehennägel waren lackiert. Ein ungeschminkter, barfüßiger Engel, der darauf wartete, Lorettas Geheimnisse zu vernehmen.

Und so erzählte Loretta ihr von der Frau, die sie liebte – der Frau, die sich in ein Kloster geflüchtet und Loretta mit gebrochenem Herzen zurückgelassen hatte. Sie erzählte ihr von der arrangierten Ehe mit einem lebenslustigen, sanftmütigen Mann, der sie liebte, und den wundervollen Zwillingen, die ihre Tage mit Licht erfüllten. Sie erzählte ihr, dass sie sich trotzdem noch immer nach der Nonne verzehrte und wie schuldig sie sich deswegen fühlte.

Während Loretta sprach, beobachtete sie Magdalenas Gesicht. Sie erwartete eine Reaktion, doch Magdalenas heiter-gelassenes Lächeln blieb unverändert. Loretta fühlte sich durch ihr Schweigen sowohl verunsichert als auch ermutigt, und sie ertappte sich dabei, dass sie Magdalena Dinge anvertraute, die sie zuvor nicht einmal sich selbst eingestanden hatte.

»Ich besuche die Messe nur aus Pflichtgefühl. Jedes Mal, wenn ich am Abendmahl teilnehme, zerreißt es mich innerlich. Ich bin nicht würdig, den Leib Christi zu empfangen. Die Eucharistie ist für diejenigen, die zur Beichte gehen, aber dazu kann ich mich natürlich nicht überwinden. Können Sie sich vorstellen, dass ich einem Priester davon erzähle?«

Magdalena lächelte.

»Wann immer ich eine Kirche betrete, bekomme ich es am Magen«, fährt sie fort. »Früher waren Kirchen für mich ein Ort des Trostes, aber das ist nicht mehr so. Sie zu lieben, hat alles ruiniert.« Ihre Augen fingen an zu brennen. »Es bringt mich um, dass ein Teil von mir stets davon träumt, auszubrechen und sie zu suchen, ganz gleich, wie sehr ich meine Kinder und meinen Ehemann liebe. Natürlich würde ich das niemals tun. Ich würde meine Familie niemals verlassen, aber ich wünschte, ich wäre zufrieden mit dem Leben, das ich führe, anstatt mich ständig nach einem anderen zu sehnen.« Ihre Stimme brach.

Draußen vor dem Zelt ertönte eine Glocke. Lorettas Zeit mit Magdalena war um.

Es handelte sich um eine stumme Performance, doch unmittelbar bevor Loretta das Zelt verließ, räusperte sich Magdalena. »Seien Sie ehrlich zu sich selbst, Signora.« Ihre Stimme war klar und sanft, ein ausländischer Akzent schwang darin mit.

Loretta drehte sich um. »Wie meinen Sie das? Was schlagen Sie vor?«

Doch Magdalena schloss den Mund und lächelte weiter ihr abgeklärtes Lächeln. Ein Mann vom Sicherheitspersonal hielt Loretta die Zeltklappe auf, und sie trat hinaus in den Sonnenschein.

Jetzt, so viele Jahre später, sieht Magdalena Loretta auf ebenjener

Piazza stehen, ihren Ehemann neben sich. Dass sich Magdalena ausgerechnet in der Woche von Flavias Rückkehr in Venedig aufhält, kann kein Zufall sein. Loretta ist überzeugt, dass es sich um eine Vorbestimmung handelt.

Gestern hatte Loretta Flavia voller Hektik in der Kirche zurückgelassen, darauf bedacht, ins Hotel zurückzukehren, bevor Signor Dawson mit Alberto reden konnte. Wer weiß, wohin ihre Küsse geführt hätten, wären Flavia und sie nicht gestört worden. Hätte sie, die fromme Katholikin, wirklich Sex mit einer Nonne gehabt, noch dazu in einer Sakristei? Ganz sicher nicht. Obwohl … Allein bei der Vorstellung daran zieht sich ihr Bauch vor Lust zusammen.

George und Amal Clooney sind mittlerweile gegangen. Die Menge um Magdalena zerstreut sich ein wenig. Alberto hält Loretta den Arm entgegen, und zusammen kehren sie ins Hotel zurück. Alberto singt Etta James' »At Last« vor sich hin, während Loretta von Flavia träumt.

Sophie

Sophie hatte gehofft, Rocco würde auch diesen Nachmittag mit ihr verbringen, aber er ist nirgendwo zu sehen. Nach dem Drama mit Elena heute Morgen war er still und distanziert, und jetzt scheint er so zu tun, als gäbe es sie nicht. Ist er wirklich so genervt, weil sie ihn dazu gedrängt hat, Christian zu der Teilnahme an der Protestveranstaltung zu überreden? Auch Loretta hat heute nach dem Frühstück kaum mit ihr geredet, und während eines schweigsamen Mittagessens waren alle mit ihren Handys beschäftigt. Ist es tatsächlich möglich, dass alle sauer auf sie sind?

Sie schickt Bec eine Textnachricht deswegen und muss lachen, als sie die Antwort liest.

Um Himmels willen, hör auf, dir so einen Kopf zu machen.

Geh shoppen!

Bec hat vollkommen recht, also zwingt Sophie sich aus dem Bett, zieht sich warm an und tritt hinaus auf die Gasse. Es gibt nichts Besseres als eine Shoppingtherapie, um ihre aufgewühlten Nerven zu beruhigen.

In San Marco ist jede Menge los. Überall sind Touristen, das

Singen der Gondolieri schallt durch die Stadt. Sophie betritt einen kleinen Laden um die Ecke, der Handtaschen verkauft, und wird sofort von einer knochigen alten Frau angesprochen, die sie beinahe gewaltsam am Ellbogen zu einem trüben Ganzkörperspiegel zieht. Ohne zu fragen, nimmt die Frau Tasche um Tasche von den Regalen und hängt sie nacheinander über Sophies Schulter, wobei sie anerkennend nickt oder kopfschüttelnd mit der Zunge schnalzt. Sophie würde sie am liebsten alle kaufen.

So viele kräftige Farben und so weiches Leder! Nach wenigen Minuten ist sie die stolze Besitzerin von drei neuen Handtaschen, von denen sie streng genommen keine einzige braucht.

Neben dem Taschenladen befindet sich eine Modeboutique mit einer Verkäuferin Anfang zwanzig, deren schwarzer Eyeliner leicht verschmiert ist, genau wie der dunkellila Lippenstift. Ihre Begrüßung fällt so freundlich aus wie die eines Rottweilers. Sophie erkennt sofort, dass es hier nichts in ihrer Größe gibt, deshalb macht sie auf dem Absatz kehrt, schlendert an einigen überfüllten Souvenirgeschäften vorbei und macht bei einer weiteren kleinen Boutique halt.

Ein tadellos gekleideter Mann mittleren Alters mit zurückgegelten dunklen Haaren und einem perfekt getrimmten Kinnbart kommt hinter der Verkaufstheke hervor. Sein pfirsichfarbener Kaschmirpullover steckt vorn im Bund seiner zerrissenen Jeans, seine auf Hochglanz polierten weißen Schuhe sind so spitz, dass man sich damit ein Auge ausstechen könnte. »Frohe Weihnachten, Signora! Möchten Sie sich etwas Hübsches aussuchen, um damit Ihren Liebsten zu überraschen?«

»Meinen Liebsten? Nein.« Sie lacht. »Haben Sie etwas in meiner Größe da?«

»Selbstverständlich! Jede Menge.« Er klopft auf einen grünen Samtsessel. »*Prego*, nehmen Sie Platz. Ich zeige Ihnen, was ich für

Sie habe.« Er verschwindet durch eine Tür in einen angrenzenden Raum und ist Minuten später wieder da, einen riesigen Berg an Kleidungsstücken in den Armen. »Stehen Sie auf, Signora, und legen Sie den Mantel ab. Wenn Sie mir bitte zur Umkleide folgen wollen … hier entlang. Sie müssen unbedingt herauskommen und mir zeigen, was Sie anprobieren.« Er hängt die Sachen für sie in die Kabine.

Sie nimmt das erste Outfit vom Bügel und betrachtet es unschlüssig. Es handelt sich um einen weißen Polyester-Jumpsuit mit fließenden Ärmeln, weiten Beinen und einem goldenen Flechtgürtel. Sehr ABBA-mäßig, sehr Eurovision Song Contest. Zu Hause in Australien hätte sie niemals einen zweiten Blick darauf geworfen, doch es erscheint ihr unhöflich, den Jumpsuit nicht wenigstens anzuprobieren. Es verblüfft sie, wie bequem er ist und wie phänomenal sie darin aussieht. Sie hat schon ein ganzes Jahrzehnt lang kein Weiß mehr getragen – Weiß ist unvorteilhaft für ihre Figur, das hat ihre Mutter ihr millionenfach gesagt. Dabei steht es ihr ausgezeichnet. Sie kann einen Jumpsuit tragen – wer hätte das gedacht?

»Ich *liebe* das Outfit!«, ruft sie aus der Umkleide.

»Lassen Sie sehen, lassen Sie sehen!« Ihr neuer Shoppingkomplize eilt herbei.

Sophie öffnet die Tür und dreht sich.

Er stößt einen leisen Pfiff aus. »*Wow, wow, wow!* Das müssen Sie nehmen! Welche Schuhgröße haben Sie, Signora?«

»Sieben in Australien. Das müsste hier eine achtunddreißig sein, aber ich bin mir nicht sicher …«

»Probieren wir's mit achtunddreißig. Ich habe genau die richtigen Schuhe zu diesem Outfit. Eine Sekunde!« Er verschwindet und kehrt kurz darauf mit goldenen Ballerinas zurück. »Bitte, probieren Sie sie an.«

Auch die Ballerinas sind nicht das, was sie normalerweise trägt, aber sie passen wie angegossen und sind so unglaublich weich, dass sie meint, Pantoffeln zu tragen.

Der Ladenbesitzer küsst seine Fingerspitzen. »*Bellissima!* Mit Ihren goldenen Haaren sehen Sie in diesem Outfit aus wie eine Göttin. Jetzt fehlt nur noch der Schmuck.« Er nimmt eine klobige rote Glasperlenkette von einem Schmuckständer auf der Verkaufstheke und legt sie ihr um den Hals. »Bitte, Signora, werfen Sie einen Blick in den Spiegel. Sie sind schön. Das ist nicht geflunkert!«

Die Kette und die Schuhe geben dem Outfit den letzten Schliff. Sie sieht umwerfend aus.

Seit der Uni hat Sophie ihren Stil nicht mehr verändert: Kleider mit schwingenden Röcken bis übers Knie, dazu leichte Strickjacken und Mary Janes im Sommer, Trenchcoats mit Gürtel und Stiefel im Winter. Die gelockten Haare, der knallrote Lippenstift und die stark geschminkten Augen verstärken diesen eigenwilligen Vintage-Look. So hat sie jeden einzelnen Tag ihres Erwachsenenlebens ausgesehen. Dieses Outfit hat ihr gezeigt, dass sie so viel mehr sein kann als ein Plus-Size-Rückblick auf die Fünfziger.

Sie schickt ein Selfie an Bec, die sofort mit einer Reihe Flammen-Emojis reagiert.

Na sieh mal einer an!

Ich habe dich noch nie in einer Hose gesehen. ICH LIEBE ES!

»Probieren Sie noch die anderen Teile an, Signora.« Der Mann hält die Tür der Umkleide auf und bedeutet ihr, wieder hineinzugehen.

Sie zeigt auf ein lachsfarbenes Wickelkleid ganz oben auf dem

Stapel, den er ihr in die Kabine gelegt hat. »Das gefällt mir. Wie viel kostet es?«

»Bitte, Signora, über Geld spricht man nicht. Sämtliche Stücke werden hier in Venedig entworfen. Das Geld ist gut angelegt.«

Ach du lieber Himmel! Der Kerl wird mich in den Bankrott treiben!

»Wie heißen Sie?«, fragt sie ihn.

»Mein Name ist Massimo.«

»Signor Massimo, wir probieren das lachsfarbene!« Sie nimmt das Kleid vom Bügel.

Alles, um die Venezianer zu unterstützen.

Loretta

»Amal Clooneys persönliche Assistentin ist am Telefon. Sie möchte für heute Abend das ganze Restaurant buchen«, verkündet Marina.

»Für wen?«, erkundigt sich Loretta.

»Wohl nur für Amal und George.«

Loretta wischt sich die mit Kakao bedeckten Hände an der Schürze ab. »Keine Reservierungen.«

»Sie hat gesagt, sie sind bereit, das Dreifache dessen zu bezahlen, was wir an einem normalen Abend umsetzen.«

Anrufe wie dieser kommen immer, wenn die Reichen und Berühmten in der Stadt sind. Sie kennen die Regel »Nur für Laufkundschaft«, selbstverständlich kennen sie sie. Genau das ist es, was Lorettas kleines Restaurant so beliebt gemacht hat. Aber Leute wie die Clooneys gehen davon aus, dass Regeln wie diese für sie nicht gelten. Das Letzte, worauf sie Lust hat, ist, um irgendwelche Hollywoodtypen herumzuscharwenzeln.

»Keine Reservierungen«, wiederholt Loretta.

»Die Clooneys sind wegen der Ausstellung hier, Mamma. Sie tun etwas Gutes, indem sie sich für unser Anliegen einsetzen.«

»Ich weiß, ich habe sie auf der Piazza gesehen, wo sie wie die Pfauen posiert haben.«

»Du hast sie gesehen? Warum hast du denn nichts erzählt?«

»Was gibt es da zu erzählen?«

Marina verdreht die Augen. »Vielleicht sollten wir dieses eine Mal eine Ausnahme machen und ihnen das Restaurant überlassen, sozusagen als Geste des Wohlwollens.«

Loretta seufzt. »Kind, wir haben genügend Fisch da, um über fünfzig Personen zu beköstigen. *Wohlwollen* bedeutet, dass wir jedem unsere Tür öffnen. Ich werde keine kostbaren Lebensmittel vergeuden, damit wir einem in die Jahre kommenden Schauspieler und seiner wohltätigen Ehefrau einen Gefallen tun können. Sag ihnen ›keine Reservierungen‹.«

»Du bist unmöglich!« Marina wirft die Hände in die Luft. Ihr Gesicht ist fast genauso rot wie das Gestell ihrer Brille. »Papà. Bitte erklär ihr, dass die zwei eines der einflussreichsten Paare der Welt sind. Es ist ein Wahnsinnsding, wenn sie hier essen. Es wäre so gut für das Geschäft. Sag ihr das!«

»Keine Reservierungen.« Alberto, der die silbernen Kerzenleuchter poliert, blickt nicht einmal auf.

Loretta überkommt eine plötzliche Woge der Liebe zu ihm. Er steht immer hinter ihr, immer. Das Gefühl der Schuld versetzt ihr einen Stich ins Herz.

Marina unterdrückt einen Fluch und verlässt aufgebracht die Küche.

Ein paar Minuten später kommt Sophie herein. Sie trägt ein limettengrünes Wickeltop und einen Rock im pink-schwarzen Leopardenlook. Der Stoff schmiegt sich an ihren Körper wie eine zweite Haut. Das Outfit hat nichts mit den konservativen Vintage-Kleidern zu tun, die sie seit ihrer Ankunft in Venedig getragen hat, und sie strahlt ein neues Selbstbewusstsein aus. Sie ist hinreißend, es gibt kein anderes Wort dafür. Außerdem zeigt sie so viel Dekolleté, dass Rocco bei ihrem Anblick die Augen aus dem Kopf fallen werden.

Loretta hat nicht vergessen, dass Rocco heute Morgen ihren Rat bezüglich Elena ignoriert hat und stattdessen Sophies Wünschen gefolgt ist. Sophies Einfluss auf ihn ist beängstigend. Sie kann nur hoffen, dass ihr Sohn den Schmerz, der nach ihrer Abreise auf ihn zukommen wird, verkraftet und er nicht erneut in eine Abwärtsspirale gerät.

»Marina hat mir gerade erzählt, dass Sie George und Amal Clooney abgewiesen haben.« Sophies grüne Augen funkeln. »Das schafft es definitiv in meinen Beitrag.«

Loretta lächelt. »Sehr gut.«

»Glauben Sie, sie kommen trotzdem zum Essen?«, fragt Sophie.

Loretta zuckt mit den Achseln. »Wenn ja, hebe ich die kleinsten Fischfilets für sie auf und die schrumpeligsten Pastinaken. Die bilden sich wirklich ein, man schließt ein Restaurant, weil sie sich für zu wichtig halten, um mit anderen Menschen gemeinsam zu essen. *Cretini.*«

Sophie lacht laut auf, und obwohl sie einen emotional aufwühlenden Tag hinter sich hat, muss Loretta ebenfalls lachen. Sie hat Sophie heute die kalte Schulter gezeigt, nachdem sie sich so rigoros in Elenas Angelegenheiten eingemischt hat, aber sie kann diesem Mädchen einfach nicht lange böse sein. Es ist kein Wunder, dass Rocco sich Hals über Kopf in sie verliebt hat.

Sophie holt ihre Kamera hervor und fotografiert Alberto beim Polieren der Kerzenständer.

»Alberto, du solltest nach oben gehen und dich ausruhen«, sagt Loretta. »Du hast heute nicht lange genug geruht.«

»Kommst du mit?«, fragt er sie.

»Ich möchte Anna-Maria Zanetti vor dem Abendessen noch einen schnellen Besuch abstatten.«

Er zieht die Augenbrauen in die Höhe. *»Davvero?«*

»Ja, wirklich«, antwortet sie auf Italienisch, womit sie ihre eigene Regel bricht, in Gegenwart von Sophie nur Englisch zu sprechen. »Warum sollte ich sie nicht besuchen? Sie ist meine Freundin, die gerade ihren Ehemann verloren hat.«

»Und wann hast du diese *Freundin* zum letzten Mal besucht?«

»Kümmere dich um deine eigenen Angelegenheiten, und hör auf, die Kerzenständer zu polieren. Das ist nicht nötig, und du tust das nur, damit du mir hier unten auf die Nerven gehen kannst.« Sie wirft das Geschirrtuch, das sie in den Händen hält, auf die Anrichte, nimmt ihren Mantel vom Haken und stolziert aus der Küche.

»Wohin gehst du denn jetzt schon wieder?«, fragt Marina, als sie an der Rezeption vorbeikommt.

»Warum muss ich eigentlich allen in diesem Haus Rechenschaft ablegen, über jeden Schritt, den ich tue? Ich bin rechtzeitig zum Abendessen wieder da, mehr müsst ihr nicht wissen.«

Loretta wünscht sich, sie könnte zu Flavia gehen. Es bringt sie um, Flavia so nah bei sich zu wissen und doch nicht zu ihr zu können. Sie kann sich nicht ständig aus dem Hotel stehlen, und sie muss unbedingt zu Anna-Maria Zanetti, um ihr ihre Hilfe anzubieten, bevor Anna-Maria ein weiteres Kind auf so tragische Weise verliert. Ohne zu einem kleinen Schwatz anzuhalten, eilt Loretta durch die Gassen und bleibt erst stehen, als sie die Haltestelle am Kanal erreicht. Dort nimmt sie ein Vaporetto nach Cannaregio und sieht zu, wie San Marco langsam aus ihrem Blickfeld verschwindet.

Es ist über zehn Jahre her, seit Loretta Anna-Maria das letzte Mal gesehen hat, bei Paolos Beerdigung. Loretta und Anna-Maria waren einst enge Freundinnen, aber nach Paolos Tod hat sich Loretta still und leise aus Anna-Marias Leben verabschiedet. Was sie damit vor sich selbst rechtfertigte, dass sie Anna-Maria doch nur schmerzhaft daran erinnern würde, was sie verloren hatte, wenn sie in ihrem Leben blieb. Denn Rocco war im gleichen Alter wie Paolo – und er war quicklebendig. In Wirklichkeit jedoch konnte Loretta die grenzenlose Trauer der anderen Frau nicht ertragen. Im Laufe der Jahre ließ das nagende Gefühl der Schuld immer mehr nach, doch mit Elenas Rückkehr nach Venedig hat sich das geändert.

Nach dem Ende ihrer Freundschaft mit Anna-Maria gab es für Loretta keinen Grund mehr, das jüdische Viertel aufzusuchen. Als sie nun den Campo di Ghetto Nuovo erreicht, ist sie verblüfft, wie authentisch Venedig weiterhin ist, wie wenig sich in all der Zeit verändert hat. Natürlich gibt es auch hier Touristen und jede Menge Souvenirgeschäfte, aber die meisten Leute auf dem Platz sind ganz offensichtlich Einheimische. Überall sind Kinder, die Fußball spielen und Roller fahren. Es wärmt ihr das Herz, einen Ort in Venedig zu finden, an dem noch Italiener leben.

Die alten Männer sitzen unter den Vordächern und trinken eine *ombra*, so wie sie es schon während ihrer Kindheit taten. Sie darf nicht vergessen, Sophie davon zu berichten, denn sie weiß, dass die junge Frau den Dingen liebend gern auf den Grund geht. Loretta wird ihr erzählen, dass *ombra* »Schatten« bedeutet, gleichzeitig ist es das venezianische Wort für ein kleines Glas Wein am Nachmittag. Früher versammelten sich die Fischer nach getaner Arbeit im Schatten des Glockenturms, wo ein Mann mit seinem Weinkarren auf sie wartete, um ihnen ein Glas Wein anzubieten. Dieser Gedanke beschäftigt sie, bis sie Anna-Marias Wohnhaus erreicht, wo sie ein schnelles Gebet zur Heiligen Jungfrau spricht, bevor sie sich daranmacht, die steilen Betonstufen hinauf in den vierten Stock zu erklimmen.

Loretta weint selten – sie hat noch nie viel geweint –, doch in dieser Woche hat sie so viele Tränen vergossen wie schon seit Jahren nicht mehr. Als Anna-Maria die Tür öffnet und Loretta sieht, wie sehr die Trauer die Freundin gezeichnet hat, kommen ihr erneut die Tränen.

Anna-Marias Augen weiten sich. »Loretta Bianchi? Bist du's wirklich?«

»Mi dispiace, mi dispiace«, schluchzt Loretta, als Anna-Maria sie in ihre Arme zieht.

Anna-Maria heißt Loretta mit einer Herzlichkeit willkommen, die Loretta nicht verdient. »Was machst du hier?«, fragt Anna-Maria, als sie im Wohnzimmer sitzen, das sich in all den Jahren nicht verändert hat.

»Ich möchte dir und Elena bei der Flucht helfen.«

Anna-Maria reißt die Augen auf. »Woher weißt du davon?«

»Sie hat uns um Hilfe gebeten.«

»Sie ist zu dir gegangen und hat dich um Hilfe gebeten?«, wiederholt Anna-Maria ungläubig.

»Sie und ihr Mann wohnen bei uns.«

Anna-Maria fällt die Kinnlade herunter. »Das hat sie nicht erwähnt. Es gibt so vieles, was ich nicht weiß.« Sie fängt an zu weinen.

Auch Loretta weint, während sie über Anna-Marias toten Sohn, ihren toten Ehemann und über die Tochter reden, die einen bösen Mann geheiratet hat. Über ihre verlorene Freundschaft und die versäumten Jahre.

Loretta erzählt von Elenas geplanter Flucht, die stattfinden soll, während Christian an der Protestversammlung bei der *Regata delle Befane* teilnimmt, und von der vorgetäuschten Schwangerschaft.

Anna-Maria schlägt die Hände vors Gesicht. »Er wird nie aufhören, nach ihr zu suchen, wenn er denkt, dass sie ein Kind von ihm bekommt.«

Loretta greift nach Anna-Marias Hand. »Ich habe Angst um dich. Ich habe den anderen gesagt, dass wir die Polizei rufen sollen.«

»Das habe ich ihr auch schon gesagt, am Telefon, aber sie besteht darauf, dass wir so vorgehen, wie sie es sagt. Heute Abend werden die beiden bei mir zu Abend essen. Ich werde versuchen, Elena das Ganze auszureden – vorausgesetzt, ich bekomme die Gelegenheit dazu, denn er lässt uns keine Sekunde allein.« Anna-Maria zupft einen nicht vorhandenen Fussel von ihrer schwarzen Hose. »Ich will nicht weg aus Venedig.«

»Ich verstehe nicht, warum du ebenfalls fliehen sollst …«

»Sie sagt, es wäre gefährlich, wenn ich bleibe.«

»Es gibt viele, die dich bis zu seiner Abreise verstecken würden«, beharrt Loretta.

Anna-Maria sieht sie mit schräg gelegtem Kopf an. »Würdest du deine Tochter allein gehen lassen?«

Loretta seufzt. »Nein.«

Bevor sie aufbricht, hilft Loretta Anna-Maria auf die einzig mögliche Art und Weise: Sie zieht einen Umschlag aus ihrer Handtasche.

Anna-Maria wirft einen Blick hinein und schnappt nach Luft. »Loretta, was ist das? *Sei pazza* – du bist verrückt!«

»Das ist nichts.«

Anna-Maria will ihr den Umschlag zurückgeben, aber Loretta schiebt ihre Hand weg. »Ich weiß noch genau, wie es war, nicht viel Geld zu haben. Heutzutage kann ich etwas erübrigen. Lass mich dir helfen. Auf diese Weise versuche ich, wiedergutzumachen, was für eine schreckliche Freundin ich war.«

»Du musst nichts wiedergutmachen. Ich liebe dich, Loretta, daran hat sich nie etwas geändert.« Anna-Maria drückt die fünftausend Euro tränenüberströmt an ihre Brust. *»Grazie.«*

Loretta wirft einen Blick auf die Uhr. »Ich muss los. Die bekommen einen Schlag, wenn ich nicht rechtzeitig zum Abendbetrieb zurück bin.«

»Sag mir, wie geht es dem lieben Alberto?« Anna-Maria hält ihr die Tür auf.

»Das erzähle ich dir ein andermal.« Loretta umarmt Anna-Maria fest. »Ich bin für dich da, ganz gleich, was du brauchst. Versprochen.«

»Du bist eine gute Frau, Loretta.«

»Wohl kaum.« Sie dreht sich um und läuft eilig die Treppen hinunter, bevor sie erneut in Tränen ausbricht.

Elena

Als sich das Vaporetto San Marcuola nähert, sieht Elena Signora Bianchi an der Anlegestelle stehen. Sie ist es, eindeutig: Groß, schlank, perfekte Körperhaltung, die silbernen Haare zu einem Knoten geschlungen, in Jeans und einem cremefarbenen Mantel sieht sie so elegant aus wie eh und je.

Elena erinnert sich gut daran, wie sehr Signora Bianchi Mamma nach Paolos Tod verletzt hat. Die beiden Frauen haben sich seit Jahren nicht mehr gesehen, und jetzt ist Signora Bianchi plötzlich hier, im jüdischen Viertel. Elena glaubt nicht, dass dies ein Zufall ist, schon gar nicht, da Signora Bianchi heute Morgen die Wahrheit über Elena erfahren hat.

Wenn Christian Signora Bianchi so nah bei Mammas Wohnhaus sieht, wird er augenblicklich misstrauisch werden.

»Babe.« Sie tippt auf sein Bein. »Lass uns meiner Mutter noch nichts von dem Baby erzählen.«

»Warum nicht?«

»Sie trauert bereits um Papà. Ich möchte nicht, dass sie sich noch mehr Sorgen macht, deshalb würde ich lieber noch abwarten und ihr nach dem Ultraschall in der zwölften Woche davon erzählen.«

Er nickt. »In Ordnung.«

Sie berührt seine Wange und streicht mit den Fingerspitzen

über seinen Bartschatten. »Ich habe eine Idee. Lass uns nicht an dieser Haltestelle aussteigen, sondern stattdessen etwas Neues erkunden. Ich bin heute Abend so glücklich, ich möchte noch mehr von Venedig in mich aufsaugen, zusammen mit dir, anstatt in Mammas Wohnung zu Abend zu essen.«

»Bist du dir sicher?« Er zieht skeptisch eine Augenbraue in die Höhe. »Ich dachte, du möchtest unbedingt zu ihr.«

Das Boot hält an. Sie muss ihn unbedingt dazu bringen, dass er sie ansieht, damit er nicht Signora Bianchi an der Haltestelle bemerkt.

»Ich bin mir absolut sicher. Heute Abend möchte ich einfach nur allein mit dir sein.« Sie zieht ihn an sich und küsst ihn.

Er erwidert ihren Kuss voller Leidenschaft, umspielt mit der Zunge ihren Mund.

Sie lässt es zu, macht mit, kümmert sich nicht darum, wer ihnen zuschaut – bis das Boot von der Haltestelle ablegt.

»Wow.« Er holt tief Luft und lacht leise. »Damit habe ich nicht gerechnet. Du hast mich total geil gemacht.«

Das Vaporetto nimmt an Fahrt auf und lässt Signora Bianchi immer weiter zurück. Bald darauf ist sie außer Sichtweite.

Elena denkt an Mamma, die für sie gekocht hat und nun einen weiteren einsamen Abend verbringen muss. Aber das ist es wert.

Sie muss ihre ganze Selbstbeherrschung aufbringen, um sich nicht seinen Speichel von den Lippen zu wischen.

Am siebten Tag der Weihnacht

Sophie

Sophie lächelt, als sie Bec ein Foto schickt, das sie gestern Abend im Restaurant gemacht hat. Darauf ist sie zusammen mit George Clooney zu sehen. Clooney hat den Arm um sie gelegt.

ACH DU HEILIGE SCHEISSE!

Die beiden sind gekommen! Hat Signora Bianchi das Restaurant doch noch für sie geschlossen?

Nö! Sie waren trotzdem da. Haben an einem Tisch in der Ecke gesessen.

Ich hab mir fast in die Hose gemacht, als ich die beiden gesehen habe!

Ha! Wie ist er denn so?

Alt. Sie ist eine Göttin!

Beide sind voll nett!

Du hast jede Menge Spaß, während ich heute von zu Hause arbeiten musste und bis zum Hals in Kleinkindkotze steckte.

Diese verdammte Kindertagesstätte ist eine wahre Brutstätte für Krankheiten.

Hey, hast du das rote Wasser im Canal Grande gesehen? Sah im Fernsehen total irre aus!

Als ich nach meiner Shoppingtour dorthin kam, war die Farbe schon weggespült.

Schade, aber der Jumpsuit ist es wert.

Nachdem Sophie ihren Chat mit Bec beendet hat, bleibt sie mit dem Smartphone in der Hand im Bett liegen und zupft so lange an einem Stück loser Haut an ihrer Lippe, bis es anfängt zu bluten. Ein Taschentuch auf die offene Stelle gedrückt, ruft sie den Namen ihrer Mutter in den Kontaktdaten auf und tippt auf »Anrufen«.

Es klingelt.

Geh nicht dran. Geh nicht dran. Bitte geh nicht dran.

»Hallo, Liebling!«

Verdammt. »Hey, Mum. Wie läuft es drüben in Aussieland?«

»Nun, heute war es nicht so heiß, das ist doch schon mal was. Gestern hatten wir achtunddreißig Grad, ich musste die ganze

Zeit die Klimaanlage laufen lassen. Hast du die Brände in den Nachrichten gesehen?«

»Habe ich. Grauenhaft.«

»Ich hab mich schon gefragt, wann du wohl anrufst und dich vergewisserst, dass es mir gut geht. Ich kann den Rauch am Himmel sehen, so nah sind die Feuer inzwischen.«

»Tut mir leid.« Tatsächlich hat es nur wenige Sekunden gedauert, bis ihre Mutter Sophie das Gefühl gegeben hat, eine fürchterliche Person zu sein, obwohl Penelope im Zentrum von Melbourne lebt, weit weg von den Buschfeuern.

»Lass gut sein, Liebling«, sagt Penelope. »Es ist schön, dass du mich endlich anrufst. Ich hatte noch gar keine Gelegenheit, dir frohe Weihnachten zu wünschen. Es ist ausgesprochen schwierig, dich zu erreichen. Gerade erst habe ich Lois von nebenan gesagt, dass es leichter ist, eine Privataudienz beim Papst zu erwirken, als mit meiner eigenen Tochter zu telefonieren.«

»Tut mir leid, ich hatte beruflich zu tun.«

»Mach dir keine Gedanken, jetzt plaudern wir ja. Ist es schön in Venedig? Kein allzu übler Geruch bei all den Abwässern?«

»Welche Abwässer?«

»Du weißt doch, was man so sagt …«

»Nein, weiß ich nicht. Egal. Venedig ist jedenfalls sehr schön, du solltest die Stadt mal besuchen.«

»Ach, ich weiß nicht … Nein, das ist nichts für mich. Die Italiener sind so … wie soll ich sagen? Nun … *italienisch.*« Penelope lacht.

Sophie telefoniert seit einer knappen Minute mit Penelope. Das dürfte doch sicher genügen. »Mum, ich muss auflegen. Ich muss beim Frühstücksservice helfen.«

»Oh, okay, Liebling, nur ganz schnell, bevor du auflegst: Passt du auch auf, was du da drüben isst? In Italien gibt es nichts anderes als Kohlehydrate, Kohlehydrate, Kohlehydrate. Als würde einen ein riesiger Kohlehydratlaster überrollen!«

»Herrgott noch mal, Mum, du musst nicht kontrollieren, was ich esse! Ich bin nicht mehr fünf Jahre alt.«

»Du sollst den Namen des Herrn nicht missbrauchen.« Penelopes Stimme wird hart.

Sophie bleibt ruhig.

»Komm schon, lass uns nicht streiten. Ich versuche nur, dir zu helfen, Schätzchen. Bist du schon dazu gekommen, die Informationen über die Schlauchmagenoperation zu lesen, die ich dir letzte Woche per E-Mail geschickt habe?«

»Ja, ich habe die E-Mail erhalten.«

»Oh, gut, ich war mir nicht sicher, weil du nie darauf geantwortet hast. Die Operation soll gute Erfolge bringen.«

»Ich bin nicht an einer Operation interessiert.«

Die Sekunden verticken, bevor Penelope reagiert. »Du ziehst sie nicht mal in Erwägung? Um ehrlich zu sein, ist das ziemlich enttäuschend.«

Sophie schluckt ihren Schmerz herunter. »Ich weiß, dass du dir wünschst, ich wäre so dünn wie du. Ich weiß, dass ich eine Enttäuschung bin. Tut mir leid, dass ich die Fettgene geerbt habe. Tut mir leid, dass ich nach Dad komme.«

»Sag so etwas *nie* wieder. Du bist nicht wie er.« Penelope feuert die Worte auf sie ab wie Kanonenkugeln.

»Meinetwegen«, murmelt Sophie.

»Ich habe keine Ahnung, warum du in einem so unverschämten Ton mit mir sprichst.« Penelope schnieft. »Als ich deine Nummer gesehen habe, dachte ich, ach, wie nett, jetzt kann ich ein nettes Pläuschchen mit meiner Tochter halten. Aber damit war es wohl nichts. Du kannst wirklich sehr grausam sein.«

»*Ich* bin grausam?« Sophie lacht auf.

»Ich habe keine Ahnung, was du daran so amüsant findest. Du hast mir den Tag vermiest, Sophie Louise. Ich hoffe, es geht dir jetzt besser.«

»Mum, lass mich eines klarstellen: Es geht mir *nie* besser, wenn ich mit dir spreche.«

Sophie legt auf und schlägt schluchzend die Hände vors Gesicht.

Gayle

Mike schläft tief und fest, als Gayles Handy pingt. Sie wirft einen Blick aufs Display. Eine Nachricht von Lizzie.

Mom, Noah hat mich gestern Abend per Videocall angerufen. Es war so schön, sein Gesicht zu sehen!

Hast du bemerkt, dass er sich einen Bart wachsen lassen hat? Sieht super aus!

Wie ist dein Gespräch mit Pop verlaufen?

Gayles Herz zieht sich zusammen.

Nicht so gut, wie ich gehofft hatte, Süße. Dein Pop ist stur. Er wird nicht nachgeben.

Versuch es weiterhin, Mom.

Mike öffnet die Augen. »Alles okay, Schatz?«

Gayle lässt das Handy sinken und tätschelt seine Schulter. »Alles in Ordnung. Schlaf weiter.«

Er reibt sich die Augen und wirft einen Blick auf die Digitaluhr auf dem Nachttisch. »Genug geschlafen. Ich springe schnell unter die Dusche, und dann mache ich uns vor dem Frühstück einen Kaffee.«

Durch Lizzies Nachricht bestärkt, sagt sie: »Es geht um Noah, Schatz.«

Er stöhnt. »Schon wieder Noah? Ich habe doch gerade erst die Augen aufgemacht.«

»Ich weiß, dass du keine Lust hast, darüber zu reden, und wenn ich ganz ehrlich bin, habe ich es ebenfalls satt. Andererseits habe ich die ganze Nacht wach gelegen, und ich muss es einfach ansprechen, sonst werde ich es niemals tun.« Ihre Stimme zittert, ihre Handflächen sind schweißnass. »Noah und Lizzie hatten gestern einen Videochat. Stell dir vor, er hat sich einen Bart wachsen lassen. Lizzie hat mir das gerade per Textnachricht erzählt, und ich frage mich, ob sein Bart braun ist oder grau … oder beides? Ich will mich nicht länger *fragen* müssen, wie mein Sohn aussieht, ich möchte es *wissen*. Ich möchte Noah wieder in meinem Leben haben, selbst wenn das bedeutet, dass ich es ohne dich bewerkstelligen muss. Ich werde meinen Sohn wegen dieses Zerwürfnisses nicht für immer verlieren, das lasse ich nicht zu. Wenn wir wieder zu Hause sind, werde ich nach L. A. reisen und Noah besuchen, mit dir oder ohne dich.« Als sie zu Ende gesprochen hat, zittert sie am ganzen Körper.

»Hm. Wie meinst du das? Wie lange willst du dorthin?«

»So lange, bis ich die Dinge wieder ins Lot gebracht habe. Ich bin nicht bereit, noch länger darauf zu warten, dass du ihn so akzeptierst, wie er ist.«

Mike ist jetzt hellwach. Mit weit aufgerissenen Augen starrt er Gayle an. »Du klingst, als würdest du mich hassen.«

Sofort rudert sie zurück, instinktiv, und entschuldigt sich. »Ich könnte dich niemals hassen. Ich liebe dich von ganzem Herzen, und das werde ich immer tun. Aber ich liebe auch meinen Sohn«, sagt sie mit fester Stimme. »Es ist Zeit, dass wir uns eingestehen, wie schlecht wir ihn behandelt haben. Und ich rede nicht nur von dem Streit, den du wegen seiner Ehe mit ihm hattest, ich rede von *allem*. Wir hätten ihn niemals dieses Loch graben lassen dürfen.« Sie verschränkt die Arme und fügt überflüssigerweise eine Phrase hinzu, die ihr einfach nicht aus dem Kopf gehen will: »Liebe ist Liebe.«

»Liebe ist Liebe?«, knurrt Mike aufgebracht. »Hast du etwa die Seiten gewechselt und bist zu den radikalen Linken übergelaufen? Herrgott noch mal, wer hat dir diese Gehirnwäsche verpasst? Hast du dir einen Podcast angehört oder so was? Es war diese Oprah Winfrey, hab ich recht? Oder Jon Stewart. War es Jon Stewart?«

Gayles Wangen brennen. »Darf ich etwa keine eigene Meinung vertreten?«

»Aber du redest Unsinn! *Liebe ist Liebe?* Willst du als Nächstes bei der Christopher-Street-Day-Parade mitmarschieren?«

Gayle antwortet nicht. Sie wirft die Bettdecke zurück, zieht ihren Bademantel über und schlüpft in die Pantoffeln.

»Wohin gehst du?« Mike setzt sich alarmiert im Bett auf.

»Ich gehe hinaus in den Flur, und ich möchte nicht, dass du mir dorthin folgst.«

»Aber ich … aber …«, stammelt Mike hilflos.

Gayle widersteht dem Drang, ihn zu trösten, verlässt das Zimmer und zieht die Tür hinter sich zu.

Draußen im Flur atmet sie tief durch und lehnt sich mit dem Rücken gegen die Wand. Vor Nervosität werden ihre Knie weich, aber sie ist stolz auf sich, weil sie sich endlich so für Noah eingesetzt hat, wie er es verdient.

Die junge Australierin, Sophie, tritt aus ihrem Zimmer. Sie

vergewissert sich, dass die Tür abgesperrt ist, deshalb bemerkt sie Gayle zunächst nicht. Sophie sieht so hübsch aus wie immer mit ihrem wippenden blonden Pferdeschwanz und dem roten Wollmantel, zu dem sie eine schwarze Strumpfhose und kniehohe Stiefel trägt. Als sie aufblickt, bemerkt Gayle, wie abgespannt die junge Frau trotz Rouge und leuchtend rotem Lippenstift aussieht.

»Oh, hi, Mrs Dawson.« Sophie setzt ein unsicheres Lächeln auf. »Alles okay?«

Gayle erwidert ihr Lächeln. »Mir geht es gut, vielen Dank, meine Liebe. Ich gebe Mr Dawson nur ein wenig Zeit, um über sein Benehmen nachzudenken.« Sie sieht, dass Sophies Augen feucht sind. »Was ist mit Ihnen? Ist *bei Ihnen* alles in Ordnung? Sie sehen aus, als hätten Sie geweint.«

»O nein, ist das so offensichtlich?« Sophie wischt sich übers Gesicht. »Dann sollte ich mich wohl lieber zusammenreißen, bevor ich zum Markt gehe.«

»Brauchen Sie eine Umarmung?«

Zu ihrer Überraschung nickt Sophie und läuft durch den Flur in Gayles ausgebreitete Arme. Die junge Frau, die im Restaurant stets so fröhlich und munter ist, weint sich an ihrer Schulter aus. »Schon gut, schon gut«, flüstert Gayle mit tröstender Stimme. »Kann ich Ihnen irgendwie helfen?«

Sophie löst sich aus der Umarmung. »Sie haben mir bereits geholfen, Mrs Dawson. Danke. Das habe ich gebraucht.« Schniefend sucht sie in ihrer Manteltasche nach einem Taschentuch.

Gayle zieht eins aus ihrem Bademantel und reicht es Sophie, die es dankbar annimmt.

»Ich wünschte, ich hätte eine Mum wie Sie.« Sophie tupft ihr Gesicht mit dem Taschentuch ab. »Sie sind so lieb.«

Gayle seufzt. »Nein, das bin ich nicht. Noah, mein jüngster Sohn, würde Ihnen da wohl nicht zustimmen.«

»Nun, *ich* halte Sie für ausgesprochen liebenswürdig.« Sophie deutet auf Gayles geschlossene Zimmertür. »Ich hoffe, Mr Dawson entschuldigt sich bei Ihnen, ganz gleich, was er angestellt hat.«

»Oh, das wird er nicht.« Gayle kichert. »Aber das ist okay. Es ist nichts, was Signora Bianchis Frühstücksgebäck nicht wieder richten könnte.«

»Gebäck zum Frühstück ist eine tolle Sache, finden Sie nicht?« Sophie lächelt.

»Gebäck zum Frühstück ist das Beste«, pflichtet Gayle ihr bei.

Sophie geht die Stufen hinunter, und Gayle wappnet sich, zu Mike ins Zimmer zurückzukehren. Ihr Mann sitzt mit verschränkten Armen im Bett. »Diese neue Version von dir gefällt mir nicht. Ganz und gar nicht«, sagt er missbilligend. Sein Gesicht ist rot und fleckig. Mit zusammengezogenen Augenbrauen fährt er fort: »Ich hasse dieses Hotel, und ich hasse, was es mit dir angestellt hat. Ich denke, dass diese frevelhafte Signora Bianchi einen schlechten Einfluss auf dich hat. Du hast dich verändert, und ich möchte, dass du wieder so wirst wie früher.«

Gayle sieht ihn lange an, dann sagt sie ruhig: »Oder du versuchst, dich ebenfalls zu ändern. Mit mir zusammen.«

Loretta

Irgendetwas stimmt nicht mit Sophie. Ihr Make-up ist perfekt, aber es kann die dunklen Ringe unter ihren schönen grünen Augen nicht verbergen. Sophie, die immer so gern lacht, hat nicht ein einziges Mal gelächelt, seit sie mit Rocco vom Markt zurückgekehrt ist. Elena Zanetti sitzt mit ihrem Mann im Restaurant, und Sophie, die gestern noch so leidenschaftlich für sie eingetreten ist, hat sie bislang keines einzigen Blickes gewürdigt. Vor ungefähr einer Minute ist Sophie aufgefallen, dass sie ihre Kamera in ihrem Zimmer gelassen hat, doch anstatt hinaufzulaufen und sie zu holen, hat sie nur mit den Achseln gezuckt und behauptet, dazu wäre später noch genug Zeit. Normalerweise geht bei Sophie ohne Kamera gar nichts. Da ist hundertprozentig etwas nicht in Ordnung.

Kaum ist Sophie im Restaurant, tritt Loretta zu Rocco, der den Gefrierschrank befüllt. »Was ist los mit deiner Freundin?«

»Was meinst du?«

»Stell dich nicht dumm, du weißt genau, was ich meine. Was stimmt nicht mit Sophie?«

Er konzentriert sich wieder auf den Gefrierschrank. »Sie sagt, sie will nicht darüber reden, also dränge ich sie nicht.«

»*Cretino!* Also ehrlich – *Männer!*«

Sophie kehrt in die Küche zurück, und Loretta sieht ihr zu, wie sie mit traurigem Gesicht die Reste von den Frühstückstellern in den Abfalleimer kratzt.

»Soll ich jetzt das Fleisch schneiden, Zia?«, fragt Salvatore.

»Wir heben das Fleisch für einen anderen Tag auf«, antwortet Loretta. »Heute machen wir Gnocchi.«

»Gnocchi?« Alberto schaut von seiner Zeitung auf. »Wir haben ein Vermögen für das Kalbfleisch ausgegeben!«

»Gnocchi.«

»Aber ich habe das Menü doch schon auf die Tafel geschrieben – mit Kalbfleisch«, widerspricht Alberto. »Die Gäste erwarten deine Schnitzel zum Abendessen.«

»Dann sitz hier nicht rum, als würde dein Hintern am Stuhl festkleben. Geh raus und ändere das Menü!« Loretta wedelt mit dem Arm in seine Richtung. »Und denk nicht mal dran, draußen heimlich eine Zigarette zu rauchen.«

Leise vor sich hin murmelnd, steht Alberto auf und verlässt die Küche.

Sophie ist eine junge Frau nach Lorettas Geschmack, jemand, der Trost darin findet, Lebensmittel zu verarbeiten. Nichts ist so heilsam für eine gepeinigte Seele wie das Kneten von warmem Kartoffelteig. Loretta benötigt diese Therapie beinahe genauso dringend, wenn nicht gar noch mehr als Sophie heute. Irgendwie muss sie den Tag überstehen, ohne dass ihr die Nerven durchgehen. Heute Abend trifft sie sich mit Flavia im Hotel.

Das Kalbfleisch kann warten.

Loretta weist Rocco an, noch einmal zum Markt zu gehen, um Kartoffeln, Salbei und Eier zu kaufen. Er öffnet den Mund, um zu protestieren, aber sie wirft ihm einen Blick zu, der ihn schweigen lässt.

»Nimm Sophie mit«, schlägt sie vor. »Ein weiterer Spaziergang an der frischen Luft wird ihr guttun.«

Während Rocco und Sophie auf dem Markt sind, machen sich Loretta und Salvatore ans Kuchenbacken. Es ist angenehm, in Gesellschaft ihres Neffen zu arbeiten: Salvatore redet nicht viel, was ihr Zeit zum Nachdenken gibt.

Nachdem Sophie und Rocco mit den Einkäufen zurück sind, kommt auch Alberto aus dem Büro in die Küche. Loretta teilt ihnen mit, dass sie die Tische im Restaurant an einen anderen Platz verschieben möchte. »Jahr für Jahr dasselbe, ich kann es nicht mehr sehen. Ich möchte, dass die Tische und Stühle in zwei ordentlichen Reihen aufgestellt werden.«

»Hast du den Verstand verloren?«, fragt Alberto. »Warum soll das Restaurant aussehen wie eine Kaserne?«

»Warum bist du eigentlich noch immer in der Küche?«, blafft sie. »Mit deinem schwachen Herzen kannst du ohnehin nichts tun. Kannst du nicht einem deiner Freunde auf die Nerven gehen, anstatt dich hier bei mir herumzudrücken wie ein Stachel im Fleisch?«

Alberto lacht schnaubend und bleibt genau dort, wo er ist. Es ist beinahe so, als könnte er spüren, was sie vorhat, und wäre entschlossen, ihr ein möglichst schlechtes Gewissen zu machen, indem er ihr den ganzen Tag lang vor der Nase herumtanzt.

»Papà hat recht, Mamma. Mit zwei langen Tischreihen wird das Restaurant nicht gut ausschauen«, springt Rocco seinem Vater bei.

Loretta tut so, als hätte sie ihn nicht gehört. »Kommen Sie, Sophie«, wendet sie sich an die junge Australierin. »Binden Sie Ihre Schürze um. Als Erstes kochen wir die ungeschälten Kartoffeln, danach zeige ich Ihnen, wie meine Nonna den Teig gemacht hat. Das Geheimnis ist, etwas Muskat ins Mehl zu geben.«

»Mamma, es wird den ganzen Morgen dauern, die Tische zu verrücken. Die Zeit haben wir nicht«, beschwert sich Rocco.

»Du hättest mehr Zeit, wenn du aufhören würdest zu reden

und stattdessen einfach mal anfängst. Nimm die weißen Tischdecken, ich kann die rosa-weiß karierten nicht mehr sehen.«

»Die weißen Tischdecken werden zerknittert sein.«

»Na und? Dann bügele sie.« Sie dreht ihm den Rücken zu. »Salvatore, füll zwei von den großen Suppentöpfen mit Salzwasser und stell sie auf den Herd. Anschließend geh und hilf Rocco.«

Rocco hört endlich auf zu meckern und verlässt zusammen mit seinem Cousin die Küche, gefolgt von Alberto. Loretta arbeitet Seite an Seite mit Sophie und füllt die Stille damit, dass sie ihr Wissenswertes und Anekdoten über die beliebtesten venezianischen Gerichte erzählt. Jedes Gericht hat seine eigene Geschichte, und Loretta kennt sie alle. Sophie hört zu, während sie Salbei hacken und Knoblauch schneiden.

»Nachdem der Reis nach Venedig gelangte, dauerte es noch viele Jahrhunderte, bis die Venezianer ihn als ganzes Korn kochten und nicht mehr mit Mörser und Stößel mahlten«, sagt sie und sieht Sophie an. »Wussten Sie das?«

Sophie schüttelt den Kopf. »Wirklich? Ich dachte, Risi e bisi wäre ein uraltes Gericht.«

»Es ist ziemlich alt, ja.« Loretta nickt. »Vor langer Zeit war es das, wovon sich die Bauern hauptsächlich ernährten. Aber ich rede von der Zeit davor, als die ersten Handelsschiffe aus dem Osten nach Venedig kamen. Die Venezianer dachten, Reis könnte nur gemahlen zum Verdicken von Suppen und Eintöpfen verwendet werden. Erst Hunderte von Jahren später wurde ihnen klar, dass man das ganze Korn kochen konnte.«

»Wow! Augenblick … ich mache mir schnell eine Notiz, damit ich das nicht vergesse.«

Während die Kartoffeln kochen, sieben und verfeinern sie das Mehl. Als die Kartoffeln fertig sind, zeigt Loretta Sophie, wie der Gnocchi-Teig geknetet wird. Sie spricht ganz sanft mit ihr, ruhig, aufmunternd, und erklärt ihr Schritt für Schritt, was zu tun ist. Es dauert nicht lange, bis das Kneten seine Wirkung zeigt.

Als das Eigelb zwischen ihren Fingern hindurchrinnt und ihre Hände tief im Mehl versinken, fängt Sophie an zu weinen. »Es tut mir leid«, flüstert sie. »Ich bin heute nicht ich selbst.«

Loretta nickt, doch sie sagt nichts.

»Ich habe mich heute Morgen am Telefon mit meiner Mutter gestritten. Sie hat mein Gewicht kritisiert. Ich bin eine Enttäuschung für sie.«

Loretta streift den klebrigen Teig von den Händen und umrundet die Kücheninsel, um sich neben Sophie zu stellen.

»Sie sind *schön.*« Sie fasst Sophie bei den Schultern. »Sie sind so perfekt, so talentiert, so freundlich und intelligent. Wie kann Ihre Mutter enttäuscht von Ihnen sein?«

»Sie hat dies wortwörtlich gesagt.«

»Wissen Sie, Sophie, es vergeht kein Tag, an dem ich meine Kinder nicht kritisiere. Nehmen Sie die scharfen Worte Ihrer Mutter nicht für bare Münze, sie sind nicht das, was sie wirklich empfindet. Vertrauen Sie mir, ich weiß, wovon ich spreche.«

»Vielleicht haben Sie recht.« Sophie schnieft.

Loretta reicht ihr ein Taschentuch. »Beziehungen zwischen Müttern und Töchtern sind immer kompliziert.«

»Ich sehe, wie viel Liebe in Ihrer Familie ist, wie nahe Sie alle einander stehen. Ich freue mich für Sie, aber gleichzeitig macht es mich so traurig.«

»Glauben Sie mir, auch Marina wünscht sich eine einfachere Mutter. Würde es Ihnen helfen, mir von Ihrer Mutter zu erzählen?«

Sophie schüttelt den Kopf. »Ich wüsste gar nicht, wo ich anfangen sollte.«

»Hm. Aber sollten Sie Ihre Meinung ändern, bin ich für Sie

da.« Loretta streut eine Handvoll weißes Mehl auf die Anrichte und verteilt sie mit der Handfläche. »Und jetzt formen wir den Teig zu Rollen und schneiden die Gnocchi. Anschließend bereiten wir die Sauce zu.«

Sophie wischt ihre Tränen ab. »Was für eine Sauce machen wir denn?«

»Gebräunte Butter.«

»Die liebe ich!«

»Ich ebenfalls. Rocco hasst es, wenn ich diese Sauce mache, weil die Butter unten in den Töpfen anbrennt, aber Sie und ich müssen sie ja nicht sauber schrubben, also was sollte uns das kümmern?«

Es ist das erste Mal heute, dass Loretta Sophie lachen sieht. »Macht es Ihnen etwas aus, wenn ich schnell nach oben laufe und meine Kamera hole?«

Mit federnden Schritten verlässt Sophie die Küche. Lächelnd sieht Loretta ihr nach.

Rocco kommt herein. »Mamma, schau dir das Restaurant an. Wir haben die Tische so umgestellt, wie du es wolltest. So schlecht sieht es gar nicht aus.«

Sie betritt das Restaurant und wirft einen flüchtigen Blick auf die neu angeordneten Tische. »Ihr hattet recht: Vorher war es besser. Räumt das Ganze wieder zurück.«

Sie vermeidet es, Alberto anzublicken, während sie spricht. Je weniger sie heute von ihm sieht, desto besser.

Elena

Christian ist wie ausgewechselt. Seit Elenas Schwangerschaftstest gestern Morgen ist er ausgesprochen freundlich und liebenswürdig zu ihr. Gestern Abend hat er genug zu essen für sie beide bestellt, und als Signora Bianchi Elena heute Morgen einen Teller mit Frühstück gebracht hat, ist er nicht sauer geworden. Er hat noch nicht einmal auf die Menge geachtet.

»Versprich mir einfach nur, dass du die Finger von Koffein und Frittiertem lässt«, war das Einzige, was er bezüglich ihrer Nahrungsaufnahme geäußert hat.

Essen zu dürfen, ist ein seltsames Gefühl. Ohne den quälenden Hunger meint sie, in der Haut einer anderen Frau zu stecken. Aber sie ist vorsichtig und nimmt nur kleine Mengen zu sich, da sie auf jeden Fall vermeiden möchte, dass er ihr erneut das Recht auf Essen verweigert, wenn sie zu wenig Selbstbeherrschung zeigt.

Nach dem Frühstück hat Christian sie gefragt, was sie heute machen möchte, und als sie sagte, sie würde den Tag gern mit Mamma verbringen, stimmte er bereitwillig zu. Sie war so überrascht, dass sie beinahe vom Stuhl gekippt wäre.

Jetzt schlendern sie zusammen mit Mamma durch die verwinkelten Gassen zurück zu Mammas Wohnung, nachdem sie eine Runde durchs jüdische Viertel gedreht haben, fest einpackt in ihre warmen Mäntel. Die Wolken hängen tief, der Wetterbericht hat

Regen angesagt, aber bislang sind sie trocken geblieben. Mamma geht neben Elena her und starrt schweigend vor sich hin. Elena würde liebend gern wissen, was sich in ihrem Kopf abspielt.

Sie haben ein paar verstohlene Blicke getauscht, die Mammas Kummer und Sorge offenbarten, aber sie hat eine großartige Show für Christian hingelegt, hat über seine Witze gelacht, ihn mit ihrem Wissen über die levantinische Architektur der alten Synagoge, der sie einen Besuch abgestattet haben, beeindruckt und ihn den besten Kaffee aus der Bäckerei ihrer Freundin Umberta an der Uferpromenade probieren lassen.

Inzwischen ist es später Nachmittag. Die Cafés werden leerer, die Geschäfte machen langsam Feierabend, und alle bereiten sich darauf vor, das neue Jahr willkommen zu heißen. Als sie wieder bei dem zugigen, maroden Wohnhaus sind, wirft Mamma seufzend einen Blick auf die steilen Treppen.

»Es muss ganz schön hart sein, jeden Tag diese Stufen hinaufzusteigen, Anna-Maria.« Christian inspiziert das Erdgeschoss des Gebäudes und klopft gegen die Steinwände. »Ich frage mich, ob wir einen Lift einbauen lassen können.«

»Und wer soll den bezahlen?« Elena lacht.

Er blickt sie voller Ernst an. »Wir. Ich will, dass deine Mutter kommen und gehen kann, wann sie möchte. Im Augenblick ist das für sie noch machbar, aber es wird zunehmend schwerer für sie werden, diese Stufen zu bewältigen. Wir könnten uns darum kümmern. Anna-Maria«, ruft er Mamma zu, die schon fast im zweiten Stock angelangt ist. »Was würdest du von einem Lift halten?«

»Lift?« Mamma beugt sich über das Geländer. »Was ist ein Lift?«

»*Un ascensore* – ein Aufzug«, übersetzt Elena.

»Das würde mir sehr gut gefallen«, ruft Mamma nach unten. »Leider ist es nicht möglich, einen einbauen zu lassen. Das Gebäude ist sehr alt.«

»Alles ist möglich, wenn man nur genügend Geld dafür bezahlt, Anna-Maria«, widerspricht Christian. »Gib mir doch bitte den Namen des Gebäudeverwalters. Mal sehen, was ich tun kann.« Christian lächelt.

Elena schüttelt den Kopf. »Dafür wirst du wahrscheinlich mindestens eine Million hinblättern müssen.« Sie schaudert. »Mein Gott, ist das kalt. Wir stehen hier unten in einer Windschneise. Lass uns raufgehen.«

»Wenn ich nächstes Jahr fünfunddreißig werde, erhalte ich Zugriff auf meinen Treuhandfonds. Eine Million ist nur ein Tropfen im Ozean, gehört das Geld erst einmal uns.«

»Das hatte ich vergessen«, erwidert sie wahrheitsgemäß.

»Das hattest du vergessen?« Er schnaubt. »Ist das nicht der Grund, warum du mich geheiratet hast?«

Sie lacht, und er nimmt ihre Hand.

»Ellie, ich würde das gern für deine Mum tun.«

»Das ist ein schöner Gedanke. Aber der Umgang mit den italienischen Behörden, von den Handwerkern ganz zu schweigen – du hast keine Ahnung, wie schwierig das sein kann.«

»Wenn ich etwas will, kann ich ausgesprochen hartnäckig sein, Babe. Ich bekomme immer, was ich will. Und ich will mich um deine Mum kümmern. Sie ist dir wichtig, also ist sie mir ebenfalls wichtig.«

Der heutige Tag hat sie daran erinnert, wie Christian war, als sie sich in ihn verliebte: großzügig, warmherzig, charmant und lustig. Aber so galant er auch ist – über den Einbau eines Aufzugs muss er sich keine Sorgen machen. Bis es so weit ist, wird Mamma längst fort sein – und sie ebenfalls.

Gayle

Gayle und Mike werden nicht zum Silvesterfeuerwerk gehen. Mike ist den ganzen Tag über schlechter Laune gewesen, und obwohl das Feuerwerk als einer der Höhepunkte ihres Reiseprogramms gedacht war, hat er gerade eben verkündet, dass er keine Lust mehr darauf hat.

»Warum sollte ich ausgehen und das neue Jahr feiern, wenn es das Jahr ist, in dem meine Ehefrau mich verlassen und nach L. A. reisen wird?«, nörgelt er.

»Von Verlassen kann wohl keine Rede sein, Schatz. Ich besuche Noah, das ist alles. Bitte, willst du nicht doch mitkommen? Du weißt, dass ich dich an meiner Seite haben möchte. Alles, was du tun musst, ist, dich bei ihm zu entschuldigen.«

»Bei meinen Wertvorstellungen gehe ich keine Kompromisse ein.« Achselzuckend verschwindet er im Bad und schließt die Tür mit mehr Nachdruck hinter sich als nötig.

Der Wetterbericht sagt für heute Nacht Regen an. Die Promenade wird mit Tausenden von Touristen überfüllt sein, und Gayle hat fürchterliche Kopfschmerzen. Es macht ihr daher nichts aus, dass sie das Feuerwerk verpasst. Was ihr jedoch sehr wohl etwas ausmacht, ist die Zwietracht, die sie in ihre Ehe gebracht hat.

Wäre sie in der ihr zugewiesenen Rolle geblieben, anstatt sich

Mikes Wünschen als Familienoberhaupt zu widersetzen, würde jetzt nicht schon den ganzen Tag über diese unangenehme unterschwellige Spannung zwischen ihnen herrschen. Mike hätte sich aufgeregt vergewissert, dass alles Nötige für ihren mitternächtlichen Ausflug zur Promenade in seiner Gürteltasche steckt. Stattdessen bleiben sie nun im Hotel. Auch zuvor, auf einem weiteren Erkundungszug durch Venedig, haben sie sich hauptsächlich angeschwiegen, und wenn sie doch ein Gespräch geführt haben, dann war es steif und voller Unbehagen.

Mike ist ihr bester Freund auf der ganzen Welt. Obwohl er heute die ganze Zeit über an ihrer Seite war, hat sie ihn vermisst – die ungezwungene Kameradschaft, die Nähe zwischen ihnen. Nichtsdestotrotz ist sie entschlossen, die Dinge mit Noah ins Lot zu bringen, und nichts wird sie davon abhalten können, nicht einmal das Unbehagen, das dadurch in ihrer Ehe entstanden ist.

Mike kommt aus dem Bad und wirft ihr einen finsteren Blick zu, bevor er ins Bett steigt.

»Soll ich dir dein iPad bringen, Schatz, damit du den letzten Blog dieses Jahres posten kannst?«, fragt sie.

Er nickt. »Die Kinder wären sonst ziemlich enttäuscht.« Er wirft ihr einen Seitenblick zu. »Soll ich schreiben, dass du ohne mich nach L. A. fliegst?«

»Ich habe noch nicht einmal Noah erzählt, dass ich ihn besuchen komme. Außerdem dient der Blog dazu, die täglichen Reiseabenteuer mit den Kindern zu teilen. Warum erzählst du ihnen nicht von dem Museum, in dem wir heute waren, oder von der Kunstgalerie? Du könntest auch die fantastischen Crêpes erwähnen, die wir am Nachmittag gegessen haben.«

Er entspannt sich ein wenig. »Die waren tatsächlich sehr lecker.«

»Siehst du. Leg los!« Sie reicht ihm das iPad und schlüpft neben ihn unter die Decke.

»Danke«, murmelt er. Ganz gleich, wie verstimmt Mike ist – er vergisst nie seine guten Manieren.

Während er tippt, ruht Gayles Blick auf dem Bilderrahmen in ihrem Zimmer. Darin befindet sich das Gebet des heiligen Franziskus von Assisi. Mike war verärgert darüber und wollte sich bei ihrer Ankunft beschweren. »Es ist schlimm genug, dass wir das Bild mit dem Papst im Flur hängen haben, und jetzt drängen sie uns, guten Christen, ihr Heidentum auf?«

Sie hatte ihn überreden können, davon abzusehen; sie wollte es sich nicht gleich mit den Bianchis verderben. Jetzt liest sie die Worte des Gebets zum ersten Mal.

Herr, mache mich zu einem Werkzeug deines Friedens, dass ich liebe, wo man sich hasst.

Es ist, als würde der Herr persönlich durch die Worte des katholischen Heiligen zu ihr sprechen.

»Der Blog ist fertig. Möchtest du lesen, was ich geschrieben habe, oder nicht?«, fragt Mike grummelnd.

»Selbstverständlich möchte ich es lesen. Ich liebe deine Blogs.«

Er reicht ihr das iPad.

Sie lächelt über seine Beschreibung der Kunst, die sie im Peggy-Guggenheim-Museum gesehen haben.

Tut mir leid, aber ein Gemälde mit sechs Quadraten in verschiedenen Brauntönen ist nicht gerade das, was ich als Kunst bezeichne. Das hätte ich in der ersten Klasse malen können. Ich habe um eine Rückerstattung des Eintritts gebeten, doch das hat der drahtige junge Mann an der Rezeption, der aussah wie Stalin, auf unhöfliche Weise abgelehnt.

Sie liest den Rest des Blogs und schlägt an ein, zwei Stellen eine Änderung vor, damit er sieht, dass sie ihre Rolle als Korrekturleserin ernst nimmt, doch dabei belässt sie es. Sie will nicht noch mehr Unmut heraufbeschwören, als sie es heute ohnehin schon getan hat.

Als sie fertig ist, stellt er den Blog ein und legt das iPad zur Seite.

»Möchtest du ein bisschen fernsehen?«, fragt sie.

Er schüttelt den Kopf. Sein Gesichtsausdruck ist immer noch finster. »Ich will einfach nur schlafen und diesen scheußlichen Tag hinter mir lassen.«

Ihr Herz zieht sich zusammen, so unglücklich wirkt er. »Du weißt, dass ich dich genauso liebe, wie ich es immer getan habe, oder? Aber ich muss mich mit Noah versöhnen, wenn meine Seele Frieden finden soll.«

»Warum konnte er nicht einfach sein wie die anderen?«, beschwert er sich.

»Weil Gott ihn so nicht geschaffen hat«, erwidert sie sanft.

Mike schnaubt. »Gott macht keine Fehler.«

»Genau.« Sie blickt ihm in die Augen.

»Ich will nicht mehr darüber reden.« Er streckt die Hand nach dem Lichtschalter aus. Es wird dunkel im Zimmer. »Frohes neues Jahr«, murmelt er.

»Frohes neues Jahr, Schatz«, sagt sie mit schwerem Herzen.

Anschließend liegt sie wach und denkt nach. Sie kann unmöglich zulassen, dass sie so ein neues Jahr – ein neues Jahrzehnt! – beginnen. Es ist nicht richtig. Gott will, dass sie Liebe sät. Ganz gleich, wie uneinig sie sich in Bezug auf Noah sind, sie muss ein Instrument des Friedens in ihrer Ehe darstellen.

»Schatz«, flüstert sie. »Willst du Liebe machen?«

Er zieht scharf die Luft ein. »Soll das dazu führen, dass ich weniger wütend auf dich bin?«

»Ja«, gibt sie kichernd zu.

»So einfach ist das nicht.«

»Ich weiß. Aber ich liebe dich, und ich will, dass wir uns wieder nahe fühlen.«

Er antwortet nicht.

Sie dreht sich auf die Seite und sieht ihn an. »Was sagst du?«

Er seufzt. »Es ist so lange her, dass wir es das letzte Mal getan haben. Ich habe die Pillen nicht eingepackt. Dachte nicht, dass ich sie brauchen würde.«

Sie lächelt in der Dunkelheit. »*Ich* habe sie eingepackt.«

Er knipst das Licht wieder an und wendet sich ihr blinzelnd zu. »Wirklich? Das hast du?«

Sie nimmt sein Gesicht in ihre Hände und nickt. »Du hast mich in diese romantische Stadt eingeladen. Ich dachte, auch uns würde ein bisschen Romantik guttun, wenn wir schon hier sind.« Sie zieht die Augenbrauen in die Höhe, und zum ersten Mal an diesem Tag lächelt er. »Warte.« Sie steigt aus dem Bett und stöbert in dem kleinen Vinyl-Medizintäschchen, das sie in ihrem Koffer verwahrt, bis sie findet, was sie sucht.

Mike nimmt ihr die Pille aus der Hand und schluckt sie mit einem großen Mundvoll Wasser aus dem Glas auf seinem Nachttisch. Etwas davon tropft auf sein Pyjamaoberteil. »Na, wenn das so ist, komm her«, sagt er schroff und zieht sie in seine Arme. Dann küsst er sie auf den Mund.

Selbst nach all den gemeinsamen Jahren schlägt Gayles Herz schneller, wenn seine Lippen die ihren berühren. Vielleicht ist dies das Heilmittel für das Krebsgeschwür, das in ihrer Ehe wächst – weniger reden, mehr lieben.

Plötzlich zuckt er zurück. »Trotzdem bin ich aufgebracht, weil du dich auf Noahs Seite schlägst.«

»Ich weiß«, sagt sie atemlos und knöpft seinen Pyjama auf, so flink es ihre Finger erlauben.

Sein Atem wird schneller. Er schiebt die Hand unter ihr Nachthemd. »Hauptsache, du weißt, dass ich noch sauer bin.«

»Das weiß ich.«

Er küsst sie erneut, und sie erwidert seinen Kuss. Das Kribbeln seiner Barthaare auf ihrer Haut erfüllt sie mit Verlangen. Sie knutschen wie Teenager, während sie darauf warten, dass die magische Pille ihre Wirkung entfaltet und Mike wieder jung macht.

Loretta

Loretta liegt im Dunkeln und wartet. Es dauert nicht lange, und Alberto fängt an zu schnarchen. Wenn er erst einmal eingeschlafen ist, wacht er für gewöhnlich nicht so schnell auf. Die Kinder sind beide unterwegs. Rocco hat Sophie in das Kino am Lido eingeladen, Marina trifft sich mit Freunden. Die Luft ist rein.

Leise, ohne Licht anzumachen, zieht sie sich an, nimmt Mantel, Schal und Handschuhe von der Garderobe am Eingang und stiehlt sich aus dem Apartment.

Im Hotel ist alles ruhig, das Summen der Heizung im Flur ist das einzige Geräusch. Sie hält den Kopf gesenkt, um den Blick des Papstes zu meiden, und huscht die Treppe hinunter.

Im Erdgeschoss angekommen, trägt sie Lippenstift auf, richtet ihre Frisur und sprüht etwas Haarspray darüber, dann tupft sie Parfum auf die Handgelenke. Sie schaut in den Spiegel. Ihre Haut glüht. Der Adrenalinschub lässt sie jünger wirken.

Du hast es verdient, sagt sie sich. *Du hast es verdient, Leidenschaft zu erfahren.*

Sie spürt, wie sie innerlich zu tanzen beginnt.

Die Straßen von San Marco sind verlassen – alle sind an den Ufern der Lagunenstadt versammelt, um das neue Jahr zu begrüßen. Flavias Hotel ist ein ganzes Stück entfernt, was bedeutet, dass Loretta die Besitzer nicht kennt oder gar mit ihnen befreundet ist, dennoch ist es nah genug, um zu Fuß dorthin zu gelangen. Die Wolken bringen Regen mit sich – keine idealen Voraussetzungen für das Feuerwerk. Loretta beschleunigt ihre Schritte, um dem angesagten Niederschlag zu entgehen.

Die Abendgäste im Restaurant zu bedienen, kam ihr heute schier endlos vor. Sie war so nervös, dass sie beinahe gezittert hätte. Alberto war aufgeräumt wie immer, ging fröhlich von Tisch zu Tisch und wünschte jedem Gast ein frohes neues Jahr.

Loretta ist das Aushängeschild, das Gesicht des Hotels, aber Alberto ist definitiv der Herzschlag. Selbst in dieser Woche, als er offiziell von der Arbeit freigestellt war, macht seine Anwesenheit während der Mahlzeiten das Il Cuore zu dem, was es ist.

Normalerweise ist das nicht so, aber heute Abend kam es Loretta vor wie eine Ewigkeit, bis sie die Küche und das Restaurant aufgeräumt, ihre Fernsehsendungen geschaut, geduscht und sich ins Bett zurückgezogen hatten. Und eine weitere Ewigkeit, bis Alberto endlich so fest schlief, dass sie es wagen konnte, sich davonzustehlen.

Loretta kann sich nicht erinnern, wann sie das letzte Mal allein nachts durch diese Gassen gegangen ist. Ohne die Gerüche und Farben des Tages ist die Schönheit von San Marco in der Dunkelheit subtiler, eher ein ferner Hall, kein lauter Ruf. Sie liebt diesen Part von Venedig, liebt diese Stadt von ganzem Herzen.

Für gewöhnlich reagieren die Leute schockiert, wenn sie hören, dass sie vom Tag ihrer Geburt an nie anderswo gelebt hat als im Il Cuore, aber sie würde es nicht anders wollen. Wie glücklich sie sich schätzen kann, ein Leben mit dem Wasser gelebt zu haben, das genauso Teil von ihr ist wie das Blut, das durch ihre Adern fließt. Sie kennt jedes Gebäude, jede Piazza, als wären sie mit ihrem Körper verbunden. Venedig ist ihre Haut.

Sie biegt um eine Ecke und eilt an der Chiesa di Santo Stefano vorbei, der riesigen Steinkirche, in der die Zwillinge getauft wurden. Eine Erinnerung bricht sich so heftig den Weg an die Oberfläche, dass sie ihr schier den Atem raubt: Alberto, der auf ebendem Pflaster steht, über das sie jetzt geht, in jedem Arm einen der Zwillinge, und sie anstrahlt vor Glück.

»Loretta!«, hatte er gerufen, als ihre Familien und Freunde nach dem Gottesdienst aus der Kirche strömten, und Rocco und Marina einen dicken Kuss auf die knuffigen Bäckchen gedrückt.

Die Zwillinge waren drei Monate alt und trugen fließende weiße Taufkleider mit dazu passenden Satinmützchen. Beide freuten sich, an diesem sonnigen Frühlingstag auf den Hüften ihres Papàs geschaukelt zu werden.

»Sieh, was du mir geschenkt hast! Welcher Mann könnte sich mehr wünschen?« Er lachte ausgelassen.

Loretta reißt den Blick von der Kirche los und läuft weiter in Richtung des Hotels, in dem Flavia auf sie wartet.

Während sie eine schmale Brücke überquert, sticht ihr das Neonschild des Ristorante Sale e Pepe ins Auge. Das Restaurant hatte gerade erst eröffnet, als Alberto sie dahin einlud. Mit seinen drei Michelin-Sternen und einem Starkoch aus Neapel war es Gesprächsthema Nummer eins in der Stadt. Es war schwer, eine Reservierung zu bekommen, aber Alberto hatte weit im Vorhinein für sie beide gebucht.

Sie erinnert sich, wie sie ihm gegenüber an einem der Tische auf der Terrasse saß und mit ihm ihren fünfundzwanzigsten Hochzeitstag feierte. Er hatte die dünner werdenden Haare mit Pomade zurückgestrichen und eine Rose ins Knopfloch seines Jacketts gesteckt. Sie hatte gelacht und gefragt, ob er sich so viel Mühe gebe, weil er insgeheim hoffe, eine Neue kennenzulernen.

Er stimmte in ihr Lachen ein. »Wenn man mit der schönsten

Frau ganz Italiens, wenn nicht gar der ganzen Welt verheiratet ist, muss man sich eben Mühe geben.«

An jenem Abend streckte er die Hand über den von einer Kerze erhellten Tisch und schaute ihr ernst in die Augen. »Als wir uns begegnet sind, Loretta, hast du mich gefragt, ob ich bereit sei, eine gebrochene Frau zu heiraten, und ich sagte Ja. Ich habe gesagt, ich würde dir helfen, Heilung zu finden. Ich habe dir versprochen, dich glücklich zu machen. Habe ich dich glücklich gemacht, Loretta? Habe ich dir geholfen zu heilen?«

Was hatte sie geantwortet? Sie kann sich nicht an die genauen Worte erinnern, die sie verwendet hat. Sie weiß, dass sie bei ihrer Antwort an Flavia dachte und dass ihr Herz schmerzte.

Lorettas Schritte verlangsamen sich. Diese Stadt, die sie so liebt, ist ein Abbild des Lebens, das sie mit Alberto führt. Er ist überall, gehört zur Substanz von Venedig, ist Teil der Parkanlagen, in denen sie mit den Kindern gespielt haben, der Schulen, in die ihre Zwillinge gegangen sind, der Märkte, auf denen sie Geschäfte tätigen, der Cafés, in denen sie essen, und der Kirchen, in denen sie beten. Er war an ihrer Seite, ein Fels in der Brandung, als sie in finanziellen Schwierigkeiten steckten; er hat ihr Kraft gegeben, als sie ihre geliebten Eltern bestattete; er war derjenige, auf den sich alle stützten, um die Scherben aufzusammeln, wenn wieder einmal eine Beziehung mitsamt den Herzen ihrer Kinder in die Brüche gegangen war. Das war immer Alberto. Er war glücklich, wenn sie strahlend im Rampenlicht stand, war nie eifersüchtig, fühlte sich nie zurückgestellt. Er hat sie so akzeptiert, wie sie ist, hat sie nie verurteilt, selbst dann nicht, als sie ihm bei ihrem ersten Date erzählte, dass sie eine lesbische Frau sei, die einen Ehemann suchte.

Alberto hingegen war ein einfacher Mann auf der Suche nach einer Ehefrau, die er lieben konnte, und er hat nie etwas anderes von ihr verlangt, als dass sie mit ihm zusammen ein Zuhause schuf. Während der letzten Tage hat sie sich eingeredet, ihre Ehe wäre eine Farce. Aber das stimmt nicht. Es ist die aufrichtigste Ehe, die sie kennt.

Sie hat sich darauf fokussiert, wie sehr sie es verdient, von Flavia geliebt zu werden, doch was ist mit Alberto? Was verdient er? Ihr Herz ist entzweigerissen.

Sie erreicht die Straße, in der sich Flavias Hotel befindet, und bleibt einen Moment lang draußen stehen, bevor sie die Lobby betritt. Das Hotel ist um einiges größer als das Il Cuore. Die Lichter strahlen, im Hintergrund spielt leise Weihnachtsmusik. Hinter dem Rezeption stehen ein Mann und eine Frau.

Sie schickt Flavia eine Textnachricht: *Ich bin da*. Anschließend nimmt sie mit galoppierendem Herzen Platz und wartet.

Ein, zwei Minuten später hört sie den Aufzug pingen. Die Türen gleiten auseinander, und Flavia tritt heraus, einen aufgeregten Ausdruck auf ihrem schönen Gesicht. Sie trägt Laienkleidung – einen cremefarbenen Strickpulli und eine altrosa Jeans. Ihre welligen, mit grauen Strähnen durchzogenen blonden Haare fallen ihr lose über die Schultern. Sie sieht aus wie eine Frau in den Vierzigern, nicht in den Sechzigern. Instinktiv wird Loretta erfüllt von einer tiefen Sehnsucht.

Flavia lächelt sie an, und Loretta wünscht sich nichts anderes, als mit ihr ins Bett zu gehen.

Als Flavia bei ihr stehen bleibt, wahren sie Abstand, wohl wissend, dass das Hotelpersonal sie beobachtet. Loretta trägt Mantel und Schal, dennoch ist es ein Leichtes, sie zu erkennen.

»Che bella«, sagt Flavia leise und schaut dabei auf Lorettas Mund. »Möchtest du mit nach oben kommen?« Ihr Blick ist diffus, ihre Absicht eindeutig.

Die Luft zwischen ihnen beiden ist bedeutungsschwer.

Loretta schluckt. »Das kann ich nicht, tut mir leid.«

»Was meinst du?«

»Ich bin gekommen, um dir zu sagen, dass ich meinen Ehemann nicht betrügen kann.« Ihr bleiben die Worte im Hals stecken.

»Aber … ich dachte, du wolltest es? Neulich in der Kirche … deine Textnachrichten …«

Loretta wendet den Blick ab. Es ist ihr unmöglich, den Augenkontakt zu wahren und standhaft zu bleiben. »Ich will dich, glaub mir. Aber es geht nicht.«

»Eine Nacht, Loretta.« Flavias Stimme zittert. »Schenk mir eine einzige Nacht. Mehr nicht. Ich werde gleich morgen früh abreisen.«

Loretta schüttelt den Kopf. »Ich kann nicht, *amore.*«

Flavia blinzelt die Tränen weg. »Verstehe.«

»Du hasst mich nicht, oder?«

»Wie könnte ich dich hassen?«, wispert Flavia. »Machst du wenigstens einen Spaziergang mit mir, wenn du schon nicht mit raufkommst?«

»Ja.«

»Ich hole meinen Mantel.«

Als Flavia zurückkehrt, trägt sie eine graue Strickmütze und einen Wollmantel. Wieder schlägt Lorettas Magen einen Purzelbaum, als sie sie sieht. Es kostet sie alle Kraft, nicht die Hand nach ihr auszustrecken.

Gemeinsam verlassen die Frauen das Hotel und schlendern in gebührendem Abstand nebeneinander her. Sie setzen sich auf eine Bank an einem kleinen Kanal, ein Stück die Gasse hinauf. Eine Straßenlaterne über ihnen wirft ihren Schein aufs Wasser. Sie setzen sich dicht nebeneinander.

»Darf ich wenigstens deine Hand halten?«, fragt Flavia.

Loretta schüttelt den Kopf und lässt die Hände in den Manteltaschen.

Flavia seufzt. »Wirst du mir diesen Sinneswandel erklären?«

Loretta starrt auf das Wasser, das gegen den Wohnblock auf der gegenüberliegenden Seite des Kanals schwappt. »Können wir es nicht einfach bei ›Ich liebe dich, aber ich bin verheiratet‹ belassen?«

»Das können wir.«

Eine Weile sitzen sie schweigend da.

»Singst du noch?« Flavias Atem bildet helle Wölkchen in der dunklen Nacht.

»Nein. Nachdem du weg warst, bin ich aus dem Chor ausgetreten.«

»Es macht mich traurig, das zu hören. Deine Stimme ist wunderschön.«

Lorettas Wangen werden warm bei dem Kompliment. »Alberto liebt es zu singen. Er hat unser Zuhause mit Musik erfüllt. Das genügt.«

»Singt ihr denn nicht gemeinsam?«

»Nein. Nie.« Sie schluckt. »Singst du noch?«

Flavia kichert leise. »Ich bin eine Nonne, *cara*. Selbstverständlich singe ich. Wir singen jeden Tag.«

»Ich habe deine Stimme stets geliebt.« Loretta traut sich noch immer nicht, Flavia anzusehen, zu groß ist ihre Sorge, sie dann zu küssen. Sie tastet nach dem Medaillon unter ihrem Pullover.

»Ist es das Medaillon der Madonna, das deine Nonna dir geschenkt hat? Du trägst es immer noch?«, fragt Flavia ungläubig.

»Selbstverständlich.« Loretta zieht es hervor und zeigt es ihr.

»O Loretta, du trägst noch immer meinen Ring bei dir. Ist das hier dein Ehering?« Flavia hält die Kette in der Hand, ihr Atem an Lorettas Hals fühlt sich heiß an.

Loretta nickt. »Meine Finger sind geschwollen. Ich kann keine Ringe mehr tragen.«

Flavia betrachtet das Medaillon. »Ich erinnere mich so gut daran. Es hat sich genauso wenig verändert wie du. Wann immer du nervös warst, hast du danach gegriffen, und das tust du noch heute.«

»Die Madonna spendet mir Trost.«

Flavia lässt das Medaillon los und richtet den Blick aufs Wasser, dann stößt sie einen tiefen Seufzer aus. »Darf ich dich etwas fragen? Überlegst du nicht manchmal, ob es überhaupt der Wahrheit entspricht?«

»Dass was der Wahrheit entspricht?«

»Mariä Verkündigung, die Jungfrauengeburt, all das …«

»Wovon redest du? Natürlich ist das wahr!«

»Tatsächlich?« Flavia streckt die Beine aus, und Loretta kann nicht anders, als sie zu bewundern. Das Verlangen in ihr wird stärker.

»Weißt du, was zu Jesu Zeiten mit Mädchen geschah, die außerehelich schwanger wurden?«, führt Flavia das Gespräch erneut auf die Madonna. »Sie wurden zu Tode gesteinigt. Ich meine, was würdest du tun, wenn du Marias Mutter wärst, und deine Tochter ist schwanger, obwohl ihr Verlobter schwört, dass er das Kind nicht gezeugt hat?«

Loretta zuckt zusammen, als Flavia den Namen Maria so selbstverständlich ausspricht, als wäre sie irgendeine ganz normale Person und nicht die Heilige Jungfrau. Sie schließt die Finger um das Medaillon und schweigt.

»Ist es nicht denkbar«, fährt Flavia fort, »dass in einer Zeit, in der die Juden besessen sind von der bevorstehenden Ankunft eines Messias, eine gläubige jüdische Mutter, die mit der Heiligen Schrift vertraut ist und ihre Tochter vor dem sicheren Tod bewahren will, deren Schwangerschaft als Wunder, ein Geschenk Gottes, verkauft und ihre Tochter genau davon überzeugt?«

Loretta blickt Flavia fest in die Augen. »Woher kommen diese Gedanken? Ich verstehe nicht, was gerade geschieht.«

»Tut mir leid.« Flavia beißt sich auf die Lippe. »Ich weiß, dass es schwer für dich ist, so etwas zu hören. Ich erinnere mich noch gut, wie tief deine Verehrung der Maria reicht. Aber ich muss meine Zweifel mit jemandem teilen, und mit meinen Schwestern im Kloster kann ich aus verständlichen Gründen nicht darüber reden.«

»Ich wusste nicht, dass du Zweifel hegst.«

»Ich bin von Zweifeln zerfressen.«

»Aber was du über die Heilige Jungfrau sagst, *cara*, ergibt keinen Sinn. Der Erzengel Gabriel ist dem heiligen Josef in einem Traum begegnet und hat ihm mitgeteilt, dass das Baby von Gott ist. Das hat die Madonna nicht einfach so behauptet.«

Flavia räuspert sich. »Ist es nicht möglich, dass Josef – allem Anschein nach ein guter, anständiger Mann – Mitleid mit Maria hatte, weshalb er sich auf diese Geschichte einließ und erklärte, er wäre der Vater ihres Kindes? Um ihr das Leben zu retten?«

»Dann lügen also alle? Die Heilige Jungfrau, die heilige Anna und der heilige Josef?«, fragt Loretta spöttisch. »Wer war denn dann der Vater? Wenn du behauptest, die Jungfrauengeburt ist eine Lüge, und auch der heilige Josef kommt nicht als Vater infrage, wer ist es dann? Wer ist der Vater von Jesus?«

»Ich weiß es nicht. Damals jedoch waren Mädchen spätestens mit vierzehn verheiratet, was bedeutet, dass Maria zwölf oder dreizehn gewesen sein muss, als sie schwanger wurde. Vielleicht von ihrem eigenen Vater, einem Verwandten oder einem Soldaten – es hätte jeder sein können.« Flavia klingt, als würde sie über die Figuren aus einer Fernsehsendung sprechen, nicht über das gesegnete Ereignis der unbefleckten Empfängnis. »Wer immer der Vater war – Maria war nicht in einem Alter, in dem sie Sex hätte haben wollen.«

Flavia verstummt, als ein junges Paar an ihnen vorbeigeht. Dick eingepackt in warme Mäntel, Hand in Hand, unterhalten sie sich auf Deutsch.

Loretta wartet, bis sie außer Hörweite sind, dann erwidert sie: »Willst du damit andeuten, dass die Muttergottes *vergewaltigt* wurde?« Plötzlich ist ihr Mund trocken. Es fällt ihr schwer, zu glauben, dass sie dachte, sie würde diese Nacht in Flavias Bett verbringen. Stattdessen sitzen sie jetzt hier auf einer Bank in der kalten Dunkelheit und streiten über Theologie.

»Ich halte das für eine plausible Erklärung.« Flavia nickt. »Auf jeden Fall für weitaus plausibler als das, was die Kirche anbietet.«

Loretta schüttelt ungläubig den Kopf. »Wie kannst du all diese Dinge sagen? Wie kannst du sie überhaupt denken? Selbstverständlich war die Madonna eine Jungfrau, genau deshalb ist sie ja heilig! Du bist eine *Nonne*, und du glaubst nicht, dass ein solches Wunder möglich ist?«

Flavia lässt sich eine Weile Zeit mit der Antwort. Ihre Augen suchen Lorettas. »Was, wenn es gar kein Wunder gibt? Was, wenn eine ganze Religion nicht auf einem Wunder, sondern auf einer Lüge basiert? Was, wenn ich unser gemeinsames Leben, unser wunderschönes gemeinsames Leben«, ihre Stimme bricht, »für etwas aufgegeben habe, was nicht einmal real ist?«

Lorettas Herz wird weich. »Ach, Flavia. Du hast dein Leben nicht verschwendet. Du hast Gott gedient. Eine höhere Berufung gibt es nicht.«

»Ich weiß es einfach nicht.« Flavia fängt an zu weinen. »Vor ein paar Monaten wurde mir bewusst, dass ich eine Lüge lebe. Dass nichts von alldem echt ist.«

»Nichts davon?«, fragt Loretta sanft.

Flavia nickt. »Sobald ich eine Sache hinterfragt hatte, hinterfragte ich auch schon die nächste. Je mehr ich las, desto weniger glaubte ich.«

»Du hast Unsinn gelesen! Du wurdest von Gott erwählt. Du hat mir selbst erzählt, wie kraftvoll und hartnäckig dieser Ruf war, erinnerst du dich nicht?«

»Je mehr ich darüber nachdenke, desto mehr komme ich zu dem Schluss, dass all dies meiner Fantasie geschuldet war.«

»Du bist der Ansicht, du hast dir eine Berufung, die dich dazu gebracht hat, alles hinter dir zu lassen und in ein Kloster einzutreten, *eingebildet*?«

Flavia nickt erneut.

»Du glaubst nicht einmal, dass es Jesus gegeben hat?« Loretta ist so schockiert, dass es ihr schwerfällt, die Worte auszusprechen.

»Ich glaube, dass er in der Zeit gelebt hat, die die Bibel nennt, und dass er mit Anfang dreißig am Kreuz gestorben ist.« Flavia klingt so kalt, so analytisch, wenn sie über den Herrn spricht. »Er hatte zweifelsohne eine große Anhängerschaft, nachdem er begann, öffentlich zu predigen, und nach seinem Tod nahm diese Popularität noch zu. Das sind die Fakten.«

»Fakten? Was ist mit dem *Glauben*? Was ist mit der Auferstehung?«

Flavia zuckt nicht mit der Wimper. »Nein.«

»Was ist mit dir passiert?«, fragt Loretta leise.

»Ich denke, ich weiß, was mir passiert ist«, stammelt Flavia unter Tränen. »Ich war so tief indoktriniert, dass ich mein ganzes Leben einer erfundenen Geschichte gewidmet habe.«

Loretta starrt aufs Wasser. Das Schweigen zwischen ihnen dehnt sich. Nach einer Weile sagt sie: »Was wirst du tun? Wirst du das Kloster verlassen?«

»Das Kloster ist das einzige Leben, das ich kenne. Der Vatikan ist mein Zuhause. Ich habe nicht die Kraft, noch einmal von vorn anzufangen, allein. Ich würde dieses Leben nur hinter mir lassen, wenn ich jemanden hätte, mit dem ich ein neues beginnen kann.« Sie zögert, dann fügt sie hinzu: »Wenn ich dich hätte.«

Sie sieht Loretta hoffnungsvoll an, und in diesem Moment erkennt Loretta, dass Flavias Heimkehr nichts mit ihrer Liebe zu tun hat. Flavia ist nach Hause gekommen, weil sie davonläuft. Flavia ist nach Hause gekommen, weil sie sich verloren fühlt. Und weil sie jemanden sucht, der sie rettet.

Sophie

»*Pronta?*« Rocco streckt ihr seinen Ellbogen entgegen.

»*Sì, sono pronta.* Ich bin bereit.«

»*Brava*, Sophie! Dein Italienisch beeindruckt mich.«

»*Grazie mille*, Signore. Ich liebe diesen Film. Und was für ein schönes Kino!« Sie hakt sich bei ihm unter.

Als Rocco sie eingeladen hat, mit ihm ins Kino und anschließend zum Silvesterfeuerwerk zu gehen, war er so verlegen und nervös – vermutlich, weil dies ihr erstes richtiges Date ist. Zudem lässt die Tatsache, dass er ausgerechnet die romantische Komödie *Schlaflos in Seattle* ausgewählt hat, darauf schließen, dass es ihm um mehr geht.

Also hat sie sich so hübsch wie möglich gemacht, akribisch Locken gedreht und ihre Fingernägel feuerrot lackiert. Anschließend ist sie in das sexyeste der Kleider geschlüpft, die sie gestern bei Massimo gekauft hat, ein pflaumenblaues Wickelkleid, das ihren Körper umschmeichelt. Es ist extra tief ausgeschnitten, um ihr Dekolleté zu betonen.

Es hätte kaum einen romantischeren Ort für ein Date geben können, schon der Weg dorthin war romantisch: eine Fahrt mit der Fähre im Dunkeln, flankiert von Tausenden funkelnden Lichtern entlang des Kanals, hinaus auf das Adriatische Meer zu einem atemberaubenden alten Theater auf dem Lido, wo auch die Filmfestspiele von Venedig stattfinden.

Doch während des Films behielt Rocco seine Hände bei sich. Sophie saß die ganze Vorführung über wie auf glühenden Kohlen und wünschte sich inständig, er würde ihr Bein berühren, den Arm um sie legen – *irgendwas*. Es fühlte sich an wie damals in der Highschool, wenn sie sich fragte, ob der Junge, auf den sie stand, sie überhaupt bemerkte. Wann immer er sich zu ihr lehnte, um ihr etwas ins Ohr zu flüstern, und sie seinen nach Kaffee riechenden Atem wahrnahm, fing ihr Magen an zu flattern vor Verlangen. Doch nichts geschah.

Während sie nun auf die letzte Fähre des Abends warten, die sie nach San Marco zurückbringen soll, beginnt sie, sich zu fragen, ob sie sich sein Interesse an ihr nur eingebildet hat. Vielleicht hat sie zu viel in seine Freundlichkeit hineininterpretiert. Vielleicht verhält er sich bei allen Frauen so. Vielleicht ist das schlicht und einfach die Art der italienischen Männer?

Bevor sie aufgebrochen sind, musste sie Bec versprechen, ihr jedes kleine Detail zu berichten, sobald sie nach dem Feuerwerk wieder im Hotel ist. Doch langsam, aber sicher sieht es so aus, als gäbe es nichts zu berichten. Wenn der Abend weiterhin so verläuft wie bisher, wird Rocco ihr um Mitternacht einen freundlichen Klaps auf die Schulter geben, und damit ist die Sache erledigt.

Es ist schon halb zwölf, als das Boot an der Haltestelle in San Marco anlegt. Sie dachte, es wäre mehr los, aber alles ist geschlossen. »Für einen Silvesterabend ist es aber sehr ruhig«, stellt sie überrascht fest.

»Alle sind auf der anderen Seite«, antwortet Rocco. »Komm, lass uns hingehen.«

Unterwegs fängt es an zu nieseln. Rocco öffnet seinen schwarzen Schirm und hält ihn über sie beide. Sophies Gedanken fangen an zu schweifen. Sie trägt immer noch den Schmerz des Telefonats mit ihrer Mutter heute Morgen mit sich herum, aber den ganzen

Tag von der quirligen Familie Bianchi umgeben zu sein, vor allem jedoch die wundervolle Gnocchi-Kochstunde mit Loretta, haben geholfen, sie zu trösten. Am glücklichsten ist Sophie in der Küche.

Plötzlich kommt ihr mit aller Wucht eine Erkenntnis.

Ich will nicht weg aus Venedig.

Der Regen wird stärker.

»Das ist nicht gut für das Feuerwerk«, sagt Rocco. »Die Leute stehen dicht gedrängt auf der Promenade, wie die Sardinen. Vor fünf Jahren hat es an Silvester schon mal geregnet, und es kam zur Katastrophe. Alle haben gleichzeitig versucht, sich irgendwo unterzustellen. Am Ende brach eine Massenpanik aus. Mehrere Menschen wurden schwer verletzt.«

»Das klingt ja nicht gerade vielversprechend.« Sie lacht.

»Weißt du, wir könnten auch von deinem Zimmerfenster aus zusehen. Es geht auf die Lagune hinaus. Was hältst du davon, wenn wir statt zur Promenade ins Hotel gehen?«

Sie muss nicht lange überlegen. Nur sie beide um Mitternacht in ihrem Zimmer oder umgeben von Tausenden Menschen im Regen? »Klingt perfekt.«

»Sicher? Für mich gibt es immer ein nächstes Jahr, aber für dich ist es die einzige Gelegenheit, Silvester an der Promenade von Venedig zu verbringen.«

Seine Worte sind wie ein Hieb. *Ich will nicht weg aus Venedig.* »Ich kann doch nächstes Jahr wiederkommen.«

»Ja! Tu das! Komm jedes Jahr wieder!« Er bleibt stehen und wirft einen Blick auf die Uhr. »Wir haben noch fünfzehn Minuten. Ich will dir nur schnell die Basilika zeigen, und dann müssen wir uns beeilen, damit wir rechtzeitig zurück im Hotel sind.«

»Ich habe mir die Basilika doch neulich schon angeschaut, weißt du nicht mehr? Lass uns gleich zum Hotel gehen.«

»Du musst sie dir nachts bei Regen anschauen. Es gibt nichts Schöneres, das verspreche ich dir.«

Also gehen sie zur Piazza San Marco. Der Platz ist menschenleer, abgesehen von drei Frauen Anfang zwanzig, die unter den weihnachtlichen Lichterketten Selfies machen.

Rocco deutet auf die Basilika. »*Guarda!* Sieh nur! Ist sie nicht schön?«

Der Anblick verschlägt Sophie die Sprache. Sie hat Mühe, ihre Stimme wiederzufinden, auf ihren Armen bildet sich eine Gänsehaut. Der pechschwarze Himmel hinter der beleuchteten Basilica di San Marco lässt das Gebäude noch größer, noch weißer erscheinen als tagsüber. Es erhellt den ganzen Platz und spiegelt sich in den Pfützen. Die opulenten Kuppeln, Bögen und Türme, die im Regen glänzen, lassen die Basilika magischer erscheinen als ein Disney-Schloss.

Sie wendet ihm das Gesicht zu. »Das ist mit Abstand das Schönste, was ich in meinem ganzen Leben gesehen habe.«

Er streicht ihr eine Haarsträhne hinters Ohr, dann streichelt er mit dem Daumen ihre Wange. Sein Blick lässt kein Missverständnis zu. Diesmal hat sie sich nicht eingebildet, dass auch er sich zu ihr hingezogen fühlt.

»Auch ich betrachte gerade das Schönste, was ich je gesehen habe.« Seine Stimme ist fest, sein Blick intensiv. Seine Schüchternheit ist wie weggeblasen. Jetzt wirkt er nicht länger unbeholfen. »Ich bin so froh, dass du nach Venedig gekommen bist, Sophie. In deiner Nähe fühle ich mich so lebendig wie schon lange nicht mehr.«

»Mir geht es genauso.« Sie schaudert.

»Frierst du?«

»Nein, ich bin nur glücklich.«

»Komm.« Er zieht sie enger an sich.

Es regnet jetzt stärker. Die Frauen, die die Fotos gemacht haben, verlassen die Piazza und gehen in Richtung Promenade. Sophie und Rocco sind allein.

»Ich habe mich schon gefragt, ob du mich wirklich magst, Signor Bianchi.« Sie lacht nervös.

»Ob ich dich mag? Gleich am ersten Abend, als du in die Küche gekommen bist, um deine Hilfe anzubieten, habe ich mich in dich *verliebt.*« Seine Augen verweilen auf ihrem Mund. »Weißt du eigentlich, wie oft ich dich schon küssen wollte?«

»Warum hast du es nicht einfach getan?«

»Weil ich mir vorgestellt habe, wie romantisch es sein würde, wenn ich dich zum ersten Mal an Silvester um Mitternacht küsse, wenn das Feuerwerk beginnt. Jetzt sind es bis dahin nur noch wenige Minuten, aber ich kann es nicht mehr abwarten.« Er sieht sie auf eine Art und Weise an, die ihr den Atem raubt. »Ich kann keine Sekunde länger warten.« Er lächelt. »Frohes neues Jahr, Sophie.«

»*Buon anno*, Rocco.«

Und dort, mitten auf der leeren Piazza, unter seinem großen Schirm, auf den der Regen trommelt, vor der Basilika, die ihr goldenes Licht auf sie beide wirft, küsst Rocco sie endlich.

Elena

Der Regen prasselt auf die Menschenmenge, die sich zum Feuerwerk versammelt hat. Christians Schirm stößt gegen andere, ständig wird Elena von irgendwem angerempelt.

»Alles okay, Babe?« Christian zieht sie näher an sich heran. »In einer Minute geht's los.«

»Bei mir ist alles in Ordnung.«

Elena spricht das letzte stumme Gebet des Jahrzehnts. *Herr, hilf mir zu entkommen.* Anschließend stimmt sie in den Countdown mit ein, den Christian und Tausende von Menschen um sie herum auf Englisch herunterzählen. Das laute Geräusch einer Tröte lässt sie zusammenzucken. Alle jubeln.

»Frohes neues Jahr, Ellie!«, ruft Christian über den Lärm hinweg und beugt sich zu ihr herunter, um sie auf die Lippen zu küssen. »Frohes neues Jahr, Baby!« Er streicht mit der Hand über ihren Bauch.

Das Feuerwerk beginnt, und Elena schaut wie gebannt zum Himmel hinauf. Farbregenbogen explodieren über den Gebäuden auf der anderen Seite der Lagune, erhellen den schwarzen Himmel und regnen bunt funkelnd herab.

Zehn Minuten später ist alles vorbei.

Der Regen wird noch stärker. Die Menge bewegt sich dicht gedrängt in Richtung Piazza. Elena gibt sich alle Mühe, nicht den

Boden unter den Füßen zu verlieren. Immer mehr Menschen stoßen von hinten gegen sie und trennen sie von Christian.

»Ellie!« Er streckt die Hand nach ihr aus, aber sie tut so, als würde sie sie nicht sehen.

Da ist sie. Das ist die Gelegenheit, auf die sie gewartet hat. Sie hat weder ihren Pass noch Geld bei sich, aber darum kann sie sich später kümmern. Wichtig ist nur, dass sie ihn in der Menge verliert. Ihr Herz füllt sich mit Hoffnung.

Doch nur einen Moment später knickt sie um, verliert das Gleichgewicht und geht zu Boden.

Die Leute drängen um sie herum, manchen treten sogar auf sie drauf. Schuhe zerquetschen ihre Finger und graben sich in ihren Rücken, ihr Knöchel brennt. Der Strom der Leiber scheint nicht abzureißen, es gibt keine Möglichkeit, sich aufzurichten. Niemand bleibt stehen, um ihr zu helfen.

Und dann ist Christian an ihrer Seite, die Augen weit aufgerissen vor Sorge. »Herrgott, Ellie! Was ist passiert?«

»Ich habe mir den Knöchel verdreht«, stößt sie hervor und fängt an zu weinen.

Er hebt sie hoch und trägt sie auf seinen Armen. Ohne den Schirm prasselt der Regen auf sie herab. Christian drängt die Leute aus dem Weg. »Machen Sie Platz!« Stück für Stück kämpft er sich voran. Wegen seiner Größe, seiner kräftigen Statur und des lauten Befehlstons weichen die Menschen tatsächlich zur Seite. Endlich stehen sie auf der Piazza, wo sich die Menge zerstreut. Christian setzt sie ab.

Sie schreit leise auf, als ihr Fuß den Boden berührt. »Ich kann nicht auftreten. Ich kann nicht gehen. O mein Gott, ich kann nicht gehen!«

»Schon gut, keine Panik.« Er hebt sie wieder hoch. »Ich trage dich, Babe.«

Ihr Knöchel steht in Flammen. Sie kann bereits spüren, wie die Schwellung gegen den Stiefel drückt. Wie soll sie weglaufen, wenn sie nicht einmal auftreten kann? Sie schluchzt an Christians Brust, laute, quälende Schluchzer.

Er küsst sie auf den Scheitel. »Schon gut, Elli. Ich bin ja da. Scht, alles wird gut.« Seine Stimme klingt sanft und beruhigend.

Während er sie mit klatschnassen Haaren und klatschnasser Kleidung durch die überfüllten Gassen zurück zum Hotel trägt, drückt er zärtliche Küsse auf ihre feuchte Wange. Elena fragt sich zum gefühlt millionsten Mal, wie alles zwischen ihnen so schieflaufen konnte.

Er trägt sie bis ins Hotelzimmer, dann holt er ihr aus der Küche einen Eisbeutel und bindet ihn ihr mit einer Strumpfhose um den Knöchel. Anschließend schiebt er ihr mehrere Kissen unters Bein, legt den Fuß darauf ab, und tatsächlich lässt der Schmerz kurze Zeit später nach. Als ihr Knöchel taub ist, entfernt er den Eisbeutel und nimmt eine kurze Untersuchung vor, bei der er feststellt, dass der Knöchel nicht gebrochen, sondern nur verstaucht ist.

Elena muss daran denken, wie sie ein Stoßgebet zum Himmel geschickt hat, der Herr möge ihr helfen wegzulaufen – und nur Minuten später kann sie nicht einmal gehen. Versucht Gott, ihr etwas zu sagen? Sollte sie versuchen, ihre Ehe zu retten, anstatt die Flucht zu ergreifen? Während der letzten beiden Tage ist Christian so gut zu ihr gewesen. Vielleicht ändern sich die Dinge zwischen ihnen endlich zum Besseren.

Er fängt ihren Blick auf und lächelt. »Du bist so sexy, wenn du nass bist.« Liebevoll küsst er ihren Mund und dann ihren Hals. »Wir sollten dir diese Klamotten ausziehen«, murmelt er und hilft ihr, die durchweichte Kleidung abzustreifen, wobei er ganz besonders darauf achtet, nicht ihren verletzten Fuß zu berühren. Anschließend legt er sich auf sie und liebt sie zärtlich, und sie lässt es zu.

Als er fertig ist, dreht er sich auf den Rücken. »Ich hoffe, dem Baby geht es gut nach deinem Sturz, Ellie.« Er streichelt ihren Bauch, und ihr wird schlagartig bewusst, dass ihre Schwangerschaft der einzige Grund ist, warum er so liebevoll mit ihr umgeht, und dass sie ihm unbedingt entkommen muss.

»Ich bin mir sicher, ihr geht es gut.« Sie lächelt ihn an.

»Du hast ›sie‹ gesagt. Glaubst du, es ist ein Mädchen?«

Sie nickt.

»Dann glaube ich das auch.« Er grinst. »Ich wünsche mir, dass sie genauso wird wie du.«

Selbst wenn sie nicht laufen kann und auf allen vieren durch Venedig kriechen muss – Elena wird am Samstag fliehen.

Am achten Tag der Weihnacht

Sophie

Sophie hat nichts von dem Feuerwerk mitbekommen. Sie und Rocco haben es kaum noch bis in ihr Hotelzimmer geschafft, bevor sie sich die Kleider vom Leib gerissen haben. Als sie jetzt aufwacht, bietet sich ihr der atemberaubende Anblick eines nackten Venezianers in ihrem Bett.

»Rocco«, wispert sie.

Er öffnet die Augen und dreht sich auf die Seite, um sie anzusehen. Irgendwie fühlt es sich intimer an, ihn ohne seine Brille zu sehen, als nackt. Sie streicht über den Bartschatten entlang seiner Kinnlinie und stellt fest, dass sie ihn bislang nur glatt rasiert kennt. So gefällt er ihr sogar noch besser.

»Wie viel Uhr ist es?« Seine honigbraunen Augen blicken sie verschlafen an.

Sie wirft einen Blick aufs Handy. »Halb sechs.«

Lächelnd küsst er ihre nackte Schulter. »Ich sollte besser in meinem Zimmer verschwinden, bevor die anderen aufwachen.«

»Geh noch nicht.« Sie streichelt sein Brusthaar, berauscht sich an seiner Männlichkeit – der unverhohlenen Zurschaustellung von Testosteron, an die sie nicht gewöhnt ist. »Wie soll ich heute nur die Hände von dir lassen?«, fragt sie seufzend.

»Keine Sorge.« Er grinst. »Für mich hat oberste Priorität, dass du die Hände *auf* mir lässt. Wir beeilen uns mit der Arbeit, damit wir nach dem Mittagessen schnell Pause machen und uns in ebendieses Bett zurückziehen können, um uns zu lieben.«

»Hm, einverstanden. Wir beeilen uns mit der Arbeit. Verstanden.«

»Und am Abend machen wir es genauso. Je schneller wir fertig sind, desto schneller liegen wir wieder hier und lieben uns.«

»So ungern ich diesen exzellenten Plan ruiniere, Signore, so muss ich Sie doch daran erinnern, dass wir heute Abend mit Ihrer Familie in die Messe gehen, sobald das Restaurant geschlossen hat.«

»Fanculo!«

»Nein, das geht leider nicht.«

Er lacht schnaubend und schiebt seine warme Hand zwischen ihre Beine.

Sie hält den Atem an.

»Dann warten wir eben ein bisschen länger und kehren nach der Messe in dieses Bett zurück, um uns zu lieben. Und genau das werden wir jeden Tag und jede Nacht tun.«

Sie schnappt nach Luft, als seine Berührungen intensiver werden. »Was wird aus deinem Plan, mir Venedig zu zeigen?«

»Du hast genug von Venedig gesehen.« Er schaut ihr in die Augen, während seine Finger ihren Körper erkunden. Jede Spur seiner Verlegenheit ist nun verschwunden. Was er jetzt mit ihr anstellt, ist alles andere als unbeholfen. »Du bist so schön am Morgen, Sophie.«

»Nur am Morgen?« Sie lächelt atemlos.

»Du bist wunderschön, zu jeder Tages- und Nachtzeit. *Bella, bella, bella*«, haucht er ihr ins Ohr.

Er sagt ihr, dass sie schön ist, aber auf eine ganz andere Weise als alle Männer vor ihm. Er sagt nicht, dass sie ein schönes *Gesicht* hat oder dass er auf kurvige Frauen steht oder dass er deshalb *noch mehr* von ihr genießen kann oder dass sie *trotzdem* hübsch ist. Er hat kein einziges Wort über ihr Gewicht verloren. Er hat sie genau so akzeptiert, wie sie ist, ohne sich dafür selbst zu beglückwünschen.

Zum ersten Mal in ihrem Leben fühlt sich Sophie von einem Mann, mit dem sie zusammen ist, *gesehen*. *»Ti amo«*, sagt sie zu ihm.

»Ich liebe dich«, erwidert er.

Bei ihrer letzten Beziehung hat es fast ein Jahr gedauert, bis sie die Worte über die Lippen gebracht hat, und selbst dann war sie sich nicht sicher, ob sie sie tatsächlich so meinte. Rocco und sie haben während der vergangenen Nacht mindestens ein Dutzend Mal »Ich liebe dich« gesagt, und sie hat nicht den geringsten Zweifel, dass dies der Wahrheit entspricht.

Doch es ist nicht nur Rocco, der ihr Herz gestohlen hat, es ist diese Stadt, dieses Hotel. Dieses Leben.

In einer Woche wird sie abreisen.

»Rocco, ich will nicht weg aus Venedig.«

»Dann bleib.« Er schiebt sich auf sie.

»Bleib?«

»*Sì*. Bleib und lass mich dich lieben.«

Sophie schließt die Augen und lässt sich lieben.

Elena

Elenas Hände sind schweißnass. Der Reißverschluss von Christians Dokumententasche rutscht ihr aus den Fingern.

Beruhige dich. Atme.

Sie sitzt auf dem Fußboden neben Christians Koffer und atmet zweimal tief durch. Er ist im Bad, unter der Dusche, und singt einen Song von seiner Spotify-Playlist mit.

Elena öffnet die Dokumententasche und findet, was sie sucht. Ihre beiden Pässe stecken hinter den ausgedruckten Flugtickets. Sie steht auf. Ihr Knöchel fängt an zu pochen. Sie humpelt zur Garderobe und verstaut die Pässe in die Innentasche ihres Mantels, zusammen mit dreihundert Euro. Sie haben noch nichts von dem Bargeld in der Dokumententasche ausgegeben, seit sie in Venedig angekommen sind, deshalb geht sie davon aus, dass er auch jetzt nichts davon nehmen wird. Wenn doch, kann sie immer noch behaupten, dass sie bestohlen wurden. Das ist auch der Grund dafür, warum sie nicht nur ihren Pass versteckt hat, sondern auch seinen – Raub ist eine plausible Erklärung. Am Morgen ihrer Flucht wird sie ihm den Pass dalassen – er soll ohne Schwierigkeiten das Land verlassen können.

»Hey«, sagt Christian direkt hinter ihr.

Beinahe wäre ihr das Herz stehen geblieben.

Die Dusche läuft noch. Aus dem Badezimmer schallt Shawn

Mendes' »Act Like You Love Me« – Tu so, als würdest du mich lieben.

Sie dreht sich zu ihm um. Er steht nackt vor ihr.

»Komm mit mir unter die Dusche.« Das Wasser tropft ihm von den Haaren ins Gesicht. Er küsst sie auf den Mund. »Ich muss dich noch einmal vögeln.« Er nimmt ihre zitternde Hand und legt sie um seinen Penis. »Du bebst ja.« Er grinst.

Sie tut das, was der Song nahelegt, lehnt sich gegen die Wand und lässt zu, dass er sich an sie drückt, ihre Kleidung mit seinem nassen Körper durchweicht.

Er schließt die Augen, doch sie kann den Blick nicht von der braunen Dokumententasche abwenden, die aufgeklappt neben dem Koffer liegt – ohne Pässe und Bargeld. *Dummkopf.* Warum hat sie sie nicht zurückgelegt, *bevor* sie aufgestanden ist? Wenn er sie sieht, ist sie tot.

»Geh wieder unter die Dusche«, murmelt sie zwischen zwei Küssen. »Ich komme gleich zu dir. Das Wasser soll richtig *heiß* sein.« Sie lächelt aufreizend.

»Okay.« Gehorsam kehrt er ins Bad zurück.

Sobald er weg ist, schiebt sie die Dokumentenmappe unters Bett.

»Ellie!«, ruft er. »Wo bleibst du?«

»Ich komme!« Sie wirft ihre Kleidung auf den Boden und humpelt ins Bad, wund, gestresst, aber bereit, alles zu tun, um ihn abzulenken.

Gayle

Mike betritt schnaufend das Zimmer. »Diese Treppen sind verflixt steil. An der Rezeption ist keiner. Stell dir vor, wo ich sie alle gefunden habe? Im Restaurant! Sie sitzen quietschfidel am Tisch und essen, als hätten sie keine Gäste, um die sie sich kümmern müssen.«

»Die Leute müssen ja auch irgendwann essen, Schatz.«

Er setzt sich neben sie. »Signor Bianchi war ebenfalls da, der arme alte Kerl. Sitzt da mit stolzgeschwellter Brust, während seine Frau hinter seinem Rücken mit Nonnen knutscht. Er hat mich gefragt, warum wir nicht im Restaurant zu Abend gegessen haben.«

»Was hast du geantwortet?«

»Ich habe behauptet, du hättest starke Kopfschmerzen, deshalb hätte ich dir was zum Mitnehmen besorgt.«

Gott sei Dank.

»Weißt du, was *sie* gesagt hat, als ich das gesagt habe?« Er zieht die Augenbrauen hoch und wartet darauf, dass Gayle »Was?« fragt.

»Was?«

»Signora Bianchi hat gesagt, sie würde uns etwas Warmes zubereiten. Beim Mittagessen testen sie, was sie am Abend servieren, und es sind wohl noch Reste übrig. Sie meinte, wenn wir jetzt etwas Ordentliches essen, könne sie uns später ein Sandwich raufschicken – dann müssen wir kein Geld für Essen zum Mitnehmen ausgeben. Sie bringt jedem von uns einen Teller rauf. *Aufs Haus!*« Er reibt sich die Hände. »Es hat richtig lecker gerochen. Irgendein Auflauf, glaube ich.«

»Das ist sehr großzügig von Signora Bianchi.«

»Sie weiß, dass sie uns etwas schuldig ist, weil wir ihr schmutziges Geheimnis für uns behalten, das ist der Grund. Trotzdem ist es eine ordentliche Ersparnis.«

Heute war es etwas einfacher mit Mike. Letzte Nacht Liebe mit ihm zu machen, hat den erhofften Zweck erfüllt und das Eis zwischen ihnen zum Tauen gebracht. Bislang haben sie nicht wieder über Noah gesprochen, doch die Spannung ist noch da, subtiler, im Hintergrund lauernd, aber weiterhin vorhanden.

Die Kopfschmerzen sind so schlimm wie eh und je. Werden sie jemals weggehen?

Es klopft, und Mike steht auf, um Signora Bianchi hereinzulassen. Sie trägt ein Silbertablett mit zwei abgedeckten Tellern ins Zimmer. Daneben liegt eine Eiskompresse.

»*Buon anno*, Signora.« Mit einem schmallippigen Lächeln stellt sie das Tablett auf dem Tisch ab. »Das bedeutet ›Frohes neues Jahr‹. Ihr Mann hat mir gesagt, dass es Ihnen nicht gut geht.« Signora Bianchi hält den Kopf hoch, doch die Anspannung ist ihr an den Augen abzulesen.

»Es sind nur meine Kopfschmerzen, das ist alles«, wiegelt Gayle ab.

Signora Bianchi sieht sie eindringlich an. »Sie haben seit Ihrer Ankunft Kopfschmerzen, Signora. Das ist nicht gut.«

»Es ist, wie ich sagte«, schaltet sich Mike ein. »Die rosa Wände im Restaurant tun ihr nicht gut.«

»Das liegt nicht an den Wänden«, entgegnet Signora Bianchi schroff. Sie sieht Mike nicht an. »Heute Abend findet eine Messe statt«, sagt sie an Gayle gewandt. »Eine ganz besondere Messe, um die Mutter unseres Herrn zu feiern. Wir werden alle daran teilnehmen. Kommen Sie mit. Wenn Sie bei dieser Messe beten, dass Ihre Kopfschmerzen geheilt werden, wird die Heilige Jungfrau Fürsprache für Sie einlegen. Der Herr hört auf seine Mutter.«

Mike macht einen Schritt auf sie zu. »Ich weiß nicht …«

»Wo findet die Messe statt?«, erkundigt sich Gayle.

Signora Bianchi schluckt. »In San Zaccaria.«

»In San Zaccaria?«, fragt Mike ungläubig. »Sie besitzen die Frechheit, uns dorthin …?«

»Ich habe einen Fehler gemacht«, fällt Signora Bianchi ihm ins Wort und hebt die Hand, um ihn zum Schweigen zu bringen. »Ich habe einen Fehler gemacht, und es tut mir schrecklich leid, dass Sie das mitbekommen haben. Auch wenn ich mich frage, was Sie in der Sakristei zu suchen hatten, die für Touristen gesperrt ist.« Sie tastet nach ihrem Haarknoten und wendet sich wieder an Gayle. »Kommen Sie zur heiligen Messe. Wenn Sie der Heiligen Jungfrau an diesem ganz bestimmten Tag Ihr Anliegen vortragen, wird sie Sie erhören, glauben Sie mir. Diese Messe bewirkt jedes Jahr Wunder. Im letzten Jahr wurde der Kinderwunsch eines unfruchtbaren Paares erfüllt, in einem anderen Jahr ein Mann von seinem Krebsleiden befreit.«

Mike verschränkt die Arme. »Hören Sie, San Zaccaria ist eine katholische Kirche. Gayle und ich sind nicht katholisch. Es wäre nicht richtig, eine katholische Messe zu besuchen.«

Signora Bianchi sieht ihn an. »Signore, es ist *niemals* falsch, dem Haus Gottes einen Besuch abzustatten. Sie hatten kein Problem, als Tourist dorthin zu gehen, dabei ist die Kirche keine Touristenattraktion, sondern zum Beten da. Ihre Frau fühlt sich seit Ihrer Ankunft in Venedig unwohl. Die Messe beginnt um einundzwanzig Uhr. Sie können sich gern zu uns setzen, doch erscheinen Sie früh – die Messe ist stets sehr gut besucht.« Sie schaut Gayle so eindringlich an, als würde sie ihr direkt ins Herz blicken. »Kommen Sie und teilen Sie Ihre Sorgen mit der Madonna, Signora. Sie wird Sie nicht im Stich lassen.«

»Moment, die Madonna wird dort sein? Wenn dieses dämonische Weib da ist, gehen wir bestimmt nicht hin.« Mike streckt die Brust raus.

»Ich glaube nicht, dass sie *diese* Madonna meint, Schatz.« Gayle versucht, nicht aufzulachen bei dem Blick, den Signora Bianchi Mike zuwirft. »Ich würde gern hingehen. Wäre das in Ordnung?«, fragt sie ihn.

Signora Bianchi spricht, bevor Mike antworten kann. »Selbstverständlich. Der Signore weiß, dass es ihm nicht zusteht, sich zwischen seine Frau und Gott zu stellen.«

Mike öffnet den Mund, doch er bringt keinen Ton hervor.

»Ich lasse Ihnen gegen achtzehn Uhr Sandwiches aufs Zimmer bringen, damit Sie beim Essen nicht die rosa Wände betrachten müssen.« Sie funkelt Mike an, dann wendet sie sich Gayle zu und lächelt. »Und jetzt essen Sie zu Mittag, Signora. Das Essen wird Sie stärken. Ich habe Ihnen auch die kalte Kompresse mitgebracht, um die der Signore gebeten hat, als er *in das geschlossene Restaurant* kam. Ich lege sie für Sie in den Kühlschrank, damit Sie erst einmal etwas zu sich nehmen können. Sie ebenfalls, Signore.« Sie hebt die Hauben von den Tellern, und sofort erfüllt ein Duft den Raum, der ihnen das Wasser im Mund zusammenlaufen lässt. *»Prego.«*

Mike ist augenblicklich besänftigt. »Nun, was haben wir denn da Schönes?«

»Das ist mein Kanincheneintopf. Die Pilze wurden erst gestern im Wald von Treviso gesammelt. Sie sind ganz frisch.« Signora Bianchi nickt stolz.

Zu dem Eintopf werden ein cremig aussehendes Kartoffelpüree und dicke Scheiben Brot gereicht.

Es muss schwer sein für Signora Bianchi, nach dem Debakel in der Kirche in Mikes und ihrer Nähe zu sein, denkt Gayle, doch anstatt ihnen aus dem Weg zu gehen, hat sie ihnen diese köstliche Mahlzeit gebracht. Sie hätte leicht jemand anderen zu ihnen schicken können, doch sie ist selbst gekommen.

»Es ist sehr freundlich von Ihnen, uns etwas zum Mittagessen zu bringen, Signora Bianchi«, sagt sie daher. »Ich weiß das sehr zu schätzen.«

»Loretta.« Signora Bianchi tippt sich auf die Brust. »Nennen Sie mich Loretta.«

»Vielen Dank, Loretta. Was für ein schöner Name. So exotisch. Ich heiße schlicht und einfach Gayle.«

»Gayle ist ebenfalls ein schöner Name.« Loretta legt Gayle eine Hand auf die Schulter. »*Buon appetito.* Ich hoffe, ich sehe Sie bei der Messe. Wir sitzen ganz vorn.« Sie wendet sich zum Gehen, verlässt das Zimmer und schließt die Tür hinter sich.

Mike stopft sich ein Stück Brot in den Mund. »Wir werden doch nicht wirklich in diese Quacksalberkirche gehen, oder? Das ist heidnischer Kult, Schatz.« Er schaufelt sich eine Gabel voll Kaninchen in den Mund. »Götzenanbetung«, nuschelt er.

Die seltsame Fixierung der Katholiken auf die Mutter Christi hat Gayle schon immer verwirrt. Aber was, wenn Loretta recht hat? Sie muss leidenschaftlich daran glauben, dass die Messe Gayle tatsächlich helfen wird, warum sonst würde sie ihre Aufmerksamkeit auf diese unglückselige Kirche lenken? Was, wenn sie diese Messe besuchen und Gayles Kopfschmerzen verschwinden? Wenn vielleicht ein noch größeres Wunder in ihrer Familie geschieht?

»Ich würde gern hingehen, Schatz«, beharrt sie.

Mike verdreht schulterzuckend die Augen. »Nun, da du neuerdings sowieso machst, was du willst, egal, ob ich damit einverstanden bin oder nicht, gehen wir wohl hin.«

Elena

Elena, Christian und Mamma treffen fünfzehn Minuten vor Beginn der Messe ein. Das heilige Fest der Muttergottes ist immer eine große Sache, doch mit einem eigenen Vertreter aus dem Vatikan, der die Messe heute Abend hält, platzt die Kirche aus allen Nähten. Alle wollen Padre Alessandro sehen; er ist hier eine Art Rockstar.

Christian zeigt sich weiterhin von seiner besten Seite, er beschwert sich nicht einmal darüber, dass er schon zum zweiten Mal innerhalb einer Woche an einem italienischen Gottesdienst teilnimmt.

Mamma geht voran, während Christian Elena bei dem Weg durchs Mittelschiff behilflich ist. Sie stützt sich auf seinen Arm, um ihren geschwollenen Knöchel nicht zu belasten, den er zuvor verbunden hat. Trotz aller Bemühungen ist es ihnen heute nicht gelungen, in San Marco Krücken aufzutreiben, nicht einmal im Krankenhaus.

Mamma wird alle paar Schritte von anderen Messebesucherinnen und -besuchern aufgehalten, die ihr kondolieren und alles Gute wünschen. Papà war sehr beliebt in der Gemeinde. Die beiden hatten über dreißig Jahre lang ihren kleinen Lebensmittelladen betrieben – bis Papà krank wurde und sie ihn verkaufen mussten. Er wird von allen vermisst, am meisten jedoch von Elena.

Wieder in der Kirche zu sein, in der letzte Woche der Trauergottesdienst stattfand, zerquetscht ihr förmlich die Brust.

Mamma winkt Signor und Signora Bianchi zu, die in der ersten Reihe sitzen. Signor Bianchi bedeutet ihr, zu ihnen zu kommen. *Merda*, jetzt wird Christian sehen, wie gut sich ihre Familien wirklich kennen.

Marina, die am Ende der Reihe am Mittelgang sitzt, lächelt Christian kurz an, dann wirft sie Elena einen solidarischen Blick zu.

Marina sieht heute Abend ganz besonders umwerfend aus. Ihre Lippen sind blutrot geschminkt, ihre für gewöhnlich so unbändigen Locken sind geglättet und zu einem hohen Pferdeschwanz zurückgebunden. Ihr Gesicht sieht anders aus, wenn sie es nicht hinter dem großen roten Brillengestell verbirgt, irgendwie weicher. Sie trägt eine weiße Satinbluse, die ihren olivfarbenen Teint zur Geltung bringt, ihre langen, schlanken Beine stecken in engen schwarzen Lederleggings.

Als Elena sieht, wer neben den Bianchis sitzt, wird ihr flau im Magen. *Was haben die Dawsons hier zu suchen? Sie sind doch nicht mal Italiener!*

Mamma schlängelt sich durch die Reihe und umarmt die Bianchis einen nach dem anderen. Elena betet inständig, dass sie die Dawsons ignoriert, als sie zu ihnen kommt, doch natürlich tut Mamma das nicht. Sie schließt Gayle in die Arme und küsst sie freundlich auf beide Wangen, dann wiederholt sie das Prozedere bei Mike, was Christian nicht entgeht.

»Mamma.« Elena streckt die Hand aus und versucht, ihre Mutter zurückzuziehen. »Sollen wir nicht lieber in einer der Seitenbänke Platz nehmen, wo es nicht so voll ist?« Sie wirft ihr einen angespannten Blick zu. *Wir dürfen uns nicht neben diese Leute setzen.*

Mamma winkt ab und nimmt Platz. Elena hat keine andere Wahl, als sich ebenfalls zu setzen.

»Deine Mutter kennt die Amerikaner«, zischt Christian ihr ins Ohr. »Woher?«

»Keine Ahnung.« Sie sieht ihn ausdruckslos an. »Er fragt, woher du die Amerikaner kennst«, flüstert sie Mamma auf Italienisch zu.

Mamma verzieht das Gesicht. »Tut mir leid, ich habe nicht nachgedacht.« Sie dreht sich zu Christian um und wechselt wieder ins Englische. »Sie kennt sie nicht. Sie war einfach nur höflich.«

Christian lacht leise. »Italiener! Jeder ist ein lang vermisster Freund, selbst Menschen, denen sie nie begegnet sind.«

»Ich weiß, ich weiß ...« Elena lacht mit ihm, von Erleichterung überwältigt.

»Und die Bianchis kennt sie von damals, als dein Bruder mit Rocco Fußball gespielt hat?«

»Das denke ich auch«, pflichtet sie ihm bei.

Er nickt, offenbar zufrieden mit dieser Erklärung.

Während immer mehr Leute hereinströmen, fängt der Organist an zu spielen. Die Menschenmenge ist riesig, aber die Kirche ebenfalls. Es gibt genügend Plätze für alle.

Mamma, Signora Bianchi und Marina knien zum Gebet nieder. Elena schließt sich ihnen an. Sie faltet fest die Hände und heftet die Augen auf das Gemälde der Madonna hinter dem Altar.

Stumm betet sie: *Madre di Dio, aiutami a correre.*

Mutter Gottes, hilf mir zu fliehen.

Heilige Jungfrau, fährt sie fort, führe mich in Sicherheit. Leite mich.

Christian tippt ihr auf die Schulter. »Rocco ist da.«

Elena richtet sich auf und lächelt Rocco und Sophie an, die auf sie zukommen. Rocco erwidert ihr Lächeln, Sophie dagegen wirkt aufgewühlt und beachtet sie kaum. Sie setzen sich neben Christian.

Marina rutscht zu Sophie auf, um Platz für eine Nonne zu machen, die soeben auftaucht und sich zu Signora Bianchi setzt.

Ein Raunen geht durch die Kirche, und die Gemeinde erhebt sich. Elena zuckt zusammen, als sie aufsteht, ihr Knöchel pocht im Stiefel. Der Organist stimmt ein neues Lied an, der ungefähr zwanzigköpfige Chor, überwiegend schwarz gekleidete Frauen, fängt an zu singen. Die Prozession betritt die Kirche.

Elena beobachtet, wie Alessandro den Messdienern durch den Mittelgang folgt. In dem Moment, als er die Kanzel erreicht und sich an die Gemeinde wendet, trifft es sie wie ein Blitzschlag. Das Licht, das ihn von hinten anstrahlt, umgibt seinen Kopf mit einem Heiligenschein. Er ist ein Engel. Ein Engel, direkt vor ihren Augen. Natürlich ist er das! Wieso ist ihr der Gedanke nicht eher gekommen?

Als Alessandro spricht, schwappt seine tiefe Stimme über sie hinweg. Sie ist zu gebannt, um zuzuhören, berauscht von seinem schönen, makellosen Gesicht, von dem Licht, das ihn umgibt. Mit den Lippen formt sie ein stummes, von Herzen kommendes »Danke« in Richtung der Madonna, die ihr Gebet binnen Sekunden erhört hat. Hier ist ihr Lotse, ihr Heilsbringer. Hier ist der Mann, der sie in Sicherheit geleiten wird. Ihr lieber alter Freund, der gerade rechtzeitig zurückgekehrt ist, um sie zu retten. Sie schließt die Augen.

Später, als Alessandro seine Predigt hält, umschließen Mammas Finger fest Elenas Hand. Es hat den Anschein, als würde sich jedes Wort, das er spricht, auf sie beide beziehen. Er erzählt die Geschichte von Maria, Jesu Mutter, die ihr Kind vor dem sicheren Tod durch einen bösen Wahnsinnigen rettete. Er spricht davon, wie Mutter und Kind von zu Hause fliehen und Zuflucht an einem neuen Ort suchen mussten und wie Gott sie in Sicherheit gebracht hat.

Als Alessandro geendet hat, stimmt der Chor das Halleluja an. Elena stimmt mit ein, fängt tatsächlich an zu singen. Wann hat sie das zum letzten Mal getan? Seit ihrer Hochzeit nicht mehr.

Christian dreht sich zu ihr. Die Freude steht ihm ins Gesicht geschrieben. Sie lächelt ihn an und legt eine Hand auf ihren Bauch, streicht vorsichtig darüber. Sein Lächeln wird breiter.

Elena lässt ihre Stimme durch die Kirche schallen, um den Herrn zu preisen, der sie – davon ist sie nun überzeugt – vor dem Mann retten wird, der neben ihr steht. Ihr ist ein Wunder widerfahren in Form von Alessandro. Denn wo in Italien oder auf der ganzen Welt gibt es einen sichereren Zufluchtsort als innerhalb der Mauern des Vatikans?

Und genau dorthin wird sie sich flüchten.

Loretta

Loretta kann nicht klar denken, ganz zu schweigen beten. Mit Flavia, die auf einer Seite neben ihr sitzt, und Alberto auf der anderen ist diese Messe für sie eine einzige Qual.

Gestern Nacht haben Flavia und sie sich schweigend das Feuerwerk angesehen. Der Beginn des neuen Jahres läutete gleichzeitig das Ende ihrer Wiedervereinigung ein. Es war beschlossene Sache, dass Flavia am Morgen in den Vatikan zurückkehren und sie einander nie wiedersehen würden.

In den frühen Morgenstunden kehrte Loretta ins Hotel zurück und stellte fest, dass ihre Kinder beide noch unterwegs waren, während Alberto tief und fest schlief. Sie blieb wach und beobachtete von ihrem Schlafzimmerfenster aus, wie die Sonne über den Gebäuden der Stadt aufging.

Ihre Verzweiflung über den Abschied von Flavia war so groß, dass sie ihre Familie glauben machte, es ginge ihr nicht gut. Dies war die einzige Möglichkeit, ihre Niedergeschlagenheit zu erklären. Heute Abend ist sie zur Messe gekommen, um die Madonna zu bitten, ihr gebrochenes Herz zu heilen und ihr zu helfen, Alberto eine bessere Ehefrau zu sein.

Und dann, nur Sekunden vor Beginn der Messe, ist Flavia aufgekreuzt und hat Marina gebeten, für sie Platz zu machen. Jetzt ist es so, als würde die Zeit stillstehen. Als würde die Messe niemals enden. *Was macht Flavia hier? Warum ist sie nicht nach Rom zurückgekehrt?*

Alberto, völlig ahnungslos, bietet Flavia ein Pfefferminzbonbon an, als während einer kurzen Gottesdienstpause der Klingelbeutel herumgereicht wird. Flavia sieht ihn an, als wäre er verrückt, und lehnt ab.

Loretta traut sich nicht, mit Flavia zu reden oder sie auch nur anzusehen.

Als Alberto von seiner Smartwatch abgelenkt wird, auf der die neuesten Fußballergebnisse aufleuchten, lehnt sich Flavia zu Loretta und wispert: »Ich wollte mit dir singen, bevor ich abreise. Um der alten Zeiten willen.«

Genau in diesem Moment stimmt der Organist »Oggi a me Dio dona« an – Heute schenkt mir Gott … was? Diesen Tag? Flavia streicht mit dem Handrücken sanft über den von Loretta, eine Geste, der niemand eine Bedeutung beimessen würde, selbst wenn er sie sähe, doch Lorettas Haut steht in Flammen.

Flavia fängt an zu singen, und trotz der Qualen, die sie leidet, fällt Loretta mit ein. Zusammen erheben sie harmonisch die Stimmen. Für dreieinhalb magische Minuten wird Loretta in ihre Zeit als junge Frau zurückkatapultiert, die mit der großen Liebe an ihrer Seite singt. Alberto singt ebenfalls, mit seiner dröhnenden Opernstimme, aber Loretta hört nur Flavia.

Und dann ist die Hymne vorbei, und Flavia schlüpft aus der Bank und aus der Kirche. Ohne sich zu verabschieden, verlässt sie Lorettas Leben. Loretta kann kaum die Tränen zurückhalten.

Alberto dreht den Kopf zur Seite und lächelt anerkennend. »Du hast großartig gesungen, *cara. Brava!*«

Die Messe geht weiter, und Loretta versucht, mit der Madonna zu sprechen. Sie sehnt sich verzweifelt nach Trost, doch zum ersten Mal im Leben spürt sie die Anwesenheit der heiligen Maria nicht in ihrem Herzen. Als sie zu dem Gemälde der Jungfrau mit ihrem Kind aufblickt, gehen ihr Flavias Zweifel an der Wahrheit der Bibelgeschichten durch den Kopf.

So gerne sie Flavias Worte vergessen und als Gerede einer desillusionierten Nonne abtun möchte, lassen sich ihre Argumente unmöglich ignorieren. Die Zweifel an den Ursprüngen des Christentums, die Flavia geäußert hat, haben Lorettas Grundfesten erschüttert. Was sie ihr ganzes Leben lang für ihren absoluten, unerschütterlichen Glauben gehalten hat, gerät plötzlich durch ein paar Sätze, an einem Kanal in die nächtliche Dunkelheit geflüstert, ins Chaos. Könnte das, was Flavia behauptet, den Tatsachen entsprechen? Ist das Wunder der jungfräulichen Geburt am Ende gar kein Wunder, sondern die grausame Geschichte einer vertuschten ungewollten Schwangerschaft?

Heilige Maria, vergib mir.

Sie richtet ihre Aufmerksamkeit auf Padre Alessandro in der Hoffnung, dass seine weisen Worte ihr die Sicherheit geben, nach der sie so dringend verlangt. Doch als sie dem Blick des Padre folgt, erkennt sie mit erdrückender Gewissheit, was hinter Alessandros seltsamem Verhalten während der vergangenen Woche steckt.

Und diese Erkenntnis lässt ihr das Blut in den Adern gefrieren.

Gayle

Gayle hat festgestellt, dass eine Messe sehr langweilig sein kann, wenn man die Sprache nicht spricht. So betörend der (*äußerst* attraktive) junge Priester am Altar auch ist – der Gottesdienst zieht sich endlos.

Seit Beginn der Messe sitzt Mike mit finsterem Blick da, die Arme über dem Bauch verschränkt. Die Falten auf seiner Stirn sind besonders tief, seit er gehört hat, wie außergewöhnlich harmonisch die Stimmen von Loretta und der Nonne bei dem gerade gesungenen Kirchenlied klangen. Ihre Stimmen erhoben sich über die der anderen, so wunderschön, dass Gayle ein Schauder über den Rücken lief. Sie versteht Mikes Solidarität mit Signor Bianchi, doch der Gesang der beiden Frauen hörte sich an, als würden sie miteinander weinen. Es lag so viel Gefühl, so viel *Schmerz* darin, dass Gayle genauso viel Mitleid mit Loretta verspürt wie mit dem armen alten Signor Bianchi.

Jetzt ist die Nonne fort, und die Qual ist Loretta am Gesicht abzulesen. Nichtsdestotrotz schaut sie heute Abend umwerfend schön aus in ihrem schlichten schwarzen Etuikleid. Sie hat die silbernen Haare zurückgesteckt, sodass man ihre kleinen Perlenohrstecker sieht. Es ist das erste Mal, dass Gayle sie nicht in Jeans und mit Make-up sieht – ausgesprochen dezent, dennoch unterstreichen Wimperntusche und Rouge ihre Schönheit noch mehr.

Gayle ist sicher, dass Loretta nicht damit gerechnet hat, dass die Nonne heute Abend erscheint und sich neben sie setzt. Sonst hätte sie wohl kaum darauf bestanden, dass sie und Mike zur Messe kommen.

Der Priester fordert die Gemeinde auf, sich zu erheben, was ihre Aufmerksamkeit von Loretta ablenkt. Mike schüttelt stöhnend den Kopf. Sie haben beide nicht damit gerechnet, ständig aufstehen und wieder Platz nehmen zu müssen – der Gottesdienst ist ein wahrer Aerobic-Kurs.

Bis jetzt hat Gayle noch nicht zu Maria gebetet, obwohl genau das der Grund für Lorettas Einladung war. Sie ist ihr zumindest einen Versuch schuldig. Also richtet sie den Blick auf das Gemälde der Maria hinter dem Altar und fängt an zu beten. Es fühlt sich albern und falsch an, aber sie tut es trotzdem. Sie bittet die Heilige Jungfrau um Heilung für ihre Kopfschmerzen und das Krebsgeschwür in ihrer Ehe. Sie bittet um Frieden zwischen Noah und Mike und darum, dass sie die Beziehung zu ihrem Sohn retten kann. Sie betet für Loretta, dass es ihr gelingt, die Probleme zu lösen, die sie offenbar hat. Am meisten aber betet sie für Elena.

Niemand braucht Gebete dringender als die junge Frau, die heute Abend Gayles Blick gesucht hat, als sie in der Kirche eintraf, flankiert von Anna-Maria und Christian. Der kurze Augenkontakt genügte, um zu erkennen, in wie großen Schwierigkeiten Elena noch immer steckt. Gayle hat noch nie verängstigtere Augen gesehen.

Erst als sie auch ihr Gebet für Elena zu Ende gesprochen hat, ist Gayle zufrieden, doch gleich darauf kommen ihr Zweifel. Hat sie Maria um zu viele Dinge gebeten? Gibt es eine Begrenzung, wie viele Gebete man an ein Gemälde richten darf?

Jetzt bleibt ihr nichts anderes mehr übrig, als abzuwarten, um herauszufinden, ob all das möglicherweise nur ein Schwindel war.

Sophie

Der würzige Geruch nach Weihrauch hängt schwer in der Luft, der Chor singt ein italienisches Kirchenlied. Überall sind Menschen. Zu viele Menschen, die sich dicht um sie drängen. Sophie verspürt ein Flattern in der Brust und wischt sich die feuchten Hände am Mantel ab. Sie hätte niemals zustimmen sollen mitzukommen.

»Alles gut?« Rocco lächelt sie an.

»Alles gut«, versichert sie ihm.

»Jetzt folgt das Abendmahl, dann das Schlusslied, und danach ist die Messe vorbei.«

Das glaubt sie erst, wenn es so weit ist. Diese Messe scheint bis in alle Ewigkeit zu dauern.

Rocco greift nach ihrer Hand. Seine Berührung beruhigt sie ein wenig.

Marina wirft einen Blick auf ihre verschränkten Finger, doch sie sagt nichts. Stattdessen schaut sie wieder auf Padre Alessandro, scheint völlig in seinen Bann gezogen.

Elena konzentriert sich auf den Priester. In ihrem Gesicht strahlt ein seliges Lächeln. Christian scrollt auf seinem Handy und bemerkt nichts von der Faszination seiner Frau für den anderen Mann.

Sowohl Mrs Dawson (deren Anwesenheit ein Rätsel für Sophie

ist, zumal sie auch ihren missmutigen Ehemann mitgebracht hat) als auch Elenas Mutter betrachten den Geistlichen mit einem Ausdruck ehrfürchtigen Staunens. Bei ihm gerät offenbar jede Frau in Verzückung.

Doch Padre Alessandro hat nur Augen für Marina. Während er mit tiefer, rauer Stimme betet, hebt er beide Arme in klassischer Predigermanier in die Höhe. Bemerkt hier eigentlich niemand, dass der Mann ganz offensichtlich Worte von sich gibt, die er nicht so meint, während er den Blick nicht von Marina wenden kann? Keine einzige Sekunde? Hat er ihr gerade etwa zugezwinkert?

Sophie schaut zwischen Marina und dem Priester hin und her, der weitere Gebete herunterrattert. Marinas rot geschminkte Lippen sind leicht geöffnet. *Herrgott.*

Der ewig fröhliche Rocco mustert Padre Alessandro mit schmalen Augen und drückt die Zunge gegen die Innenseite seiner Wange, als wollte er die wenigen Stufen zum Altar hinaufsteigen und seinem alten Freund eine ordentliche Tracht Prügel verpassen.

Hinter dem Priester starrt Maria mit ihren eisblauen Augen von einem Gemälde direkt durch Sophie hindurch. Was Sophie als ausgesprochen unangenehm empfindet.

Die Gemeinde spricht ein weiteres Gebet, wieder wird das Weihrauchfass geschwenkt, der freigesetzte Rauch ist überwältigend. Die Menschen erheben sich und stellen sich für den Empfang der heiligen Kommunion an. Gerade als Sophie hofft, dass die Messe nun endlich zu Ende ist, wird das nächste Kirchenlied angestimmt. Das »Ave Maria«.

Eine Erinnerung drängt mit voller Wucht an die Oberfläche: Ihre Mutter, die vor all den Jahren an einem drückend heißen Weihnachtsabend neben ihr in der St Francis' Church in Melbourne steht. Mit ihrer klaren Stimme hatte Penelope die lateinischen Worte des »Ave Maria« gesungen in dem vollen Bewusstsein, dass sie das Leben von Sophies Vater beenden würde, sobald sie nach Hause zurückgekehrt waren. Sobald Sophie und David in ihren Betten lagen und tief und fest schliefen. Es war an diesem Abend nicht das geringste Zittern in Penelopes Singstimme auszumachen, auch dann nicht, als der Mann, den sie kurz darauf töten würde, fröhlich mit seinem Bariton in das Lied mit einstimmte.

Der Chor kommt in Fahrt. *»Ave, ave dominus!«*

Alles ist voller Menschen. Menschen, die sich in die Schlange für das Abendmahl einreihen. Menschen, die an ihre Plätze zurückkehren, Menschen, die sich vor dem Altar und in den Gängen drängen. Menschen, überall Menschen.

»Ich muss hier raus.« Sie zieht ihre Hand aus Roccos.

»Die Messe ist gleich vorbei«, wispert er. »Noch höchstens fünf Minuten.«

»Nein, ich muss raus. *Sofort.*« Sie lässt ihm keine Chance, etwas zu entgegnen, klettert über Marinas Beine und taumelt in den Gang.

Marina streckt die Hand aus und hält sie fest, damit sie nicht stürzt. »Sophie! Was ist los?«

Sie schüttelt Marinas Hand ab und gerät mitten in die Schlange. »Entschuldigung! Entschuldigung!«

Niemand beachtet sie, niemand macht ihr Platz. Der Gang ist völlig überfüllt. Sie zwängt sich zwischen den Leuten hindurch, drückt sie zur Seite, bahnt sich gewaltsam einen Weg.

Der Chor singt *»Ventris tuae, Jesus«*.

»Sophie!«, ruft Rocco hinter ihr.

Sie schwitzt. Es fällt ihr schwer, zu atmen. Mit den Ellbogen stößt sie weitere Menschen aus dem Weg, bis sie den Vorraum erreicht.

Eine Solosopranistin übernimmt. Das »Ave Maria« klingt schrill.

Sophie reißt die Tür auf und rennt die Stufen hinunter.

»Warte!«

Sie bleibt erst stehen, als sie die gegenüberliegende Seite der Piazza erreicht hat. Dort krümmt sie sich zusammen und fängt an zu würgen.

Rocco schließt zu ihr auf. »Was ist denn los? *Dio mio*, du bist krank!«

Sie sieht ihn an, Tränen laufen ihr übers Gesicht. »Tut mir leid. Ich musste da raus.«

»Schon gut. Komm.« Er schlingt die Arme um sie und drückt sie an sich. Als ihr Atem endlich wieder ruhiger geht, sagt er: »*Andiamo.* Ich bringe dir einen Tee in dein Zimmer, dann geht es dir wieder besser.«

»Nein, bleib hier, bei deiner Familie.« Sie sucht in ihrem Mantel nach einem Taschentuch. Als sie keins findet, wischt sie sich das Gesicht mit dem Ärmel ab. »Ich finde schon allein zurück ins Hotel.«

»Unsinn, Sophie, du bist in Venedig. Kein Tourist findet den Weg zurück an einen bestimmten Ort.« Er lächelt. »Ich bringe dich nach Hause.«

»Aber diese ganz besondere Messe, deine Familie …«

»Pfft, so besonders ist die Messe nun auch wieder nicht.« Er reicht ihr den Arm, und sie hakt sich ein.

Langsam schlendern sie zum Hotel zurück. Rocco pfeift leise, während er sie durch die hell erleuchteten Gassen führt. Sie fragt sich, wann sie das letzte Mal mit jemandem unterwegs war, der beim Gehen gepfiffen hat. Es muss Jahre her sein. Die fröhliche Melodie beruhigt sie.

Nach kurzer Zeit sieht sie das blaue Il Cuore, das im Licht der Außenbeleuchtung erstrahlt. Als sie ihre Zimmertür aufschließt, verspürt sie dieselbe Erleichterung, die sie überkommt, wenn sie ihr Apartment in Melbourne betritt. Nach nur einer Woche ist das Il Cuore zu ihrem Zuhause geworden.

Sophie geht direkt zum Bett, und Rocco folgt ihr. Nebeneinander liegen sie auf der fluffigen rosa Tagesdecke. Sie trägt noch ihren Mantel und die Stiefel. Die Panikattacke ist vorüber und macht einer überwältigenden Müdigkeit Platz.

»Soll ich dir ein Stück Kuchen holen?«, fragt Rocco leise.

»Nein danke. Ich bin nicht hungrig.«

Eine Weile bleiben sie stumm liegen, dann bricht sie das Schweigen.

»Darf ich dich etwas fragen?«

»Klar, alles.«

»Marina und Padre Alessandro sind zusammen, stimmt's?«

Er lacht leise. »Das ist dir also nicht entgangen.«

»Ich will nichts Falsches behaupten, aber ich bin mir ziemlich sicher, dass jeder in der Kirche es gemerkt hat. Dann sind sie also ein Paar?«

Er seufzt. »Sie waren ein Paar, als Marina in Rom gelebt hat. Es ist meine Schuld, dass sie überhaupt zusammengekommen sind.«

»Wie meinst du das?«

»Marina war hier mit einem Mann verlobt, Nico. Er ist Lehrer, genau wie sie.«

»Warte … Marina ist Lehrerin?«

»Sie war Lehrerin, aber sie arbeitet nicht mehr in ihrem Beruf. Wie dem auch sei, zwei Monate vor der Hochzeit hat sie Nacktfotos von ihrer besten Freundin Helena auf seinem Handy gefunden. Sie haben alle zusammen an derselben Schule gearbeitet. Helena sollte Marinas Trauzeugin sein.«

»O mein Gott. Das ist grauenhaft.«

»Ja. Natürlich wurde die Verlobung anschließend gelöst. Marina wollte dem Ganzen entfliehen und nahm eine Lehrstelle in

Rom an. Doch dort hatte sie keine Freunde, und ich machte mir Sorgen, dass sie sich einsam fühlen könnte. Ihre Wohnung lag ganz in der Nähe des Vatikans. Alessandro war ein alter Freund von mir und Sekretär eines Bischofs in Roms.«

»O nein.«

»O doch.« Er lächelt bedrückt. »Ich dachte, wer könnte besser geeignet sein, sich um meine Schwester zu kümmern, als ein Geistlicher?«

Sophie lacht laut auf und zuckt zusammen. Es ist Jahre her, dass sie so verzweifelt war wie in der Kirche. Roccos Anwesenheit beruhigt sie so sehr, dass sich ihre Anspannung löst. »Tut mir leid«, sagt sie, immer noch kichernd, »aber jeder Idiot ahnt, was dann passiert.«

»Nennst du mich gerade einen Idioten?« Er legt den Kopf schräg, ein Lächeln im Gesicht.

Sie verschränkt die Finger mit seinen. »Ja, das tue ich. Du findest doch nicht im Ernst, dass Alessandro rüberkommt wie jemand, der strikt nach dem Zölibat lebt? Er sieht aus wie das Vorzeigemodell für vögelfreudige Priester, die keinen Spaß auslassen.«

Rocco lacht schnaubend. »Halt die Klappe und lass mich zu Ende erzählen!«

»Okay, nur zu …«

»Wie du gerade richtig kombiniert hast, wurden die beiden ein Liebespaar.«

»Das erschüttert mich zutiefst. Und du wusstest das? Die ganze Zeit über?«

»Ja, sie hat es mir erzählt. Ich war gar nicht glücklich darüber, aber ich konnte nicht viel dagegen tun. Außer mir weiß niemand, dass sie zwei Jahre zusammen waren.«

»Sie wurden nie erwischt?«

»Nein. Alessandro hat keine eigene Gemeinde, musst du wissen. Es kannten ihn in Rom also nur die Leute, die im Vatikan arbeiten. Sagen wir einfach, er war nicht der Einzige, der das tat, was er tat. Vermutlich hat man deshalb ein Auge zugedrückt. Zumindest gehe ich davon aus.«

»Und dann?«

»Und dann ging es auf Marinas dreißigsten Geburtstag zu. Sie wollte heiraten, eine Familie gründen – ein ganz normaler Wunsch.«

»Lass mich raten: Er wollte weiterhin Priester bleiben, sie aber auch nicht aufgeben?«

»Exakt.«

Sofort findet Sophie Alessandro weniger attraktiv. So heiß ist er nun auch wieder nicht.

»Aus dem Grund hat sie Rom verlassen und ist nach Venedig zurückgekehrt – das Herz noch gebrochener als zuvor.« Er seufzt. »Sie wollte sich eine Auszeit vom Unterrichten nehmen, deshalb hat sie angefangen, im Hotel mitzuarbeiten, und dabei ist es geblieben.«

»Hat sie einen anderen Partner gefunden?«

»Nein. Sie hat Alessandro verlassen, weil sie sich Kinder wünschte, doch sie hat keinen anderen Mann auch nur angeschaut. Mamma versucht ständig, sie zu verkuppeln, aber Marina hat kein Interesse.«

»Das ist eine traurige Geschichte.«

»Ich weiß«, pflichtet er ihr bei. »Sie hat nie aufgehört, ihn zu lieben. Diese Woche haben sie sich nach fünf Jahren zum ersten Mal wiedergesehen.«

»Die arme Marina.«

»Hmhm.«

Sie schweigen wieder.

Rocco hat sie immer noch nicht nach ihrer Vergangenheit gefragt, aber in diesem Augenblick fühlt Sophie sich ihm so nahe, dass sie sie mit ihm teilen will. Sie holt tief Luft. »Dieses Lied, das der Chor heute Abend gesungen hat, das ›Ave Maria‹ ... Es hat Erinnerungen heraufbeschworen.«

Er zwirbelt sich eine ihrer Locken um den Zeigefinger. »Schlimme Erinnerungen?«

»Ja. Vor zwanzig Jahren ist meine Familie an Heiligabend zur Messe gegangen, und der Chor hat genau dieses Lied gesungen. Als wir wieder zu Hause waren, hat meine Mum meinen Dad umgebracht.«

Rocco klappt die Kinnlade runter. »Sie hat ihn umgebracht? *Wieso?*«

»Er war gewalttätig. Es war nur eine Frage der Zeit, bevor er sie getötet hätte – und David und mich vermutlich ebenfalls. Deshalb«, sie holt erneut tief Luft, »ist sie ihm zuvorgekommen.«

»*Santa Maria.* Hast du nicht gesagt, dein Vater wäre wundervoll gewesen?«

»Das war er – und auch wieder nicht.«

Er schüttelt den Kopf. »Ich fasse es nicht. Hast du gesehen, wie sie ihn getötet hat?«

»Nein. David und ich haben geschlafen. Sie hat Schlaftabletten in seinen Wein gemischt und ihn dann im Schlaf mit einem Kissen erstickt. Als wir am Weihnachtsmorgen aufgewacht sind, hat sie uns erzählt, er würde sich nicht wohlfühlen und im Bett liegen. Wir haben unsere Geschenke ausgepackt, dann haben wir zu dritt gefrühstückt. Anschließend ist sie nach oben gegangen, um nach ihm zu sehen. Wir haben sie schreien hören, und dann sind wir ebenfalls hinaufgestürmt, und da lag er – tot. Sie hat den Rettungswagen gerufen, und die Sanitäter sind aufgetaucht und haben ihn mitgenommen. Das war's.«

»Was meinst du damit: *Das war's?* Musste deine Mutter nicht ins Gefängnis?«

»Nein, sie ist damit durchgekommen.«

»Wie ist das möglich?«

»Die Todesursache war unklar. Mum hat den Sanitätern erzählt, Dad habe nach der Messe über Schmerzen in der Brust geklagt. Ich nehme an, der Rechtsmediziner sah einen dicken Mann mittleren Alters mit einer Vorgeschichte von Herzerkrankungen, der Schlaftabletten mit Alkohol eingenommen hatte – für ihn war es nicht unwahrscheinlich, dass Dad im Schlaf gestorben war.«

»*Gesù Christo.* Wie hast du erfahren, dass deine Mutter ihn getötet hat? Hat sie es dir erzählt?«

»Sie hat das Geheimnis viele Jahre für sich behalten – und ist erst letzten Monat damit rausgerückt, als ich bei ihr zum Abendessen war. Sie war sehr betrunken, konnte sich anschließend nicht mehr daran erinnern.« Sophie spielt mit Roccos Krawatte. »Sie denkt immer noch, dass ich nichts davon weiß.« Sie lacht nervös, voller Sorge, sie könnte zu viel preisgegeben haben. »Das ist alles ziemlich tragisch, findest du nicht?«

»Es ist in der Tat eine Tragödie. Du warst erst ein Kind.« Er legt die Hand an ihre Wange.

»Um ehrlich zu sein, hatte ich auch zuvor keine richtige Kindheit.«

»Es macht mich traurig, zu hören, dass dein Leben so schwer war. Du musst sehr gelitten haben.«

»Jetzt geht es mir gut. Nun, abgesehen von den Panikattacken in Kirchen.« Sie lächelt schwach.

»In meinen Augen bist du einfach unglaublich – bei alldem, was du durchgemacht hast.« Er zieht sie an sich, und sie kuschelt sich an seine Brust.

»So, jetzt kennst du meine Geschichte. Was ist deine? Schieß los!«

»Meine Geschichte? Willst du sie wirklich hören?«

»Unbedingt.«

»Okay, dann erzähle ich sie dir.« Seine Brust hebt und senkt sich. »Du sagst, deine Mutter wäre betrunken gewesen, als sie ihr Geständnis gemacht hat. Ist deine Mutter Alkoholikerin?«

Sophie schluckt. »Ja.«

»Dann hätte ich dir das vorher sagen sollen.« Er zögert kurz. »Ich bin ebenfalls Alkoholiker.«

Sie schnappt nach Luft. »Oh.«

»Ja. *Oh.* Es tut mir leid, dass ich dir das bis jetzt nicht gesagt habe.«

»Warum nicht?« Ihre Stimme klingt erstickt.

»Ich hatte Angst, du würdest nicht mit mir zusammen sein wollen, wenn du es weißt.«

Sie antwortet nicht.

»Sophie, ich bin seit acht Jahren trocken, und das ist die Wahrheit. Ich bin hundertprozentig entschlossen, nüchtern zu bleiben.«

»Verstehe.«

»Willst du immer noch meine Geschichte hören? Meine Suchtgeschichte? Die ist nämlich ganz schön lang.«

»Ich möchte sie hören«, sagt sie, obwohl ihr schwer ums Herz wird. Unsagbar schwer.

»Als ich zwanzig war, habe ich ein Mädchen kennengelernt«, fängt er an. »Gabriella. Sie hat hier im Hotel Urlaub gemacht. Anschließend bin ich ihr nach Mailand gefolgt. Ihr Vater besaß ein Hotel, sehr viel größer als das hier. Ich habe meine Arbeit im Il Cuore gekündigt und dort angefangen. Nach einer Weile haben wir geheiratet.«

Sophie reißt die Augen auf. »Wie bitte? Warte … du bist *verheiratet*?« Ihr wird übel.

Er schüttelt heftig den Kopf. »Geschieden. Keine Sorge, ich bin geschieden, schon seit langer Zeit.«

Sie macht sich aber Sorgen. Sogar extreme Sorgen. »Erzähl weiter.«

»Es war keine glückliche Ehe. Wir haben uns da hineingestürzt. Ich fühlte mich gefangen, wusste nicht, was ich tun sollte. Gabriella war ein nettes Mädchen, aber wir hatten nichts gemeinsam. Jeder hat uns gesagt, es wäre ein Fehler, so früh zu heiraten, aber wir haben nicht darauf gehört. Wir waren jung und dachten, wir wüssten alles besser als die anderen.« Er wirft die Arme in die Luft. »Kaum waren wir verheiratet, wurde mir klar, dass ich sie nicht mehr liebe und sie mich ebenfalls nicht, aber hier lässt man sich nun mal nicht scheiden. Tut man es doch, hat man versagt, und zwar auf ganzer Linie, und ich wollte kein Versager sein. Ich weiß, dass dies kein Vorwand ist, um zu trinken, aber genau das habe ich getan. Ich trank mehr und mehr, und schon bald hatte ich ein großes Problem.«

»Hast du dich deswegen scheiden lassen?«

»Letztendlich ja. Anfangs ist sie allerdings noch bei mir geblieben. Ich war dreiundzwanzig, als ich das erste Mal einen Entzug gemacht habe.«

Sophie zieht die Augenbrauen hoch. »Das *erste* Mal?«

»Ich war viermal in einer Entzugsklinik«, gesteht er.

»Du lieber Himmel!«

»Ich weiß. Anschließend war ich jedes Mal für ungefähr sechs Monate trocken, manchmal fast ein Jahr, dann fing ich wieder an zu trinken. Irgendwann verkauften meine Eltern das Obergeschoss des Hotels, um mir damit den Aufenthalt in einer Klinik zu finanzieren, die als eine der besten in ganz Europa bekannt ist. In der Schweiz. Dreieinhalbtausend Euro pro Nacht. Ich bin zwei Monate geblieben.«

»Heilige Scheiße, das ist eine Menge Geld.«

»Ja. Meine Eltern haben alles für mich aufs Spiel gesetzt. Ich bin also in diese Klinik gegangen, und als ich dort war, habe ich endlich begriffen, dass ich meine Frau verlassen muss. Ich habe realisiert, dass ich getrunken habe, um meine Probleme mit Gabriella zu kompensieren.« Er schnaubt. »Sobald ich aus der Schweiz zurück war, ließen wir uns scheiden. Ich war siebenundzwanzig. Seitdem bin ich trocken.«

»Wie ist Gabriella damit umgegangen?«

»Sie hat natürlich gelitten. Es war furchtbar. Trotzdem glaube ich, dass sie auch erleichtert war. Anschließend bin ich nach Venedig zurückgekehrt, gebrochen, ohne berufliche Karriere, dafür mit einer gescheiterten Ehe. Das war ein gehöriger Tiefpunkt für mich. Meinetwegen hatten meine Eltern das halbe Hotel verloren. Ich musste irgendetwas tun, um das wiedergutzumachen. So bin ich auf die Idee mit dem Restaurant gekommen. Ich habe geholfen, es aufzubauen und zu vermarkten, das hat meinem Leben einen Sinn gegeben, verstehst du? Und das tut es noch immer. Mittlerweile mag ich mein Leben, es ist gut, trocken zu sein. Das ist meine Geschichte, Sophie. Es tut mir leid, dass ich sie nicht früher erzählt habe. Und es tut mir leid, dass ich so bin.« Er sieht ihr in die Augen, die Angst steht ihm ins Gesicht geschrieben. »Bitte sag etwas, Sophie.«

Ihr Mund ist trocken, als sie endlich anfängt zu sprechen. »Wie konntest du mir sagen, dass du mich liebst, ohne mir all das vorher zu erzählen? Wie konntest du zulassen, dass ich mich in dich verliebe, ohne mich zu warnen?«

»Ich war ein Feigling. Es tut mir so leid. Was kann ich tun, um es besser zu machen?«

Er ist so ernst, so besorgt, dass sie bereits den Wunsch verspürt, ihn zu beruhigen. Was sie nicht tut. Stattdessen dreht sie den Kopf weg und schließt die Augen.

Das ist also der Haken. Sie wusste, dass es einen Haken gibt. Natürlich begegnet sie nicht einfach einem wundervollen Menschen, der sich in sie verliebt, ohne dass es irgendwo einen Haken gibt.

Sie nicht.

Bei ihr laufen die Dinge nun mal anders.

Loretta

Loretta steht vor dem Spiegel, wischt sich das Make-up vom Gesicht und betrachtet sich im grellen Badezimmerlicht. Darunter kommen die dunklen Ringe unter ihren Augen, die tiefen Falten um ihren Mund und die gräuliche Haut zum Vorschein. »Ich sehe so *alt* aus«, murmelt sie.

Alberto, der auf der Bettkante sitzt, ruft: »Du bist die schönste Frau von ganz Italien! Nein, die schönste Frau der ganzen Welt!«

»Mach die Zigarette aus!« Sie tupft Nachtcreme auf ihre Wangen. »Wer raucht denn schon um diese Uhrzeit? Noch dazu mit einem geschwächten Herzen.«

Er nimmt einen letzten langen Zug, dann drückt er, ohne zu murren, die Zigarette im Aschenbecher aus. »Dein Gesang bei der Messe war unglaublich schön.« Er zieht die Schuhe aus. »Du solltest dem Chor beitreten.«

»Ich soll dem Chor beitreten? Bei meiner knapp bemessenen Freizeit?«

Er zuckt mit den Achseln. »Dann sing wenigstens für uns. Dafür musst du nicht im Chor sein. Du hast die Stimme eines Engels, aber du singst nie.«

Loretta erwidert nichts. Sie löst die Haare, die ihr bis zur Taille reichen, dann setzt sie sich zu ihm auf die Bettkante und greift zur Bürste.

Flavia ist fort, und Loretta weiß tief im Herzen, dass sie sie nie wiedersehen wird. Ihre Trauer ist greifbar und wird noch verstärkt durch die Scham und die Schuld, Alberto zu hintergehen.

Alberto wirft einen Blick auf die Uhr und stöhnt. »Es ist schon fast Mitternacht. *Merda.*«

»Du sollst am Festtag der Muttergottes nicht fluchen.«

Er verdreht die Augen. »Worüber hast du nach der Messe mit Pia Falcone gesprochen?«, erkundigt er sich neugierig.

»Nichts Besonderes. Ich habe ihr frohe Weihnachten gewünscht.«

Er schnaubt. »Ihr habt die Köpfe zusammengesteckt, als wolltet ihr eine Rebellion anzetteln! Was hast du ihr gesagt? Erzähl's mir.«

»Ich habe Pia zum Frühstück eingeladen. Sie kommen übermorgen.«

»*Sie kommen* … Also nicht nur Pia. Wer kommt noch?«

Loretta schluckt. »Ihr Sohn.«

»Ach, Loretta. Schon wieder Luca Falcone? Die arme Marina. Wozu diese Zeitverschwendung? Begreifst du denn nicht, dass deine Besessenheit, unsere Tochter zu verkuppeln, nichts bringt?«

»Luca hat dir letzte Woche das Leben gerettet. Es ist selbstverständlich, dass wir ihm dafür danken.«

»Wovon redest du? *Er* hat mir nicht das Leben gerettet. Als er mich untersucht hat, war ich fit genug für einen Marathonlauf.«

Alberto schlägt die Decke zurück, und sie legen sich Seite an Seite in das große Himmelbett. Er schaltet das Licht aus. »Wir wissen beide, dass Lucas medizinische Expertise nicht der Grund für die Einladung zum Frühstück ist. Hast du heute Abend in der Kirche nicht neben mir gesessen? Hast du nicht bemerkt, wie dein heiliger Priester aus dem Vatikan unsere Tochter angesehen hat?«

Sie stößt einen lang gezogenen Seufzer aus. »Selbstverständlich. Alle haben das bemerkt.«

»Wusstest du davon?«, fragt er. »Hat sie es dir erzählt?«

»Nein. Wusstest *du* davon?«

»Nein.«

Das überrascht sie nicht. Albertos Sorgen gelten einzig und allein den steigenden Lebensmittelkosten auf dem Markt sowie der Frage, ob Inter Mailand gut spielt. Was sie dagegen überrascht, ist, dass sie nichts vermutet hat. Sie wusste natürlich, dass Liebeskummer die Erklärung für Marinas plötzliche Rückkehr nach Venedig vor fünf Jahren die Ursache sein musste, schien sie doch in Rom so glücklich zu sein. Die Traurigkeit stand Marina ins Gesicht geschrieben, doch es war Loretta kein einziges Mal in den Sinn gekommen, dass Alessandro die Ursache dafür sein könnte. Immer wieder hatte sie während der vergangenen Jahre versucht, ihre Tochter dazu zu bewegen, sich ihr zu öffnen – vergeblich. Marina schwieg wie ein Grab.

Sie hatte versucht, einen anständigen Mann für Marina zu finden, jemanden, der sie wieder zum Lächeln brachte, doch Marina war strikt desinteressiert an allen Männern, die Loretta ihr vorstellte. Sie war ein Geist, diese junge Frau, die durchs Leben ging, als wäre sie bereits tot.

Heute Abend auf dem Weg zur Kirche, als Marina den ganzen Weg nach San Zaccaria trotz der eisigen Kälte barfuß in Riemchen-High-Heels zurücklegte, vermutete Loretta, dass ihre Tochter wieder verliebt war. Marina sah umwerfend schön aus mit ihren glatt geföhnten Haaren, dem glamourösen Make-up und der Hose, die so eng war, dass sie wie aufgemalt aussah. Auf die Idee, dass es der Priester sein könnte, den ihre Tochter verführen wollte, wäre sie allerdings niemals gekommen.

Erst als sie sah, wie Alessandro, der einzige Priester, den sie kannte und der heilig genug war, um für den Vatikan auserwählt zu werden, Marina während des Großteils der Messe mit sehnsuchtsvollem Blick anstarrte, ging ihr ein Licht auf.

Jetzt ist sie erstaunt, dass sie nicht früher darauf gekommen ist. Dabei liegt es auf der Hand, dass nur eine komplizierte Liebesbeziehung jemanden derart aus der Bahn werfen kann wie Marina bei ihrer Rückkehr aus Rom. Ihre Tochter ist zu gutherzig, um mit einer anderen Frau in Wettstreit um die Liebe eines Mannes zu treten, das hat Loretta bei der Sache mit Nico und Marinas damaliger bester Freundin Helena erkannt. *Natürlich* war der Priester der Grund für Marinas Qual, denn nun musste sie mit Gott höchstpersönlich konkurrieren.

La figlia è uguale alla madre. Wie die Mutter, so die Tochter.

»Was machen wir wegen Marina?«, fragt sie Alberto.

»Was können wir machen?«, erwidert er. »Ich nehme an, gar nichts.«

»Sie wirft ihr Leben weg für einen Mann, den sie nicht haben kann. Sollen wir einfach schweigend dabei zusehen?«

»Wie ich schon sagte: Was können wir tun?«

»Kannst du nicht ein einziges Mal im Leben nicht so, so …« Sie findet nicht die passenden Worte. »Warum bist du so?«

»Wie bin ich denn?«

»Gleichgültig wie ein toter Fisch. Du solltest verrückt sein vor Sorge.«

»*Tranquilla,* Loretta, *tranquilla.* In diesem Bett ist nur Platz für eine verrückte Person.« Er dreht sich auf die Seite, wendet das Gesicht von ihr ab. »Mach dir keine Sorgen, er ist bald wieder in Rom.«

»Und dann? Er schlägt ihr eine frische Wunde ins Herz.« Sie seufzt. »Ich muss das in Ordnung bringen.«

»Das kannst du nicht. Es gibt tatsächlich ein paar Dinge, die selbst die großartige Loretta Bianchi nicht in Ordnung bringen kann.«

»Und was ist mit Rocco und Sophie? Darüber solltest du dir ebenfalls Gedanken machen.«

Er lacht leise. »Jetzt machst du dir Gedanken um Rocco? Er ist so glücklich wie nie zuvor.«

»Warum ist Sophie deiner Meinung nach aus der Kirche gerannt? Das Mädchen hat Probleme, große Probleme.«

»Wir haben die junge Frau doch gerade erst kennengelernt – wir wissen nichts über sie. Auch sie ist bald wieder weg. Du machst dir viel zu viele Sorgen.« Alberto gähnt. »Und jetzt würde ich gern ein bisschen schlafen.«

»Schon gut, dann schlaf, wenn dir das so wichtig ist. Ich mache mir vielleicht zu viele Sorgen, aber du machst dir definitiv nicht genug. Es geht immerhin um unsere *Kinder*!«

»Die beide erwachsen sind.«

»Trotzdem sind sie immer noch unsere Kinder. Wenn wir uns keine Gedanken um sie machen, wer dann?«

Er verändert wieder die Position, dreht sich jetzt auf den Rücken. »Weißt du, um wen ich mir Sorgen mache? Ich mache mir Sorgen um meine Ehefrau, die arbeitet wie eine Sklavin und in der Öffentlichkeit so tut, als wäre sie glücklich, dabei ist sie in ihrem Privatleben nie glücklich.« Seine Stimme zittert. »Meine Ehefrau, die nur wenige Tage nach meinem Herzstillstand unbedingt wieder arbeiten will, nur um mir zu entkommen, und die sich jede Minute etwas anderes einfallen lässt, um ja keine Zeit mit mir verbringen zu müssen. Das macht mir Sorgen.«

»Es gibt keinen Grund, so melodramatisch zu sein.« Die Worte bleiben ihr in der Kehle stecken. Sie räuspert sich. »Ich war beschäftigt, Alberto. Ich muss ein Hotel führen.« Das Schuldgefühl schraubt sich wie ein Korkenzieher in ihre Brust.

»Dann bin ich also entweder ein toter Fisch oder melodramatisch – wie es dir gerade passt. Lass mich schlafen, Loretta. Ich habe mich noch nie so alt und müde gefühlt wie letzte Woche.«

Seine Worte lassen ihr Herz zerspringen. In der Dunkelheit

streckt sie den Arm aus und tastet unter der Bettdecke nach seiner Hand. »Alberto, ich flehe dich an: Bitte lass dich am Herzen operieren. Ich weiß, dass du Angst hast, aber wir beide wissen, dass die Operation nötig ist. Ich habe solche Angst, dass du stirbst.«

»Manchmal denke ich, du wärst erleichtert, wenn ich sterbe.«

Sie drückt seine schlaffe Hand. Da ist so viel, wofür sie sich entschuldigen möchte, dass sie gar nicht weiß, wo sie anfangen soll. Doch als sie den Mund öffnet, ist alles, was daraus hervorkommt: »*Per favore,* Alberto.«

Er atmet pfeifend ein und aus, ein und aus. »Na gut«, sagt er schließlich. »Ich lasse mich operieren.«

Sie zieht ihre Hand erst aus seiner, nachdem er eingeschlafen ist.

Am neunten Tag der Weihnacht

Loretta

Loretta steigt aus dem Bett und zieht sich leise im fahlen Licht des Mondes an, das durchs Fenster hereinfällt. Wie soll sie jemals wieder schlafen können? Vor lauter Schuldgefühlen bekommt sie kein Auge zu.

Alberto regt sich. »*Che fai?*«

»Ich kann nicht schlafen. Ich mache einen Spaziergang.«

Blinzelnd schaut er auf sein Handy, das auf dem Nachttisch liegt. »Es ist halb fünf! Was ist los mit dir?«

»Ich brauche frische Luft.«

»Ich kann dich begleiten.« Er schlägt die Decke zurück.

»Ich möchte allein sein. Schlaf weiter.« Sie geht zur Tür, will ihm keine Gelegenheit geben, zu widersprechen.

»*Ti amo.*« Er ist schon wieder halb eingeschlafen.

»*Ti amo,* Alberto.«

Sie versucht zu beten, als sie durch die leeren Gassen geht, aber ihre Gebete klingen hohl. Es hat während der Nacht stark geregnet, und das Wasser auf dem Boden spritzt um ihre Füße. Venedig wirkt trostlos in der überfluteten Dunkelheit. Die Piazza San Marco ist wie ausgestorben, nur ein paar Tauben sind zu sehen. Sie geht am Caffè Florian mit den nassen, auf den Tischen gestapelten Flechtstühlen vorbei, an der vom Novemberhochwasser beschädigten Basilika, dem riesigen, hell erleuchteten Weihnachtsbaum, dem Uhrenturm, den Bogengängen des Dogenpalasts, bis sie zur Promenade gelangt.

Bei der Installation vor dem Hotel Danieli macht sie halt. Die Metallskulptur ist in Stücke zerbrochen, zerstört von der Menschenmenge, die sich nach dem Feuerwerk an Silvester panisch vor dem Regen in Sicherheit zu bringen versuchte. Die venezianischen Arbeiter aus Aluminium – die Gondolieri, Gastronomen und Ladenbesitzer –, die von den Aluminiumtouristen zertreten werden, liegen jetzt verstreut und zerbrochen am Boden, zertreten von den Füßen der echten Touristen. Ihr fällt auf, dass die Touristen auch die Metallversionen von sich selbst zerstört haben – sie haben alles zerstört.

Gestern stand der Bürgermeister vor der kaputten Skulptur und sprach von der Notwendigkeit, die Anzahl der Tagesbesucherinnen und -besucher zu begrenzen und eine Touristensteuer einzuführen. »Der Massentourismus bringt uns um!«, rief er der versammelten Menge zu.

Was immer der Auslöser ist – sei es Magdalena in dem Wassertank, der Besuch der Clooneys (die letzten Endes tatsächlich sehr freundlich waren) oder die leidenschaftliche Rede des Bürgermeisters: Diese Kunstausstellung sorgt weltweit für Diskussionen. Das Internet kann nicht genug davon bekommen.

Ein kleiner Streuner trottet an ihr vorbei. Er hebt das Bein an der Skulptur und pinkelt einem Koch ins Gesicht, bevor er weitertrabt.

Loretta schaut auf das Wasser, das ihre Knöchel umspült. San Marco hat mindestens einen Tag *acqua alta* vor sich, bevor das Wasser abfließt. Bald werden die Angestellten der Stadtverwaltung Holzstege für die Passanten aufbauen. Würde das ganze Gerede, der ganze Aufruhr in den sozialen Medien doch endlich dazu führen, dass dies nicht wieder und wieder passiert.

Es fängt erneut an zu regnen. Völlig übernächtigt, hat sie vergessen, einen Schirm mitzunehmen, also kehrt sie zum Hotel zurück. Die Piazza San Marco ist immer noch menschenleer und dunkel, Magdalenas Tank ist voll mit schmutzigem Wasser, das Loretta bis zur Brust reicht. Magdalena selbst ist noch nicht da.

Loretta geht zum Tank und legt die Handfläche auf das Glas. Es regnet jetzt stärker. Sie ist falsch angezogen, trägt einen Wollmantel statt eines Regencapes. Sie lässt die Hand auf dem Tank liegen und lehnt die Stirn dagegen. Auf dem Schild zu ihren Füßen steht *affogando*.

»Ich auch«, sagt sie und schluchzt leise auf. »Ich gehe ebenfalls unter.«

Das Geräusch einer Kamera lässt sie zusammenschrecken. Ein paar Meter von ihr entfernt steht ein Mann unter der Markise eines Eisladens und macht ein zweites Foto von ihr.

»Was tun Sie da?«, ruft sie. »Hören Sie auf damit!«

»Ich spreche kein Italienisch, meine Liebe«, sagt er, deshalb wiederholt sie ihre Worte auf Englisch.

»Tut mir leid, ich konnte nicht widerstehen. Es ist ein großartiger Schnappschuss.« Er hat einen irischen Akzent.

»Ich habe Ihnen nicht gestattet, mich zu fotografieren.«

»Ich brauche Ihre Zustimmung nicht. Sie befinden sich an einem öffentlichen Ort.«

Sie stellt sich zu ihm unter die Markise. »Warum sind Sie hier? Es ist nicht mal fünf Uhr morgens.«

»Ich warte auf die Künstlerin. Bisher hat niemand ein Foto gemacht, wie sie in den Tank steigt.«

»Warum wollen Sie das fotografieren? Es wird den Eindruck zerstören.«

Er zündet sich eine Zigarette an. »Im Gegenteil – es wird den Eindruck noch verstärken. Ihre Bereitschaft, zurückzukehren und erneut zu leiden.«

Sie tritt einen Schritt näher. »Löschen Sie mein Foto. Ich bitte Sie höflich darum.«

Er mustert sie. »Sie sind doch diese berühmte Köchin, Signora Bianchi.«

Sie antwortet nicht.

»Ich bin Dan.« Er wendet das Gesicht ab, um den Rauch von ihr wegzublasen. »Die Aufnahme ist zu gut, um sie zu löschen.« Er zeigt ihr das Foto auf dem Display. »Sie ist magisch, sehen Sie nur! Nur Sie, im Regen, in der Dunkelheit. Wunderschön.«

Sie ist schockiert, wie gebrochen sie auf dem Bild wirkt.

»Haben Sie Angst, dass Ihre Stadt im Meer versinkt?«, fragt er.

»Was für eine dumme Frage.«

»Ich sage nur, dass dieses Foto mehr bewirken wird als die gesamte Ausstellung, das können Sie mir glauben. Man kann den Menschen Fakten über das steigende Wasser nennen, man kann eine professionelle Performance-Künstlerin in einen Tank stecken, und man erreicht – nichts! Das hier dagegen«, er tippt mit dem Finger aufs Display, »ist eine venezianische Ikone, von allen geliebt, und sie steht in der Flut, allein, verzweifelt. Das ist der emotionale Kick, der die Leute an Bord holt, wenn sich etwas ändern soll. Ich muss das veröffentlichen.«

»Sie *müssen* gar nichts, aber Sie werden ohnehin machen, was Sie wollen.« Sie wendet ihm den Rücken zu und geht durch den prasselnden Regen zurück zum Hotel.

Erst als sie vor dem Apartment steht und Schwierigkeiten hat, die Tür aufzuschließen, weil ihre Hand so heftig zittert, merkt sie, wie kalt ihr ist. Die starren Augen des Papstes sind auf sie geheftet. Albertos Schnarchen dringt durch die Tür, so laut, dass es vermutlich noch in Barcelona zu hören ist.

Sie muss ihm von Flavia erzählen. Er verdient es, davon zu erfahren.

Elena

Christian wartet neben dem Toaster, als Elena Sophie entdeckt, die mit einem anderen Gast plaudert. Gestern Abend in der Kirche hat Sophie sich seltsam benommen, ist während des letzten Lieds rausgestürmt, als wäre sie in einem Actionfilm. Heute Morgen jedoch scheint sie jedoch wieder ganz sie selbst zu sein – munter und überschäumend vor Energie.

Auf Elenas To-do-Liste für den heutigen Tag steht nur eine Sache: sich Alessandros Hilfe bei der Flucht zu sichern.

In der Sekunde, als Sophie zu ihr herüberblickt, winkt Elena sie zu sich. Die Kellnerin kommt sofort. »Bist du in Gefahr? Brauchst du etwas?«, fragt Sophie mit einem ungezwungenen Lächeln.

»Ich brauche Padre Alessandro, damit er mich und meine Mutter in den Vatikan bringt und uns dort versteckt. Kann ihm jemand die Nachricht überbringen, dass wir uns am Samstag in der Wohnung meiner Mutter treffen, während Christian unterwegs ist?«

»Klar. Sonst noch etwas?«

Christian erscheint hinter Sophie.

Elena berührt ihren Bauch. »Das Geschlecht ist uns egal – wir sind glücklich, wenn es gesund ist.«

Sophies Augen weiten sich. »Habt ihr schon einen Namen ausgesucht?«

Gott segne diese Frau.

»Wir dachten an Rose, sollte es ein Mädchen werden«, antwortet Christian an ihrer Stelle. »So hieß meine Großmutter. Bei einem Jungen müssen wir noch überlegen.«

»Rose – was für ein schöner Name.« Sophie klatscht in die Hände.

Bevor sie ihren Tisch verlässt, zwinkert Sophie Elena zu. Sophie wird sie nicht hängen lassen, das weiß Elena. Sie wird Alessandro die Nachricht überbringen. Und Elena weiß ohne jeden Zweifel, dass Alessandro sie ebenfalls nicht im Stich lassen wird.

Sie beobachtet, wie Sophie mit Signor Bianchi scherzt. Ihre blonden Locken sind zu einem hohen Pferdeschwanz zusammengebunden, ihr Make-up ist makellos, unter ihrer Il-Cuore-Schürze trägt sie einen umwerfenden pastellrosa Pullover und eine weit geschnittene Nadelstreifenhose. Sie ist wunderschön, und Elena fühlt sich mehr als nur ein wenig eingeschüchtert von Sophies Stilsicherheit. Alles passt zusammen: der modische, gepolsterte Haarreif, die klimpernden silbernen Armreifen, die glitzernden Ringe, von denen sie drei oder vier an einem Finger trägt. Niemand kann Sophie übersehen. Sie ist wie ein schillernder Regenbogen.

Elena denkt an ihre nackten Ohrläppchen und zupft verlegen an dem grauen Strickkleid, das sie trägt. Christian wählt ihre Kleidung aus. Die Stücke sind stets hochwertig und klassisch, aber ihre gesamte Garderobe ist so trist und langweilig, dass sie genauso gut unsichtbar sein könnte.

Sie setzt *anders kleiden* auf die lange Liste von Dingen, die sie ändern wird, sobald sie ihre Freiheit zurückhat.

Alles wird sich ändern. Alles.

Gayle

Gayle findet sich vor einer weiteren Installation von Venice Rising wieder.

Ein Exponat dieses Kunstfestivals ist deprimierender als das andere, und jetzt sind auch noch die großen Straßen und Plätze in der ganzen Stadt wegen des anhaltenden Regens überzogen mit Holzstegen. Sie hasst die Schuhüberzieher aus Plastik, deren Gummibänder sich in ihre Waden graben, und sie hat Angst, dass Mike oder sie auf den nassen Planken ausrutschen und sich die Hüfte brechen. Sie hat Weihnachten zu Hause verpasst, um hier zu sein, und jetzt beschert ihr dieser elende Ort nichts als Sorgen.

Sie kann nicht sagen, ob es an Elena und Signora Bianchi mit ihren komplizierten Geheimnissen liegt oder an dieser düsteren Ausstellung, vielleicht auch an der Tatsache, dass sie die Stadt nun buchstäblich mit eigenen Augen untergehen sehen, aber San Marco kommt ihr nur noch unheilvoll vor. Ihre Gebete in der Kirche haben auch nicht gegen ihre unerbittlichen Kopfschmerzen geholfen.

Sie will bloß noch weg von hier und niemals wiederkommen.

Sie greift nach Mikes Arm. »Schatz, ich will nach Hause.«

»Okay.«

»Nicht zurück ins Hotel, das meine ich nicht.« Ihre Stimme zittert, und sie weiß, dass sie kurz davorsteht, in Tränen auszubrechen. »Ich will richtig nach Hause, nach Little Rock.«

Er kratzt seinen Bart. »Wir reisen am Dienstag ab.«

»Ich kann nicht bis Dienstag warten. Ich bin so unglücklich hier.«

»Lass uns im Hotel darüber reden.« Er nimmt ihre Hand und führt sie über die Planken und Stege zum Il Cuore. Ohne bei Chiara an der Rezeption stehen zu bleiben, gehen sie hinauf in ihr Zimmer.

»Was ist mit diesem großen Fest?«, fragt Mike. »Mit der Regatta? Das willst du doch nicht verpassen, oder?«

»Es macht mir nichts aus, wenn ich nicht dabei bin. Ich hasse es hier. Eigentlich sind wir nach Venedig gekommen, um in diesem Hotel zu essen, aber selbst das tun wir nicht mehr.«

»Wenn es dir so viel bedeutet, können wir wieder im Restaurant zu Abend essen.« Er setzt sich zu ihr an den kleinen Tisch. »Ich möchte diese Frau mit ihren ungehörigen Liebschaften in keinster Weise unterstützen, aber selbst das tue ich – für dich.«

»Ich will trotzdem nach Hause.«

Er schnaubt. »Damit du schneller zu Noah kannst? Es wird nicht billig sein, die Reise abzubrechen. Die Fluggesellschaft wird uns ein kleines Vermögen in Rechnung stellen, wenn wir unsere Flüge umbuchen, daran lässt sich nicht rütteln.«

»Das ist nicht der Grund, das schwöre ich dir. Bitte, Schatz. Bitte, bring mich nach Hause.«

Er seufzt. »Ich weiß wirklich nicht, was in letzter Zeit in dich gefahren ist.« Er ruft Andrea, ihre Reiseveranstalterin in Arkansas an, die verspricht, verschiedene Möglichkeiten zu prüfen und sie anschließend zurückzurufen.

Sie schalten den Fernseher an, während sie warten. Mit einem flauen Gefühl im Magen verfolgt Gayle auf Fox News, wie sich Tucker Carlson wieder einmal über den Kommunismus ereifert.

Zwanzig Minuten später meldet sich Andrea und teilt ihnen

mit, dass es vor nächsten Dienstag keine freien Plätze in den Maschinen nach Arkansas gibt, es sei denn, sie nehmen einen zusätzlichen Anschlussflug und zahlen den doppelten Betrag.

Dafür fehlt ihnen das Budget.

»Nun, wir haben es versucht«, sagt Mike.

Gayle ist in Venedig gefangen, genau wie die Frau in dem Wassertank. Normalerweise ist sie nicht abergläubisch, aber sie hat eine tiefe Vorahnung: Etwas Schlimmes kommt auf das Hotel Il Cuore zu.

Sophie

Sobald Sophie nach dem Frühstücksansturm eine Minute für sich hat, schreibt sie Bec eine Textnachricht, in der sie ihre Sorge über Roccos Enthüllungen gestern Nacht zum Ausdruck bringt.

Er ist jetzt wie lange nüchtern?

Seit acht Jahren.

Keine Rückfälle?

Keine Rückfälle.

Vertraust du ihm?

Voll und ganz.

Dann ist es wohl okay, Babe.

Denk nicht zu viel darüber nach. Genieß einfach den heißen Sex mit deinem italienischen Hengst!

Sophie möchte unbedingt glauben, dass Bec recht hat, und sie genießt den heißen Sex mit ihrem italienischen Hengst tatsächlich sehr, also beschließt sie, dass der beste Weg, mit Roccos Geständnis bezüglich seiner Alkoholerkrankung umzugehen, der ist, sich eben nicht damit auseinanderzusetzen. Anstatt darüber nachzugrübeln, dass der erste Mann, in den sie sich seit Ewigkeiten verliebt hat, so viel Gepäck mitbringt, dass man damit eine Boeing 747 füllen könnte, zieht sie es vor, sich in das Leben im Hotel mit seiner beruhigenden, vorhersehbaren Routine zu stürzen, die ihr dabei hilft, die aufflammenden Alarmsignale zu ignorieren.

Hier gibt es so vieles, was liebenswert ist, so vieles, was sie von der Tatsache ablenkt, dass Rocco eine Ex-Frau hat, deren Leben möglicherweise durch seine Sucht zerstört wurde, und dass sie vielleicht das nächste Opfer ist.

Rocco stürmt mit so viel Begeisterung in das leere Restaurant wie ein Wurf Golden-Retriever-Welpen zum Futternapf. »Ich hab dich gesucht! Du hast mir gefehlt!«

Sie lacht. »Ich war gerade mal neunzig Sekunden fort.«

»Die längsten neunzig Sekunden meines Lebens! Mamma schickt mich noch einmal ins Rialto, ich soll ein paar Besorgungen für sie machen. Es ist ihr völlig gleich, dass wir heute schon auf dem Markt waren – bei dem Regen. Möchtest du mitkommen?« Er schiebt die Brille den Nasenrücken hinauf und strahlt sie an.

Es ist leicht, sich einzureden, dass ein so liebenswerter Mann wie Rocco sie niemals verletzen würde.

Draußen lavieren sie Arm in Arm durch die überfluteten Gassen, unter Roccos großem Regenschirm. Seine Schritte sind heute besonders federnd, und sie stellt selbstzufrieden fest, dass sie dafür verantwortlich ist. Unterwegs erzählt sie ihm von ihrem Gespräch mit Elena.

»Alessandro soll sie im Vatikan verstecken?«, fragt er ungläubig. »Denkt sie wirklich, er kann sie dort einfach so unterbringen? Der Vatikan ist doch kein Hotel.«

»He, ich bin nur die Botin.«

»Wir könnten ihn fragen, mal sehen, was er dazu sagt«, schlägt er vor, bevor er damit fortfährt, ihr Italienisch beizubringen, was er jeden Morgen auf dem Weg zum Markt tut.

»*Questo costa troppo*«, spricht sie ihm nach. »Das kostet zu viel.«

»Worte genügen nicht«, erinnert er sie. »Du musst deine Hände benutzen. Sieh mal, so!«

»*Questo costa troppo*«, wiederholt sie, wobei sie diesmal Daumen und Fingerspitzen zusammenpresst.

Er lacht. »Bei dir klingt das so, als würdest du ihnen ein Kompliment machen. Wir kämpfen um einen besseren Preis, Sophie. *Questo è troppo costoso!*«, ruft er.

Sie versucht es erneut, diesmal mit mehr Leidenschaft.

»Sehr gut!« Endlich ist er zufrieden.

Minuten später kann sie den Satz inklusive Geste bei Pasquale, dem Fischverkäufer, anwenden, der so beeindruckt ist, dass er ihr ein halbes Kilo Sardellen umsonst gibt.

Inzwischen kennt Sophie sämtliche Stammverkäuferinnen und Stammverkäufer der Bianchis im Rialto-Viertel mit Namen. Sie lassen sich vom Hochwasser nicht die Laune verderben und begrüßen sie zum zweiten Mal an diesem Vormittag genauso herzlich wie Rocco. Mit Sebastiano, dessen wohlerzogene Hennen in erhöhten Käfigen zu seinen Füßen sitzen, feilscht sie um den Eierpreis. Elisabetta, die Nüsseverkäuferin, ruft, als sie Sophie näher kommen sieht, und bietet ihr eine kleine Handvoll Pistazien an, wenn Sophie im Gegenzug ein Foto von ihr macht. Elisabetta liebt es, wenn die blonde Signorina sie fotografiert. Carmelina, die eine große Vielfalt an Käse anbietet, wetteifert um Sophies Aufmerksamkeit und drückt ihr ein kleines Stück salzigen Ziegenweichkäse in die Hand, den sie probieren soll.

Zurück im Hotel, trocknet Sophie sich ab, dann geht sie zu Loretta in die Küche. Sie hilft Roccos Mutter, Sardellen um Bocconcini-Kugeln zu wickeln, die mit knusprigem Brot als Vorspeise gereicht werden sollen. Für den Hauptgang bereitet sie gebratene Artischocken vor und schneidet Paprika zum Füllen von Hähnchenbrust klein.

Heute ist Loretta so organisiert und schnell, dass sie zum ersten Mal seit Sophies Ankunft in San Marco Zeit haben wird, den Nachtisch vor dem Mittagessen zuzubereiten statt nachher. Für den Abend backen sie drei Crostate al Limone, mit Zitronen, groß wie Zuckermelonen.

»Diese Zitronen müssen auf Anabolika getestet werden«, scherzt Sophie.

»Diese Zitronen sind von der Amalfiküste, von unserer Cousine Emilia«, teilt Salvatore ihr voller Stolz mit. »Sie haben eine große Kiste davon mitgebracht, als sie vor Weihnachten zu Besuch gekommen sind.«

Jede Zitrone ergibt so viel Saft, dass man darin baden könnte.

Als die Tartes im Ofen sind, hilft Sophie Loretta, den täglichen Marantega-Kuchen zu backen. Als Loretta verkündet, dass sie auch Bussolai für das morgige Frühstücksbüfett machen wird, die krümeligen Kekse, die sie am liebsten mag, klatscht Sophie vor Begeisterung in die Hände.

Loretta ist so geduldig und freundlich wie immer, aber sie redet nicht viel mit ihr. Eigentlich spricht sie mit niemandem, außer wenn sie Anweisungen erteilt. Die Männer scheinen nicht zu bemerken, wie still Loretta ist, und lachen und scherzen miteinander.

»Ist alles in Ordnung, Loretta?«, fragt Sophie.

Loretta deutet ein Lächeln an. »Ja, selbstverständlich.«

»Sie kommen mir nur ein bisschen ruhig vor, das ist alles.«

Loretta deutet mit dem Kinn auf Rocco, der wild gestikulierend mit Chiara spricht. »Mein Sohn macht heute Morgen genug Lärm für drei. Ich frage mich die ganze Zeit, warum er wohl so ausgelassen ist.«

Sophie errötet.

Loretta schickt sie in die Speisekammer, um Backpulver zu holen. Rocco folgt ihr. »Wenn du nicht mit mir ins Bett gehst und dich von mir lieben lässt, sobald das Mittagessen vorüber ist, sterbe ich, das schwöre ich dir«, flüstert er ihr ins Ohr. In Sophies Bauch beginnt es zu flattern.

»Das dürfen wir auf keinen Fall zulassen«, haucht sie, dreht sich zu ihm um und lässt die Hand über die Vorderseite seiner Hose gleiten.

Er erschaudert unter ihrer Berührung. »So, jetzt hast du es geschafft. Jetzt kann ich nicht mehr bis nach dem Mittagessen warten.« Er schließt die Speisekammertür.

»Das geht nicht«, wispert Sophie, »deine Mutter wartet auf das Backpulver.«

»Dann soll sie eben warten«, murmelt er. »Glaub mir, es wird nicht lange dauern.«

Rocco hält Wort: Es dauert tatsächlich nicht lange. Die verschwitzten Handflächen gegen die geschlossene Tür gedrückt, lässt Sophie sich von ihm lieben, aufregend schnell und vollkommen lautlos, während seine Familie nur wenige Meter von ihnen entfernt ist.

Loretta

Die Familie sitzt im Restaurant zum Mittagessen zusammen.

Sophie räuspert sich und verkündet, dass Elena eine Bitte an sie gerichtet hat. »Sie möchte, dass ich Padre Alessandro die Nachricht überbringe, dass er am Samstag in die Wohnung ihrer Mutter kommen und sie in den Vatikan bringen soll, um sie dort zu verstecken.« Sie wirft Marina ein entschuldigendes Lächeln zu.

»Das ist nicht möglich«, erwidert Marina, bevor jemand anders etwas sagen kann. »Alessandro hat nicht vor, jetzt schon nach Rom zurückzukehren.«

Loretta dreht ruckartig den Kopf in Marinas Richtung. »Woher weißt *du*, was der Padre vorhat?«

Marina schluckt. »Ich … ähm … Seine Mutter hat es mir erzählt, als sie kürzlich hier waren.«

»Wenn es darum geht, Elena in Sicherheit zu bringen, wird er bestimmt früher abreisen«, schaltet Chiara sich ein.

Marina wirft ihrer Cousine einen bösen Blick zu. »Wir wissen doch nicht mal, ob er sie überhaupt dort verstecken kann. Er ist der Sekretär eines Bischofs, nicht der Papst. Aus welchem Grund sollte er befugt sein, Leute im Vatikan unterzubringen?«

Chiara runzelt die Stirn. »Er kann es doch wenigstens versuchen.«

»Na schön. Dann gehe ich nach San Zaccaria und frage ihn.« Marina seufzt.

»*Ich* gehe.« Rocco wirft ihr einen Blick zu.

»Nein, *ich* gehe«, blafft Marina.

Dann weiß Rocco also über Alessandro und Marina Bescheid. Ihrem Gesichtsausdruck nach zu urteilen, weiß Sophie es ebenfalls. Gibt es in dieser Runde irgendwen, der *nicht* Bescheid wusste, oder ist Loretta die Einzige, die nichts davon ahnte?

»Was, wenn Alessandro Nein sagt?«, fragt Salvatore. »Kennen wir jemand anderen, der sie verstecken kann?«

In diesem Moment wird Loretta alles klar. Gott hat Flavia nicht nach Venedig zurückgeschickt, um sie zu quälen, sondern um Elena zu retten. Es war alles Teil seines Plans. Flavia mag ihren Glauben verloren haben, aber der Herr wirkt noch immer durch sie. Sämtliche Zweifel, die Loretta während der letzten Tage bezüglich ihres eigenen Glaubens hegte, lösen sich schlagartig in Luft auf.

Ihr Herz schlägt schneller vor Hoffnung. Sie kann ihre Sünde, die Schande, in etwas Gutes verwandeln.

»Ich kenne eine Nonne, die im Vatikan lebt. Sie kann Elena und Anna-Maria im dortigen Kloster verstecken«, sagt sie. »Alles, was Alessandro tun muss, ist, sie dorthin zu begleiten.«

»Das ist perfekt!« Sophies Miene hellt sich auf.

»*Du* kennst eine Nonne im Vatikan?« Alberto sieht sie mit schmalen Augen an.

»Ich erzähle dir alles bei unserem Spaziergang«, erwidert sie, ohne seinem skeptischen Gesichtsausdruck Beachtung zu schenken. »Aber erst einmal rufe ich sie an.« Sie verlässt den Tisch und schließt sich in der Damentoilette ein, um den Anruf zu tätigen.

»*Amore!* Hast du deine Meinung geändert?«, fragt Flavia am anderen Ende der Leitung atemlos.

Beim Geräusch ihrer Stimme schnürt sich Lorettas Magen zusammen. »Nein, tut mir leid. Aber ich brauche deine Hilfe.« Sie erzählt Flavia von Elena.

»Selbstverständlich kümmern wir uns um die beiden, solange wie nötig.«

»*Grazie*, ich bin dir so dankbar.«

Sobald die Details geklärt sind, legt sie auf und atmet tief durch, dann kehrt sie ins Restaurant zurück.

Alberto sieht sie an. Ihre Augen begegnen sich, und sofort weiß sie, dass er es weiß. Während die anderen um sie herum das Gespräch fortsetzen, durchbohrt er sie mit seinen Blicken, die voller Schmerz sind, voller Zorn.

Sie spürt, wie ihr übel wird.

»Bist du bereit für unseren Spaziergang?« Er steht auf.

Sie nickt.

Gemeinsam verlassen sie das Restaurant und ziehen ihre Mäntel und Gummistiefel an.

»Sollen wir in den Park gehen?«, fragt er, als sie draußen sind. »Ich will nicht noch weitere von diesen dämlichen Kunstexponaten sehen.«

»Wir können gehen, wohin du willst.«

Schweigend waten sie über die überflutete Piazza San Marco. Ohne sein Singen oder Summen ist es unerträglich still.

Heute sind weniger Touristengruppen unterwegs als sonst. Die Leute lassen sich vom Wasser abschrecken. Zum Glück gibt es eine Regenpause, und sie finden eine freie Bank in den Giardini Reali. Die Stiefmütterchen blühen, überall im Park sind violette und orange Farbtupfer. Hinter den Bäumen ragt der Glockenturm auf. In den Königlichen Gärten sind keine Touristen. Ihre einzige Gesellschaft sind die Tauben, die fröhlich in den tiefen Pfützen planschen.

Es erstaunt Loretta, wie wenige Touristen diesen wunderschönen Park kennen, obwohl er unmittelbar an den berühmtesten Platz von ganz Venedig grenzt. Das mangelnde Interesse der Menschen an ihrer unmittelbaren Umgebung ist verblüffend.

Alberto zündet sich eine Zigarette an. Sie rückt ein kleines Stück von ihm ab, zu nervös, um ihm die Meinung zu sagen.

»Die Gärtner sind faul. Sieh dir nur das Unkraut an«, sagt er.

Sie erwidert nichts. Schweigend sitzen sie da. An jedem anderen Tag wäre ihr Schweigen einvernehmlich gewesen. Alberto raucht seine Zigarette zu Ende und tritt sie auf dem Pflaster mit seinem Stiefel aus, dann bückt er sich, hebt sie auf und steckt sie in seine Manteltasche.

Endlich fängt er an zu sprechen. »Sie ist es, oder? Die Nonne im Vatikan.«

»Ja.«

»Es war dumm von mir, dir zu vertrauen, als du behauptet hast, es wäre vorbei. Ich hätte dich niemals heiraten sollen.«

Seine Worte sind wie ein Hieb in die Magengrube. »Es *war* vorbei, und es war nicht dumm von dir, mir zu vertrauen. Ich schwöre dir, ich habe erst letzte Woche wieder von ihr gehört.«

»Letzte Woche? Wieso ausgerechnet letzte Woche?«

»Sie hat nach mir gesucht. Ich weiß nicht, warum, nach all den Jahren, aber genau so war es.«

Seine Augenbrauen schießen in die Höhe. »Wie meinst du das: Sie hat nach dir gesucht? Sie war *hier*? Du hast sie gesehen?«

Sie nickt. »Ich wollte dir davon erzählen.«

»Wann?«

»Heute.«

Er schnaubt. »Das trifft sich ja gut. Du wolltest es mir sagen, nachdem ich es herausgefunden hatte.«

»Nein. Ich wollte es dir heute ohnehin erzählen.«

»Hast du dich deshalb heute Morgen davongestohlen? Um dich mit ihr zu treffen?« Sein Ton ist harsch. Albertos Ton ist niemals harsch.

»Nein. Sie ist wieder in Rom. Sie wird nicht nach Venedig zurückkehren. Ich bin heute Morgen allein spazieren gegangen. Ich fühlte mich schuldig, brauchte etwas frische Luft.«

»Schuldig? Weswegen? Was hast du getan?« Ihm sackt die Kinnlade herab. »Warte … Die Nonne bei der Messe! War sie es?«

Loretta senkt den Kopf.

»Du hast mit ihr gesungen, während ich direkt neben dir stand!«

Sie bringt kein Wort über die Lippen.

Er steckt sich eine weitere Zigarette in den Mund und zündet das Feuerzeug mit mehr Kraft an als nötig.

Endlich findet sie ihre Stimme wieder. »Bitte rauch nicht. Denk an dein Herz. Wann gehen wir zu Luca und sagen ihm, dass du bereit bist, dich operieren zu lassen?«

Er sieht sie voller Abscheu an. »Nicht die Zigarette ist schlecht für mein Herz, sondern meine Ehefrau.« Er nimmt einen tiefen Zug. »Erzähl mir alles. Und lüg mich nicht an. Ich verdiene es, die Wahrheit zu erfahren.«

Und so erzählt sie es ihm. Er hört zu und raucht, während die Tauben in den Pfützen tanzen. Die Geheimnisse strömen aus ihr heraus, eins nach dem anderen, bis es nichts mehr gibt, was er nicht weiß.

Im Laufe der Jahre haben sie öfter gestritten, als sie zählen kann, aber noch nie hat er sie mit einer solchen Verachtung angesehen.

»Hast du mit ihr rumgemacht, als sie letzte Woche hier war?« Seine Stimme trieft vor Gehässigkeit.

Sie fühlt sich so zerbrechlich, so verletzlich, als hätte sich ihre Haut abgeschält und ihre Organe freigelegt. »Nein. Wir haben uns nur einmal geküsst.«

Er lacht, ein bitteres, hohles Lachen. »*Nur* … Du hast unser Ehegelübde *nur* einmal gebrochen? *Brava.*«

»Es tut mir leid. Ich weiß, wie tief ich dich verletzt habe.«

»Du weißt nichts«, stößt er hervor. »Gar nichts.« Sein Pfeifen ist lauter als sonst. Jeder Atemzug, den er macht, klingt angestrengter als der letzte.

»Ich habe dir nicht erzählt, wie schmerzhaft der Herzstillstand war«, sagt er dann. »Es war, als hätte man mir ein Messer zwischen die Rippen gestoßen.«

»Ach, Alberto.«

»Ich dachte, nichts könnte schmerzhafter sein als das.« Er verstummt. »Ich habe mich geirrt.«

Sie beißt sich auf die Wange. »*Mi dispiace, caro.* Ich verdiene es nicht, dass du mir vergibst.«

»Nein.« Er zieht an der Zigarette. »Ich habe dich von dem Moment an geliebt, als unsere Eltern uns einander vorgestellt haben. Ich wollte dein gebrochenes Herz heilen. Ich dachte, ich könnte dich glücklich machen, dachte, *wir* könnten gemeinsam glücklich sein. Wie dumm ich doch war.«

»Du bist nicht dumm«, flüstert sie.

Er bläst den Rauch aus. »Und, was passiert nun?«

»Tja.« Sie seufzt. »Ich möchte, dass du dich dieser Operation unterziehst, während ich für den Rest meines Lebens versuchen werde, es wiedergutzumachen. Aber was ich möchte, zählt nicht. Was nun passiert, entscheidest du.«

»Ich möchte nicht, dass du noch einmal mit ihr sprichst, geschweige denn sie wiedersiehst.«

»Das werde ich nicht.«

»Wie soll ich dir glauben, Loretta?« Seine Stimme bricht, was ihre Schuldgefühle nur noch mehr verstärkt.

»Ich verspreche es dir.«

Er gibt einen zittrigen Seufzer von sich und steht auf.

Sie hakt sich bei ihm unter, und gemeinsam schlendern sie durch das Hochwasser in den Gassen zurück zum Hotel. Keiner von ihnen spricht ein Wort.

Erst als sie in der Lobby des Il Cuore stehen, sagt sie: »Ich rufe im Krankenhaus an, um den Termin für deine Herzoperation auszumachen.«

»Tu, was du willst.« Seine Stimme klingt tonlos, sein Gesichtsausdruck ist nicht zu deuten.

Zehn Minuten später ruft sie im Krankenhaus an. Kurz darauf erhält sie einen Rückruf von der Verwaltung mit einem Termin, an dem Alberto der so dringend benötigte Herzschrittmacher eingesetzt werden kann.

»In acht Tagen findet die Operation statt«, teilt sie ihm mit, nachdem sie aufgelegt hat.

Seine einzige Reaktion ist ein lang gezogenes Seufzen. Sie hat ihn gebrochen. Sie hat Alberto gebrochen.

Sie könnte sich nicht mehr hassen.

Elena

Aus Gründen, die Elena nicht nachvollziehen kann, sind die Dawsons zum Abendessen erschienen. Sie haben sich an den Tisch direkt neben ihrem gesetzt und starren sie unverhohlen an. Jedes Mal, wenn Elena einen verstohlenen Seitenblick auf die beiden wirft, sind die Augen der Amerikaner auf sie geheftet.

Irgendwann fällt das auch Christian auf. »Wo schaust du die ganze Zeit über hin, Kumpel?«, fragt er Mike.

Mikes ohnehin rote Wangen werden noch dunkler.

Christian legt die Serviette auf den Tisch und steht auf, sodass er nun drohend vor Mike aufragt. »Hör zu, Santa, ich habe keine Ahnung, was mit dir los ist, aber du hörst besser sofort auf, meine Frau anzuglotzen«, sagt er mit leiser Stimme. »Halt dich von ihr fern. Hast du mich verstanden?«

Mike verschränkt die Arme und sieht Christian herausfordernd an. »Wovon reden Sie? Ich kenne Elena nicht mal.«

Mike spricht so laut wie Christian leise. Die Leute an den umstehenden Tischen starren zu ihnen herüber.

Christian bringt sein Gesicht dicht vor Mikes. »Und woher zum Teufel kennst du dann ihren Namen?«

»Ich habe gehört, dass sie so genannt wird. Was ist eigentlich Ihr Problem? Warum setzen Sie sich nicht einfach wieder hin und lassen mich in Ruhe essen?«

Gayle steht der Mund offen.

Christians Kiefer spannt sich an.

»Christian, bitte.« Elena greift nach seinem Arm, aber er schüttelt sie mit einer raschen Bewegung ab, dreht sich um und funkelt sie an.

Sie kennt diesen Blick.

Christians Stimme ist jetzt kaum lauter als ein Flüstern. Sein Atem fühlt sich heiß an auf ihrem Gesicht. »Mit dem Kerl stimmt etwas nicht. Das weiß ich.«

»Elena! Christian!« Wie aus dem Nichts erscheint Rocco und klopft Christian freundschaftlich auf den Rücken. »Ist etwas nicht in Ordnung, mein Freund?«

Elena hätte sich ihm zu Füßen werfen mögen vor Dankbarkeit.

Christian entspannt sich unter Roccos Berührung. »Alles gut, Kumpel. Alles gut.«

»Ah, *bene*.« Rocco wendet sich Mike zu. »Gute Nachrichten, Signore! Das Essen für Sie und die Signora geht heute Abend aufs Haus.« Er senkt die Stimme, um mit Christian zu reden. »Darf ich dich einen Moment sprechen, mein Freund, in dieser … ähm … privaten Angelegenheit?«

»Sicher, Kumpel. Bin gleich wieder da, Ellie.« Christians Laune hebt sich sprunghaft. Rocco legt ihm den Arm um die Schulter, und die beiden Männer gehen wie zwei beste Freunde hinaus in die Lobby.

Sobald sie fort sind, wendet sich Elena an Gayle und Mike. Sie ist den Tränen nahe.

»Ihr Mann ist eine echte Gefahr.« Mikes Hände zittern.

»Ich weiß. Es tut mir so leid. Ich hatte noch nicht mal mehr die Gelegenheit, Ihnen beiden für all das zu danken, was Sie für mich getan haben.«

»Wir sind diejenigen, die sich entschuldigen sollten, weil wir

Sie in Gefahr gebracht haben«, sagt Gayle und wirft Mike einen Blick zu. »Haben Sie immer noch vor, ihn zu verlassen?«

»Ja, ich werde am Samstag fliehen. Die Bianchis helfen mir.«

»Können wir sonst noch irgendetwas für Sie tun, meine Liebe?« Gayle zieht die Augenbrauen zusammen.

»Nein, aber vielen Dank.«

Als Christian zurückkehrt, haben die Dawsons das Restaurant bereits verlassen. Elena isst ihre gefüllte Artischocke und hängt ihren eigenen Gedanken nach.

»Der Protest wird *episch*!« Er nimmt einen Schluck Rosé. »Ich kann nicht glauben, dass ich Teil von etwas so Großem sein werde. Das wird in die Geschichtsbücher eingehen. Wir treffen uns Samstag um elf.«

Es ist so, als wäre sein Zusammenstoß mit Mike nie passiert.

»Das klingt aufregend.« Sie lächelt ihn zuckersüß an. »Bis Samstag sind es ja nur noch zwei Tage.«

Nur noch zwei weitere Tage.

Gayle

Gayle und Mike sind so erschüttert über den Zusammenstoß mit Christian, dass sie ihr Essen stehen lassen. Als sie wieder in ihrem Zimmer sind, stellen sie weder den Fernseher an, noch holen sie ihre Tablets raus oder rufen eines der Kinder an, wie sie es an den anderen Abenden getan haben. Stattdessen nippt jeder an einer Tasse dampfender, heißer Schokolade.

Mike versucht sich einzureden, es wäre nicht seine Schuld, dass ihm in Christians Gegenwart Elenas Name rausgerutscht ist.

Der Zwischenfall bestärkt Gayle darin, dass im Hotel Il Cuore etwas ausgesprochen Unheilvolles passieren wird. Sie hat ein ungutes Gefühl wegen Samstag.

Draußen prasselt der Regen ohne Unterlass.

Gayles Handy pingt. Eine Nachricht von Noah geht ein. Ihr Herz macht einen Hüpfer, als sie seinen Namen auf dem Display sieht.

Lizzie sagt, du hast vor, nach L. A. zu kommen.

Wolltest du mir irgendwann davon erzählen, oder hattest du vor, einfach unangekündigt aufzukreuzen?

Sein Ton verblüfft sie.

Hallo, Liebling.

Ich wollte mich mit dir abstimmen, sobald wir aus Italien zurück sind.

Kommt Pop mit?

»Mit wem schreibst du?«, will Mike wissen.

»Mit Noah.«

»Hat er sich endlich besonnen?«

Pop ist noch nicht so weit, aber ich bin mir sicher, dass er bald einlenkt.

Wenn ich dir nicht wichtig genug bin, dich ihm zu widersetzen, brauchst du gar nicht erst zu kommen.

»Zeig mir, was er schreibt«, sagt Mike.

Sie reicht ihm das Handy, nicht weil sie möchte, dass Mike Noahs Worte liest, sondern weil sie aufgegeben hat.

Sophie

Als die letzten Gäste gegangen und Restaurant sowie Küche blitzblank sind, greift Rocco nach Sophies Hand. »Ich habe eine Überraschung für dich. Hol deinen Mantel!«

Er wartet in der Lobby auf sie, als sie wieder herunterkommt. In seinem grauen Tweedmantel, den schwarzen Fedora-Hut auf dem Kopf, sieht er heute Abend besonders elegant aus.

Sie deutet auf den Picknickkorb, den er in den Armen hält. »Was hat das zu bedeuten, Signor Bianchi?«

»Du bist schon über eine Woche in Venedig und hast noch keine Gondelfahrt gemacht. Zeit, dies zu ändern.«

»Es ist halb zehn! Sind die Gondolieri so spät überhaupt noch unterwegs?«

»Für die Touristen nicht, für mich dagegen schon.« Er grinst.

»Aber es regnet!«

»Nicht mehr so stark. Venedig ist bei Regen am schönsten. Erinnerst du dich an die Basilika?«

Sie lächelt. »Ich glaube kaum, dass man den Anblick vergessen kann.«

»Andiamo, bella.«

Zum ersten Mal seit ihrer Ankunft führt Rocco Sophie zu der roten Tür an der Rückseite des Hotels, die auf den Kanal hinausgeht, nicht auf die Straße. Er schützt sie mit seinem Schirm vor dem Regen und hält ihre Hand, als sie die Stufen zu der einsamen Gondel hinuntersteigt, die auf sie wartet. Der Gondoliere, ein junger Mann in schwarzer Hose, rot-weiß gestreiftem Pullover und dem unverwechselbaren Strohhut, hilft Sophie in die Gondel, wo ein noch größerer Schirm über den Sitzen aufgespannt ist.

Rocco stellt ihn als seinen alten Freund Sergio vor.

»Gibt es in Venedig irgendwen, der kein alter Freund von dir ist?« Sophie lacht.

Als sie vom Hotel wegtreiben, zieht Rocco sie eng an sich. Es ist kalt auf dem schwarzen Wasser, trotz der schweren Wolldecke, die sie über sich gebreitet haben. Sergio steht hinter ihnen. Unbeeindruckt vom Regen, lenkt er die Gondel wortlos um die Ecke.

»Guarda!« Rocco deutet nach oben. »Dein Fenster, Sophie.«

Sie schaut zu den roten Fensterläden hinauf und erinnert sich daran, wie er sie am Abend ihrer Ankunft geöffnet und den Anblick, die Geräusche von San Marco in ihr Zimmer gelassen hat. Der hellblaue Stein, die cremefarbenen Balkone und die bunten Pflanzkästen sehen vom Wasser noch schöner aus als von der Straße. Dann gleitet die Gondel unter einer Brücke hindurch, und das Hotel verschwindet hinter ihnen in der Dunkelheit.

Sergio führt sie durch das Labyrinth der Kanäle, das sie ganz für sich haben. Das einzige Geräusch ist das der sanft plätschernden Wellen. Venedig schläft.

Rocco öffnet den Picknickkorb und zieht kleine Glasbehälter mit Röstkastanien, in dünne Scheiben geschnittenen Birnen und Pecorino heraus. Hätte jemand Sophie nach den ultimativen Leckereien für ein nächtliches Picknick auf einer Gondel gefragt – ihr wäre keine bessere Kombination eingefallen als Kastanien, Obst und Käse.

Rocco schenkt ihr ein Glas Rosé aus einer vom Abendessen übrig gebliebenen Flasche ein und sich selbst ein Mineralwasser.

Hör auf, an seine Sucht zu denken. Lebe den Augenblick!

Er bemerkt den Ausdruck in ihren Augen. »Ich verspreche dir, *cara*, trocken zu bleiben hat in meinem Leben oberste Priorität. Bitte glaub mir.«

Er klingt so verdammt ernst, dass sie ihm einfach glauben muss. Sie schmiegt sich an seine Schulter.

»Ruh dich ein bisschen aus, *bella*«, sagt er sanft. »Denn wenn wir wieder zu Hause sind, habe ich ein paar sehr anstrengende Dinge mit dir vor. Du wirst all deine Kraft brauchen.«

»Deine Sexstimme klingt so rau.« Sie lächelt ihn an.

»Was für eine Sexstimme?«

»Du weißt schon, die Stimme, mit der du sprichst, wenn du an Sex denkst.«

Er schnaubt. »*Bella*, sollte dies tatsächlich meine Sexstimme sein, dann ist es die einzige Stimme, die ich habe, denn Sex ist das, woran ich in jeder Sekunde denke, die ich mit dir zusammen bin.«

Sie malt sich Becs Reaktion aus, wenn sie ihr von dieser Aussage erzählt. Nur ein Italiener kommt mit so etwas durch.

Eine halbe Stunde später sind sie an der Piazza San Marco und legen bei den anderen im Wasser schaukelnden Gondeln an, die mit blauen Planen abgedeckt sind. Sergio hilft ihnen beim Aussteigen. Es regnet wieder heftiger. Rocco nimmt ihren Arm und führt sie eilig über den menschenleeren Platz.

»Jetzt geh mal etwas langsamer.« Sie lacht. »Ich schaffe ja kaum, dir zu folgen!«

»Ich gehe so schnell, damit du aus dem Regen rauskommst.«

»Lügner. Du gehst so schnell, weil du es nicht erwarten kannst, mich endlich ins Bett zu kriegen.«

»Das stimmt. *Andiamo!*« Er nimmt ihre Hand, fängt an zu laufen und zieht sie hinter sich her. Sie lacht so sehr, dass sie kaum noch Luft bekommt.

Ihr Lachen endet abrupt, als sie vor dem Il Cuore anhalten.

Unter der Außenbeleuchtung auf den Eingangsstufen des Hotels, einen Koffer neben sich, steht unverkennbar Penelope Black, in einem langen gelben Regenmantel.

Das Blut in Sophies Adern gefriert zu Eis.

Penelopes Haare sind klatschnass, die Wimperntusche läuft in schwarzen Rinnsalen über ihre Wangen. Sophie hört sie leise fluchen, während sie mit den Daumen, die aus fingerlosen Handschuhen herausragen, wie verrückt auf ihr Handy eintippt.

»Mum?«

»Liebling!«, ruft Penelope. »Überraschung! *Ich* bin's! Mein Gott, das Hotel war vielleicht schwer zu finden. Ich habe mich hoffnungslos verlaufen, so viele schmale Gassen, so viele Brücken! Venedig ist nichts für schwache Nerven. Ich dachte schon, ich würde niemals hierherfinden. Und erst dieser Regen! Man hat beim Check-in meinen Schirm beschlagnahmt, kannst du dir das vorstellen? Wie dem auch sei: Endlich komme ich hier an, und dann ist abgesperrt! Ich habe versucht, dich anzurufen, aber es hat sich wie so oft sofort die Mailbox eingeschaltet. Du solltest wirklich mal eine neue Ansage aufnehmen, Liebling, deine Stimme klingt schrecklich nasal. Egal. Ich wollte dir gerade eine Textnachricht schicken, und dann tauchst du auf. Das ist doch wunderbar!«

»Was machst du hier?«, fragt Sophie benommen.

»Ich hab es einfach nicht ertragen, wie unser letztes Telefonat geendet hat. Da ist ein bitterer Nachgeschmack geblieben.« Penelopes Stimme hallt durch die schmale Straße. »Ich musste das in Ordnung bringen. Du hast doch gesagt, ich solle die Stadt mal besuchen. Ja, genau das hast du am Telefon gesagt. Und *tadaaa*! Hier bin ich.« Sie reckt einen Arm in die Luft, so enthusiastisch, dass sie beinahe das Gleichgewicht verloren hätte. Hätte Rocco nicht beherzt zugegriffen, wäre Penelope mit dem Gesicht voran von den Stufen gestürzt.

Penelope mustert Rocco von oben bis unten. »Nun, wen haben wir denn da?«

Rocco schenkt ihr sein breites Lächeln. »Ich bin Rocco Bianchi, Loretta Bianchis Sohn. Es ist mir eine Ehre, Sophies Mutter kennenzulernen.«

»Herrje, das ist ja köstlich«, quietscht Penelope.

Sophie hat Mühe zu sprechen. »Du bleibst hier?«, stößt sie schließlich hervor.

Penelope legt den Kopf schief. »Na ja, ich hatte keine Zeit, etwas anderes zu buchen. Ich dachte, ich könnte bei dir unterkommen, Liebling.«

Das kann sie doch nicht ernst meinen!

»Ein bisschen Mutter-Tochter-Zeit. Wäre das nicht schön?«, säuselt Penelope.

O Gott, sie meint es ernst. Sprachlos starrt Sophie ihre Mutter an.

»Sie haben Glück, Signora«, füllt Rocco das Schweigen. »Heute Nachmittag ist ein Zimmer frei geworden. Sie sind herzlich willkommen.«

»Das ist wunderbar. Sie sind ja ein ganz Netter!« Penelope legt ihm kokett eine Hand auf die Brust.

Rocco sperrt die Tür auf und kümmert sich um Penelopes Gepäck. Mit unsicheren Schritten folgt Sophie ihrer Mutter ins Hotel.

»Was für ein prächtiger Weihnachtsbaum!«, ruft Penelope verschliffen.

»Alles gut, *cara*«, flüstert Rocco ihr zu. »Zumindest haben wir ein freies Zimmer, dann musst du dir keins mit ihr teilen.«

»Nichts ist okay«, flüstert sie.

Penelope schwankt auf sie zu. Sophie zuckt zurück, als sie ihren schalen Atem bemerkt. »Komm schon, Liebling. Wie wär's mit einer Umarmung für deine alte Mutter?« Penelopes Arme landen in Sophies Nacken. »Wir zwei gegen den Rest der Welt, so war es immer, nicht wahr, Liebling?«

Sophie löst sich aus Penelopes Umklammerung. »So war es nie.«

Es ist vorbei, aus und vorbei. Sie muss diese Stadt verlassen, dieses Hotel, diesen Mann und all die wundervollen Menschen, und zwar so schnell wie möglich. Penelope hat sie daran erinnert, dass es nur Platz für eine alkoholkranke Person in ihrem Leben gibt und dass dieser Platz bereits besetzt ist.

Sophie lässt Rocco mit ihrer Mutter in der Lobby stehen und rennt die Treppe hinauf in ihr Zimmer.

»Wir zwei gegen den Rest der Welt«, hallen Penelopes Worte in ihr wider. Sie verschließt die Tür.

Als Sophies Vater noch lebte, war der einzige Ort, an dem Penelope Zuflucht vor ihm fand, die Toilette, der einzige Raum im Haus, den man abschließen konnte. Wann immer Martin also gewalttätig wurde, rannte Penelope, so schnell sie konnte, ins Bad und schloss sich ein, bis es sicher genug war, wieder rauszukommen.

Doch Martin Black hatte Ausdauer. Er konnte stundenlang toben, brüllen, fluchen, rauchen, durchs Haus stapfen und gegen die Wände schlagen, bevor ihm die Luft ausging.

Das Haus hatte nur eine Toilette. Wenn David oder Sophie mussten, während Penelope dort drin war, mussten sie sich im Garten erleichtern. Allerdings mussten sie manchmal auch groß, und dann klopften sie an die Badtür und teilten Penelope dies eindringlich mit. Sie reagierte nie. Wenn sie sich dort einschloss, war sie nicht mehr da für David und Sophie.

Also gingen die Kinder zu den Nachbarn und baten darum, deren Toilette benutzen zu dürfen. Sie klopften jedes Mal an eine andere Tür, um keinen Argwohn zu erwecken.

Dennoch müssen die Nachbarn es gewusst haben. Martins Gebrüll muss in der ganzen Straße zu hören gewesen sein, und Penelopes Schreie waren ohrenbetäubend. Aber niemand sagte auch nur ein Wort. Sie ließen Sophie und David die Toilette benutzen, und anschließend gingen die Kinder nach Hause und hofften, sie würden nicht noch einmal müssen, bevor Penelope aufsperrte.

Manchmal gab es kein Mittagessen und auch nichts zu Abend, weil Penelope im Bad blieb. Weder Sophie noch David wusste, wie man kocht. Sie waren damals so jung, dass ihre Schneidezähne noch nicht nachgewachsen waren. Den Ofen oder den Herd durften sie nicht benutzen, das war streng verboten. Also zogen sie Stühle in die Speisekammer und suchten nach etwas Essbarem. Sophie gab ihr Bestes, um eine halbwegs anständige Mahlzeit zusammenzubringen: eine Dose Erbsen oder Dosenfleisch, ein paar Scheiben Brot, eine Tomate.

Manchmal beobachtete Martin sie rauchend. Andere Male tat er so, als wären sie gar nicht da, während er Runde um Runde über den abgetretenen Läufer im Flur drehte und alle möglichen Drohungen ausstieß.

»Lass uns eine Tüte Chips zu Mittag essen«, schlug David ab und an vor, doch Sophie fühlte sich verantwortlich für sein Wohlbefinden.

»Nein, iss dein Sandwich.«

»Ich mag keinen Thunfisch.«

»Scht, iss einfach. Anschließend darfst du einen Keks mit Vanillefüllung haben.«

Natürlich war das eine fürchterliche Situation für Penelope. Sie hatte jung geheiratet, hatte sich Hals über Kopf in diesen sehr viel älteren Mann verliebt, der ihr noch verlockender erschien, weil ihre Eltern ihn nicht mochten. Niemand hätte vorhersagen können, was aus ihm werden würde. Es war nicht ihre Schuld.

Nach Martins Tod suchte Penelope Trost in der Kirche – und sie fing an zu trinken. Sie wurde unberechenbar, vergesslich, vernachlässigte ihre Kinder. Sie war eher eine Belastung als eine Mutter. Sophie tat alles in ihrer Macht Stehende, um sie zu retten und dafür zu sorgen, dass sie funktionierte. Selbst da empfand Sophie keinen Groll auf sie. Nur Mitleid.

Doch von dem Tag an, als Sophie von zu Hause fortging, kam Verbitterung in ihr auf. Im Laufe der Jahre wuchs der Groll in ihr und wucherte schließlich so sehr, dass seine Zweige die gesamte Beziehung ihrer Mutter überspannten, in den Schatten stellten und nicht den kleinsten Lichtstrahl hindurchließen.

Sie suchte sich psychologische Unterstützung. Was nicht half. Sie versuchte zu vergeben – bemühte sich aufrichtig darum. Es half ebenfalls nicht. Es ist beinahe unmöglich, jemandem zu verzeihen, dem es nicht leidtut, einen verletzt zu haben, und Penelope betete und trank viel zu viel, um irgendetwas zu bereuen.

Also schuf Sophie noch mehr Raum für den Groll, der seine Wurzeln so tief in ihr vergrub, dass es so gut wie unmöglich war, sie wieder auszugraben.

Als Penelope die Toilettentür absperrte, ließ sie ihre Kinder im Stich. Und für Sophie war das unverzeihlich.

Am zehnten Tag der Weihnacht

Elena

Elena starrt ungläubig auf das Blut in ihrer Unterwäsche. Seit Jahren kommt ihre Periode nur noch sporadisch. Jetzt, einen Tag vor ihrer Flucht, ist sie da – nicht zu übersehen, unerwünscht, furchterregend.

Als sie in Sydney hastig ihre Sachen gepackt hat, wäre ihr nie in den Sinn gekommen, Tampons in den Koffer zu packen. Zum Glück findet sie eine einzige Binde unter den kostenlosen Toilettenartikeln des Hotels.

Ihr Unterleib krampft so heftig, dass sie sich zusammenkrümmt. Jetzt muss sie mit Krämpfen *und* ihrem verletzten Knöchel kämpfen.

Warum muss es so schwer sein?

Sie macht das Essen für die Blutung verantwortlich. Zum ersten Mal seit Jahren ist sie nicht halb verhungert. Ihr Körper hat endlich die Nährstoffe, die er braucht, um normal zu funktionieren – und genau das tut er nun. Sie könnte sich dafür ohrfeigen, dass sie diese Komplikation herbeigeführt hat. Sie hätte nicht so viel essen dürfen. Hunger ist sicherer als das hier.

»Was machst du denn da drinnen, Ellie?«, ruft Christian durch die geschlossene Badezimmertür. Nie gibt er ihr auch nur eine einzige Minute für sich.

»Ich komme!« Sie wäscht sich die Hände und verlässt das Bad.

Zusammen gehen sie hinunter und sehen Signor Bianchi am Eingang zum Restaurant stehen. »*Buongiorno*, Signore! *Buongiorno*, Signora!« Er führt sie an einen freien Tisch. Nachdem Elena Platz genommen hat, tätschelt er leicht ihre Schulter. Diese väterliche Berührung löst Sehnsucht nach Papà in ihr aus.

Als Rocco und Christian am Büfett stehen, ins Gespräch vertieft, ergreift Elena die Gelegenheit, Signora Bianchi hektisch an ihren Tisch zu winken.

Elena spricht schnell mit ihr und zum ersten Mal seit ihrer Ankunft auf Italienisch. »Ich habe meine Periode, aber keine Tampons oder Binden. Er bringt mich um, wenn er das rausfindet.«

»Ah, *cara mia*.« Signora Bianchi schüttelt den Kopf. »Ich bringe sofort welche in dein Zimmer. Wo soll ich sie verstecken?«

»In meiner Make-up-Tasche im Badezimmerschrank. Es tut mir so leid, dass ich so viel Wirbel veranstalte.«

Signora Bianchi nimmt Elenas Gesicht in die Hände. »Es muss dir nicht leidtun. Du bist ein tapferes Mädchen. Eine Freundin von mir, Suora Teresa, wird dich und Anna-Maria morgen im Vatikan erwarten. Mach dir keine Sorgen, im Kloster werdet ihr sicher sein.«

»*Mille grazie*, Zia. Und Alessandro? Wird er uns begleiten?«

Bevor Signora Bianchi antworten kann, kehrt Christian an den Tisch zurück, und Elena ist genauso schlau wie zuvor.

Loretta

Das grelle Deckenlicht im Bad der Taylors brennt in Lorettas Augen. Nach einer weiteren schlaflosen Nacht würde sie alles darum geben, noch einmal für ein, zwei Stunden ins Bett zu kriechen. Doch das geht nicht, denn das Hotel wird mit Anrufen und E-Mails von Leuten bombardiert, die sie bitten, das Foto zu kommentieren, das der irische Journalist von ihr veröffentlicht hat. Sie ignoriert die Anfragen. Momentan ist schon genug Drama in ihrem Leben.

Loretta beeilt sich, nimmt Elenas Make-up-Tasche aus dem Badezimmerschrank und versteckt zwei Schachteln Tampons unter dem Sammelsurium von Foundations, Puder und Pinseln. Das Zimmer sieht aus wie das von jedem jungen Paar: Kleidungsstücke quellen aus den Koffern, auf dem Tisch liegen Souvenirs, das Bett ist nicht gemacht. Nichts Unheimliches – was das Ganze noch beunruhigender macht.

Hastig schlüpft sie aus dem Zimmer und schließt die Tür hinter sich ab. Unten in der Küche erwartet sie bereits das nächste Drama. Die ganze Familie hat sich rund um die Arbeitsfläche versammelt und starrt ihr vorwurfsvoll entgegen.

Santa Maria, hat Alberto ihnen von Flavia und ihr erzählt?

»Warum seht ihr mich alle so an?«, krächzt Loretta.

»Mamma!« Marina stürmt auf sie zu. »Was hat Luca Falcone da draußen zu suchen?« Ihre Stimme ist gefährlich leise.

Loretta atmet auf. Es geht nur um Luca. Bei allem, was im Augenblick passiert, hat sie die Einladung zum Frühstück ganz vergessen. Sie weicht Marinas Blick aus. »Na und? Warum sollte er nicht hier sein?« Sie bindet ihre Schürze um und wendet sich an Rocco. »Wo ist Sophie? Hat sie dich zum Markt begleitet?«

»Sophie ist in ihrem Zimmer. Es geht ihr nicht gut.«

Loretta würde gern nachfragen, aber Marina ist noch nicht fertig mit ihr.

»Ich habe dir eine Million Mal gesagt, dass du dich nicht mehr in mein Leben mischen sollst. Warum hörst du mir eigentlich *nie* zu?« Es klingt, als würde sie jeden Augenblick in Tränen ausbrechen.

»Warum gehst du davon aus, dass er deinetwegen da ist?«, erwidert Loretta ruhig. »Ich habe ihn eingeladen, um ihm zu danken, weil er sich so gut um deinen Vater gekümmert hat.«

Marina deutet auf Alberto. »Dann wusstest du also auch davon?«

»Deine Mutter hat mir nichts gesagt«, antwortet er und wirft Loretta einen Blick zu, der sie frösteln lässt.

Marina knallt die Hände auf die Arbeitsplatte, direkt vor Loretta. »Halte dich aus meinen Angelegenheiten raus!«

»Ich muss wieder an die Rezeption.« Chiara wendet sich zum Gehen und streicht dabei über Marinas Arm. Sie senkt den Blick, als sie an Loretta vorbeikommt.

Die Männer murmeln eilig irgendwelche Vorwände, um Chiara folgen zu können. Loretta und Marina bleiben allein in der Küche zurück.

Loretta rutscht auf einen Hocker. »*Cara*, ich rette dich vor dir selbst. Luca ist zumindest ein Mann, mit dem du eine Zukunft haben könntest.«

»Was soll das heißen?« Marina hebt das Kinn und starrt Loretta trotzig an.

»Ich weiß von Alessandro.«

Marina atmet scharf ein. »Hat Rocco dir davon erzählt?«

»Das musste er nicht.«

»Bitte zwing mich nicht dazu, darüber zu reden.«

Loretta wünschte, sie könnte Marina in die Arme ziehen. *Mein liebes Mädchen*, möchte sie sagen. *Weißt du eigentlich, wie besonders du bist? Weißt du, dass du einen Partner verdienst, der dich über alles liebt? Weißt du, dass du zu gut dafür bist, die heimliche Geliebte eines Priesters zu sein?*

Marina würde denken, sie hätte den Verstand verloren, wenn sie das zu ihr sagen würde. Daher sagt sie stattdessen: »Na gut, *tesoro*, aber erzähl mir: Hast du mit ihm wegen Elena gesprochen? Sie hat mich heute Morgen danach gefragt.«

Marina nickt. »Er wird die beiden begleiten.« Sie schürzt die Lippen. »Es ist gefährlich für ihn – nicht dass Elenas durchgedrehter Ehemann sie aufspürt. Was, wenn er Alessandro verletzt?« Ihre Augen sind voller Sorge.

Gesù Cristo, ihre Tochter liebt diesen Mann wirklich.

»Die Heilige Jungfrau wird ihn beschützen«, erwidert Loretta. »Alles wird gut.«

»Er hatte nicht vor, dorthin zurückzukehren. Wollte von seinem Amt zurücktreten. Er tut das nur *ihretwegen*.« Marinas Stimme ist voller Groll.

»Zurücktreten? Er will den Priesterberuf aufgeben?« Loretta kann ihr Entsetzen nicht verbergen.

Marina nickt, aber ihr Gesicht ist verschlossen. Es ist eindeutig, dass sie nicht mehr preisgeben wird.

Loretta legt ihre Hand auf Marinas. »Es tut mir leid, dass ich Luca eingeladen habe.«

»Du hattest kein Recht dazu.« Marinas Stimme bricht. »Seine Mutter hat ihm gesagt, die Einladung wäre von mir. Du hast uns beide in Verlegenheit gebracht.«

»Ich habe nur versucht zu helfen.«

»Dann hör damit auf! Ich bitte dich darum!«

»Ich verspreche es. Aber ich bin da, falls du reden möchtest. Du musst nicht alles mit dir selbst ausmachen. Ich habe mehr Verständnis für deine Situation, als du denkst.«

»Du verstehst gar nichts, Mamma.« Marina zieht die Hand weg. »Ich muss wieder an die Arbeit.« Sie will gerade die Küche verlassen, als Rocco hereinkommt.

»Wie lange weißt du schon von deiner Schwester und dem Priester?« Loretta mustert ihn durchdringend.

Er blickt zu Boden. »Seit Rom.«

Sie seufzt. »Keiner sagt mir etwas.«

»Das ist nicht gerade etwas, was man mit seinen Eltern bespricht.« Rocco schenkt sich einen Saft ein. Loretta, die heute Morgen von einer Sache nach der anderen abgelenkt wurde, bemerkt erst jetzt, dass Rocco nicht er selbst ist. Er hat nicht ein einziges Mal gelächelt, und seine Schultern hängen herab.

Sie klopft auf den Hocker neben ihrem. »Setz dich.«

Er gehorcht.

»Was ist los?«

»Nichts.«

»Raus mit der Sprache.« Sie streicht mit den Fingern durch seine Haare.

»Sophie geht mir aus dem Weg.«

»Warum? Was hast du getan?«

»Du gehst sofort davon aus, dass es meine Schuld ist.«

»Ist es das nicht?«

Er rückt seine Brille zurecht. »Ich habe ihr von meiner Vergangenheit erzählt.«

Eine Woge beschützender Liebe für ihren Sohn schwappt über sie hinweg. »Du bist in sie verliebt, nicht wahr?«

Er nickt.

»Was passiert, wenn sie nächste Woche abreist? Sag nicht, du überlegst, ihr nach Australien zu folgen.«

»Ich könnte dich und Papà niemals im Stich lassen, das weißt du. Sie möchte hierherziehen.«

»Tatsächlich? Das ist wundervoll! Ich habe mir solche Sorgen gemacht, dass ihre Abreise dir das Herz bricht. Sophie ist eine großartige junge Frau, ich freue mich für dich.«

»Lass lieber noch nicht die Korken knallen.« Er lacht traurig auf. »Sie hat sich in ihrem Zimmer eingeschlossen und weigert sich, mit mir zu reden. Ich denke, ich erinnere sie zu sehr an ihre Mutter.«

»Warum? Ist ihre Mutter Alkoholikerin?«

»Ja. Sophie war gar nicht begeistert, als sie gestern Abend angekommen ist.«

Loretta runzelt die Stirn. »Was sagst du da?«

»Ihre Mutter ist gestern Abend angekommen. Ich habe sie in das frei gewordene Zimmer eingecheckt. Sie ist jetzt oben. Sophie hat seitdem nicht mehr mit mir gesprochen.«

»Sophies Mutter ist hier. Wann genau hattest du vor, mir das zu sagen?« Loretta gibt ihm einen Klaps auf den Hinterkopf. »Du wirst auch von Tag zu Tag dümmer! Kümmere dich ums Restaurant.« Sie rutscht von ihrem Hocker und geht zur Tür.

»Wohin willst du?«, ruft er ihr nach.

Sie dreht sich zu ihm um. »Ich werde nicht zulassen, dass du sie wegen ihrer Probleme mit ihrer Mutter verlierst.«

Sie steigt die Treppe hinauf, entschlossen, ein weiteres Feuer zu löschen.

Sophie

Ein leises Klopfen ertönt an Sophies Tür. Sie erstarrt. Rocco hat schon zweimal angeklopft. Sie darf ihn nicht sehen, sonst wird sie schwach werden.

Sie wird Venedig heute verlassen. Rocco ist dazu fähig, ihr Leben zu ruinieren, was bedeutet, dass sie abreisen muss, auch wenn es sie umbringt. Es klopft erneut.

»Sophie? Ich bin's, Loretta. Kann ich Ihnen etwas zu essen bringen?«

Sophie antwortet nicht.

»*Cara*, bitte. Öffnen Sie die Tür.«

Wenn Loretta Bianchi einen bittet, die Tür zu öffnen, dann tut man das. Gehorsam sperrt Sophie auf, obwohl sie es hasst, ohne Make-up gesehen zu werden, und steht Loretta barfuß in ihrem fleckigen Schlafanzug unter dem Hotelbademantel gegenüber.

»Ach, *bella*, nicht weinen.« Loretta schließt die Lücke zwischen ihnen und öffnet die Arme.

Für eine so schlanke Person ist Lorettas Umarmung außergewöhnlich kraftvoll. Sie deutet auf den Koffer, der offen auf dem ungemachten Bett liegt, umgeben von einem Berg von Kleidungsstücken. »Sie verlassen uns?«

»Ich habe mir für heute Nachmittag einen Flug nach Hause gebucht. Ich kann nicht mit Rocco zusammen sein, weil ich weiß, dass er eine Suchterkrankung hat. Und das ist schrecklich, denn …« Sie schluchzt auf. »Denn ich liebe ihn. Ich habe mich in ihn verliebt. Jetzt schon. Ich liebe es, hier zu sein, mit Ihnen allen. Die glücklichste Zeit, die ich je verbracht habe, war, als ich gemeinsam mit Ihrer Familie kochen durfte.«

»Bitte bleiben Sie. Wir alle möchten, dass Sie bleiben.«

»Das kann ich nicht. Eine unzuverlässige Person in meinem Leben genügt.«

»Rocco ist nicht wie Ihre Mutter, Sophie«, sagt Loretta sanft. »Er ist genesen. Und er ist ausgesprochen zuverlässig.«

»Wer garantiert mir, dass er nicht rückfällig wird?« Sophie schnieft. »Das Risiko darf ich nicht eingehen.«

»Sie haben recht, wir können nicht in die Zukunft blicken.« Loretta geht zum Fenster hinüber und setzt sich auf die Fensterbank. »Aber Rocco tut alles, was er kann, um nüchtern zu bleiben.«

»Das hat er gesagt. Doch woher weiß ich, dass das die Wahrheit ist?«

»Weil ich es Ihnen sage. Er bringt sich nie in eine Situation, in der er in Versuchung gerät, zu trinken. Er versäumt kein einziges Treffen der Anonymen Alkoholiker, obwohl es ein weiter Weg dorthin ist. Selbst diese Woche hat er an dem Treffen teilgenommen. Er weiß, wie viel Schmerz er unserer Familie bereitet hat, und es tut ihm aufrichtig leid.« Sie hält inne. »Natürlich weiß ich, dass es ein Risiko ist, ihn zu lieben. Aber so ist die Liebe nun mal, Sophie. Es ist immer ein Risiko, jemanden zu lieben. Ich kann Ihnen nicht sagen, was Sie tun sollen. Wenn Sie abreisen möchten, kann ich Sie selbstverständlich nicht dazu bringen, zu bleiben. Aber ich verspreche Ihnen, dass Rocco ein guter, zuverlässiger Mensch ist, und das sage ich nicht nur, weil ich seine Mutter bin. Er ist der liebenswerteste Mann, den man sich nur vorstellen kann.«

Na toll. Sie hätte sich keine Gedanken machen müssen, dass

Rocco ihren Entschluss ins Wanken bringen könnte – nein, das übernimmt Loretta Bianchi.

Sophie wischt ihre Tränen ab. »Sie hätten nicht Köchin, sondern Anwältin werden sollen, Loretta.«

Loretta lächelt. »Er liebt Sie. Ich habe ihn so noch bei keiner Frau erlebt. Nicht einmal bei seiner Ehefrau.«

Sophies Herz zieht sich zusammen. »Wirklich?«

»Ja, wirklich.«

Sophie knibbelt an ihrer Nagelhaut. »Es verletzt mich so sehr, dass er ihr hier ein Zimmer angeboten hat. Es fällt mir wirklich schwer, jemandem meine Vergangenheit anzuvertrauen, aber ich habe ihm alles erzählt. Er hat sie eingeladen zu bleiben.«

»Ach, das ist etwas, was Sie über die Italiener lernen müssen. Wenn es um Gastfreundschaft geht, schießen wir oftmals über das Ziel hinaus. Vermutlich hätte er sogar Putin ein Bett angeboten. Heute Morgen ist er am Boden zerstört. Sie sollten ihn mal sehen.« Loretta deutet auf die Tür. »Er hat das Gebäck so feierlich vorbereitet wie ein Leichenbestatter einen Verstorbenen für einen offenen Sarg. Er vermisst Sie. Und er hat schreckliche Sorge, er könnte Sie verloren haben.«

Sophie kaut auf ihrer Lippe. »Ich habe bereits den Heimflug gebucht.«

»Sie können ihn immer noch stornieren.«

Sophie antwortet nicht.

Loretta geht zur Tür. »Mit leerem Magen lässt es sich nicht klar denken. Ich bringe Ihnen etwas zu essen, und dann überlegen Sie, was Sie tun möchten. Für Ihre Mutter kann ich ein anderes Hotel organisieren. Aber wissen Sie, was? Vielleicht bietet sich hier, weit weg von zu Hause, eine Gelegenheit, mit ihr zu reden.«

»Ich bin mir nicht sicher, ob sie bereit ist, sich anzuhören, was ich zu sagen habe.«

»Versuchen Sie es«, beharrt Loretta.

Und weil Loretta im Grunde eine Gottheit ist, der man gehorchen muss, nickt Sophie. »Okay, ich werde es versuchen.« Sie wirft einen Blick zur Tür. »Ich muss sie erst ihren Rausch von gestern ausschlafen lassen, dann gehe ich zu ihr und rede mit ihr.«

»Dann reisen Sie also nicht ab?«

»Nein. Sie haben recht, *wieder einmal.* Ich muss Rocco eine Chance geben.«

»Darf ich Rocco ausrichten, dass er zu Ihnen hochkommen soll? Bitte sagen Sie Ja. Ich ertrage sein trauriges Gesicht keine Minute länger.«

»Sie können ihn gern zu mir schicken, mit einem großen Stück von Ihrem Marantega-Kuchen.«

»Ich gebe ihm einen Teller mit Gebäck mit, nicht nur den Kuchen.«

Sophie erwidert das Lächeln der Frau, die den Zugang zu ihrem Herzen schon jetzt besser kennt als fast alle anderen.

Gayle

Der Artikel ist die erste Pressemeldung, die Gayle auf ihrem Handy sieht. Die Schlagzeile über einem Foto von Loretta, die ganz allein auf der überfluteten Piazza San Marco steht, lautet: IN VENEDIG IMITIERT DIE KUNST DAS LEBEN. Sie klickt auf den Link und liest den Artikel.

Die aus Venedig stammende Loretta Bianchi, weltweit bekannt als Signora Bianchi von dem einem Wald ähnelnden Restaurant des Hotels Il Cuore, gab am frühen Donnerstagmorgen eine einsame Figur ab. Signora Bianchi wurde fotografiert, als sie bis zu den Knöcheln im Wasser auf der überfluteten Piazza San Marco neben Magdalena Jansens Exponat *affogando* im Rahmen der Klima-Kunstausstellung Venice Rising stand. *Affogando* – ertrinkend – rückt die sehr reale Klimakrise in den Vordergrund, mit der die Italiener konfrontiert sind.

Die schwedische Umweltaktivistin Greta Thunberg retweetete das Foto mit der Bildunterschrift *#Save Venice* – rettet Venedig. Thunbergs Tweet wurde seitdem über fünfzigtausendmal weitergeleitet und wird weltweit geteilt.

Die ehemalige First Lady der Vereinigten Staaten, Michelle Obama, hat das Foto ebenfalls auf ihrem Instagram-

Account gepostet und mit der Unterschrift versehen: »Dieses Foto von Signora Bianchi, die unsere Familie 2015 kennenlernen durfte, als sie in San Marco für uns kochte, erschüttert mich zutiefst. Bitte rettet das wunderschöne Venedig, bevor es zu spät ist. *#affogando.*«

Der Bürgermeister von Venedig, Luigi Brugnaro, sprach heute Morgen mit CNN über die jüngste Hochwasserkatastrophe in Venedig. Laut Brugnaro steht Signora Bianchi stellvertretend für alle Einwohnerinnen und Einwohner von Venedig. »Wir alle sind untröstlich, wir alle gehen unter. Wir können nicht so weitermachen wie bisher. Wir verfügen über die technischen Möglichkeiten, das Hochwasser mit dem MOSE-Projekt einzudämmen. Wie viele Katastrophen dieser Art müssen die Venezianerinnen und Venezianer noch ertragen, bis das Mose-Projekt endlich betriebsbereit ist?«

Der Bau des MOSE-Projekts, eines komplexen Barrierensystems, dessen Fluttore bei Hochwasser hochgezogen werden können, ist noch immer nicht abgeschlossen. Bürokratie und Korruption verzögern die Arbeiten seit mittlerweile drei Jahrzehnten.

Venice-Rising-Kuratorin Franca Menori argumentiert, dass die Antwort zur Rettung Venedigs nicht im MOSE-Projekt liegt. »Ja, selbstverständlich wird es helfen, wenn es denn fertiggestellt ist – falls wir diesen Tag jemals erleben. Aber selbst dann ist es auf ein Maximum von fünfzehn Hochwassern pro Jahr ausgelegt. Allein während der letzten acht Wochen wurde Venedig schon siebenmal überflutet. Das MOSE-Projekt ist keine Lösung. Was wir brauchen, ist eine gemeinsame weltweite Anstrengung zur Senkung der Emissionen. Wir müssen die Kreuzfahrtschiffe davon abhalten, in unseren Hafen einzufahren, und wir müssen die Anzahl der Touristen beschränken, die Venedig Jahr für Jahr besuchen. Die venezianische Lebensart steht kurz davor, zerstört zu werden. Wir müssen jetzt handeln.«

Weder der italienische Premierminister noch der Umweltminister standen für einen Kommentar zur Verfügung.

Die Venice-Rising-Ausstellung endet am 5. Januar, am Vorabend der traditionellen venezianischen Veranstaltung *La Regata delle Befane*.

Wenn in diesem Jahr die Gondeln über den Canal Grande gleiten, wird allen dieselbe Frage durch den Kopf gehen: Kann Venedig gerettet werden, bevor es zu spät ist?

Gayle legt das Handy zur Seite und tritt ans Fenster. Der Regen prasselt vom Himmel, die Straßen sind nach wie vor überflutet. In der überfüllten Gasse stoßen die Regenschirme der Menschen gegeneinander, alle tragen Gummistiefel. Das musste man sich mal vorstellen: Da haben sie die Technologie, um all das zu verhindern, und nutzen sie nicht!

Mike hat eine Liste mit Sehenswürdigkeiten zusammengestellt, die sie heute besichtigen können, aber Gayle hat kein Interesse daran, sich irgendetwas anzuschauen.

Zwischen ihnen ist immer noch nicht wieder alles beim Alten, und sie fängt langsam an, sich zu fragen, ob das jemals wieder der Fall sein wird. Sie hat in ihrer Ehe für Zwietracht gesorgt, und wofür? Für Noah war es jedenfalls nicht genug.

Sie wendet sich vom Fenster ab, von der Stadt, die untergeht, genau wie sie.

Sophie

Sophie schließt die Tür von Penelopes Zimmer auf und nimmt Rocco das Tablett aus der Hand. »Von hier an komme ich alleine klar«, wispert sie.

»Viel Glück.« Er küsst sie auf die Wange.

Sie betritt das abgedunkelte Zimmer. Der Geruch nach Whisky hängt in der Luft. Die Fensterläden sind geschlossen, aber sie kann den Umriss ihrer Mutter im Bett ausmachen. »Mum?«

Keine Antwort.

Sie stellt das Tablett auf die Frisierkommode. »Mum?«

Penelope seufzt.

Sophie schaltet die Nachttischlampe an. Penelope wendet blinzelnd das Gesicht ab.

»Alles okay?« Sophie setzt sich auf die Bettkante neben ihre Mutter.

»Ich hätte nicht kommen sollen.« Penelopes Stimme ist kratzig.

»Ich habe dir etwas zum Mittagessen gebracht. Weiße Bohnensuppe.«

Penelope schneidet eine Grimasse.

Es gibt so vieles, was Sophie ihr sagen will, doch sie weiß nicht, wo sie anfangen soll. Schweigend sitzen sie da.

»Schläfst du mit diesem Italiener, den ich gestern Abend kennengelernt habe?«, fragt Penelope schließlich.

»Dann also kein Small Talk? Du stürzt dich direkt auf mein Sexleben?«

»Sei vorsichtig, Liebling. Italienische Männer haben einen gewissen *Ruf*. Ich möchte nicht, dass du verletzt wirst.«

»Niemand hat mich je mehr verletzt als du.«

Penelope schnaubt. »Womit um alles in der Welt habe ich dich verletzt?«

»Die Frage müsste eher lauten, womit du mich *nicht* verletzt hast. Zum einen hast du mich wegen meiner Figur fertiggemacht, seit ich eine Teenagerin war.«

»Ich habe dich nur darauf angesprochen, weil ich das Beste für dich möchte. Ich wünschte, du würdest die Schlauchmagen-OP zumindest in Erwägung ziehen. Sie würde all deine Probleme lösen.«

»Verdammt noch mal, Mum! Das ist genau das, was ich meine!«

Penelope dreht den Kopf und sieht Sophie zum ersten Mal in die Augen. »Ich liebe dich über alles. Das musst du doch wissen. Ich versuche nur, dir zu helfen.«

Seit sie sich erinnern kann, hat Sophie längeren Blickkontakt mit ihrer Mutter gemieden. Jetzt betrachtet sie sie genauer, und was sie sieht, schockiert sie. Sie sieht nicht die labile Alkoholikerin, die ihr stets schlagartig in den Sinn kommt, wenn sie an Penelope denkt, sie sieht auch keine kaltblütige Mörderin, nicht einmal eine kritische Mutter. Alles, was sie sieht, ist die zutiefst traurige Hülle einer Frau.

»Ich möchte nur, dass du glücklich bist«, sagt Penelope, und Sophie glaubt ihr.

»Wenn du möchtest, dass ich glücklich bin, erwähne bitte nie wieder meine Figur.«

»Ich werde es versuchen, Liebling.« Penelope setzt sich auf. »Mir tut der Kopf weh.« Sie nimmt einen Schluck Wasser aus dem Glas auf ihrem Nachttisch. »Dieser Italiener, wie heißt er noch gleich?«

»Rocco.«

»Richtig. Ich habe mich vor ihm lächerlich gemacht.«

»Rocco versteht das. Er hatte ebenfalls Suchtprobleme«, sagt Sophie ruhig.

Penelope presst die Zähne zusammen und wendet den Blick ab.

»Er ist seit acht Jahren nüchtern«, fährt Sophie fort. »Er hat mir von einer Entzugsklinik in Genf erzählt. Anscheinend ist sie ausgezeichnet – wunderschöner Ausblick auf den See, große Einzelzimmer. Das Personal spricht Englisch.«

Penelopes Miene bleibt versteinert.

Sophie holt tief Luft und nimmt all ihren Mut zusammen, um zu sagen, was sie seit über einem Jahrzehnt sagen wollte, es aber nicht geschafft hat. »Mum, du brauchst Hilfe, um mit dem Trinken aufzuhören.«

Penelopes Knöchel treten weiß hervor, so fest schließt sie die Hand um das Wasserglas. »Ich habe nicht das Geld, um in eine schicke Klinik in der Schweiz einzuchecken.«

»Es muss ja nicht die Schweiz ein. Ich bezahle dafür, ganz gleich, wohin du möchtest«, beeilt sich Sophie zu versichern. »Ich habe Ersparnisse.«

»Das kann ich nicht zulassen. Deine Ersparnisse sind für dich.«

»Doch, das kannst du. Ich wünsche mir nichts mehr, als dir zu helfen, wieder gesund zu werden.«

»Und was ist mit dem sexy Italiener?« Penelope bringt ein kleines Lächeln zustande, kurz scheint ihr altes Ich durch.

Sophie erwidert ihr Lächeln. »Nun, vielleicht abgesehen von dem Italiener. Wirst du einen Entzug machen? Bitte, Mum!«

»Lass mich darüber nachdenken.«

Wann immer Sophie sich ausgemalt hat, wie ihre Mutter reagieren würde, wenn sie sie mit ihrem Alkoholmissbrauch konfrontierte – mit einer so ruhigen und vernünftigen Reaktion hätte sie niemals gerechnet. Sie wünscht sich, sie hätte den Mut gehabt, Penelope schon vor Jahren darauf anzusprechen. »Danke, dass du es dir durch den Kopf gehen lässt.« Sie nimmt Penelopes Hand in ihre. »Ich freue mich, dass du gekommen bist. Es ist schön, dich zu sehen.«

Penelope drückt ihre Hand. »Es tut mir leid, dass ich dich vor Rocco in Verlegenheit gebracht habe.«

»Schon okay.«

»Ich liebe dich. Das musst du wissen.«

»Das weiß ich.«

Sie sagt nicht »Ich dich auch«. Noch nicht.

Elena

Christian ist im Babyfieber. Während sie in den Geschäften rund um die Piazza San Marco Ausschau nach Souvenirs halten, plant er aufgeregt, wie sie das Arbeitszimmer in ein Kinderzimmer verwandeln, überlegt hin und her, ob sie das Geschlecht des Babys bestimmen oder sich überraschen lassen sollen, und schlägt seine alten Freunde von der Uni als Taufpaten vor.

An einem Stand bleibt er stehen und hält mit einem glücklichen Grinsen einen winzigen kanariengelben »I Love Venice«-Strampler in die Höhe.

Das Hochwasser hat den gesamten Platz überflutet, und es sieht nicht so aus, als würde der Regen nachlassen. Der Wind peitscht um Elenas Kopf und bläst in ihre Ohren. »Sollen wir gehen? Mamma wartet auf uns.«

»Klar. Lass uns vorher nur schnell die Sachen ins Hotel bringen.«

In den Gassen, die zum Il Cuore führen, ist nicht viel los. Manche der Geschäfte und Cafés sind geschlossen, die Fensterläden zugezogen, Sandsäcke stapeln sich vor Schaufenstern und Eingängen, um das Wasser abzuhalten. Es gibt aber auch Verkäufer, die die Bedingungen zu ihrem Vorteil nutzen: Sie stehen in Gummistiefeln vor ihren Shops und bieten lautstark günstige Regenschirme, Regenumhänge und Schuhüberzieher an.

Elenas Jeans sind nass, deshalb setzt sie sich im Hotel auf die Bettkante und streift sie ab.

Mit glänzenden Augen sieht Christian zu, wie sie sich auszieht, doch sie tut so, als würde sie nichts bemerken.

Sie will gerade in eine trockene Jeans schlüpfen, als er sich zu ihr beugt und sie davon abhält. Eine Augenbraue in die Höhe gezogen, fragt er mit rauer Stimme: »Wir haben es doch nicht eilig, zu deiner Mutter zu kommen, oder?« Er fährt mit der Zunge über die kleine Mulde zwischen ihren Schlüsselbeinen.

Sie schaudert, was er mit Erregung verwechselt. Dadurch ermutigt, zieht er sie an sich und küsst sie hinters Ohr. Sie muss ihn aufhalten, bevor er den Tampon bemerkt, aber Christian ist nicht erfreut, wenn seine Annäherungsversuche zurückgewiesen werden. Sie muss es richtig angehen, wenn sie nicht will, dass alles auffliegt.

»Babe«, flüstert sie. »Ich bin da unten ziemlich empfindlich.«

Er rückt abrupt von ihr ab. »Wie meinst du das? In einem so frühen Stadium solltest du noch keine Schmerzen haben. Hattest du irgendwelche Schmierblutungen?«

»Nein, nein, nichts dergleichen«, versichert sie ihm eilig. »Es ist nur so …« Sie bemüht sich, verschämt dreinzublicken. »Wir haben es diese Woche *sehr oft* gemacht.« Sie kichert. »Du hast mich ganz schön rangenommen.«

Er bringt seinen Mund dicht an ihren und streift ihre Lippen. »Das liegt nur daran, dass du so verdammt heiß bist, Ellie«, murmelt er. »Trotzdem.« Er akzeptiert kein Nein.

Fanculo.

Es klopft.

Christian stöhnt auf und geht zur Tür. Elena schlüpft eilig in die Jeans. Signora Bianchi steht im Flur. Sie wirkt aufgeregt.

»*Mi scusi*, Dottore. Mein Alberto hört einfach nicht mit dem

Rauchen auf, und ich mache mir solche Sorgen. Würden Sie bitte mal mit ihm reden? Auf einen Arzt wird er hören.«

»Selbstverständlich. Wir wollten gerade aufbrechen, aber ich freue mich, wenn ich helfen kann. Wo ist er?«

»Er steht vor dem Eingang. Rauchend. Immerzu rauchend.« Sie wirft die Hände in die Luft.

Christian dreht sich augenzwinkernd zu Elena um. »Sieht so aus, als wärst du noch mal davongekommen.« Dann sagt er, an Signora Bianchi gewandt: »Ich werde sehen, was ich tun kann.«

Als er weg ist, stürmt Elena zu Signora Bianchi, die sie heute schon zweimal gerettet hat, und umarmt sie, so fest sie kann.

Gayle

Gayle liest Mikes neuesten Post für seinen Blog Korrektur, als ihr Handy pingt. Sie wirft einen Blick aufs Display: Eine Nachricht von ihrer Tochter Susan ist eingegangen.

Mom, haben Pop und du auch eine Nachricht von Chris bekommen?

Wir haben alle die gleiche auf Messenger erhalten.

Wir machen uns Sorgen!

Mit einem Gefühl, als hätte man ihr sämtliche Luft aus der Lunge gesaugt, öffnet Gayle ihre Messaging-App. Tatsächlich, da ist eine Nachricht von einem Chris Mullins.

Hallo, ich bin Noahs Partner. Bitte entschuldigen Sie, dass ich Sie belästigen muss, aber es geht um Noah.

Als ich von der Arbeit nach Hause kam, fand ich eine Nachricht von Noah vor. Darin steht, dass er »nicht mehr so weiterleben kann«. Sein Auto ist noch da, aber er hat einen Koffer mitgenommen. Er geht nicht ans Telefon, und er beantwortet auch keine meiner Nachrichten.

Noah hat so etwas noch nie gemacht, und ich sorge mich sehr um ihn. Ich weiß, dass er in letzter Zeit wieder mit seiner Familie in Kontakt steht, also dachte ich, ich erkundige mich, ob einer von Ihnen etwas von ihm gehört hat. Wenn nicht, tut es mir sehr leid, Sie auf diese Weise zu beunruhigen.

Bitte kontaktieren Sie mich, sollten Sie etwas von ihm hören.

Gayle schlägt die Hand vor den Mund und wimmert.

»Was ist?«, fragt Mike.

Sie zeigt ihm die Nachricht. »Wir müssen etwas tun!«

»Was können wir denn von hier aus tun?«

Sie beißt sich auf die Lippe. »Ich weiß es nicht. Mal sehen, was die anderen wissen.« Sie ruft den Gruppen-Chat mit Susan, Lizzie und Justin auf.

»Was schreibst du ihnen?« Mike wirft einen Blick über ihre Schulter.

Sie rückt leicht zur Seite, damit er besser sehen kann.

Ich habe Chris' Nachricht gelesen.

Habt ihr sonst noch etwas gehört?

Justin antwortet.

Hi, Mom, ich habe ein paarmal mit Chris geschrieben. Noah ist seit gestern verschwunden.

Chris ist zur Polizei gegangen, aber weil Noah eine Nachricht hinterlassen und einen Koffer gepackt hat, kann die Polizei nichts tun.

Wir haben versucht, Noah anzurufen und Nachrichten zu schreiben, aber er antwortet nicht.

Gayle schnappt nach Luft. *Noah ist schon einen ganzen Tag verschwunden!* Seit einem ganzen Tag hat niemand etwas von ihm gehört oder weiß, wo er ist. *Herr, bitte hilf mir, meinen Jungen zu finden*, betet sie.

»Es ist unseretwegen«, jammert sie. »Das ist unsere Schuld!«

»Aber, aber, Schatz. Du darfst dich nicht fertigmachen. Der Junge war schon immer impulsiv. Woher sollen wir wissen, dass er sich nicht mit diesem Chris gestritten hat? Vielleicht ist Noah zur Besinnung gekommen und ausgezogen. Vielleicht ist er in diesem Moment auf dem Heimweg nach Arkansas.«

Gayle dreht sich um und sieht ihn an. »Wenn unserem Sohn irgendetwas zustößt« – sie richtet ihren bebenden Zeigefinger auf ihn –, »werde ich dir das nie verzeihen, Michael James Dawson!«

Sein Mund klappt auf, doch er erwidert nichts.

Sie zieht ihren Bademantel über und schlüpft in die Pantoffeln, dann marschiert sie ohne einen weiteren Blick aus dem Zimmer, das Handy in der Hand. Energisch stapft sie die Treppe hinunter und betritt das leere Restaurant. Die Deckenbeleuchtung ist ausgeschaltet, aber der Raum erstrahlt ihm Schein der unzähligen Lichterketten, die um die Bäume geschlungen sind.

Sie geht zum Büfett und schneidet sich ein dickes Stück Kuchen ab, dann setzt sie sich an einen der Tische und schluchzt in ihre Hände.

Sie versucht, Noah anzurufen, aber er geht nicht dran. Ihr Herz setzt einen Schlag aus, als sie seine Stimme auf dem Anrufbeantworter hört. Sie legt auf und schickt Chris eine Nachricht.

Hallo, Chris, wie nett, Ihre Bekanntschaft zu machen. Ich wünschte nur, die Umstände wären anders.

Es tut mir leid, ich habe nichts von Noah gehört. Bitte geben Sie mir Bescheid, sobald Sie etwas in Erfahrung bringen.

Gott segne Sie. Gayle Dawson

Anschließend schickt sie Noah eine Nachricht.

Liebling, du hast so viel Besseres verdient als die Art und Weise, wie wir dich behandelt haben.

Ich werde alles in meiner Macht Stehende tun, um es wiedergutzumachen. Ich verspreche, deinem Vater zu helfen, sein Verhalten zu ändern.

Wir alle machen uns schreckliche Sorgen um dich.

Bitte lass uns wissen, ob es dir gut geht. Ich liebe dich.

Und dann betet Gayle so inbrünstig, wie sie noch nie in ihrem Leben gebetet hat.

Loretta

Loretta seufzt erschöpft, als sie sich ins Bett legt. Das Telefon stand den ganzen Tag nicht still, ständig riefen irgendwelche Journalisten an, die sie um einen Kommentar zu dem Foto vor Magdalenas Tank baten.

»Wie schön, dass jetzt die gesamte Welt weiß, wie unglücklich du mit deinem Leben bist«, hatte Alberto irgendwann am Nachmittag verbittert gemurmelt.

Er hatte tagsüber kein einziges Mal gelächelt. Während des Abendbetriebs war er oben geblieben, statt sich unten im Restaurant unter die Gäste zu mischen. Vermutlich machte er sich Sorgen wegen der anstehenden Operation, aber seine Befürchtungen hatte er nicht mit ihr geteilt. Das lebenslange Band zwischen ihnen ist gerissen, und sie weiß nicht, wie sie es reparieren soll.

Sie greift in die Nachttischschublade und nimmt ihren Rosenkranz heraus, doch die eisblauen Glasperlen mindern ihren Kummer nicht. Nach einer Weile schlägt sie die Decke zurück, verlässt ihr warmes Bett und schlüpft in Bademantel und Pantoffeln.

Alberto dreht sich auf die Seite und sieht sie an. »Wohin gehst du jetzt schon wieder? Eine weitere Eskapade, von der wir morgen Fotos in den Nachrichten sehen?«

Sie schnalzt mit der Zunge. »Denkst du, ich mache in diesem

Aufzug einen Spaziergang? Ich kann nicht schlafen. Ich hole mir ein Stück Kuchen und etwas zu trinken.«

Er schnaubt und wendet sich ab.

»Bin gleich wieder da«, sagt sie zu seinem Rücken.

La Signora americana sitzt allein an einem Tisch, ein unberührtes Stück Kuchen vor sich, als Loretta das Restaurant betritt. Loretta flucht innerlich, doch sie lächelt Gayle freundlich an. Warum muss ausgerechnet sie hier sein, die Frau, die ihr dunkelstes Geheimnis kennt? Wenigstens ist Gayles unerträglicher Ehemann nirgendwo zu sehen.

»Wir hatten offenbar die gleiche Idee.« Loretta nickt in Richtung des Marantega-Kuchens vor ihrem Gast, geht zum Büfett und schneidet sich selbst ein großzügiges Stück ab. Anschließend schenkt sie an der Bar zwei Sherry ein.

»Danke, aber ich trinke keinen Alkohol.« Gayle tastet nach ihren kleinen weißen Löckchen, als Loretta das Glas vor sie hinstellt. Ihre Augen sind gerötet, in der Hand hält sie einen Ball zerknüllter Taschentücher. Sie hat sich nicht abgeschminkt, der blaue Lidschatten leuchtet so grell wie immer, die Wimpern sind mit blauer Mascara verklebt.

Loretta schiebt das Glas direkt vor Gayle. »Heute Abend machen Sie mal eine Ausnahme. Es sieht so aus, als könnten Sie einen Schluck Sherry genauso gut gebrauchen wie ich.« Sie stößt ihr Glas gegen Gayles. *»Salute.«*

»Na gut, überredet. Zum Wohl!« Gayle prostet Loretta zu und leert das kleine Glas. Anschließend leckt sie sich die Lippen und seufzt voller Genuss.

»Sehen Sie?« Loretta widmet sich lächelnd ihrem Kuchen, der gestern ein bisschen trocken geraten ist.

»Es regnet immer noch«, stellt Gayle fest. »Ich habe noch nie einen Ort gesehen, an dem es so nass ist.«

»*Acqua alta* ist ein Fluch.« Loretta sieht zu, wie Gayle nach dem Gäbelchen greift und mit dem Kuchen spielt. »Schmeckt es Ihnen nicht?«

»Ich liebe diesen Kuchen. Alles, was Sie kochen, schmeckt einfach fantastisch.«

»Sie sehen aber nicht aus, als würden Sie es genießen.«

»Ich habe Kopfschmerzen, das ist alles«, erwidert Gayle.

»Immer noch?«

»Immer noch. Mittlerweile seit sechs Monaten. Ich werde sie einfach nicht los, ganz gleich, was ich tue.«

»Dann haben Ihre Kopfschmerzen also nicht hier, in meinem Hotel, begonnen?«

»Nein.«

Loretta schüttelt den Kopf. »Und warum beharrt Ihr Ehemann dann darauf, dass die rosa Wände im Restaurant die Ursache dafür sind?«

Gayle seufzt. »So ist Mike, er sucht immer nach Schuldigen. Die Wahrheit ist: Ich kenne den Grund für diese Kopfschmerzen. Und tief im Innern kennt Mike ihn ebenfalls.«

»Jetzt müssen Sie mir aber verraten, was der Grund dafür ist.«

»Es ist wegen meines Sohnes.« Tränen treten in Gayles Augen, als sie ihr Kind erwähnt. »Wir reden momentan kaum miteinander.«

»Eine Mutter kann nicht glücklich sein, wenn es Probleme mit ihrem Sohn gibt.«

»Ich denke, meine Kopfschmerzen sind Gottes Strafe. Die Sache ist die: Noah, mein Junge, ist homosexuell.«

Lorettas Haut fängt an zu kribbeln. »Sie denken, Gott bestraft Sie, weil Ihr Sohn homosexuell ist?«

»Nein, nein! Gott bestraft mich, weil ich eine schlechte Mutter bin. Noah hat geheiratet, und Mike, nun, er ist gegen die gleichgeschlechtliche Ehe.«

Loretta muss sich alle Mühe geben, nicht die Augen zu verdrehen. Natürlich ist Mike gegen die gleichgeschlechtliche Ehe. Wogegen ist er eigentlich nicht?

»Die beiden hatten einen furchtbaren Streit, und seitdem haben wir Noah nicht mehr gesehen«, fährt Gayle fort. »Ich habe nichts dagegen unternommen – ich habe meinen Sohn nicht verteidigt. Der Herr bestraft mich, weil ich ihn nicht genug liebe. Und jetzt ist Noah verschwunden. Seit gestern weiß niemand, wo er ist. Er geht nicht ans Telefon. Sein Ehemann, Chris, hat mir heute diese Nachricht geschickt.«

Loretta liest die Nachricht auf Gayles Handy. »Ich habe Nachrichten wie diese vor vielen Jahren wegen meines eigenen Sohnes bekommen«, sagt sie und gibt Gayle das Telefon zurück. »Für eine Mutter ist das eine furchtbare Sache. Allerdings klingt es für mich so, als wäre Ihr Sohn in Sicherheit. So verhält sich ein Mann, der Zeit für sich braucht, um nachzudenken, das ist alles. Er ist erst seit einem Tag weg. Vielleicht hat er sich mit diesem Chris gestritten?«

»Das denkt Mike auch. Ich hoffe, Sie beide haben recht.«

Es ärgert Loretta, dass sie den gleichen Gedanken hatte wie dieser stumpfsinnige Mann.

»Ich denke, er ist verschwunden, weil er wütend auf uns ist.« Gayle ringt ihre pummeligen roten Hände. »Ich sage Ihnen, der Herr bestraft mich, weil ich ihn nicht genug liebe.«

»Der Grund, warum Sie so leiden, ist, dass Sie Ihren Sohn zu sehr lieben, nicht, dass Sie ihn nicht genug lieben. Warum sollte Ihr Kopf sechs Monate lang schmerzen, wenn Sie ihn nicht lieben? Warum würden Sie um diese Uhrzeit hier sitzen, wenn Sie stattdessen im Bett liegen und schlafen könnten?«

»Ich habe ihn als Heranwachsenden nicht so geliebt, wie ich ihn hätte lieben sollen.« Gayles Nase tropft. Sie schnäuzt in das

Taschentuchknäuel. »Er hat mir so viel Ärger gemacht, der Junge. Das habe ich ihm verübelt. Die Wahrheit ist, dass ich meine anderen Kinder mehr geliebt habe.«

»Was genau meinen Sie?«

»Das ist eine lange Geschichte, Loretta. Ich bin mir sicher, Sie sind viel zu beschäftigt, um sich meinen Unsinn anzuhören.«

»Wirke ich beschäftigt? Im Augenblick sitze ich nur hier rum und esse Kuchen.« Loretta ist froh über die Ablenkung. »Erzählen Sie mir diese lange Geschichte. Sie interessiert mich.«

»Machen Sie es sich bequem, meine Liebe, und ich fange an.« Gayle stößt einen zittrigen Seufzer aus. »Es fing an mit meiner grauenhaften Schwangerschaft – so übel war mir noch nie, ich hatte Ischiasschmerzen und schreckliche Hämorrhoiden. Zuvor hatte Gott mich mit unkomplizierten Schwangerschaften gesegnet, daher war es ein Schock. Mittlerweile musste ich mich um drei kleine Kinder unter fünf Jahren kümmern. Ich glaube, aus dem Grund habe ich dem kleinen Noah schon gegrollt, bevor er überhaupt seinen ersten Atemzug tun konnte.«

»Sie hatten drei Kinder unter fünf Jahren, als Sie schwanger waren?« Loretta fällt die Kinnlade herunter.

»Ja. Mike hält nichts von Geburtenkontrolle.«

Natürlich nicht, denkt Loretta.

»Wir haben darauf vertraut, dass der Herr uns so viele Kinder schenkt, wie wir großziehen können«, sagt Gayle.

Loretta schüttelt den Kopf. »Ihr armer Körper. Die Schwangerschaft war also schwierig. Und dann?«

»Dann kam Noah zur Welt, ganze vierzehn Wochen vor dem Termin. An jenem Tag war ein furchtbarer Sturm. Ich weiß noch, dass es ein Mittwoch war. Es gibt einen Vers in einem alten Gedicht: ›Mittwochskind ist voller Leid‹. Kennen Sie das Gedicht?«

»Nein.«

»Nun, das Kind war voller Leid, das kann ich Ihnen sagen. Sogar der Himmel weinte an dem Tag, an dem Noah geboren wurde.« Sie hält kurz inne, dann fährt sie fort. »Er war zwölf Wochen lang auf der Frühchenstation.«

»Das klingt nach einer sehr schwierigen Zeit.«

»Das war es. Ich musste mich einer Notfallhysterektomie unterziehen.«

»Dann ist der Herr also zu dem Schluss gekommen, dass Sie vier Kinder großziehen können«, sagt Loretta mit einem Anflug von Sarkasmus, aber Gayle nickt nur.

»Noah war ein winziges Bündel, als wir ihn nach Hause geholt haben, kleiner als eine Puppe. Dafür, dass er so klein war, hatte er eine gewaltige Lunge. Während seines ersten Lebensjahrs hat er nur geschrien, rund um die Uhr, jeden Tag. Manchmal frage ich mich, ob er damals schon wusste, was für Schwierigkeiten vor ihm lagen. Er war ein unglückliches Baby, und ich war eine unglückliche Mutter.«

»Selbstverständlich waren Sie unglücklich. Sie hatten vier kleine Kinder, um die Sie sich kümmern mussten, Sie erholten sich gerade von einer Operation, Ihr Baby kam zu früh zur Welt. Das ist für jeden schwer.«

»Ich dachte, es würde besser werden, aber das tat es nicht. Das Elend verfolgte mich bis in Noahs Kindheit. Meine anderen drei Kinder waren wohlerzogen, aber Noah? O Loretta, er war der eigensinnigste Junge, den man sich nur vorstellen kann. Er schien Ärger förmlich anzuziehen.«

Loretta lacht. »Klingt ganz nach Marina. Sie war als Kind genauso.«

Gayle sieht sie überrascht an. »Tatsächlich? Haben Sie sie anders behandelt als Rocco?«

»Selbstverständlich. Ich habe immer den Schuh ausgezogen, um ihr damit den Hintern zu versohlen, und an vielen Tagen hielt ich den Schuh genauso lange in der Hand, wie ich ihn am Fuß trug.«

»Aber haben Sie sie deshalb weniger geliebt?«

Loretta schüttelt den Kopf. »Ich war ganz vernarrt in sie.«

»An dem Punkt ist es schiefgelaufen.« Gayle kommen erneut die Tränen. »Ich habe die anderen Kinder bevorzugt, weil sie mir keine Schwierigkeiten gemacht haben. Ich habe mir eingeredet, dass Noahs Eigensinn Gottes Art war, mich zu bestrafen, weil ich ihn nicht genug liebe. Jetzt weiß ich es besser. Sein Eigensinn war nicht meine Strafe, meine Strafe ist es, dass er mir den Rücken kehrt.«

Loretta steht auf und zuckt zusammen, als ihre Knie knacken. Sie geht zum Büfett, nimmt den Serviettenspender und stellt ihn vor Gayle, dann setzt sie sich wieder. »Vielleicht haben Sie Ihre anderen Kinder bevorzugt, weil sie leichter zu handhaben waren. Jede Mutter würde das tun. Das bedeutet aber nicht, dass Sie Ihren Sohn weniger geliebt haben.«

Gayle schnäuzt sich die Nase. »Denken Sie das wirklich?«

»Gott bestraft Sie nicht, Gayle. Sie bestrafen sich selbst.«

Gayles Blick schweift in die Ferne. »Vielleicht haben Sie recht. Wie sind Sie so weise geworden?«

Loretta lacht leise. »Ich bin nur weise, wenn es um das Leben anderer Leute geht. Sobald es meine eigenen Kinder betrifft, stelle ich mich ziemlich dumm an. Meine Tochter ist seit sieben Jahren in einen Mann verliebt, und ich habe erst jetzt davon erfahren.«

»In den Priester?«

Loretta reißt die Augen auf. »Sogar *Sie* wussten davon?«

»Marina ist eine liebenswerte junge Frau. Ich hoffe, der Herr beschert ihr Glück.« Für eine Minute sitzen sie schweigend da, dann sagt Gayle: »Ich habe das Foto von Ihnen auf der Piazza gesehen. Es hat mir das Herz gebrochen. Sie machen viel durch, nicht wahr?«

Loretta überlegt, sich einen weiteren Sherry einzuschenken, aber sie bleibt sitzen. »Es waren vielleicht die schwersten zehn Tage meines Lebens.«

»Möchten Sie darüber reden, meine Liebe?«

Gayle wirkt so ehrlich und offen, dass Loretta ihre Geschichte mit ihr teilt. »Was mich am meisten überrascht hat«, kommt sie zum Ende, »ist, dass es mir noch sehr viel mehr zu schaffen macht, Alberto zu verletzen, als Flavia zu verlieren.«

»Sie haben sich ein Leben mit Alberto aufgebaut. Geben Sie ihm etwas Zeit, und es wird wieder besser werden. Man kann sehen, wie sehr er sie liebt.«

»Wissen Sie, wie ich mich fühle? Wie die Künstlerin Magdalena im Tank. Das Wasser steht mir bis hierher.« Loretta legt eine Hand an ihren Hals.

»Wir haben sie heute gesehen. Der Regen prasselte auf sie herab, und sie stand dort, zitternd und bibbernd, umringt von Menschenmassen. Ich musste den Blick abwenden.«

»Ich hasse diese Ausstellung«, sagt Loretta bitter. »Ich bin froh, wenn sie vorbei ist.«

»Ich würde lügen, wenn ich behaupte, sie hätte mir gefallen, aber ich muss zugeben, dass Mike und ich eine ganze Menge gelernt haben. Wir gehen die Dinge jetzt anders an.«

Loretta runzelt die Stirn. »Wie?«

»Nun, zum einen vergewissern wir uns, dass alles, was wir kaufen, in Venedig hergestellt wurde. Und wenn wir wieder zu Hause sind, werden wir allen sagen, dass sie nicht wie wir mit einem Kreuzfahrtschiff herkommen sollen. Jetzt wissen wir, wie schlecht das ist.«

»Hm. Dann bringt die Ausstellung vielleicht doch etwas.«

Gayle nimmt einen kleinen Bissen von dem Kuchen. »Der schmeckt wirklich köstlich.«

»Das ist eine *Torta dea marantega*, der Kuchen der Hexe.«

Gayle hebt die Augenbrauen. »Warum Hexe?«

»Tradition. Die Hexe ist das Symbol für das Epiphanias-Fest. In früheren Zeiten waren Trockenfrüchte und Rosinen eine kostbare Fracht auf den Handelsschiffen, weil sie so selten waren. Deshalb wurde dieser Früchtekuchen nur während der Weihnachtszeit als besonderer Leckerbissen gebacken. *La befana* ist eine gute Hexe, die den Kindern jedes Jahr Leckereien und Geschenke bringt.«

Gayle verzieht die Lippen zu einem Lächeln. »Was für eine schöne Tradition.«

»Das Rezept für die *Torta dea marantega* ist ganz einfach«, sagt Loretta. »Ich kann es Ihnen aufschreiben.«

»Danke, aber Mike, nun, er mag keinen Früchtekuchen.«

Loretta deutet auf Gayle. »Und was ist mit Ihnen? Was mögen *Sie*?«

»Ach, ich würde niemals einen Kuchen nur für mich backen. Es kommt mir vor wie eine Verschwendung, wenn er Mike nicht ebenfalls schmeckt.«

»Ich hoffe, er weiß, wie glücklich er sich schätzen kann, eine so gute Ehefrau zu haben.«

»Ich bin diejenige, die Glück hat. Ich habe ihm in letzter Zeit so zugesetzt, wegen Noah und allem. Und obwohl er wütend auf mich ist, stellt er meine Bedürfnisse immer noch über seine. Ich habe unser Zimmer heute Abend im Zorn verlassen – wir streiten neuerdings ständig wegen Noah. Doch die Wahrheit ist, dass ich Mike alles verdanke. Er hat mich gerettet, als er mich geheiratet hat.«

»Worum geht es in einer Ehe, wenn nicht darum, sich gegenseitig zu retten?«

»Er hat mich im wahrsten Sinne des Wortes gerettet. Bevor ich ihm begegnet bin, war ich keine Christin, aber er lenkte mein

Antlitz zum Herrn«, sagt Gayle. »Wir waren noch halbe Kinder, als wir heirateten, gerade fertig mit der Highschool. Mike sparte fürs College, er wollte gern Arzt oder Anwalt werden, etwas Wichtiges, verstehen Sie? Er ist so klug, er hätte alles werden können, was er wollte.«

Loretta verbeißt sich ein Lachen.

»Doch kaum waren wir verheiratet, kam auch schon die kleine Susan zur Welt. Also nahm er einen Job bei einer Reifenfirma an und war über fünfzig Jahre ein vorbildlicher Arbeiter. Unser ganzes Leben lang hat Mike sich immer hintangestellt. Er war unseren Kindern ein wunderbarer Daddy, hat immer mit ihnen rumgealbert, und mich hat er behandelt wie eine Königin. Ich verdanke diesem Mann alles. Ich wünschte nur, wir könnten wieder eine Familie sein. Ich weiß, dass er Noah liebt, das tut er wirklich. Trotzdem mache ich mir Sorgen, dass es zu spät ist. Vielleicht ist Noah etwas Schreckliches zugestoßen.«

»Wir werden für das Wohlergehen Ihres Sohnes beten. Ich bin mir jedoch sicher, dass er wohlauf ist und Sie sich umsonst Sorgen machen.«

Gayle so liebevoll über ihren Ehemann reden zu hören, ruft Schuldgefühle in Loretta hervor. Nicht nur Mike war ein fleißiger Arbeiter, auch Alberto hat seit dem Tag ihrer Eheschließung von morgens bis spätabends hart gearbeitet. Das Hotel bedeutet ihm genauso viel wie ihr. Er ist ihren Kindern ebenfalls ein großartiger Vater und hat sie nie schlechter behandelt als eine Königin. Doch während Gayle ihren Mann offen lobt, ist Loretta schnell dabei, Alberto zu kritisieren. Sie muss das wiedergutmachen – er hat Besseres verdient. Sehr viel Besseres.

Loretta isst den letzten Bissen Kuchen. »Es wird langsam spät. Ich muss versuchen, noch etwas zu schlafen, damit ich morgen arbeiten kann.«

»Ich muss jetzt auch ins Bett. Der kleine Sherry hat mich angenehm müde gemacht. Ich spüre, wie mir die Lider schwer werden.« Gayle schiebt ihren Stuhl zurück.

Loretta stellt die benutzten Teller und Gläser auf dem Büfetttisch ab, zu müde, um sie in die Küche zu bringen.

Als sie gemeinsam die Treppe hochgehen, hakt sie sich bei Gayle unter. »Ich bin mir sicher, Sie werden morgen von Noah hören.«

»Das hoffe ich. Ich weiß es wirklich zu schätzen, dass Sie mir heute zugehört haben. Ich bin schon so lange ein Fan von Ihnen. Und jetzt kann ich Sie meine Freundin nennen.«

»Und Sie haben mich in meinen schlimmsten Momenten erlebt und mir echte Freundlichkeit entgegengebracht. Sie haben sich als wahre Freundin erwiesen. Auch Elenas Mutter hat mir erzählt, wie nett sie zu ihr waren. Sie sind eine wundervolle Frau, Gayle.«

»Oh, die liebe Elena. Ich mache mir solche Sorgen wegen morgen.«

»Ich auch.« Loretta drückt Gayles Hand. »Wir werden beten, ja?«

»Zu beten kann nie schaden. Schlafen Sie gut, meine Liebe.«

»Gute Nacht.«

Sie gehen zu ihren jeweiligen Türen.

Alberto regt sich, als Loretta das Schlafzimmer betritt. »Du warst lange weg«, murmelt er. »Hast du eine weitere Nonne gefunden, die du küssen kannst?«

»Keine Nonne, nur Kuchen.« Sie krabbelt ins Bett und küsst ihn auf den Kopf. »Alberto, du weißt, wie viel du mir bedeutest, oder? Du weißt, wie dankbar ich dir für all das bin, was du für unsere Familie getan hast?«

Er reißt erschrocken die Augen auf. »Stirbst du?«

»Wie bitte? Nein!«

Ein Ausdruck der Panik huscht über sein Gesicht. »Gibt es etwas, was du mir verschweigst? Hast du Krebs?«

»Warum sollte ich nachts um halb zwölf plötzlich feststellen, dass ich Krebs habe?«

»Keine Ahnung. Warum benimmst du dich dann so, als würdest du sterben?«

»Vergiss es«, blafft sie. »Schlaf weiter.«

Alberto murmelt etwas Unverständliches vor sich hin und schließt die Augen.

Sobald er anfängt zu schnarchen, wispert sie in die Dunkelheit: »*Ti amo*, Alberto.«

Kaum hat sie sich hingelegt, stellt sie fest, dass sie vergessen hat, ihre Blase zu entleeren. Gereizt schlägt sie die Bettdecke zurück und tappt ins angrenzende Bad. Als sie wieder ins Bett kriecht, weckt sie Alberto erneut.

Diesmal steht er auf. Er macht einen Schritt in Richtung Bad und bleibt stehen, umklammert seine Schulter. Ein seltsamer Ton dringt über seine Lippen, dann bricht er zusammen. Loretta springt aus dem Bett und rennt zu ihm. Er liegt mit dem Gesicht nach unten auf dem Teppich und bewegt sich nicht.

»Alberto! Alberto!« Sie sinkt auf die Knie und dreht Alberto auf den Rücken. Sein Körper ist schlaff und lässt sich nur schwer bewegen. *Dio mio! Nicht schon wieder sein Herz!*

»Alberto! Wach auf!« Sie packt ihn bei den Schultern und schüttelt ihn.

Er reagiert noch immer nicht. Sein Kopf rollt hin und her, seine Augen sind nach hinten gedreht.

»Rocco! Marina!«

Sie springt auf, stürmt zum Nachttisch und greift nach ihrem Handy, um die Rettung zu rufen. Der Mann in der Zentrale lässt sich Zeit, rät ihr, sich zu beruhigen, und lässt sie zweimal die Adresse wiederholen. Er hat es ganz und gar nicht eilig.

»Wir dürfen keine Zeit verlieren!«, schreit sie ihn an.

Alberto ist noch immer bewusstlos. *Lebt er überhaupt noch?*

Barfuß, mit wehendem Nachthemd, rennt sie aus dem Apartment und durch den Flur. So schnell hat sie sich schon seit Jahren nicht mehr bewegt. Am ganzen Körper zitternd, hämmert sie mit beiden Fäusten gegen die Tür der Taylors.

»Dottore!«, schreit sie. »Elena! *Aiutami!* Hilfe!«

Die Tür geht auf, und Christian erscheint, nur in Unterhose, dicht gefolgt von Elena. Loretta erklärt hastig, was passiert ist, und zieht Christian an der Hand zu ihrem Apartment. Elena und sie sehen zu, wie Christian Alberto wiederbelebt, genau wie letzte Woche. Er hört erst auf, als die Rettung eintrifft und die Sanitäter übernehmen.

Während der ganzen Zeit, die die Sanitäter Albertos schlaffen Körper bearbeiten und ihm wieder und wieder Elektroschocks verabreichen, betet Loretta zu der Heiligen Jungfrau. Sie macht der Muttergottes sämtliche Versprechungen, die ihr einfallen, doch erst als sie ihr versichert, dass sie sich aus dem Restaurantgeschäft zurückziehen und sich für den Rest ihres Lebens nur um ihn kümmern wird, sollte Alberto verschont bleiben, schlägt dieser die Augen auf und schnappt nach Luft.

Am elften Tag der Weihnacht

Loretta

»Signora?«

Loretta schrickt zusammen, als ihr jemand aufs Knie tippt. Blinzelnd sieht sie den jungen Krankenpfleger an, der vor ihr steht.

»Sie können jetzt zu ihm, Signora.«

»Wie spät ist es?« Loretta reibt sich die Augen.

»Fünf Uhr morgens.« Der Krankenpfleger hat ein freundliches Gesicht, seine Stimme ist sanft.

Loretta stemmt sich von der Couch im Besucherbereich hoch. Vor zwei Stunden war Luca bei ihr, um ihr die Nachricht zu überbringen, dass Alberto die Operation, bei der ihm ein Defibrillator eingesetzt wurde, überlebt hat.

»Ich habe den Defibrillator ausprobiert, er funktioniert. Wenn Alberto aufhört zu rauchen, kann er noch eine ganze Weile leben«, hat Luca ihr lächelnd versichert.

Jetzt folgt Loretta dem Pfleger zu Albertos Zimmer auf der Intensivstation. »Ist er wach?«, fragt sie ihn.

»*Sì*, Signora. Er hat nach Ihnen gefragt, kaum dass er die Augen aufgeschlagen hat.« Er führt sie durch einen sterilen weißen Flur. »Nur damit Sie Bescheid wissen: Er ist mit Kabeln und Schläuchen an mehrere Geräte angeschlossen. Aber es geht ihm gut, deshalb versuchen Sie, sich keine Sorgen zu machen, wenn Sie ihn sehen. Da wären wir.« Er schiebt die Tür auf und bedeutet ihr einzutreten.

Die obere Hälfte von Albertos Bett ist in einem 45-Grad-Winkel aufgerichtet, in Richtung Tür. Sie begegnet seinen Augen, sobald sie den Raum betritt. Der Pfleger hat gut daran getan, sie zu warnen. Alberto wirkt so zerbrechlich, so alt, dass es ihr schwerfällt, nicht nach Luft zu schnappen.

»Loretta«, flüstert er. »Du bist da.«

»Selbstverständlich bin ich da, *caro*.« Sie eilt zu ihm ans Bett. »Wo sollte ich sonst sein?«

Das Krankenhausnachthemd sitzt locker und lässt die linke Hälfte seiner Brust frei, die rasiert und unter dem Schlüsselbein mit einem großen Stück weißer Gaze bedeckt ist.

»Tut es weh?« Sie streichelt ihm über den Kopf, wo er schon lange keine Haare mehr hat.

»Ein bisschen.« Er zieht die Sauerstoffbrille aus seiner Nase. »Das nervt mich.«

Die matronenhaft aussehende Krankenschwester an seinem Bett schnalzt ungehalten mit der Zunge und schiebt ihm die Sauerstoffbrille zurück in die Nasenlöcher. »Die brauchen Sie, Signore. Ich habe Ihnen doch erklärt, dass Sie Sauerstoff benötigen. Ziehen Sie die Stutzen nicht ständig raus. Außerdem habe ich Sie gebeten, für mindestens zwei weitere Stunden den linken Arm stillzuhalten, erinnern Sie sich?«

»Hören Sie das nicht?«, wendet sich Alberto mit heiserer Stimme an die Schwester. »Ihr Piepser geht. Sie sollten besser mal nachsehen, was man von Ihnen will. Schnell, gehen Sie.«

Die Krankenschwester lacht schnaubend. »Wie geht es Ihnen?«

»Ich habe schon wieder Lust auf eine Zigarette.« Er grinst.

Die Schwester wirft Loretta einen Blick zu und verdreht die Augen. »Macht er immer so viel Ärger?«

Loretta betrachtet Alberto voller Zuneigung. Sie kann ihr Glück kaum fassen, dass Gott ihnen die Chance für einen Neubeginn gegeben hat.

»Immer.«

Sophie

Sophie schlägt erschrocken die Augen auf, als jemand wie verrückt an ihre Tür hämmert. Sie fliegt förmlich aus dem Bett und zieht ihren Bademantel über, während Rocco, noch halb schlafend, in Unterhose zur Tür taumelt.

Er reißt die Tür auf. Marina steht davor.

»*Cos'è*, Marina?«

»Papà! Er hatte einen weiteren Herzstillstand!«

Rocco verzieht erschrocken das Gesicht und sagt rasend schnell etwas auf Italienisch.

»Er lebt«, versichert Marina ihm. »Er wurde operiert.«

Rocco streckt die Arme aus, Marina und er klammern sich aneinander.

»Lass uns gehen«, sagt Marina.

»Du gehst«, erwidert er. »Ich muss hierbleiben.«

»Ihr solltet beide gehen.« Sophie macht einen Schritt auf die Geschwister zu. »Ich übernehme den Markt und bereite das Frühstück vor. Ich kenne die Abläufe.«

Rocco greift nach ihrem Arm. »Bist du sicher, Sophie? Das ist ganz schön viel für einen allein.«

»Das ist völlig okay«, versichert sie ihm. »Eure Cousine und euer Cousin werden bald hier sein. Sie können mir helfen. Geht zu eurem Vater.«

»Du bist umwerfend.« Rocco küsst sie auf die Wange.

Sie lächelt. »Na los!«

In Windeseile springt er in seine Kleidung, und nur Sekunden später stürmen Marina und er zur Tür hinaus.

Sophie zieht sich an und macht sich kurz nach ihnen auf den Weg zum Markt. Es hat aufgehört zu regnen, und das Hochwasser ist ein klein wenig zurückgegangen, doch sie muss die Stege benutzen, um den Handwagen hinter sich herziehen zu können.

Als sie schon beinahe im Rialto-Viertel ist, ruft Rocco sie an und teilt ihr mit, dass Alberto wach ist und sich gut von der Operation erholt. »Kaum zu glauben, dass wir gestern Nacht nichts mitbekommen haben. Mamma war ziemlich sauer auf mich. Sie sagt, sie hat nach mir gerufen.« Er hält kurz inne, dann fährt er fort: »Ich denke, als die Rettung kam, waren wir gerade unter der Dusche.«

Sophies Unterleib zieht sich zusammen bei der Erinnerung an Rocco, der vor ihr kniet, während das warme Wasser auf sie herabprasselt. »Bitte sag nicht, das hast du Loretta erzählt.«

»Selbstverständlich. Was hätte ich denn sonst sagen sollen?«

»O Gott. Wie hat sie reagiert?«

»Sie hat Dinge gesagt, die ich lieber nicht wiederholen möchte.« Er lacht leise.

»Nun, das bedeutet, dass ich deiner Mutter nie wieder in die Augen sehen kann.«

»Sie liebt dich, ich liebe dich, ganz Venedig liebt dich!«, ruft er, bevor er auflegt.

Im Rialto stürzen sich die Marktleute auf sie wie Möwen auf Essensreste. Alle wollen wissen, wo Rocco ist, und dann drängen sie sie, ihnen jedes einzelne Detail über Alberto mitzuteilen. Sie berichtet ihnen das wenige, was sie weiß, und im Handumdrehen ist ihr Wagen voll mit frischen Lebensmitteln. Keiner der Marktleute nimmt Geld von ihr an.

Auf dem Rückweg zum Hotel nähern sich ihr zwei Nonnen mit im Wind flatterndem Habit von der anderen Seite der Rialtobrücke.

»Dio vi benedica«, wünschen sie ihr wie aus einem Mund, als sie an ihr vorbeigehen.

Die Cafébesitzer haben Tische und Stühle in den überfluteten Gassen aufgestellt. Sie begrüßen sie mit Namen, und sie muss stehen bleiben und erklären, warum Rocco nicht bei ihr ist. Alle machen sich Sorgen um Alberto.

Ihre Nachbarn in Melbourne, neben denen sie inzwischen seit sechs Jahren wohnt, wissen nicht einmal, wie sie heißt. *Das hier ist meine Community*, wird ihr klar. *Das sind meine Leute.* Zum ersten Mal in ihrem Leben verspürt sie ein solches Gefühl der Zusammengehörigkeit.

Sie denkt daran, wie kurz davor sie gestern stand, Venedig zu verlassen, und das erschreckt sie. Jetzt erkennt sie, dass ihr Reflex, den erstbesten Flug nach Hause zu buchen, als ihre Mutter überraschend eintraf, tatsächlich sehr wenig mit Rocco zu tun hatte, dafür alles mit den unwägbaren Verhältnissen, in denen sie aufgewachsen ist.

»Ich werde vorsichtig mit deinem Herzen sein«, hat Rocco ihr gestern versprochen. »Ich werde dich nicht verletzen. Du kannst mir vertrauen.«

Und das tut sie. Sie vertraut ihm völlig.

Sobald sie wieder im Hotel ist, fängt sie an, das Frühstück im Restaurant vorzubereiten. Kurz darauf treffen Chiara und Salvatore ein. Dank Lorettas ausgezeichneten organisatorischen Fähigkeiten sind sie stärker eingespannt als sonst, aber nicht überlastet, denn fast alles ist bereits servierbereit. Nur ein paar Dinge wie das Kochen der Eier müssen noch erledigt werden.

Sophie fallen die Kalbsschnitzel ein, die sie vor ein paar Tagen in den Gefrierschrank gepackt haben. Sie nimmt sie heraus, damit sie auftauen können. Auf dem Markt hat Bianca, die stets lächelnde Obst- und Gemüsehändlerin, ihr Wurzelgemüse in allen Farben geschenkt, das sie in Olivenöl und Balsamico schmoren und zu dem Kalbfleisch reichen wird. Der gute alte Pasquale hat ihr Kammmuscheln eingepackt – eine wunderbare Vorspeise. Sophie beschließt, sie zu grillen und zusammen mit einem Tomatensalat und dem knusprigen Stangenbrot von Ezio, ihrem Bäckerfreund, zu servieren. Die Eier von Sebastianos entzückenden Hennen genügen, um ein Vanilledessert daraus zu zaubern. Das ist vielleicht keine traditionelle venezianische Küche, aber alles ist frisch und köstlich.

Sie schreibt das Menü an die Tafel und bittet Chiara, für sie Korrektur zu lesen. Darunter notiert sie: *Das Menü wird zubereitet von Sophie Black vom Foodie-Magazin*, was so klingt, als wäre das Menü von einer Gastköchin ein besonderer Leckerbissen und keine Last-Minute-Lösung nach einem familiären Notfall.

Die ersten Frühstücksgäste trudeln ein. Elena und Christian betreten das Restaurant gemeinsam, und ihr fällt ein, dass dies der Morgen von Elenas Flucht ist.

Christian sieht sich im Restaurant um. »Ist Rocco hier?«

»Er ist bei Alberto im Krankenhaus«, antwortet sie. Es fällt ihr schwer, ihn auch nur anzusehen.

»Ah, richtig.« Er senkt die Stimme. »Wir haben ein ziemlich wichtiges Treffen heute Morgen. Weißt du, ob es noch stattfindet?«

Ein Ausdruck blanken Entsetzens tritt auf Elenas Gesicht.

»Definitiv«, antwortet Sophie. »Ich bin mir nicht sicher, ob Rocco es rechtzeitig schafft, aber Salvatore geht hin. Du kennst Salvatore, oder?«

Als er seinen Namen hört, eilt Salvatore zu ihnen zum Restauranteingang. »*Ciao*, Signore. Wenn Sie möchten, treffen wir uns um halb elf in der Lobby. Wir können zusammen zu der Versammlung gehen, ich kenne den Weg.«

Elena und Sophie tauschen einen verstohlenen Blick aus. Er genügt, um die Botschaft zu übermitteln, dass alle hinter ihr stehen.

»Ist es okay, wenn ich für zwei Stunden weg bin, Sophie? Vielleicht etwas länger?«, fragt Salvatore sie in der Küche.

»Mach dir keine Sorgen, es ist alles unter Kontrolle«, versichert sie ihm selbstbewusst, zumal sie für ihre Vorbereitungen einen unschlagbaren Trumpf in der Hinterhand hat: die Unterstützung der besten Laienköchin, der sie je begegnet ist und die zu Hause sogar noch besser kocht als Loretta: Penelope.

Sophie hat ihre Liebe fürs Kochen von ihrer Mum. Als es zu Hause noch friedlich zuging, verbrachte Sophie ihre Sonntagvormittage damit, Penelope dabei zuzusehen, wie sie liebevoll Lammbraten mit sämtlichen Beilagen zubereitete. Außerdem wartete sie stets ungeduldig darauf, die Rührbesen ablecken zu dürfen, wenn ihre Mutter den weltbesten Schokoladenkuchen backte. Penelope war eine leidenschaftliche Köchin – bis zu dem Tag, an dem sie Martin umbrachte. Oder eigentlich schon vorher. Als seine Gewaltausbrüche begannen.

Mit der Zeit verlor sie mehr und mehr das Interesse am Kochen. Die selbst gemachten Pies wichen gekauften Bratkartoffeln oder Tiefkühl-Pommes-frites. Doch da hatte die zehnjährige Sophie schon genug von ihrer Mutter gelernt, um selbst eine kompetente Köchin zu sein, und schon bald übernahm sie es, die Mahlzeiten für die Familie zuzubereiten.

Als Teenagerin träumte Sophie davon, Köchin zu werden und eines Tages ein eigenes Restaurant zu führen. Aber sie war eine starke Schülerin mit einer besonderen Begabung fürs Schreiben, deshalb wurde sie von dem Berufsberater ihrer Highschool und ihren Lehrkräften dazu ermutigt – gedrängt –, die Universität zu besuchen. Und so wurde sie Journalistin und schrieb über Essen, anstatt als Köchin kreativ damit zu arbeiten.

Trotz der schrecklichen Umstände ist heute der Tag, an dem Sophies lang gehegter Traum endlich wahr wird. Sie betreibt ihr eigenes Restaurant.

Eine halbe Stunde später ist Penelope immer noch nicht runtergekommen, obwohl sie versprochen hat zu helfen, als Sophie heute Morgen nach dem Markt bei ihr angeklopft hat. Die Frühstücksgäste sind fast alle fort, und Sophie fängt langsam an, sich zu sorgen, als Penelope das Restaurant betritt. Sie sieht umwerfend aus in ihrem fließenden grellrosa Kaftan, das weiße Haar zurückgehalten von einem gelben Schal.

»Hallo, Liebling«, trällert Penelope. »Wie lustig, wir zwei Mädels zusammen in der Küche.«

Erleichtert stellt Sophie fest, dass ihre Mutter stocknüchtern ist.

Sobald das Frühstücksgeschirr abgeräumt ist, organisiert Sophie die Küche nach ihren eigenen Vorstellungen. Sie bittet Chiara, das Gemüse zu schnippeln, während Salvatore fachmännisch die Kammmuscheln halbiert und Sophie und Penelope die Schnitzel vorbereiten.

Mutter und Tochter arbeiten Hand in Hand. Sophie legt die Schnitzel in gewürztes Mehl und taucht sie dann in Ei, anschließend reicht sie sie an Penelope weiter, die sie in einer Panade aus fein gemahlenen Bröseln und Parmesan wendet. Es gelingt ihr, so weit abzuschalten, dass sie diesen seltenen Moment der Harmonie mit ihrer Mutter genießen kann.

Um kurz vor halb elf entschuldigt sich Salvatore, um zu Christian in die Lobby zu gehen. Sophie umarmt ihn fest.

Penelopes Gesicht verfinstert sich, als Sophie ihr von Elena und Christian erzählt. »Ich wünschte, ich hätte den Mut gehabt, zu gehen«, wispert Penelope.

Es ist das erste Mal, dass ihre Mutter über ihre von Missbrauch dominierte Ehe spricht.

»Es tut mir leid, dass ich nicht mutig genug war«, fährt sie fort. »Es tut mir so schrecklich leid.«

Sophie will etwas erwidern, aber die Worte bleiben ihr in der Kehle stecken. Mit gesenktem Kopf macht sie sich daran, die Teller abzuspülen.

»Das ist der Grund, warum ich trinke«, sagt Penelope leise. »Es hilft mir zu vergessen.«

Sophie schaut auf und begegnet Penelopes Blick. »Bitte, geh in eine Entzugsklinik, Mum. Hol dir Hilfe.«

»Ich habe gesagt, dass ich darüber nachdenken werde, Liebling.«

Gayle

Mike und Gayle sind zu gestresst wegen Noah, um auf Entdeckungstour zu gehen, deshalb sitzen sie in ihrem Zimmer und schauen fern.

Mikes anfängliches abschätziges Getue wegen Noahs Verschwinden ist verflogen, jetzt, da ein weiterer Tag vergangen ist und sie noch nichts von ihm gehört haben. Alle zehn Minuten fragt Mike sie, ob es irgendwelche Neuigkeiten von »Noahs Kumpel« gibt.

Obwohl er es nicht ausdrücklich gesagt hat, spürt sie, wie Mikes Groll auf Chris schwächer wird. Aus den Nachrichten, die Chris Gayle heute geschickt hat, geht deutlich hervor, wie sehr er ihren Sohn liebt, und langsam glaubt sie, dass Mike das ebenfalls bemerkt. »Ist bestimmt nicht leicht für ihn«, hat Mike nach einer besonders panisch klingenden Nachricht von Chris eingeräumt.

Sie wirft zum gefühlt millionsten Mal einen Blick auf ihr Handy.

»Nichts?«, fragt Mike.

»Nichts, Schatz.«

Sie starrt auf den Fernseher, ohne der Gameshow, die gerade läuft, Aufmerksamkeit zu schenken. »Glaubst du, Elena ist schon weg?«

Sie hat Elena heute nicht beim Frühstück erwischt, was bedeutet, dass sie sie nie wiedersehen wird.

Mike zuckt mit den Achseln. »Wer weiß? Für einen erholsamen zweiwöchigen Urlaub in Italien ist mir das alles etwas zu viel Drama.«

»Das kannst du laut sagen.«

Er dreht sich zu ihr. »Willst du immer noch unbedingt abreisen?«

Sie überlegt. »Nicht mehr ganz so dringend. Ich möchte einfach nur hören, dass es Noah gut geht. Wenn wir wissen, dass er in Sicherheit ist, würde ich mich wahrscheinlich sogar auf die Gondelregatta am Dreikönigstag freuen.«

Als sie heute Morgen das Hotel verlassen haben, um sich einen Kaffee zum Mitnehmen zu holen, herrschte in den Gassen von San Marco ein buntes Treiben. Die ganze Stadt ist für *La Regata delle Befane* neu dekoriert worden. Überall schweben Hexen auf Besenstielen durch die Luft, sogar der riesige Weihnachtsbaum auf der Piazza San Marco ist mit einer Hexe versehen.

Mike hat gelesen, dass am Vorabend von Epiphanias, dem Dreikönigstag, *la Befana*, die Hexe, allen Kindern in Venedig Geschenke bringt, genau wie der Nikolaus. Das hat Gayle bereits von Loretta erfahren, aber sie weiß nicht genau, wie es dazu kam, dass eine Hexe an einem christlichen Feiertag eine zentrale Rolle spielt. Momentan jedoch ergibt für sie ohnehin kaum etwas einen Sinn.

»Bis Epiphanias ist es doch noch ein Tag«, sagt Mike. »Bestimmt hören wir bis dahin etwas von Noah.«

Gayle nickt. Etwas anderes mag sie sich gar nicht vorstellen.

Elena

Christian ist fort. Es ist Zeit.

Ohne einen Blick zurückzuwerfen, humpelt Elena aus dem Hotelzimmer und nimmt den Fahrstuhl in die Lobby. Sie platzt in die Küche, wo sie Sophie an der Kücheninsel stehen sieht, und schlingt die Arme um ihre neue Freundin. »Ich werde dir niemals vergelten können, was du für mich getan hast. Ich danke dir, vielen, vielen Dank. Bitte richte auch den Bianchis meinen Dank aus. Ich wünschte, ich hätte mich persönlich verabschieden können, genau wie bei Gayle und Mike.«

»Nun geh schon!« Sophie schiebt sie aus der Tür. »Es ist vorbei, du bist frei!«

»Bete für mich.«

»Ich muss nicht für dich beten, alles wird gut gehen.«

Elena verlässt das Hotel Il Cuore mit nichts außer einer kleinen Handtasche und der Kleidung, die sie trägt.

Die Wolken hängen tief und regenschwer am Himmel, die Gebäude auf beiden Seiten der Gassen wirken erdrückend. Sie hat nicht an ihre Schuhüberzieher gedacht, bevor sie aufgebrochen ist, und sie möchte nicht zurückkehren, also bleibt ihr keine andere Wahl, als über die Stege zum Kanal zu humpeln. Mit ihrem verletzten Knöchel fühlen sich die Holzplanken so wackelig an wie Schwebebalken.

Sie gestattet sich nicht zurückzublicken; es ist leichter, die

Balance zu wahren, wenn sie nach vorne schaut. Jede Sekunde rechnet sie damit, dass er zu ihr aufschließt. Der Himmel und die Stadt scheinen immer näher zu kommen.

Endlich erreicht sie die Vaporetto-Haltestelle, wo sie in der kleinen Menge untertaucht, die auf das Boot nach San Marcuola wartet. In ihrer Handtasche stecken eine Handvoll Tampons, ihr Pass, Stift und Papier, die sie aus dem Hotelzimmer mitgenommen hat, und weitere hundert Euro von Christian, nur für alle Fälle.

Das Boot trifft Gott sei Dank recht bald ein, und sie geht an Bord. Jemand tippt auf ihre Schulter, und sie schnappt nach Luft, doch es ist bloß der Kontrolleur, der ihre Fahrkarte sehen will. Erst als das Boot ohne Christian ablegt und den Kanal entlangfährt, atmet sie auf.

Sie wirft einen Blick auf die Uhr. Mittlerweile ist es elf. Die Versammlung, an der Christian teilnimmt, hat begonnen. Sie macht sich Sorgen um Salvatore. Was wird passieren, wenn Christian realisiert, dass sie weg ist? Salvatore ist fast noch ein Junge; sie hasst es, dass er in diesen Schlamassel hineingezogen wurde. Sie hasst es, dass dies auch für den Rest der Familie Bianchi gilt, genau wie für die Dawsons und Sophie. Wer von ihnen wird die volle Wucht seines Zorns abbekommen? Allein die Vorstellung lässt ihren Atem schneller gehen.

Und nun ist auch noch diese Nonne aus dem Vatikan involviert, außerdem Alessandro. So viele Menschen bringen sich ihretwegen in Gefahr. Sie darf es nicht vermasseln.

Die Bootsfahrt dauert ewig. Am liebsten hätte sie die Leute angeschrien, sich zu beeilen, wenn sie an jeder Haltestelle im Zeitlupentempo aus- und zusteigen. Als sie endlich in San Marcuola anlegen, muss sie sich zusammenreißen, die anderen Fahrgäste nicht aus dem Weg zu schubsen, damit sie so rasch wie möglich von Bord gehen kann.

Zum Glück ist Cannaregio nicht überflutet. Jetzt läuft sie über festen Boden, wobei sie den Schmerz ignoriert, der bei jedem Schritt von ihrem Knöchel bis ins Schienbein schießt. Sie hört nicht auf zu rennen, bis sie Mammas Wohnhaus erreicht.

Mamma und Alessandro warten im Erdgeschoss auf sie. Sie wirft sich in Mammas Arme, und sie umarmen einander, was ihnen unter Christians wachsamem Blick nicht möglich war.

Alessandro trägt ein Bündel Kleidung bei sich. »Marina hat mir die Sachen für dich mitgegeben. Es ist besser, du ziehst sie an, für den Fall, dass er deine Garderobe der Polizei beschreibt.« Er reicht ihr einen braunen Wollmantel. »Warte, nimm erst den hier.« Er streckt ihr einen dicken Pulli entgegen. »Damit wirkst du kräftiger.«

Sie schwitzt von ihrem Sprint durch das jüdische Viertel, trotzdem schlüpft sie in Pulli und Mantel und setzt die Strickmütze auf, die Alessandro ihr gibt.

»Auch ich habe andere Kleidung bekommen«, sagt Mamma. Sie trägt einen langen Mantel und eine Wollmütze, die sie tief in die Stirn gezogen hat. Ihre Haare sind darunter versteckt.

Alessandro reicht Elena eine Handtasche und Handschuhe. Sie haben an alles gedacht.

»Ich habe ein paar Jungs dafür bezahlt, die Überwachungskameras in der Gegend zu zertrümmern«, teilt er Elena mit, während sie den Inhalt ihrer Handtasche in die neue packt. »So gibt es keine Aufnahmen von deiner Ankunft, und niemand sieht uns weggehen. Halte trotzdem den Kopf gesenkt, nur für alle Fälle. Ich gehe vor und achte darauf, mich am Bahnhof von euch fernzuhalten. Wir steigen in verschiedene Waggons und treffen uns erst dann wieder, wenn wir in Rom aussteigen. Dort wartet ein Fahrer auf uns. Seid ihr bereit?«

Elena nickt. *»Pronta.«*

Er wirft einen Blick aufs Handy. »Der nächste Zug geht in zwölf Minuten. Wir haben nicht viel Zeit. Also, ich gehe zuerst.«

»Alessandro!«, ruft Elena ihm nach, als er sich anschickt, das Gebäude zu verlassen. *»Grazie.«*

Er lächelt kurz, dann marschiert er los.

Eine Minute später tritt sie zusammen mit Mamma auf die Straße. Schweigend gehen sie zum Bahnhof Santa Lucia, die Augen auf den Boden geheftet. Immer wieder meint sie, hinter ihnen Schritte zu hören, aber sie dreht sich nicht um.

Am Bahnhof erfahren sie über eine Lautsprecherdurchsage, dass der Zug nach Rom zwanzig Minuten Verspätung hat. Panik steigt in Elena auf. Sie sieht zu Alessandro hinüber, der mehrere Meter von ihnen entfernt steht. Er bedeutet ihr, ruhig zu bleiben.

Sie hält jeden großen Mann auf dem Bahnsteig für Christian. Ihre Beine zittern so heftig, dass es ihr kaum gelingt, sich aufrecht zu halten. Mamma zieht einen Rosenkranz aus weißen Glasperlen aus der Tasche und betet mit leiser Stimme das Apostolikum. Elena stimmt mit ein. Sie beten, bis der Zug einfährt.

Es gelingt ihnen, Sitzplätze in dem überfüllten Waggon zu finden. Die Überwachungskameras fangen sie aus allen Winkeln ein.

»Halte den Kopf gesenkt«, flüstert sie Mamma zu.

Die norditalienische Landschaft zieht in Hochgeschwindigkeit an Elena vorbei, doch sie sieht nichts davon. Sie kann keinen zusammenhängenden Gedanken mehr fassen, ihr Gehirn ist vor Angst wie leer gefegt. Mamma fördert eine Banane aus ihrer Handtasche zutage und bietet sie ihr an, aber Elenas Kehle ist so zugeschnürt, dass sie keinen Bissen herunterbringt. Während der fünfstündigen Fahrt nickt Mamma ab und an ein, doch Elena bleibt in höchster Alarmbereitschaft. Sie vermeidet jeglichen Augenkontakt mit den anderen Passagieren. Es kommt ihr vor wie eine Ewigkeit, bis der Zug endlich an ihrem Bahnhof in Rom einfährt.

Als sie den Bahnsteig verlassen, wartet Alessandro schon auf sie. Er führt sie zu einer schwarzen Limousine und setzt sich mit Elena auf den Rücksitz, während Anna-Maria vorn einsteigt. Nach einer kurzen Fahrt erreichen sie das Tor zur Vatikanstadt.

»Ich gehe fort«, flüstert Alessandro Elena ins Ohr.

»Wie meinst du das?«

»Ich verlasse den Vatikan. Die Kirche. Das alles.«

Sie sieht ihn erstaunt an. Er lächelt.

»Ich bin nur zurückgekehrt, um euch zu begleiten«, sagt er.

»Warum gibst du deinen Beruf auf?«

»Weil ich jemanden liebe.« Er errötet.

»Ist dieser Jemand Marina?« Sie spricht leise, damit Mamma sie nicht hören kann.

Er legt ihr den Arm um die Schulter und zieht sie an sich. »Ja.«

»Ich freue mich für euch.« Sie lehnt den Kopf gegen seine Schulter.

»Ich freue mich auch für euch, *puffetta*«, sagt er. *Puffetta* – Schlumpfine, so haben Paolo und Alessandro sie genannt, als sie jung waren, und sie muss sich zusammenreißen, um nicht in Tränen auszubrechen.

Sie schaut aus dem Fenster, während sie über die gepflasterten Straßen rollen, vorbei an gepflegten Gärten und durch Teile des Vatikans, die sie auf Schulausflügen in diese Stadt nie zu Gesicht bekommen hat. Vor einem imposanten braunen Backsteingebäude stoppt der Wagen.

»Da sind wir«, sagt Alessandro. »Die Nonnen werden sich gut um euch kümmern. Ich werde euch heute Abend besuchen.«

»*Guarda*, Elena.« Mamma deutet hinauf zum Himmel, kaum dass sie aus dem Auto ausgestiegen sind.

Elena sieht hinauf. Die Wolken sind aufgerissen, die Sonne scheint.

Sie werden von zwei wartenden Nonnen in knöchellangem hellbraunem Habit ins Kloster gebracht. Man führt sie durch einen großen Festsaal und breite Flure, deren Wände mit goldgerahmten Gemälden von Päpsten, Heiligen und Jesus bedeckt sind, in eine sparsam möblierte Zelle mit zwei Betten und einem Kleiderschrank. Eine kleinere Version des Gemäldes von *Il Papa* aus dem Hotel Il Cuore hängt zwischen ihren Betten.

Elena und Mamma erhalten frische Kleidung und eine warme Suppe, außerdem Toilettenartikel, Schlafanzüge und zwei Bibeln. Die Nonnen nehmen sie herzlich und mütterlich in Empfang und bieten ihnen an, so lange zu bleiben, wie es nötig ist. Der Vatikan wird sich um Dokumente mit neuen Identitäten für sie beide kümmern.

»Du bist jetzt in Sicherheit, Elena.« Eine ältere Nonne mit einem auffallend schönen Gesicht, Suora Teresa, berührt Elenas Schulter. »Der Herr hat dich gesegnet.«

Und jetzt fängt Elena an zu weinen.

Gayle

Gayle sieht Mike beim Schlafen zu, bei jedem Schnarchen zittern seine vollen Lippen. Sie berührt ihn leicht am Arm, dankbar dafür, dass ihr Ehemann in Sicherheit ist und tief und fest neben ihr schläft, statt im Krankenhaus zu liegen wie der arme Signor Bianchi.

Es kommt selten vor, dass Mike um halb neun schon schläft, aber heute Abend hat er verkündet, dass er sich zu viele Sorgen um Noah mache, um seinen Blog zu schreiben. Daher hat Gayle vorgeschlagen, früh ins Bett zu gehen. Sie ist ebenfalls froh darüber, sich hinlegen zu können, der Stress wegen Noah hat sie erschöpft. Sie haben weiterhin nichts von ihm gehört.

Mike schnarcht besonders laut auf und schreckt hoch. »Bist du *immer noch* wach, Schatz? Was macht dein Kopf?«

»Tut schrecklich weh.«

Er kratzt seinen Bart. »Ich habe Lust auf etwas Süßes. Glaubst du, unten ist noch Kuchen?«

»Lass mich für dich nachsehen, Schatz. Du bleibst im Bett. Ich muss nur zuerst ins Badezimmer.«

Sie sitzt auf der Toilette, die Unterhose um die Knöchel, als jemand aufdringlich laut an ihre Zimmertür klopft.

Ihr erster Gedanke ist, dass es die Polizei ist, die schlechte Nachrichten wegen Noah bringt. Sie glaubt, sich übergeben zu müssen.

Doch woher soll die italienische Polizei wissen, dass ihr Sohn vermisst wird?

»Immer mit der Ruhe!«, ruft Mike. Sie hört, wie er die Tür öffnet.

Gayle verlässt das Bad und sieht Christian Taylor im Türrahmen stehen.

Seine Augen sind rot gerändert. Er starrt Mike an. »Wo zur Hölle ist meine Frau?« Seine Stimme ist so leise, dass Gayle ihn kaum hören kann.

Ihr Magen verkrampft sich.

»Ich … ich weiß nicht, wovon Sie reden.« Mike schüttelt den Kopf.

»Lüg mich nicht an, du alter Scheißkerl.« Christians Ton ist ruhig, doch seine Kinnmuskeln zucken. »Ich habe das hier in der Wohnung ihrer Mutter gefunden.« Er öffnet die Hand und zeigt Mike, was darin ist.

Gayle sieht, dass er ein leuchtend grünes Sonnenvisier in den Fingern hält. Die Aufschrift ist verdeckt, aber sie weiß auch so, was da steht: *Sie haben für uns gekämpft, wir laufen für sie.* Sie erstarrt.

»Ich … ich schwöre, ich weiß … ich weiß nicht, wo sie ist«, stammelt Mike und macht einen Schritt zurück.

Christian folgt Mike ins Zimmer und schließt die Tür hinter ihm. Ohne ein Wort stößt er Mike gegen die Brust, der mit einem dumpfen Geräusch flach auf dem Rücken landet.

Gayle schreit auf.

»Ruf die Polizei!« Mike dreht sich zu ihr. »Schnell!«

Hastig greift sie nach ihrem Telefon und tippt mit zitternden Fingern den Code ein, um es zu entsperren. Nach drei Ziffern wird ihr das Handy aus der Hand geschlagen. Es prallt krachend gegen die Wand.

»Du hältst dich da raus.« Christians Gesicht ist direkt vor

ihrem. Er schubst sie, und sie verliert das Gleichgewicht und fällt seitlich aufs Bett.

»Lass sie in Ruhe!« Mike ist mittlerweile auf allen vieren.

Christian rammt ihm das Knie in den Rücken und drückt ihn wieder zu Boden. Mike ächzt, als Christian ihn bei den Schultern packt und umdreht. Gayle springt aus dem Bett und wirft sich auf Christian. Er stößt ihr den Ellbogen so hart ins Gesicht, dass sie erneut das Gleichgewicht verliert. Ihr Kopf pocht vor Schmerz.

Christian legt die Hände um Mikes Hals. »Sag mir, wo sie ist«, fordert er ihn in einem so lockeren Ton auf, als würde er sich nach dem Weg erkundigen. »Sag es mir!«

In Mikes Blick spiegelt sich Panik. Er hustet und röchelt.

Gayle rappelt sich vom Fußboden hoch und wirft sich ein weiteres Mal auf Christian, doch so sehr sie sich auch bemüht, sie kann seinen Griff um Mikes Hals nicht lockern. »Hören Sie auf, ihn zu würgen!«, schreit sie. »Sie bringen ihn um!«

Christian hört nicht auf. Ohne die Augen von Mike zu nehmen, wiederholt er mit ruhiger Stimme: »Du sagst mir jetzt, wo meine Frau ist.«

Gayle stürmt hinaus in den Flur. »Hilfe!«, schreit sie, so laut sie kann. »So hilf uns doch jemand!«

Anschließend rennt sie ins Zimmer zurück und versucht noch einmal, Christian von Mike herunterzuziehen, aber er ist viel zu stark für sie.

Sie kann nichts anderes tun, als zuzusehen, wie Christian ihrem Ehemann die Luft abschnürt.

Sophie

Sophie und Penelope sehen sich an, als sie eine Frau um Hilfe rufen hören. Sophie lässt das Trockentuch, das sie in den Händen hält, auf den Fußboden fallen und rennt aus der Küche.

O Gott, o Gott, o Gott.

Zwei Stufen auf einmal nehmend, hastet sie die Treppe hinauf, Penelope auf den Fersen. Zwei Gäste stehen reglos im Gang, gegenüber dem Zimmer der Dawsons.

Von der Tür aus sieht Sophie, wie Mrs Dawson versucht, Christian, der rittlings auf Mr Dawson sitzt, von ihrem am Boden liegenden Mann wegzuzerren.

»Sag mir, wo sie ist«, fordert Christian ihn auf, wieder und wieder. Seine Hände drücken gegen den Hals des alten Mannes, seine Stimme klingt so monoton wie eine automatische Ansage.

Mr Dawson ist blau im Gesicht. Er gibt erstickte Geräusche von sich, sein Kopf zuckt voller Panik von einer Seite zur anderen. Penelope und Sophie versuchen ebenfalls, Christian von ihm wegzuziehen, aber Christian ist es irgendwie gelungen, sich in den unglaublichen Hulk zu verwandeln. Er schüttelt sie alle drei ab, ohne den Griff zu lockern. Dabei wiederholt er unablässig: »Sag mir, wo sie ist«, als wäre er in einer Art Trance.

Mr Dawson schlägt wild um sich, seine Augen treten hervor.

Sophie sieht sich nach einer Waffe um. Die Lampe! Sie nimmt

sie vom Nachttisch, aber das Kabel steckt in der Steckdose hinter dem Bett fest. Sie zieht fest daran, doch es bewegt sich keinen Zentimeter. *Verdammt!*

»Er stirbt! Sehen Sie nur, er stirbt!«, schreit Mrs Dawson.

Mr Dawson ist kurz davor, bewusstlos zu werden. Christian lässt seinen Hals noch immer nicht los. Weitere Gäste haben sich in der Tür versammelt, doch anstatt zu helfen, gaffen sie nur.

»Um Himmels willen, holen Sie die Polizei!«, schreit Sophie sie an.

Einer von ihnen greift schließlich zum Handy.

Sophies Blick bleibt an der silbernen Klinge eines Brieföffners auf der Kommode hängen. Sie greift danach und will sie gerade auf Christian niedersausen lassen, als sie ihr von ihrer Mutter gewaltsam aus der Hand gerissen wird. Penelope stößt den Brieföffner tief in Christians Nacken. Er reißt den Kopf hoch. Ein Ausdruck der Verwirrung tritt auf sein Gesicht, dann lässt er Mr Dawson los und krümmt sich neben ihm auf dem Fußboden zusammen.

Sophie steht über Christian, als dieser zu ihr aufblickt und nach der Klinge in seinem Nacken greift. Blut läuft aus der Wunde und hinterlässt eine dicke rote Spur auf dem Teppich. Sie hört, wie er ein langes gurgelndes Geräusch von sich gibt, dann werden seine Augen glasig. Er sieht sie direkt an, während er stirbt.

»O mein Gott! O mein Gott!«, schreit Penelope. »Er ist tot. Er ist tot, oder? O mein Gott!«

Sophie antwortet nicht. Sie sieht ihre Mutter nicht mal an.

»Er atmet! Er atmet noch!«, ruft Mrs Dawson, die Mr Dawsons Kopf in ihren Armen wiegt.

»Ich rufe die Polizei«, sagt Sophie, steigt ruhig über Christians Leiche, geht vorbei an den Schaulustigen im Flur die Treppe hinunter zur Rezeption, um den Anruf zu tätigen.

»Qual è l'emergenza?«, fragt der Mann in der Notrufzentrale.

»Ich melde einen Todesfall im Hotel Il Cuore«, antwortet Sophie.

Elena

Suora Teresa führt Alessandro in Elenas und Anna-Marias Zelle im Kloster. Sein Gesicht ist weiß. Er hält sein Handy in der Hand. Seine Finger zittern.

Elena spürt, wie sie bleich wird. »Was ist passiert? Was hat er getan?«

Alessandro sieht sie bestürzt an. »Elena, dein Ehemann ist tot.«

»Wie bitte?« Sie erkennt ihre eigene Stimme nicht. *»Wie bitte?«*

»Er wurde im Hotel erstochen. Er war auf der Stelle tot.«

Elena schlägt die Hand vor den Mund. »Wie? Warum?«

»Die Details kenne ich nicht. Das ist alles, was ich weiß.«

»Bist du sicher, Alessandro?« Mamma fasst ihn am Arm. »Bist du sicher, dass er tot ist?«

Alessandro nickt. »Rocco hat mit eigenen Augen gesehen, wie sie seinen Leichnam abtransportiert haben. Er ist tot, Zia.«

»Santa Maria.« Mamma schluchzt auf.

Elenas Beine geben nach. Sie bricht auf dem Bett zusammen. Mamma setzt sich neben sie, schaukelt vor und zurück und murmelt: *»Ave, o Maria, piena di grazia …«*

Alessandro steht wie erstarrt in der Tür, Suora Teresa dahinter. Elena und er blicken einander an, während Mamma betet.

Draußen läuten die Kirchenglocken.

Loretta

Um kurz vor Mitternacht ruft Rocco Loretta im Krankenhaus an. Sophie und ihre Mutter durften das Polizeipräsidium nach der Befragung verlassen. Der Anwalt, den Rocco engagiert hat, ist ebenfalls fort, und Rocco ist zusammen mit den beiden Frauen auf dem Rückweg zum Hotel.

»Ihre Pässe wurden so lange eingezogen, bis die Ermittlungen abgeschlossen sind«, teilt er Loretta mit. »Aber *il detective anziano* ist zuversichtlich, dass keine Anklage gegen Sophies Mutter erhoben wird. Er sagte, es sollte nur ein, höchstens zwei Tage dauern, bis der Fall ad acta gelegt wird. Die Amerikaner haben ihre Aussagen gemacht, sie stimmen mit den Beweisen überein. Laut leitendem Ermittler sieht es nach einem klaren Fall von Selbstverteidigung aus.«

»Grazie a Dio.« Loretta atmet auf.

Sie ist hin- und hergerissen, was Christian Taylor betrifft. Wäre er nicht gewesen, hätte Alberto während der vergangenen zwei Wochen gleich zweimal sein Leben verloren. Aber jetzt ist Elena frei. Ein Teil von ihr betrauert Christians Tod, der andere ist nahezu froh darüber.

»Ich habe ihn auch nach dem Hotel gefragt«, fügt Rocco hinzu. »Er schätzt, dass sie bis morgen Abend fertig sind und wir zum Normalbetrieb zurückkehren können.«

»Zum Normalbetrieb? Nichts ist mehr normal!«

Innerhalb der letzten vierundzwanzig Stunden ist ein Mann in ihrem Hotel gestorben, zwei weitere Männer, einer davon ihr Alberto, sind dem Tod nur um Haaresbreite entkommen. Als Rocco nach Sophies Anruf im Hotel eintraf, war der Eingang bereits von Reporterinnen und Reportern umringt – vermutlich hatten sie einen Tipp von der Polizei erhalten. Ihre Gäste sind inzwischen anderswo untergebracht, ihr geliebtes Hotel ist ein Tatort. Wie können sie jemals wieder zum »Normalbetrieb« übergehen?

Das Letzte, was sie gehört hat, ist, dass Alessandro in Rom verhört wurde und dass Elena und Anna-Maria von der Polizei zurück nach Venedig gebracht werden. Das Ganze ist ein einziger Schlamassel.

»Wie geht es Papà?«, erkundigt sich Rocco.

»Schläft friedlich seit dem Abendessen. Er hat sich über das Essen beschwert, das man ihm serviert hat. Er wollte Fleisch.«

Alberto erholt sich, zumindest das.

Nachdem Loretta das Gespräch mit Rocco beendet hat, wendet sie sich an Marina, die ihr während der letzten achtzehn Stunden nicht von der Seite gewichen ist. »Geh nach Hause.« Loretta streicht ihr über den Rücken. »Ruh dich ein bisschen aus.«

Marina schüttelt den Kopf. »Ich gehe erst nach Hause, wenn er nicht mehr auf der Intensivstation ist.«

»Vor morgen wird man ihn nicht verlegen. Du musst schlafen.«

»Ich brauche den Schlaf nicht dringender als du. Solange du bei ihm bleibst, bleibe ich ebenfalls hier«, beharrt Marina. »Ich werde mir nie verzeihen, dass ich während seiner Herzattacke nicht da war. Es tut mir so leid, Mamma.«

»Kind, du hast dich eine Million Mal bei mir entschuldigt.«

»Ich weiß, aber ich fühle mich schrecklich deswegen.« Marina spricht leise, um Alberto nicht zu wecken. »Es ist nur so, dass es mein letzter Abend …« Sie schluckt. »Es war mein letzter Abend mit Alessandro.«

Marinas Aufrichtigkeit verleiht Loretta den Mut zu fragen: »Hast du vor, ihn zu heiraten, *vita mia*?«

Marina seufzt. »Ich weiß es nicht. Ich habe ihm geglaubt, als er zurückgekommen ist und behauptet hat, er wäre bereit, sich zu mir zu bekennen. Aber irgendetwas hat sich heute Abend verändert. Das kann ich fühlen.«

»Es ist viel passiert. Vielleicht ist er einfach abgelenkt?«

Marina zuckt mit den Achseln.

Als hätte er ihr Gespräch belauscht, pingt Marinas Telefon. Marina liest die lange Nachricht und schlägt die Hand vor den Mund.

Marina reicht ihr das Handy. Im Wesentlichen handelt es sich um einen Abschiedsbrief, in dem er sich auf seine Pflicht gegenüber dem Vatikan beruft. Nachdem er dorthin zurückgekehrt ist, kann er sich offenbar nicht dazu durchringen, erneut fortzugehen.

Die Nachricht endet mit den Worten: *Ich muss Christus an die erste Stelle setzen.*

Loretta gibt Marina das Handy zurück. »Komm her, *cara*.« Sie zieht Marina in ihre Arme und hält sie fest, während Marina stumm zusammenbricht. »Wenigstens weißt du jetzt Bescheid und verschwendest nicht weitere Jahre an ihn«, sagt sie sanft.

»Warum musste ich mich auch in einen Priester verlieben?«, schluchzt Marina.

»Wir haben es nicht in der Hand, in wen wir uns verlieben. Ich weiß, wie du dich fühlst, *tesoro*, glaub mir.«

Marina sieht sie an, die Stirn in Falten gelegt. »Woher willst du wissen, wie sich das anfühlt?«

Seit Loretta gesehen hat, wie Alessandro und Marina einander während der Messe angesehen haben, fragt sie sich, ob sie ihre

Geschichte mit Marina teilen soll oder nicht. Nun weiß sie, dass sie es tun muss.

»Marina, denkst du, ich wäre ein guter Fang gewesen, als ich jung war?«

Marina wirkt überrascht angesichts der Frage. »Selbstverständlich. Du warst die schönste Frau in ganz Venedig, noch dazu eine Hotelerbin.«

»Hast du dich je gefragt, warum ich erst mit dreißig geheiratet habe?«

»Ich bin davon ausgegangen, dass du ziemlich wählerisch warst.«

»Wählerisch? Und dann hätte ich *ihn* gewählt?«

Wie aufs Stichwort lässt Alberto im Schlaf einen langen, leisen Furz los.

Marina lächelt. »Was war dann der Grund?«

Loretta holt tief Luft und erzählt ihrer Tochter alles.

Marina lauscht verblüfft. »Weiß Papà es?«, wispert sie, als Loretta geendet hat.

»Selbstverständlich weiß er es. Er hat es immer gewusst.«

»Hast du ihn überhaupt geliebt?« Marina sieht zu ihrem schlafenden Vater hinüber. »Oder hast du ihn nur geheiratet, um deine Eltern zu besänftigen? Bereust du dein Leben mit uns, Mamma?«

»Ich liebe Alberto von ganzem Herzen, und ich würde nichts an meinem Leben ändern wollen. Wie könnte ich irgendetwas bereuen, wenn Alberto mir dich und Rocco geschenkt hat?«

Marina schnäuzt sich die Nase. »Dann glaubst du also wirklich, dass ich eines Tages über Alessandro hinwegkommen werde?«

»Schneller, als du denkst.« Loretta lächelt, als Luca das Zimmer betritt, mit einem Clipboard in der Hand und einem Stethoskop um den Hals.

Als er Marina sieht, leuchtet sein Gesicht auf.

Am zwölften Tag der Weihnacht

Elena

Elena streicht mit der Hand über Papàs Garderobe, die im Kleiderschrank hängt. Sie vergräbt ihr Gesicht in den Pullovern, die noch immer nach ihm riechen, dann nimmt sie seinen blauen Lieblingspulli heraus und zieht ihn an. Sie versinkt förmlich darin.

Mamma betritt das Schlafzimmer, eine Tasse Earl Grey in der Hand. »Etwas Milch, kein Zucker. Ich habe mir auch einen gemacht, aber ich habe nur einen Schluck genommen und ihn dann in den Ausguss geschüttet. Er schmeckt wie Wasser aus einem hundert Jahre alten Brunnen.«

Elena lächelt. »*Grazie*, Mamma.« Sie nimmt den Tee, folgt Mamma ins Wohnzimmer und fragt sich, ob sie jemals den Mut finden wird, diese Zufluchtsstätte zu verlassen. Momentan ist das für sie nur schwer vorstellbar.

Sie versucht, nicht an Christian zu denken, denn das lässt ihre Brust so eng werden, dass sie kaum atmen kann. Dennoch ist es ihr unmöglich, ihn auch nur für ein paar Sekunden am Stück aus ihren Gedanken zu verbannen.

Im Fernsehen laufen die Nachrichten. Sein Tod hat es gestern in die Schlagzeilen geschafft, doch heute geht es schon wieder um das Hochwasser, das Ende der Venice-Rising-Ausstellung und *La Befana*. Im Moment ist in San Marco zu viel los, als dass der Tod eines australischen Touristen die Venezianer sonderlich interessieren würde, selbst wenn dieser unter ungewöhnlichen Umständen in einem berühmten Hotel ums Leben kam.

Sie ist dankbar, dass Mike und Gayle in Sicherheit sind. Sie schuldet ihnen so viel. Noch ist sie nicht mit ihnen in Kontakt getreten, und sie hat weder mit Sophie noch mit Sophies Mutter gesprochen. Ihretwegen werden die vier das Trauma wegen Christians Tod, seines Angriffs auf Mike und der Befragungen durch die Polizei für den Rest ihres Lebens mit sich herumtragen. Eines Tages wird sie sich dem stellen müssen. Aber dieser Tag ist nicht heute. Mit den Menschen in Kontakt zu treten, die ihr geholfen haben, den Polizeibericht zu lesen, sich mit der Schuld auseinanderzusetzen – das kommt später.

Im Augenblick wird sie nichts anderes tun, als in der Wohnung, in der sie ihre Kindheit verbracht hat, auf dem Sofa zu sitzen, umhüllt von der Wärme von Papàs Pullover, und den heißen Tee zu trinken, den Mamma ihr zubereitet hat. Sie führt die Tasse an die Lippen und betrachtet die glücklichen Gesichter der Kinder im Fernsehen, die der Reporterin die Strümpfe zeigen, die sie für die gute Hexe Befana an den Kamin gehängt haben, damit sie ihnen Geschenke bringt.

Gayle

Gayle und Loretta leisten einander Gesellschaft, während ihre Ehemänner an den gegenüberliegenden Seiten desselben Krankenzimmers ein Nickerchen machen. Es ist warm auf der Station, und Gayle wischt sich den Schweiß mit einem Taschentuch vom Gesicht. Sie kann sich gut vorstellen, wie kraus ihre Haare in dieser feuchten Luft sind. Es verblüfft sie, wie Loretta nach allem, was sie durchgemacht hat, noch immer so selbstsicher und elegant aussehen kann. Mit tadelloser Frisur sitzt sie da, rank und schlank, aufrecht, Arme und Beine verschränkt. Wie kann eine Frau, die weder geschlafen noch geduscht hat, selbst auf einer Krankenhausstation so viel Glamour verströmen?

Gayles Handy vibriert und kündigt eine eingehende Nachricht an. Während sie sie liest, vergisst sie beinahe zu atmen.

Loretta sieht sie fragend an.

»Noah hat sich gemeldet. Er schreibt, dass es ihm gut geht. O Loretta, Noah geht es gut! Gott sei Dank!«

»Sehen Sie?« Loretta lächelt.

»Er schreibt, dass er Zeit brauchte, um seine Gedanken zu sortieren, nachdem klar war, dass Mike sich immer noch weigert, Chris zu akzeptieren. Das hat wohl alte Wunden bei ihm aufgerissen, und er wollte eine Weile allein sein. Er fühlt sich schrecklich, weil er uns allen eine solche Angst eingejagt hat, und er musste

Chris versprechen, sich psychologische Unterstützung zu holen, aber immerhin ist er jetzt wieder zu Hause. Er macht sich solche Sorgen um Mike, Gott segne ihn. Trotz allem liebt der Junge seinen Pop noch immer.«

»Dieses Wunder ist geschehen, weil Sie die Messe besucht haben«, versichert Loretta ihr.

»Ich glaube, damit könnten Sie recht haben.« Gayles Hände zittern in ihrem Schoß.

»Jetzt, da Sie wissen, dass Ihr Sohn in Sicherheit ist, können Sie endlich aufhören zu zittern«, sagt Loretta.

»Ich denke, das Zittern kommt daher, dass ich einfach nicht das Bild von Christian mit Mikes Brieföffner im Nacken loswerde. Wissen Sie, was der Polizist gesagt hat? Er hat gesagt, es sei reines Glück gewesen, dass eine so kleine Klinge Christian getötet hat. Offenbar hat sie direkt die Halsschlagader getroffen. *Glück.* Genau das Wort hat er benutzt.« Sie seufzt. »Ich habe wieder und wieder für Christians Seele gebetet. Möchten Sie wissen, warum? Weil ich mich so schäme, wie glücklich ich über seinen Tod bin. Loretta, ich bin so glücklich, dass ich tanzen könnte, und das ist nicht richtig. Ich weiß, dass es nicht richtig ist, aber ich kann nicht anders, als Glück für das perfekte Wort dafür zu halten, was passiert ist.«

»Sie beten für die Seele des Mannes, der versucht hat, Ihren Ehemann umzubringen. Sie sind eine gute Frau mit einem guten Herzen.«

Die Schwester kommt mit dem Mittagessen und unterbricht ihr Gespräch. Sobald der quietschende Rollwagen ins Zimmer geschoben wird, reißt Mike die Augen auf und setzt sich aufrecht hin, um die belegten Brote zu beäugen.

Beim Essen zuckt er mehrmals zusammen. »Das Schlucken tut weh.« Seine Stimme ist kaum mehr als ein Krächzen, aber die Ärzte sagen, dass er bald wieder normal klingen wird.

Gayle nimmt seine Hand in ihre.

»Sie hatten einen äußerst ereignisreichen Aufenthalt im Il Cuore, Signore«, sagt Loretta zu Mike. »Vielleicht möchten Sie im nächsten Jahr noch einmal herkommen und versuchen, einen friedlicheren Urlaub zu verbringen?«

Mike kann den Kopf gar nicht schnell genug schütteln. »Ich werde nie wieder nach Venedig reisen. Niemals!«

»Aufs Haus«, sagt Loretta. »Zwei Wochen lang freie Kost und Logis, um Ihnen dafür zu danken, dass Sie sich als Held erwiesen haben. Das ist das Mindeste, was wir für Sie tun können.«

Mikes Hand mit dem Sandwich verharrt auf halber Strecke zum Mund, die Augen scheinen ihm aus dem Kopf springen zu wollen. »Für umsonst?«, flüstert er.

»Wie gesagt: Es geht alles aufs Haus.« Loretta lächelt. »Wir werden eine Gondelfahrt mit einem anderen Sänger für Sie organisieren. Was sagen Sie?«

»Ein so großzügiges Angebot kann ich doch nicht ausschlagen.« Mike grinst, und Gayles Herz schlägt schneller bei dem Gedanken, dass sie ihre liebe Freundin Loretta wiedersehen wird.

Als Loretta zu ihrem Stuhl an Signor Bianchis Bettseite zurückkehrt, flüstert Mike Gayle zu: »Schatz, als der Mann mich fast erwürgt hat, konnte ich nur daran denken, wie ich dem lieben Gott an der Himmelspforte erklären soll, warum ich meinem eigenen Sohn den Rücken gekehrt habe.« Er fasst sich an den Hals und zuckt erneut zusammen.

»Scht, schon deine Stimme, Schatz«, beruhigt sie ihn. »Wir können später darüber reden.«

Er schüttelt den Kopf. »Ich muss Noah sagen, wie leid es mir tut. Ich hätte ihn niemals dieses Loch graben lassen dürfen. Ich hätte ihm nie ein schlechtes Gewissen machen dürfen, weil er so ist, wie er ist. Ich muss das wiedergutmachen. Aber was, wenn es zu spät dafür ist? Was, wenn er tot ist? Das wäre ganz allein meine Schuld.«

Gayle spürt, wie ihr Herz vor Liebe zu ihm explodiert. Das Krebsgeschwür in ihrer Ehe ist besiegt. »Es ist nicht zu spät, Schatz. Er hat sich gemeldet, während du ein Nickerchen gemacht hast. Es geht ihm gut.«

»Gelobt sei der Herr! Was war los? Warum ist er einfach so verschwunden?«

»Er ist unseretwegen verschwunden, Schatz.«

Mikes Augen füllen sich mit Tränen. »Meinst du, ich kann mit ihm reden?«

Sie ruft Noah per Videoanruf an, und ihr wunderschönes Kind, perfekt, wie Gott es erschaffen hat, erscheint auf dem Display.

»Da ist er!«, ruft Mike, aber es kommt nur ein heiseres Wispern über seine Lippen.

Noah sieht seinem Dad so ähnlich, dass man ihn tatsächlich mit dem Mike von vor dreißig Jahren verwechseln könnte.

»So, dann bist du also endlich zur Vernunft gekommen, alter Mann?« Noah grinst.

Mike wischt sich die Augen. »Sohn, wie soll ich das je wiedergutmachen?«

Zum ersten Mal seit Monaten sind Gayles Kopfschmerzen verschwunden.

Sophie

Sophie sitzt auf Penelopes Bett und sieht ihr beim Packen zu. Christians Tod wurde offiziell als Notwehr mit Todesfolge eingestuft. Am Nachmittag haben sie ihre Pässe zurückbekommen. Penelope packt nicht für Melbourne, sie reist in die Schweiz. Sophie hat ihr ein Zimmer in der Entzugsklinik gebucht, die Rocco vor Jahren aufgesucht hat. Der Mindestaufenthalt beträgt zwei Wochen, doch sie geht davon aus, dass ihre Mutter sehr viel länger bleiben muss. Die Kosten für die exklusive Klinik werden den Großteil von Sophies Ersparnissen auffressen, aber das ist für sie in Ordnung.

Ihr Handy pingt. Bec schickt ihr eine Nachricht.

Ist Penelope schon im Flieger?

Ich wünschte, ich könnte dort sein, um mich mit eigenen Augen zu vergewissern, dass sie tatsächlich an Bord geht.

Sophie schnaubt.

»Was ist, Liebling?« Penelope schaut auf.

»Nur eine Nachricht von Bec.«

»Ist sie sauer auf dich, weil du gekündigt hast?«

»Zum Glück nicht.«

Als Rocco Sophie erzählt hat, dass Loretta vorhat, im Restaurant kürzerzutreten, um mehr Zeit mit Alberto verbringen zu können, bestand für sie kein Zweifel daran, dass das Il Cuore für sie bestimmt ist. Es hat ihr Spaß gemacht, für *Foodie* zu schreiben, aber jetzt ist sie bereit, sich voll und ganz ihrem Lebenstraum zu widmen, ein Restaurant zu führen.

Vor den traumatischen Ereignissen gestern Abend hatte sie einen erfolgreichen Einstand, die Gäste waren begeistert von ihrem Menü, haben sich nahezu überschlagen vor Lob für ihre Kochkünste. Diese Begeisterung hat ihr gezeigt, dass dies genau das ist, was sie sich für ihr weiteres Leben wünscht. Es erscheint ihr wie eine Vorbestimmung, dass ihr letzter Beitrag für *Foodie* über das Il Cuore sein wird. Und was für ein Beitrag das werden wird! Die Märkte, die Einheimischen, die Sehenswürdigkeiten, die Familie, das *Essen* – allein über die Gnocchi könnte sie einen eigenen Artikel schreiben.

»Du wirst in der Küche meine Chefin sein«, hat Rocco heute früh grinsend zu ihr gesagt. »Ich werde tun müssen, was du befiehlst.«

»Nicht nur in der Küche, Signor Bianchi.«

Nur Minuten nachdem sie Rocco in einem beinahe katatonischen Zustand angerufen hat, um ihm von Christians Tod zu berichten, war er auch schon an ihrer Seite. Während die Ermittler das Hotel auf den Kopf stellten, organisierte er Notunterkünfte für sämtliche Gäste, kommunizierte mit den Medien und unterstützte die Polizei als Kontaktperson. Er veranlasste sogar, dass heute der Teppich im Zimmer der Dawsons ersetzt wurde, und das alles, ohne sie auch nur eine Minute allein zu lassen. Er hat ihr mehr als deutlich bewiesen, wie zuverlässig er in den Momenten sein kann, wenn sie am verletzlichsten ist.

Die letzten zwei Tage waren ein einziger Albtraum. Der Anblick von Christian, der am Boden lag und verblutete, Penelopes und Gayles Hysterie, die Sanitäter und die Polizisten, die ins Hotel stürmten – das alles hat sie zutiefst erschüttert. Und das war, bevor sie in das Polizeiboot verfrachtet und in einen stickigen, kleinen Raum im Präsidium gebracht wurde. Dort musste sie stundenlange Verhöre durch feindselig wirkende Kriminalbeamte über sich ergehen lassen, die durch die Sprachbarriere erschwert wurden. Und die ganze Zeit über hatte sie furchtbare Angst, dass man ihre Mutter für immer einsperren würde.

Sophie weinte fast unentwegt, und Rocco stand ihr wie ein Fels zur Seite. Sie ist fest entschlossen, genauso unerschütterlich zu ihm zu stehen. Sie hat ihren Lieblingsmenschen gefunden, und sie wird ihn, so gut sie kann, bei seinen Bemühungen, trocken zu bleiben, unterstützen. Denn genau das hat Rocco verdient.

Im nächsten Monat wird sie nach Hause fliegen und ihr Apartment auflösen. Anschließend wird sie nach San Marco ziehen, eine Wohnung im obersten Stock des Hotels Il Cuore mieten und ein neues Leben beginnen.

Penelope drückt ihr eine kleine Plastikfigur der Jungfrau Maria in die Hand. »Nimm das, Liebling. Stell sie in deinem Zimmer auf. Die Madonna wird über dich wachen.«

Sophie dreht die Figur in der Hand. Die Farbe ist merkwürdig. »Leuchtet sie im Dunkeln?«

»Ja, auf diese Weise kann die Heilige Jungfrau auch nachts über dich wachen und dafür sorgen, dass du in Sicherheit bist.«

»Mum!« Sophie lacht auf. »Du kannst doch nicht ernsthaft an die Kräfte einer Marienfigur glauben, die im Dunkeln leuchtet?«

Penelope schürzt die Lippen. »Es ist eine Sünde, die Heilige Jungfrau zu verspotten.«

Sophie reißt sich zusammen. »Ja, natürlich. Entschuldige.«

Die Lippen ihrer Mutter fangen an zu zittern.

»O Mum, das ist schon in Ordnung. Ich behalte die Figur, ich verspreche es.«

»Darum geht es nicht.« Penelope schüttelt den Kopf. »Ich kann einfach nicht das Gesicht dieses Mannes vergessen. Den Ausdruck in seinen Augen. Das wird mich ewig verfolgen.«

Sophies Schultern verspannen sich. Auch sie wird davon verfolgt. Immer wieder muss sie daran denken, wie sie über ihm stand, als mit einem letzten flachen Atemzug das Leben aus ihm wich. Sie hat sich nie für eine gewalttätige Person gehalten. Im Gegenteil – sie war stolz auf ihre Sanftmut, die ihr ein Gefühl der Überlegenheit verlieh. Doch mit seinem Tod brach ihr diese moralische Überlegenheit unter den Füßen weg.

Jetzt ist sie gezwungen zu überdenken, wozu sie fähig ist. Mord fällt anscheinend auch darunter. Diese neue Erkenntnis ist eine Art Offenbarung, die ihr am zwölften Tag der Weihnacht, dem Epiphaniasfest, zuteilwird. Denn so seltsam ist das Leben.

Würde sie genauso handeln, wenn sie die Zeit zurückdrehen könnte? Die Antwort lautet Ja, und zwar ohne jeden Zweifel. Sie würde freudig zusehen, wie sich Venedigs Kanäle rot färben von seinem Blut.

So ist sie nun einmal.

All die Jahre über hat Sophie ihre Mutter für das verurteilt, was sie getan hat, doch nun, als es darauf ankam, war sie nicht anders. Als es ums Überleben ging, übernahmen ihre niederen Instinkte, und sie war absolut bereit, einen anderen Menschen zu töten. Sich mit ihrer eigenen Fehlbarkeit auseinanderzusetzen, führte dazu, Penelopes Handeln zu verstehen. Jetzt begreift sie, warum ihre Mutter getan hat, was sie getan hat.

»Darf ich dich etwas fragen, Mum? Warum hast du mir gestern den Brieföffner aus der Hand genommen? Warum hast du mich nicht einfach machen lassen?«

Penelope stößt einen zittrigen Seufzer aus. »Weil ich möchte, dass du in den Himmel kommst, Liebling. Ich habe schon Blut an den Händen, aber deine Seele ist rein. Ich könnte es nicht ertragen, wenn du sie beschmutzt.«

Sophie erstarrt. »Was meinst du damit, du hast schon Blut an den Händen?«

Penelope sieht ihr direkt in die Augen. »Du weißt genau, was ich meine. Für Menschen wie mich ist im Himmel kein Platz.«

»Dann erinnerst du dich also tatsächlich daran, mir erzählt zu haben, was du mit Dad gemacht hast?«

»Selbstverständlich erinnere ich mich daran. Wie könnte ich so etwas vergessen?«

Sophie kann förmlich spüren, wie ihr eine Last von den Schultern fällt, jetzt, da es endlich raus ist. »Weißt du, was mir gefallen würde, Mum? Wenn wir darüber reden und den Heilungsprozess gemeinsam durchlaufen könnten, sobald du aus der Schweiz zurück bist.«

»Wir können darüber reden, Liebling, aber Heilung kommt für mich zu spät. Mein Schicksal ist besiegelt.«

»Ich denke nicht, dass es jemals zu spät sein kann.« Sophie dreht die Plastikfigur der Jungfrau Maria in den Händen. »Wenn du davon so überzeugt bist, warum betest du dann noch ständig? Was macht das für einen Sinn?«

»Denkst du wirklich, ich bete für *mich selbst*?« Penelope lacht kurz auf. »Mein liebes Mädchen, jedes Gebet, das ich je gesprochen habe, war für dich und David. Das ist alles für euch.«

Sophie umarmt Penelope fest. »Komm, sonst verpasst du noch deinen Flug.«

Rocco wartet im Flur auf sie, bereit, Penelope zum Flughafen zu begleiten. Er rückt seine Brille zurecht und schenkt Sophie sein strahlendes Lächeln, als sie Penelopes Zimmer verlässt.

»Pronta?«

Sophies Herz schlägt schneller bei dem Anblick dieses wunderschönen Mannes, der wie aus dem Nichts in ihr Leben getreten ist und es so viel besser gemacht hat.

»Sono pronta«, erwidert sie lächelnd.

Loretta

Über vierzig Stunden nachdem Alberto eingeliefert wurde, verlässt Loretta das Krankenhaus. Heute Morgen wurden Tropf und Katheter entfernt, und man hat ihn von der Intensivstation auf dieselbe Station verlegt wie Signor Dawson.

Sie war schockiert, wie nahe es ihr ging, als sie die roten Male am Hals des bedauernswerten Signor Dawson bemerkte. Obwohl sie von Rocco erfahren hat, was passiert ist, war Gayles Zusammenfassung herzzerreißend.

Sobald Alberto in dem neuen Krankenzimmer lag, machte sich Marina auf den Weg nach Hause. Irgendwie wirkt Marina heute anders, weniger bedrückt. Lorettas Stolz auf ihre Tochter kennt keine Grenzen.

Loretta blieb an Albertos Bett sitzen, bis der Physiotherapeut kam und ihn zu seinem ersten Spaziergang abholte, den er recht gut bewältigte. Er sang dem jungen Mann sogar ein Lied von Julio Iglesias dabei vor.

Jetzt macht auch sie sich auf den Weg nach Hause, um zu duschen und sich umzuziehen, bevor sie ins Krankenhaus zurückkehrt. Sie hat keine Eile, denn ausnahmsweise einmal wird sie nicht im Hotel gebraucht. Heute ist der erste Tag seit dem Bestehen des Hotels, an dem das Il Cuore geschlossen ist. Die Gäste sind alle anderswo untergebracht, die benachbarten Hotels kamen ihnen zu Hilfe. Die Venezianer wissen eben, wie man zusammenhält. Alberto soll Ende der Woche entlassen werden. Sie muss lächeln, als sie daran denkt, was für ein Gesicht er gemacht hat, als sie ihm sagte, sie sei bereit, die Leitung des Restaurants nach und nach in Roccos Hände zu legen.

»Wir werden ein schönes Leben haben, Loretta«, versprach Alberto ihr.

»Das weiß ich.«

»Solange du keine weiteren Nonnen küsst.« Er zwinkerte ihr zu.

Und damit verzieh er ihr, einfach so.

Was sie überrascht, ist, dass bei der Vorstellung, ihre Arbeit zu reduzieren, keine Panik in ihr aufsteigt, denn genau damit hatte sie gerechnet. Doch alles, was sie fühlt, ist Freiheit. Wundervolle, befreiende Freiheit. Kein Wecker, der am frühen Morgen klingelt, kein hastiges Mittagessen, damit sie gleich wieder in die Küche huschen kann, keine lähmende Müdigkeit, keine Schmerzen mehr am ganzen Körper von der viel zu schweren Arbeit.

Rocco hat ihr gestern Abend erzählt, dass Sophie sich inbrünstig wünscht, als Köchin im Hotel zu bleiben. Mit Sophie hat Loretta eine Frau, der sie vertraut, deren Leidenschaft für die Zubereitung von Lebensmitteln ihrer eigenen gleichkommt, eine Frau, der sie ihre Rezepte weitergeben kann. Sie hat einen Sohn, der diese Frau liebt und sie im Restaurant unterstützen wird, so gut er kann. Sie werden ein fantastisches Team abgeben, und Rocco hat bereits die Fühler nach zusätzlichem Personal ausgestreckt, um allen die Arbeit zu erleichtern. Die Zukunft des Il Cuore ist in guten Händen. Ihre Nonna wäre stolz auf ihr Vermächtnis.

Loretta hält das Gesicht in die Nachmittagssonne und schließt die Augen. Das Hochwasser ist zurückgegangen, die Holzstege sind abgebaut und weggeräumt, der Boden ist wieder trocken.

Sie geht am Dogenpalast mit seiner wunderschönen gotischen

Architektur vorbei in Richtung Basilika. Heute drängen sich die Menschen wieder auf der Piazza San Marco, der Platz ist für *La Befana* dekoriert. Eine große Holzhexe hängt von der Löwenstatue nahe der Basilika herab, umgeben von Touristen, die Fotos davon machen. Die Händler haben Stände auf der Piazza aufgebaut und bieten ein kunterbuntes Sammelsurium von Hexen an – angefangen bei Heliumballons bis hin zu billigen Sweatshirts. In Venedig herrscht reges Treiben, und es wärmt ihr das Herz, das zu sehen. Sie wurde verwüstet, diese magische Stadt, und musste im Laufe der Zeit allen möglichen Gegnern trotzen: Invasionen, Kriegen, Seuchen, Umweltzerstörung, und trotzdem steht sie immer noch. Angeschlagen, ramponiert, aber sie steht.

Loretta hat sich von der Piazza ferngehalten, seit sich das Foto von ihr vor dem Tank in den Medien verbreitete. Heute ist der Tank leer, Magdalena ist fort. Ihr weißes Kleid treibt in dem schmutzigen Wasser. Das Schild vor dem Tank mit der Aufschrift »*affogando*« ist ersetzt worden. Auf dem neuen Schild steht »*fai qualcosa!*« – macht etwas.

Heute Morgen hat der Ministerpräsident eine leidenschaftliche Rede gehalten und geschworen, die Inbetriebnahme des MOSE-Projekts voranzutreiben, die Kreuzfahrtschiffe nicht länger in den Hafen einfahren zu lassen, die Anzahl der Tagestouristen zu begrenzen und eine Touristensteuer zu erheben. Er hat sogar gelobt, die spritfressende Vaporetto-Flotte durch eine elektrisch betriebene zu ersetzen.

Es kann kein Zufall sein, dass all diese Versprechungen so kurz nach der Veröffentlichung von Lorettas Foto gemacht werden. Tief im Innern weiß sie, dass ihre Tränen nicht vergeblich waren. Diese Tränen werden helfen, Venedig zu retten.

Ich habe etwas getan, Magdalena.

Morgen findet die große Protestaktion statt, an der Rocco und

Salvatore teilnehmen. Ihre Sabotage der Regatta wird der Sache zweifellos weitere internationale Aufmerksamkeit verschaffen. Der Ministerpräsident und die Regierung werden ihre Versprechen halten müssen, wollen sie sich nicht vor der ganzen Welt lächerlich machen. Italiener sind stolze Menschen, die es nicht mögen, Hohn und Spott ausgesetzt zu sein.

Loretta wendet sich vom Tank ab. Sie überquert die Piazza und geht an dem kleinen Orchester vorbei, das vor dem Caffè Florian Bach spielt und die Menschen erfreut, die glücklich sind, ein kleines Vermögen für einen Kaffee bezahlen zu dürfen – um sich als Teil des Wunders von Venedig zu fühlen.

Dank

Triggerwarnung: Wenn überschwängliche Schwärmerei nicht Ihr Ding ist, schließen Sie das Buch an dieser Stelle bitte.

Mein größter Dank gilt meinem Verleger, dem unvergleichlichen Ali Watts. Mit dir zu arbeiten, war ein Traum. Dein Vorstellungsvermögen, deine klare Sicht, deine Hartnäckigkeit, dein Instinkt, deine Intelligenz, deine ureigene Liebenswürdigkeit und Freundlichkeit, gepaart mit deinem großartigen Sinn für Humor, machen mich sehr dankbar, dass ich mich zu den Glücklichen zählen darf, die es geschafft haben, deine Autorinnen und Autoren zu werden. Ich verehre dich! Respekt für die besten Social-Media-Nachrichten aller Zeiten!

Ein von Herzen kommendes Dankeschön an meine Literaturagentinnen Jacinta di Mase und Danielle Binks. Von dem Moment an, in dem ich sagte: »Ich hätte da so eine Idee …«, habt ihr zwei mich so lange angetrieben, bis ich die Geschichte tatsächlich fertig hatte. Ich habe eine Ewigkeit gebraucht, um damit anzufangen, dann eine Ewigkeit, um sie zu schreiben und umzuschreiben (und noch einmal umzuschreiben), und ihr wart die ganze Zeit über unendlich geduldig.

Danielle, danke, dass du so viele Versionen der Geschichte gelesen hast, dass du wahrscheinlich für den Rest deines Lebens bei der bloßen Erwähnung des Worts »Venedig« getriggert wirst.

Danke, dass du mich so behutsam an die Hand genommen und ermutigt und dann das Gegenteil getan hast, wenn ich auf Umschaltsperre oder Kursivschrift gehen wollte. Ich bin so froh, dass du nicht nur die Agentin meines Vertrauens, sondern auch meine geliebte Freundin bist.

Jacinta, danke, dass du mich vor zehn Jahren aus der Bedeutungslosigkeit herausgeholt, mir eine Karriere ermöglicht und von da an jeden Tag an meiner Seite gestanden hast.

Deine unerschütterliche Loyalität und Freundschaft bedeuten mir alles, und ich liebe dich so sehr, dass es, ehrlich gesagt, schon erschreckend ist. Ich habe mir so sehr eine Person wie dich gewünscht – und hurra!, da ist sie.

Ein riesiges Dankeschön an das brillante Team bei Penguin Australia:

Amanda Martin, deine einfühlsamen, durchdachten Eingriffe in den Text haben die Geschichte wunderbar rund werden lassen. Du bist so ein liebenswerter Mensch.

Nikki Townsend, du bist ein kreatives Genie. Danke für die penible Erstellung des ultimativen Covers. Ich meine: SEHEN SIE ES SICH DOCH NUR MAL AN!

Holly Toohey, danke, dass du mich so herzlich in die Penguin-Familie aufgenommen hast. Ich schätze mich sehr glücklich, dass eine so brillante, herzliche Person wie du für mich zuständig ist.

Hannah Ludbrook und Rebekah Chereshsky – danke, dass ihr das engagierteste und fleißigste PR- und Marketing-Duo seid, das sich eine Autorin oder ein Autor wünschen kann. Ihr seid beide in jeder Hinsicht großartig.

Natasha Solomun, du bist mein Engel im Vertrieb – danke, dass du vom ersten Satz an an diese Story geglaubt hast. Jo Baker und Hannah Armstrong, danke, dass ihr den Vertrieb mit so großer Begeisterung und Sorgfalt geleitet habt. Ein herzlicher Dank an das wunderbare Team vom Außendienst, danke für die Leidenschaft und Einsatzbereitschaft, mit der ihr diese Geschichte in die Buchläden gebracht habt. Ein ganz besonderes Dankeschön an meine Vertreterin hier in Perth, die unglaubliche Jane Parkhill – für alles!

An Bella Arnott-Hoare, Tina Gumnior, Jessica Malpass und all die anderen liebenswerten PR-Leute, die dafür sorgen, dass meine kleine Red Street Library immer voller neuer Bücher ist.

Sarah McDuling, danke für dein Vertrauen in diese Geschichte und dafür, dass du mich seit meiner ersten Veröffentlichung so sehr unterstützt hast. Du bist einfach großartig!

Sonja Heijn, danke für die aufmerksame, sorgfältige Korrektur.

Mein Dank gilt auch dem Rest des PRH-Teams, das dazu beigetragen hat, dass diese Geschichte in den Regalen landet. Ich bin jedem von euch sehr dankbar.

Ein spezielles Dankeschön geht an Mary Rennie, meine wundervolle Erstverlegerin, die mein Schreiben noch immer unterstützt. Was für ein seltener, kostbarer Mensch du doch bist!

Schreiben ist eine einsame Angelegenheit, aber es wird so viel sonniger und lustiger wegen meiner tollen Freundinnen, die mit mir durch dick und dünn gehen. Danke, meine Lieben. Auch ihr seid gemeint, meine Autorenfreundinnen und -freunde, meine Mama-Bekanntschaften aus der Schule, meine Highschool- und Unifreundinnen und -freunde, meine Cousinen, die meine ersten besten Freundinnen waren und auch jetzt noch meine besten Freundinnen sind. Danke für eure Unterstützung, Freundlichkeit, Liebe und viele, viele Memes. Ich liebe zu viele von euch, um euch alle mit Namen nennen zu können, aber ihr wisst, wer gemeint ist.

Jetzt kommen die Leute, die ich namentlich erwähnen möchte:

Nina »Pretty Ballerina« Casella: Danke, dass du »meine Italienerin« bist, und für über zwanzig Jahre deiner wunderbaren Freundschaft, ohne die ich verloren wäre.

Sasha Wasley, Anthea Hodgson, Emma Cockman und Jennifer Ammoscato – danke für die Zeit, die ihr so großzügig investiert habt, um die Entwürfe zu diesem Buch zu lesen. Danke, dass ihr mich ermutigt und an mich und das Buch geglaubt habt, vor allem aber für eure kostbare Freundschaft. Dir, Anth, werde ich für immer dankbar sein, weil du Ali gesagt hast, ich wäre »cool«, was auf wundersame Weise zur Publikation dieses Romans geführt hat.

Rachael Johns, danke, dass dir der perfekte Titel eingefallen ist. Danke auch für deine wunderbare Unterstützung und dafür, dass du das Geheimnis bewahrt hast, dass ich wieder zu schreiben begonnen habe. Außerdem dafür, dass du immer genauso neugierig bist wie ich, wenn wir uns online auf Millionen von Dingen und Menschen stürzen (von denen uns die meisten fremd sind), anstatt unsere Arbeit zu erledigen. Ich liebe dich und unsere Freundschaft so sehr!

Melina Marchetta, ich danke auch dir für deinen großartigen Rückhalt und für deine unerschütterliche Freundschaft, seit ich mich 2018 wie eine Verrückte mit meinem Selfie-Stick auf dich gestürzt habe, als du dich in Far North Queensland in aller Ruhe mit deinen eigenen Angelegenheiten befasst hast. Danke, dass du keine einstweilige Verfügung gegen mich erwirkt hast, sondern stattdessen eine meiner größten Unterstützerinnen geworden bist – ein Beweis für deine Freundlichkeit und Großzügigkeit.

Nicola Moriarty, danke für die unglaubliche Empfehlung und deine noch unglaublichere Freundschaft, die du mir seit einem Jahrzehnt entgegenbringst.

Lisa Ireland, danke, dass du den Glauben bewahrt hast, als ich meinen verloren habe, dass du meine Schimpftiraden, ganz gleich zu welchem Thema, ertragen hast, und dass du immer bereit bist, riesige Strecken zurückzulegen, um mich zu sehen, selbst wenn es nur für eine halbe Stunde zusammen mit anderen ist, denn genau so eine Freundin bist du.

An die griechische Göttin Spiri Tsintziras: Danke für die goldenen Schokomünzen, die du mir als Glücksbringer für 2023 geschenkt hast. Es hat wunderbar funktioniert, und du bist ein Engel!

Rebecca Sparrow, vielen Dank, dass du den Promo-Modus aktiviert hast, buchstäblich in derselben Sekunde, in der du erfahren hast, dass ich einen neuen Buchvertrag unterschrieben habe. Danke auch für das Geschenk deiner wunderbaren Freundschaft. Unter dem Begriff »Freundlichkeit« im Lexikon sollte dein Foto zu finden sein.

2016 habe ich mit Cheryl Akle zu Mittag gegessen. Während wir aßen, schauten wir aufs Meer hinaus, und ich erzählte ihr etwas. Cheryl sah mir in die Augen und sagte: »Das ist die Geschichte, die du schreiben musst. Das ist es.« Ich habe fünf Jahre gebraucht, um den Mut dazu aufzubringen, aber Cheryl: Ich werde nie vergessen, dass du von Tag eins an diese Geschichte geglaubt hast. Danke, dass du eine wahre, loyale Freundin geblieben bist, obwohl du als Beifahrerin in meinem Mini dein Leben an dir hast vorbeiziehen sehen.

Drei brillante australische Bücher haben mich sehr beim Schreiben von *Ein Hotel in Venedig* inspiriert: *The Salt Madonna* von Catherine Noske, *Lapsed* von Monica Dux und *A Lifetime of Impossible Days* von Tabitha Bird. Ich danke diesen unglaublich mutigen Autorinnen, die mir (ohne es zu wissen) geholfen haben, ebenfalls mutig zu sein.

Buchhändlerinnen und Buchhändler, Bibliothekarinnen und Bibliothekare, Bookstagrammerinnen und Bookstagrammer, Buchbloggerinnen und Buchblogger: Ihr alle zusammen seid die Menschen, die ich am meisten auf der Welt mag, und ich bin so dankbar, viele von euch meine Freunde nennen zu dürfen. Danke, danke, danke!

Ein riesiges Dankeschön an die beste Kollegin aller Zeiten, meine Rezeptionistin Sally. Danke für all die Zehn-Stunden-Tage, an denen du dafür sorgst, dass unsere Physiotherapiepraxis wie am Schnürchen läuft, wenn ich im Überarbeitungsmodus und völlig außer Rand und Band bin. Es gibt niemanden, mit dem ich während meiner Arbeitstage lieber lache, schimpfe und tratsche als mit dir.

Die Welt wird nie eine bessere Chearleaderin haben als meine Mutter. Ich liebe dich so sehr, Mum, danke, dass du immer die Lauteste, Stolzeste und Liebenswerteste bist.

Bei jedem Manuskript, das ich schreibe, sind die Ersten, die es lesen, mein Ehemann Paul und meine beste Freundin Daniella. Jedes Mal besteht Paul darauf, dass schon der allererste Entwurf in jeder Hinsicht perfekt ist, während Dan auf die vielen, vielen Stellen hinweist, an denen sie sich lieber einen glühenden Schürhaken ins Auge stechen würde, als weiterzulesen. Ich schätze und liebe deine Bewunderung sehr, Paul, genau wie deine realistische Einschätzung, Dan.

Diesmal jedoch hatte ich eine neue Erstleserin, und zwar meine Tochter Lara, die sich als sorgfältige Manuskriptprüferin entpuppte und die Geschichte entscheidend prägte. Danke, mein kluges, witziges Mädchen. Du bist die Person mit dem größten Herzen, die ich kenne. Ich liebe dich so sehr.

Danke, Tommy, mein liebenswerter, einfühlsamer Sohn, für dein Entgegenkommen, als du unerwartet gebeten wurdest, mein Autorinnenfoto zu machen (und das gleich zweimal!). Danke für dein Verständnis und dass du die Fotos so schnell erledigt hast. Du bist der netteste Vierundzwanzigjährige der Welt, und ich liebe dich von ganzem Herzen.

Süße Porsche, auch du bist ein strahlendes Licht in meinem Leben. Ich bin so glücklich, dass Tommy und du euch gefunden habt und ich mit dir eine weitere Buchliebhaberin, Shoppingfreundin und Unterstützerin an meiner Seite habe.

An die Bürgerinnen und Bürger von Venedig: *Grazie per aver condiviso con me la tua bellissima città.* Ich danke den Venezianerinnen und Venezianern, die sich so freundlich und großherzig zeigten, wenn ich sie in den Gassen (und auf dem Wasser) aufgehalten habe, und die mir ihre Geschichte voller Wärme, Offenheit und Humor erzählten. Ich hoffe, es ist mir gelungen, eurer Lebensfreude und der Dringlichkeit eures Anliegens gerecht zu werden. *Bella Venezia*, dir gehören mein Herz und meine Seele für alle Ewigkeiten.

Sollten Sie häusliche Gewalt überlebt haben, sende ich Ihnen hiermit meine aufrichtigen Wünsche für eine anhaltende Genesung. Und wenn Sie auf ein Zeichen warten, ihn zu verlassen, dann hoffe ich, dass dieses Buch das Zeichen ist.

Und nun zu Ihnen, liebe Leserin und lieber Leser, danke, dass Sie mir Ihre kostbare Zeit geschenkt haben. Schreiben Sie mich auf Social Media an und sagen Sie Hi. Und hier noch ein ungebetener Ratschlag für Sie, liebe Leserin, lieber Leser: Sagen Sie niemals Nein zu *gelato*.

Liebe Grüße
Tess

Drei Frauen, drei Generationen, drei Schicksale – eine mitreißende Familiensaga von großer erzählerischer Wucht.